Eva Martin

Miska

Editions Critic

Préface

Si la vie trouve toujours son chemin, un bon roman, lui, trouve toujours un éditeur.

C'est ce dont je suis intimement convaincu et ce que démontre à nouveau l'ouvrage que vous tenez actuellement entre vos mains.

Mon premier contact avec Miska se limita à son titre et, bien évidemment, au fichier numérique qui renfermait l'histoire imaginée par Eva Martin.

Quel étrange titre pour un premier roman. Serait-ce le nom du personnage principal ?

Perdu.

Car celui-ci s'appelle Dacien, il est capitaine en Caldécie et il s'apprête à rencontrer un peuple bien différent du sien, les Kinoshs.

Alors quoi ? Qu'est-ce que ce *Miska* ?

Pour le savoir, il a fallu m'aventurer dans cette histoire que j'ai dévorée sans m'en rendre compte, me faisant me rappeler par la même occasion qu'un bon roman, c'est avant tout un roman qui nous donne envie d'y revenir, qui nous agrippe sans prévenir et nous demande de tourner les pages à notre place.

Oui, un bon roman, c'est aussi et surtout un roman qui fait se dire au lecteur « *Allez, encore un chapitre et j'arrête* » avant de passer encore et encore au chapitre d'après.

C'est précisément ce qui m'est arrivé avec Miska, cet enchaînement presque sans conscience, pour voir jusqu'où

Eva Martin allait m'emmener, jusqu'où elle allait pouvoir me transporter.

Paradoxalement, c'est à la seconde lecture que je me suis aperçu que Miska m'avait bien eu.

Et il vous aura aussi, roublard comme son capitaine et sa troupe de soldats.

Car s'il vous entraîne dans un univers fantasy, c'est pour mieux vous causer de préoccupations actuelles, de thèmes qui feront écho avec votre quotidien, votre temps.

Il sera question d'un peuple qui en colonise un autre, d'une résistance qui s'organise contre l'oppression, du changement apporté par la rencontre entre deux civilisations aux cultures *(radicalement)* différentes, de la place de la femme dans une société majoritairement contrôlée par l'homme, de l'importance du pardon sur la revanche et la haine.

Tout ça agrémenté de magiciens aux pouvoirs parfois terrifiants et de batailles homériques qui finissent comme toutes les batailles : en boucherie.

Sous couvert d'un récit de fantasy rythmé, divertissant et, pour tout dire, réjouissant, l'autrice en profite pour glisser les travers de notre monde en catimini.

Reste à se demander si le cocktail ainsi réalisé n'en serait pas trop sucré, voir amer.

Il faut dire qu'une grande partie de l'imaginaire français n'a aujourd'hui qu'une obsession, celle de militer pour telle ou telle cause. Salutaire, certes, mais *difficile*.

Difficile car cet exercice littéraire, dès lors que l'on n'est pas politologue ou essayiste, peut rapidement devenir rébarbatif. Qui dit fiction, dit intrigue et personnages à la hauteur.

C'est ici qu'Eva Martin parvient à briller, en distillant ses combats et ses idées au sein d'une histoire qui fait vivre et vibrer, qui n'oublie jamais l'aventure et l'émotion, qui sait ériger ses personnages en êtres humains faillibles et nuancés avant de s'en servir pour porter un message en accord parfait avec ce qu'il se déroule devant nos yeux. Les idées servent l'histoire, et non l'inverse.

Miska, c'est en réalité une injonction, presque une insulte.

Mais c'est aussi un cri de ralliement et le marqueur dévoyé d'horreurs sans nom.

Miska, c'est tout ça à la fois, comme le roman d'Eva Martin n'est pas simplement l'histoire d'un bras de fer entre deux peuples. Tout est affaire de nuances, de compréhension et d'adaptation, souvent dans la douleur et le chagrin.

Ainsi, il serait bien temps pour moi de vous laisser dévorer ce roman comme je l'ai fait jadis, en rejoignant Dacien sur le front, étonné et pétrifié devant l'inconnu, mais assez curieux pour savoir traverser l'océan pour transformer l'ennemi en ami.

Nicolas Winter

À mon père,
qui savait si bien raconter les histoires.

CALDECIE
PAYS DE TAR
COL BATRAN
PRALAS
NORSOM
NORDIE
POINTE DU CROC
ILES ESTERE
MELIANTE
RECIF
CREANS
MAILLA
TRAVERS
ASSALE
LONGUES-CÔTES
BLANCHEVUE
CAUSSES
ASCALIE
HAUTES MARCHES
REPARA
PLAINES MIRRA
TERRITOIR
DU SUD

Partie 1

Chapitre 1
Assale

Le ciel semblait avoir décidé d'en finir avec nous. De faire un ménage à grande eau. Le déluge, comme on en avait rarement vu à Assale, surtout en plein mois de Semailles, occultait tous les bruits de la ville.

Blotti dans le renfoncement d'une porte surmontée d'un large linteau de pierre, j'essayais sans grand espoir de me garder au sec tandis que les rafales prenaient un malin plaisir à charrier des tombereaux de pluie sur mes chausses, mon surcot et le reste. Mes cheveux trempés me cinglèrent le visage, rabattus par une bourrasque plus violente que les autres. Je jetai un regard furieux aux nuées. L'éclaircie se ferait attendre un bon moment. Je me résignai à sortir de mon refuge pour aller houspiller mes gars. Ils méritaient sûrement de subir mon humeur de chien, d'une manière ou d'une autre.

« Alors, pas trop dure, la vie ? »

Ces enfoirés étaient calés au sec sous un des auvents du marché. L'étalage était vide, le commerçant attendait sans doute une accalmie, au chaud quelque part. Il avait bien de la chance. Calixte rangea à la hâte un jeu de dés dans sa poche humide. Coincé entre les deux géants Hatton et Finn, il avait l'air d'un enfant pris en train de chaparder une friandise.

« C'est pas un si mauvais emplacement pour garder un œil sur les environs, bafouilla-t-il.

— Bien sûr. D'ailleurs vous étiez tellement à l'affût que vous ne m'avez pas vu venir. Bravo, les gars ! Et avant que je m'agace pour de bon, ils sont où, les autres ? »

Mes huit plantons étaient censés surveiller les lieux, et le compte n'y était pas. J'envoyai Hatton chercher le reste de la troupe au pas de course et continuai à le fustiger bien après qu'il eut disparu au coin de la rue. Il ne fut pas long à ramener les resquilleurs, qui devaient se planquer dans les murs de l'Avenante, l'auberge la plus proche.

« Salut, Dacien ! rugit Ronn dès qu'il m'aperçut, un grand sourire aux lèvres.

— Ramenez-vous plus vite que ça, les tire-au-flanc, ou je vous colle de nuit pour les cinq prochaines tournées de garde ! »

Notre assignation à ce poste était une sinécure. Une récompense pour des années de bons et loyaux services en première ligne. Pas question de nous faire déloger de là à cause de leur désinvolture.

Trottant dans les flaques, les cinq fraudeurs se réfugièrent sous l'abri, qui s'avéra un peu juste pour loger tout le monde. Ronn, mon second, se tortilla pour éviter les filets d'eau ruisselante et me brandit une chope de bière qu'il avait cachée tant bien que mal derrière son dos. Bien qu'à moitié vide, il en restait suffisamment pour améliorer la matinée d'un soldat trempé. Mes hommes prirent une mine goguenarde.

« J'espère au moins que vous avez du nouveau à me rapporter, que je ne passe pas pour un con quand les gardes du Palais cafteront que vous n'étiez pas à votre poste », grognai-je, mais le ton n'y était plus. La menace des heures supplémentaires venait de s'évanouir avec la première gorgée.

Arnat sauta sur l'occasion.

« Des nouvelles fraîches sont arrivées du port ce matin, capitaine. Des matelots ont encore aperçu les voiliers volants. Et avant que tu ne poses la question : les marins qui m'en ont parlé n'étaient pas bourrés au point qu'on mette la boisson en cause, cette fois. »

Soucieux, je terminai ma bière. La rumeur allait bon train. Depuis plusieurs semaines, de temps à autre, un marin éberlué revenait sur les côtes en toute hâte et décrivait à qui voulait l'entendre que des bateaux croisaient à l'horizon, et jurait ses grands dieux qu'ils survolaient les flots. Plus étonnant encore : certains s'entêtaient à raconter que les navires venaient tout droit de l'est, où la navigation était impossible, même pour les équipages les plus aguerris et les bâtiments les plus solides. Bien sûr, ce genre de commérages s'échangeait invariablement autour d'un verre. Ou dix. Si bien que pendant un moment personne n'y avait prêté vraiment attention.

Puis ce ne fut plus quelques ivrognes, mais des dizaines de loups de mer, qui rapportèrent le même récit. Des voiliers immenses, au large, bravant les lames de fond et surtout le gyre gigantesque niché au centre de l'océan.

Ce ragot persistant arriva aux oreilles des fédérateurs, qui le classèrent tout d'abord entre le mythe des marsecs et celui du bateau fantôme. Jusqu'à ce qu'un nobliau affrétât un petit navire pour un trajet vers la Nordie et revînt, livide, conter le même refrain aux autorités.

De l'état de « légende ridicule », la rumeur se vit propulsée à celui de « menace potentielle ». L'aristocrate et son équipage furent sommés de garder pour eux leur expérience pour ne pas alimenter la peur sourde qui planait dans les rues d'Assale. Les fédérateurs demandèrent aux officiers de recueillir sur le terrain plus d'informations à propos du phénomène tout en décourageant les témoins de trop parler.

« Et vous en avez fait quoi, des matelots ? »

Arnat me dévoila ses dents de cheval en un sourire ravi. Dommage qu'il lui en manquât une au beau milieu.

« Quelques jeux à boire, une ou deux tournées générales, et ils sont tous ressortis ronds comme des queues de pelle.

— Bien vu, avouai-je presque à regret.

— Carrément du génie, tu veux dire ! Tu penseras à faire rembourser mes frais… »

Je lui collai une chiquenaude sur l'arrière du crâne. Ces gars étaient incapables de suivre un ordre, mais au moins, quand ils désobéissaient, ils le faisaient bien. Même si avec ce nouvel arrivage de marins, notre mission deviendrait bientôt impossible.

J'approuvais la volonté de nos dirigeants quant au traitement réservé à ces rumeurs, même si cet attentisme résultait en réalité d'une absence de décision commune. Il valait mieux être sûr des intentions de ces mystérieux visiteurs de l'est, là où se situaient précisément les enfers de la plupart des religions. Le mythique pays d'au-delà des mers était peuplé de monstres et de croque-mitaines dans l'imaginaire des prêtres et des enfants. Admettre que ces bateaux étaient réels provoquerait un beau chaos. En attendant toute la ville bruissait de on-dit.

Même sans faire partie des bigots qui prenaient à la lettre les prêches religieux, la simple idée que des créatures aient pu braver l'océan me faisait frémir. Quel type de monstre pouvait mener la barre de ces impossibles navires volants ? Je n'avais pas vraiment envie de donner plus de crédit à ces histoires, mais le fédérateur Ydes m'avait demandé de faire un rapport à la moindre nouvelle à ce sujet.

Je plantai là mes compagnons, les laissant à ce qu'ils faisaient le mieux : surveiller le coin en attendant qu'une bagarre se déclenche, qu'un voleur à la tire tente sa chance ou qu'un vendeur à la sauvette refourgue des marchandises sans autorisation.

La tête rentrée dans les épaules, je bravai de nouveau l'averse et remontai l'avenue Beauregard. Les quelques passants en goguette ce jour-là avaient la même préoccupation que moi. Chacun rasait les murs et se réfugiait sous le moindre surplomb pour tenter de prendre un peu moins la pluie. Comme si nous n'étions pas déjà tous trempés comme des soupes ! J'obliquai rue Morelle et parvins à la porte de l'hôtel particulier du seigneur des Longues Côtes. Parti pour franchir en coup de vent les battants massifs, toujours ouverts durant la journée, je manquai de m'empaler sur des piques dressées devant mon nez. Deux jeunes gardes tout juste sortis des jupes de leurs mères me barraient le passage.

Le visage dégoulinant, je leur jetai mon plus mauvais froncement de sourcils. Ils s'empressèrent de s'écarter. J'étais connu pour virer vraiment vicelard quand on me portait sur les nerfs. Il dut se lire sur ma trombine que ce n'était pas le moment de se mettre en travers de mon chemin.

Je finis mon parcours dans le cabinet du secrétaire, antichambre du quartier général de monseigneur Ydes, dans un grincement de bottes humides. Monterre me fusilla du regard en voyant des flaques se former à mes pieds et détremper le parquet ancien et son tapis précieux. Au chaud et au sec pour la première fois depuis l'aube, je me contins à grand-peine de m'ébrouer comme un chien : le pauvre homme en aurait fait une attaque. Il me fit attendre quelque temps, avant que le maître des lieux n'ouvrît la porte richement décorée de son vaste bureau.

Le fédérateur Ydes, un homme costaud à la tignasse rousse indisciplinée, m'accueillit avec force mots de bienvenue et tapes sur l'épaule. Ma petite bande et moi avions mené à ses côtés plusieurs campagnes durant les guerres des Plaines, en tant qu'éclaireurs pour sa phalange. Plus vieux d'une bonne décennie, je m'étais attaché à ce gamin au visage bourgeonnant, un peu empoté, doté cependant d'une volonté de fer. J'avais pris sur moi de l'entraîner lorsque nous nous retrouvions au camp. Le temps avait passé. J'étais resté simple soldat mais je n'étais pas naïf : le jeune nobliau boutonneux avait depuis longtemps fait place à un politicien redoutable. Son affection pour moi, même si elle était sincère, ne me rendait pas intouchable.

« Entre donc, Dacien, parlons un peu au calme », fit-il en m'entraînant, une main sur ma nuque.

Monterre referma les battants derrière nous, visiblement marri de ne pouvoir laisser traîner une oreille pour avoir vent des derniers potins.

Mon supérieur me mit d'autorité un verre de vin ambré entre les mains. Un grand cru des Territoires du Sud. J'en savourai l'effluve musqué. Il s'alliait à la perfection avec l'odeur des boiseries anciennes qui meublaient les lieux.

« Allons, Dacien, qu'y a-t-il qui ait exigé que tu abandonnes ton poste et tes hommes si tôt dans la journée ? À moins que tu ne cherches juste à échapper au mauvais temps ? »

Je lui exposai la situation, craignant qu'il se mette en rogne face à notre incapacité à endiguer la rumeur. Contre toute attente, Ydes parut satisfait de mon compte-rendu.

« Je savais bien qu'on en arriverait là à un moment ou à un autre, dit-il en souriant. Il est temps de convoquer mes confrères, et cette fois je ne les laisserai pas me mettre des bâtons dans les roues. Ils seront bien obligés d'agir. Et tu viens avec moi. »

J'en eus les jambes coupées. Un biffin de bas étage tel que moi n'avait pas sa place au Clocher. Mais on ne disait pas « non » au seigneur des Longues Côtes. Je retrouvai l'usage de mes guibolles et pressai le pas pour rejoindre le grand homme qui traversait la pièce. Son allure décidée et sa grande carcasse martyrisèrent le parquet en chevrons. Il dévoila une porte dérobée qui, de couloirs étroits en réduits poussiéreux, nous fit déboucher sur une venelle. Nous étions au bout de la ruelle quand ses gardes du corps nous rattrapèrent en catastrophe, dans un grand fracas de rapières et de cottes de mailles. Au temps pour la sortie discrète. Les badauds nous regardèrent passer, interrompant un instant leurs activités.

Durant notre bref trajet, Assale s'offrit à nous sous un bien meilleur jour. Un coup de vent balayait la côte et dispersait les nuages plus vite que je ne l'avais prévu. Le soleil tentait une timide apparition et les flaques luisaient tels des miroirs, faisant resplendir la capitale d'une propreté toute provisoire. Déjà, les chariots reprenaient leurs allers-retours entre le port et les beaux quartiers, projetant l'eau boueuse sur les maisons et les piétons imprudents. Les invectives des cochers résonnaient, le fracas des roues ferrées sur les pavés redonnait vie à la ville.

Les hautes façades de tuffeau du centre-bourg dominaient notre progression dans les beaux quartiers. J'en profitai pour admirer les balcons ornementés, en bois ou en pierre, garnis de fleurs entretenues avec soin. Les porches massifs comportaient des blasons et des portraits en guise de clé de voûte. Aux angles des toits de tuiles rosées, des gargouilles plus vraies que nature crachaient les derniers filets d'eau.

Assale n'était pas seulement la plus grande ville de Caldécie, mais aussi l'une des plus anciennes et sans aucun doute la plus raffinée. Plateforme idéale pour les échanges commerciaux, elle faisait la richesse de nombreux détaillants et attirait les meilleurs artisans. La combinaison parfaite pour garantir l'essor d'une cité sophistiquée. C'était ici que j'avais vu le jour, même si le quartier modeste de Richelieu avait peu en commun avec les rues bourgeoises. Là-bas, les bâtiments étaient de guingois et les toits bardés de bois. On n'y menait pas la grande vie, mais je n'avais jamais connu la faim. Mon métier m'avait amené à parcourir la Fédération tout entière, pourtant je ne m'étais senti chez moi qu'à Assale.

Nous atteignîmes la place de la Liberté, au pied du Palais, immense et immaculé. Ydes congédia ses gardes d'un geste, puis me surprit en train de lorgner d'un air las l'interminable escalier menant aux portes de l'édifice.

« Allons, Dacien, ne me dis pas que les journées à piétiner dans les belles rues d'Assale t'ont usé les pieds ? J'ai bon souvenir de toi dans ta meilleure forme. Ils étaient peu à pouvoir s'enorgueillir de te battre à la course, à l'époque !

— Et tu étais de ceux-là », maugréai-je.

Le seigneur des Longues Côtes ignora sciemment les vingt ans qui séparaient le soldat auquel il faisait référence du vétéran que j'étais devenu, et entreprit la montée en sautant les marches deux par deux. À mes pieds une flaque d'eau laissée par l'averse me renvoyait mon reflet, brouillé par la brise. Un visage buriné, celui d'un homme plus vraiment dans la force de l'âge, dans lequel deux yeux bleus glace gardaient un éclat dur et vivace. Je partis à sa suite, forçant l'allure pour ne pas gâcher la belle image qu'il avait gardée de moi. Nous nous retrouvâmes à mi-hauteur, à souffler comme des bœufs, lui mis hors de combat par un point de côté, moi par une crampe au mollet. Il partit d'un fou rire essoufflé, le plus sincère que je lui avais vu ces dernières années. Nous dûmes prendre cinq bonnes minutes avant de pouvoir repartir, d'un pas nettement moins gaillard. Je jetai un œil en contrebas. Par chance, la place de la Liberté n'était pas bondée, et aucun passant ne semblait avoir remarqué notre performance.

En parvenant au sommet, nous prîmes un moment pour récupérer. Je savourai les rayons tièdes qui séchaient mes vêtements et humai l'odeur musquée de la terre chaude après une pluie d'été. Je ne pus m'empêcher de ressentir une bouffée de fierté devant la vue qui s'offrait à nous. Perché sur la colline de Montnoir, le Palais surplombait la ville de sa silhouette massive, désormais grouillante d'activité. Mes hommes n'allaient plus s'ennuyer bien longtemps. Les étals de la place du marché se repeuplaient et s'emplissaient de denrées colorées, créant d'où nous étions des mosaïques abstraites. Les vêtements des promeneurs, aux teintes aussi vives que variées, dansaient comme autant de petites taches mouvantes.

Ydes ne me permit pas plus longtemps de profiter du spectacle. Il passa, indifférent, les immenses portes, tandis que je luttais contre la sensation de petitesse qui m'écrasait. Deux des cinq colossales statues adossées à la maçonnerie de l'édifice me faisaient face. Façonnées dans une pierre d'un ocre très clair, elles étaient ciselées avec soin et représentaient chaque territoire fédéré. Une grande force émanait d'elles, comme si elles s'apprêtaient à prendre vie.

Le seigneur des Longues Côtes était salué avec déférence par les gardes et le personnel qui croisaient son chemin, si bien qu'au bout de quelques minutes, il ne répondit plus que par de brefs hochements de tête. Dans son sillage, je parcourus les salles en un temps record. Là où les visiteurs lambda devaient montrer patte blanche, les portes s'ouvraient comme par miracle sur notre passage.

Ydes ralentit. Le Clocher. Nous y étions. Une tour à cinq côtés s'élevait au cœur même du Palais. Elle devait bien mesurer quelque cent pas de côté, et à partir de vingt pas de haut, elle était ajourée de percées finement ouvragées, puis devenait une dentelle de pierre à son point le plus élevé, qui perçait le plafond en coupole du Palais. Au sommet surgissait un belvédère délicat, au centre duquel trônait une énorme cloche.

Mon supérieur salua les quatre gardes vêtus d'armures rutilantes, membres de la Garde du Palais. Soldats d'élite, les combattants qui formaient cette troupe avaient pour seul et unique but la protection du cœur de la Fédération : le Palais, ainsi que les fonctionnaires qui y travaillaient. Un boulot de planton, depuis la fin des conflits des îles Esteres, un siècle plus tôt. Mais un travail de planton effectué par les lames les plus redoutables du pays, entraînées depuis leur plus jeune âge. Chacun des territoires fédérés, tous les cinq ans, offrait à la disposition de la Garde les enfants les plus dégourdis qu'il avait repérés. Les familles étaient prêtes à tout pour que leurs rejetons fussent pris en charge : au-delà de l'insigne honneur qu'était celui d'avoir un de leurs enfants dans la Garde du Palais, un émolument non négligeable était versé aux proches du petit soldat en herbe. Notre peuple a toujours eu l'esprit du commerce chevillé au corps.

Pris d'un espoir soudain, je m'arrêtai quelques pas avant d'arriver au niveau des gardes. Je n'avais rien à faire au Clocher, si ce n'était me retrouver au cœur d'un bourbier que je sentais venir à grands pas.

Un geste de la main suffit à Ydes pour m'entraîner contre mon gré à entamer cette nouvelle escalade. Mes genoux criaient pitié. Mon esprit vaquait, paniqué à l'idée de ce qu'on allait pouvoir me demander une fois rendu là-haut, si bien que je ne profitai pas un instant des détails des fenêtres, des vitraux, ni quoi que ce soit. Nous parvînmes au belvédère avant que j'aie eu le temps de m'en rendre compte.

« Alors, que dis-tu de cela, capitaine ? » me lança le grand rouquin. Sa question me tira de ma rêverie.

« J'en dis que ça nous fait bien assez d'exercice pour la journ… »

Je m'interrompis. D'ici, Assale semblait… tellement plus petite ! Plus vivante aussi, plus dense… Par les dieux, on voyait même le profil en rase-mottes des îles Esteres au nord-est ! C'était à au moins quatre jours de marche, en ligne droite. Pour autant qu'on ait pu marcher sur l'eau. En réalité il fallait près d'une semaine pour longer la côte, plus quelques heures de bateau pour atteindre cet archipel dont les maisons appartenaient aux familles caldéciennes les plus huppées. Où que portât mon regard, la perspective était saisissante.

Je me tournai pour examiner la cloche d'airain. Elle était si large que deux hommes comme moi auraient pu loger à l'intérieur en tendant les bras sans en toucher les bords. Sa surface patinée était ornée de bas-reliefs représentant les épisodes fondateurs de la Fédération. Un travail d'orfèvre, dont peu d'yeux avaient eu l'honneur de profiter.

Absorbé par la scène de l'alliance des Seigneurs, je n'avais pas remarqué qu'Ydes s'était éloigné de moi. Je vis avec horreur les cavaliers de la bataille de Kort se mouvoir, s'éloigner, puis se rapprocher une première fois. Le monstre de bronze bougeait ! Je m'éloignai, couvris mes esgourdes et anticipai le prochain retour. La cloche avait pris son élan et seul le battant restait presque immobile. Puis ils entrèrent en collision. Le joug qui soutenait l'immense bourdon vibra si fort que j'eus peur qu'il ne tienne pas le coup. Je ressentis le son plus que je ne l'entendis. Un vrombissement me parcourut des pieds à la pointe des cheveux. L'air en devint *palpable*. L'effet eut à peine le temps de se dissiper que la cloche sonna de nouveau. Je gardai les mains écrasées sur les oreilles, bien que cela fût parfaitement inefficace. Le son martyrisait mes tympans, la douleur était telle que j'en perdis l'équilibre. Courbé en deux, je fis quelques pas mal assurés le long de la rambarde du belvédère. Le fédérateur Ydes apparut au détour, un sourire narquois sur son visage. Je restai incrédule : il semblait à peine gêné par l'assourdissant vacarme. Grimaçant, je m'approchai de lui et découvris qu'il portait un épais capuchon sur les oreilles. Il m'en tendit un, visiblement très satisfait de son petit tour. Je le lui arrachai des mains et me le collai sur le crâne, avant que le bourdon ne rugît encore, ravalant ma rage d'avoir été si facilement abusé par le jeune aristocrate.

Nous attendîmes patiemment les deux derniers rappels. Moi, les bras croisés, jetant des œillades vénéneuses à mon grand chef; et lui, toujours goguenard. La coiffe était miraculeuse. Mon corps subissait toujours les vibrations, mais à part un léger malaise général, la situation était devenue supportable. La dernière sonnerie se dissipa enfin. Elle laissa longtemps résonner un écho grave et doux.

« Efficaces, ces capuchons ! cria Ydes en enlevant sa protection.

— Hein ? »

Il remit en ordre une mèche rebelle et me fit signe d'enlever mon couvre-chef.

« Je disais : j'aurais peut-être dû t'en donner un plus tôt ! »

Je grimaçai un sourire de mauvaise foi en retenant quelques réparties acides qui se bousculaient pour sortir. Il m'aimait bien, mais le grand escogriffe appréciait modérément l'insubordination. Je fis bonne figure, secouant un doigt dans mes oreilles. Ça vrombissait et sifflait là-dedans, un vrai charivari.

Un serviteur apparut à la sortie de l'escalier. Il portait une pleine brassée de victuailles sur des plateaux d'argent, le tout disposé en équilibre précaire. Au mépris de la gravité, il parvint jusqu'à nous sans la moindre casse et sans se départir d'une morgue qui révélait sa maîtrise de l'exercice. Il installa le banquet sur une grande table courbe qui longeait la rambarde du belvédère. La vue offerte sur l'est et la mer me coupa une nouvelle fois le souffle. Le valet fut suivi de quatre confrères, et le gueuleton qui s'annonçait allait être, si j'avais le droit d'y goûter, le meilleur de ma vie : petits pâtés, lait lardé, tourtes, venaisons, volailles, gâteaux de froment, et un certain nombre de mets artistiquement préparés, que je ne parvenais pas à identifier. Ydes demanda au serviteur de couper le vin jusqu'à obtenir un liquide clairet. Je grimaçai. Un grand cru, quel gâchis ! Une chose était sûre : pas de gueule de bois pour demain matin.

Ce qui nous attendait était du sérieux. Le seigneur des Longues Côtes ne m'avait pas fait monter jusqu'ici pour profiter du panorama. Il n'y avait que deux raisons pour faire sonner le clocher : deux coups, pour battre le rappel des troupes ; cinq coups, pour annoncer une réunion extraordinaire des fédérateurs. Théoriquement, ces derniers ne devaient jamais se trouver à plus d'une journée de cheval d'Assale, mais la cloche sonnant moins d'une fois l'an, il n'était pas rare de devoir attendre un des fédérateurs pendant quelques jours, le temps qu'un coursier le prévienne et qu'il rentre, fourbu et penaud, d'une villégiature lointaine. Le fédérateur Merlet, de Nordie, en avait abusé du temps de mon père et avait réussi à se faire démettre de ses fonctions, mais une certaine tolérance était globalement appliquée.

J'avais cependant d'autres choses à faire et espérai que je ne serais pas coincé ici pendant des plombes. Car la méthode était simple et toujours la même : les réunions au clocher n'étaient utilisées que pour délibérer d'un sujet capital pour la Caldécie. Les cinq fédérateurs avaient alors pour obligation d'y rester perchés, jusqu'à parvenir à un consensus. D'ici à ce que la cloche sonnât de nouveau et que j'eusse le bonheur exquis de pouvoir vaquer à mes occupations, il pouvait s'écouler quelques heures comme plusieurs jours. Allez savoir. Ces gars adoraient perdre leur temps en bavardages. À vrai dire, ils étaient payés pour ça.

Dans la demi-heure qui suivit, la tête dégarnie du fédérateur Varse des Hautes Marches apparut, suivie de celle, beaucoup plus agréable à l'œil, de la fédératrice Cadestre, des Plaines de Mirra. Tous deux me toisèrent avec indifférence et interrogèrent Ydes du regard. Mon fédérateur préféra les laisser dans l'ignorance, jusqu'à l'arrivée une heure plus tard du fédérateur de la Nordie, Pierce, puis de celui des Causses, Mertil. Entre-temps, nous avions eu le plaisir de nous attaquer au buffet. Les serviteurs surgissaient de l'escalier à tout instant pour garnir de nouveau la table de savoureuses bouchées, et je fus bientôt repu. Ne me restait donc plus que l'inquiétude au menu de mes pensées.

Le fédérateur des Hautes Marches se servit un verre de vin et le recracha aussitôt.

« Ydes ! Comment espères-tu t'attirer nos votes avec cette pisse d'âne ?

— Tu le sais, Varse, le fédérateur qui convoque l'assemblée choisit la table, répondit mon supérieur, et j'ai besoin que vos esprits soient clairs, aujourd'hui.

— Je pense que tu peux nous informer sur le sujet de cette réunion, maintenant que nous avons tous accouru, lança Cadestre en resserrant les pans de son manteau. Il fait frisquet ici, et mes affaires m'attendent.

— Bien. Je vous présente un de mes capitaines et compagnon de bataille, Dacien, qui a recueilli quelques nouvelles informations pour nous ce matin. Il s'avère que de nouveaux navires ont été aperçus. Je crois qu'il est temps de prendre une position officielle quant à ces visiteurs. »

Je croyais au moins qu'on me demanderait de déballer mon histoire de seconde main, mais personne ne jugea bon de me questionner sur ces détails sans réelle nouveauté. Quelque chose se tramait. Mon inquiétude se mua en mauvais pressentiment. Les fédérateurs Pierce et Mertil contemplaient assidument leurs chausses.

« Très bien, se dévoua Mertil. J'admets que ces bateaux sont plus qu'une simple rumeur. Mais tout de même, Ydes ! éleva-t-il la voix, soudain en colère. Étais-tu réellement obligé de faire sonner la cloche ? Tout le monde va attendre une déclaration officielle dès qu'on descendra !

— C'est vrai, enchaîna Pierce, plus calme, qu'on aurait pu avoir une réunion informelle, comme le mois dernier, on n'était…

— Si j'ai fait sonner la cloche, l'interrompit Ydes, c'est justement parce que ces petites réunions nous laissent trop de confort, et le confort engendre l'indécision et la couardise ! La situation justifie notre présence ici. Si vous êtes encore persuadés aujourd'hui qu'il ne faut rien faire, que ces bateaux n'existent pas, très bien ! Je m'inclinerai au résultat du vote, mais vous irez l'annoncer à une cité dont la moitié des occupants a un cousin, un frère, ou une connaissance qui a vu de ses yeux ce dont vous niez l'existence ! À moins que ce ne soit un de vos charmeurs qui nous fasse tourner en bourrique, Mertil ?

— Et pourquoi pas un charmeur de Nordie, ou des Longues Côtes ? » s'indigna le fédérateur des Causses.

Les charmeurs. À chaque discussion houleuse, le sujet revenait sur le tapis. J'en hébergeais moi-même discrètement deux dans mon unité. Ils n'étaient pas, loin de là, des maîtres en leur domaine, et préféraient utiliser leurs dons pour tricher, arnaquer et profiter, attitude qui participait à justifier l'a priori général qui consistait à classer les charmeurs comme des citoyens de seconde zone. Au mieux des avanies inévitables, au pire de véritables dangers publics. Malgré tout, ils pouvaient s'avérer très utiles.

Les Causses en voyaient naître chaque année plus qu'aucune autre fédération, sans que l'on en connaisse la raison. Souvent rejetés par leur famille, une institution spécialisée avait dû y être créée. C'était ça ou se retrouver avec des bandes de gamins livrés à eux-mêmes, dotés de pouvoirs éclectiques et parfois dangereux. Expérience que Mertil avait déjà vécue et dont il gardait un souvenir cuisant. Quelques décennies plus tôt, il avait dû appeler les Longues Côtes à la rescousse pour mater une bande de charmeurs vauriens qui écumaient les villages des Causses.

« Du calme, fit Pierce en posant les mains sur la table du buffet. Je pense que Mertil et moi sommes d'accord pour attester de la réalité de ces "visiteurs", comme tu dis. La question maintenant est : que faisons-nous ? Faut-il sonner le rappel des troupes ? dit-il d'un ton inquiet.

— Je ne pense pas, dit Cadestre. Pour le moment ils croisent loin des côtes, peut-être ne peuvent-ils pas s'en approcher ?

— Ou peut-être sont-ils en reconnaissance ! s'opposa Varse.

— Nous ne savons même pas si ce sont des navires de guerre ! répliqua vertement Cadestre, agacée d'être contredite.

— Justement, reprit Ydes. Nous pourrions armer quelques-uns de nos propres bateaux et en apprendre un peu plus ».

Il se tourna vers moi et je sentis mon estomac entrer en contact avec le plancher. Elle arrivait enfin, l'arnaque.

« Dacien, approche, je te prie. »

Un « je te prie » qui avait tout d'un ordre. Je fis un pas et me retrouvai, les genoux en gelée, sous les regards acérés et vaguement méprisants des représentants les plus puissants de notre nation. Ydes me désigna d'un geste théâtral.

« Mon capitaine et homme de confiance fera partie d'une mission d'exploration. La *Vive* est déjà prête à prendre la mer. »

Il souriait, comme s'il venait de m'offrir une promotion. Homme de confiance, mon cul ! Je n'avais pas la moindre envie d'accepter. Je détestais l'océan. Mais je hochai la tête avec la plus grande docilité.

« Tu te moques de nous ! s'étrangla Cadestre. Tu avais tout prévu ! Et tu vas encore récolter tous les lauriers. »

Elle me jeta une œillade noire. Je me liquéfiai.

« Figure-toi que non, ma chère, reprit Ydes. Je n'ai aucune envie de risquer un équipage entier et le fleuron de ma flotte en envoyant la *Vive* seule face à ces étrangers. Nous n'avons aucune idée de leurs intentions. Peut-être sont-elles pacifiques, d'ailleurs. Aussi, je vous propose d'apprêter vos navires et d'y aller ensemble.

— Les cinq navires amiraux, rien que ça ? se moqua Pierce. N'est-ce pas un peu excessif ?

— Ne prenons aucun risque.

— Fort bien, marmonna Cadestre, furieuse. Comme d'habitude, tu ne nous laisses pas vraiment le choix. Si nous ne te suivons pas, nous passerons pour des couards. Donne-nous le temps de mobiliser nos équipages, et nos navires vogueront avec la *Vive*. »

Il y eut un bref moment de serrage de mains, auquel je participai avec maladresse. Cadestre me tendit une coiffe protectrice d'un geste distrait, puis les fédérateurs firent sonner le bourdon cinq fois, pour signifier qu'un accord était conclu.

Ydes me congédia, et je filai sans demander mon reste par l'un des nombreux escaliers de service qui sinuaient discrètement jusqu'en ville. Je me fondis dans la foule dense et bigarrée qui s'amassait sur la place de la Liberté.

Chapitre 2
Marées funestes

Affublé d'une tunique boutonnée de travers, Gartin me bouscula sans ménagement alors qu'il tentait d'atteindre le bastingage. C'est avec beaucoup de satisfaction que je vis « Monsieur l'ambassadeur des Longues Côtes » rendre tripes et boyaux par-dessus bord. Ydes, dans sa grande clémence, nous avait collé ce rond de cuir dans les pattes, craignant que mon « éloquence et mon style très personnel » ne provoquent une catastrophe diplomatique lors de la première rencontre avec les étrangers. Au moins cet émissaire, pour agaçant qu'il soit, nous permettrait-il de nous concentrer sur notre mission : évaluer la menace potentielle des visiteurs de l'au-delà.

Un haut-le-cœur me prit à mon tour, même si je n'avais plus rien à vomir depuis longtemps. Mes hommes n'étaient pas plus en forme. J'aurais pu le dire à Ydes s'il avait pris la peine de me le demander : nous n'étions pas faits pour la mer.

Nous naviguions depuis trois jours sans objectif précis, tels des appâts, et laissions de bon gré le capitaine Erte choisir notre trajectoire. Nous avions rapidement sympathisé avec lui. Sa superbe caraque, la *Vive*, faisait sa fierté et celle de son équipage. Chaque jour, les ponts étaient lavés, les cuivres astiqués, si bien que le voilier rutilait comme un sou neuf. À croire que récurer était l'activité principale du bon marin, ce qui me confirma, s'il en était besoin, que cette vocation n'était pas pour moi. D'autant plus que l'odeur du vinaigre, généreusement utilisé pour nettoyer tout et n'importe quoi, me mettait le cœur au bord des lèvres.

Malgré les affres du mal de mer, il m'était difficile de ne pas ressentir l'impression d'invulnérabilité de ce bateau aux mensurations impressionnantes. Sa coque ventrue fendait l'eau sans peine, sous la figure de proue aux fauves sculptés et dorés, toutes griffes dehors, qui encadraient le blason de la Fédération. Similaires au nôtre, la *Brave*, la *Marenne*, la *Nuée* et l'*Agile* formaient le reste de notre armada. À la fois solides et rapides, elles mesuraient une soixantaine de pas de long pour une vingtaine de large. Leurs trois mâts arboraient des voiles blanches marquées du blason noir aux quintefeuilles d'or de la Fédération. Chacune était parée de fanions aux couleurs de sa maison : or pour les Longues Côtes, argent pour la Nordie, rouge pour les Hautes Marges, ou « de gueule » comme ils aimaient à dire par là-bas, sable pour les plaines de Mirra et vert pour les Causses.

Nous formions une belle compagnie et avions peu à craindre d'une mauvaise rencontre. Les nefs étaient non seulement massives, mais également lourdement armées. Ma présence et celle de mes hommes n'étaient rien comparé à la puissance de tir des caraques. Les soixante-quatre canons de chaque navire se tenaient prêts. Les équipages, sur les dents, s'impatientaient tout comme nous. Autant dire qu'aucune barque, aucun chalut caldécien ne vint assez près pour que nous ayons à nous en préoccuper.

J'observai avec compassion Ivold qui se pointa sur le pont, comme ivre, et pratiqua lui aussi l'art de gerber sans se mettre contre le vent. Mes gars avaient même du mal à jouer aux cartes, c'était dire si la situation devenait dramatique.

« J'en peux plus », grognai-je.

Le teint blafard, mon vieux charmeur bricola dans le vide avec ses mains. Autour de nous, les vagues prirent l'aspect de prairies verdoyantes. J'écarquillai les yeux.

« Pas mal ! On se croirait presque à la maison. »

Le charme d'Ivold consistait à créer de petites illusions, à tricher avec la réalité. Il pouvait nous dissimuler en cas d'urgence. Ou faire diversion, le temps de trouver une échappatoire. Il nous avait sauvé la mise plus d'une fois, et nous lui en étions reconnaissants. Par malheur, le bougre avait aussi tendance à se rengorger de ses exploits, si bien qu'il nous en rebattait régulièrement les oreilles, histoire qu'on n'oublie pas.

En voyant Arnat pointer le bout de son nez, il tira de sa poche une pêche mûre à souhait.

« Tiens, mange-la si tu veux, moi j'ai pas l'appétit et elle va se perdre. »

Le jeunot haussa les épaules et tendit la main. Ivold se fendit d'un sourire bancal. La générosité n'était pourtant pas son fort. Puis par un de ces « hasards » dont Arnat avait le secret, le fruit oscilla sur le bout de ses doigts avant de tomber. Au lieu d'éclater mollement au sol, la pêche échappa au sortilège d'Ivold et révéla sa vraie nature. Un bon vieux piment des Territoires du Sud. Arnat prit un air conquérant.

« Encore raté, vieux schnock.

— Je t'aurai, un jour, chançard ! Ton charme ne te sauvera pas à chaque fois !

— Lâche-moi, le sénile…

— Hé ! T'as vu, patron ? Je prends sur moi pour remonter le moral des troupes, et voilà comment on me remercie ! Deux illusions d'un coup, que je vous fais, et personne n'en a rien à fiche. Regarde à l'horizon, on n'est plus en mer, on est sur la terre ferme. Les collines… les collines qui bougent et… oh, attends. »

Il se pencha pour rendre son déjeuner et les effets de l'illusion s'estompèrent. Les dons d'Arnat non plus ne lui étaient d'aucune aide. Le charmeur veinard était malade, comme tout le monde. J'en tirais une certaine satisfaction. Il était pénible de voir ce petit malin revenir d'une soirée de beuverie et de jeu avec les poches remplies de gains prodigieux. Il aurait pu vivre comme un prince, mais avait la fâcheuse manie de dépenser à tort et à travers. Il se vantait de ses derniers paris gagnants. Et se faisait un tas d'ennemis divers et variés, du coupe-jarret en goguette au malfrat de haute volée.

Encore heureux qu'il arrivait en général à se tirer des traquenards tout seul, le plus souvent par une série de hasards aussi improbables que suspects.

Mes deux gredins étaient utiles, à leur manière. Il y avait des gamins qui naissaient avec des fardeaux bien plus encombrants. Les charmeurs apparaissaient de manière spontanée, et toute famille risquait de se rendre compte un jour que le petit dernier avait le « don » de faire tourner le lait, pousser des fleurs, attirer les rats, ou les dieux savaient quelle autre fantaisie. Évidemment, ces capacités avaient amené la populace à prendre les charmeurs pour boucs émissaires, surtout en période de disette ou de maladie. Il fallait bien que quelqu'un fût responsable de ces catastrophes. Et quand on était capable de provoquer des invasions d'araignées ou de changer des pavés en boue grisâtre sans faire exprès... cela avait tendance à agacer les voisins. Certains charmeurs étaient condamnés à une vie d'errance par la vindicte populaire ou même par leur propre famille. D'autres apprenaient peu à peu dans leur foyer, dans des orphelinats ou dans des institutions d'accueil comme celle des Causses à faire taire leurs pouvoirs. Quelques-uns parvenaient à faire de leur capacité un atout, comme la forgeronne qui exerçait non loin de nos quartiers, et qui pouvait rendre l'acier malléable à sa guise. Moi, je m'occupais de mes deux charlatans, et c'était déjà pas mal.

Le vent forcit à la fin de la deuxième semaine, alors que nous n'avions toujours aperçu aucune voile étrangère. La houle qui agita les bateaux soulagea de manière étonnante notre mal de mer, et nous nous retrouvâmes pour la première fois ensemble autour d'un vrai repas.

« Qu'est-ce que ça fait du bien ! » marmonna Hatton, la bouche pleine.

Assentiment général.

« T'en dis quoi, cap', on rentre bientôt ou on attend jusqu'à Frimas que les bateaux fantômes pointent le bout de leur nez ? reprit-il.

— Les fédés n'ont pas prévu de date retour, Hatton.

— Mais, enfin, si on ne trouve rien, faudra bien rentrer pour le dire, non ? »

Cette question me taraudait. Je n'étais pas certain que revenir bredouille fît partie des options. Ydes n'apprécierait pas de passer pour un homme crédule, effrayé par une simple rumeur.

Trois jours plus tard, la vigie poussa un cri depuis son perchoir. La houle était toujours forte, le vent solide, mais le ciel était par bonheur resté clair. Tout le monde se rua à tribord. Il nous fallut un peu de temps pour repérer les minuscules taches blanches qui pointaient à l'est, mais il s'agissait bel et bien de voiles. Trois navires, au moins, qui grossissaient à vue d'œil.

Sur l'impulsion du capitaine de la *Vive*, les nefs de la Fédération orientèrent leur proue vers les étrangers, suscitant l'inquiétude des équipages : nous frôlions déjà les limites navigables, et les caraques devaient lutter contre les courants contradictoires qui agitaient la mer. Quelques milles de plus, et le gyre deviendrait notre principal ennemi. Que des matelots rompus à l'exercice commencent à être aussi préoccupés me fit soudain prendre conscience de la fragilité de nos embarcations. La ligne sombre des côtes était à peine visible, mince bande bleutée dans le lointain. Partout ailleurs s'agitaient les vagues moutonneuses, sans point de repère ni échappatoire.

Un frisson me parcourut l'échine. Mes hommes n'avaient pas l'air plus sereins. Seuls les jumeaux Loan et Ogar fourbissaient joyeusement leurs bâtardes. Leur insouciance joviale leur valait de se fourrer dans tous les mauvais coups, mais ils gardaient toujours le sourire aux lèvres. J'encourageai le reste de l'équipe à suivre leur exemple. Calixte et Finn avaient délaissé les lames classiques, le premier préférant ses arcs, arbalètes et autres couteaux de jet, le second étant inséparable de son impressionnante hache d'armes à deux fers, avec laquelle il était capable d'opérer un carnage au combat.

Je finissais d'accrocher mes jambières quand un murmure s'éleva sur le pont. La voix du capitaine retentit.

« Ferlez les voiles ! »

Tout en glissant ma bâtarde dans son fourreau, j'interceptai un marin qui filait obéir aux ordres.

« Un problème ?

— J'ai jamais vu ça. Ils sont rapides. Très rapides. »

Erte me rejoignit. Je l'interrogeai du regard.

« Ils s'amènent droit sur nous. On va se contenter de contrer les courants pour faire du sur-place. De toute façon, on ne peut pas s'éloigner beaucoup plus, on se ferait emporter. »

Je lorgnai sur les flots en contrebas. Le flux du maelström déformait la course des vagues. Il entrait en conflit avec l'orientation du vent et créait des bouillonnements aléatoires dans les eaux sombres. Le vortex était invisible, situé bien au-delà de l'horizon. Ce phénomène naturel attirait à lui tout navire trop éloigné de la côte, sans espoir de retour, quelles que fussent l'envergure de ses voiles, les qualités de son capitaine ou les prières de ses marins.

Un cérébral avait, des siècles auparavant, effectué des calculs et estimé le centre du tourbillon perpétuel à quelque huit cents milles, plein est à partir des îles Esteres. Mais aucun marin ne s'était jamais engagé en haute mer pour valider cette théorie. En tous cas, aucun qui fût revenu. Les voiles que nous cherchions depuis trois semaines étaient, en revanche, bien concrètes.

L'ambassadeur Gartin apparut à mes côtés, la mine radieuse.

« Enfin, voici nos étrangers ! J'espère que vous ne commettrez pas de bévue, Dacien. Le seigneur Ydes m'a donné toute latitude pour mener les négociations, ne vous avisez pas de vous mettre en travers de mon chemin. D'autre part, je voudrais... »

Le petit homme sec s'était lui aussi remis les entrailles en bon ordre. Il avait alors pu nous révéler toute l'étendue de son antipathie dès qu'il avait pu tenir stable sur ses deux jambes maigrelettes. Nous l'exécrions unanimement. Bavard comme une pie, Gartin était intarissable sur l'entregent qu'il avait à la capitale. Il se vantait des chausse-trappes qu'il tendait à ses concurrents afin d'atteindre ses objectifs. Et encore, il ne nous racontait que ce qui passait pour politiquement correct, dans le panier de crabes qu'était la gouvernance de la fédération caldécienne. Je tenais mes hommes éloignés autant que possible de ces tambouilles politiques, mais il nous était arrivé à l'occasion de mettre la pression à quelque opposant du fédérateur des Longues Côtes. Les jacassements de son émissaire étaient un bruit de fond horripilant.

« … d'ailleurs, saviez-vous que j'étais le principal instigateur de la taxe sur les minerais ? Une manne qui offre à notre fédération des bénéfices non négligeables… »

Gartin ne serait jamais destiné à atteindre un poste de dirigeant. Ce n'était d'ailleurs pas son ambition. Il adorait se mouvoir dans le nid de vipères constitué des éminences grises qui gravitaient autour des fédérateurs. Reconduits ou remplacés tous les cinq ans, ceux-là étaient eux-mêmes de redoutables politiciens, derrière une façade populaire. Ils orchestraient en coulisse le renouvellement de leur mandat dès le premier jour de leur nomination, conspiraient les uns contre les autres, dans un grand jeu d'influences pour veiller au mieux aux intérêts de leur propre maison aussi bien qu'à leur bourse personnelle. Assale, capitale de la fédération, bénéficiait censément d'un statut neutre, mais elle était en fait l'atout principal d'Ydes. Il s'en servait sans vergogne pour asseoir son autorité sur ses confrères. Il n'en avait pas toujours été ainsi. Les livres d'histoire racontent que les premiers fédérateurs étaient des hommes de bonne volonté, épris de nobles valeurs. La belle légende que voilà !

« … et monseigneur Ydes compte sur moi pour ce genre de tâche. Je suis un homme de confiance, et mon influence va… »

Le monologue de Gartin s'éternisait. J'en étais à me demander si un malencontreux accident n'allait pas entraîner sa chute par-dessus le bastingage quand Calixte siffla entre ses dents et montra les bateaux d'un signe de tête.

« Zieutez un peu ça ! Ces trucs volent vraiment ! » s'écria Loan en tapant Ogar du coude.

Et en effet, les bateaux ne fendaient pas les vagues. Ils passaient au-dessus. Composés d'un bâtiment central effilé comme le corps d'un requin, ils étaient munis de deux structures plus petites, une de chaque côté. Je crus dans un premier temps qu'il s'agissait de *praos*, mais ils s'avérèrent dépourvus des longues quilles caractéristiques de ces embarcations des gens du Sud. Un sillage ourlé de brume blanche les suivait et retombait rapidement à la mer. L'espace vide entre les coques et l'écume des vagues laissait apparaître un ventre lisse. La couleur très claire du bois contribuait à leur allure fantomatique. Chacun des trois coursiers qui venaient vers nous était presque deux fois plus long que nos propres navires. J'eus soudain l'impression que nos fiers rafiots s'étaient transformés en coquilles de noix. L'éclair de doute dans le regard du capitaine Erte confirma cette sensation. Et si, après tout, nos cinq caraques n'étaient pas à la hauteur? Les nefs volantes ralentirent pour s'arrêter près de nous et s'affaissèrent en douceur jusqu'à flotter d'une manière plus conventionnelle.

Je ne perdais pas une miette du spectacle, cherchant à déterminer s'il s'agissait là de vaisseaux armés ou simplement d'une expédition d'exploration. Il me sembla apercevoir une sorte de baliste à l'avant. Pointaient çà et là des piques et javelines tenues par les silhouettes de l'équipage. Rien de bien menaçant. Plus rassurant : pas de sabord pour d'éventuels canons sur les flancs des bateaux.

« Tu sens ça? demanda Arnat.

— Il y a du charme là-dedans, répondit Ivold. Et pas qu'un peu. C'est forcément ça qui fait voler ces machins… mais je ne ressens pas de charmeur.

— Ouais, appuya Arnat. Vraiment bizarre. C'est comme un genre de piste… »

J'étais insensible à la manière dont les charmeurs parvenaient à se renifler entre eux, mais je proposai :

« Un charmeur qui serait parti depuis peu?

— Non, pas une piste au sens d'un gibier. C'est une… trace de charme, mais sans charmeur à l'autre bout, hésita

Arnat. Je ne sais pas comment l'expliquer autrement. Jamais vu un truc pareil. »

Gartin, qui avait cessé de babiller quelque temps plus tôt, fila dans sa cabine. Il en ressortit en ajustant d'un geste sec un improbable ensemble tout de velours et broderies, avec manches et cuisses bouffantes, rayures dorées, et bien plus de babioles qu'on ne souhaiterait en voir dans une vie entière.

Tout gonflé d'importance, le zèbre parcourait le pont de long en large. Il ordonna au capitaine Este de faire préparer une chaloupe tout en calant sur sa tête un chapeau assorti au reste de son costume. Ce dernier geste acheva de consumer la résistance de mes compagnons, et j'eus bien du mal à ne pas les rejoindre dans leur fou rire.

« Allez, les gars, fis-je en me mordant les joues, c'est son moment de gloire, on ne va pas le laisser tout seul. Calixte, Hatton, vous restez là pour nous couvrir en cas de problème. »

Ronn s'assombrit, de cette manière qu'il avait de se préparer à toute éventualité. Notre longue histoire commune faisait de nous des frères, mais cette capacité me surprenait toujours autant. Il était comme une chandelle qu'on mouche entre deux doigts : un moment enjoué et serviable, la seconde suivante, prêt à tuer quiconque se trouvant en travers de son chemin.

Dès que la chaloupe toucha l'eau, la solide structure de la *Vive* nous manqua. Les vagues, qui nous paraissaient modérées, étaient en fait aussi hautes que nous et nous ballottèrent sans ménagement durant les quelques minutes du trajet. Des silhouettes s'agitèrent sur les navires blancs. Des silhouettes humaines. Je poussai un soupir de soulagement. On pouvait rayer la mention « démoniaque » de la longue liste de questions qui restaient sans réponse, car le détail le plus exotique était la teinte de leur peau. D'une couleur terreuse, elle donnait l'impression d'être sale, bien plus que celle de nos paysans, tannée par le soleil. Je n'avais jamais rien vu de pareil. Les étrangers mirent une échelle de corde en place, que nous grimpâmes presque en courant, effrayés que nous étions de prendre un bain dans le bouillon agité.

Gartin eut l'insigne honneur de monter le premier sur le voilier qui nous accueillait. Je le suivis de près et consultai Arnat et Ivold. Ils secouèrent la tête. Non, il n'y avait aucun charmeur étranger à bord. Les autres ambassadeurs caldéciens nous rejoignirent, et je pus constater que leurs habits, quoique de matières nobles et de bonne facture, étaient bien plus sobres que ceux de notre diplomate.

Un grand escogriffe à la peau brune se présenta devant nos émissaires. L'étoffe terne des tenues de ses gardes tranchait avec l'agression visuelle que constituait celle de Gartin. Leurs armes étaient forgées dans un acier d'un noir de jais. Leur équipement était si homogène qu'ils formaient comme une armée de jouets identiques. Et ce qui pouvait passer pour de larges pantalons… étaient en réalité des robes. Par-dessus ce vêtement incongru qui provoqua des gloussements chez les jumeaux, ils portaient un plastron et des épaulières noirs.

« Je ne sais pas en quoi c'est fait, mais il n'y a pas beaucoup de défauts », murmura Ronn.

Leur chef était quant à lui encore plus sobrement vêtu. Une longue robe noire le couvrait des pieds au menton, avec des manches serrées qui allaient jusqu'aux poignets. Seule une ceinture blanche nouée de manière compliquée ornait sa taille. L'homme était bien plus grand que ses matelots. Son cou décharné portait avec peine une tête aux mâchoires et pommettes saillantes. Sa vêture ne parvenait pas à masquer une poitrine creuse et des cuisses de mouche.

Silencieux, mes gars et moi assistâmes à la première rencontre entre nos deux peuples. Qui fut beaucoup moins distinguée qu'on n'aurait pu l'imaginer. Leur sabir était incompréhensible, tout comme pour eux les mots de Gartin. Très rapidement, ce dernier se retrouva réduit à des mimes qu'il accompagnait de mots simples : « Moi. Gartin. » Sans grand résultat.

L'étranger demeurait impassible, le mépris émanant de toute sa personne. Impossible de lui extorquer son nom, celui de son navire ou de sa nation. Il s'entêtait à répéter un ensemble de deux ou trois phrases parmi lesquelles je n'arrivais à reconnaître aucune sonorité familière. Gartin, de son côté, montrait la côte, le large, les bateaux, et débitait des questions entrecoupées de formules de politesse. Sa mission diplomatique ne promettait guère. Son interlocuteur se tourna vers un matelot qui était resté près de lui, peut-être son second, et lui parla quelques instants, coupant Gartin en pleine acrobatie.

L'œil rivé sur l'échange qui se déroulait devant moi, j'en oubliai d'observer les alentours.

« Cap', regarde l'équipage. Ils se carapatent, me glissa discrètement Arnat.

— Autre chose, chef, ajouta Ivold. C'est loin, mais on le sent, ça s'approche, et plus ça s'approche, plus on a l'impression que c'est gros.

— Un charmeur ?

— Je vois pas ce que ça pourrait être d'autre. Mais c'est différent…

— Tu crois qu'il pourrait réussir à faire voler leur voilier… ? demanda Arnat à son aîné.

— Il faudrait des dizaines, ou des centaines de charmeurs pour réussir un tel exploit », répondit Ivold pour se rassurer.

Que mes deux enchanteurs de pacotille se mettent la rate au court-bouillon de cette manière n'était pas pour me rasséréner. D'autant plus qu'en effet, l'équipage étranger était peu à peu en train de se faire la malle. Par petits groupes, il empruntait des écoutilles qui menaient vers les entrailles des vaisseaux blancs. J'en profitai pour scruter l'intérieur, mais le contre-jour m'en cachait l'agencement. Me livrant à un calcul approximatif, j'estimai que chaque navire volant pouvait accueillir au bas mot deux cents soldats. Nous n'en avions vu qu'une petite cinquantaine, et voilà qu'ils abandonnaient leur chef en pleine réception. Étant donné qu'ils n'avaient montré aucun signe d'agressivité, je ne savais qu'en penser, mais mon instinct me soufflait que les échanges commerciaux ne seraient pas pour demain.

L'ambassadeur de Nordie déposa un petit coffre et l'ouvrit en le présentant au grand maigre. L'objet en lui-même était un magnifique présent. Orné de pierreries, réalisé dans un bois très clair avec de minutieuses marqueteries, c'était une véritable œuvre d'art. À l'intérieur, calé sur un velours rouge, était disposée une broche représentant le blason caldécien. Un bijou d'exception.

Contre toute attente, l'étranger baissa à peine les yeux et au lieu de recevoir son cadeau comme tout être civilisé, tourna les talons et s'en fut sans un mot. Il fila à son tour par une écoutille qu'il ferma derrière lui. Nous nous retrouvâmes abandonnés à nous-mêmes sur le pont désert. Estomaqués, les ambassadeurs eurent besoin de quelques secondes avant de retrouver leurs moyens. Puis ils entreprirent de faire le point sur l'échec de cette curieuse première rencontre, avec acrimonie. Chacun accusait les autres d'en avoir trop fait, ou pas assez.

De mon côté, j'en profitai pour jeter un coup d'œil approfondi. Il était évident que nous n'avions plus qu'à retourner sur nos bateaux, mais je tenais à rapporter un maximum d'informations à Ydes. Sur le pont, rien de notable hormis cette impressionnante baliste à l'avant du navire que j'avais repérée plus tôt. Les étrangers avaient emporté leurs armes avec eux. Dommage. J'aurais bien aimé tâter de leurs lames noires, pour voir. Il ne traînait plus çà et là que quelques rouleaux de cordage. Un rapide coup d'œil m'apprit qu'il en était de même pour les deux autres nefs.

J'allais continuer mon exploration vers l'arrière du bateau, quand retentit la voix rauque de Ronn.

« C'est quoi ce foutoir ? »

Il pointait son doigt vers une silhouette qui grossissait à vue d'œil. Un autre navire ! Moins élancé, plus imposant. Sa forme massive se découpait nettement sur le ciel. Il semblait à peine moins rapide que ses petits frères mais voguait de la même manière, en survolant les flots.

Malgré la distance, il *transpirait* de ce monstre qu'il était armé et bien décidé à utiliser son attirail pour nous envoyer par le fond. Au lieu de comporter un profil lisse comme les autres nefs, il était doté de plateformes sur son tiers avant. Des silhouettes épaisses s'y profilaient. Ces formes ne pouvaient être que des canons de gros calibre.

Je piquai aussitôt une course jusqu'à la proue, vers les ambassadeurs et mes hommes, et leur criai de décamper. Les diplomates, n'aimant pas être brusqués, m'opposèrent un front uni et il me fallut prendre Gartin par le col pour les réveiller tous.

« Bougez-vous ! Ils sont partis se planquer en attendant du renfort, on doit filer d'ici ! »

Alors que je me tournais vers la *Vive* pour hurler à Calixte et Hatton de sonner le branle-bas de combat, je vis Ivold chanceler. Arnat l'attrapa par le coude mais ne semblait pas en grande forme non plus. Les ambassadeurs restaient éberlués, comme s'ils avaient oublié que pour marcher il fallait mettre un pied devant l'autre. Plus dégourdis, mes gars étaient déjà au bastingage, en train de caler l'échelle de corde le plus près possible des barques qui cognaient contre la coque blanche de la nef au gré des vagues.

« On peut rien faire contre ça, psalmodiait Ivold, les yeux braqués sur le navire en approche. On peut rien faire... »

Les diplomates se ruèrent enfin vers l'échelle en se disputant la place pour être le premier à déguerpir de là. J'en aurais bien fait autant, mais je rongeai mon frein et organisai avec autorité la répartition des ambassadeurs avec leurs escortes. Je ne voulais pas qu'on se retrouve avec une barque remplie de bureaucrates incapables de prendre une rame par le bon bout.

Le navire monstrueux était encore à un demi-mille de nos vaisseaux, au moins. Pourtant, trois de ses canons vomirent leurs boulets, dans un nuage de fumée. Le son me parvint un instant après. Un grondement sauvage, un bruit de prédateur victorieux. Les projectiles fusèrent à une telle vitesse que je fus incapable de voir les impacts. Lorsque je tournai la tête, la caraque de Nordie présentait plusieurs trous béants dans son flanc. Une fumée grasse s'éleva des sabords, puis des flammes jaillirent. Je vis des silhouettes chuter dans la mer. Le navire prit de la gîte et se retrouva couché sur les flots. La houle léchait le pont. Dans une éruption de bulles et de vapeur, l'océan avala tout rond la *Marenne*.

« Grands dieux, bafouilla Gartin, tous ces gens… ils n'ont même pas eu le temps de mettre une chaloupe à l'eau ! »

Il me fit presque pitié. Avait-il seulement déjà vu une scène de bataille ? Je jetai un œil inquiet à la *Vive*, où l'équipage s'agitait dans tous les sens. On nous cria des conseils et des ordres divers, dont nous n'entendîmes que de vagues échos. Le vent soufflait de travers et emportait les voix. Calixte et Hatton nous faisaient de grands signes.

Je me concentrai sur l'acheminement de Gartin jusqu'à notre barque en contrebas. Les autres ambassadeurs voguaient déjà vers leurs navires respectifs. Ceux envoyés par la Nordie s'orientaient vers la *Vive*, la caraque la plus proche. Ils ramaient avec un empressement digne des fêtes de Chaleur, lorsque les marins de tout Assale se défiaient lors de courses d'aviron.

Une fois Gartin installé, mes hommes descendirent l'échelle à toute vitesse. Arnat et Ivold restèrent figés sur le pont, blêmes, à regarder le monstre s'approcher. Bons dieux qu'il était rapide ! Déjà presque sur nous, il était impossible de ne pas se sentir écrasé par sa masse.

« Hé, les traînards ! Pas le moment de bailler aux corneilles, on se bouge ! » hurlai-je.

Ivold suivit Arnat, descendit un ou deux échelons, puis marqua une pause.

« On n'y sera jamais à temps, Dacien. »

Je le savais bien.

Le navire n'en avait plus pour longtemps avant d'arriver sur la flottille caldécienne. Je voyais ses canons exhaler un filet de fumée. Les engins étaient composés de plusieurs parties articulées qui évoquaient la carapace d'un crustacé. Les reflets du soleil soulignaient leurs lignes acérées. J'enjambai à mon tour le bastingage pour rejoindre la barque. Tout mon petit monde attendait, prêt à partir, les rames dans l'eau, les jointures blanches à force de crisper les mains dessus. Gartin venait de retrouver sa détestable faconde et m'agonit d'empressements de moins en moins polis au fur de ma progression.

Nous entendions désormais distinctement l'énorme bateau approcher, les bruissements de sa voilure, les craquements de ses coques.

Je dévalais encore l'échelle quand j'entendis mes hommes murmurer, puis crier.

« Ces connards se barrent sans nous ! »

Je jetai un œil par-dessus mon épaule. Les quatre navires caldéciens amorçaient une manœuvre pour s'en retourner vers la côte. Je poussai un juron et sautai directement dans la barque quand, tout soudain, elle ne fut plus là. Je n'eus que le temps de la voir se décaler de quelques pas le long de la coque blanche, poussée par un puissant remous. L'instant d'après, je coulais.

Englouti en une seconde, j'étais emporté par le poids de mon équipement. Froid. Désorientation. Panique. Mon gambison et mon pantalon de feutre épais absorbèrent l'eau telles des éponges. Mon plastron et mon armement firent le reste, et je me sentis tiré inexorablement vers le fond. Pas le temps de me tortiller pour enlever les pièces d'armure, d'ici là j'en aurais été réduit à discuter avec les mollusques. Je me débattis de toutes mes forces, luttant contre l'asphyxie, faisant du surplace, un effort qui emporta rapidement mes forces. J'entrevis du coin de l'œil une rame non loin de moi. Je tendis la main vers elle. Raté. Ruant de plus belle, je m'étendis de tout mon corps en inspirant malgré moi l'eau qui allait m'infliger une mort atroce. Ce qui entra dans mes poumons n'était pas de l'eau, mais du feu. Je commençai à tousser, inspirant plus encore de liquide au lieu de l'expulser. Réflexe stupide.

Malgré ma conscience qui se voilait peu à peu, j'eus une vision surréaliste. Je devais leur dire… leur dire…

Je sentis deux paires de mains me hisser à bord de l'esquif. Ronn et Loan. Je rendis l'eau de mer dans une toux douloureuse. Vivant ! Mais je peinais à respirer. Un filet d'air parvint au bout d'un temps infini à se frayer un chemin jusqu'à mes poumons endoloris. Je pris conscience que j'étais tiré d'affaire alors que mes deux comparses finissaient de me déposer sur le fond de la barque. Il me fallait leur dire, mais c'était impossible. Je crachai encore de cette eau salée qui me brûlait de l'intérieur. Agripper le bras de Ronn me fit l'impression de concourir à un jeu de force. Je devais pourtant trouver l'énergie de le prévenir. Je ne lâchai pas, attendant de pouvoir prendre une ou deux vraies goulées d'air pur. Je soufflai entre deux quintes de toux :

« … marsecs… »

Il fallait qu'il me croie. Là, juste sous mes pieds. Des marsecs. Une vision qui m'avait donné la force de rester cramponné à la rame tendue par mes compagnons. Une des bêtes était passée juste en dessous de moi. Je n'en avais pas vu le museau, tellement elle était énorme. D'un gris soutenu, marbré de taches plus sombres, son dos avait défilé sous mes yeux. Il se mouvait tel un serpent avec de puissants à-coups impulsés par une queue effilée, bordée d'un voile souple et translucide. Des ailerons dorsaux, en deux rangées parallèles, frangeaient son échine rugueuse. Six nageoires, telles des ailes, s'étiraient gracieusement à partir des flancs de l'animal. De la tête à la queue, la bestiole taillait dans les cinquante pas de long, et elle n'était pas seule. De part et d'autre, à diverses profondeurs, j'avais aperçu une cohorte monstrueuse qui nageait dans la direction de nos navires.

« T'as failli y passer, t'as eu la berlue, voilà tout », répliqua Ronn.

Mon second avait sûrement raison. Les marsecs appartenaient aux contes. D'inoffensifs géants qui se terraient dans les eaux profondes. Je m'agitai, luttant vaillamment pour me redresser sur un coude et glisser un œil par-dessus le rebord de la barque. Rien.

Mes camarades ramaient à s'en arracher les bras vers la *Vive*, qui désertait sa position. Calixte et Hatton s'époumonaient, nous encourageant et balançant au passage baffes et coups de poing à tous les marins qui tentaient d'entraver leur chemin vers la barre du navire. C'est qu'ils avaient le sens de la solidarité, mes petits gars ! Il fallait dire qu'en quinze ans, je n'en avais jamais laissé un seul en arrière. Je ne les avais pas tous ramenés vivants, c'était vrai, mais j'avais toujours fait en sorte que les familles aient une dépouille à enterrer. Il n'était pas dans nos habitudes de laisser des hommes pour morts alors qu'ils appelaient encore à l'aide.

Mais nos fières valeurs n'empêchaient pas la caraque de s'éloigner, ni le bateau venu de l'est de s'approcher dangereusement de la *Vive*. Derrière, les petites nefs restaient immobiles. Le capitaine Erte comprit trop tard que la fuite n'était plus une option, et qu'il allait offrir la poupe de son navire à l'ennemi. Le grand voilier était presque sur lui. Il vira de bord pour permettre à ses canons de tirer.

La *Vive* n'était qu'une coquille de noix malhabile comparé à son adversaire, à la fois plus imposante et plus gracieuse, plus svelte dans ses manœuvres. Je vis avec horreur que les énormes bouches à feu étaient, contrairement aux nôtres, posées sur des bases mobiles. Les canonniers les positionnèrent dans l'axe en quelques instants, ajustant leur mire grâce aux pièces articulées. La *Vive* n'avait pas encore terminé sa manœuvre. On voyait seulement s'entrouvrir les premiers sabords.

« Ramez vers la gauche, les gars, faut qu'on se tire de là ! aboya Ronn. Si on continue sur notre voie, on va se retrouver pris entre deux feux. Allez, du nerf ! »

Ronn était voué à prendre ma suite, et tout le monde le savait. Personne ne remit en question ses ordres. Pas même moi. Dans l'état où j'étais, je ne pouvais que me reposer sur son autorité naturelle, malgré la honte que je ressentais. Laisser Hatton et Calixte... Notre chaloupe changea péniblement de cap. Mes gars s'échinaient sur les rames, grognant sous l'effort. La houle nous trempait d'embruns glacés et nous secouait sans ménagement. Gartin, prostré, n'en menait pas large. Mes hommes se parlaient peu, efficacement, les yeux rivés sur l'immense navire dont nous tentions de nous éloigner. Il leur fallait de plus lutter contre le courant violent du gyre, qui aspirait la barque vers la pleine mer. Je me levai, mal assuré, pour prendre la place d'Ivold, qui paraissait prêt à rendre l'âme.

« Te faut de l'exercice, mon gars. T'as plus la forme que je t'ai connue ! » lui lançai-je d'une voix encore rauque.

Il me céda sa rame et partit se reposer près de Gartin. Son regard restait fixé sur le voilier ennemi qui projetait son ombre sur nous et… qui attendait. Parvenu à portée de la *Vive*, il venait de ferler sa voile et s'était posé en douceur sur l'eau, sans plus bouger.

« Ils foutent quoi ? » murmura le charmeur, sourcils froncés, cherchant à percer le mystère. Pourquoi ne profitaient-ils pas de l'occasion ? Bientôt les canonniers de la *Vive* auraient terminé d'installer leur artillerie et seraient en état de tirer. Les étrangers n'avaient aucune raison de rester ainsi à attendre que le temps passe.

C'est alors que nous parvint un bruit de fond, comme mille voix chuchotées, qui petit à petit haussèrent le ton au point d'occulter tout le reste. Le son indistinct couvrait le bruit des vagues et celui des rames qui les frappaient. Sans que je puisse dire à quel moment, il se mua en un invraisemblable raffut, devint douloureux. Gartin, terrorisé, pressait ses paumes contre ses oreilles. Mes hommes grimaçaient tandis que la détermination laissait peu à peu place à la trouille.

Je me rendis compte qu'Ivold me parlait et lui fis répéter.

« Je dis : c'est ce fumier de charmeur ! » hurla-t-il.

Évidemment.

« Et il nous prépare quoi, le grand méchant ?

— Qu'est-ce que tu veux que j'en sache, moi ? Il est costaud, c'est tout. Sa présence me retourne les tripes. Mais je suis sûr que tu ne vas pas tarder à avoir des infos de première main », fit-il en se tournant vers le navire étranger.

Silence.

Comme si tous les bruits de l'univers venaient d'être soufflés au loin.

Puis une voix immense sonna dans l'air cristallin, avec un accent rugueux :

« *Sher-ima krestios, jar com Temmos al trom̉irtia do mostraki rentris Kinosh-bê. Por armin dife, mari kapi Kinosh-bê.* »

À chaque fois que l'homme prononçait le mot « Kinosh-bê », ses marins baragouinaient à l'unisson une formule incompréhensible. Probablement la version locale d'un « béni soit-il ».

Tandis que l'homme continuait de parler, quelque chose emplit ma tête en écho, mais ce n'étaient pas des mots. Plutôt des concepts, des intentions qui forçaient leur chemin dans mon esprit. Le résultat était d'une clarté limpide. Ce gars-là n'était pas venu pour négocier. L'homme m'imposait son dédain, sa puissance, et un extrême sentiment de… possession. La pression s'allégea enfin et me laissa étourdi. Gartin garda les mains sur les oreilles bien plus longtemps que nous, les ongles crispés sur ses tempes. Je voyais des perles de sang goutter des griffures. Il serra encore plus fort, puis finit par se détendre d'un coup pour vomir à ses pieds. L'étranger fit un signe de la main et nous vîmes se découper à ses côtés une silhouette vêtue de pourpre. Arnat me confirma ce que j'avais pressenti.

« Bon sang, il y en a un autre, et il tisse ! Il tisse comme toi, Ivold ! »

Le nouveau venu restait immobile. Seules ses mains s'agitaient. Les charmeurs pouvaient utiliser leurs capacités de manière spontanée, ce qui était souvent le cas des enfants ou de ceux qui n'avaient jamais appris à les contrôler. Mais pour les diriger vraiment et en maîtriser la puissance, il était commun de voir un « tisseur » tricoter dans le vide des formes abstraites, qui lui permettaient de concentrer et d'affiner son énergie.

Nos rames battirent l'eau de plus belle, nous éloignant du champ de bataille à une lenteur désespérante. Ivold scrutait le charmeur et les environs, à la recherche de l'illusion qu'il était en train de créer. Mes bras commençaient à crier pitié. Je n'osais imaginer l'état d'épuisement de mes compagnons, qui s'échinaient depuis plus longtemps que moi.

Un instant de tension s'abattit comme une chape sur nos épaules.

« *Arsh matek !* » tonna le tisseur.

La mer entra en ébullition.

Les énormes canons n'avaient pas tiré, et pourtant la *Vive* venait, dans un craquement sinistre, de prendre de la gîte. Cela n'avait rien à voir avec la houle. Deux de ses canons tirèrent, mais l'inclinaison de la caraque était telle que les boulets passèrent bien au-dessus du navire ennemi. Autour du bateau, l'eau bouillonnait. Soudain apparut une queue immense qui fouetta l'air. Un instant plus tard, c'est une gueule grise qui se projeta hors des flots pour se fracasser sur la coque du navire. J'eus le temps d'apercevoir une partie du corps effilé, presque délicat malgré sa taille. Le sang de la bête macula le flanc du bateau, et elle glissa doucement vers le fond, morte ou assommée.

« Des marsecs ! hoqueta Finn.

— C'est ça son truc : les bêtes. C'est un dresseur, reprit Arnat. Il a attiré les marsecs jusqu'ici et maintenant il nous les balance dans les pattes. Mais comment il fait pour en maîtriser autant ?

— Ces monstres sont en train de se tuer en chargeant le bateau… », soufflai-je, interloqué.

Deux avaient déjà péri ou s'étaient étourdis en se ruant contre la *Vive* ; quant aux autres, ils repartaient aussitôt à l'attaque. Certains marsecs étaient presque aussi longs que la caraque elle-même. Quatre, six, dix… Dans l'entremêlement de queues, de nageoires et de gueules immenses, il était difficile d'en tenir le compte. Les bêtes enragées ne paraissaient pas se fatiguer. La *Vive* était ballottée sous les impacts qui faisaient résonner sa coque comme un glas de mauvais augure. Les marins tentaient d'orienter les canons, mais les monstres étaient trop serrés aux flancs du navire pour qu'ils soient efficaces. D'autres lançaient piques et flèches sur les marsecs, sans grand effet, sinon peut-être de les rendre plus agressifs encore.

Des voies d'eau étaient visibles et le bâtiment gîtait dangereusement, quand un des monstres marins assena le coup de grâce. Il s'éjecta hors de l'eau et percuta l'avant, où plusieurs bordages étaient déjà fendus. On pouvait voir des silhouettes s'agiter, des hommes courir pour sauver leur peau au cœur du navire en perdition. L'animal perfora la coque. Sa tête passa au travers de l'ouverture béante. Des rivières de sang se mêlèrent aux embruns, et il cessa presque immédiatement de bouger. Les bordés de chêne centenaire étaient réduits à l'état d'échardes, et deux membrures apparaissaient à nu. L'une d'entre elles présentait une courbure malsaine. Elle céda brutalement, et tout l'avant du navire se déforma dans une plainte animale. Nous vîmes le bateau piquer du nez lorsque les vagues s'engouffrèrent par la proue. Un instant, la poupe se trouva à plusieurs pas au-dessus de l'eau, puis le navire coula à une vitesse stupéfiante. Je cherchai les silhouettes de mes hommes, en vain.

Les flots revinrent à la normale, agités seulement par la houle. La nef ennemie n'avait pas tiré un seul coup de canon. Dans un mouvement fluide, elle reprit de la vitesse, s'éleva au-dessus des flots et s'éloigna enfin de nous, droit vers le reste de notre armada. Son destin fut aussi sordide que celui de la *Vive*. Dans un bouillonnement, l'*Agile* fut coulée par les marsecs avant que le commandeur de la flotte étrangère ne se lassât et se décidât à faire tirer ses canons, indifférent au sort des pauvres bêtes qui furent pour beaucoup victimes des tirs. Les Caussiens, sur la *Nuée*, levèrent le drapeau blanc en reddition. Ils furent remerciés par une bordée de canons et coulés en moins de temps qu'il n'en fallut pour le dire. La *Brave*, des Hautes marches, eut le temps de faire tirer ses gueules à feu, mais avec la distance, je n'aurais su dire si les boulets se perdirent en mer ou s'ils n'eurent aucun effet sur le vaisseau ennemi. Quoi qu'il en soit, elle fut envoyée par le fond sans autre forme de procès.

En moins d'une demi-heure, il ne restait sur l'eau que des débris et des survivants aux abois, accrochés aux espars, tonneaux, planches et autres radeaux de fortune. Leurs plaintes s'élevaient en une rumeur sinistre. Les lamentations se transformèrent en cris paniqués lorsque des squales s'invitèrent à la fête. Ceux-là n'étaient pas menés par le charmeur, ils étaient communs dans les eaux caldéciennes et venaient terminer le travail. Les nefs volantes laissèrent nos hommes mourir en mer et filèrent à grande vitesse vers les côtes.

Nous restâmes silencieux, sous le choc, pendant un long moment. Puis je me secouai les puces.

« Allez, on va pas rester moisir ici. Il faut aller récupérer Calixte et Hatton s'ils ne sont pas déjà en train de trinquer avec les dieux. Après… on rentre. »

Entre la lutte contre le courant du maelström et la distance qui nous séparait de la rive, nous en avions au moins pour deux jours, sans boire ni dormir. Je ne savais pas si nous avions une chance d'y arriver, mais avoir un semblant de plan m'aidait à ne pas perdre les pédales. Jouant le jeu, les gars mirent sans un mot le cap sur les restes de la *Vive*.

Des corps sans vie cognaient la coque. Je me contraignais à leur jeter un coup d'œil, angoissé d'y reconnaître mes hommes. Nous recueillîmes un premier réfugié, un jeune garçon d'une vingtaine d'années, blond comme les blés, qui resta prostré un bon moment avant qu'on puisse lui extorquer son nom : Nario.

Arnat, à la proue du canot, guettait un signe de Calixte ou d'Hatton. Nous avions grand besoin de sa chance insolente. Si quelqu'un pouvait, dans ce désastre, retrouver morts ou vifs nos deux compagnons, c'était bien lui.

Nous avions presque parcouru la totalité du champ de débris, recueillant six autres marins à notre bord. L'un d'entre eux avait eu la jambe arrachée par un requin et perdit la vie quelques minutes après avoir été secouru. Nous dûmes nous résoudre à remettre le corps à l'eau, car nous manquions de place sur notre esquif. S'il restait des survivants, on n'en entendait plus le moindre signe. Un silence morbide pesait sur le carnage, troublé seulement par le bruit des vagues et celui des squales qui affleuraient de temps à autre à la surface.

Nous contournâmes un morceau d'épave un peu plus imposant que les autres, et Arnat poussa un cri de joie. Sur ce qui était un fragment de coque encore vaguement assemblé étaient réfugiés trois hommes. Hatton tenait Calixte par le bras, pour éviter qu'il ne sombre : l'archer était assommé, sinon mort. Je retins mon souffle, essayant de déceler une trace de vie. Une balafre ensanglantée béait sur le côté de sa tête. Son corps noueux était couvert d'éraflures, ses cheveux blonds poisseux de sang. Hatton se maintenait d'une main à leur radeau, appelant à l'aide d'une voix presque inaudible. Il continua encore d'appeler bien après que nous l'eûmes ramené à bord, en état de choc, avant de sombrer lui aussi dans l'inconscience. Il fallut deux hommes pour lui faire lâcher le bras de Calixte. Je ressentis une bouffée d'amour inconditionnel pour mes deux blessés, puis reportai mon attention sur le troisième survivant. Qui n'était autre que le capitaine Erte, l'homme qui nous avait laissés en plan. Également estropié et inconscient, le capitaine avait été grièvement blessé par un morceau de bois effilé comme une pique, encore enfoncé dans son flanc. Le sang en sourdait, noir et épais. Il avait cependant réussi à se hisser entièrement sur l'épave, privant ainsi Hatton et Calixte d'un abri plus sûr et les laissant barboter à la merci des requins. En y mettant un peu de bonne volonté, il y aurait eu de la place pour trois.

C'en était trop. Sans un mot, j'indiquai à mes hommes de mettre le cap sur la côte. Je n'eus pas mauvaise conscience de l'abandonner : il était de toute façon condamné. L'odeur pestilentielle qui émanait de sa blessure au ventre ne laissait aucun doute. Les autres marins réfugiés, trop choqués, trop fatigués ou trop indifférents, ne protestèrent pas.

Chapitre 3
Le retour

Après deux jours et deux nuits à ramer sans trêve, relayés par les six survivants repêchés sur les lieux de la débâcle, la terre ferme se dévoila enfin. Sans eau, sans nourriture. Mais vivants. Calixte était toujours inconscient, et un autre gars souffrait d'une vilaine blessure au ventre et s'affaiblissait d'heure en heure. Un gros costaud grisonnant qui était le maître voilier de la *Vive*. Nario profitait de la moindre occasion pour s'approcher de lui et tenter de le ranimer. Il n'y avait rien à faire. Sourd aux appels du jeune marin, la respiration du vétéran ralentit et finit par s'arrêter. Nario me jeta un regard plein de larmes. L'injustice ironique de la situation me prit aux tripes : l'homme expirait alors même que la chaloupe s'échouait sur la plage.

« Tu le connaissais bien ? » fis-je en posant la main sur l'épaule du gamin.

Nario acquiesça en reniflant bruyamment.

« Ton père ? demandai-je.

— Non. Mais j'aurais bien aimé. Dites, vous croyez qu'on pourrait lui offrir des funérailles dignes de ce nom ? »

Sa voix se faisait suppliante. Nous étions à bout de forces, et peu d'entre nous connaissaient le mort. Pourtant, personne n'eut un instant d'hésitation. Trop de victimes avaient été livrées aux requins. Trop de familles pleureraient des hommes à jamais perdus dans l'océan. Chacun dénicha des fagots de bois mort et le maître voilier fut immolé sur un bûcher presque respectable. Lui offrir ce minimum de dignité me fit un bien fou. Nario sécha ses larmes et laissa sur les braises une broche d'étain en forme de navire.

« Quelqu'un sait où on est, exactement ? lançai-je à la cantonade.

— Près de Salamante, répondit un des marins. Un petit village de pêcheurs situé entre Assale et les îles Esteres. »

Il nous fallut encore trois heures de marche, en portant les blessés, pour parvenir aux abords du patelin. Nous fûmes accueillis par des villageois empressés et curieux de connaître nos déboires. L'accoucheuse du village prodigua les premiers soins aux blessés. À part son épuisement, Hatton se portait bien, mais Calixte nous inquiétait beaucoup. Un hématome violacé lui gonflait une bonne partie du visage. La femme lui appliqua un cataplasme malodorant et il finit par reprendre conscience, mais il demeurait très faible et avait grand besoin de recouvrer des forces. Je le forçai à avaler quelques cuillerées de soupe bien chaude.

« Désolé de t'avoir entraîné là-dedans, mon gars », murmurai-je à son oreille.

Il s'était déjà rendormi.

Le reste de la troupe se jeta avidement sur les poissons fumés et miches de pain que nous apporta une femme aux airs affolés. J'appris plus tard que son fils cadet était parti sur la *Vive*. Il ne faisait pas partie de ceux que nous avions pu sauver.

J'encourageai les hommes à ne rien divulguer, soutenu par Gartin qui avait retrouvé des couleurs, mais restait marqué par notre dramatique expédition. Moins bavard, il en devenait presque supportable. Comme moi, il supposait qu'Ydes et les autres fédérateurs souhaiteraient avoir la primeur de l'information, afin de pouvoir décider de la marche à suivre. Les villageois en furent donc pour leurs frais, sauf la matrone qui s'éloigna, abattue, pour pleurer son fils. Les mots étaient inutiles, les mères comprennent ces choses-là.

Le devoir m'ordonnait de repartir au plus vite, mais plus personne n'en avait l'énergie. Nous nous écroulâmes sur les paillasses que les villageois disposèrent pour nous dans une salle commune. D'après l'odeur, la pièce devait servir à préparer le fruit de leur pêche. Cela ne nous empêcha pas de nous enfoncer dans un sommeil tourmenté. Je passai une nuit hachée par les cris de Nario qui revivait dans ses rêves la catastrophe et la mort de son ami. J'étais, quant à moi, encore hanté par la sensation de paralysie provoquée par la « voix ». Comment lutter contre une telle capacité ? Je frissonnai en songeant aux implications d'un tel don. Je ne connaissais aucun charmeur caldécien capable d'entrer dans la tête d'un homme et de tourmenter son esprit. Et que fallait-il penser de son copain ? Les seuls dresseurs que nous connaissions se contentaient de charmer des ours sur les pistes des cirques ambulants, et non des marsecs légendaires par meutes entières.

L'aube arriva enfin. Calixte semblait quelque peu revigoré, même s'il faisait peur à voir. Je hélai ma petite troupe :

« Debout, les gars ! »

Concert de gémissements variés. Ivold s'étira et grimaça de douleur :

« Avec un peu de chance, ils ignoreront ce patelin et on pourra s'installer ici. J'ai toujours rêvé de devenir pêcheur et d'épouser une bonne grosse poissonnière. »

Un sourire en coin, il chassait les mauvais souvenirs par l'humour, tout en rassemblant ses maigres affaires, comme bientôt le reste de mes compagnons. Finn aiguisait amoureusement le tranchant de sa hache d'armes, qu'il avait miraculeusement gardée avec lui tout au long de nos mésaventures. Calixte, en revanche, avait perdu son arc et ses flèches. Malgré son état, il nettoyait tant bien que mal ses couteaux de jet afin de les protéger de la corrosion. J'en fis autant avec mes lames. Après un déjeuner que nous dévorâmes comme si nous n'avions rien mangé la veille, les villageois nous rendirent nos vêtements qu'ils avaient rincés à l'eau claire et séchés devant le feu durant la nuit. Nous enfilâmes avec plaisir nos gambisons presque secs et débarrassés du sel. Des six survivants ramenés avec nous, seul Nario avait demandé à nous accompagner. Les autres prendraient la route plus tard, le temps de se remettre. Les adieux furent difficiles. Ces quelques jours en mer à côtoyer la mort ensemble avaient créé des liens.

Nous avions négocié l'emprunt d'un chariot et d'un buffle des marais afin de transporter quelques vivres et Calixte, qui n'était pas en état de marcher. Les habitants n'avaient malheureusement pas de chevaux à nous donner. Il nous faudrait parvenir jusqu'à Récif pour nous en procurer. Au besoin, Gartin était en possession d'un document officiel autorisant leur réquisition.

Le buffle, nommé Balourd, se laissa harnacher paisiblement. Il prit le pas lorsque Nario tira sur la corde reliée à l'anneau de fer passé dans ses naseaux. Aussitôt, il justifia pleinement son nom. Calés sur son allure lente mais immuable, nous parcourûmes la route côtière. Nous scrutions l'horizon et la mer, de peur de voir les voiles blanches des nefs volantes surgir à chaque instant.

« Et si les navires se rendaient directement à Assale ? s'inquiéta Finn.

— Les fortifications de la cité sauront retenir les envahisseurs, et les marsecs leur seront inutiles, rétorqua Ronn.

— Je n'en serais pas si sûr, à ta place, dit Ivold d'un ton inquiet. Ces deux-là, c'étaient pas des charmeurs… normaux. Je veux dire, ces gaillards, on n'en a pas des comme ça chez nous, et loin s'en faut. »

Arnat acquiesça, l'air sombre.

L'enceinte de Récif apparut au milieu du deuxième jour. Forçant l'allure sur les dernières lieues, nous nous présentâmes aux deux plantons qui gardaient la porte nord. Sur leurs gardes. Nerveux, même. Un mauvais pressentiment m'envahit. Ils n'avaient pas l'attitude typique des soldats désœuvrés de ce genre de petite ville, dépenaillés ou ivres, voire les deux.

Gartin usa sans vergogne de sa position pour réclamer chevaux et vivres. Un des gardes le retint alors qu'il s'apprêtait d'autorité à passer la porte.

« Des vivres, on a. Mais pour les chevaux, ça va pas être possible », répondit-il, les dents serrées.

Gartin lui brandit son parchemin sous le nez :

« Ceci, soldat, est un laissez-passer signé de la main du seigneur Ydes lui-même. *Tu dois me procurer ce que je demande.*

— Ah mais c'est pas que j'veux pas, reprit l'homme avec un rire acide. C'est que des carnes, y'en a plus.

— Comment ça, il n'y en a plus ? Ils ont été réquisitionnés ? s'étonna Gartin, déstabilisé.

— Non. Sont partis. Et on a dû tuer ceux qui étaient restés. »

Silence.

J'échangeai un regard empli d'effroi avec Ivold. Le Récifien poursuivit :

« Et pas qu'eux, toutes les autres bêtes. D'un coup, elles ont pris la rage. Les chiens ont tué leurs maîtres, les bœufs ont chargé droit devant, quitte à embarquer leur attelage dans le port. Notre verrat a déchiqueté la jambe de ma sœur alors qu'elle venait lui apporter à manger, ragea-t-il avec une grimace amère.

— Et vous avez vu les navires, n'est-ce pas ? l'interrogeai-je d'une voix blanche.

— Ouais. Ma femme est un peu charmeuse. Elle m'a dit qu'elle l'avait senti. Que ce sont eux qui ont fait ça. »

Il n'eut pas besoin d'en dire plus, tous les charmeurs de Caldécie avaient dû « sentir » quelque chose. Il serra les poings, puis se radoucit :

« Bon. Vous entrez, et vous allez à l'auberge du Chat Bleu. Lorraine aura ce qu'il vous faut pour la suite. Mais faites attention. On est encore aux prises avec les rats. Et lui, il reste là », dit-il en désignant Balourd, qui, fidèle à lui-même, ruminait sa ration.

Le chariot et le buffle, solidement attaché, restèrent sous la garde des plantons. Calixte insista pour venir avec nous, et Hatton lui proposa son bras pour le soutenir.

Notre entrée en ville passa relativement inaperçue auprès des habitants, trop occupés à chasser les rongeurs. À moins que ce ne fût l'inverse. Une petite meute s'attaqua vaillamment à nos solides chausses, tandis qu'un gros mâle plantait ses dents comme des rasoirs dans la cheville non protégée de Gartin. Ces saloperies jaillissaient de partout. Un rat plus agile que les autres parvint par-derrière à escalader ma jambe et s'apprêtait à entrer sous mon plastron. Loan m'en débarrassa d'une grande tape qui me coupa le souffle. Il repartit auprès de son jumeau, et ils s'esclaffèrent tout en massacrant le reste de la vermine, pendant que je me contorsionnais pour faire tomber du revers de la main le sang et les tripes qui me maculaient le dos.

Des centaines de cadavres de rats gisaient dans les rues parmi ceux des chevaux, buffles, chiens ou goélands qui avaient eux aussi trépassé, laissant place à une scène de désolation. Si nous n'avions pas été témoins d'un phénomène tout aussi spectaculaire en mer, il aurait été plus facile de croire que les habitants avaient été pris de folie plutôt que leurs animaux.

L'enseigne en fer forgé du Chat Bleu représentait un chat s'apprêtant à plonger sur un gros rat. Quelle ironie ! Sa façade était percée de grandes fenêtres sur toute sa longueur, avec de petits carreaux rendus presque opaques par la suie, le tabac et la crasse.

À l'intérieur, une vaste pièce était meublée de tables grossières et de bancs, pour certains renversés. Des verres et des assiettes pleines posés sur les tables témoignaient du départ précipité des clients.

De l'arrière-salle, une voix nous parvint :

« Ça vient, ça vient ! » Puis un choc sourd. « Là ! Toi, on ne t'y reprendra plus, mon p'tit gars ! »

Une forte femme sortit de ce qui semblait être la cuisine et s'essuya les mains sur un tablier qui avait connu de meilleurs jours.

« Mes excuses, étrangers ! Bien le bonjour ! Pardonnez tout ça », fit-elle en englobant d'un geste le désordre et elle-même.

« Rassurez-vous, je n'étais pas en train de préparer le repas de ce soir. Je me débarrassais de quelques indésirables. Qui ne sont pas des habitués de la maison, je tiens à le préciser. »

Sur quoi elle plaqua avec un grand bruit un rouleau à pâtisserie de taille respectable sur le comptoir. À en voir l'état, je me pris à espérer qu'elle ne s'en servît plus pour faire un quelconque gâteau. Jamais.

« Si vous voulez bien patienter un peu, je vous débarrasse une table et je vous sers quelque chose. Ce ne sera pas de la grande cuisine, j'en ai peur, mais j'ai du pain et de la viande en salaison. Et une bonne bière brassée par mon fils Tom, si ça vous dit. »

Un peu, que ça nous disait.

Nous l'aidâmes à redonner un peu d'allure à son établissement, remettant les bancs sur pied, empilant les assiettes dans de grands baquets. Hatton aurait bien proposé notre aide à la plonge, mais j'estimai que cela écornerait notre image de fiers vétérans. Nous mangeâmes de bon cœur, heureux d'avoir autre chose à nous mettre sous la dent que les poissons séchés offerts par ces braves villageois de Salamante. La bière était au-delà des promesses de la patronne : un excellent breuvage, ambré, amer juste ce qu'il faut, et bien frais d'avoir été conservé à la cave.

« Auriez-vous de quoi nous vendre un peu de vos réserves ? On a encore deux jours de route à faire », demandai-je avant que Gartin n'intervienne encore avec ses exigences.

— Oh, je pense bien qu'avec tout ce qu'on va débiter, vous pourrez emporter une ou deux belles pièces, elles ne manqueront pas ! On n'aura jamais le temps de mettre tout ça en salaison. Le soleil tape, et la plupart de la viande sera gâtée avant ce soir. Si vous voulez aider, revenez avec une ou deux poules bien vivantes et pas trop folles avant l'hiver, ça me sera utile. D'ici quelques mois nous allons manquer. »

Je marquai un temps d'arrêt.

« Quoi ? Même les poules ?

— C'est pas qu'elles m'auraient fait grand mal, mes poulettes, mais quand c'est arrivé elles se sont mises à courir partout. Elles se sont tordu le cou en fonçant tête baissée contre les murs du poulailler. » L'aubergiste eut un petit rire triste. « Ça a l'air de se terminer, fit-elle en montrant un rat qui plongeait à l'abri d'un trou entre deux pierres. Si vous restez, ce soir, ce sera volaille en ragoût », précisa-t-elle.

Je la remerciai et expliquai que nous devions reprendre la route au plus vite. Les bras chargés de victuailles et d'un petit tonnelet de bière, nous repassâmes au nord de la ville chercher notre buffle. Le garde demanda des renforts, avec si possible du bétail pour remplacer le cheptel perdu. Je promis de faire mon possible, car Gartin ne se sentait visiblement pas concerné. En longeant la ville, nous vîmes des habitants entasser des dépouilles d'animaux dans des charniers. D'autres jetaient des pelletées de chaux vive pour limiter la décomposition. Des silhouettes recouvertes de draps étaient disposées, alignées, le long de la palissade de bois. Qu'allions-nous trouver une fois rendus à Assale ?

Chapitre 4
Surpassés

La capitale baignait dans une ambiance enfiévrée. Surplombant une douzaine de petites nefs blanches, quatre gros navires de guerre encombraient l'entrée de la rade.

« Où sont les bateaux caldéciens ? demanda Hatton.

— Il y a des gabares là-bas, pointa Finn. Ils ont dû s'enfuir en voyant les autres approcher.

— Ils ne s'en sont pas tous tirés », rétorquai-je.

Des mâts affleuraient à la surface des flots.

« Les salauds… Je parie qu'ils ont envoyé par le fond tout ce qui ressemblait à un navire armé.

— Je parierais ma solde qu'il y a un charmeur dans chacun des vaisseaux amiraux, dit Arnat.

— Toi et ta manie de miser sur tout et n'importe quoi ! râla Hatton.

— Là-dessus, il ne prend pas trop de risques, intervint Ivold. Je les sens aussi. Ils sont tellement puissants qu'ils saturent ma perception. »

L'armada ennemie siégeait devant les quais, les plus gros navires à l'écart. D'après les passants que nous pressâmes de questions, la flotte était arrivée la veille au soir et avait coulé tous les navires caldéciens à sa portée avant de s'immobiliser. Depuis, rien à signaler. Pas d'animaux fous. Pas de bataille. Seul le silence, identique à celui qu'ils nous avaient offert avant de couler nos navires.

Je laissai mes gars rentrer dans leurs quartiers se reposer et prendre soin de Calixte. L'archer reprenait petit à petit des forces et mettait un point d'honneur à marcher un peu plus chaque jour depuis notre départ de Récif. Les jambes flageolantes et la bouche sèche, je pris la direction de la résidence du fédérateur Ydes.

« Tu es en train de me dire que la fine fleur de nos navires, armée jusqu'aux dents, prête à affronter n'importe quel ennemi, a été prise au débotté et que les seuls survivants sont les membres de ta bande de bras cassés ? »

Ydes prenait la nouvelle aussi bien que je me l'étais imaginé. Gartin, qui m'accompagnait, restait silencieux pendant que le fédérateur parcourait de long en large son bureau à grands pas. Son poing s'abattit contre une armoire sculptée et peinte aux couleurs des Longues Côtes.

« Par tous les démons, cette histoire n'a aucun sens ! Nos navires se sont laissé démonter par un banc de poissons en colère, sans même parvenir à couler un de leurs damnés bateaux ?

— Ça s'est passé trop vite, et leurs charmeurs…

— Je ne crois pas que nos capitaines aient pris toutes les bonnes décisions, fédérateur », me coupa Gartin.

Je l'avais cru tétanisé par le coup de gueule de Ydes. Il s'avérait que cette petite fouine attendait l'occasion de se placer sur le devant de la scène, si possible en se dédouanant de toute responsabilité. Il proféra d'un ton docte :

« Je pense que notre flotte aurait pu bien mieux se défendre. Les équipages ont paniqué à la vue des marsecs, et les capitaines ont préféré tourner le dos à la bataille au lieu d'affronter l'ennemi. Ils ont cru pouvoir fuir à temps et ont payé chèrement leur erreur. Vous, seigneur, saurez leur apprendre qu'on ne pénètre pas dans la Fédération sans y être invité. »

Estomaqué par le culot de ce vermisseau qui s'était accroché à nos basques en pleurant durant toute la débâcle, je tentai de nuancer :

« Les capitaines ont certes fui, mais je ne crois pas que vous ayez suffisamment insisté sur le danger que représentent les ch…

— Tu serais donc prêt à pardonner à ceux qui t'ont laissé en plan ? gronda Ydes.

— Ce n'est pas ce que j'ai dit. Leur technologie et leurs pouvoirs dépassent de loin les nôtres, de très loin. On devrait peut-être essayer d'entamer des pourparlers plutôt que de se jeter de nouveau dans une bataille.

— Ta virée en mer t'aurait-elle rendu timoré, mon vieil ami ? Gartin a raison. Ces prétentieux étrangers ont commis une erreur. Je ne sais s'ils attendent plus de renforts ou s'ils pensent bêtement que je vais leur donner les clés de la ville sans me battre, mais en tous cas ils n'auraient jamais dû se camper devant nos murs sans bouger. Dacien, rentre dans tes quartiers, repose-toi un peu. Demain tu auras de quoi t'occuper. Gartin, tu viens avec moi. Nous convoquons les fédérateurs au clocher. J'entends bien organiser un coup de force au plus vite. »

Cette vipère de Gartin aurait l'oreille du fédérateur pour elle seule. Je tentai une dernière fois de protester, mais Ydes me congédia d'un coup de menton sévère. Un sentiment d'impuissance et d'injustice me fit baisser la tête. Comment lui expliquer ce que nous avions vu ? Et pourquoi Gartin, qui était resté terrorisé durant toute l'aventure, prenait-il soudain des intonations de général ? Ne trouvant pas les mots, je ne pus que les laisser s'éloigner. Je gardai en bouche le goût amer de l'appréhension, une saveur que j'avais rarement connue durant ma carrière.

Revenu dans mes modestes appartements, au troisième étage de la caserne, je pris le temps de prévenir mes hommes. Quelques-uns étaient portés manquants, mais je ne fronçai même pas les sourcils. Ils prenaient un peu de bon temps au bordel ou serraient dans leurs bras leur régulière, et je n'allais pas le leur reprocher. J'étais pris du sentiment glacé que nous n'aurions pas l'occasion de passer une soirée tranquille avant longtemps.

« Gardez-vous de répandre trop de détails sur ce qu'on a vécu. Démoraliser les troupes ne sera pas vu d'un très bon œil. Et peut-être vaut-il mieux de toute façon que les soldats soient armés de confiance. Ils en auront besoin », expliquai-je.

Comme pour confirmer, le son grave du clocher retentit, deux fois. Le rappel des troupes. Nous échangeâmes des regards lourds de sens. Ydes avait rallié les autres fédérations à sa cause. Assale allait porter le premier coup.

Le lendemain, aux premières lueurs du jour, la quasi-totalité des hommes d'armes disponibles, ainsi que tous les civils assez grands et agiles pour manier un gourdin furent employés à la plus grande dératisation qu'Assale avait jamais connue. Au moins une information que Gartin n'avait pas trop déformée. Les animaux de trait, le bétail, les bêtes de compagnie furent soigneusement confinés. La glorieuse unité de cavalerie se trouva réduite à nous accompagner pour chasser la vermine. Nous ne parviendrions pas à éliminer tous les rongeurs, mais les fédérateurs espéraient ainsi limiter la capacité de nuisance du dresseur ennemi, dont la proximité, et celle de ses comparses, rendait Arnat et Ivold extrêmement tendus.

Ils n'étaient pas les seuls. Je reçus l'ordre d'employer mon unité à boucler les sorties de la ville, sans en comprendre la raison. Jusqu'à ce qu'il fallût nous frayer un chemin dans une foule dense.

« Il y a plein de charmeurs, ici », renifla Arnat.

Ça grognait, aux portes.

« Hors de question que je reste là ! beuglait un homme râblé. Vous avez pas le droit de nous retenir ici !

— C'est l'état d'urgence, mon gars. On te demande pas ton avis », aboya un garde en faction.

En effet, ils avaient besoin de renforts. La pression se faisait intense. L'homme commença à tisser quelque chose.

« Fais-pas ça », intervint Ivold.

L'autre lui lança un regard où se mêlaient colère et panique. L'air sous ses doigts se troubla et se mit à vibrer.

« Je sais ce que tu ressens, reprit Ivold. Moi aussi, je les flaire. Alors tu sais déjà ce que je vais te dire : il va y avoir besoin de toutes les forces disponibles pour défendre la ville. Toutes.

— Alors qu'on est considérés comme des moins que rien depuis toujours ? J'ai pas l'impression d'avoir une dette envers la Fédération. Et puis d'ailleurs c'est vrai. Il suffit de sentir les monstres qui sont là-bas : face à ça, nous sommes bel et bien inutiles. »

Il relâcha ses doigts et une bulle d'air fusa entre les jambes d'Ivold. Elle se délita dès qu'elle toucha le sol, soulevant à peine la poussière.

« Peu importe, dit Ivold à la cantonade. Chacun fera ce qu'il pourra. Les non-charmeurs aussi devront se défendre. Si vous n'avez pas de pouvoir utile, faites comme eux : prenez une dague ou une épée. »

L'homme baissa les yeux, et un flottement s'installa parmi la foule. J'en profitai pour forcer le passage et nous parvînmes jusqu'aux gardes. Je fis placer mes hommes en cordon, lames au clair.

« J'aime pas ça, gronda Calixte.

— Moi non plus, répondis-je. J'ai pas spécialement envie de m'en prendre à un Assalien alors qu'on a une armée ennemie à nos portes. »

Heureusement, la foule se débanda devant nous et chacun regagna son chez-soi en bougonnant. Je soupirai de soulagement. Puis mes pensées se tournèrent de nouveau vers le port et l'armada qui nous y attendait.

Je n'avais jamais rechigné à me battre. Moi et mes hommes étions d'ailleurs plutôt bons à ce jeu-là, et fiers de faire partie des armées des Longues Côtes. Mais depuis le carnage en mer, j'avais pour la première fois perdu confiance. Mes gars baignaient eux aussi dans ce marasme où la peur se mêlait à l'impatience. Chaque moment d'inactivité s'étirait à en devenir interminable. La sempiternelle bonne humeur des jumeaux Loan et Ogar nous fut salutaire, quand ils ne passaient pas eux aussi par des moments de silence morne.

Quant à Arnat et Ivold, les deux charmeurs ruminaient la même question : comment ces étrangers pouvaient-ils accumuler autant de puissance ? Ils se perdaient en conjectures. Preuve que le mystère les taraudait, ils s'essayaient même à faire gonfler leurs charmes, pour tenter de comprendre un mécanisme qui leur échappait. Un comble, eux qui habituellement se reposaient tranquillement sur leurs acquis. Quoi qu'il en soit, leurs entraînements restaient vains. Ils étaient nés avec un charme d'une certaine puissance, et rien n'était de nature à l'amplifier.

Quand, enfin, vint le matin du troisième jour, l'habitude chassa les doutes et les questions. Ce fut presque avec soulagement que nous nous préparâmes au combat. Calixte avait été dispensé de la chasse aux rats et en avait profité pour se remettre de sa blessure. L'armurier lui avait fourni un nouvel arc avec lequel il s'était exercé, jusqu'à retrouver toute son habileté.

Nario, lui, ne nous avait pas quittés. Dernier né d'une grande fratrie, une mère morte en l'accouchant et un père ravi de se débarrasser d'une bouche à nourrir lorsqu'il était parti s'enrôler à bord de la *Vive*, il avait immédiatement accepté mon offre de l'accueillir dans nos rangs. Bon bretteur, surtout avec une rapière légère qui convenait bien à sa constitution fine, il était souple et rapide. Restait à lui inculquer les bons réflexes. Nous nous relayions pour lui prodiguer une formation accélérée, à laquelle il se pliait bien volontiers. Cela permit à chacun de fraterniser avec ce gamin dur à la tâche.

« Nario, tu nous colles aux basques, tu fais ce qu'on fait quand on le fait, et tu me demandes si un truc t'échappe.

— Oui, chef.

— Un vrai petit soldat », ricana Ogar.

Mais je les avais bien vus, lui et les autres, entourer de toute part le gamin. Une manière de le protéger un maximum, le temps qu'il se tanne le cuir.

Au son des trompes, les soldats rejoignirent la place de la Liberté. En quelques minutes, les casernes se vidèrent et la zone fut encombrée de militaires. Les armures cliquetaient comme autant d'insectes.

Le plan de bataille, exposé aux officiers la veille au soir, consistait à faire une démonstration de force en positionnant la piétaille, c'est à dire nous, sur les quais face aux navires. Les cinq fédérations entretenaient chacune une force armée plus ou moins conséquente. Malheureusement, les troupes de Nordie, des Hautes Marches, des Causses et des plaines de Mirra n'arriveraient que dans une semaine, au mieux. Pour le moment, il faudrait donc se contenter de la phalange des Longues Côtes, qui avait le mérite d'être sur place. Bien sûr, chaque dirigeant avait au moins une compagnie à ses côtés, mais elles resteraient en retrait pour garantir la sécurité de leurs seigneurs respectifs. La Garde du Palais était elle aussi sur le pied de guerre, mais cantonnée à la protection du majestueux édifice.

Nous ne faisions pas pour autant impression d'être en sous-nombre. Nos bataillons réunissaient sur la place presque quatre mille hommes et femmes d'armes. Il y avait longtemps que ces dames s'étaient taillé une place dans nos rangs. Une madone aux cheveux roux se plaça à quelques pas de moi. Elle dominait la foule d'une demi-tête. Sa carrure impressionnante ne l'empêchait pas d'être l'incarnation de la féminité. Je saluai Malena d'une courte révérence. Sa compagnie serait placée non loin de la nôtre et j'en étais ravi. Elle et sa troupe nous avaient tirés d'un sacré pétrin lors d'une campagne dans les Territoires du Sud. Une réputation héroïque les précédait. Malena menait ses soldats de main de maître et prenait toujours soin de sacrifier le moins de vies possible. Une donzelle en or, quoi, mais malheureusement déjà mariée.

À côté, Calixte tapait la causette avec un soldat aux cheveux ras.

« Alors, t'en as pas marre, d'être le seul tireur dans une troupe de piétaille ?

— Non, j'ai trouvé ma place.

— Tu sais qu'il y aura toujours un poste pour toi dans nos rangs, si tu décides de revenir.

— Merci, sergent. »

Les Longues Côtes étaient renommées pour leurs tireurs à l'arc précis et disciplinés. Calixte avait longtemps fait partie de la compagnie régulière des archers, mais il s'était pris d'affection pour nous au cours d'une expédition durant laquelle nous avions eu le plaisir de sauver son petit cul. La composition des troupes était habituellement plus rigide et réglementée, mais grâce à ma relation de longue date avec Ydes, je bénéficiais d'une certaine flexibilité. Dont il profitait d'ailleurs pour nous envoyer en missions discrètes, lorsqu'un déplacement officiel n'était pas nécessaire. Ou peu désirable.

« J'aime pas ce plan, grommelai-je.

— C'est pas si foireux, rétorqua Hatton. Même en imaginant que les bateaux soient remplis à ras bord de soldats, il leur faudra tout de même le temps de débarquer avant de pouvoir nous affronter. Ils devront mettre à l'eau des canots, et se feront cueillir par nos flèches.

— Mmmh. N'empêche, tant qu'ils ne mettront pas un pied à terre, nous, on sera là juste pour la décoration. Ou en guise de chair à canon. »

Les fédérateurs prirent place sur un large palier ménagé à cet effet dans l'escalier qui conduisait au Palais. Ydes se détacha du cortège. L'arrivée tardive des renforts fédérés était un beau cadeau pour lui : il allait pouvoir défendre la Fédération à lui tout seul ou presque, asseyant par là son avantage politique. Il avait dû peser de tout son poids pour mettre les troupes en action le plus vite possible et bénéficier de cette aubaine au maximum. Malin, mais risqué… Je ne pouvais m'empêcher de douter de nos troupes. Si elles se faisaient étriller, Ydes allait offrir la capitale à l'ennemi. Comment pouvait-il ainsi parier nos vies ? Gartin se matérialisa parmi les quelques notables assez importants pour côtoyer les fédérateurs. Il jouait des coudes pour se placer en bonne vue. Je grommelai un juron. Gartin faillit exploser de fierté lorsque le fédérateur lui fit signe de sortir du rang et de s'avancer.

« Soldats, citoyens, gens d'Assale et de Caldécie, aujourd'hui est venu le temps d'affronter un danger qui, hier encore, n'existait que dans la légende. Mais ne tremblez pas. Nos envoyés, fit-il en posant la main sur l'épaule de Gartin, les ont vus. Il n'y a pas de démons par-delà les mers, et très bientôt vous pourrez attester que ces hommes pissent le sang quand on leur plante une lame dans les entrailles ! »

L'armée poussa un rugissement de joie. Ydes savait fort bien s'y prendre pour motiver ses troupes, il fallait le lui concéder.

« Aujourd'hui, mes amis, est le jour où vous devrez défendre votre famille. Vos amis. Votre pays ! »

Rugissements, encore.

« Soyez fiers de vous, portez haut les couleurs des Longues Côtes et de la Caldécie, car aujourd'hui, nous renvoyons les étrangers à leurs mères, auprès desquelles ils pourront pleurer tout leur soûl d'avoir été fessés comme ils le méritent ! »

Rugissements toujours, puis la phalange se mit en branle. Les bannières des commandants guidèrent les soldats dans les rues qui partaient vers la mer. Le bataillon d'archers partit prendre place sur les toits, aux fenêtres, derrière chaque balustrade qui offrait un angle de tir valable. Des escouades avaient passé les deux derniers jours à repérer toutes les positions possibles et la manœuvre se fit sans hésitation.

« Les archers, je suis d'accord, dis-je en râlant. Mais faire étalage de toutes nos forces armées sur les quais, je ne comprends pas. Gartin a vraiment faussé le jeu.

— Et pourquoi il aurait fait un truc pareil ? demanda Ogar.

— Grande question. Vu sa tête, il est ravi de jouer au petit soldat. Sauf que c'est pas sa couenne qu'il met en jeu, c'est la nôtre. »

Je pris part au défilé en traînant des pieds, suivant l'oriflamme marquée d'un cerf bondissant du commandant Mirce. Quelques habitants étaient accoudés aux balcons et nous encourageaient, mais la plupart attendaient avec impatience que nos hommes aient dégagé les rues pour prendre notre suite. Il ne fallait pas provoquer les citoyens des Longues Côtes : ils aimaient trop la bagarre pour ne pas sauter sur une belle occasion. Ydes et ses prédécesseurs avaient appris à faire avec. Depuis des siècles, les citoyens étaient autorisés à accompagner les armées de métier, à condition qu'ils suivent les ordres et qu'ils ne se mettent pas dans nos pattes.

J'espérais qu'Ivold avait vu juste et qu'il y aurait deux ou trois charmeurs prêts à montrer des trucs intéressants en cas de combat.

Je ne pouvais m'empêcher de frémir. Malgré l'ordre et la discipline dans nos rangs. Malgré les beaux discours d'Ydes. Malgré l'engouement des habitants à nos côtés. Nous nous lancions dans une guerre sans être prêts à en payer le prix. J'observai les hommes autour de moi et me demandai lesquels seraient encore là dans quelques années pour raconter leurs exploits à leurs petits-enfants.

« Mais quel âne, celui-là ! » grommela Calixte en avisant un jeune civil qui suivait l'armée avec son chien en laisse.

Le clébard, un molosse à l'air débonnaire, reniflait de part et d'autre, se gavant d'odeurs.

Ronn saisit son maître par le col. J'hésitai un instant à le retenir. Quand il voyait rouge, il avait parfois du mal à discerner les limites et j'eus peur qu'il ne lâchât toute sa colère et sa frustration sur le jeune homme. Mais après ce que nous avions subi en mer…

« Quand ton fédérateur te donne un ordre, tu l'exécutes. Je me suis bien fait comprendre ? Si tu ne ramènes pas ton bâtard au chenil avant que j'aie compté jusqu'à trois, je lui tranche la gorge sur place. »

Le civil se liquéfia et disparut dans la foule à reculons avec son dogue. Ronn se tourna vers moi :

« J'ai comme l'impression que les citoyens n'ont pas vraiment pris la mesure du problème, Dacien. Pour les bestioles c'est déjà la merde, alors qu'on ne sait même pas ce que nous réservent leurs autres charmeurs. »

J'opinai sans un mot. De quoi alimenter les angoisses qui me taraudaient.

Lorsque nous débouchâmes sur les quais depuis la rue des Tanneurs, la flotte ennemie offrait toujours son angoissante immobilité. Nous eûmes donc tout le temps de prendre position, de nous ranger bien en ligne et de faire étalage des forces caldéciennes.

« C'est vrai qu'on a un peu l'impression d'être à poil, fit Loan.

— J'aurais préféré qu'on mette des troupes en embuscade. Au cas où.

— On vous demande pas votre avis, soldats ! »

Merde. Je n'avais pas remarqué que le commandant Mirce était si près. Ce gars avait une ouïe hors du commun. Je le soupçonnais d'être un peu charmeur sur les bords, mais je n'eus pas le temps d'interroger Ivold ou Arnat.

« Le prochain que j'entends critiquer les ordres, il passe en première ligne ! » beugla-t-il à la cantonade.

Je récoltai quelques regards en biais. On n'avait pas encore commencé la manœuvre que j'avais réussi à mettre le chef en rogne. Bel exploit.

Peu de temps après, râlant après les badauds armés qui de son fendoir, qui de l'épée du grand-père, des artilleurs se frayèrent un passage. J'appréciai leur minutie à caler leur canon, régler son orientation, disposer poudre et boulets afin de pouvoir recharger au plus vite. J'espérai pour eux que la gueule-à-feu ne leur exploserait pas au visage comme cela arrivait parfois. J'en avais déjà vu le résultat, et il avait fallu un sac pour récupérer tous les morceaux des malheureux.

Après un moment de silence, les soldats se détendirent en voyant que les étrangers restaient terrés dans leurs bateaux. Peu à peu le brouhaha s'amplifia, puis quelques insultes fusèrent. La foule de civils qui s'était placée derrière nous et aux fenêtres des bâtiments donnant sur le port s'en donna à cœur joie. Moqueries et projectiles improvisés volèrent vers les nefs, pourtant hors de portée. Une charmeuse fit naître de ses doigts un long fil argenté, qui oscilla dans le vent jusqu'à toucher le navire le plus proche. Un claquement résonna en même temps que le fil se dissolvait, mais le charme n'engendra ni dégât ni réponse.

Un coup de trompe mit fin au charivari. Dans chaque rue, chaque venelle attendait désormais une pièce d'artillerie, prête à tirer sur l'armada ennemie. La mer ayant depuis des siècles été pacifiée, avant même que la Fédération ne vît le jour, peu de fortifications se dressaient entre l'envahisseur et la ville. Les quelques couleuvrines placées sur les deux tours encadrant la rade n'étaient pas une grande menace. En plus des canons en réserve aux armureries, il avait fallu désarmer en partie le Palais pour pouvoir mettre en position ces postes d'artillerie. Toutes les troupes reculèrent en ordre, pour laisser le champ libre aux cannoniers.

« Merde ! » s'exclama Finn, qui trébucha sur les pieds d'un badaud surpris. Tous les deux se retrouvèrent au sol dans un beau concert de grognements et de jurons.

« Ce n'est pas le moment de nous faire remarquer, gros balourd, allez, debout ! fis-je en lui prêtant la main.

— Ouais, maugréa Ivold. J'le sens pas, j'le sens pas bien du tout. »

Pourtant, à être ainsi entourés de toute la phalange des Longues Côtes et des Assaliens solidaires, la confiance prit enfin le dessus. Une clameur accueillit les artilleurs lorsqu'ils allumèrent les courtes mèches et se replièrent, les mains sur les oreilles. Dans un fracas étourdissant, en quelques secondes, des dizaines de lourds boulets de fonte furent crachés en direction des nefs blanches. Un nuage noir obscurcit la vue et répandit une forte odeur de poudre et de métal chaud. Ce ne fut que lorsqu'il se dissipa au gré du vent marin que nous pûmes, nous pressant les uns les autres, apercevoir les dégâts.

Des cris de surprise retentirent, d'abord aux fenêtres et sur les toits, puis se répandirent dans les rues.

« Regarde un peu ça ! dit Hatton, consterné.

— Les mâts sont brisés, mais les coques… Les coques sont intactes ! Comment c'est possible ? » s'interrogea Loan.

Les boulets n'avaient laissé que d'insignifiantes marques noires. Pas une seule nef n'avait sombré.

« Encore un coup de leurs saletés de charmeurs ? demanda Finn.

— Je saurais pas dire », hésita Arnat.

Tout comme nous, soldats et citoyens tentaient de trouver une explication plausible à l'incroyable inefficacité de nos armes, quand un bruissement se fit entendre.

« Oh, non. Non, non, non, fit Nario en se bouchant les oreilles.

— Ça recommence ! » cria Ronn pour couvrir le bruit qui prenait de l'ampleur. Un bruit que nous avions déjà entendu, prélude à une pression qui monta dans nos têtes.

Le charmeur parla. De nouveau, ses intentions se frayèrent un chemin. À la manière visqueuse d'anguilles, elles rampaient, prenant le pas sur mes propres pensées. Il y avait de la jubilation, de la menace, du mépris. Mon esprit fut comprimé par un silence qui hurlait : *tu es à moi.*

Un sentiment d'outrage fit bondir mon cœur. Je n'appartenais à personne ! Je n'étais pas le seul à m'offusquer. Une armée entière, puis toute une ville derrière elle se mit à gronder. Jusqu'à ce qu'un citoyen hurlât depuis une fenêtre :

« Va chier, ou viens nous chercher, si t'oses descendre !

— Je sais pas pourquoi, mais je me dis que même Gartin aurait fait mieux que ça, côté négociation », s'amusa Loan.

Moi, ça ne me faisait pas rire. Pas rire du tout. Je repensai au naufrage, aux marsecs, aux morts, au sang, à la froideur de l'eau…

Ou bien était-ce l'air ? La chaleur estivale s'évapora et, en un instant, nous fûmes en hiver. De la buée s'échappa de mes lèvres quand je soufflai une exclamation silencieuse, et une brise glaciale s'infiltra insidieusement dans le col de mon surcot. Le vent forcit, et l'humidité de l'air se changea en petites paillettes qui nous piquaient les joues.

« Là, par contre, il n'y a pas de doute, fit Ivold. Il y a un charmeur là-dedans qui sait comment se servir des éléments. Puterelle, je déteste l'hiver !

— T'aurais pas quelque chose de neuf à nous apprendre ? bougonnai-je.

— Il est fort. Regarde. »

Il me désigna le centre d'Assale, dans mon dos. Une gelée blanche rongeait la cité et se répandait tel un champignon sinistre sur les fenêtres, frangeait les toits de guirlandes délicates et acérées, donnait à la capitale l'aspect d'une cité prise dans les glaces hivernales. Elle couvrait le dôme du Palais et des temples que nous apercevions par-dessus les toits et progressait à perte de vue.

Un bruit sourd. Je me retournai pour découvrir les eaux du port saisies par le gel. Ce phénomène était inédit dans nos régions relativement tempérées. La forme des vaguelettes, figées en plein mouvement, évoquait un tableau. La couche de glace prenait de la profondeur, et, soudain comprimée, cédait dans de longs gémissements presque mélodiques, entrecoupés de craquements plus secs et violents. Les nefs ennemies montèrent légèrement, poussées par les eaux gelées.

La foule était elle aussi comme prise dans la glace. Plus un bruit, plus un mouvement, des hommes interloqués, perdus devant un spectacle qu'ils ne comprenaient pas.

« Et alors, ils croient qu'on n'a jamais vu la neige ? se moqua Ogar pour briser ce silence ambiant. C'est pas un coup de froid qui va me faire rentrer chez moi. J'ai toujours aimé ça, moi », fit-il en bourrant un coup dans l'épaule d'Ivold.

Il est vrai que ma troupe, comme beaucoup de vétérans, avait foulé la mer de glace. Aux frontières de la Fédération, lors d'une pénible guerre en plein hiver contre des tribus nordiques pugnaces qui avaient des vues sur nos ports. Mal leur en avait pris. Mais la foule de citoyens, elle, découvrait quelque chose d'extraordinaire. Des chuchotements effrayés parcoururent les quais. Je n'en revenais pas. Personne ne semblait comprendre où était vraiment le problème. Même nos commandants observaient bêtement la banquise sans en tirer de conclusion. Je murmurai d'une voix blanche :

« Au lieu de taper sur des soldats tassés dans des canots, on va devoir tenir face à une vraie charge... »

C'est à ce moment-là qu'ils pointèrent le nez. Les flancs des nefs se fendirent pour révéler de larges ouvertures, vomissant des flots ininterrompus d'hommes en armes. Les grands navires également se vidèrent de leurs occupants. Bientôt la glace fut noire de cette armée en marche. Pris de court un bref moment, nos commandants eurent tôt fait de retrouver là un schéma plus conventionnel. Un choc allait avoir lieu entre deux ennemis, sur un terrain inattendu, mais après tout nous étions résolus à nous battre. On nous fit passer l'ordre de tenir nos positions. C'est avec une joie cruelle que nous encourageâmes les artilleurs à recharger leurs canons. En quelques gestes précis, notre bouche à feu était prête. Un coup de trompe lointain donna l'ordre de tirer.

« Mettez-leur-en plein les dents, les gars ! rugit Loan, aussitôt rejoint par son frère Ogar puis par les soldats et civils à proximité.

— Cette fois, je voudrais bien voir ce qui pourrait empêcher ces fumiers de manger du plomb », fit un des artificiers avec un sourire mauvais.

Un fracas de tous les diables nous parvint de la rue d'à côté. Je compris que nos voisins avaient vu leur pièce d'artillerie exploser lors de la mise à feu. Cris et gémissements confirmèrent mon pressentiment. Tout de suite après, notre propre canon propulsa sa charge dans un nuage pestilentiel… et resta en un seul morceau. Avec un mouvement de recul, l'artilleur qui était le plus proche de moi me montra :

« Tu vois, là ? » Il désignait une fissure qui courait le long du canon. Fine comme un cheveu. « On a eu de la chance de ne pas finir comme ceux d'à côté. Encore un coup et on est sûrs de finir en chair à pâté. Les autres pièces ne doivent pas être en bien meilleur état, elles ne sont pas faites pour tirer plus de trois, quatre coups. Et avec ce froid… le métal est fragilisé. Va falloir vous bouger les miches, messeigneurs, fit-il en esquissant une révérence et en dégainant une courte épée. C'est pas comme si on ne vous avait pas mâché le travail ! »

L'homme me montrait le champ de bataille. Partout, des hommes morts ou mourants teintaient la glace de leur sang. Cela dit, les boulets, bien que ravageurs, n'avaient pas non plus décimé l'armée ennemie. Des soldats sortaient encore des ventres béants des navires. Ils enjambaient leurs camarades sans y prêter attention. Aucun des blessés ne fut secouru, tous restèrent sur place, à geindre, les tripes à l'air. J'en restai pantois.

Les trompes caldéciennes hurlèrent.

« Allez, les gars ! Mettez-vous en place, on contient leur charge ! »

Ronn venait de s'exprimer. À ma place. Il me coula un regard sombre.

« T'as perdu tes mots, cap' ? Ça va pas ?

— Non. Non, ça ne va pas du tout. J'aimais déjà pas ce plan avant, alors maintenant qu'on va se prendre leur infanterie en pleine face, je ne suis pas certain que…

— Ne perds pas espoir, pas avant d'avoir trempé ta lame dans leur sang ! On va pas se faire rosser par des gars en robe, quand même ! Moi en tous cas, je refuse ! » intervint Ogar avec un sourire.

Je jetai un œil à Nario, abrité derrière nos grandes carcasses. Le jeune blondinet était tendu et tremblait de partout. Je regrettais de l'avoir emmené. Il n'était pas prêt. Les commandants eurent le bon sens de ne pas sonner une charge trop hâtive, car nous n'étions pas équipés pour nous tenir sur la glace. Les étrangers, en revanche, y cavalaient comme des lapins et avalaient rapidement la distance qui les séparait de nous.

Enfin, ils se trouvèrent à portée de flèches. Quand les archers reçurent l'ordre de tirer, un rugissement de joie applaudit la nuée de projectiles. Nos ennemis ne firent pas le moindre mouvement pour se protéger. Aucune panique, aucune formation de défense. Ils continuaient d'avancer sans se soucier de la mort qui fondait sur eux. Leur protection se résumait à leur cuirasse noire et un casque de matière similaire. Pas de quoi survivre à un carreau affûté. Et pourtant…

Seule une douzaine d'hommes gisait au sol. Ridicule.

« Comment c'est possible ? murmura, Arnat, hébété. Il y a peut-être un charme ?

— Tu y réfléchiras plus tard, l'interrompit Calixte. Leur armure a une faille au niveau du cou et une autre à la hanche. Contentons-nous de ça pour le moment. »

Il s'était frayé un passage jusqu'au canon désormais inutile et, perché dessus, tirait flèche sur flèche en jurant entre ses dents lorsque l'une d'entre elles ne trouvait pas les faiblesses décelées. Si je devais m'en tenir à ses bougonnements, il abattit cinq soldats. Puis le monde vola en éclats.

Un objet flou fusa sur notre droite. Lorsque le son du canon nous parvint, le boulet avait déjà frappé une façade ancienne en pierre. Instantanément, l'enfer fut sur nous. Un nuage de poussière nous aveugla et des débris de toutes tailles nous percutèrent, éjectés par le souffle de l'impact. Une forte odeur âcre et des lueurs qui rougeoyaient dans le brouillard nous alertèrent d'un important incendie. Nous n'eûmes pas le temps de nous concerter que, de part et d'autre, de nouveaux projectiles ravagèrent les quais. Chaque boulet pulvérisait des dizaines de soldats, pour finir par se fracasser dans un immeuble. Je ne l'avais pas remarqué lors du naufrage de la *Vive* et des autres bateaux fédérés, j'étais trop loin, mais l'évidence me frappa de plein fouet : ces boulets n'avaient rien à voir avec les nôtres. Ils émettaient un sifflement vibrant, presque un chant, et un léger halo les entourait. Quand ils entraient en contact avec leur cible, des fumerolles s'étalaient puis brûlaient d'un feu si violent qu'il vitrifiait tout sur son passage.

Des incendies se déclarèrent partout sur le front. Après un moment d'effroi, la foule armée des civils se débanda et remonta les rues à la recherche d'un endroit sûr, loin de l'horreur qui s'abattait sur nous. Choqué, couvert de poussière, je pris le temps d'un décompte rapide. Mes hommes étaient tous debout. Arnat s'était placé comme à son habitude en plein centre de notre petite compagnie. On ne m'enlèverait pas de la tête que notre survie devait beaucoup à son don. Sa chance devenait évidente à droite et à gauche de notre position. À moins de cinquante pas de nous, nos assaillants venaient de transformer deux immeubles en tas de ruines. Les canons semaient la mort à perte de vue. Je vis un boulet s'engouffrer dans la rue Beauregard. Un nuage de poussière et de fumée s'éleva un instant plus tard, au moins cent pas plus loin. La portée de ces armes était tout bonnement stupéfiante.

Serrant les rangs, nos troupes ne paniquèrent pas. La terreur était pourtant bien là, qui pesait comme du plomb sur nous. Il fallait tenir. À moins de faire donner du canon sur leurs propres troupes, les envahisseurs devraient bientôt arrêter de faire feu, car les premiers soldats approchaient désormais des quais. Lorsque les échos des tirs s'atténuèrent enfin pour laisser place aux cris des blessés et au bruit sinistre des éboulements, nous étions prêts.

Nous rongions notre frein de n'avoir pas pu nous battre face à face. Je réalisai qu'une poignée de civils étaient restés à nos côtés. Un homme âgé s'avança, tricota des mains avant de poser les paumes au sol. La glace devant lui commença à fondre petit à petit. L'influence de son charme ne dépassait guère les trois ou quatre pas, mais son courage me fit chaud au cœur. Un bruit sourd. L'homme tomba dans les eaux dégelées du port. Avant que son corps ne fût entraîné sous la glace, je vis son visage, défiguré par une blessure. Mais où était la flèche ?

J'observai, interdit, les soldats sortir de longs bâtons des carquois qu'ils portaient sur le dos. Je pris dans un premier temps ces armes pour des arcs, mais finis par saisir qu'il n'en était rien. Celui qui venait de tirer s'affairait à enfourner quelque chose dans un tube, à l'aide d'une fine baguette. Et ses compagnons qui faisaient de même n'annonçaient rien de bon. À bout de nerfs, plusieurs dizaines de Caldéciens bondirent sur la glace. Sous les beuglements des commandants confrontés à leur pire cauchemar, ils se ruèrent vers l'ennemi sans prêter l'oreille aux ordres. Leur charge était stupide : non seulement ils n'avaient pas l'appui de l'armée, mais en plus ils empêchaient les archers de tirer. La première ligne adverse leva ses armes.

« C'est quoi encore, cette foutaise ? fit Ronn, exprimant là le sentiment général.

— Des emmerdes, si tu veux savoir, lui grogna Finn.

— Des canons », repris-je d'une voix blanche.

Le tube. La baguette. La mèche qu'on allume. Les gestes étaient suffisamment éloquents. Et il était bien trop tard pour y faire quoi que ce soit.

Nos ingénieurs avaient depuis longtemps abandonné l'idée des canons portatifs. Plus encore que leurs cousines, les bouches à feu, ils avaient une pénible propension à exploser et à refaire le portrait de leurs utilisateurs.

À peine mis le pied sur les vagues statufiées par le gel, ceux qui avaient quitté nos rangs furent fauchés jusqu'au dernier par une salve mortelle de projectiles qui stridulaient bruyamment. Le bruit se dissipa. Une odeur métallique et poivrée nous parvint, poussée par la brise. Du corps des soldats touchés par les balles, une fumée s'échappait. Dans un ensemble d'une fluidité glaçante, la seconde ligne d'artilleurs se porta à l'avant, tandis que la première ligne se retirait tout en rechargeant ses armes.

Dans nos rangs, la frustration de n'avoir pu se battre à la loyale se mêla à une angoisse sournoise. Notre peuple était fier à la bataille, mais cet ennemi semait la mort à distance. Ils relevèrent leurs canons et firent feu de nouveau. À notre gauche trois hommes s'écroulèrent. L'un d'entre eux n'émit aucun son, tué sur le coup, mais les deux autres hurlèrent de douleur. La fumée se répandait sur leur peau avant de la ronger. Partout où ils étaient touchés, de vilaines cloques apparaissaient et crevaient aussitôt pour laisser place à de petits cratères qui allaient en s'élargissant. Bientôt, les deux martyrs cessèrent de s'agiter. Puis des coups de feu, encore. Et encore. La fumée dévoila une autre de ses propriétés lorsqu'un soldat touché s'effondra près d'un ponton en flammes. La brume entra en contact avec le feu et provoqua une explosion qui réduisit le pauvre homme en charpie. De toutes parts, morts et blessés clairsemaient peu à peu nos rangs, baignant de leur sang les pavés du port et les eaux gelées. Les survivants évitaient les fumées explosives comme la peste, créant des mouvements de foule chaotiques.

Un jeune charmeur perché à une fenêtre projeta vers les étrangers une bourrasque qui se chargea d'esquilles de bois, de cailloux et de tous les petits objets qu'elle rencontra en chemin. L'attaque heurta la première ligne qui était sur le point de tirer. Une dizaine d'hommes se retrouva projetée en arrière. Trois ne se relevèrent pas. La deuxième ligne le prit pour cible et il fut touché simultanément par quatre ou cinq projectiles. Sa chair grésilla tant et si bien qu'on l'entendait lorsqu'il reprenait son souffle, entre deux hurlements.

Les archers caldéciens décochaient sans discontinuer, mais pour une flèche qui touchait sa cible, des dizaines rebondissaient sur les cuirasses invincibles.

Une idée abjecte germa alors dans ma tête. Plus je la repoussais et plus elle m'obnubilait. Je me haïssais pour l'avoir eue, et pourtant elle s'imposait à moi avec plus de force à chaque instant. Sur les quais, les commandants retrouvèrent leur voix. Mirce, qui avait la responsabilité de notre section, beugla :

« Soldats de Caldécie ! Nous sommes face à un ennemi hors du commun. Si nous laissons passer les envahisseurs ici, c'est tout Assale qui leur sera offerte. Votre devoir est de protéger la ville, et vous le ferez ! Oui, vous le ferez. Quel qu'en soit le prix. Vous allez faire taire ces canons. Vous allez aujourd'hui montrer à ces étrangers combien vous prenez votre serment à cœur. Même la mort ne saurait vous faire reculer. Restez debout, restez jusqu'au dernier, défendez votre foyer ! Soldats, rassemblez-vous pour une formation en pointe ! »

Finn, médusé, s'étrangla :

« Formation en pointe ? On va charger ?

— C'est la seule option qui reste, mon gars, souffla Ronn. Foncer droit devant pour déloger les tireurs. Si on y arrive, on pourra peut-être ralentir leur armée.

— Comment ça, les *ralentir* ? Tu ne crois pas qu'on puisse les empêcher d'entrer ?

— Non. On n'a aucune chance. Ceux qui ne seront pas mis en charpie par les canons seront massacrés par leur infanterie et leurs charmes. Ils sont trop nombreux. Les fédérateurs auraient dû attendre les renforts. »

J'approuvai, abattu, d'un hochement de tête. Puis quelque chose attira mon attention. Près de notre position dans une venelle sans intérêt, j'aperçus une cape de couleur vive. Notre commandant ! Et Mirce n'était pas seul. Je vis au moins cinq hauts gradés filer discrètement vers le Palais. La fureur me prit. Je fis signe à mes hommes de me suivre un peu à l'écart. Quelques pas derrière les lignes denses des armées caldéciennes, les rues habituellement si animées étaient désertées par les habitants. Je soufflai sur mes doigts engourdis par le froid.

« C'était un honneur de servir à tes côtés, Dacien, murmura Ronn.

— Non. Pas maintenant. Pas comme ça.

— Tu crois qu'on peut s'en sortir, chef ? s'inquiéta Ivold.

— J'ai bien quelque chose en tête, mais je crois que ça ne va pas vous plaire. À moi non plus, d'ailleurs. »

Ma sale petite idée venait de prendre le pas sur tout le reste et se tailla enfin un chemin jusqu'à ma bouche.

« Je… je pense qu'on devrait se mettre à l'abri. Le temps de réfléchir à ce qu'on peut faire.

— Tu te fous de nous ! explosa Ronn. Tu es en train de nous demander de déserter ? »

Le reste de la bande n'en menait pas large, moi le premier. Ronn était de loin le plus intransigeant d'entre nous. Pas contre de petits écarts de temps à autre, mais il avait la loyauté chevillée au corps. Je croyais l'avoir aussi. Sauf que, face à la perspective d'une mort certaine, je venais de changer d'avis. À en voir mes gars qui regardaient leurs bottes sans prendre le parti de mon second, il en était de même pour eux.

« Merde, Dacien, si on n'y va pas, si on ne les empêche pas d'avancer, ils vont prendre la ville ! Et toi, tu veux aller te planquer comme le dernier des rats ?

— Ils la prendront de toute façon, c'est toi qui l'as dit, marmonna Finn.

— C'est facile à dire pour toi, tu n'as plus de famille ! » répliqua Ronn.

Finn serra les poings à s'en blanchir les phalanges. Seule ma main sur son épaule l'empêcha de faire ravaler ses propos à mon second. Finn avait eu, autrefois, une femme, un fils. Un commerce florissant, une autre vie. Il avait refusé de céder au chantage d'un malfrat et s'était réveillé, une nuit, entouré de flammes. Lui seul avait survécu à l'incendie.

« Mes cousins sont là-bas, ragea Ronn en montrant le champ de bataille. Et ton pote Margal, t'en fais quoi, Hatton ? Tu le laisses aller seul à la boucherie ? Ta régulière habite à deux rues d'ici, Calixte, tu sais quel sort ils vont lui réserver ? »

Difficile d'argumenter. Sûrement parce qu'il avait raison. Jusque-là, j'avais toujours couru à la bataille sans rechigner, mais avec la ferme intention d'en faire baver aux ordures d'en face, pas avec la certitude d'emmener mes gars à la mort ! Le jeune Nario observait notre dispute sans savoir vers qui se tourner. Hors de question de retourner là-bas et de le laisser crever sans même avoir pu l'entraîner correctement. À quelques pas de nous, les soldats étaient prêts à partir à l'assaut. Nous entendions leurs cris de guerre, mélangés aux hurlements de ceux qui se faisaient dévorer par la fumée.

« Ronn, repris-je, réfléchis un peu. Pour le moment, il n'y a aucun moyen d'enrayer cette invasion. Même sans leurs charmeurs, ils nous mettraient en pièces avec leurs saloperies de canons sur l'épaule. Sans parler des engins qui ont dévasté le port avant même que la piétaille ait eu à se frotter à nos troupes. Combien de temps crois-tu que l'armée va tenir les quais ? Dans le pire des cas, ces salopards n'auront qu'à se caler au chaud dans leurs bateaux et à faire donner leurs gueules à feu jusqu'à ce tout l'est de la ville soit réduit en poussière. Nous compris. Tu vois, je ne suis pas le seul à savoir additionner deux et deux, fis-je en montrant d'un geste de la tête une bande de fuyards.

— Je me rappelle un temps où toi et moi on n'hésitait pas à serrer ce genre de rats pour leur expliquer notre façon de voir », me répliqua Ronn.

Un point pour lui.

« Je sais », soupirai-je. Mais l'image des commandants en fuite était comme gravée sur mes rétines. Eux étaient allés se mettre aux abris, et on me demandait d'emmener bien gentiment mes hommes à la mort ?

J'arrivais à court d'arguments. S'il persistait à ne rien vouloir lâcher, il allait falloir l'assommer pour l'embarquer. Je refusais d'envisager que nous partions sans lui.

« Ronn, c'est trop tard, mon grand », dit Ivold en l'invitant à regarder vers le port.

Du coin de l'œil, je vis le vieux magouilleur agiter ses doigts à toute vitesse.

Sur les eaux gelées du port, derrière une fumée épaisse, des attaquants imaginaires découpaient les Caldéciens imaginaires sans effort. Des centaines de corps gisaient sur la glace rougie. Leurs premières lignes ennemies, serrées et ordonnées, étaient constamment remplacées par ceux qui avaient fini de recharger. Notre armée se faisait exterminer sous nos yeux. Et ce n'était pas une poignée d'hommes en plus ou en moins qui allait changer la donne. J'avalai ma salive avec difficulté : une boule me serrait la gorge. Nous entendions leurs cris de rage et de souffrance. J'avais beau savoir qu'Ivold était derrière cette vision d'horreur, que nos soldats n'avaient pas encore lancé leur charge, son réalisme restait terrifiant.

Le visage de Ronn se ferma, vidé de toute énergie, de toute émotion sauf d'un désespoir profond. Anéanti, il se laissa emmener doucement par Hatton, qui le guida vers le centre d'Assale. Nous laissions derrière nous les échos d'une dernière charge qui, nous l'apprendrions peu de temps après, allait fidèlement correspondre à l'illusion du charmeur.

La panique s'était emparée de la population. Partout, les habitants se cloîtraient chez eux ou prenaient en toute hâte leurs biens les plus précieux et se ruaient vers les sorties de la ville. Des familles entières se serraient pour éviter d'être séparées. Certains commerces étaient pris d'assaut par des pillards qui, la veille encore, étaient de fidèles clients.

« Les gars, on file vers la maison du seigneur Ydes. On va lui proposer notre escorte.

— Et tu t'es dit qu'on échapperait comme ça à l'infamie de la désertion ? » cracha Ronn, amer.

Il laissa échapper un rire acide lorsque nous nous cassâmes le nez sur la porte close. Pas un garde, pas un signe de vie, juste l'obstination des deux battants massifs. Mon second m'apostropha :

« Eh bien tu vois ! Ton cher fédérateur a mis les voiles aussi. Pas étonnant que vous vous entendiez si bien. »

Je serrai les dents et maugréai :

« Alors il est forcément au Palais. Avec les autres fédérateurs. On va se présenter là-bas. Nous serons plus utiles à leurs côtés. »

Louvoyant parmi les civils affolés, nous atteignîmes la place de la Liberté, où une populace dense se pressait dans l'espoir de se réfugier dans la forteresse. Les gens du commun se faisaient rudement éconduire par la Garde, alors que de temps à autre un éminent personnage parvenait à franchir le barrage. Nous approchions du cordon de soldats quand je marquai le pas. Un sergent accompagné d'une demi-douzaine d'hommes avait eu la même idée que moi. Le garde qui discutait avec lui faisait de grands gestes en direction du port. Le sous-officier tenta de forcer l'entrée et fut brutalement arrêté dans son élan. Je vis la pointe d'une pique sortir de son dos, bientôt noyée par le sang. Il agrippa, surpris, la hampe de la lance qui dépassait de son abdomen. Son regard croisa le mien. Doucement, il s'affaissa en avant. Je fis un pas pour le retenir et il émit un râle mouillé. Une écume rose lui emplissait la bouche. Les poumons. Ses yeux ne me quittaient pas. Je connaissais bien ce regard intense. Celui d'un homme sur le point de mourir et qui le savait. La mort délivra enfin le pauvre sergent. Ses hommes ne demandèrent pas leur reste et disparurent dans la foule.

Je me tournai vers mes gars sans trouver quoi leur dire. L'entrée du Palais était fermée. On ne nous y accueillerait pas, on nous renverrait au front, offrir nos vies pour gagner quelques secondes, le temps d'ouvrir les portes de la forteresse à un nobliau de plus. Nul doute que Gartin et Mirce avaient été accueillis à bras ouverts. Nous n'étions que de la chair à canon.

Je déposai le sergent à mes pieds. Je l'aurais bien traîné quelque part, vers un endroit plus digne, mais la pression de la foule était trop importante. Déjà on marchait dans son sang, on trébuchait sur lui sans le voir. Il fut englouti par la populace aveugle. Des femmes, leurs enfants dans les bras, suppliaient les soldats qui les repoussaient fermement. Le peuple continuait de se déverser, et les nouveaux arrivants prenaient la place de ceux qui avaient compris que la voie était close. Comme un fleuve poussif et paresseux, la cohue prenait finalement la direction des portes de la ville dans l'espoir de sortir de la nasse.

J'eus une pensée pour le seigneur Ydes. Avait-il lutté pour laisser entrer les femmes et les enfants, au moins ? Était-il comme moi horrifié par le déroulement funeste de la bataille que nous venions de fuir ? Tant d'hommes envoyés à la mort pour rien… Peut-être, tout simplement, préférait-il sa propre sécurité. Je fulminai en me remémorant l'attitude bravache de Gartin. Sa faute, tout ça était sa faute ! Pourquoi s'était-il échiné à masquer la puissance de cet ennemi ?

Désemparé, je laissai notre petite troupe se faire entraîner par le flot grouillant des civils vers la porte de Bran, au sud du Palais. Un profond abattement m'envahit. Fuir la cité. Déserter. En même temps, mon affreuse petite obsession exultait dans ma cervelle tourmentée : la survie était à notre portée, juste derrière les murs de la ville ! Déjà la froideur apportée par le charmeur étranger s'atténuait. La glace qui avait figé les eaux du port n'était plus ici qu'une mince couche de givre fragile.

Bien avant d'apercevoir les herses de la porte, nous fûmes arrêtés, puis comprimés par ceux qui arrivaient à notre suite. Jouant des coudes pour avancer, je me souvins que les soldats avaient reçu pour consigne d'empêcher les charmeurs et leurs familles de quitter la capitale. À tous les coups, personne ne leur avait donné de contre-ordre et maintenant c'était toute la population qui était coincée à l'intérieur des murs, charmeurs ou pas. Des coups de gueule retentirent, couvrant le chahut indistinct qui s'élevait du cortège.

« Ça s'agite, là-bas, m'informa Finn dont l'imposante stature lui permettait de dominer la plupart des citoyens d'une bonne tête.

— Méfiez-vous, dis-je. La situation risque de tourner au vinaigre, parce qu'une foule qui fuit, ça n'emporte pas que les bijoux de famille en partant. »

En effet, couteaux de cuisine ou feuilles de boucher accrochaient la lumière çà et là. Par-dessus les têtes pointaient nombre de piques et de gourdins improvisés. Parfois, le lourd marteau d'un forgeron ou la bisaiguë d'un charpentier dépassaient de sous une cape, prêts à servir.

Au-dessus des hautes maisons de ville, la fumée s'élevait comme un serpent gras et noir, sinuant au gré du vent. Les incendies venant du port s'étaient propagés aux habitations attenantes, puis à des quartiers entiers. Sans personne pour les contenir, les flammes s'élevaient et crachaient de longues gerbes d'étincelles qui donnaient au nuage noir des reflets de sang. Il flottait dans l'air une odeur âcre, qui prenait à la gorge et faisait tousser les enfants et les vieillards. Un effluve tenace parfaitement représentatif de mon état d'esprit : aigre et amer. Des tirs résonnèrent, en salves bien ordonnées. Comme en réponse, un grondement sourd nous parvint. Les vibrations s'en ressentirent jusque dans nos os. Pris entre les hautes façades, nous ne pouvions voir la scène, mais un ou plusieurs bâtiments avaient dû s'effondrer, rongés par le feu. Dans un état second, je me demandai froidement si tous nos soldats étaient déjà morts ou si certains se battaient encore. Un seul ennemi avait-il seulement goûté à une lame caldécienne ?

Ce vacarme, tel un signal, déclencha la fureur de la foule à bout de nerfs. Plusieurs civils lancèrent pavés et détritus en direction des gardes qui formaient un cordon précaire devant la porte. Une jeune fille tissa quelque chose, et un des gardes laissa échapper sa lame lorsqu'elle commença à se tortiller comme un reptile indolent.

« On y va, sinon les plantons vont se faire écharper ! » gueulai-je.

Je fonçai tête baissée et poussai sans ménagement une vieille dame qui hurlait des insultes. D'un coup d'épaule, je me faufilai entre deux grands gaillards. Nous n'y arriverions jamais à temps. Les gardes beuglaient à la foule de rester calme, de faire demi-tour, mais la multitude menaçait de se changer en un monstre aveugle d'une seconde à l'autre. Soudain, la pression devant moi se dissipa. Je relevai le nez pour découvrir les larges épaules de Finn. Il s'était placé en tête et tenait sa hache d'armes bien en évidence.

« Dégagez ! Allez, laissez passer ! » hurlait-il.

Sa voix puissante, couplée à sa carrure d'ours et à son arme, eut un effet dissuasif immédiat. Un jeune homme cracha au sol à notre passage. Sa compagne nous gratifia d'une injure. Nous n'avions pas beaucoup de temps. Une poignée de secondes, avant que la foule ne retrouvât sa rage et ne nous mît tous en charpie.

« On est bien contents de vous voir, les gars, fit un des gardes à notre arrivée. Il s'en est fallu de peu. Il y a d'autres hommes avec vous ?

— C'est pas ce que tu crois, fis-je, mal à l'aise. On n'est pas là pour vous aider à tenir la porte, on est venu vous dire de l'ouvrir en grand. »

L'autre me fixa d'un air abasourdi. La honte me fit monter le rouge aux joues. C'était une chose de déserter, mais c'en était une autre d'expliquer ça de vive voix à un collègue. Le garde me détailla sans comprendre.

« Non… Je peux pas faire ça. J'ai des ordres.

— C'est quoi ton grade, mon gars ?

— Adjudant.

— Ben voilà, adjudant : je suis capitaine. Et je te relève de ton poste ici. Fais ce que tu veux, tu peux emmener tes hommes au port, mais ça se passe très mal, là-bas. Et le Palais est fermé. En attendant, il faut que les civils évacuent. Si tu ne les laisses pas passer, ils vont vous mettre en pièces, toi et tes hommes. »

Le sous-officier venait de comprendre qu'on allait s'éclipser avec le reste des habitants. Une lueur de mépris étincela dans ses yeux gris. Je tentai le tout pour le tout. D'un geste, j'invitai Hatton et Finn à se charger de la porte. Je m'avançai vers les gardes, aussitôt imité par mes autres hommes. L'adjudant tira son épée du fourreau.

« Je vous préviens, ça ne va pas se passer comme ça !

— Arrête un peu tes foutaises. Si t'as pas reçu d'ordres, c'est parce qu'il n'y a plus personne pour les donner. Je n'ai pas envie de me battre contre toi, mais je le ferai s'il faut en arriver là. T'es sûr que c'est ce que tu veux ? T'as pas une frangine, une femme, une maman à aller chercher avant que l'ennemi ne mette la main dessus ? »

Le garde eut un moment d'hésitation. Derrière lui, ses hommes ne demandaient qu'à filer d'ici, ça se voyait à leur attitude nerveuse. Mais ils seraient prêts à nous affronter si leur sous-officier le leur demandait.

« J'ai pas spécialement envie de me battre contre vous non plus. Et avec eux encore moins, fit le soldat en désignant les civils. On me paye pas pour ça. Alors voilà : on va se replier, mais si jamais on m'accuse d'avoir désobéi à mes ordres, je dirai que c'est vous qui êtes responsable.

— Parfait. De toute façon je ne suis plus à ça près. »

Chapitre 5
Survivre

Une fois hors des murs, un silence gêné s'installa entre nous. Ici, le temps était de nouveau estival. La glace, les bombardements, le feu… tout ça avait la saveur d'un lointain cauchemar. Je réalisai que ma décision allait être lourde de conséquences. Pour moi, mais aussi pour mes compagnons. Ils m'avaient suivi, comme ils le faisaient toujours. Ils m'avaient fait confiance. J'avais fait de nous des traîtres. Des lâches.

« Je croyais qu'on nous laisserait entrer au Palais », osai-je en guise de justification.

Ronn était complètement renfermé, absent. Il ne nous prêtait aucune attention. Allait-il exploser d'un moment à l'autre ? Les autres restaient silencieux, penauds. Ils ne se risquèrent pas à critiquer notre situation, mais j'étais leur responsable. Je ne pouvais m'empêcher de ressentir durement leur déception.

Trois hommes en armes passèrent la porte de Bran au pas de course. L'un d'entre eux portait un ballot duquel dépassaient des vivres, mais j'aperçus également le reflet de quelque argenterie. Leurs méfaits leur collaient au visage, ces enfoirés avaient pillé avant de déserter. Le ressentiment qui m'envahit décupla ma culpabilité. Aux yeux d'un juge, nous serions châtiés de la même manière, des traîtres bons pour la potence. Un goût de bile m'emplit la bouche. Ronn fit une grimace écœurée. Pour la première fois depuis très longtemps, ma gorge se serra, et je luttai pour retenir une envie puérile de pleurer comme un gamin. Ma vie ici, notre vie, était terminée.

De lointains grondements nous parvinrent.

« Ils font donner les canons du Palais ! s'écria Hatton, effaré.

— Ils ont déjà pris les quartiers derrière le port ? s'étonna Finn.

— Si les autres soldats ont fait comme nous, il n'y aura pas eu grand monde pour leur offrir une résistance », maugréa Ronn, une lueur mauvaise dans le regard.

Le bruit sec des canons mobiles commença à résonner et nous fîmes tous silence. Résistance ou pas, si l'armée avait été massacrée sur les quais, ce n'étaient pas quelques poignées de civils dotés d'armes de fortune et des soldats en débandade qui allaient arrêter l'invasion.

« Faut bouger, cap', me dit Ivold. À cette allure-là, dans peu de temps ils auront nettoyé les alentours du Palais, et m'est avis qu'ils vont se pointer ici pour sécuriser la porte.

— Tu as raison, confirmai-je. Les gars, faites ce que vous voulez. Nario, il n'y a qu'à toi que je demanderai de m'accompagner. Tu n'es pas soldat depuis assez longtemps pour offrir ta vie aujourd'hui. On n'est même pas sûrs que ton nom ait eu le temps de se retrouver sur un registre. Avec un peu de chance, tu ne seras pas officiellement un déserteur. Je te ramène chez toi et après… Après on verra.

— Non. » Le ton de Ronn était sec, celui qu'il prenait quand il était sur le point de rentrer dans le lard à quelqu'un. « Tu fais de nous des traîtres et maintenant que c'est trop tard, tu nous dis que c'était une erreur ? Qu'on n'a plus qu'à retourner là-bas et aller nous faire voir ? Tu te fous de moi ? On t'a suivi jusqu'ici, ouais, et c'était pas la décision la plus honorable, sauf que maintenant on est là. Vivants. »

Il venait à demi-mot d'admettre que notre mort sur le champ de bataille n'en aurait sans doute pas changé l'issue. Je haussai un sourcil. Il reprit.

« Je refuse d'admettre que nous soyons vivants, que tous les autres soient… restés là-bas, tout ça pour rien. Hors de question qu'on aille errer dans la cambrousse, chacun de son côté. Tu nous as amenés jusque-là, et tu vas continuer. On va aller, tous ensemble, en Nordie, dans les Causses ou jusqu'en Territoire du Sud, je m'en fous, mais on va y aller. Et on va trouver de quoi composer une armée capable de faire face à ces salopards. Et quand on reviendra, ce sera pour reprendre la ville et leur montrer de quel bois on est faits. J'ai raté une bataille, mais j'ai bien l'intention de leur faire goûter de ma lame avant la fin ! »

J'étais si surpris que les mots me manquèrent.

« Moi, ça me va, dit doucement Finn.

— À moi aussi ! s'écrièrent d'une même voix les jumeaux.

— Alors, t'en dis quoi… capitaine ? reprit Ronn, plus doux.

— J'en dis… J'en dis que je ne peux pas vous promettre grand-chose, mais qu'on peut au moins essayer. Nario, on commence par te ramener chez toi et…

— Hors de question, s'imposa le jeunot. Personne m'attend au village. Je suis peut-être pas Assalien comme vous, mais j'ai pas envie de laisser ces étrangers se balader ni dans cette ville, ni dans nos campagnes. Je reste. »

Voyant les autres opiner du chef, je leur rappelai une dernière fois que nos bonnes intentions ne faisaient pas de nous des parangons de justice pour autant. L'accueil qui nous serait réservé, où que nous allions, risquait d'être fort peu chaleureux. Notre identité, ou tout au moins les contours de notre histoire seraient vite dévoilés. Nous avions autant de chance de nous retrouver pendus haut et court que d'être enrôlés.

Derrière nous, les coups de feu retentissaient de plus en plus près. Les foyers d'incendie progressaient vers l'ouest et le sud de la ville. De temps à autre, une longue flammèche nous était visible par-dessus les toits. Assale tombait, et les survivants qui s'échappaient de la cité étaient désormais moins nombreux, couverts de suie et de plaies. Nous prîmes tous un instant pour regarder la ville, notre ville, brûler. Nos amis étaient-ils encore en vie ? Nos quartiers encore debout ? Hatton m'arracha à ma contemplation morbide.

Parmi les réfugiés de tout poil, nous prîmes la première route qui se présenta et marchâmes dans la poussière vers l'ouest.

En sortant de la ville et de l'emprise du charme glacé qui avait gelé les eaux du port et les rues, nous appréciâmes la chaleur ensoleillée du mois de Semailles. Mais après trois jours de marche forcée, écrasés par le soleil, à peine nourris des quelques denrées glanées dans des villages désertés et déjà pillés, nous étions épuisés.

Partout aux alentours immédiats de la capitale, les paysans avaient pris la fuite. Ils s'éloignaient au plus vite à mesure que les nouvelles dramatiques leur parvenaient. Des buffles ou des chevaux tiraient de lourdes remorques, chargées de meubles, de vivres et de familles entières. Le bétail suivait le mouvement, mené par les plus jeunes. Jamais les Longues Côtes n'avaient connu un exode d'une telle ampleur. Nous dépassions fréquemment ces caravanes, prenant garde à ne pas provoquer les hommes armés de faux, de fourches ou de gourdins.

À aucun moment nous ne croisâmes les renforts. L'attaque avait été si rapide et la défaite si totale que la plupart des gens qui acceptaient de nous adresser la parole n'étaient même pas au courant de ce qui s'était passé. Cela dit, tous avaient saisi l'information principale : une déroute aussi importante de nos armées était une véritable invitation pour les envahisseurs à visiter nos campagnes. Et personne n'avait envie de se trouver sur leur chemin quand l'envie leur prendrait de venir dans le coin. Si bien qu'en plus des civils qui quittaient la ville, tous les villages environnants se vidèrent de leurs habitants.

La route que nous empruntions, par hasard plus que par stratégie, nous menait vers l'intérieur des terres de Caldécie et se divisait en deux embranchements, l'un vers la Nordie et sa capitale Norsom, l'autre vers les Causses et Blanchevue.

« Norsom est bien plus proche, argua Hatton.

— Oui, mais les Causses ont l'armée la plus nombreuse, rétorqua Finn.

— J'ai toujours entendu dire que les Causses détestaient les Longues Côtes, intervint Nario. Vous êtes sûrs qu'ils voudront nous aider ? »

Ivold le prit par l'épaule et expliqua avec un ton de grand sage parfaitement usurpé.

« C'est le seigneur Immas qui dirigeait les Causses lors de la naissance de la Fédération. Il a longtemps réclamé qu'on fasse de Blanchevue la capitale des territoires réunis, puisqu'elle est la plus proche du cœur géographique de la Caldécie. Mais les Longues Côtes ont proposé Assale comme capitale naturelle, car elle était déjà à l'époque une cité florissante. Les Causses ont perdu la négociation.

— Mais ça n'a pas de sens ! Si les Caussiens sont jaloux des Longues Côtes, pourquoi viendraient-ils nous aider ?

— Parce que les fédérateurs luttent chaque jour pour l'influence et le pouvoir de leurs propres royaumes. La chute d'Assale ne manquera pas d'attiser les convoitises. On peut parier sur cette concurrence pour parvenir à nos fins à Blanchevue. Les Caussiens ne nous portent pas dans leur cœur, mais ils ne laisseront pas la Fédération se faire envahir. Au contraire, ils voudront avoir le beau rôle et passer pour des libérateurs.

— J'espère juste que notre désertion n'y sera pas trop mal perçue », ponctuai-je.

L'ambiance légère retomba aussitôt. Je me mordis les joues d'avoir pensé à voix haute et ordonnai aux gars d'installer le camp pour la nuit.

« On a beau avoir baroudé tout notre soûl, ça me fait toujours bizarre de ne plus voir ou sentir la mer, fit Arnat en allumant un feu.

— Demain, ce sera la première fois que je quitterai les Longues Côtes, dit Nario, un peu honteux.

— On est tous passés par là, gamin, le rassura Hatton en arrangeant un couchage sommaire avec une des couvertures récupérées dans les villages laissés à l'abandon. Cela dit, tu aurais meilleur moral si on pouvait se caler l'estomac, ça, c'est sûr ! »

Ronn était resté silencieux presque toute la journée. Il se focalisait tout entier sur notre projet : rejoindre les armées fédérées et reconquérir la capitale. Je savais qu'il se raccrochait à notre plan pour éviter de penser au reste. S'il n'y avait pas eu les autres pour réclamer un peu de repos, il aurait continué de marcher de jour comme de nuit. Un coup à crever sur la route. Notre départ précipité nous avait laissés en piètre condition pour une longue marche. Sans barda, avec pour tout argent les bourses que nous avions à la ceinture, nous étions assez démunis.

J'espérais que le lendemain nous parviendrions à Travers, une imposante bourgade située pile à l'embranchement des routes vers la Nordie et vers les Causses. La ville avait grandement profité de sa position stratégique, et le commerce y était florissant. Peuplée de plus de dix mille habitants permanents et de nombreux hôtes de passage, elle était dotée de solides fortifications : il était peu probable qu'elle fût désertée. Nous pourrions y faire le plein de provisions et de matériel. En attendant, nous regardions rôtir le lapin que Calixte avait habilement tiré et qui nous tiendrait lieu de repas pour le soir.

Le lendemain, après avoir traîné nos guêtres une grande partie de la journée, nous arrivâmes enfin en vue des murs de Travers. La porte est de la ville était encombrée par un attroupement.

L'explication ne tarda pas : un planton nous extorqua un denier par personne pour avoir le droit d'entrer. La somme, exorbitante, n'était pas à portée de toutes les bourses et de nombreux arrivants s'en repartaient, abattus. Nous avions juste ce qu'il fallait pour régler la taxe et nous procurer de quoi manger. Le garde faucha nos deniers d'une main leste et nous remit un jeton de cuivre chacun, avant d'annoncer :

« Vous voyez, on est grands princes ! Maintenant que vous avez payé votre dû, vous pourrez aller et venir comme bon vous semble. Bienvenue à Travers ! »

J'attrapai Ronn par la manche avant qu'il ne lui fît ravaler son sourire narquois et guidai mes compagnons dans la première ruelle. Travers n'était en rien comparable à Assale. Tout y était massif, courtaud. La pierre utilisée pour bâtir les maisons et la muraille était d'un gris terne. Nous marchâmes jusqu'à la place centrale, une vaste esplanade occupée par des dizaines de chalands. Ici, des auvents colorés égayaient un peu l'atmosphère, mais les commerçants et leurs clients étaient pressés, qui de vendre, qui d'acheter.

« Un vrai bonheur, ce patelin ! dit Loan.

— Tu l'as dit. Faudrait me payer pour que je pose mes bagages dans le coin plus d'une journée, confirma Ivold.

— Et regarde : il y a des patrouilles partout !

— Ouais, admis-je. Évitons de nous faire remarquer. Venez.

Je poussai la porte d'une auberge et entrai dans une salle pleine à craquer. L'ambiance était lourde et, au lieu des chants et éclats de voix, le ronron grave des discussions chuchotées générait un bourdonnement permanent.

Nous étions à peine assis qu'une jeune fille frêle vint nous proposer le ragoût de la maison et deux gros pichets de bière. Encore un signe du climat tendu qui planait sur Travers, la petite nous présenta la note directement. Il était de coutume d'attendre la fin du repas avant de réclamer l'argent aux clients. De plus, l'addition était ruineuse. Tout en lui glissant les pièces en main, je me demandai si nous allions avoir de quoi nous procurer les vivres pour la suite du voyage.

Nous venions d'entamer goulûment nos assiettes lorsque mon voisin de tablée, un grand type brun, le visage dévoré par une barbe en bataille, se tourna vers moi :

« Vous venez d'Assale ?

— Ouais. »

Rien n'aurait servi de nier, nous étions partis avec notre accoutrement de soldats sur le dos.

« Il paraît que la ville a brûlé ? »

Sa mine inquiète était facile à déchiffrer : il espérait que des combattants de métier allaient lui en apprendre plus que les métayers qui avaient atteint la ville jusque-là.

« Ouais.

— C'est plus que ça », dit Ronn.

Je lui tapotai discrètement le bras. S'il en disait trop, nous risquions de nous attirer plus d'ennuis que d'amitiés. Peine perdue.

« La Caldécie subit une invasion. On était partis en reconnaissance, quand on les a vus pour la première fois. Le temps de rentrer au bercail, une armada était au port d'Assale. Ils ont des charmeurs plus puissants que ce qu'on a vu de mémoire d'homme, et des armes contre lesquelles on n'a rien pu faire. Assale n'a pas seulement brûlé, elle est tombée. Il faut prévenir votre bourgmestre et commencer à rameuter les hommes… »

Mais déjà le barbu n'écoutait plus. Il s'était levé et quittait précipitamment l'auberge.

« C'est pas en répandant ce genre de récit que tu te feras des amis, Ronn, fis-je. À tous les coups celui-là va simplement aller faire des réserves de bouffe et se carapater quelque part. Pour réunir une vraie armée, il faut d'abord convaincre une autorité, quelqu'un qui saura persuader et rassurer tout le monde.

— Mais on ne peut pas faire comme si de rien n'était non plus ! s'exclama-t-il, attirant à mon grand désarroi l'attention de nombreux clients. Pourquoi les armées ennemies s'arrêteraient à Assale ? Elles ont écrasé une phalange entière en moins d'une journée, bons dieux ! Les gens sont en danger, ici ! »

D'un coup, l'atmosphère passa de tendue à explosive. Du fond de la salle nous parvenaient des invectives et des questions. On nous demandait si le peuple de l'Est était composé de monstres et de démons, si les fédérateurs étaient en vie, si tel ou tel quartier avait été touché par les incendies. Quand certains commencèrent à clamer que nous étions des déserteurs, nous prîmes la direction de la sortie.

« Faut pas s'éterniser, grognai-je. Hatton, file acheter des provisions sur le marché. Calixte, trouve-nous un peu de matériel pour le voyage. Il reste une bonne semaine de marche jusqu'à Blanchevue et j'en ai marre de dormir par terre. »

Mes hommes et moi quittâmes Travers dans l'heure qui suivit. Au coucher du soleil, je fus rassuré d'avoir pu mettre quelques lieues entre nous et la ville.

« Nous voici fauchés comme les blés », maugréa Ronn, déçu. Il avait espéré commencer à préparer notre retour vers Assale. « C'est fou comme la menace d'une guerre rend les boutiquiers entreprenants.

— Écoute, lui répondit Ivold. Je sais que tu es pressé d'en finir avec notre situation, mais ce serait bien que tu te retiennes de prendre la parole en public, la prochaine fois.

— Mais cette ville est en danger…

— Je serais toi, je ne m'en inquiéterais pas trop. Les paysans qu'on a dépassés sur la route et ceux qui sont déjà arrivés passeront le mot, va. Les habitants de Travers feront bien ce qu'ils veulent, mais si on veut essayer d'organiser autre chose qu'une escarmouche, il faut d'abord qu'on se rende à Blanchevue et qu'on arrive à se mettre au service de l'armée des Causses. S'ils veulent bien de nous. Et s'ils veulent reprendre Assale, ce qui n'est pas garanti. D'ici là, on doit faire profil bas.

— Et si les déserteurs ne sont pas les bienvenus dans les rangs de leur armée ?

— Eh bien, fit Ivold, agacé, on s'enrôlera comme mercenaires. Les seigneurs de guerre ne vont pas manquer durant les prochains mois, on en trouvera bien un assez fêlé pour suivre les armées régulières. »

Un grand fracas de sabots nous tira du sommeil à l'aube. Dans un nuage de poussière, quatre cavaliers approchaient à vive allure. Ronn ne put retenir une exclamation ravie en apercevant, sous la pellicule de crasse déposée par la route, les couleurs des Causses. Il se plaça sur le bord du chemin et fit un signe aux arrivants. Il échappa de peu à l'accident en se jetant dans le fossé : les soldats caussiens n'avaient pas dévié d'un pouce de leur trajectoire. Mon second se releva et épousseta ses vêtements. Il avait une écorchure sur la joue et de la terre plein la trogne, et pourtant il riait.

« Qu'est-ce qui te prend, Ronn ? m'étonnai-je.

— Il me prend, cap', que si on voit passer des éclaireurs, le reste des troupes doit pas être bien loin. On vient de voir passer les premiers renforts fédérés ! »

La bonne humeur de Ronn était contagieuse. Nous fûmes sur la route en un tour de main. En début d'après-midi, nous aperçûmes au loin la brume caractéristique d'une armée en marche. Je fis ralentir le rythme. La jonction se ferait en fin de journée.

Quelques lieues plus tard, la colonne de poussière ne s'était pas rapprochée. Je la voyais même de moins en moins bien.

« Les enfoirés ! pestai-je. Ils ne vont pas vers Assale ! Ils filent vers l'ouest eux aussi !

— Arrête de dire n'importe quoi, cap' ! Ronn gardait sa belle humeur, quoiqu'un peu forcée, d'un coup. Ils viennent pour aider, et puis ils sont aux frontières des Longues Côtes, pourquoi ils seraient venus jusque-là ?

— Aucune idée. Mais on va pas tarder à le savoir. »

Pris d'une rage retentissante et d'un sale pressentiment, j'allongeai le pas, vite imité par mes compagnons. En fin d'après-midi, nous voyions les reflets des armures percer la nappe de poussière. À la tombée de la nuit, nous arrivions au camp, épuisés et affamés. Un guetteur signala notre arrivée et un sergent vint à notre rencontre.

« Bonjour, soldats ! lança-t-il. Assale, c'est ça ? » Il plissait les yeux en cherchant à distinguer nos couleurs sous la crasse. J'avais la ferme intention de laisser le doute planer le plus longtemps possible, si cela pouvait nous éviter les soucis, et je restai stoïque.

« Oui, nous sommes en chemin vers chez vous », lui répondit Ronn, nous mettant par là tous en danger. Encore. Je lui lançai une œillade meurtrière, qu'il ignora royalement. « On veut s'enrôler dans les renforts, pour reprendre Assale. Pourquoi vous allez vers l'ouest ?

— Parce qu'on rentre à la maison, mon gars.

— C'est impossible ! On doit…

— Vous n'êtes pas au courant des dernières nouvelles ? Les Kinoshs ont proposé une trêve. »

Je m'étranglai. Elle était bien bonne, celle-là.

« Une trêve ? répétai-je bêtement. Mais c'est ridicule ! Ils ont pulvérisé notre armée et sont entrés dans la capitale comme dans un moulin ! Ça n'a aucun sens…

— D'après les messages qu'on a reçus, un conciliabule a eu lieu entre nos fédés et eux avant qu'ils ne détruisent tout. Le Palais est encore debout à ce qu'il paraît. Pour ce qui est du reste de la ville, en revanche… »

Voilà qui me dépassait complètement. Pourquoi diable, après avoir remporté une victoire aussi rapide qu'écrasante, sans montrer la moindre étincelle de pitié, les Kinoshs, car nous avions désormais le nom de notre ennemi, auraient-ils proposé un cessez-le-feu ? Ça puait l'embrouille. Devant mon air méfiant, le Caussien poursuivit.

« Avec l'accord des fédés, ils s'installent au nord des Longues Côtes à partir d'Assale et prennent possession de la capitale, ou de ce qu'il en reste. En échange, la lutte armée s'arrête immédiatement. »

Le sergent arborait une mine satisfaite. À ses cheveux rares et grisonnants, je lui donnais une bonne cinquantaine. Je lisais dans ses pensées. Pas de guerre, pas de morts. Pas besoin d'enterrer de vieux compagnons. Pas de famille à prévenir, de mère éplorée à affronter. J'eus la même réflexion, un bref instant. Mais ce n'était pas sa ville à lui, qui passait aux mains de l'ennemi. C'était la mienne. Mon foyer. Nous venions d'être colonisés par des étrangers dont nous ne savions strictement rien.

Nous fûmes conviés à partager le campement de l'armée caussienne. Un peu partout, des cantines mijotaient dans une ambiance légère. Nous étions entourés de soldats qui dévoraient leur ration de bon cœur. Nous autres étions d'humeur bien plus morose.

« Comment peuvent-ils nous laisser tomber comme ça ? maugréa Ronn.

— Facile. Aucun n'a envie de mourir au combat si on leur laisse le choix, dit Calixte.

— Il y a forcément autre chose.

— C'est sûr qu'avec l'agrandissement de nos terres, les politicards n'ont pas pu résister à la tentation, dit un Caussien avec amertume.

— Comment ça, l'agrandissement de vos terres ? C'est quoi cette affaire ? fit Ronn.

— Ben… on vous a pas dit ? Les Kinoshs veulent prendre le contrôle des Longues Côtes. Pour finaliser l'accord, ils offrent de partager votre fédération. Les Causses et les Hautes Marches se partagent la région ouest, à partir de la forêt d'Emaure. Au sud, les Plaines de Mirra prennent jusqu'à Kort. La Nordie récupère tout ce qui est au-dessus de Récif. Et les Kinoshs gèrent le reste. »

Nous étions estomaqués.

« Les salauds ! Les salauds ! »

Ronn tournait en boucle. Je ne fis pas un geste pour le calmer. Je combattais ma propre fureur. Le soldat caussien prit un air gêné.

« Vous savez, on est beaucoup à considérer ça comme une trahison. Seulement, on a reçu l'ordre de se retirer. Vous comprenez ?

— Je comprends, me forçai-je à articuler.

— Vous allez faire quoi, maintenant ? demanda le Caussien. Vous voulez venir avec nous, ou vous rentrez à Assale ? »

Je consultai les autres d'un regard.

Chapitre 6
Cohabitation

« *Marita Kinosh brast op oust ?* »

Encadrés par huit gardes costauds, quatre Kinoshs à l'air guindé filtraient les entrées vers Assale. Je notai avec effroi que chaque moulure, chaque relief du bureau sur lequel ils étaient accoudés ne m'étaient pas inconnus. C'était celui du seigneur Ydes ! Je serrai les poings et fixai le fumier qui venait de m'adresser la parole. Son physique rachitique excluait une carrière militaire. Probablement un cul de plomb, prêt à mettre la main à la pâte pour aider à diriger la nouvelle acquisition de son chef. Ses yeux noirs papillonnaient tandis qu'il triait un paquet de parchemins fins et blancs, comme je n'en avais jamais vu. Il finit par saisir un étrange objet qu'il positionna sur son nez. De chaque côté, un fil de fer retenait – mais par quel charme ? – deux morceaux de verre aussi transparents que l'air. Ses paupières cessèrent alors de ciller et se levèrent pour se planter dans les miens. Je n'y lus qu'un profond mépris. Il me tendit l'un des feuillets blancs, couvert de pattes de mouche. Devant mon air ébahi, il soupira puis répéta en articulant chaque syllabe :

« *Marita Kinosh brast op oust ?*

À part le mot « Kinosh », aucune sonorité ne m'était familière. Avec une immense lassitude, l'homme me montra le document. Je le pris entre mes doigts. Souple et immaculé, le matériau était bien plus délicat que le plus fin des vélins.

Était-ce seulement de la peau ? De multiples caractères, certains enluminés, expliquaient certainement ce que l'on tentait de me faire comprendre. Je haussai les épaules. C'était la première fois que je voyais une écriture pareille. Toute de petits signes complexes et entremêlés, quelque chose me disait que sa lecture n'était pas à la portée du premier venu. L'homme m'expédia d'un geste exaspéré vers son voisin.

Là, on fut plus explicite. Je répétai mon nom plusieurs fois puis trempai mon pouce dans un pot d'encre rouge avant de le poser sur le feuillet. Le second Kinosh parut satisfait de ma prestation et m'envoya vers les deux derniers compères. Ils me demandèrent de prononcer une phrase à laquelle je ne pipais rien. Un exercice plus difficile qu'on ne pourrait le penser. Le parler kinosh était riche en subtilités d'intonations et en pièges divers. Puis je fus libéré en ville sans autre forme de procès.

C'est la trouille au ventre que nous avions finalement décidé de rentrer à Assale après le départ des Caussiens. Que pouvions-nous faire d'autre à part errer indéfiniment ? On déciderait peut-être de nous pendre haut et court. Soit parce que nous étions des déserteurs, soit parce que nous étions des soldats. Cependant, une rumeur persistante affirmait qu'avec l'armistice, les Kinoshs promettaient le pardon à tous les hommes d'armes. À notre arrivée, la vue d'un groupe de soldats des Longues Côtes passant la porte sans problème nous avait encouragés à faire de même.

Dès que notre équipe fut réunie et que nous franchîmes les remparts, l'odeur de la cendre froide satura nos sens. Je guidai instinctivement mes compagnons vers l'est et le port. À mesure que nous progressions, la ville perdait son éclat. Façades noircies, toits réduits en poussière... Nous découvrîmes avec horreur que près d'un tiers de la capitale était parti en fumée.

Abattu par cette vision, j'emmenai ma troupe vers les quartiers militaires. À l'entrée des baraquements, un cordon de soldats se profila. Je me figeai en comprenant qu'il ne s'agissait pas de nos hommes, mais de Kinoshs.

« Euh… Bonjour ? » fit Hatton.

Les étrangers beuglèrent quelque chose. Devant notre incompréhension, ils épaulèrent leurs canons. Je les avais bien notés, en bandoulière dans leur dos, mais me retrouver face à ces gueules noires, qui avaient sûrement abattu plusieurs des nôtres… Je fus pris d'une terreur glacée.

« Je vais me les faire, gronda Ronn.

— Non ! intervint Calixte. T'es pas bien ou quoi ? Allez venez, on se tire. »

La mâchoire de Ronn se crispa, mais il suivit le mouvement.

« Et nos sous, alors ? s'inquiéta Arnat. J'ai tout laissé là-bas, moi ! »

Un homme barbu, couvert de poussière, s'invita dans la conversation.

« Vous êtes soldats, c'est ça ? Venez d'arriver ?

— Oui. Dites-moi, vous sauriez pas où on peut se présenter pour récupérer nos affaires ou peut-être… obtenir une affectation ? »

Devant une telle naïveté, l'autre me rit au nez.

« En voilà une bien bonne ! Y a plus de soldats caldéciens, ici.

— Vous êtes sûr ?

— Ah oui, alors ! Si même un gars de la Garde comme moi a été jeté dehors, c'est pas quelques clampins qui vont réussir à trouver une place !

— La Garde du Palais ? Ils vous ont congédié ?

— Oui, m'sieur. Et c'est pas tout. Vos affaires, vos économies, vous pouvez aussi vous asseoir dessus.

— Mais qu'est-ce qu'on va devenir ? » demanda Nario.

L'homme s'en alla dans les rues encombrées en haussant les épaules. Nous restâmes un moment à nous regarder bêtement, jusqu'à ce qu'Hatton propose :

« Faudrait trouver un endroit où dormir.

— Et avec quoi on paye ? Il ne nous reste pas le moindre sou ! râla Ivold.

— Ben… On pourrait aller chez les prêtres d'Obliste, juste pour quelques jours ?

— Comme des mendiants ? Certainement pas ! »

La Caldécie comptait nombre de religions. Chaque confession ou presque tentait de vendre à ses fidèles la promesse d'un au-delà où le soleil brillerait tous les jours, où un dieu quelconque les récompenserait pour une vie de dévotion et où, en général, des donzelles peu farouches viendraient accueillir les braves adeptes, une fois poussé leur dernier soupir. Une stratégie payante, puisque la plupart des Caldéciens honoraient une ou plusieurs divinités. Nous n'étions pas, pour notre part, des pratiquants forcenés, même si Hatton et les jumeaux se rendaient régulièrement au sanctuaire de Mannos. Les prêtres d'Obliste ne comptaient aucun fidèle parmi nous, mais l'hospitalité faisait partie de leur sacerdoce, y compris envers ceux qui étaient étrangers à leur croyance. Une fois l'orgueil d'Ivold ravalé, je menai mes hommes jusqu'à leur temple.

Nous fûmes invités à partager un repas chaud et un lit dans une salle commune surpeuplée. Un répit salvateur, mais de courte durée : entre les membres de la Garde, ceux qui, comme nous, avaient fui le combat avant de revenir en ville, et les dizaines de civils sans abri, les braves prêtres se retrouvaient avec des centaines de réfugiés sur les bras.

Après deux jours, même la promesse d'un paradis doré ne suffisait plus pour motiver les religieux à nous héberger à l'œil. On nous demanda un loyer qui s'avéra bien au-dessus de nos moyens puis, nous voyant retourner nos poches vides, on nous indiqua la porte avec force courbettes et vœux de bonheur, mais avec fermeté.

Arnat nous tira d'affaire en rôdant dans les salles de jeu jusqu'à gagner de nouveaux ennemis et une somme qui nous permit de louer une chambre piteuse, dans le quartier le plus miteux d'Assale. Ses résidents, qui ne manquaient pas d'humour à défaut de tout le reste, le surnommaient Richelieu.

Située au nord d'Assale, Richelieu était une zone marécageuse mal assainie, qui subissait inondations et infiltrations à chaque forte marée. Même lorsque la mer se tenait à distance, l'endroit était empuanti par les odeurs de vase et infesté de moustiques. Un vrai paradis. Les bicoques, bâties à la va-vite, ne tenaient debout que par la force de l'habitude. On s'en trouvait pris de tournis à la vue des façades de guingois et des ruelles tortueuses. J'y étais né et vivais ce retour aux sources comme un échec total. J'avais tout perdu, je n'étais plus rien pour personne, sauf encore pour mes gars.

Impossible de rester dans notre turne crasseuse plus que nécessaire. J'entraînai mes hommes dans une promenade en ville. La vue du Palais me rappelait le temps, pas si lointain, où Ydes était à mes côtés dans les grands escaliers. Qu'avaient-ils bien pu faire de lui, était-il seulement en vie ?

Depuis que les fédérateurs s'étaient réfugiés au Palais, aucun d'entre eux n'avait pointé le bout de son nez. Pourtant, ils communiquaient, ça oui ! Par décrets incessants, toujours délivrés par des hérauts, eux-mêmes surveillés par les Kinoshs. Et les messages qui en émanaient ces temps-ci étaient déroutants. La signature du traité de paix avait été suivie d'une annonce invitant les Assaliens à se montrer amicaux envers nos hôtes et à leur faire bon accueil. Comme s'ils ne venaient pas d'anéantir notre ville et de nous piquer nos piaules. Je ne pouvais imaginer Ydes rédiger de tels mots.

Vint ensuite l'absurde interdiction de pratiquer les religions ancestrales caldéciennes, prise le jour de notre arrivée dans le quartier Richelieu. De quoi se mettre à dos les trois quarts de la population, qui vénéraient leurs dieux parfois avec ferveur, parfois par simple tradition. J'avais été piqué au vif en voyant les portes du temple de Laroma barrées par de solides lambourdes. Cette religion avait bercé mon enfance et celle de Ronn. J'eus également une pensée pour ces pauvres hères réfugiés chez les Oblistes qui se retrouvaient désormais à la rue. Entre trêve et reddition, la frontière devenait ténue.

Au fil des jours, des décrets de plus en plus délirants venaient ponctuer le quotidien. Défense de s'habiller en rouge. Fermeture de toutes les maisons-closes. Interdiction faite aux femmes de circuler en ville à la nuit tombée.

Des ordres incompréhensibles et parfois modérément suivis d'effets. Allez empêcher des filles de joie de faire leur métier ! Mais les entorses à ces règles se faisaient de plus en plus rares, ou tout du moins plus discrètes, car les contrevenants étaient punis d'une manière aussi créative que cruelle. Les Kinoshs tenaient bel et bien Assale en main et commençaient à refermer le poing.

Les états d'âme ne faisant pas le poids face à la réalité, nous dûmes nous résoudre à trouver un moyen de gagner notre croûte. Privés de notre ancien gagne-pain, nous trouvâmes de menus travaux, des missions journalières.

Fourbus par une journée à déblayer les gravats d'un immeuble non loin du centre-ville, Ronn, Nario et moi étions en chemin pour retourner à notre logis. Des cris me firent tendre l'oreille et je me décidai à approcher. J'avais déjà vu des citoyens mis au pilori par les Kinoshs. Des voleurs et contrebandiers bien connus. N'empêche, même un mâchefer enragé ne méritait pas ces tortures publiques. Mais cette fois-ci, sur la place de la Liberté, là où les Kinoshs disposaient les victimes de leurs châtiments publics, les hurlements étaient si aigus qu'ils m'en vrillaient les tympans. En débouchant sur la place, l'horreur me prit les nerfs.

« Les enfoirés. C'est un gamin ! »

En quelques minutes le mot circula et deux cents citoyens furieux se rameutèrent. Les insultes étaient de moins en moins retenues et les gardes kinoshs devinrent nerveux. Ils pouvaient l'être, eux qui protégeaient un bourreau planqué sous une grande tunique à capuche noire. Le tortionnaire fouettait le gosse.

« Il a dix ans à peine ! s'écria une femme, d'une voix enrouée par les larmes. Arrêtez ! Vous êtes fous !

— Laissez-le ! Laissez-le partir ! » ordonna un vieil homme tremblant de fureur.

Un Kinosh s'avança aux côtés du bourreau et annonça d'une voix hésitante, et dans notre langue :

« Monsieur Cadric Prist, fils de Melion Prist, a été jugé pour insolence envers un supérieur kinosh. Il a été condamné par le Grand Administrateur à vingt coups de fouet et ne devra pas... »

Le messager fut hué tant et si bien que je n'entendis pas la fin. Mais mon attention était ailleurs. Son accent n'était pas celui d'un étranger.

« C'est un gars de chez nous ! fit Ronn, choqué.

— Ouais, confirmai-je. Je ne l'avais pas reconnu, à cause de sa robe à la con, mais je crois bien que c'est Elias.

— Celui qui possède les deux grandes tavernes ?

— Lui-même. On dirait que les Kinoshs en ont fait un bon chien fidèle.

— Il a toujours été vénal. Je ne sais même pas pourquoi ça m'étonne. Mais tout de même, cautionner *ça*... »

Le garçon glapissait comme un animal. L'outrance, l'indignation de voir ce gamin se tortiller comme un ver sous les coups du bourreau me donna la nausée. Oubliant le danger, je tirai l'épée du fourreau et commençai à avancer, entouré de la foule qui passait elle-même à l'action. Je n'eus pas le temps de parvenir jusqu'à l'échafaud. Dans un fracas de mort, les gardes kinoshs tirèrent une salve. Le vieil homme qui avait crié sa rage s'écroula sur ma droite, la mâchoire emportée par un coup de feu, le visage rongé par les fumées dont les balles étaient enrobées. Je trébuchai sur le corps de quelqu'un. Nouvelle bordée. Nouveaux morts. Puis des cris nous parvinrent du palais. Des renforts arrivèrent et nous nous retrouvâmes sous un feu croisé. J'hésitai un instant sur la direction à prendre, lorsque Nario poussa un cri et tomba en arrière.

« Nario ! Nario, ça va ?

— Ouais, cap', fit-il d'une voix tremblante. C'est ma jambe...

— Tu peux la bouger ?

— Oui. Ça fait mal, mais ça devrait aller. »

Nario se releva en s'appuyant sur mon épaule. La balle l'avait seulement frôlé, mais une vilaine brûlure s'étalait sur son mollet, là où la fumée l'avait effleuré. Sa blessure venait de me remettre les pieds sur terre. À moins de nous lancer dans une charge suicidaire, nous allions rester sur le carreau. La foule l'avait compris aussi, et les gens s'enfuyaient de toutes parts. Nous nous enfonçâmes dans les rues pour rentrer à Richelieu. Le gamin resta seul face à sa douleur et à sa punition inique.

Ronn tournait dans notre taudis comme un fauve en cage.

« Il y a pas trois semaines, on avait comme objectif de revenir pour rosser les Kinoshs et maintenant, on est censés jouer aux amis dévoués pendant qu'ils torturent nos enfants ?

— N'en fais pas un échec personnel, le réconfortai-je.

— Si je revois un truc pareil, ce ne sera plus la peine de me dire de me retenir. Pourquoi les fédés acceptent ça ?

— Peut-être parce qu'ils sont morts. Peut-être parce qu'on est seuls. »

Nario passa quelques jours à soigner sa jambe, mais la blessure se referma vite – privilège de la jeunesse ! – et il eut la chance de pouvoir récupérer son poste de manœuvre. Chaque jour, il nous était devenu de plus en plus difficile de trouver un emploi, et de le conserver, même sur les chantiers de déblaiement. La concurrence était rude. Tous ces efforts pour nous procurer de quoi nous nourrir et payer le loyer de notre palace : une pièce étroite qui contenait de justesse dix paillasses, en lits superposés branlants et vermoulus. Au fond de la chambre, nos maigres affaires étaient entreposées en un tas chaotique.

« Dacien, je suis pas fait pour ce boulot », grogna Finn en entrant dans notre dortoir crasseux.

Avec sa carrure de géant, c'était le seul d'entre nous qui trouvait un emploi presque tous les jours. Il s'épousseta en se frappant avec les grands battoirs qui lui tenaient lieu de mains et diffusa bientôt un nuage de poussière grise qui embruma l'atmosphère de notre taudis. Il interrompit Ivold qui, mélancolique, tissait une illusion miniature, allongé sur sa paillasse. J'eus le temps d'apercevoir une réplique de la scène qu'il avait créée pour convaincre Ronn de déserter avec nous. Je lui fis les gros yeux et cherchai mon second. Il nous tournait le dos, regardant par la fenêtre, mais depuis combien de temps Ivold jouait-il à ce cirque ? Quel idiot ! Il me fit une mimique contrite et je répondis à Finn en espérant que le manège fût passé inaperçu :

« Plains-toi, mon grand ! Toi au moins, ils t'ont embauché ! Moi on m'a laissé au chômage aujourd'hui.

— Et ils sont plus foutus de nous payer en monnaie sonnante et trébuchante ! » ragea Finn en plaquant sèchement sur la table la poignée de piécettes kinoshes, rémunération de ses longues heures de labeur.

« C'est vrai qu'elles sont légères. J'ai toujours l'impression d'avoir les poches vides à la fin de la journée.

— Elles ne ressemblent à rien, en plus ! » Il lorgnait le tas en fronçant les sourcils.

Les pièces étrangères, bien plus petites que nos bons deniers, présentaient des faces délicatement sculptées et des bords striés de marques fines. Quant à ce qui y était représenté… côté pile ou côté face, le résultat était le même : un amalgame sans queue ni tête de formes géométriques complexes, insensées, variant selon les tailles. Lorsque les premières pièces avaient circulé, les commerçants les avaient acceptées à défaut d'autre chose en déterminant leur valeur au jugé. Les Kinoshs aussi avaient besoin d'acheter. Des vivres, du vin, des objets d'artisanat… La plupart du temps ils se servaient purement et simplement, mais parfois ils offraient de payer leurs acquisitions. Nous avions quand même bien du mal à joindre les deux bouts, me dis-je en ajoutant la paie de Finn à notre bourse commune.

Arnat se pointa bon dernier. Un sourire lui fendait la trogne d'une oreille à l'autre.

« Vous devinerez jamais.

— Ne nous fais pas languir, Chançard, on a tous envie d'entendre ton nouveau coup de maître, grommela Ivold sans enthousiasme.

— Tiens, cap'. Prends ça, et dis-moi merci. »

Je récupérai la poignée de pièces kinoshes qu'il me donna avec des airs de grand seigneur.

« C'est que des petites. Tu nous as habitués à mieux, mon grand. Avec ça, on a à peine de quoi payer le repas de ce soir.

— Que tu crois! J'en ai appris une bien bonne, aujourd'hui. Les commerçants de chez nous se sont mis à utiliser la monnaie kinoshe comme la nôtre. Grosse pièce, gros montant. Eh ben, figure-toi qu'ils se sont plantés. Et devine qui a récupéré plein de "petite monnaie" en s'achetant une nouvelle paire de gants hier ? »

Le sourire d'Arnat se fit contagieux. S'il fallait inverser les valeurs par rapport aux tailles, nous avions-là de quoi financer un bon mois de loyer. Arnat sortit quelques sous qu'il avait gardés dans le revers de sa veste :

« Ça vous dit une tournée de bière, ce soir ? »

La plupart des soldats désœuvrés s'étaient retrouvés à Richelieu. Nous avions tous plus ou moins le même profil, la même histoire : lâches, déserteurs, ou « retardataires » arrivés après la bataille. Très vite, des sortes de réunions s'étaient formées, nous avions besoin de parler, de comprendre. Comment étions-nous tombés si bas ? Si rapidement ?

Une taverne glauque et sombre, comme tout le reste dans ce maudit quartier, nous servait d'abreuvoir. Nous arrivâmes alors que la salle était déjà bondée et passablement éméchée. L'odeur de sueur aigre et de bière éventée prenait à la gorge.

« Franchement, les gars, je sais pas bien ce qu'on vient foutre là, maugréa Hatton en voyant le tableau. Ces mecs, c'est que des soûlards.

— Tu préfères rester dans notre masure à broyer du noir ? Le rabroua Ivold avec agressivité.

— Allez, les gars, pour une fois qu'on est la crème de la crème dans une assemblée, faites bonne impression, quoi ! » gloussa Loan.

Les jumeaux se pavanèrent avec des airs de princes charmants. La promiscuité nous mettait tous un peu à cran.

Heureusement, Loan et Ogar avaient cette extraordinaire propension à la bonne humeur, sinon nous nous serions déjà bouffé le nez. Nous nous glissâmes dans un coin de la pièce, bien trop éloigné de la porte à mon goût. Si une bagarre éclatait, ce qui ne manquait jamais après quelques heures passées à s'imbiber d'alcool, nous aurions du mal à nous extirper. Au moins étions-nous près du comptoir, de sorte que nous fûmes vite servis. Non loin, deux hommes discutaient, et leurs voix fortes surmontaient le chahut ambiant.

« ... on aurait dit que je puais la merde, je te jure ! s'exclamait le plus grand des deux, un dégarni avec des bras comme mes cuisses.

— Bientôt on n'aura plus le droit de les approcher, ces Kinoshs, avec leur face marron ! Moi c'est pareil, quand j'ai voulu aller au chantier sur la rue des Tanneurs, ils m'ont arrêté pour me contrôler. »

Le deuxième homme, plus petit, était râblé et fermement campé sur de courtes jambes, les bras croisés sur son épaisse poitrine.

« Eh bien tu me croiras si tu veux, z'ont pas voulu me toucher, ces faillis étrangers. Se sont contentés de m'empêcher de passer et m'ont fait des signes pour que je dépose mes outils et que je lève les bras, qu'ils vérifient ce que j'avais sur moi. Franchement, pourraient au moins faire l'effort d'apprendre deux, trois mots histoire qu'on comprenne ce qu'ils nous veulent. »

Et en effet. Malgré de nombreuses tentatives, aucun de nous n'avait pu arracher le moindre échange un tant soit peu cordial avec un Kinosh. Oh, nous avions bien saisi quelques mots récurrents et n'avions pas eu besoin de professeur particulier pour en comprendre le sens. Nous les entendions presque à chaque fois que nous croisions un de ces gaillards. Par exemple, *pa'tahi* signifiait quelque chose comme « avance », et *bort* voulait dire « vite ». Quant à *miska*, il était tout à fait certain que c'était le mot kinosh pour « dégage ». Pas de quoi établir un quelconque dialogue.

Dans la relative sécurité de la taverne, l'alcool aidant, les langues se déliaient et les hommes se faisaient mauvais.

« Ce que j'en dis, moi, c'est que ça va bien cinq minutes, leurs histoires, mais y vont pas nous pourrir la vie pendant bien longtemps, reprit un grand maigre qui titubait sur ses jambes.

— C'est ça, cause toujours », l'invectiva quelqu'un plus loin dans la salle. La discussion devenait générale. « Aux dernières rumeurs, il faut s'attendre à l'arrivée de nouveaux bateaux, avec des responsables pour prendre le contrôle des villes de la côte nord. Paraît même qu'ils vont ramener des bonnes femmes !

— Et qui t'a annoncé cette belle nouvelle, hein ? Ton frangin, le p'tit toutou kinosh, celui qui a ses entrées au Palais, je parie ?

— Ça nous fera une occasion de leur montrer du pays, aux petiotes ! » fit un grand escogriffe au visage barré d'une vilaine cicatrice, tout en désignant son entrejambe. Des rires gras saluèrent sa tirade.

« Et nous on va rester là, à balayer les gravats sans rien faire, c'est ça ? Hier, ils ont mis ma cousine au pilori, on n'a même pas compris pourquoi. Elle doit y rester trois jours et on n'a pas droit de lui apporter à manger. C'est normal, ça ? » lança un anonyme.

Je n'avais aucune intention de participer à cette conversation avinée. Pourtant j'entendis ma voix résonner :

« Non. On peut faire quelque chose, mais faudra pas jouer aux plus costauds. On sait ce que ça donne, si on décide de leur rentrer dedans de front : on meurt. »

Mais qu'est-ce qui m'avait pris d'ouvrir mon claque-merde ? Un silence relatif se fit, dans l'attente de la suite. Dont je n'avais qu'une très, très vague idée, mais que j'exposai tout de même.

« Si certains ici ont envie de les bouter hors de Caldécie… » Je me tus pour laisser les exclamations s'éteindre d'elles-mêmes. « Il faudra le faire de manière anonyme. Sans visage, sans gloriole, et probablement sans succès. Rendre la vie impossible aux Kinoshs sans pour autant déclarer de guerre ouverte. Il faudra un peu d'organisation et pas mal de discrétion, mais on peut mettre en place des actions assez faciles dans un premier temps…

— Leur piquer leurs bonnes femmes quand elles arriveront, pour commencer ! s'exclama le balafré, récoltant une nouvelle fois une salve de rires et d'encouragements.

— Si tu veux. Mais c'est toi qui vois comment organiser l'expédition, répliquai-je. En attendant, il y a peut-être plus simple… Prendre une ou deux escouades par surprise, de nuit, et disparaître sans laisser de trace. Ou intercepter une cargaison de ce vin des Territoires du Sud qu'ils semblent beaucoup apprécier, manière de leur signifier qu'on n'a pas l'intention de se laisser spolier sans rien faire. Il faudrait également faire passer le mot à la population, pour voir combien de gens seraient prêts à nous suivre, ou si on se bat contre le vent. Il y a déjà des négociants qui se mettent en quatre pour leur fournir ce qu'ils demandent. Nous devrons nous méfier de ceux-là.

— Faudrait un code entre nous, aussi, qu'on puisse se reconnaître. Un nom, quoi, nota le grand balèze.

— Moi j'en ai un de nom, lui répondit Ronn. Quelque chose que même eux sauront comprendre sans trop d'effort. *Miska.* »

Miska.

Dégage.

Partie 2

Chapitre 7
Miska

Nuit après nuit, encagoulés jusqu'aux yeux, nous écrivîmes «*Miska*» partout où cela pouvait être vu. Un artiste anonyme y ajouta les quintefeuilles de la Fédération et très vite ce motif se répandit, souvent seul, ou avec l'initiale «M» au cœur du dessin. Au début, nous étions simplement frustrés, en rogne et pleins de rancune. Cette inscription dérisoire devint un signe de ralliement, d'espoir, de rébellion.

Restait à passer aux choses sérieuses. Ce qui n'allait pas tarder, si j'en croyais le sourire en biais qu'affichait Ivold, allongé sur sa paillasse.

«Toi, t'as une idée derrière la tête», commentai-je.

Fallait-il s'en réjouir ou s'en désespérer, j'attendais la suite pour me décider. Mon vieux charmeur ne se fit pas prier.

«J'ai un plan infaillible.

— Fais-moi rêver.

— Tu te rappelles, quand tu as parlé des vins des Territoires du Sud que les Kinoshs apprécient tant? Eh ben, il y a un chargement qui doit arriver demain. Si on se débrouille bien, on peut mettre la main dessus, et se faire un bon paquet en revendant la marchandise.

— Intéressant… Combien de gardes?

— Tu vas rire : deux seulement! Mais attends, il y a mieux! Le charretier, c'est le cousin de ma belle-sœur, tu sais, celle qui habite…

— Pitié, épargne-moi ton arbre généalogique ! Parle-moi plutôt de leur trajet, si tu le connais. »

Quelques heures avant l'aube, nous fûmes en place pour attendre le chariot dans une rue sombre, au cœur du quartier des abattoirs. J'aurais préféré tendre une embuscade dans le calme de la campagne, hors des murs de la ville, mais les Kinoshs gardaient toutes les portes jalousement. Pas question d'entrer ou de sortir sans laissez-passer depuis bientôt une semaine.

« T'es sûr que ton cousin va réussir à les amener jusque-là ? demandai-je à Ivold.

— C'est pas mon cousin, c'est celui de ma… »

Il ferma son gosier en me voyant monter en pression.

« Ça va, ça va, je taquinais… Oui, je suis sûr. Pour rejoindre le quartier kinosh, c'est le chemin le plus court. Ils ont l'habitude de passer par là, mais pas de nuit. Seulement ce chargement, il vient d'un temple artémien clandestin qui a été découvert avant-hier. Ça a fait un beau tapage, les prêtres étaient en pleine orgie rituelle. Ils en ont mis une flopée au pilori, mais la situation reste tendue. Les adeptes sont en rogne et les Kinoshs ont décidé de circuler tôt pour éviter les ennuis. Qu'ils croient. »

Le quartier n'était pas très silencieux. Les abattoirs n'ouvriraient pas avant plusieurs heures, mais les bêtes renâclaient dans leurs enclos, affolées par l'odeur de la mort. Les effluves de sang et de peur imprégnaient l'air. Je fronçai le nez. Enfin, le fracas des roues et des sabots claqua sur les pavés humides de rosée. Je grimaçai.

« T'inquiète, cap', fit Ivold. Les carrioles, dans le quartier, tout le monde s'en fout. Ils sont habitués à pire. »

En effet, aucune fenêtre ne s'ouvrit, aucune chandelle ne s'alluma. Un buffle meugla dans son enclos, une lamentation fantomatique qui expliqua parfaitement pourquoi les habitants du coin ne sortaient pas au moindre bruit. La rumeur courait que les Kinoshs ne mangeaient pas de viande, et même qu'ils souhaitaient interdire sa consommation à nous autres. Chacun faisait comme s'il n'avait rien entendu. Qu'ils essaient, un peu, de nous priver de notre rata ! Déjà qu'ils réquisitionnaient tout ce qu'ils trouvaient en céréales et en légumes…

Le cousin d'Ivold parvint à notre hauteur, ralentit puis arrêta les buffles. À ses côtés, les Kinoshs l'agonirent d'injures et lui firent signe de se presser. L'un des deux jeta une tige de *tuppa* dans le caniveau où elle s'éteignit avec un petit grésillement. Ils portaient un équipement léger. Des épaulières et un plastron dans un matériau noir de jais. D'ici je pouvais observer son aspect granuleux. Je notai un renflement au niveau du ventre. Sans doute une autre protection glissée sous leur robe. Lorsqu'ils nous virent émerger de l'ombre, ils se levèrent en hâte et tirèrent leurs épées.

« Depuis le temps que je rêve de m'expliquer face à face… », gronda Ronn.

Pris par surprise, les Kinoshs n'avaient pas eu le temps de charger leurs armes. J'avais bien compté là-dessus et me jetai au combat. Ma lame rencontra celle du plus grand des deux soldats, un homme jeune au physique délié. Sa face marron, presque noire dans la pénombre, était déformée par la rage et la stupeur. L'acier chanta brièvement, le Kinosh se fendit d'une passe toute en rapidité. Je dus faire un bond en arrière pour éviter de justesse son épée. Je serrai les dents de colère et me ruai droit devant en criant. J'étais bien plus costaud que lui. Il para encore mon coup avec sa lame, mais cette fois je poussai de toutes mes forces. Emporté par l'élan, il se retrouva dos au chariot, nos deux épées coincées entre nos corps. Je bandai les muscles et relâchai la pression juste assez pour libérer mon bras et lui mettre un violent coup de pommeau dans la mâchoire. À moitié sonné, son regard glissait sans rien accrocher. Il était temps d'en finir.

L'autre Kinosh se battait comme un beau diable contre Ronn et Hatton et enchaînait de grands mouvements. Couvert d'estafilades, mais encore bien vivace, il tenta une passe d'armes et effleura le jarret d'un des deux buffles attelés au chariot. La bête meugla à fendre l'âme et partit au grand galop. Mon adversaire fut ballotté et tomba en arrière lorsque le tombereau ne le soutint plus. Ivold aurait dû m'aider à en finir avec celui-là, d'ailleurs. Où était-il, que je puisse aller soutenir les autres ? Un cri fusa.

« Mais quel con ! Il était déjà en train de décharger, je rêve ? »

Ivold, secoué comme un jouet dans la remorque, nous faisait de grands signes paniqués. Dans leur course folle, les buffles étaient aiguillés par le chariot qui bringuebalait derrière eux dans un chahut d'enfer. Une roue heurta le trottoir et éclata en morceaux. Le chargement bascula sur le côté à pleine vitesse. Les cordes claquèrent et les barriques furent éjectées contre une façade. Une cascade de liquide rouge sang imbiba la pierre claire.

Ronn plongea sa rapière dans le cou de son adversaire, je me retournai pour en finir avec le mien, mais…

« Merde ! Il se tire ! »

Le Kinosh avait finalement repris ses esprits et détalait à toutes jambes. Tant pis. C'était son jour de chance, j'avais plus important à faire.

« Ivold ! »

Je courus jusqu'au lieu de l'accident. Autour de nous, les habitants émergeaient de leurs fenêtres. Un chariot qui passait, ça n'avait rien d'exceptionnel, mais il ne fallait pas exagérer non plus. Le vieux charmeur avait été éjecté lors du choc et je le retrouvai entre les deux buffles. L'un des deux bestiaux avait pris un grand éclat de bois en plein dans la gorge et se vidait de son sang, la langue pendante. L'autre, cloué au sol par son partenaire égorgé, ruait des quatre fers, et Ivold se tortillait pour éviter de se faire écraser. Je piquai la bête d'un coup précis dans la nuque et elle s'effondra après un grand tremblement. Ivold prit ma main tendue et s'extirpa de là.

« Merci, merci, cap' !

— Un plan infaillible, hein ? »

J'avisai le carnage sur le trottoir. Aucun tonneau n'avait survécu au drame. Le propriétaire de la maison venait de sortir en robe de chambre et fixait sa belle façade anciennement blanche avec effarement. Le charretier, rouge de colère et encore transi de peur, interpella Ivold.

« Tu avais dit que ce serait propre ! Discret ! Qu'est-ce que vous avez foutu ?

— Allons, allons, cousin, calme-toi…

— Je suis pas ton cousin ! Et l'autre grande brute, là, hurla-t-il en me montrant du doigt, il a saigné mon Lambin qu'était encore capable de travailler ! Ma belle Traîneuse qui s'est tuée sur le coup, c'était déjà dur, mais sans Lambin, j'ai plus rien, moi ! Plus rien !

— Je suis désolé, c'est le Kinosh qui…

— Les Kinoshs ! Les Kinoshs ! J'aurais dû trimer pour eux comme c'était convenu ! Ils m'auraient donné la pièce et puis c'était tout ! Au lieu de ça vous êtes venus avec vos idées de rebelles minables ! Je veux plus te revoir, tu m'entends ? Décampez ! »

Nous ne nous fîmes pas prier. Ivold pleura pendant tout le trajet sur son bénéfice perdu. Qu'un vague cousin se soit fâché contre lui n'avait pas l'air de le traumatiser plus que ça.

Heureusement, d'autres embuscades connurent un meilleur succès. À plusieurs reprises, des membres de la rébellion parvinrent à serrer de petites escouades kinoshes et à en venir à bout sans attirer l'attention.

Au coucher du soleil, la taverne où nous avions pour la première fois évoqué une résistance, le Misainier, devenait un point de rendez-vous incontournable. Nous avions la complicité du taulier, qui, en plus de soutenir la cause, faisait des affaires en or avec une telle fréquentation. Nous n'avions pas d'organisation formelle, mais de petits groupes se composaient par affinités. Mon intervention avait donné corps à ce mouvement et faisait de moi le chef non officiel de notre bande de laissés pour compte. Une responsabilité dont je me serais bien passé : coordonner ces vétérans au sale caractère revenait à tenter de dresser une meute de chats.

Une solidarité se tissait pourtant entre nous. Nous retrouvions enfin le sentiment d'appartenir à une communauté, de servir un but. Deux fois, des sympathisants se firent pincer à écrire « *Miska* » sur des murs et furent torturés sur la place de la Liberté. L'endroit, qui méritait désormais si mal son nom, fut peu à peu affublé du surnom de « place des Martyrs ». L'un des prisonniers eut les ongles arrachés, l'autre fut fouetté tant et si bien qu'il fut relâché à moitié mort. Aucun ne nous avait trahis. Pour le moment. Une bonne chose, car j'avais bien l'intention de continuer à harceler nos ennemis jusqu'à reprendre Assale. C'était ridicule, nous n'avions aucune chance, mais lorsque je sentais le découragement me gagner, il me suffisait d'aller faire un tour à la place des Martyrs pour raviver ma hargne. Il nous fallait maintenir la pression et fédérer plus de soutiens. Après tout, nous n'avions pas besoin de les éliminer tous, juste d'en tuer suffisamment pour qu'ils comprennent qu'il valait mieux rentrer chez eux. En attendant, de nouvelles restrictions voyaient le jour chaque semaine.

Autre chose commençait à nous inquiéter sérieusement. Des disparitions étaient à déplorer dans la population. Des gens de tous âges et de toutes conditions. C'est Ivold qui avait fini par mettre le doigt sur leur point commun. Deux de ses connaissances étaient aux abonnés absents depuis des jours. Deux charmeurs. Il mena sa petite enquête et découvrit que la plupart des disparus étaient charmeurs aussi. Ce qu'en faisaient les Kinoshs, nous n'en avions pas la moindre idée. Mais depuis quelque temps, je ne laissais plus mes deux charlatans divaguer tout seuls.

Comme l'avaient évoqué plusieurs hommes au Misainier, l'arrivée prochaine de navires kinoshs avec à leur bord femmes et notables fut bientôt une certitude. Le grand balafré, dénommé Brisko, revint à la charge. Moins obsédé par les femmes qu'on aurait pu le croire, Brisko avait élaboré un plan pour prendre en otage des étrangers de marque.

« Vous avez bien vu, les patrouilles ont été renforcées, mais à part ça on est loin d'être une vraie gêne pour eux. » Il n'avait pas tort. « Si on arrive à se mettre un ou deux de leurs précieux compatriotes de côté, on finira peut-être par attirer vraiment leur attention.

— Peut-être qu'une action de cet acabit nous permettrait d'obtenir une réaction des fédérateurs ? » suggéra Ronn.

Mon second était inquiet de voir que nos dirigeants ne prenaient même pas en compte notre mouvement de rébellion. Il refusait de croire à leur mort, contrairement à moi. À chaque message émis depuis le Palais, l'affection que les fédés portaient aux Kinoshs était plus évidente. On nous demandait de respecter, d'accueillir, de célébrer l'arrivée des étrangers, tout en ignorant ostensiblement les actions de Miska. Ydes n'aurait jamais agi de la sorte.

C'est ainsi que nous nous retrouvâmes rue Maraîche, un petit matin du mois de Fauche, profitant de la fraîcheur de l'aube qui colorait la ruelle de teintes pastel et chassait petit à petit les ombres de la nuit. Planqués entre les meules de foin odorantes d'une écurie, nous attendions notre heure. De temps à autre, l'un d'entre nous remuait sans bruit pour chasser l'engourdissement ou le sommeil.

« Quand est-ce que votre gars passera à l'action, déjà ? » Brisko avait beau avoir une grande gueule, nous étions en train de découvrir qu'il n'était pas d'un calme exemplaire. Je le rassurai de mon mieux :

« Quand ce sera le moment. Maintenant, ferme-la. »

La nef kinoshe qui nous intéressait était arrivée. Les quais bruissaient de l'agitation du déchargement. Un détachement de dignitaires, notre cible, descendit enfin du ponton. Tissant une illusion plus vraie que nature, surtout pour des néophytes, Ivold interchangea la rue Beauregard et celle, plus petite, qui allait les mener directement dans nos filets.

Nous avions choisi l'endroit le plus étroit du parcours, afin de priver l'escorte de l'avantage que leur apportaient leurs canons individuels. Quand le petit convoi passa devant notre cache, nous jaillîmes, prenant par surprise le garde qui fermait la marche. Trois autres soldats protégeaient le groupe de quatre légats et se jetèrent hardiment dans la bataille.

Alors que Calixte abattait le premier Kinosh d'un vicieux coup de dague dans les reins, profitant d'une articulation dans l'armure, les autres se révélèrent de redoutables bretteurs. Loan et Ogar vinrent à bout d'un second homme, qui leur donna bien du fil à retordre mais ne parvint pas à effacer le sourire de leur visage. Finn se débarrassa du troisième d'une colossale frappe de sa hache d'armes. Le taillant brisa le glaive kinosh et perfora l'étrange matériau qui avait jusque-là résisté à ses assauts. Le fer s'enfonça profondément dans la poitrine du soldat avec un bruit sourd et humide. Le dernier tenta sa chance avec son canon. Le plomb fusa tout près d'Arnat et la fumée corrosive fut emportée par une brise opportune. Le Kinosh s'empêtra en tentant de recharger son arme. Un sourire prédateur aux lèvres, Arnat s'avança calmement vers lui l'épée à la main et lui ôta la vie d'un coup précis à l'épaule, dans le défaut de sa cuirasse.

J'avançai vers nos prisonniers avec Ronn, tandis que les autres dépouillaient les gardes de leurs armes. Canons compris.

« Qu'est-ce qu'ils ont, ceux-là ? » dit mon second.

Trois des quatre otages étaient chancelants et tenaient à peine sur leurs jambes. Le quatrième, plus petit, s'était collé le dos au chariot qui transportait leurs biens et cherchait une échappatoire. De profonds capuchons dissimulaient leurs visages et se prolongeaient en de longues robes bleues.

D'une voix tremblante, un des encapuchonnés nous adressa quelques mots dans sa langue, puis s'effondra subitement, l'écume aux lèvres.

« Poison ! » soufflai-je, me tournant vers les autres Kinoshs.

Trop tard. Deux autres prisonniers s'affalaient sur le sol, les joues marbrées de bleu, les yeux rougis et déjà voilés par la mort.

— Celui-là est encore debout ! » dit Ronn, se jetant sur notre quatrième et dernier captif pour l'empêcher d'avaler à son tour quoi que ce soit.

Soulevant la capuche, il resta interdit.

« Merde !

— Ne me dis pas qu'il est cuit aussi, fulminai-je.

— Euh… Non, me fit Arnat, arrivé auprès de Ronn avant moi. C'est pas ça. Elle va bien, je crois. »

Elle ?

Peu importait, nous tenions notre otage, mission accomplie.

Le soleil dardait ses premiers rayons et Assale commençait à prendre vie. Il était grand temps de rentrer à Richelieu. Après avoir traîné les corps dans l'ombre de la grange, nous guidâmes le buffle attelé au chariot vers notre quartier. Ronn procéda à une fouille en règle de la captive, qui poussa un cri désespéré et se tortilla pour lui échapper. La bâillonnant d'une main ferme, il ne s'arrêta qu'après avoir trouvé sur elle une fiole du même poison qu'avaient bu ses compagnons. Au mouvement de recul qu'elle eut lorsqu'il la leva pour examiner le liquide sirupeux et blanchâtre, je compris qu'elle avait eu peur de s'en servir. Une lâcheté qui servait bien nos affaires. Il mena l'otage terrifiée en lui prenant le coude.

« Eh ben ça, c'est une journée riche en surprises ! s'exclama Loan en étendant sa carcasse sur sa paillasse crasseuse. Avec ce qu'on a récupéré, on est tranquilles pour un moment !

— Je m'occupe de l'argenterie et je te laisse les tuniques kinoshes, ça t'irait bien ! » se moqua Ogar.

Les jumeaux étaient ravis de nos exploits et, pour une fois, nous étions tous d'excellente humeur. Les malles des dignitaires révélèrent des trésors inespérés : une belle somme de monnaie étrangère, mais également des objets d'art en or, argent ou bronze d'un raffinement exceptionnel. Des rouleaux recouverts de pattes de mouches, aussi, mais nous ne comprenions pas plus le kinosh écrit que parlé, si bien qu'ils ne nous étaient d'aucune utilité. Cela dit, s'ils avaient valu la peine qu'on leur fasse traverser un océan, j'espérais que les responsables kinoshs s'arracheraient les cheveux en constatant leur disparition.

« Oh ! Regarde, il y a de la *tuppa* là-dedans », s'exclama Loan avec gourmandise en secouant un gros sac de toile.

Je fus sur mes pieds avant qu'il ait eu le temps de réagir. D'un geste sec, je lui fauchai le sac et reniflai avec suspicion.

« On en a déjà parlé, les gars. Je ne veux pas que vous touchiez à ce truc !

— Mais les Kinoshs en fument tout le temps ! Et puis c'est rudement bon…

— Peut-être, mais les Kinoshs, ça ne leur fait pas le même effet qu'à nous. Vous avez vu ceux qui en prennent, au Misainier ? Dès qu'ils n'en ont plus, ils sont agressifs. Et quand ils en ont, ils sont complètement avachis. Il y a des Assaliens qui passent la moitié de leur paie à troquer avec les soldats kinoshs pour quelques tiges de *tuppa*. Je n'ai aucune envie de vous voir dans cet état.

— Oh, quand même, on n'en est pas là !

— T'as qu'à demander aux autres s'ils avaient pensé en arriver où ils en sont ! Non, pas question. »

Je fis signe à Ivold d'approcher :

« Va me jeter ça dans le port. Non, attends ! Ronn, tu l'accompagnes. Si on le laisse tout seul, il serait foutu de revendre la camelote sous le manteau.

— Pourquoi j'ai plus le droit de revendre ? s'insurgea Ivold.

— Mais bon sang, toi non plus t'écoutes rien ? Je cause tout seul ? »

J'étais vraiment en rogne. Les gars fixaient leurs bottes. Même Ivold cessa immédiatement ses jérémiades.

« Je vous le dis une dernière fois : je ne veux pas voir l'un d'entre vous fumer ce truc. Et je ne veux pas non plus qu'on participe à la diffusion de cette saloperie en ville. Donc désormais, si vous trouvez de la *tuppa*, c'est aux ordures. Compris ?

— Ouais, chef, c'est bon, murmura Ivold. J'avais juste pensé que, tant qu'on n'est pas accros, on pouvait bien s'en mettre un peu dans les poches…

— C'est sûr, dis-je sur un ton moins sec, toi t'es sensible à aucune drogue, si ce n'est l'argent facilement gagné ! »

Personne ne releva ma tentative d'humour. Ils filèrent tous sans demander leur reste, sauf une ombre dans l'angle du dortoir. L'otage. Pour l'instant, nous avions décidé de la garder dans notre chambrée, car je craignais qu'elle ne fût violée dès que les rebelles avinés du Misainier auraient connaissance de son existence. Nous l'avions débarrassée de sa longue tunique et lui avions donné des vêtements moins reconnaissables. Lui enlever cet habit informe avait dévoilé une fillette plutôt qu'une femme, d'une douzaine d'années tout au plus. Peu probable que cette enfant ait été vouée à une administration. Mais elle serait d'une valeur inestimable si elle était la fille de quelqu'un de haut placé…

Si seulement nous pouvions comprendre ce qu'elle baragouinait quand elle osait ouvrir la bouche ! Prostrée dans un coin de la pièce, elle nous regardait avec de grands yeux effarouchés et humides, complètement terrorisée, et serrait ses genoux contre sa poitrine dès que l'un d'entre nous esquissait un geste dans sa direction.

Alors que je rédigeais un inventaire de nos récentes acquisitions, pour me faire une idée de leur valeur, la petite sortit de son mutisme et se leva d'un bond. Elle ne vint pas jusqu'à moi, mais m'adressa une longue tirade, renforcée par de grands gestes pour se faire comprendre. Elle voulait écrire.

Dès que je lui eus fourni une partie de mon matériel, elle se réfugia de nouveau dans son recoin et s'absorba dans sa rédaction. Un moment plus tard, elle se leva et se planta devant moi, luttant contre sa peur pour se composer un visage autoritaire. Je me retins de rire tant cet effort était flagrant. Elle me débita un bref discours, puis me remit d'autorité un parchemin couvert de signes abstraits.

J'avais bien saisi ce qu'elle voulait de moi, mais remettre son message à l'un de ses compatriotes, s'il pouvait déclencher une réaction, pouvait également divulguer où nous étions. Je finis par le glisser dans ma poche pour l'y oublier.

Nous préférâmes rédiger nous-mêmes nos revendications. Toute la nuit, Ronn, Ivold et moi-même, les trois plus belles plumes de l'équipe, copiâmes sur de larges parchemins les mêmes lignes, encore et encore :

Nous sommes Miska. Nous sommes ceux qui refusent le joug de l'envahisseur Kinosh. Depuis le jour de leur arrivée, les Kinoshs exigent des Caldéciens obéissance et soumission. Ils ont interdit nos religions, volé nos maisons, tué nos soldats, martyrisé nos enfants. Aujourd'hui les fédérateurs, qui ont juré de protéger le peuple, sont à leur solde. Les édits qui parviennent du Palais sont dictés mot à mot par l'occupant. Notre rébellion est restée jusque-là trop silencieuse. Ce temps est révolu. Nos sympathisants sont nombreux. Nous détenons une otage et sommes prêts à négocier sa libération. Nos exigences sont simples : l'ennemi kinosh doit reprendre la mer.

Si rien n'est fait pour satisfaire notre demande, nous sommes prêts à montrer à l'envahisseur notre détermination. Les patrouilles kinoshes ne sont pas en sécurité dans les rues d'Assale. Bientôt les envahisseurs seront en danger même derrière les murs du Palais.

Le tout orné du sigle de Miska, avec les quintefeuilles de la Fédération. J'aurais été bien étonné de voir l'armada kinoshe reprendre la mer dès le lendemain, mais une chose était sûre : notre mouvement devait maintenant sortir de l'ombre. Si ce message pouvait au moins nous ouvrir la porte à une négociation, ce serait déjà un progrès. J'envoyai les jumeaux, Calixte et Hatton placarder tout ça aux alentours du Palais une heure avant le lever du soleil. Au petit matin, Miska ne serait plus un mouvement clandestin.

Les jours suivants se déroulèrent dans une attente de plus en plus pénible. Les patrouilles kinoshes étaient sur les dents, et Miska se faisait discret. Nous n'avions reçu aucun signe des fédés ni des Kinoshs. Personne ne réclamait notre prise, pas un mot au sujet de nos messages. Ce qui avait le don de vriller les nerfs de l'équipe, et pire encore. Excédés de ne pas nous trouver, les soldats kinoshs envoyaient au pilori de nombreux citoyens innocents, la place des Martyrs ne désemplissait pas. Le soutien populaire fondrait comme neige au soleil si la situation perdurait. Je commençais à me demander si j'avais bien fait de garder pour moi la lettre de notre prisonnière.

« Et si cette gamine n'était rien d'important ? Une servante, ou la femme d'un soldat quelconque ?

— Bon sang, Finn, réfléchis un peu ! »

Arnat se faisait acide. L'inaction ne lui réussissait pas.

« Tu crois vraiment qu'ils auraient fait faire tout ce voyage à une domestique ?

— Ça va, je cherche à comprendre, c'est tout ! »

L'ambiance commençait à tourner au vinaigre lorsque la cloche du Palais retentit. Son chant grave coupa court à la dispute. Une fois. Nous attendîmes la suite. Rien ne vint. Un seul coup ? Ça ne signifiait rien du tout. La discussion houleuse reprit de plus belle, cette fois sur la marche à suivre :

« Il faut y aller ! »

Ronn ne tenait pas en place. Pour lui cette sonnerie inhabituelle était un appel à rejoindre la place des Martyrs. Je proposai que nous y allions tous les deux, accompagnés d'Ivold.

En approchant de la place, ce dernier pila tout net et plaça sa main sur mon bras.

« Quoi ? fis-je, aux aguets.

— Tu vois le gars, là-bas ? »

Un Kinosh en robe rose pastel était adossé dans l'ombre d'une bâtisse, capuche remontée sur la tête, bras croisés. L'homme n'était pas armé, mais je repérai trois hommes en noir, discrets, qui semblaient lui tenir lieu d'escorte.

« Jolie couleur, commentai-je avec un sourire. J'en avais jamais vu, des comme ça.

— Moi non plus. Cap', c'est un charmeur.

— Comme ceux que nous avons déjà rencontrés ? »

Mes cheveux venaient de se dresser sur ma nuque.

« Non, beaucoup moins puissant. Comme moi.

— Alors quoi ?

— Il est en train de *renifler*. »

Au même moment, l'homme tourna sa ridicule capuche rose vers nous. Vers Ivold. La foule était dense et nous profitâmes de son hésitation pour nous faufiler au plus loin. Avec mille précautions, nous continuâmes notre progression.

« Tu vois bien qu'il est en vie, cap'... », me dit Ronn.

Je n'en revenais pas. Devant les yeux ébahis d'une foule dense, le seigneur Ydes, entouré des autres fédés, poursuivait :

« … car le peuple kinosh a besoin de nous savoir à ses côtés. Nos *amis*, et j'insiste sur ce mot, sont venus pour apporter tous les bienfaits de leur civilisation. Pen…dant ces longues semaines d'isolement, la fédératrice Cadestre, les fédérateurs Varse, Pierce, Mertil et moi-même avons c-compris l'infériorité de notre peuple. Et si je suis là aujourd'hui, c'est que nos hôtes m'ont fait l'insigne hon…neur de vous faire part de cette découverte. »

Nous cherchions nos mots, sidérés. De tout temps Ydes avait été un homme fort, ne refusant pas l'affrontement. Les conditions de la trêve étaient déjà surréalistes. De là à considérer les Kinoshs comme des *amis* ? Je ne retrouvais pas l'homme pour lequel j'avais un respect de longue date. Sa stature même était changée, il paraissait plus petit qu'avant, les épaules voûtées, la tête rentrée : où était le fier guerrier qui avait dirigé d'une main ferme les Longues Côtes ? Le discours se poursuivait, long et monotone, sur une diction hachée et hésitante :

« … dans cette bataille perdue d'avance pour nous, les Kinoshs auraient pu réduire la v-ville en cendres et notre peuple à l'esclavage. Au lieu de cela, ils ont baissé les armes et nous ont tendu la m-main. Il convient, de notre côté, de faire égale…ment un effort pour que notre cohabitation se passe au mieux… »

Le peuple des Longues Côtes avait depuis l'enfance été bercé par les valeurs d'indépendance et de solidarité de la Fédération. Avec leur lot de luttes intestines et de magouilles politiques, mais tout de même ! Comment Ydes pouvait-il se satisfaire de ces parasites qui s'appropriaient nos terres, pillaient nos greniers, écartelaient notre territoire, piétinaient nos traditions en échange de la paix ? S'était-il donné la peine d'aller voir les pauvres hères agoniser au pilori ? Une vague de colère me submergea. Dire que nous nous étions mis dans tous nos états parce que nous avions déserté !

« S'il y a bien un traître ici, il est devant nous en ce moment même. »

Un silence relatif se fit autour de moi et j'attirai quelques regards. Mortifié, je réalisai que j'avais pensé à voix haute.

Parmi les spectateurs, certains me lorgnaient de travers. De plus en plus de citoyens adoptaient la mode kinoshe, ces longues robes ridicules, serrées de ceintures tarabiscotées. Avant que l'un d'entre eux ne me dénonçât, j'entraînai mes compagnons à contre-courant de la foule.

Je tendis l'oreille pour entendre la fin du discours. Il ne fut pas mention de la petite otage une seule fois. Ydes reconnut à demi-mot l'existence de Miska et demanda aux citoyens d'arrêter de résister.

Ronn me bourra un coup d'épaule.

« Qu'est-ce qui t'a pris ? chuchota-t-il.

— Je sais, je sais, mais enfin, c'est du délire ! »

Ivold vint à mon secours :

« Il a raison. Nous, des inférieurs ! Ce qu'il ne faut pas entendre… Je n'arrive pas à comprendre pourquoi ils ont cédé si facilement, sans même faire rassembler les armées de la Fédération. Plus les Kinoshs feront venir de bateaux, moins nous aurons de chances de pouvoir les affronter.

— Et puis il va bien falloir que quelqu'un s'oppose à *ça*, tout de même ! » m'indignai-je.

Notre retraite nous avait rapprochés de l'emplacement où étaient parqués les captifs « punis » par les Kinoshs. Les bourreaux attendaient patiemment la fin du discours pour reprendre leur tâche. J'observai, horrifié, les visages de leurs victimes ravagés par une marque au fer rouge.

« Le "M" de Miska ! soufflai-je.

— J'en reconnais aucun, chuchota Ivold.

— Parce qu'on ne les connaît pas, dit Ronn d'une voix rendue sourde par la colère. Ce sont des innocents. Pris au hasard parmi les civils. »

Le dégoût et l'appréhension me donnèrent la nausée. Comment espérer gagner des soutiens si les Kinoshs défiguraient de simples badauds par notre faute ?

Un brouhaha s'éleva dans mon dos. Je me retournai pour découvrir une dizaine de soldats kinoshs en train de se frayer un chemin dans la masse. Les civils s'écartaient précipitamment devant eux. Un Caldécien déguisé en Kinosh menait la troupe à petits pas nerveux. Au moment où je me poussais pour laisser passer le convoi, il me montra du doigt.

Une sueur glacée me ruissela sur l'échine. Ronn se campa fermement sur ses pieds, prêt à en découdre.

« Toi et ta grande gueule ! » gronda-t-il.

Il cracha par terre en fixant le renégat. L'autre s'arrêta net et laissa les soldats passer devant lui. Nous nous retrouvâmes face à une rangée bien ordonnée de canons. Leurs gueules noires nous lorgnaient à moins de dix pas. La foule s'écarta encore et nous fûmes soudain bien seuls.

Un des soldats s'adressa au Caldécien, qui nous traduisit d'une voix tremblante :

« Vous êtes responsable d'outrage… euh… celui d'entre vous qui a proféré les insultes doit suivre les gardes… euh… s'il vous plaît ? »

J'eus un ricanement sans joie. « S'il vous plaît ? » Je n'étais pas sûr que la formule ait été dictée par le Kinosh. Le traître assalien se tortillait, mal à l'aise. D'un autre côté, j'étais soulagé. Au moins serais-je le seul à payer le prix de mon ânerie.

« C'est moi, dit Ronn d'une voix forte.

— Qu'est-ce que tu fous ? dis-je, estomaqué.

— Je te protège, chuchota mon second. Ils ont besoin de toi, à Richelieu. Fais pas le con, et tais-toi. »

Ronn s'avança d'un pas. Deux Kinoshs lui prirent les bras, il se laissa faire. J'étais figé, piégé par un sentiment d'immense culpabilité et une bouffée d'amour intense pour lui. Les Kinoshs se détournèrent de nous. Le Caldécien me regarda un instant puis se détourna.

« Le traître… il m'a désigné, pourquoi ne m'a-t-il pas reconnu ? » demandai-je.

Je vis Ivold dégourdir ses doigts.

« J'ai… neutralisé nos visages. Je nous ai fait ressembler à tout le monde et à personne. Les Kinoshs ne s'en seraient pas rendu compte, pour eux on est tous pareils. Mais j'espérais que le transfuge hésiterait, qu'il dirait qu'on n'était pas les bonnes personnes, finalement. Sauf que ce connard n'a rien dit. S'il ne nous avait pas rattrapés, je suis sûr qu'il aurait montré quelqu'un au hasard, juste pour satisfaire ses nouveaux maîtres. »

Autour de nous, la foule se détendait imperceptiblement. Le spectacle se déroulait désormais ailleurs : Ronn fut guidé jusqu'à la place des Martyrs.

Les gardes le firent grimper et l'attachèrent à un pieu de bois. Ils reprirent leur poste un peu plus loin, confiant mon second aux bons soins de leur bourreau. Le discours était fini, les tortures avaient repris. À côté de Ronn, une femme, la peau parcheminée, l'air hagard, geignait doucement. Depuis combien de temps n'avait-elle pas mangé ou bu ?

Le tortionnaire sortit une tige d'acier d'un brasier chauffé à blanc. Je vis parfaitement le « M » luire au bout. Il s'approcha de Ronn qui lutta en vain contre ses liens. Mon ami hurla. Je fermai les yeux.

« Ce sera vite fini », me dit Ivold d'une voix blanche.

La vision brouillée de larmes, je vis la tête de Ronn pendre mollement. Un des soldats qui l'avaient amené échangea quelques mots avec le bourreau. L'autre salopard hocha la tête et se dirigea vers un râtelier qui contenait ses outils de travail. Il en sortit une pince acérée.

« Puterelle, ils veulent en rajouter. Pour l'exemple. Ronn tiendra pas le coup. Tiens-toi prêt, cap' », chuchota le vieux charmeur.

Dans la rue d'à côté, deux tombereaux tirés par des buffles lambinaient vers leur destination. Ivold tricota vivement. Je vis apparaître une silhouette féline, aux contours flous. L'illusion était très imparfaite mais les bovins n'avaient pas besoin de plus pour être convaincus. Le fauve ouvrit grand la gueule et découvrit des crocs comme des sabres. Les yeux des buffles s'agrandirent de terreur. Ils ruèrent dans leurs brancards et partirent au grand galop. Des cris paniqués s'élevèrent, et les gardes kinoshs accoururent vers les chariots hors de contrôle.

Je n'attendis pas la suite pour fondre sur le bourreau qui s'approchait de Ronn, inconscient. Le tortionnaire interrompit son geste et pointa sa pince sur moi. J'abattis son arme improvisée avec mon épée et le renversai d'un coup d'épaule. Je lâchai toute ma colère et ma frustration sur lui. Il ne portait pas d'armure, et ma bâtarde le transperça de part en part. Il cessa de bouger aussitôt. J'en tirai une satisfaction malsaine.

Ivold se précipita aux côtés de Ronn et trancha ses liens. Il lui flanqua une solide paire de claques et mon second ouvrit un œil égaré. Ivold le releva en lui prêtant la main.

« Faut y aller, cap', il est grand temps ! »

Ivold me désigna d'un coup de menton un Kinosh en rose qui le montrait du doigt. Non loin, les soldats venaient de reprendre le contrôle des bêtes. Un Caldécien d'une quarantaine d'années se rua au chevet de la femme à moitié morte. Je l'aidai à libérer la pauvresse et il me remercia d'un regard éperdu. De part et d'autre, des citoyens se précipitaient pour libérer les victimes. Des coups de feu claquèrent et trois personnes s'effondrèrent. J'aidai Ivold à soutenir Ronn et nous disparûmes à toute allure.

Nous fîmes halte dans la première auberge venue. Je connaissais le propriétaire : nous lui revendions le fruit de nos larcins. Ronn s'écroula sur une chaise et porta la main à son front.

« Ça va aller, fit-il en reprenant ses esprits. Merci… Merci, les gars.

— C'est moi qui te remercie, dis-je en le prenant par l'épaule. Je suis tellement désolé…

— C'est pas pour moi qu'il faut être désolé. Tous ces pauvres gens… La plupart ne savent même pas pourquoi ils sont torturés, j'en suis sûr. C'est bien, ce que tu as fait pour cette femme, Dacien.

— J'aurais aimé pouvoir les libérer tous…

— On le fera, un jour. J'en suis persuadé. On se débarrassera de ces connards sadiques et tout redeviendra comme avant. »

J'examinai la brûlure avec amertume. La chair à vif était noircie sur les bords de la blessure. L'odeur de grillé me retourna l'estomac.

Ronn se composa un sourire pâle.

« Je me sens mieux, mentit-il. On y va ? »

En poussant la porte de notre dortoir, je découvris le reste de la troupe réunie en arc de cercle, dos à l'entrée. Je m'apprêtais à mettre les points sur les *i* quand Loan se tourna vers nous.

« Vous en avez mis du temps ! »

Son grand sourire fondit lorsqu'il découvrit Ronn.

« Qu'est-ce qu'il s'est passé ?

— Un petit souvenir des Kinoshs, répondit Ronn d'un ton acide. Histoire que j'oublie jamais combien je les hais. Je m'en remettrai, t'inquiète. Et vous, qu'est-ce que vous fichez là au lieu de surveiller les alentours ? »

Loan nous fit signe d'approcher.

Nario était assis en tailleur devant la petite Kinoshe. Ils étaient tous deux en grande discussion. Si l'on peut dire, puisqu'ils gesticulaient plus qu'ils ne parlaient.

« De ce que j'ai compris, m'expliqua Loan, Nario avait une grand-mère qui parlait un patois obscur du fin fond de la Nordie. Et certains mots sont proches de la langue kinoshe.

— Et on peut savoir comment Nario a découvert ça ? m'étonnai-je.

— Ce midi je suis venu lui amener à manger, répondit l'intéressé. Elle a renversé un peu de soupe et s'est brûlé la main ». Je remarquai un bandage autour de la petite pogne de la gamine. « C'est là que d'un coup, elle a crié et j'ai compris ce qu'elle disait !

— Et qu'est-ce qu'elle t'a dit ? demandai-je.

— *Maroini tu parta*, pouffa-t-il. Ma mémé le criait souvent. C'était une bonne femme avec un sacré caractère. Ça veut dire : Que les mille démons te damnent le fion ! Enfin, selon elle ça signifie un truc plus poli, mais Mamie était plutôt convaincante dans sa version.

— Te voilà chargé de savoir qui elle est, le minot. Je veux connaître le moindre détail. »

Ivold supposait qu'en des temps reculés, des explorateurs étaient partis d'un bord ou l'autre de l'océan et avaient échappé par miracle au maelström. Depuis, deux communautés avaient évolué en totale indépendance, et quelques mots comportaient encore des racines communes.

Nario passa des jours à établir un dialogue avec la gamine. Il était le seul à qui elle accordait sa confiance. Lorsque l'un de nous entrait dans la pièce elle nous jetait toujours des œillades apeurées, mais elle finit par se détendre peu à peu. Comme ses compatriotes, elle avait le teint foncé et des pommettes saillantes. Ses grands yeux d'un noir absolu étirés en amande et ses sourcils épais lui donnaient un regard très profond, un air sérieux et sévère. Ses mâchoires, moins marquées que celles des hommes de son peuple, restaient anguleuses, et une bouche délicate adoucissait ses traits.

Après beaucoup d'efforts, Nario fut en mesure de nous donner les premiers indices sur l'otage :

« Elle s'appelle quelque chose comme Azellis.

— *Azel'aïs*, le reprit la gamine.

— Azéla… Azil… Peste. Ça fait une heure qu'elle me prend la tête avec ça, je crois que je n'arriverai jamais à le prononcer. Ça veut dire "Pétale du soleil", ou "Fleur du ciel", un truc du genre. Elle est quelqu'un de connu, elle devait épouser un "chef-grand-noble". Ces gens sont déments. Une enfant, promise en mariage !

— Oui… mais pourquoi il ne veut pas la récupérer, sa fiancée ? » s'interrogea Finn, dérouté.

« *Mari… euh… al tro'mirtia…* chercher *Azelias* ? demanda Nario.

— *Azel'aïs ! Jar com…* », commença-t-elle avant de prendre un peu de poussière qu'elle trouva sur le sol et de s'en barbouiller le visage. Puis de montrer l'ensemble de son corps.

« Elle dit qu'elle est… sale ?

— Ben on peut lui faire prendre un bain, s'il n'y a que ça ! » proposa Loan.

Il ne fut pas long à revenir avec un pain de savon et une bassine. La fillette ouvrit des yeux ronds, mais quand il lui tendit un linge avec un grand sourire, elle se fâcha pour de bon. Elle s'embarqua dans une longue tirade, durant laquelle Nario dut l'interrompre à plusieurs reprises. N'arrivant pas à se faire comprendre, elle saisit la main du jeune garçon pour la poser sur son bras, sa tête…

— Je crois que j'ai saisi ! s'écria Nario. Elle dit qu'elle est sale parce qu'on l'a emmenée. On l'a touchée et maintenant plus personne ne voudra d'elle. Ni même… ses parents… »

Nario éprouvait une tristesse sincère pour la petite et la considéra avec compassion.

« C'est tout ce que tu as pour l'instant ? demandai-je, avide d'en savoir plus sur elle, mais aussi sur ses compatriotes.

— Je vais continuer à l'interroger. Ah si ! Elle a très peur qu'on la mange. J'ai pourtant essayé de lui expliquer qu'on ne faisait pas ça chez nous, mais elle a du mal à se faire à l'idée, j'ai l'impression. »

Au fil du temps, quelques points furent éclaircis. Tout d'abord, après des tentatives aussi nombreuses que maladroites, aucun d'entre nous ne parvenait à prononcer « Pétale du soleil » en kinosh, et la gamine ne supportait pas qu'on écorche son nom. Nous avions baissé les bras et en resterions dorénavant à « Petite », un surnom qu'elle acceptait mieux que nos erreurs de prononciation. D'autre part, elle apprenait vite. Chaque jour, elle perfectionnait sa diction, demandait à Nario de lui désigner le moindre objet, de lui expliquer tel ou tel concept. Elle menaçait de devenir bavarde comme une pie.

Ronn s'approcha. Nous l'avions soigné tant bien que mal et son front était couvert d'un bandage qu'il touchait sans cesse. Sa bouche prit un pli amer lorsqu'il désigna Petite.

« Qu'est-ce qu'on va en faire, de cette gamine ? demanda-t-il. Si personne ne la réclame, elle ne nous sert à rien !

— Tu plaisantes ? » Je n'en revenais pas, qu'il puisse à ce point rester aveugle à une telle évidence. « Nario connaît déjà quelques mots de kinosh grâce à elle. Si on arrive à comprendre les bases de cette foutue langue, on pourra traduire ce que se disent les gardes entre eux sans qu'ils se doutent le moins du monde qu'ils se trahissent ! »

Si nous arrivions à convaincre Petite de collaborer avec nous, les implications pouvaient être nombreuses… Je me résolus dès ce moment à la garder bien au chaud dans nos rangs et à veiller jalousement sur son bien-être. Mieux elle se porterait, plus vite elle arriverait à se lier d'affection avec nous. Il aurait de toute façon fallu un pied de biche pour la séparer de Nario. Leurs discussions à bâtons rompus les avaient tous les deux enhardis. Le gamin était jusque-là resté très discret, hanté par les souvenirs du naufrage dont nous l'avions tiré. Les deux compères trouvaient une sorte d'équilibre en se découvrant l'un l'autre. Nario quittait son statut de bleusaille pour prendre un rôle de protecteur et de grand frère. Ils me donnèrent la fugace impression que ce monde avait peut-être quelque chose de beau à offrir, après tout. Évidemment, le destin se chargerait bien vite de me rappeler à l'ordre.

Chapitre 8
À l'autre bout du monde

Comme chaque matin depuis plus d'une semaine, je m'éveillai avec le sourire aux lèvres. Moi, Azalon, membre récemment anobli de la Société des technologues, envoyé en terre inconnue à la demande de mes pairs ! Puis, comme chaque matin depuis une semaine, ma joie puérile se changea en angoisse. Dire que tout avait commencé sur un malentendu…

C'était une journée d'effervescence. Tout Mitris vibrait d'une excitation contenue à grand-peine. J'avais moi-même bien du mal à paraître impassible, comme le voulait la bienséance. La nouvelle s'était répandue en un rien de temps à travers les prismes à murmures. Nous étions fiers de ces élégants entrelacs de verre et d'or placés sur les devantures des bâtiments publics, fruits de nos compétences de technologues à maîtriser le condensat d'épure. De la magie mise en bouteille, se plaisait à dire mon ami Sibras. Quel dommage que leur portée ne fût que de quelques lieues ! Il aurait été fabuleux d'avoir le compte-rendu des expéditions lointaines en temps réel. Il avait fallu attendre des semaines, mais voilà qu'un mostarki venait enfin de rentrer au port.

Cinq bateaux-oiseaux étaient partis avec un seul mot d'ordre de la part de Kinosh-bê : ne revenir qu'en cas de découverte d'une nouvelle terre. Je maîtrisai le sourire impatient qui menaçait de s'épanouir sur mon visage. Les mostarkis étaient les premiers navires aptes à braver le maelström, et j'avais l'insigne honneur – et la fierté inavouable – d'avoir participé à leur conception. Grâce à eux, un monde nouveau s'ouvrait aux Kinoshs. Pourvu que l'équipage ait trouvé une grande île, riche en ressources et en mystères, et non un caillou perdu au milieu de l'océan.

Je marchais d'un pas faussement calme vers la Grande Bibliothèque. L'éclat du soleil sur les façades immaculées de Mitris me fit plisser les yeux. Nos rues étaient une constante démonstration du savoir-faire et de l'art kinoshs. Il n'était pas une balustrade, un linteau, un porche qui ne fût orné d'arabesques délicates, souvent animées de lentes ondulations par un petit cristal d'épure. Le vent d'est, chargé de l'odeur minérale des grandes plaines désertiques, apportait une chaleur presque insupportable, mais chacun l'ignorait, trop occupé par les nouvelles du jour.

Je bifurquai vers la Grande Bibliothèque, dont une aile entière était dévolue aux réunions et au travail de la Société des technologues. Voir les étudiants et le petit personnel s'incliner poliment sur mon passage me procurait invariablement une joie et une satisfaction que je dissimulais sous un masque impénétrable de bon aloi. Je parcourus les allées bondées jusqu'aux portes de la Société. En poussant les deux battants ornés d'un splendide décor en bas-relief – allégorie abstraite de l'alliance entre épure et technologie –, je découvris la salle pleine de technologues en grande tenue. Au centre de l'assemblée discourait Paliste, l'émissaire de Kinosh-bê qui avait participé à l'expédition. Il n'était pas technologue mais, parmi les sociétaires des Armes, il était d'un état d'esprit proche du nôtre. Observation, étude, découverte… J'étais heureux qu'il fût notre rapporteur. Il parlait avec une fébrilité qui trahissait son excitation :

« … Nous avons tout d'abord cru à une grande île couverte de forêts verdoyantes, mais les mostarkis ont louvoyé durant des jours le long de la côte sans en voir le bout. J'ai relevé au moins deux deltas, embouchures de fleuves plus vastes que le Nalin, et de nombreux cours d'eau de moindre envergure. Nous avons aperçu quelques… primitifs qui ont fui à notre vue. »

Cette dernière phrase sema la confusion dans l'assemblée. Les enseignements de la Dame nous enjoignaient, en tant que peuple élu, de faire preuve de bonté envers les païens. Mais depuis plusieurs générations, notre terre ne nous nourrissait plus, si bien qu'au lieu de faire la charité aux peuples colonisés par l'empire, nous exploitions leurs terres, volions leurs ressources. Personne n'avait envie de faire subir aux indigènes d'outre-mer ce que nous imposions aux peuplades du continent. Kinoshbê, qui régnait depuis près de trente ans et incarnait la sainte parole de la Dame et du Père, nous avait entraînés sur des chemins de plus en plus cruels : les conquêtes, le vol, l'esclavage… Nous n'avions pas le choix, pourtant tous dans cette pièce auraient préféré apprendre la découverte d'une terre vierge d'hommes. Paliste reprit, levant les mains en signe d'apaisement :

« Ne tirez pas de conclusions hâtives. Les primitifs que nous avons vus étaient fort rares, sans doute quelques tribus éparses dans les forêts ou le long des côtes. »

Sa tirade ne calma que partiellement l'assemblée. L'existence d'indigènes posait de sérieuses questions d'éthique. Partout, des noyaux se formaient et des hommes discutaient à voix basse. Je me signai en adressant une prière silencieuse à la Dame. La Mère de toutes choses devait pourvoir aux besoins du peuple élu. Depuis des années il se murmurait que nous avions perdu ses faveurs. Pourvu que cette terre nouvelle s'avérât assez généreuse pour tous !

Durant les jours qui suivirent, la Société des technologues pesa de tout son poids pour qu'une nouvelle expédition fût envoyée, avec plus de navires. Nous n'étions pas seuls à vouloir participer. De la Société des commerçants, qui espérait exploiter de nouvelles ressources, à la Société des armes, qui ne renâclait jamais à l'idée d'accaparer un nouveau territoire, tous vibraient à l'idée de ce monde neuf et vierge. Kinoshbê émit une bulle officielle. Les prismes à murmures diffusèrent l'annonce en quelques heures. Avec son habileté coutumière, il décrivait cette découverte comme un cadeau de la Dame à son peuple élu.

En théorie, il était la voix sur terre de nos dieux-parents. Dans la pratique, il devait jongler avec la conjoncture et la politique, interprétant les Saintes Paroles selon les besoins. Cet ancien sociétaire des armes avait entraîné l'empire dans une spirale de guerre et de violence. Plutôt que sur la sagesse de la Dame, il s'appuyait sur les préceptes du Père, dieu de la force et du soleil, de la virilité et du tonnerre.

Les palabres durèrent des jours. Je me morfondais dans mes appartements quand mon valet poussa la porte avec un livret dans les mains.

« Sieur, Sa Sainteté vient de rendre sa décision.

— Enfin ! Dis-moi tout, Anton. »

Il ferma les yeux et récita de tête :

« Nous, Kinosh-bê, demandons la colonisation des terres nouvelles de l'ouest. À cet effet, nous ordonnons à nos quatre navires amiraux de prendre la mer, accompagnés d'une flotte de mostarkis. Les équipages seront composés d'hommes des Armes. Leur mission sera d'établir un premier comptoir et de sécuriser la zone. Le territoire sera alors ouvert pour d'autres colons. Nous désignons également Paratiska, des Commerçants, comme commandeur sur l'un des navires amiraux. Son objectif sera d'estimer la valeur des ressources disponibles et d'établir les premiers convois de matériaux… »

J'écoutai la suite avec une exaspération grandissante. Des noms, des assignations, et un long descriptif des forces missionnées. Je claquai la langue d'agacement.

« Quelque chose ne va pas ? » s'enquit Anton.

Malgré le temps qu'il avait passé à mon service, mon valet ne put retenir un geste d'appréhension. La balafre qui lui barrait le visage était un souvenir offert par son précédent maître.

Un homme cruel qui avait puni Anton plus d'une fois pour la moindre déconvenue, qu'elle fût de son fait ou non. Je le rassurai d'un mouvement de la main et expliquai :

« Il n'est même pas fait mention de la Société des technologues. Aucun d'entre nous ne sera convié à l'expédition. Nos ingénieurs ont pourtant permis cet exploit, n'est-ce pas ? Il y a tellement de choses à découvrir là-bas ! Nous aurions pu envoyer une équipe formée à l'exploration. Sur plus de deux mille colons, presque tous sont de la Société des armes. Seuls les Commerçants ont tiré leur épingle du jeu avec Paratiska. Et encore, il sera bien seul, avec à peine une poignée d'hommes sous ses ordres.

— Kinosh-bê a toujours accordé ses faveurs à la Société des armes. Mais dès que le comptoir sera établi, la traversée deviendra bien plus facile. Vous pourrez peut-être organiser une prochaine expédition… »

Je scrutai l'horizon, imaginant de mon mieux les forêts et les fleuves évoqués par Paliste et frissonnai à l'idée de primitifs imaginaires qui s'agitaient dans les frondaisons. Les yeux endoloris à force de fixer les vagues qui s'étalaient à l'infini, je décidai de rentrer dans mes quartiers. Nous n'avions pas encore dépassé le maelström et de longues journées nous séparaient encore de notre exotique destination. L'impatience et l'anxiété me rongeaient.

Au fil des semaines, la flotte de mostarkis cartographia celle que l'on nommait désormais Sher-Ima, la Côte-Nouvelle, ou Côte-Promise. Les sociétaires des armes s'acquittaient de leur mission avec la rigueur qui faisait leur renommée. Chaque semaine, un des navires revenait au port de Mitris faire un rapport.

Quand il fut certain qu'aucune force ennemie digne d'intérêt ne se dresserait contre eux, les hommes furent autorisés à fonder une véritable colonie, avec ordre de signifier aux sauvages que nous étions leurs nouveaux maîtres. Les rapports qui nous parvenaient ne tarissaient pas d'éloges sur Sher-Ima, sauf en ce qui concernait les autochtones. Anton, à mes côtés, lisait pour la énième fois le dernier message.

« Tout de même, s'indigna-t-il. Ces indigènes sont d'une cruauté ! Il est écrit qu'ils passent leur temps à s'entre-tuer. Imaginez-vous : ces barbares à moitié nus se tendent des embuscades et mangent leurs victimes !

— Il est aussi écrit qu'ils sont plutôt rares, arguai-je sans lever le nez de la carte. S'ils sont si discrets, comment les explorateurs ont-ils eu l'opportunité d'assister à de telles scènes ?

— Vous avez raison, mais si une once de ce qui est dit là est vrai, ces êtres franchissent vraiment les frontières de la bestialité.

— Le commandeur Temmos affirme dans le même temps que les terres vierges sont si vastes et fertiles que les sauvages ne poseront aucun problème. Serait-il possible qu'ils en rajoutent pour se donner le beau rôle ?

— Dans ce cas, c'est réussi ! Leurs récits me font froid dans le dos. »

Je laissai échapper un murmure dubitatif. Les sociétaires des armes étaient acquis corps et âme à Kinosh-bê. Or, ces rapports nous parvenaient d'eux, et seulement d'eux. J'aurais préféré avoir des nouvelles des Commerçants, qui étaient parvenus à placer quelques hommes au sein de l'expédition. Je n'arrivais pas à croire qu'un pays si fertile, si merveilleux ne fût peuplé que de quelques tribus. Kinosh-bê, par l'intermédiaire de Temmos, pourrait-il mentir ? Je me détestais pour ces réflexions séditieuses. J'étais tiraillé entre le respect infini que j'avais pour la fonction et les doutes grandissants que je nourrissais envers l'homme qui l'occupait.

Lassé de ressasser avec Anton un rapport vieux d'une semaine, je décidai de me rendre à la Société. Les technologues y tenaient salon tous les jours ou presque, découvrant les quelques échantillons exotiques ramenés par les mostarkis, étudiant les cartes. L'inquiétude rampait pourtant, s'insinuait entre les discussions, s'infiltrait dans les yeux de certains.

Les échanges les plus intéressants n'avaient pas lieu au grand jour. De nombreux apartés se tenaient en toute discrétion dans des salons privés. Je m'inclinai respectueusement devant Odrin, un confrère de haut rang. Il attesta ma présence d'un bref hochement de tête et m'ignora alors que je tentais d'engager la discussion. Il entra dans une alcôve. J'eus le temps d'apercevoir ses amis qui l'accueillaient avec chaleur avant que l'on ne me fermât la porte au nez. C'en était assez. Il était grand temps de prendre ma place au sein de ces conversations.

Résolu à forcer le destin, je me tournai vers la grande pièce et avisai un recoin qui n'était pas fermé par une porte mais simplement à l'écart. Deux canapés et deux fauteuils y accueillaient quatre technologues. Pris dans leur discussion, ils ne me virent pas arriver, et pour cause : des serviteurs venaient d'entrer pour distribuer des rapports fraîchement arrivés de Sher-Ima. La salle bruissa de murmures. Je surpris les leurs :

« Écoutez plutôt, c'est édifiant. Ils expliquent que les indigènes se sont soumis de leur plein gré. Qu'ils leur ont fait signer une déclaration d'allégeance. Je le savais ! Soi-disant quelques hères éparpillés aux quatre vents. Et maintenant Temmos met la main sur une ville entière !

— En effet », commentai-je.

Les quatre hommes se retournèrent d'un coup.

« Vous avez la langue trop bien pendue, sieur Piros », chuchota l'un des convives.

Puis, s'adressant à moi :

« Vous êtes sieur Azaran, n'est-ce pas ? Celui que Kinosh-bê a anobli pour avoir aidé à concevoir les mostarkis ? »

Vexé d'entendre mon nom écorché et flatté d'être reconnu pour mon mérite, j'acquiesçai sans un mot.

« Je me nomme Galis. Voici Piros, mon ami dont les paroles dépassent parfois les pensées, ainsi que Jastaran et Lénar. Nous ne parlions pas sérieusement, bien entendu. Il ne nous viendrait pas à l'esprit de mettre en doute la mission ordonnée par Sa Sainteté.

— Bien entendu, » répondis-je, soudain glacé d'effroi.

Il n'était pas légalement interdit d'exprimer une opinion contraire à celle de Kinosh-bê. Mais celui qui s'y risquait sans soutiens haut placés s'exposait à des sanctions sévères, allant de l'implacable contrôle des finances au procès en diffamation. Dans quoi venais-je de me fourvoyer ?

« Allons, insista Piros en prenant ses amis à témoin. Nous ne sommes pas les seuls à penser ainsi, la réaction de notre estimé collègue n'en est qu'une indication supplémentaire.

— Je ne voulais pas dire… commençai-je, mais Piros me coupa la parole.

— Regardez plutôt : tout droit venu de Sher-Ima, voici ce que l'on m'a procuré ce matin même. L'homme que j'ai soudoyé a risqué sa vie pour rapporter ceci. »

Piros fit passer un objet de main en main. J'entendis bien des exclamations étouffées, mais ce ne fut qu'en ayant à mon tour le droit de l'examiner de près que je compris. Il s'agissait d'une sorte de chevalière, lourdement ornée. Un motif floral complexe, avec pour contour ce qui ne pouvait être que…

« C'est impossible ! s'offusqua Galis. Êtes-vous certain de pouvoir accorder votre confiance à l'homme qui vous l'a remis, Piros ?

— Absolument. Je vous l'ai dit : il a risqué sa vie. La raison en est simple. Il leur est interdit de dévoiler tout artisanat autochtone, et ce par Temmos lui-même. Mon homme m'a confié que ce genre d'objet est monnaie courante en Sher-Ima. Cette bague n'est pas une relique, simplement une production locale et parfaitement…

— … civilisée ! l'interrompis-je. Que la Dame nous pardonne, nous devons le dénoncer…

— Certainement pas ! chuchota Galis, jetant des regards de part et d'autre. Taisez-vous, tous les deux. Cher Azaran…

— Azalon.

— Cher Azalon, plusieurs d'entre nous soupçonnent que Temmos arrange quelque peu la vérité, mais nous ne sommes ni les plus nombreux ni les plus influents. Nous ferions mieux de…

— C'est un mensonge d'état ! »

L'exclamation m'échappa. Un silence progressif se fit dans la grande salle, dont j'étais l'épicentre. Ma voix étranglée avait porté plus loin que je ne l'aurais cru. Partout, les technologues me considéraient d'un œil à la fois intéressé et outré. Enfin, j'étais remarqué par mes confrères. Je le regrettai instantanément, mais il était trop tard pour reculer. La tension me faisait perdre mes moyens, mes mains tremblaient, l'angoisse menaçait de me submerger complètement. Je me raclai la gorge et repris :

— Observez bien, estimés collègues, avisez la qualité du décor. Remarquez, sur le pourtour : des lettrages. »

Avec la bénédiction de Piros, qui me gratifia d'un hochement de tête intéressé, la chevalière passa de main en main. Des murmures se firent entendre, d'abord discrets, puis de plus en plus intenses.

« Oui, des lettres, repris-je, dépassé par ma propre outrecuidance. Une écriture. Différente de la nôtre, certes, mais cela semble évident. »

Le premier à réagir fut celui que je redoutais le plus. L'homme qui me vouait une rancune perfide et qui attendait le moment propice pour me discréditer aux yeux de tous : Mandar.

« Balivernes ! » s'exclama-t-il, immédiatement soutenu par plusieurs technologues de haut rang.

« Ce cachet est le fruit d'un artisanat abouti, arguai-je, les sangs glacés par mon audace. Les rapports qui nous parviennent sont pour le moins tronqués, si ce n'est falsifiés.

— Quel mensonge éhonté ! s'étrangla Mandar. Venir ici, nous présenter une vulgaire contrefaçon ! »

Les mots m'étaient clairement adressés, non à Piros qui pourtant s'était procuré l'objet. Mandar me désignait comme l'instigateur de cette accusation. Voilà qui m'apprendrait à faire un esclandre, mais je n'en fus que peu surpris. En décrochant ma place au sein de la Société, j'avais coupé l'herbe sous le pied du fils aîné de Mandar. Une véritable humiliation qui me vaudrait sa rancœur éternelle. Un obstacle non négligeable pour ma carrière : Mandar était en haute estime de Kinosh-bê lui-même. De nombreux technologues se rangèrent à son avis par principe. Quelques-uns seulement restaient en retrait, sans pour autant prendre parti. J'étais le centre d'intérêt de toute la salle.

« Je sais… Je sais que je ne suis pas le seul à me poser des questions. »

Je me tournai vers les indécis. Ceux qui tenaient ces salons privés dans lesquels je n'avais pas mes entrées. Seul le silence me répondit. Mandar me toisait, goguenard. En voyant mes nouveaux « amis » se détourner, ma colère l'emporta sur les convenances :

« Par la Dame, ne ferons-nous rien pour au moins avoir la certitude de ce qui se passe là-bas ?

— Il a bien raison, m'appuya enfin Piros. Nous sommes des *savants* ! Comment se satisfaire de demi-vérités, de mensonges à peine camouflés ! Mandar, tu te laisses bercer d'illusions.

— Tu vas trop loin, Piros, gronda Mandar.

— Alors prouve-nous que nous sommes dans l'erreur ! »

Les deux technologues se défièrent du regard. Je sentais qu'un passif les opposait. Une trahison ou une concurrence quelconque. Mandar avait sans doute remporté ce duel passé, car il était connu de tous, tandis que Piros n'était pour moi qu'un nom qu'il me semblait avoir déjà entendu quelque part. Il ne se laissa pas faire pour autant et j'assistai, comme tout le reste de la Société, aux passes d'armes qui suivirent. Mandar déclencha les hostilités proprement dites :

« Oseras-tu me dire, les yeux dans les yeux, que Sa Sainteté nous aurait menti ? »

Piros accusa le coup. Je crus même qu'il allait m'abandonner, seul face à la vindicte de mes confrères. C'en serait fini de mon statut et de ma renommée balbutiante. Au lieu de quoi il se redressa :

« Et toi, cher *confrère*, serais-tu incapable de dénoncer ce mensonge même si tu en avais eu une preuve entre les mains ? »

Cette fois, ce fut au tour de Mandar d'être sonné. Interloqué par sa réaction, je consultai les amis de Piros, et Galis me chuchota à l'oreille :

« Ce n'est pas la première fois que Piros se procure un échantillon de l'artisanat de Sher-Ima. Nous soupçonnons Mandar d'avoir mis la main sur ce premier objet et de l'avoir fait disparaître. Il n'y a rien qui puisse l'incriminer, bien sûr, mais…

— M'accuserais-tu de duplicité ? reprit Mandar. Le savoir est la clé de voûte de notre Société. Jamais je ne trahirai la connaissance en faveur de la politique. Mais ceci, fit-il en brandissant la bague, peut provenir de n'importe où. »

Des murmures appréciateurs s'élevèrent.

« Tu dis vrai, admit Piros, même si je suis convaincu que cet objet est authentique. Nous devons obtenir des éléments incontestables. Et je sais exactement comment faire ! »

Mandar lui lança un regard noir. Qu'était donc en train de préparer Piros ?

« Envoyons quelqu'un.

— Ha, ha ! Serais-tu prêt à prendre la mer, à aller rencontrer ces sauvages, quitte à finir à la broche ? Alors vas-y, Piros, grand bien te fasse. Mais ne compte pas sur moi pour te garantir la moindre escorte.

— Je ne suis qu'un humble vieillard, une telle aventure n'est plus de mon âge. Mais je pense connaître l'homme qu'il nous faut. »

Il se tourna vers moi avec un sourire de victoire.

« Notre jeune Azalon, si exalté, ferait un parfait émissaire. »

Je sursautai. Mandar m'observa des pieds à la tête.

« Ce parvenu ? Crois-tu vraiment qu'il aurait la moindre chance ? Enfin, si c'est là tout ce que tu demandes, j'appuierai ta requête avec joie. Si Azalon n'en revient pas, je ne verserai pas de larme. Et si tu reviens, cracha-t-il à mon attention, fais en sorte que cela soit avec la preuve de la vérité. Je n'accepterai pas que d'autres accusations soient lancées à la légère contre Sa Sainteté. »

Mandar prit à parti la salle entière :

« Nous sommes donc d'accord. Pour lever toute ambiguïté, je vais proposer qu'Azalon monte à bord d'un mostarki pour Sher-Ima. Je saurai convaincre Sa Sainteté si je lui propose sa présence comme celle d'un des nôtres envoyé étudier la faune et la flore locales. Ce faisant, je prends moi-même de gros risques. Qu'on ne m'accuse plus de couvrir je ne sais quel mensonge ! »

L'échange entre les deux hommes se faisait sans moi. Je tentai de m'interposer.

« Je vous en prie, jamais je n'ai envisagé de…

— Allons, allons, mon jeune ami, m'interrompit Piros. Nous en parlerons ensemble, mais pour le moment, ne fais pas d'esclandre. »

Abasourdi, je me laissai mener par le vieux technologue en dehors de la salle. Au fil de mes pas, mes pensées s'emballèrent. Moi, me trouver face aux sauvages sanguinaires ? Traverser l'océan, braver le maelström ? C'était de la folie…

« Par la Dame, j'avais peu d'espoir, dit Piros à voix basse. Mais ta réaction, bien qu'inattendue, m'a merveilleusement servi !

— Vous… vous m'avez manipulé ?

— Un bien grand mot. Mandar aurait refusé d'envoyer n'importe qui, car ce faisant il m'a presque donné raison… mais toi, avec la haine qu'il te voue ! Je lui ai offert une occasion de se débarrasser de toi. Il a sauté dessus. C'est lui que j'ai manipulé.

— Mais je ne souhaite pas me rendre en Sher-Ima !

— Vraiment ? Tu ne souhaites pas découvrir un monde entier dont nous ignorons tout ? Tu ne souhaites pas donner ton nom à une plante, un animal ou une montagne s'il te sied ?

— Bien sûr, si, cela serait un honneur. Mais j'en viens à souhaiter que vous ayez tort, Piros. Si les indigènes sont bel et bien civilisés, que vais-je faire ?

— Tu devras faire attention à revenir en un seul morceau jusqu'ici. Et quand cela sera fait, ton nom sera connu comme étant celui qui a rétabli la vérité. »

Deux heures plus tard, les prismes à murmures bruissaient, que je le voulusse ou non, il était trop tard : ma place sur le prochain mostarki en partance était officiellement annoncée.

L'orgueil et la terreur se disputaient mon esprit encore aujourd'hui, alors que le mostarki planait sur les vagues, insensible au courant du gyre tapi au cœur de l'océan. Mandar n'avait pas menti : il était parvenu à imposer ma présence, mais aucune escorte ne m'accompagnait. Les soldats et l'équipage m'ignoraient ostensiblement. Par miracle, mon valet Anton avait réussi à s'enrôler à la dernière minute en tant qu'assistant du maître-coq. Je ne le croisais que rarement car ses tâches le tenaient fort occupé, mais j'étais heureux de ne pas aller seul en Sher-Ima.

Au fil de notre avancée, l'air fraîchit. Je profitai dans un premier temps de ces températures, si agréables comparées à la chaleur étouffante de Mitris, puis le thermomètre chuta brutalement lorsque le maelström fut derrière nous. Le phénomène naturel resta hors de notre vue, car le mostarki le contournait très largement, mais son influence se faisait inconfortable et je frissonnais dès que le soleil se cachait derrière un nuage. Anton me partagea une astuce utilisée par tout l'équipage et que l'on s'était bien gardé de me donner : un lot de tuniques épaisses était à disposition dans les soutes. Mon valet m'en remit une que je passai sous ma robe, et les températures devinrent plus supportables.

Au quatorzième jour de notre voyage, alors que le soleil couchant embrasait le ciel et donnait à l'océan l'aspect de l'or liquide, la vigie repéra la terre. Je plissai les yeux. Ce que je pris d'abord pour un nuage au ras de l'horizon se révéla être le tracé d'une côte. La terre s'étendait à perte de vue et nous approchions à grande vitesse. Anton se matérialisa à mes côtés, de cette manière discrète et appropriée qui faisait de lui un excellent valet.

« Nous y voilà, n'est-ce pas ? murmurai-je. Qui sait quelles découvertes nous attendent ?

— Oui. Sher-Ima. Et les sauvages.

— Nous découvririons peut-être qu'ils ne sont pas si primitifs.

— Oh, vous avez peut-être raison, mais… Imaginez que le tiers des rumeurs soient vraies ? Nous finirons peut-être cuits à la broche… »

Le navire continua de filer jusqu'à ce que se profilât une baie protégée des vents. Dans le contre-jour, une forêt dense se dessinait peu à peu. Puis le mostarki prit une direction tangente à la côte et longea la baie. Une odeur végétale se mêla aux embruns et je respirai à pleins poumons. La forêt laissa place à une vue qui me coupa le souffle. Masquée par une colline boisée, une cité étendue se dévoila sous nos yeux. D'innombrables bâtiments courtauds, aux toits pentus, formaient un maillage serré. Çà et là, de grandes flèches s'élevaient vers le ciel. D'autres constructions avaient des formes éclectiques, allant de la tour carrée aux bâtiments surchargés de fioritures. En surplomb de la cité, un bâtiment massif rappelait de manière frappante le Sérail de Mitris. Plus près de la mer, la ville était délabrée. Bâtiments noircis ou effondrés… un gigantesque incendie avait mutilé des quartiers entiers.

« Par la Dame ! Ce ne sont pas quelques sauvages qui hantent les ruines d'une civilisation disparue », réalisa Anton, la mâchoire serrée par la colère.

J'éprouvais le même ressentiment. Oubliées, les rumeurs sur les exactions des barbares. Qui d'autre qu'un peuple civilisé aurait pu construire une telle cité ? Cette ville était bien plus qu'une coquille vide. On voyait des échafaudages sur certaines façades. On apercevait des silhouettes dans les rues et sur les places. Je retins une envie de hurler.

« C'est un scandale. Comment Temmos a-t-il pu fomenter un tel mensonge ? Lorsque nous avons colonisé les Terres de Feu, il n'y avait là que des tribus nomades faméliques. Nous leur avons apporté l'agriculture, l'architecture, les moyens de vivre décemment ! Ici… ici c'est…

— Une civilisation.

— Oui, Anton. Une civilisation. Que nous devrions traiter en égale. Et… quelle horreur, nous ont-ils seulement dit la vérité au sujet des Terres de Feu ? Serait-il possible qu'ils aient déjà commis mensonge tout aussi odieux ? Par la Dame, comment justifier un tel acte ?

— Temmos – et Kinosh-bê à travers lui – veulent nous mettre devant le fait accompli et tentent de soumettre les indigènes avant de revenir au pays en conquérants une fois leur culture éradiquée. Il veut conquérir ce peuple et le réduire au silence avant que des voix ne s'élèvent contre ses méthodes. C'est la seule raison qui expliquerait les nouvelles soigneusement censurées que nous recevons.

— La bataille. La petite escarmouche dont ils ont parlé lorsqu'ils ont pris la ville… »

Je perdis mes mots alors que le mostarki s'engageait dans un port en réduisant sa voilure. Notre navire louvoya doucement entre des épaves de bateaux. Coulés par le fond, certains avaient encore leurs mâts, qui dépassaient des flots comme des arbres morts. D'autres n'étaient que des silhouettes floues reposant au fond de l'eau. Ce n'étaient pas des navires kinoshs. Sur les quais, de nombreux bâtiments étaient détruits. Des hommes s'affairaient dans les ruines, charriaient des poutres, des pierres, des gravats. Le bateau dépassa les quatre mostarkis amiraux, stationnés en retrait. Il s'approcha en douceur du quai. Des soldats kinoshs vinrent aider à l'amarrage, puis une chaîne s'organisa rapidement pour décharger notre cargaison. En moins d'une heure, le mostarki était vide et l'équipage descendait. Je devais me rendre au centre de commandement dans la foulée.

« Il est temps d'y aller, Anton. »

Mon valet restait figé, les yeux fixés en contrebas. Je suivis son regard et fus pris d'un violent haut-le-cœur. Juste sous nos pieds, les restes d'un carnage baignaient par quelques pieds de fond. Épées, boucliers, mais aussi des corps livrés à l'appétit des poissons, qui s'en donnaient à cœur joie. La Dame nous pardonne, tant de morts ! Je pris le bras d'Anton et l'arrachai à sa contemplation morbide. Il fallait absolument s'éloigner de ce cimetière. La nausée menaçant à tout moment de prendre le dessus, je descendis du bateau presque au pas de course en traînant Anton derrière moi. Je hélai un soldat, qui nous indiqua la direction à prendre. Elle était simple : il nous fallait traverser la ville et monter jusqu'au bâtiment qui dominait la cité.

Je m'engageai dans une avenue large, dans laquelle on avait dégagé un passage parmi les ruines. L'odeur acide des munitions explosives, rendues encore plus meurtrières grâce à l'épure, imprégnait toujours les lieux. Une de nos belles avancées scientifiques, songeai-je amèrement. Je croisai un autochtone, occupé à déblayer. De grande carrure, il portait des vêtements amples, rendus gris par la poussière. Son visage sale était taillé à la serpe. Malgré la crasse, je notai que sa peau était très claire, presque maladive. Son nez fin et proéminent lui donnait un profil d'aigle. Profondément enfoncés sous de volumineuses arcades sourcilières, deux yeux d'un gris bleu étonnant me fixèrent un instant, avant qu'il ne se détourne et vaque à ses occupations. À ses côtés, un autre indigène me dévisagea avec une colère non dissimulée. Une blessure encore fraîche ravageait son front. Un sigle étrange, apposé au fer rouge.

En nous éloignant du port, les vestiges du combat s'estompèrent et la ville se montra sous son véritable jour. De part et d'autre de la rue, les maisons bruissaient de vie. Des balcons de fer forgé ornaient les fenêtres, des armoiries et des sculptures paraient les linteaux des portes. Dans les rues étroites qui partaient à droite et à gauche de l'avenue, du linge était mis à sécher sur des fils tendus de façade en façade. Quelle étrange idée que d'exposer ainsi leurs vêtements ! Je détournai la tête en apercevant ce qui avait toutes les apparences d'un corsage féminin.

Les indigènes se faisaient plus nombreux dans les rues. Des chalands haranguaient la foule pour leur vendre des fruits, des bolées de soupe fumante, des vêtements... Leur parler, rocailleux et rapide, donnait l'impression qu'ils étaient en colère, mais clients et marchands se souriaient en effectuant leurs transactions. L'odeur des plats, exotique, piquante et suave, me chatouillait les narines.

Je pouvais sentir la tension derrière l'apparence calme de la population. À notre passage les commerçants baissaient d'un ton, les civils nous observaient avec une curiosité teintée d'angoisse. De nombreux fusiliers kinoshs patrouillaient dans les rues. Eux inspiraient sans doute aucun l'effroi et la peur. Les indigènes les contournaient soigneusement, si bien que les soldats se trouvaient parfois au cœur d'un îlot de solitude, alors que la foule se divisait autour d'eux comme un fleuve contourne un banc de sable.

« Ils sont si nombreux ! me glissa Anton.

— Oui. S'il leur venait à l'idée de s'en prendre à nous, les patrouilles ne pourraient rien y faire.

— Les prêtres-mages sauraient les arrêter.

— Tu sais bien qu'ils doivent user de leur art avec parcimonie. Employer leur épure bénie pour mater une émeute de primitifs serait sacrilège. Quoi qu'il en soit, les indigènes semblent plutôt calmes, pour des barbares, n'est-ce pas ? »

Je dépassai mon appréhension et m'approchai d'un étal qui avait attiré mon attention. Les quelques clients autochtones s'écartèrent aussitôt, me laissant seul face au tenancier mal à l'aise. Il vendait des capes, des gants, des besaces. Un effluve douceâtre émanait des articles. Je pris une petite bourse entre mes mains. L'objet, quoique sobre, était bien conçu. Un cordon permettait d'en resserrer les bords. Le matériau m'était inconnu. Doux au toucher, il était d'une teinte ocre, presque dorée. Il ne semblait pas créé à partir d'un matériau tissé, mais plutôt d'une matière unie, très souple.

« Qu'est-ce donc ? Un genre d'écorce ? » demandai-je.

Le commerçant pâlit, baissa les yeux et prononça une suite de syllabes incompréhensibles. Il me fit signe de prendre la bourse, pressé de me voir partir. Je lui montrai l'objet du doigt et fis le geste de coudre. Voyant la confusion décomposer le visage de mon interlocuteur, je désignai la bourse, puis d'autres articles. Le chaland comprit soudain où je voulais en venir puis articula lentement un mot. « *Cu-ir* ». Sans doute le nom de la plante qui produisait cette matière étrange. Je répétai à mon tour et il confirma ma prononciation d'un sourire blême et d'un hochement de tête. Puis il leva deux doigts de chaque main et les plaça sur les côtés de sa tête. Me voyant à mon tour plongé dans la perplexité, il imita un meuglement.

Je lâchai la bourse, avec dégoût.

« De la peau animale. Ces barbares utilisent la peau de leur bétail ! » murmura Anton, révulsé.

Je considérai avec horreur les produits présentés sur l'étal, repensant aux étranges bœufs dotés de deux paires de cornes que nous avions croisés sur notre route. Puis je regardai d'un œil nouveau l'accoutrement des passants. Chapeaux, bottes, sacs... Partout, ce *cu-ir* immonde.

« Par la Dame, comment peuvent-ils porter de la peau d'animal mort ? » chuchotai-je, horrifié.

Je sentis mon estomac se révolter. Le chaland, atterré par ma réaction, tenta de me fourrer la bourse entre les mains, me faisant comprendre à grands gestes effrayés qu'il me l'offrait de bon cœur. Je me détournai vivement et repris mon chemin d'un pas chancelant. L'odeur lourde de l'étal m'était devenue insupportable.

Nous n'étions pas au bout de nos peines. Plus nous nous éloignions du port et des stigmates de la bataille, plus la populace autochtone se faisait dense et bigarrée. Alors que nous n'avions croisé jusque-là que des hommes, les femmes indigènes furent soudain plus présentes. Et quelle présence ! Impudiques, criardes, vulgaires. Elles étaient vêtues de robes qui laissaient paraître leurs chevilles, parfois même leurs mollets. Leurs chemises échancrées mettaient en avant leur poitrine. Qu'elles soient plates ou volumineuses, elles semblaient vouloir offrir leurs seins au monde entier. Leur accoutrement agressif et malsain n'était rien en comparaison de leur visage. Non seulement ces sauvages vaquaient sans aucun voile ni ombrelle, mais encore arboraient-elles des peintures colorées, des fards bleus ou noirs autour de leurs yeux, des teintes rouges ou orangées sur leurs lèvres… Même nos *tei'nas* n'auraient osé se présenter ainsi devant leurs clients. Les femmes de Sher-Ima fendaient la foule sans pudeur, certaines tenaient même des commerces, présentant leurs appas et leurs denrées à la populace au point qu'il était difficile de savoir ce qu'elles vendaient au juste, leur corps ou leurs produits. Anton et moi marchions désormais tête baissée, choqués de croiser à chaque instant ces créatures déchaînées.

J'avais cru les Terres de Feu l'endroit le plus exotique et sauvage jamais conquis par l'empire, mais même ces nomades savaient tenir leurs femelles, les dissimulant derrière de pudiques capes noires. Sher-Ima était un lieu où la débauche et la vulgarité étaient la norme. Par bonheur nous arrivâmes au pied d'un vaste escalier gardé par des fusiliers. Une estrade recevait plusieurs autochtones mis en Punition. Je grimaçai. Je n'avais jamais apprécié cette méthode, mais après avoir traversé la ville je comprenais que certaines fortes têtes aient pu nécessiter ce genre d'extrémité. J'espérai sans grand espoir que Temmos administrait les châtiments avec parcimonie. On nous laissa passer et bientôt nous entamâmes l'ascension dans un calme plus que bienvenu.

« Quelle déception ! se permit Anton après quelques pas en silence.

— En effet. Je ne sais plus que penser. Tant de bruit, de sauvagerie… et pourtant, regarde ces détails sur la rambarde de cet escalier : une frise de cette qualité est le fruit de nombreuses heures de travail et d'un savoir-faire extraordinaire. Se pourrait-il que Temmos ait vu juste, que les indigènes aient colonisé une cité abandonnée ?

— Je n'y crois pas. Les bâtiments sont entretenus, certains sont même récents. Les objets de *cu-ir*, par exemple, étaient d'une grande qualité, malgré leur provenance…

— Je t'en prie ne parlons plus de cet affreux commerce de peaux. J'ai l'impression que l'odeur me poursuit encore. Mais tu as raison, ce peuple ne peut être réduit à sa seule barbarie. Il possède également un sens artistique, une culture…

— Il sera difficile de justifier ces atouts. Temmos et Kinosh-bê feront tout pour mettre en avant leurs défauts.

— Et si, après tout, ils avaient raison ? Comment imaginer traiter en égal avec des individus qui massacrent les animaux, qui laissent leurs femmes exposer leur corps ?

— Oui. Et une question me taraude sur cette histoire de *cu-ir* : que peuvent-ils bien faire du reste de l'animal ? »

Je m'arrêtai en haut de l'escalier pour profiter de la vue en ignorant tant bien que mal les piloris. La ville s'offrait aux dernières lueurs du soleil, et des bougies éclairaient certaines fenêtres. D'ici, on pouvait presque oublier la barbarie de ce peuple, pour ne plus voir que la beauté des constructions, le motif complexe des rues et des bâtiments. Au loin le port paraissait intact, les ruines se fondaient dans la lumière chiche. La côte se découpait ensuite en reliefs de plus en plus escarpés. Derrière moi s'élevait, massif, le palais qui hébergeait le centre de commandement. Il était sis sur une colline pentue, couverte d'une forêt dense que le crépuscule échouait à pénétrer.

Mitris ne possédait plus de forêt depuis longtemps. Les arbres avaient été abattus pour leur tronc ou étaient morts assoiffés par la sécheresse. Le bois était une ressource rare et précieuse, que nous faisions venir à grands frais du nord de l'empire où persistaient quelques zones de verdure. Ne restaient dans la capitale kinoshe que des arbres ornementaux entretenus avec un soin quasi religieux. À Sher-Ima, la démesure, l'abondance n'étaient pas le fruit d'une culture humaine. Même dans la pénombre, je pouvais voir la nature sauvage s'exprimer dans toute son exubérance.

Après avoir repris notre souffle et ajusté nos tenues, nous nous présentâmes à l'entrée du palais.

« Bienvenue dans la Résidence, sieur Azalon, fit un garde à mon arrivée. Veuillez me suivre, je vais vous mener à vos quartiers. »

Le parcours à l'intérieur de la Résidence fut digne d'une visite dans un logis kinosh. Le raffinement était tel que certains objets, tentures ou sculptures autochtones auraient eu leur place dans les plus nobles maisonnées de l'empire. Nous suivîmes le garde jusqu'à une porte ouvragée, illustrée sur ses deux faces d'une scène de bataille en bas-relief. On y voyait des hommes montés sur des chevaux se battre à l'épée ou lancer des javelots. L'artiste avait eu le goût macabre de représenter les cadavres des vaincus, parfois même les scènes de mise à mort. Décidément, la vulgarité indigène imprégnait même les objets les plus délicats. Je me détournai avec un rictus de dégoût et remerciai le soldat. Il ne serait pas facile de dormir l'esprit en paix avec une telle représentation sous les yeux.

Par bonheur le reste de la pièce était agencé avec plus de goût. On avait déplacé les meubles à la mode kinoshe, laissant des traces sur le parquet ancien. Un lit ouvragé était disposé contre le mur ouest, l'orientation idéale pour un sommeil réparateur. Au sud étaient placés des meubles de rangement et au nord, sous une fenêtre étroite et haute, un bureau massif. Quelques tapis recouvraient le sol. Je repoussai l'un d'entre eux du bout du pied : il était manifestement conçu dans une peau d'animal, dont les poils drus recouvraient encore le *cu-ir*. Je m'attendais presque à voir une traînée de sang maculer le sol après avoir déplacé la chose infâme. M'avait-on sciemment laissé ce sinistre cadeau en guise de bienvenue ? Si c'était le cas, on ne pouvait pas dire que j'étais accueilli à bras ouverts.

Je fus convié au repas des commandeurs. Je laissai mon valet organiser nos affaires et suivis un garde qui me fit parcourir la moitié de la Résidence avant de m'ouvrir les portes d'une vaste salle de banquet. Le faste architectural de Sher-Ima s'y exprimait sous toutes ses formes, agrémenté de tentures kinoshes que les commandeurs avaient fait venir par mostarki. L'ensemble donnait un mélange un peu dissonant, mais finalement plutôt chaleureux. Les motifs abstraits et sobres des draperies ravivèrent en moi un début de mal du pays.

On me désigna une place en bout de table, au sein d'une assemblée réduite : les quatre commandeurs et leurs assistants, ainsi que deux indigènes vêtus de *toubraim'na*. Il était à la fois étrange et rassurant de les voir habillés avec les mêmes robes que nos novices. L'un d'entre eux surtout, un homme petit et maigre, portait avec un plaisir évident son vêtement et caressait sans cesse la ceinture nouée à sa taille. Je notai qu'il avait réalisé un nœud de novice-intermédiaire, preuve qu'il mettait du sien à intégrer les valeurs kinoshes et qu'il avait été récompensé pour son dévouement. L'autre, au cheveu rare grisonnant et affublé d'un sévère embonpoint, était engoncé dans sa robe et arborait un nœud simple, de premier niveau. Il tentait cependant de faire bonne figure et se tenait de manière tout à fait réglementaire, si ce n'était sa silhouette bedonnante qui montrait sa négligence en termes d'hygiène de vie. On m'avait placé à côté du novice-intermédiaire. Cela aurait pu être une insulte, mais au vu du nombre restreint de convives, je décidai de ne pas en prendre ombrage.

« Bienvenue parmi les colons, sieur Azalon », énonça Temmos.

Il s'était vu confier par Kinosh-bê la charge de Grand Administrateur, un honneur qu'il prenait fort à cœur si j'en croyais la fibule de sa fonction épinglée bien en évidence. À ses côtés les commandeurs Absel et Irsha m'observaient d'un œil froid, calculateur. Ces deux-là étaient des fidèles de Temmos, tous trois étaient issus comme Kinosh-bê de la Société des armes. Mon seul soutien potentiel était Paratiska, sociétaire commerçant. Il évita soigneusement mon regard. Mauvais signe. Temmos reprit.

« Chers amis, félicitons le premier technologue à fouler la bonne terre de Sher-Ima. »

Les convives hochèrent la tête en guise de bienvenue. Je leur rendis leur salut. Temmos déroula un papier.

« Je lis ici que sieur Azalon est missionné pour explorer les terres sauvages et peut-être découvrir de nouvelles espèces, animales ou végétales. C'est bien cela, n'est-ce pas ? »

Je baissai la tête en signe d'assentiment.

« Nous préparerons donc votre expédition dès que possible. En attendant, mangeons. Je vous invite à faire connaissance avec vos voisins de table, Gartin et Elias. Ces deux autochtones ont été des soutiens de la première heure. Surtout Gartin, n'est-ce pas, novice-intermédiaire ? »

Le petit Caldécien fit une révérence. Le Grand Administrateur reprit d'un ton fier :

« Ces deux indigènes travaillent leur kinosh depuis quelque temps déjà et ils devraient pouvoir soutenir une conversation, pour peu que vous n'abordiez pas de sujet trop complexe. »

Gartin et Elias s'inclinèrent jusqu'à ce que leur front touchât la table. Les commandeurs dégustèrent leur repas en discutant à voix basse. Trop loin, je n'entendais que quelques mots épars. J'étais peut-être convié à leur table, mais ils n'avaient aucune intention de m'introduire dans leur discussion. Mon rang m'interdisait de m'imposer dans leur dialogue sans y avoir été d'abord invité. À mes côtés, Gartin gardait les yeux rivés sur moi, attentif au moindre signe de ma part qui l'autoriserait à m'adresser la parole. Il masquait son impatience aussi mal qu'un enfant.

Un serviteur pénétra dans la salle et vint chuchoter à l'oreille de Temmos.

« Bien. Faites-les punir, dès ce soir. Elias ! Ici. »

L'indigène rondouillard quitta sa place pour s'approcher du Grand Administrateur. Il se tint devant lui en silence, les yeux respectueusement rivés au sol, les mains croisées devant lui.

« Nos hommes ont capturé des femmes de petite vertu dans une maison close. Je croyais que cette sordide tradition avait pris fin ?

— Mes excuses, seigneur. Je… Il difficile est de contri… contrôler toutes les filles et leurs protégeurs changent de maison… abri… souventement. »

Temmos avait dit vrai, les étrangers parlaient plutôt bien notre langue. Malgré de grossières fautes de prononciation et un accent qui mettait mes oreilles à dure épreuve, Elias parvenait à se faire comprendre.

— Mais la loi est claire, n'est-ce pas ?

— Vous avez dit très bien, seigneur.

— C'est donc un acte de rébellion, sommes-nous d'accord ?
— Oui, mais… des femmes…
— Je croyais que, pour vous autres, les femmes étaient les égales des hommes. Alors qu'il en soit ainsi ! Qu'on les marque au fer, comme les autres, du sceau de leur infamie ! Tu feras annoncer l'exécution de la sentence publique. Que ce cas serve d'exemple, une bonne fois pour toutes. »

Elias revint à sa place, blanc comme un linge. Gartin, lui, attendait désespérément. L'idée que Temmos fît torturer ses compatriotes ne paraissait pas le bouleverser une seconde.

« Bien, me résignai-je, novice Gartin, comment êtes-vous donc arrivé jusqu'ici ?

— J'ai eu l'honneur d'être choisi par le seigneur Temmos lors d'une expédition en mer, durant laquelle le commandeur Absel a écrasé notre flotte, démontrant la toute-puissance de l'empire sur notre technologie primitive. J'ignorais tout de la belle langue kinoshe, à ce moment, mais le seigneur Temmos a su entrer dans mon esprit et me montrer votre grandeur. Il m'a demandé de mettre mes compétences à son service. Mon peuple a tenté de combattre le vôtre, dans un excès d'orgueil et de folie que j'ai encouragé : le Grand Administrateur souhaitait être débarrassé des forces armées au plus vite, sans laisser le temps à des renforts d'arriver. Je me suis réfugié ici, au Palais… à la Résidence, pardon. Temmos nous a offert de nous laisser la vie sauve si nous nous rendions. Nos gardes voulaient défendre ce bastion jusqu'à la mort. Il m'a fallu opérer dans l'ombre, mais j'ai réussi à ouvrir les portes. Une fois les fusiliers entrés, les derniers extrémistes ont été réduits au silence. »

Le novice parlait bien mieux notre langue que son confrère. Sa grammaire était presque irréprochable. Il conservait cependant un accent rude et prenait un plaisir visible à parler, et débita son discours presque sans respirer. J'eus besoin d'un temps pour absorber sa logorrhée. Temmos avait usé de ses pouvoirs ? Tout comme Absel ? Sans doute avais-je mal compris, me persuadai-je.

« Une fois que les nobles Kinoshs ont pris possession de la Résidence, Temmos a pu œuvrer pour la paix en compagnie des fédérateurs, reprit Gartin.

— Les fédérateurs ?

— Nos anciens maîtres. Les représentants des cinq peuples unis de Caldécie, que vous nommez Sher-Ima. Ils ont courbé l'échine devant la grandeur de Kinosh-bê et sont désormais au service de l'empire.

— Tu es donc l'architecte de la chute de ton peuple ?

— De sa renaissance. Je sais que l'empire kinosh saura nous apporter la grandeur et les bienfaits de la civilisation. »

Je n'avais pas résisté à envoyer cette dernière pique au petit novice. Son visage de fouine, son ton cauteleux ne m'inspiraient guère. Comment avait-il pu trahir son propre peuple et envoyer les siens à la mort ? Je cachai mal ma déception.

« Où sont ces chefs, ces fédérateurs ? Je souhaiterais les rencontrer…

— Ils vont très bien, affirma précipitamment Gartin. Ils sont… indisposés ces temps-ci. Mais ils sont de tout cœur avec le Grand Administrateur, je vous l'assure ! »

Mon estomac se noua violemment. Se pouvait-il que Temmos les ait pliés à sa volonté ? Le prêtre-mage en était capable, mais pas sans un prix exorbitant, pour lui comme pour ses victimes. Sans compter que l'utilisation de l'épure était hautement réglementée. D'après les dires de Gartin, à aucun moment la vie de Temmos n'avait été réellement en danger, alors pourquoi s'abaisser à un usage si vil de son noble pouvoir ?

L'empire kinosh avait pour mission de répandre ses bienfaits. Les valeurs du Père et de la Dame nous enjoignaient à propager notre culture, y compris par la guerre s'il fallait en croire Kinosh-bê, mais le but était toujours le même : montrer aux païens notre grandeur et les rallier sincèrement à notre cause. Gartin et Elias étaient pour le moment bien en deçà de ce qu'on aurait accepté de véritables novices kinoshs. S'ils représentaient la fine fleur de leur peuple, je n'aurais plus qu'à me ranger à l'avis de Temmos. Je captai un regard de Paratiska. Nous n'eûmes pas besoin de mots : il avait fait le même raisonnement que moi.

Les journées suivantes, je pris peu à peu mes marques et m'appliquai à justifier ma présence en Sher-Ima. Spécimens et échantillons me parvenaient chaque matin. La faune et la flore étaient si exubérantes que j'avais à peine le temps de tout examiner que de nouvelles trouvailles étaient déposées sur mon bureau. Malgré moi, j'étais passionné par ce qui ne devait être qu'une façade. Je parvins même à m'échapper de la Résidence à deux reprises pour visiter les collines boisées non loin.

La forêt subissait l'assaut de bûcherons autochtones, recrutés par mes compatriotes. Les énormes fûts de chênes centenaires étaient d'une valeur inestimable. Une route commerciale balbutiante assurait le convoyage de bois, de minerais, de denrées entre Sher-Ima et Mitris. Malgré les souches encore saignantes de sève et les profondes ornières dans le terreau fertile, l'endroit restait empli de vie. Sous mes yeux émerveillés, un oiseau rouge et bleu effectua une parade aussi bruyante que complexe devant une femelle indécise. Des insectes de toutes tailles s'envolaient à chacun de mes pas. Une bête au profil effilé leva le nez des broussailles à mon approche. Deux yeux d'un bleu intense croisèrent les miens. Ses naseaux frémirent et une ramure imposante se déploya au-dessus de sa tête. Je reculai doucement, soudain inquiet.

À chaque découverte, je mesurais un peu plus la valeur des ressources offertes par cette terre. J'en venais à comprendre Temmos, même si je continuais à réprouver ses méthodes. J'envoyais Anton en ville régulièrement, dans l'espoir qu'il m'apportât plus d'informations. Temmos gardait un œil sur moi et j'avais déjà du mal à lui arracher des autorisations de sortie en pleine nature. Mes rares excursions en ville devaient se faire en compagnie d'individus tels que Gartin et Elias, et sous forte garde « pour ma protection ». Surveillance eût été un vocabulaire plus approprié. Heureusement, mon valet, lui, était insignifiant. Il rentra un soir d'une de ses promenades, l'air scandalisé et peiné. Je l'encourageai à parler d'un geste.

« Sieur, vous a-t-on parlé de la Fille Perdue ?

— Non, qu'est-ce donc, une divinité locale ?

— Pas du tout : c'est une jeune Kinoshe, promise à Temmos. Vous savez, Azel'aïs, la fille du sieur Roka ? Elle est portée disparue. Elle a été enlevée il y a peu par une bande de rebelles. Temmos a fait signer aux indigènes une déclaration d'allégeance et a gracié les anciens ennemis, comme le veut la tradition. Mais ces sauvages ne respectent rien ! Ils fomentent des embuscades, tuent nos soldats, et maintenant ils s'en prennent aux femmes, les scélérats ! Certains soirs, d'après les gardes à qui j'ai parlé, on pourrait se croire en Terre de Feu. Eh bien, pourquoi souriez-vous ?

— Je repense à Gartin et Elias. Des indigènes serviles, déguisés en novices. De simples animaux de compagnie, sans aucune valeur, aucune noblesse d'esprit. À dire vrai, j'ai pensé que des hommes de leur qualité ne méritaient peut-être pas notre attention.

— Vous préférez des barbares qui volent nos filles et leur font subir les pires outrages ? Ils ont osé publier une lettre de revendication. Quelle impudence !

— Je suis prêt à mettre ma main au feu que Temmos n'a rien fait pour récupérer sa promise, n'est-ce pas ? »

Anton se trouva pris de court. Cette histoire devenait claire dans mon esprit : Temmos avait tenté un coup de force et avait joué de malchance. Sher-Ima se révélait un trop gros morceau. Gartin m'avait parlé des cinq fédérations. Des soldats que chaque territoire entretenait. Si la guerre avait continué, Temmos aurait vu arriver sous les remparts de la ville une armée que même les fusiliers n'auraient pu contenir. Les prêtres-mages à eux seuls pourraient effrayer les autochtones un temps, mais finiraient par s'épuiser. Le Grand Administrateur s'était donc trouvé dans l'obligation de jouer avec les cartes que le destin lui avait données : mettre les fédérateurs de côté au plus vite, ignorer la rébellion et ne mettre en avant que les individus les plus veules, qu'il pouvait rallier à sa cause en leur faisant miroiter des miettes de richesse et de pouvoir.

Anton avait peut-être raison : les ravisseurs d'Azel'aïs pouvaient n'être que des brutes épaisses. Cela dit, je ne pouvais m'empêcher de me demander : et si les véritables Caldéciens étaient plutôt ces rebelles qui refusaient d'accepter le joug kinosh ? Leur désir de liberté, de conserver leur culture… Était-ce là les preuves qu'il me fallait pour démontrer qu'ils devaient être respectés en tant que peuple civilisé ? Il me faudrait en avoir le cœur net.

Chapitre 9
Messagers

Un tanneur avait vu son entrepôt réquisitionné par les Kinoshs sans autre forme de procès. Furieux de cette intrusion, il contacta Miska afin de rendre la monnaie de leur pièce aux étrangers. Depuis des jours, les Kinoshs y gardaient des tombereaux de grain, pour ensuite les charger sur des nefs en partance vers l'est. Ils pillaient les greniers caldéciens sans vergogne.

De temps à autre, des caisses d'objets précieux transitaient également par ce lieu. Orfèvrerie, tentures… D'après le tanneur, le Grand Administrateur faisait saisir les biens des bourgeois pour aménager le Palais à sa convenance. Loan et Ogar se portèrent volontaires. Ils réapparurent avec un chariot empli de coffres volés. En forçant celui percé de multiples aérations, je me fendis d'un large sourire.

Au fond de la caisse, logés dans des cages finement ouvragées, se blottissaient trois faucons-martels. J'en ouvris une délicatement et sortis le grand volatile qu'elle contenait. La tête couverte par un capuchon de cuir embossé de motifs floraux, il restait immobile, nerveux à cause des bruits qui l'entouraient, mais incapable de fuir, aveuglé par l'obscurité factice. Je couvris mon avant-bras d'une épaisse protection avant de l'y percher. Il crispait ses serres aiguisées comme des rasoirs en corrigeant en permanence son équilibre et faisait crisser le cuir. Cet animal était la quintessence du prédateur, même ainsi apprivoisé et forcé à l'immobilité. Son plumage clair prenait une subtile teinte cuivrée sur la tête et le poitrail. Il était léger sur mon bras, mais je savais que ses ailes faisaient plus de deux pas d'envergure.

« Belle bête ! commenta Hatton en effleurant son plumage. J'en avais jamais vu de si près. Vu sa taille, celui-là pourrait facilement choisir un jeune faon pour son dîner.

— Ils préfèrent le gibier à plumes, le corrigea Finn. Tu sais pourquoi on les appelle faucons-martels ? Parce qu'ils foncent en piqué sur leur proie et les heurtent en plein vol. Un choc pareil, et le pauvre pigeon passe de vie à trépas sans même s'en rendre compte.

— C'est sûr que ces bestioles valent leur lot de pigeons, il n'y a pas de doute ! C'est qu'il y en a, là-dedans ! » fis-je en tapotant doucement la caboche du rapace.

L'immense valeur des faucons-martels tenait à leur intelligence. Il était habituel d'envoyer des pigeons voyageurs porter des messages, mais ces oiseaux ne savaient faire qu'une chose : rejoindre leur nichoir. Autrement dit, pour qu'un pigeon parvînt à une destination, il fallait d'abord le transporter ailleurs, et là seulement il était capable de déployer des trésors d'orientation et d'énergie pour rejoindre son chez-lui. Et encore fallait-il ne pas l'éloigner trop longtemps, sinon il risquait de s'habituer à son nouveau logement et de ne plus vouloir en partir.

Les faucons-martels, eux, étaient bien plus malins. Capables de mémoriser plusieurs destinations, d'y aller ou d'en revenir sur demande, ils étaient rares, longs à apprivoiser et terriblement coûteux.

« Tu crois qu'ils ont été dressés à la chasse ou aux messages, cap' ? fit Loan, content de son coup.

— J'espère bien qu'ils sont messagers ! Ça nous ferait une belle jambe, des piafs qui savent reconnaître un lièvre d'une perdrix ! »

En fait, je savais déjà à quoi m'en tenir. Au sommet des cages d'acier, un médaillon de bronze laissait entrevoir un bas-relief : la plume des scribes. Une idée germa dans mon esprit.

Je me mis au travail pour rédiger le premier jet des lettres que nous allions enfin pouvoir envoyer aux autres fédérations de Caldécie. Le blocus nous empêchait toujours de circuler hors de la ville, nous privant ainsi de mettre en place une rébellion digne de ce nom. Ces faucons sauraient contourner n'importe quel barrage. Les autres sortirent prendre l'air. Me déranger alors que ma cervelle était en surchauffe n'était pas recommandé. Seule la gamine resta avec moi, captivée par les oiseaux.

J'entrevis un mouvement brusque du coin de l'œil. D'un coup une tornade de plumes transforma mon pitoyable bureau en champ de bataille. Petite poussa un cri et, à ma grande surprise, vint se réfugier dans mes bras. Le premier contact volontaire qu'elle m'accordait. Autour de nous, un faucon-martel volait à toute allure. Il se heurtait à la fenêtre crasseuse de notre piaule à chaque tour, risquant de se briser le cou. Tout ce qui était sur son chemin se trouvait renversé ou cassé.

« Dacien ! Qu'est-ce qui se passe ? »

À travers la porte, j'entendis le chuintement de l'arme de Calixte sortant de son fourreau.

— Ne t'inquiète pas ! Un des faucons est sorti, aïe… de sa cage. Je m'en charg… Aïe, merde ! Maudite volaille ! »

Pendant que les autres s'esclaffaient à mes dépens, je couvris mon bras d'un tissu. Dans sa course folle, le faucon m'avait frôlé, et une de ses serres y avait laissé une longue estafilade. Je mis un temps fou à capturer le volatile, pourtant piégé dans une pièce minuscule, mais redoutablement rapide et agile. Armé d'un drap, je réussis enfin à l'intercepter.

Je fourrai l'oiseau épuisé dans sa cage avant de lui remettre son capuchon, avant de m'approcher de Petite sans un mot. Du fond de la pièce, elle me regardait par en dessous, les yeux mouillés de larmes. Je permis enfin à Nario et aux autres d'entrer. Le jeune homme s'apprêtait à lui parler pour savoir ce qui s'était passé, quand Petite lui posa doucement la main sur le bras pour l'écarter, et s'adressa directement à nous, pour la toute première fois :

« Je voulais voir œil… Enlever son… chapeau et après oiseau vole. Tout cassé… ma faute… », après quoi sa voix fluette se mua en sanglots étouffés.

Nous étions stupéfaits de l'avoir enfin entendue s'adresser directement à nous. Petite se recroquevillait dans un coin, terrifiée à l'idée de recevoir une bonne correction. Elle s'était réfugiée entre deux piles de caisses où étaient entreposées nos quelques affaires de valeur. L'une d'entre elles avait été renversée par le faucon et avait répandu son contenu au sol. Ne souhaitant pas l'effrayer plus encore, je restai sur place et intimai à mes compagnons d'en faire autant d'un geste de la main. Peu à peu, la gamine se détendit, comprenant qu'elle n'allait pas se faire battre. Soudain, son attitude changea du tout au tout. Oubliant sa frayeur, elle attrapa un des objets parmi le fatras étalé à ses pieds. C'était l'un des mystérieux rouleaux que nous avions volés le jour de sa capture. Petite sortit de son refuge, les jointures de ses mains blanchies tant elle serrait fort le rouleau.

« Tu sais ce que c'est ? » lui demandai-je.

Elle se tourna vers Nario, comme pour lui demander si elle avait l'autorisation de parler. Il lui sourit en guise d'encouragement.

« C'est sacré. C'est Kinosh-bê », affirma-t-elle en nous montrant un sigle doré, embossé sur ce que les Kinoshs appelait du *pap-ièr*.

S'ensuivit un long mais instructif moment de traduction. Nous fûmes enfin définitivement informés sur les intentions de nos envahisseurs.

« Je, Kinosh-bê, chef… maître des Terres de feu, du Parit et de empire Kinosh, je dis que Sher-Ima est mon. Temmos le commandeur est Grand Administrateur je décide. Il montre ma lumière sacrée. Sher-Ima est notre glorieux empire maintenant. Le Grand Administrateur doit apprivoiser… guider les sauvages.

Nous peuple élu, sommes gentils, nous demandons… proposons aux sauvages de respecter nos règles sacrées et peut-être un jour devenir Kinoshs.

Je bénédicte… bénis les hommes qui s'installent sur ces terres nouvelles et demande que la colonie s'étend partout, le monde appartient Kinoshs. »

Une bouffée de colère et d'orgueil blessé m'envahit. C'était une chose d'entendre la gamine répéter ce qu'on lui avait dit, c'en était une autre de voir ça écrit officiellement, avec cachet royal et tout le toutim.

Les autres murmuraient entre eux, sauf Ronn. Il fixait Petite, la mâchoire crispée. Il porta une main à son front, où la marque au fer rouge cicatrisait peu à peu. Le regard qu'il lui lança était empli d'une telle rancœur contre ceux de sa race qu'elle en recula de quelques pas, regagnant son abri dans le coin de notre chambre. Encore sous le choc de ce que nous venions d'apprendre, je mis sa réaction sur le compte d'un coup de sang passager. J'étais moi-même en rage et retournais sans cesse les phrases dans ma tête.

Comment… Comment osaient-ils ? Nous, des *sauvages* ! Je me sentais insulté dans ma chair par ces envahisseurs malappris qui s'octroyaient nos terres, niaient notre culture et même notre existence. Le mouvement Miska devait prendre une toute nouvelle envergure. Nous devions faire comprendre à tous ceux qui étaient en mesure de nous entendre que les Kinoshs n'avaient aucune intention de s'arrêter aux Longues Côtes. Et que nous devions nous attendre dans les mois à venir à de nouveaux débarquements.

Les jours qui suivirent, les autres rouleaux, bien qu'aussi fastidieux à déchiffrer, se révélèrent être de simples missives nommant divers fonctionnaires à la régence de territoires naguère caldéciens.

Il était temps de passer à l'action. Nous nous rendîmes au Misainier. De nombreux sympathisants avaient comme nous bravé le couvre-feu et passaient le temps à jouer aux cartes autour d'une pinte. Je fronçai le nez en reconnaissant l'odeur caractéristique de la *tuppa* dans l'air. Je lus la lettre rédigée par Kinosh-bê. Après un temps passé à s'offusquer de cet affront, l'attention se tourna vers moi. Notre organisation floue et composée d'une multitude de groupuscules était un vrai casse-tête à manœuvrer. Souvent, je me contentais d'ailleurs de laisser les escouades faire ce qu'elles voulaient, pourvu que leurs plans n'aient pas été complètement suicidaires. En ce moment pourtant, on attendait de moi un peu plus que ça.

« Grâce aux faucons-martels, nous allons enfin pouvoir entrer en contact avec les autres territoires. »

Grognements approbateurs. Ils attendaient la suite et je n'avais pas le début d'une idée. Fidèle à moi-même, j'improvisai :

« Nous devons réagir. Nous ne pouvons pas laisser ces salopards nous traiter comme des animaux. Nous devons leur montrer de quel bois nous sommes faits ! »

Cette fois un rugissement sourd salua mes propos. Je leur aurais demandé de mettre le Palais à feu et à sang qu'ils y seraient allés. Mais ce n'était pas du tout ce que je voulais. Je calmai les rudes gaillards d'un geste de la main. Une ébauche de plan en profita pour pointer le bout de son nez dans mon esprit.

« Oui, nous allons leur montrer, mais pas tout de suite. Quand nous frapperons, et nous *allons* frapper, il faudra que ce soit de toutes parts à la fois. Nous devons organiser une riposte avec les autres territoires, et agir tous au même moment. D'ici là, l'important pour nous, c'est de ne pas faire de coup d'éclat. Nous ne devons pas attirer sur nous une répression qui nous mettrait en danger. » Un brouhaha monta de la cohue qui se pressait dans la taverne.

« Je ne vous dis pas de rester planqués, je dis juste que si nous voulons déloger ces parasites, il faudra un peu de temps pour mettre en place une action d'envergure. En attendant, vous continuez comme on a fait jusqu'ici : de petits groupes, des raids sur les approvisionnements, et des embuscades pour mener la vie dure aux patrouilles kinoshes. *Surtout* les embuscades. Procurez-vous le plus possible de ces petits canons avec leurs réserves de poudre et planquez-les dans des caches sûres. Je crois savoir comment nous allons nous en servir. »

Le lendemain, nous fîmes partir les trois faucons-martels. Trois oiseaux pour quatre fédérations. J'avais porté mon premier choix sur les Causses bien sûr, que nous souhaitions rejoindre lorsque nous avions déserté Assale à l'arrivée des envahisseurs. Ensuite, les Hautes-Marches. Ce peuple était rude et fier. Ils n'accepteraient pas de se laisser spolier par les Kinoshs sans réagir. Enfin, les Plaines de Mirra. Elles étaient plus éloignées de nous, mais répondraient sans faute à l'appel. Les Nordiens, en revanche… J'étais moins sûr de leur réaction. Ils cultivaient une politique du moindre risque depuis toujours. Ydes avait pour coutume de dire que le fédérateur Pierce changeait de vêtements aussi souvent qu'il changeait d'avis. Avec un peu de chance, l'absence prolongée de Pierce ferait pencher la balance dans notre camp, mais rien de certain. Je proposai par conséquent à mes destinataires d'informer eux-mêmes Norsom.

Nous n'avions aucune idée de la situation dans les autres territoires fédérés. En temps normal, les fédérateurs réunis à Assale devaient jongler à distance avec d'invraisemblables imbroglios politiques dans leurs fédérations respectives. Hommes de l'ombre et intrigants s'entre-tuaient littéralement pour grimper les échelons et grappiller une once de pouvoir. Les fédérateurs promulguaient certes les lois et les grandes lignes pour administrer leur région, mais ceux qui gouvernaient au quotidien avaient presque autant d'influence qu'eux au pays. Seul Ydes pouvait se targuer de mener les Longues Côtes tout seul. Et encore, même lui était environné d'éminences grises telles que Gartin. Dans cet embrouillamini, impossible de savoir comment notre appel serait reçu, ni même par qui. Mais s'il y avait une chance pour que ça marche, il fallait la tenter.

À celui qui recevra ce message : au nom de tout ce qui vous est cher, pour l'amour des dieux et pour celui de notre bonne Caldécie, lisez-moi jusqu'à la fin.

J'ai longtemps combattu pour mon fédérateur et pour ma patrie, et je vous lance aujourd'hui un avertissement autant qu'un appel à l'aide. Assale est tombée. Si vous avez reçu des missives rassurantes de la capitale, même marquées du sceau de votre fédérateur, je dois vous supplier de n'en rien croire. Un serpent a fait son nid au cœur même de notre nation. L'empire kinosh est un peuple traître et sournois : il n'a aucune intention de respecter la trêve telle qu'on a pu vous la présenter. Nous avons en notre possession un manuscrit de la main même de leur souverain, dont nous vous joignons une transcription qui sera, je l'espère, assez explicite pour vous prouver que l'heure est grave.

Cet envahisseur a dès son arrivée bafoué nos valeurs, notre mode de vie, notre fierté. L'armée kinoshe a dévasté les armées des Longues Côtes. Ne restent de nous que quelques soldats révoqués par cet ordre nouveau. Les cinq fédérateurs, auparavant dévoués à nos peuples et à la Fédération, sont désormais à la botte de l'empire kinosh.

Nous sommes prêts à nous battre. Prêts à lutter pour sauvegarder la Fédération et bouter ces étrangers hors de nos terres. Mais nous ne pouvons le faire seuls. C'est pourquoi nous appelons aujourd'hui les territoires fédérés à respecter leur serment. Celui de défendre la Caldécie contre tous ses ennemis. Je dois cependant vous mettre en garde : les Kinoshs sont dotés d'armes redoutables et de plusieurs charmeurs de très grand pouvoir. Face à leur assaut, nos hommes ont été impuissants et n'ont pu faire face. Aussi je vous le dis : ne les sous-estimez pas. Prenez soin de fourbir vos meilleures armes, d'envoyer le plus d'hommes possible. Si vous répondez à cet appel. Si vous décidez de me faire confiance. Si vous croyez encore à la Fédération.

Je suis Miska. Nous sommes tous Miska. Nous sommes la résistance.

Une fois que notre destinée eut pris son envol, un grand vide m'envahit. Ma décision hasardeuse impliquait la vie de mes hommes. Plus encore ! Les centaines de sympathisants de Miska seraient en danger de mort si je m'étais trompé. Sur un champ de bataille, j'étais capable de lire les mouvements de l'adversaire, d'y réagir et de garder mon équipe en vie. Dans ce nouvel univers, où nous agissions dans l'ombre et sans savoir qui étaient vraiment nos amis, je me sentais perdu et impuissant. Mon souffle se fit court, mon cœur s'emballa. Je devais sortir, penser à autre chose ! Les dés étaient jetés.

Les jours passèrent, et le temps se faisait long. Nous n'avions aucune information venant de l'extérieur. Dans Assale, les escouades rebelles suivaient les consignes, mais notre arsenal de poudre et de canons kinoshs restait dérisoire.

Le seul point positif venait de Petite, qui continuait chaque jour à s'ouvrir à nous. Au fil des discussions, nous avions pu obtenir d'elle de nombreuses informations au sujet de son peuple. Comment ils voyaient en leur empereur une émanation de leurs dieux. Comment elle avait été promise au commandeur Temmos, en tant que quatrième épouse : un concept totalement inédit pour nous. Comment, en dépit de leur différence d'âge, elle avait considéré ce mariage comme un immense honneur.

Nous fûmes sidérés en apprenant qu'un simple contact avec un homme, même kinosh, autre que son futur mari aurait ruiné sa réputation. Le fait que nos sales pattes de barbares aient effleuré sa peau d'aristocrate la condamnait à l'opprobre général. Voilà qui expliquait le manque d'intérêt des Kinoshs pour notre jeune otage. De son côté, elle resta ébahie en découvrant les femmes caldéciennes qui passaient sous nos fenêtres. Outre les marchandes, les anciennes soldates et les mères en promenade, de nombreuses demoiselles de peu de vertu et légèrement vêtues fréquentaient nos quartiers, pour le plus grand bonheur de qui avait les moyens de se payer leurs services. Petite affirma qu'une telle indécence était par chez elle punie de mort. La moindre épaule dénudée, une mèche de cheveux échappée, une œillade inconvenante, et la sanction était sévère.

« Mais comment font les gens pour se mettre en couple, alors ? lui demandai-je.

— Pas comprendre ?

— Comment tombent-ils amoureux ? Sans se voir, sans se parler, sans se toucher, comment sais-tu si tu es prête à faire ta vie avec quelqu'un ?

— Oh… Je pas décide. Les filles et les garçons sont décidés par les parents. »

Je restai incrédule en écoutant cette description d'une « civilisation » capable de livrer une enfant à un vieux briscard sans broncher, mais où laisser une femme s'habiller comme elle le souhaitait était sacrilège. Petite refusa tout simplement de me croire lorsque, par jeu, j'ajoutai que non seulement nous autres appréciions les prostituées à leur juste valeur, mais que le seigneur des plaines de Mirra, Cadestre, était une femme forte et respectée. Chez elle, les femelles étaient comme des objets, cantonnées à domicile.

Malgré toutes ces différences, la gamine se faisait peu à peu une place parmi nous. Elle attendrissait même Calixte, lui arrachant des sourires avec son parler d'enfant et son accent à couper au couteau. Surtout, elle faisait peu à peu le deuil de sa vie perdue, de sa vie kinoshe, s'habituait à notre ragoût quotidien, dans lequel flottait toujours un morceau de viande, encore une chose proscrite dans son pays. Elle s'était essayée à mettre des vêtements simples mais colorés et prenait plaisir à s'exposer au soleil dans notre courette. Nous ne faisions plus vraiment de secrets à son sujet, puisqu'elle n'avait aucune valeur en tant qu'otage. Les poivrots du Misainier savaient que s'ils venaient lui chercher des noises ils auraient affaire à nous. Puis les prostituées du quartier tombèrent sur elle et s'en entichèrent. Elles lui apprirent à se maquiller, et Petite rentra de son escapade tellement fardée qu'il fallut un bon moment à Loan et Ogar pour calmer leur fou rire.

« Nous n'avons pas de raison de te retenir ici, tu sais, lui dis-je un soir en revenant du Misainier. Tu peux partir, si tu veux. Tu pourrais retrouver tes parents ? »

J'ignorai le regard horrifié de Nario. Petite était pour lui la jeune sœur qu'il n'avait jamais eue. Mais il fallait bien que quelqu'un mît ce sujet sur le tapis, un jour ou l'autre.

« Mes parents… me manquent plein. Mais je les retrouve pas quand je rentre. Je vais… ailleurs. Dans une maison de filles sales. Et de toute façon je veux pas. Je crois que Kinosh-bê fait une… erreur. »

Elle frissonna à ces mots. Nous savions désormais qu'une telle parole lui aurait valu le fouet ou même la potence en son pays. « Ici est beau et vous êtes… gentils. Ici n'est pas vide comme ils ont dit. Il faut que vous êtes libres. Et moi je veux être libre aussi comme vous. »

Je souris avec tendresse. Alors que nous arrivions presque à notre bouge, deux silhouettes dissimulées dans l'ombre attirèrent mon attention. Je tirai mon épée de son fourreau puis interrompis mon geste. Il ne s'agissait pas de coupe-jarrets, mais de deux hommes faméliques qui se partageaient une tige de *tuppa*. J'étais inquiet de voir de plus en plus de Caldéciens s'adonner à cette drogue au point de se laisser crever de faim.

« Dis-moi, Petite, il y a quoi, dans la *tuppa* ?

— Je sais pas. Pas pour les femmes. Nous trop faibles.

— Voyez-vous ça ! Les Kinoshs doivent bien se marrer en voyant dans quel état ça met les Caldéciens. »

En attendant, les premiers cadavres avaient fait leur apparition dans les caniveaux et je luttais à chaque fois que nous allions au Misainier, pour alerter les soldats et les convaincre de ne plus toucher à cette drogue.

Après ce soir-là, deux choses se produisirent. Les gars convièrent Petite à une de leurs séances d'entraînement, et elle se montra très enthousiaste. Plutôt adroite, aussi. Les Kinoshs rataient une belle occasion, à garder leurs femmes sous cloche. La gamine se révéla particulièrement douée avec l'arc de Calixte, qui la prit sous son aile. L'autre changement, ce fut Ronn. Jusque-là plutôt en retrait par rapport à Petite, il commença à se montrer ouvertement hostile. Il était déçu de la voir rester. Il n'arrivait pas à faire la part des choses entre la gamine et le peuple qui avait détruit notre vie en abordant nos côtes.

Depuis que nous avions envoyé les faucons-martels, une seule priorité mobilisait mes pensées : nous devions trouver des petits canons kinoshs. Ce n'étaient pas tant ces derniers qui m'intéressaient, que les boîtes hermétiques dans lesquelles les Kinoshs gardaient leur réserve de poudre, aussi corrosive qu'explosive. Chaque garde armé en avait une à la ceinture, qui pouvait servir à recharger le canon pour quatre ou cinq coups.

Nous avions vite appris à manipuler cette poudre avec précaution : non seulement elle brûlait la peau au moindre contact, mais en plus elle avait tendance à exploser bien plus vite et plus fort que notre traditionnelle poudre à canon. Les premières tentatives d'utilisation avaient été riches en blessures diverses. Une simple étincelle, et le maladroit se retrouvait privé d'un bras, ou pire.

Les groupes rebelles avaient ramené quelques dizaines de canons et de boîtes de poudre. Nous les avions soigneusement cachés et entreposés. Cependant, d'après les essais que j'avais menés aux côtés d'Arnat, Ivold, ainsi qu'un ancien canonnier nommé Gort, il allait nous en falloir plus, beaucoup plus, pour mener mon plan à bien. J'en faisais l'inventaire quand Calixte entra en coup de vent. De la part de cet éternel taciturne, une telle agitation me fit lever d'un bond.

« Un problème ?

— Il y a du nouveau. Les Kinoshs sont en pleine préparation. Les troupes se rassemblent, tout le monde est sur les nerfs.

— Les armées fédérées ?

— On dirait bien, dit-il avec un sourire.

— Nous ne sommes pas prêts ! »

Un instant, la panique me submergea. Puis un indicible soulagement : notre appel avait donc été entendu !

« Il va falloir mettre les bouchées doubles, Calixte. Nous avons peut-être quelques jours devant nous pour tout mettre en place. Seulement je ne pense pas que nos stocks soient suffisants…

— L'entrepôt. C'est notre chance. Saisissons-la. »

L'archer passa la main dans ses cheveux ras. Il parlait peu, mais quand c'était le cas, j'avais appris qu'il valait mieux l'écouter. Calixte était un homme très discret. Il portait en lui des blessures profondes et était en permanence sur le qui-vive, comme s'il craignait qu'à tout moment une catastrophe se produise.

Autrefois, emporté par la stupidité de la jeunesse, il avait courtisé une demoiselle déjà promise à un autre. Le fiancé cocu avait lancé à ses trousses des hommes de main qui avaient bien failli avoir sa peau. Calixte avait parcouru la moitié des Longues Côtes avant de parvenir à semer ses poursuivants en se fondant dans la foule d'Assale après des semaines de fuite, d'embuscades et de guet-apens. Ce n'est qu'en changeant de nom et une fois enrôlé chez les archers qu'il apprit que sa belle s'était suicidée à la suite de son départ. Sa course-poursuite l'avait rendu particulièrement attentif aux détails et c'est lui qui, une semaine plus tôt, avait remarqué un étrange manège chez les patrouilles kinoshes.

Il avait noté qu'à chaque début et à chaque fin de tournée, les gardes kinoshs entraient dans un entrepôt situé tout près du Palais. Un édifice de pierre grisâtre, sans intérêt, qui servait naguère à stocker les réserves de foin pour les chevaux de la cavalerie fédérée. Pendant plusieurs jours, il avait observé leurs allers-retours. Les soldats entraient avec leurs armes, ressortaient avec. L'endroit n'était donc probablement pas une armurerie, mais il s'y passait forcément quelque chose d'intéressant. Un soir, il remarqua que la boîte à poudre d'un des gardes s'apprêtant à entrer avait son bouchon détaché. Il ballottait au rythme de ses pas, retenu par un fil tressé. Une erreur que même nous n'aurions pas faite. Le produit était si instable qu'il nécessitait une sécurité de tous les instants. Lorsque le Kinosh s'aperçut de sa bévue, au lieu de paraître inquiet, il montra sa boîte à son compagnon, eut un rire sec et remit le bouchon en place. Pendant tout ce temps, il avait gardé à la bouche une tige de *tuppa*. Allumée.

Aussitôt il fut évident à Calixte que ce bâtiment servait d'entrepôt pour la poudre. Réussir à y pénétrer serait un coup de maître. Mais mon archer avait raison sur un point, la diversion fédérée nous offrait une belle opportunité.

« Certainement pas ! » Ronn était dans tous ses états. « Vous voulez l'emmener, *elle* ? »

Il avait prononcé « elle » comme il aurait dit « ça ». Nario se renfrogna, sans pour autant oser protester. J'étais persuadé que Petite était désormais à nos côtés. Si nous ne l'avions pas encore laissée participer à nos expéditions, c'était uniquement parce que Ronn y était réfractaire. Son physique exotique et sa connaissance de la langue faisaient de la gamine une diversion parfaite pour déconcentrer un garde. De plus, son habileté aux armes à distance se confirmait au fil des entraînements. Elle pouvait se montrer redoutable avec un couteau de jet. Il était temps d'en finir avec la colère mal placée de Ronn. Je n'avais plus le luxe de ménager sa susceptibilité.

« Il va pourtant falloir te faire à l'idée, Ronn. Et te rentrer ça une bonne fois dans le crâne : Petite n'a rien à voir avec l'ennemi. Même si elle voulait revenir parmi eux, il n'y a plus de place pour elle là-bas.

— Et alors ! Quand bien même elle ne serait bonne qu'à manger leurs miettes, elle pourrait très bien nous trahir n'importe quand !

— C'est une *enfant*, Ronn. Je la crois sincère. Elle a découvert ici autre chose que ce qu'elle a connu jusque-là dans son pays et ça lui plaît. Regarde-la, bons dieux ! »

Depuis quelques jours, Petite s'enhardissait à s'habiller avec des pantalons, qu'elle trouvait pratiques. Elle ressemblait presque à une Caldécienne.

« Je veux aider ! intervint-elle.

— Toi, la marron, aboya Ronn, on te demande pas ton avis ! »

Les rebelles avaient pris pour habitude de parler des Kinoshs avec des termes plus familiers. Les « marrons », ou les « terreux », en référence à leur teint de peau particulier. Je m'étais moi-même prêté au jeu : cela permettait de les faire descendre de leur piédestal, l'espace d'un instant. Utilisée contre Petite, l'insulte me fit sortir de mes gonds.

« Tu te goures, Ronn. S'il y a quelqu'un à qui on ne demande pas son avis ici, c'est toi ! Qu'est-ce que tu crois ? Qu'on va laisser un atout pareil planqué à la maison juste pour te faire plaisir ? Petite nous a montré qu'elle était capable de bien faire et je pense – non, *nous* pensons – qu'elle a sa place parmi nous. Je ne veux plus en entendre parler ! »

Par bonheur, il ne répondit pas. Ce jour-là, Ronn perdit la place naturelle de second qu'il occupait à mes côtés. Depuis trente ans il était mon bras droit, mon ami, mon confident parfois. Cet homme solide et sec avait protégé mes arrières tant de fois que j'avais arrêté de les compter. Nous avions quasiment grandi ensemble. Sa mère était morte alors qu'il était bébé. Quand son père s'était tué en chutant d'un échafaudage, Ronn, du haut de ses huit ans, se serait retrouvé à la rue si mes parents ne l'avaient pas recueilli. Nous nous étions enrôlés ensemble, malepeste, comme deux frères ! Pourtant, il se détourna de moi et fila au Misainier, où il pourrait étancher sa rancœur dans l'alcool.

Il ne réapparut que deux jours plus tard, le matin de notre expédition. Une barbe rêche lui mangeait les joues. Ses cheveux pourtant courts étaient dans un tel désordre qu'on se serait attendu à voir un oiseau nichant parmi les mèches brunes. Ses yeux noisette, d'ordinaire si vifs, avaient perdu leur éclat. En bref : une belle gueule de bois. J'hésitai un instant à lui demander d'aller cuver son vin ailleurs. Dans l'état où il était, il ne nous serait pas d'une grande utilité. Mais je renonçai, de peur de raviver son animosité et d'aggraver la situation. J'optai pour la demi-mesure en le chargeant de faire le guet avec Arnat pendant que nous forcerions l'entrée de l'entrepôt. Au moins se garda-t-il de tout commentaire en voyant sortir Petite à nos côtés.

Toute notre manigance reposait sur la discrétion. Même avec la diversion offerte par l'armée fédérée, information que nous avait confirmée l'un des amis de Finn infiltré à la caserne kinoshe, les patrouilles de terreux restaient nombreuses aux alentours. Cinq hommes à l'entrée principale du bâtiment, plus deux groupes de six soldats qui effectuaient des rondes toutes les heures. Et ce n'étaient que les hommes affectés à la surveillance de l'entrepôt. Autour gravitaient de manière aléatoire des escouades en partance pour le Palais ou le port. Concernant celles-là, nous comptions sur Arnat pour qu'ils ne se mettent pas dans nos pattes. Ivold, Loan et Ogar ratisseraient le quartier et tenteraient une diversion si ces indésirables menaçaient de gâcher notre petite fête.

En arrivant à proximité du bâtiment, la gamine se retourna vers Nario.

« Tu crois que je peux faire bien ?

— Bien sûr ! On s'est entraînés, je sais que tu en es capable, et nous restons tout près. »

Notre petite Kinoshe fila vers sa première mission.

Peu de femmes avaient traversé l'océan. Il était fort rare d'en croiser dans les rues d'Assale, trop sales et trop barbares pour qu'elles songent à y risquer leur noble personne. Petite avait donc enfilé une longue tunique d'homme kinosh. La capuche masquait entièrement son visage lorsqu'elle commença à jouer sa partie.

Titubant, comme ivre ou blessée, la gamine s'approcha des gardes en les hélant dans leur langue. Même si pour nous le subterfuge paraissait évident, les soldats n'avaient guère de raisons de chercher un piège. Ils tombèrent dans le panneau. Des deux pieds. Elle pointait le doigt dans notre direction, quand d'un coup elle simula un malaise et s'effondra. Un des soldats resta à ses côtés, pendant que les quatre autres se précipitaient vers nous.

Calixte profita de ce que nous n'étions pas encore au contact pour lancer un couteau. La lame trouva la faille au cou de l'armure d'un soldat. Le Kinosh hoqueta, incrédule, en portant la main à sa gorge. Il refusait de mourir comme ça, se révoltait, s'indignait en silence. Sa main se crispait sur la plaie, tentait d'agripper la garde du couteau poisseuse de sang.

Déjà ses forces l'abandonnaient. Sans me quitter des yeux, il s'affaissa au sol en douceur.

Accaparé par le regard désormais voilé de la première victime, je parai juste à temps une lame qui visait mon estomac. Colleté avec mon agresseur, j'entendis confusément que mes compagnons étaient eux aussi aux prises avec les marrons. Notre surnombre aurait dû nous offrir une victoire facile, mais dès les premières passes d'armes je saisis que l'entrepôt et son précieux contenu étaient gardés par de fines lames. Heureusement, Hatton me vint en aide et mon adversaire dut faire front à nos deux bâtardes.

« Il ne lâche rien, ce fumier ! », siffla-t-il en frappant le vide alors qu'il avait cru porter un coup au flanc du Kinosh.

Celui-ci esquivait, parait, bondissait en tous sens. Un vrai cabri. Non content d'éviter nos coups, il dénichait encore des occasions pour placer d'adroites estocades, que nous avions bien du mal à éviter. La lame noire de sa dague lui conférait moins d'allonge que nos épées, mais n'en était pas moins redoutable. Solide, affûtée et surtout bien plus légère qu'elle n'en avait l'air. Petite en avait récupéré une, qui lui permettait de ne pas s'épuiser à manier nos lourdes lames.

Petite !

Contre un tel bretteur, elle n'avait aucune chance. L'assaut nous avait menés plus loin dans la ruelle ; d'où nous étions, impossible de la voir.

Essoufflé, cette pensée me donna un regain d'énergie. Je tentai une attaque risquée. Avançant droit vers mon adversaire, je feignis de porter un coup en direction de sa gorge. Il fit un pas de recul et leva sa garde, prêt à parer. J'ouvris alors le poignet et laissai descendre ma lame presque jusqu'à terre, offrant tout mon flanc gauche à l'ennemi. Après quoi, d'un brusque mouvement, l'acier fendit l'air et vint mordre les chairs au-dessus de sa cheville. Couvrant le bruit des combats, un son comme un coup de fouet retentit et le marron se retrouva au sol, beuglant de douleur, le tendon sectionné.

« Bien joué ! » s'exclama Hatton.

Il acheva le Kinosh d'un coup droit au cœur. Nous n'étions pas là pour faire des prisonniers.

« Ramenez-vous ! nous interpella Finn entre deux parades. Qu'on en finisse avec les derniers ! »

À cinq contre deux, les Kinoshs fatiguèrent rapidement. La fin tint plus de l'exécution que du combat. Finn réussit tout de même à récolter une belle entaille à l'épaule. Nos ennemis se battirent comme des diables jusqu'au bout. Malgré notre altercation plus chaotique que prévu, personne ne semblait avoir donné l'alerte. Laissant Calixte et Hatton planquer les corps, je me dirigeai vers la sortie de la venelle en compagnie de Finn et Nario. Devant l'entrepôt, personne. Ronn et Arnat nous virent arriver mais ne purent nous dire ce qu'il était advenu : ils surveillaient plus loin, d'où les gardes arrivaient le plus souvent.

« Mais où est-elle passée ? s'inquiéta Finn.

— Elle n'aurait pas filé rejoindre ses petits copains marrons, n'est-ce pas ? demanda Ronn d'un ton aigre.

— Non ! s'imposa Nario, qui s'élevait pour la première fois contre les saillies de Ronn.

— Il a raison, l'appuyai-je. Si elle nous avait vendus, les renforts seraient déjà là. »

Je marquai un temps d'arrêt. Non loin de l'endroit où nous avions vu la gamine feindre un évanouissement, une traînée de sang maculait le pavé. Mon cœur rata un battement. Nario suivit la piste rouge.

Au bout, un corps affalé dans le caniveau. Et à côté, la gamine adossée à un mur crasseux qui regardait quelque chose dans ses mains. Nario les prit doucement dans les siennes, puis se retourna vers moi, interloqué.

« Mais il n'y a rien !

— Petite, tu es blessée ? » demandai-je en levant son petit menton tremblant.

Elle secoua la tête.

« Mes… mes mains ont tué. »

J'examinai le cadavre. La piste sanglante n'était qu'un avant-goût. La gamine avait infligé au garde une blessure qui baillait de la mâchoire à la base du cou. Elle avait sectionné la jugulaire, et le corps du soldat était baigné de sang. Pas étonnant qu'elle soit sous le choc.

« Enlever une vie… la première fois, c'est difficile, la rassurai-je de mon mieux sans savoir si elle comprenait tout. Ça ira mieux dans quelques jours. »

Je mentais. Je savais très bien ce qu'elle ressentait, et je savais aussi que le temps ne ferait rien à l'affaire. En ôtant une vie, on se salit. L'âme en prend un coup, comme si on devait porter ce mort, et les suivants, sur ses épaules. Savoir qu'en tuant je servais une cause plus grande que moi – ou que ma victime – m'aidait un peu. Être conscient que l'autre gus allait m'étriper si je ne prenais pas les devants était également d'un certain réconfort. Il aurait fallu un moment au calme pour faire comprendre ça à Petite, et nous n'avions pas ce luxe.

« Tu vas pouvoir nous suivre ? »

Elle opina sans un mot.

Ronn resta en faction dans la venelle en compagnie du mort et d'Ivold, d'où ils pourraient guetter sans être vus. Nous entrâmes discrètement dans le dépôt. L'intérieur était sombre et mal aéré. L'odeur piquante de la poudre nous irrita instantanément la gorge. Sur d'interminables étagères étaient disposées des centaines, des milliers de petites cruches de grès, chacune fermée d'un bouchon de liège scellé à la cire.

« Faites un tour et vérifiez s'il n'y a personne d'autre dans le coin », murmurai-je.

Hatton m'informa quelques minutes plus tard que nous avions le bâtiment pour nous.

« Alors au boulot. On fait ça vite et bien, les gars ! »

Je saisis délicatement les deux premières cruches et les glissai dans une des grandes besaces que nous avions emmenées. Elles émirent un son feutré en frottant l'une contre l'autre. J'empilai d'autres poteries avec toute la douceur dont j'étais capable. Bientôt, nos sacs furent tellement remplis que nous avions du mal à les soulever. L'odeur prégnante me rappelait la prise d'Assale, et je réprimai un haut-le-cœur. Je chuchotai à mes hommes de décamper.

« Il en reste encore tellement ! »

Je fis un bond.

« Qu'est-ce que tu fous là ? »

J'essayais de parler à voix basse, mais l'exaspération rendait l'exercice difficile.

« Ronn, tu devais faire le guet dehors ! »

Il avait encore sa tête de lendemain de cuite. Avec des yeux chassieux, il scrutait la pénombre de l'entrepôt où attendait encore une myriade de cruches à poudre.

« Avec tout ce qu'on leur laisse, ils vont tuer des centaines, des milliers d'hommes. Tu le sais, hein ?

— On n'est pas assez nombreux pour tout prendre. Et il faut aussi qu'on arrive à rentrer chez nous sans se faire repérer. Faut qu'on se tire. »

Ronn resta silencieux, à frotter sa cicatrice. Au moment où je soulevai mon sac avec une grimace, il s'approcha d'une étagère.

« Ronn ! Non ! »

Trop tard. Mon frère d'armes banda ses muscles et, avec un grognement, fit prendre du ballant au lourd rayonnage. Les premières cruches se fracassèrent en une pluie cristalline. L'assemblage de bois bascula complètement. Tous les pots s'abattirent alors. Puis le meuble cogna contre celui d'en face avec un son mat. Il sembla trouver son équilibre pendant un instant, mais entraîna finalement le second meuble, qui déséquilibra à son tour la rangée suivante. En quelques instants, la dizaine d'étagères répandit son contenu au sol. Un nuage s'éleva et commença à emplir l'entrepôt.

« Courez ! »

Avant même de m'avoir atteint, la poudre me fit tousser. Plus je cherchais à respirer et plus ma gorge en feu m'obligeait à cracher mes poumons. Je traînai mon sac tant bien que mal derrière moi et courus vers la sortie. Le nuage tourbillonnant s'étendait comme un monstre indolent et mortel. J'imaginai mes chairs grésiller comme un rôti au-dessus d'un feu de camp et lâchai une exclamation paniquée. Je ne voyais plus les autres. La porte n'était qu'à quelques pas, mais la brume abattait déjà ses lourds rideaux dessus. Le dernier passage d'air libre se réduisait rapidement. Pas le choix. Sans être sûr d'avoir la place de m'y musser, je pris mon élan et me laissai tomber au sol, pieds en avant. Je glissai en me faisant le plus petit possible. Une lumière vive m'accueillit, et une poigne d'acier me saisit au col et me tira sur le côté. On m'emporta en me soutenant par les bras dans une course effrénée.

« Merci, Finn », croassai-je d'une voix étranglée quand la cavalcade s'arrêta.

Je fis un rapide décompte. Tout le monde était là. Je m'avançai vers Ronn, puis lui collai mon poing dans la figure.

« Mais qu'est-ce que tu as foutu, bons dieux ! »

Ronn me fixa avec des yeux écarquillés par la surprise et la douleur.

« Qu'est-ce qui te prend, cap' ? répondit-il d'une voix cassée.

— Ce qui me prend ? Regarde ! »

Derrière nous, la brume enroulait ses volutes paresseuses dans les rues. Le vent était nul, heureusement. Une fois déposée au sol, elle formait une couche de poussière légère. Pourvu qu'une bourrasque ne vienne pas l'éparpiller !

— Je… oui, mais on ne pouvait pas les laisser avec toute cette poudre… Chaque réserve en moins, ce sont des vies de sauvées !

— Et les nôtres, de vies ? Tous les gens qui habitent le quartier, tu y as pensé ? D'ailleurs on se tire d'ici, tout de suite. Pas question que je me transforme en torche humaine parce que quelqu'un aura eu la lubie d'allumer une tige de *tuppa*. À la moindre étincelle, tout va sauter, et j'ai pas envie de voir ça. Allez, on bouge ! »

À peine avais-je mis mon sac en bandoulière que des appels en kinosh nous parvinrent. Je me mis à courir, avec mon chargement qui m'arrachait l'épaule et qui faisait un raffut d'enfer.

Au moment d'atteindre une ruelle, un hurlement retentit. Un soldat épaulait son canon et, au vu de l'étroitesse de la venelle, il n'aurait pas besoin d'être un as pour viser juste. Je craignis le pire. Le mince dépôt de poussière explosive recouvrait tout à la ronde. Un autre kinosh arriva en poussant de hauts cris, l'obligea à baisser son arme d'un geste brusque et se lança dans une longue tirade colérique en désignant la poudre. Je détalai sans demander mon reste.

Afin d'éviter la poursuite et de rester discrets, il nous fallut emprunter maints détours, ruelles et prétendus raccourcis. Finalement, le trajet jusqu'à la cache nous prit deux bonnes heures. Nous y entreposâmes soigneusement la poudre. Une planque temporaire. Les Kinoshs allaient retourner la ville pour la récupérer. Notre butin était trop précieux – et trop dangereux. Puis, nous rentrâmes à Richelieu.

Ronn vint me voir avec un air contrit. Mon poing lui avait laissé une belle marque sur la mâchoire. Je frottai mes phalanges endolories, mal à l'aise.

« Euh, cap'… je voulais te dire… Je suis désolé, j'ai merdé, je crois. C'est de voir tout cet arsenal. Ça m'a rendu con. Pardon. »

Je hochai la tête sévèrement, et Ronn s'éclipsa sans dire un mot. Ces derniers temps, mon ami n'était plus lui-même. J'espérais que son attitude confuse et imprévisible ne durerait pas trop longtemps.

Petite aussi nous inquiétait. Elle avait repris ses attitudes prostrées de fillette effrayée. Au fil de la soirée, tous mes hommes la réconfortèrent. Sauf Ronn. Il l'évitait, nerveux et méfiant.

« Elle tiendra pas le coup, me murmura-t-il.

— Elle tiendra. Fais-lui confiance. Fais-*moi* confiance. »

Chapitre 10
Les jours sombres

Un cauchemar. Ce ne pouvait être qu'un terrible cauchemar.

Les informations étaient formelles : l'ennemi était à moins de deux jours d'Assale. Temmos enrageait. Tout était trop vaste, en Sher-Ima, et il manquait d'hommes. Il avait dû établir un maillage serré autour de la cité, plutôt que d'éparpiller ses soldats tous azimuts. La nouvelle lui parvint donc bien tard. La frustration lui faisait perdre ses moyens. Il se ridiculisait devant ses commandeurs et moi en interpellant le porteur du message comme s'il était responsable :

« Comment ont-ils été prévenus ? Je tiens les fédérateurs dans le creux de ma main, ils n'ont pas appelé de renforts, bien au contraire ! Alors qui ? Qui a fait ça ? Nos alliés disent dans cette lettre que cette armée de sauvages compte des troupes de trois autres fédérations, comment est-ce possible ?

— Croyez-vous que nous devrions nous replier ? proposa Irsha.

— Vous n'y pensez pas ! Rentrer au pays pour y avouer notre incompétence ? Ce serait la fin de tout ! »

Quelle meilleure preuve ramener que nos propres commandeurs en déroute ? Je ressentais une certaine satisfaction à voir les indigènes s'organiser enfin. La riposte des Caldéciens montrait peut-être qu'ils étaient suffisamment évolués pour tenir la dragée haute à Temmos. Il avait orchestré cette guerre inique et s'en mordait désormais les doigts. Si je parvenais à révéler ce scandale, cela ferait peut-être changer d'avis mes confrères technologues et le peuple kinosh tout entier. Malheureusement, nous risquions de tous y laisser notre vie, surtout si Temmos s'entêtait par orgueil.

Il se révéla impossible de faire entendre raison au Grand Administrateur. Paratiska tenta de le convaincre de rendre Sher-Ima à ses légitimes propriétaires. En vain. Je ne me risquai pas à essayer, il avait suffisamment démontré qu'il ne me tenait pas en haute estime. Irsha et Absel le soutiendraient quoi qu'il arrive. Paratiska se confia à moi peu après :

« Un temps, j'ai bien cru qu'il était dans le vrai, que cela pourrait fonctionner. Certains indigènes sont enclins à embrasser notre culture. Quelques-uns manipulent l'épure, le saviez-vous ? Même s'ils ne sont que des mages à l'état brut. Ils ignorent presque tout de l'art sacré.

— La Dame leur aurait offert son don ?

— Nul ne peut juger Ses décisions, même si nous ne les comprenons pas toujours… »

Des mages parmi les Caldéciens… Quel usage dévoyé pouvaient-ils bien en faire ? J'en avais peut-être déjà croisé sans le savoir… Je frissonnai. D'un autre côté, cette information était une pierre de plus pour prouver que les habitants de Sher-Ima méritaient notre respect. Paratiska reprit.

« Mais d'autres… d'autres autochtones ont cette sorte de fierté, de folie qu'on trouve aussi chez les habitants des Terres de Feu. J'ai peur désormais d'avoir eu tort. Maintenant que nous avons porté le premier coup, comment proposer la paix ?

— Vous auriez pu vous manifester plus tôt, m'autorisai-je.

— Vous ne comprenez pas. Cette terre immense, fertile, c'est notre planche de salut. Chez nous chaque été est plus sec, chaque hiver les tempêtes de sable font plus de dégâts. Nous avons besoin de leurs ressources.

— Mais pourquoi ne pas traiter avec eux en égaux ? Vous êtes un sociétaire commerçant ! Alors commercez !

— Parce qu'il y a des choses que vous ignorez, jeune homme. Entre autres que nous n'avons pas les moyens d'échanger équitablement avec ce peuple. Nos propres ressources sont limitées et déjà surexploitées. Qu'aurions-nous à vendre ? De la verroterie et des outils de fer, comme aux sauvages des Terres de Feu ? Vous avez vu ce dont les Caldéciens sont capables. Jamais ils ne se laisseraient abuser de la sorte. Non, nous n'avons tout simplement pas les moyens de les traiter en partenaires. J'ai mis en place quelques filières d'échange rémunérées au juste prix. De quoi alimenter les troupes… mais je ne peux pas faire plus. »

Nous attendions l'arrivée des fédérés dans un climat de tension générale. Les gardes nerveux commettaient des bévues et malmenaient la population indigène au moindre soupçon. Un regard de travers, et le contrevenant était sévèrement puni.

Un autre problème, et non des moindres, occupait les pensées de tous les soldats : un cambriolage avait été perpétré dans l'une des réserves de poudre à canon. Non seulement il en manquait assez pour faire des dégâts, mais les étagères avaient été renversées. Seule la volonté de la Dame avait épargné au quartier une gigantesque explosion. Si la bataille devait durer, nous manquerions vite de munitions. Les patrouilles cherchaient désespérément à éliminer les membres de Miska, les auteurs de ce coup de force. Nous n'avions vraiment pas besoin de supporter leur guérilla en plus du reste. Les hommes de Temmos avaient mis la main sur quelques sympathisants, mais impossible de trouver la tanière de ces rebelles.

Un matin blême baignait la cité d'une lumière blanche. Je frissonnai de froid, et d'angoisse. Accompagné d'Anton, de Paratiska et de plusieurs notables, je m'étais perché sur le rempart. Depuis la veille au soir, nous pouvions voir un vaste panache de poussière à l'horizon. Les armées ennemies s'approchaient de la ville et étaient désormais visibles à l'œil nu. Une interminable colonne de fourmis, bardées de piques, ordonnées, prêtes au combat. Çà et là, des drapeaux indiquaient différentes sections. Une compagnie de cavaliers retenait ses montures pour les maintenir au pas. Je dénombrai au bas mot six mille soldats, et m'accrochai à la balustrade comme si ma vie en dépendait.

« Avons-nous seulement une chance ? fit un légat à mes côtés.

— Tant que nous ne tombons pas à court de poudre, oui, répondit Paratiska. Les remparts sont solides et nos fusils sont notre meilleure défense. »

Le légat ne fut pas particulièrement rassuré pour autant. Il épongeait son front à chaque instant et triturait son mouchoir dans ses mains tremblantes. Il aurait souhaité que Paratiska lui annonçât qu'il userait de son art pour décimer nos ennemis, mais c'était un noble personnage. Je devinais qu'il ne s'abaisserait pas à une besogne aussi sacrilège. Quant aux autres commandeurs… ils auraient moins de scrupules et pourraient semer le trouble un temps, mais leurs « exploits » durant la prise d'Assale avaient dû fortement ponctionner leurs pouvoirs. Combien de temps pourraient-ils tenir ? Comme un organisme unique et monstrueux, l'armée se répandait sur la pente au pied des remparts.

Chapitre 11
Le feu et le sang

J'étais aussi nerveux qu'une pucelle le soir de sa nuit de noces. Autant dévoré par l'angoisse d'un échec que par l'impatience de voir mon plan aboutir, je frottai le dos de ma main droite. Les légères brûlures laissées par notre expédition à l'entrepôt avaient bien guéri, sauf à cet endroit où la poudre avait rongé les chairs d'une ancienne plaie.

La blessure n'était pas belle à voir, il faudrait soigner ça sans faute. Une nouvelle cicatrice rejoindrait bientôt ma collection de balafres, d'estafilades, de brûlures. Des décennies d'escarmouches, d'embuscades et de batailles. Tout ça pour en arriver là. Rebelle dans ma propre ville, prêt à faire tout sauter pour retrouver mon ancienne vie. Comme si c'était possible ! De plus en plus de Caldéciens semblaient trouver leur compte avec les envahisseurs. Ils s'habillaient à la mode kinoshe, apprenaient le kinosh, respectaient les lois kinoshes avec zèle. La place des Martyrs ne désemplissait pas, mais devant l'accablant spectacle, la colère cédait peu à peu la place à la soumission. Arnat avait échappé de justesse à un Kinosh vêtu de rose lors de notre dernière sortie. J'hésitais de plus en plus à laisser mes charlatans préférés mettre le nez dehors, même accompagnés. Les charmeurs se faisaient discrets à Assale, ces temps-ci.

Il était grand temps que les renforts nous aident à montrer aux marrons notre manière de penser. Au nord de la ville, nos armées s'apprêtaient à faire la jonction. Assale bruissait d'excitation et d'angoisse, comme une ruche dans laquelle on aurait donné un coup de pied. C'était le moment ou jamais.

Nous avions déterminé deux sites pour notre petit feu d'artifice : le mur sud, le plus éloigné des forces fédérées, et la place des Martyrs, où un chantier occupait ces dernières semaines la plupart des ouvriers. Il s'agissait d'une statue à la gloire de Kinosh-bê. Petite avait insisté pour faire partie de l'équipe qui poserait les explosifs dans les fondations de ce monument. Le monstre de pierre mesurait déjà une vingtaine de pas et continuait de grandir.

À l'autre bout de la cité, Ronn, Finn, les jumeaux et moi nous occuperions du rempart sud. Il était impossible de prévenir la population de notre action, nous aurions eu toutes les chances de nous faire dénoncer. J'avais donc porté mon choix sur une portion du rempart qui donnait sur une placette déserte. L'esplanade désaffectée où nous patientions en fronçant le nez était l'une des sorties des eaux sales de la ville. La puanteur était telle qu'elle rebutait même les plus démunis. Les logements les plus proches étaient au moins à cinquante pas et, pour mettre toutes les chances de notre côté, j'avais embarqué Gort. Je levai la tête pour observer l'enceinte qui nous surplombait de toute sa maçonnerie massive.

« Ça aurait été tellement bien qu'on puisse faire tomber le mur juste devant les renforts ! soupirai-je.

— Il aurait fallu avoir plus d'explosif, fit Loan. Et puis que les Kinoshs nous laissent un peu de temps pour installer notre bazar. Et puis que…

— Ça va, ça va, je sais ! Faire diversion, ce sera déjà bien. »

Ogar bourra un coup amical dans l'épaule de Gort qui venait de finir de mettre en place les explosifs.

« Vas-y, montre-nous ce que tu sais faire ! »

L'artilleur lui glissa un sourire en coin et battit sa pierre à feu. De l'alcool répandu sur les pavés sinuait jusqu'au mur. Ronn suivit le parcours des flammèches bleutées sans ciller, jusqu'à ce je le tire en arrière.

« Allez, viens, faut qu'on se mette à l'abri ! »

Nous nous enfonçâmes dans une ruelle glauque.

Je me bouchai les oreilles.

Lorsque la charge explosa, un grondement me parvint en bloc, alors que les gravillons sautillaient au sol. L'onde de choc se dispersa et je me décidai à passer une tête.

« Ça a marché ! Exactement comme t'avais prévu, Gort ! »

Je passai un bras sur ses épaules. Un peu plus et je lui baisais les joues. Nous n'avions pas assez de poudre pour faire exploser le rempart. Gort avait proposé d'utiliser la sortie des eaux usées pour générer un maximum de fumée. Il avait eu raison. Loin au-dessus du mur, un nuage putride s'élevait dans les airs. Impossible que les Kinoshs n'envoient pas de renforts après un truc pareil. Même Ronn avait déridé sa mauvaise tête pour nous gratifier d'un petit sourire.

« Les habitants du coin vont nous détester ! s'esclaffa Loan. Quand ces vapeurs vont retomber, ça va sentir l'égout partout ! »

Il n'y en avait qu'un qui ne paraissait pas se réjouir de notre réussite. Gort avait ignoré nos félicitations et fixait la base du mur, près de l'emplacement de la bombe. L'explosion avait pulvérisé plusieurs gros moellons et maculé la maçonnerie d'une suie noire et grasse. Impressionnant, mais nous avions eu raison de ne pas tenter de saboter le rempart nord : la bombe avait à peine entamé la profondeur du mur.

« Qu'est-ce qu'il y a ? demandai-je à l'artilleur.

— Chais pas. Y'a un truc… quelque chose qui va pas. »

Je m'approchai et glissai la main dans l'ouverture. C'était étroit. J'essayai de suivre la béance, mais elle sinuait bien plus loin que je ne pouvais entrer le bras. Un bruit de raclement émana des entrailles du rempart et je retirai vivement la main en soufflant sur mes phalanges.

« Un caillou m'est tombé dessus !

— Le mur est pas stable, commenta Gort. Ça ne peut pas être notre explosion qui a fait ça. Je me demande… Avec les eaux usées, il y a peut-être eu des infiltrations ? Si le mur est creux, tout pourrait se casser la gueule d'un moment à l'autre. »

Pendant un moment rien ne bougea. Puis une vibration se diffusa partout. Elle venait du mur, mais nous la ressentions jusque dans nos pieds. Le bruit devint plus net lorsque le parement du rempart se décolla. Un moellon se déchaussa et vint s'écraser devant nous avec fracas.

« Tous aux abris ! »

Nous étions presque de retour dans la ruelle, prêts à nous carapater, quand Finn me mit sa grosse paluche sur l'épaule et me força à me retourner.

« Regarde, cap' ! C'est pas ici que ça va tomber ! »

J'écarquillai les yeux. Gort avait raison. Sur le site de l'explosion, le revêtement chutait par plaques. Mais, plus loin… Un morceau entier du rempart prenait une inclinaison inquiétante. Je suivis des yeux une grande fissure qui courait de notre position jusqu'aux premiers immeubles du quartier des Fanaux. Là-bas, les bâtiments étaient presque collés à la fortification.

« Non… »

Dans les Fanaux, on commençait à s'inquiéter. Les gens s'invectivaient, passaient la tête par la fenêtre pour voir de quoi il retournait. Je vis une petite fille la tête levée vers le rempart, immobile. La fillette tortillait ses cheveux sans quitter le mur des yeux.

« Cours ! Barre-toi ! » criai-je.

Mais ma voix n'était qu'un filet d'air inaudible. Une femme surgit d'une maison en criant et se précipita vers l'enfant. Sous nos yeux horrifiés, la maçonnerie céda dans un bruit de fin du monde et s'effondra sur les habitations. Une nuée grise de poussière s'éleva et recouvrit le quartier. Nous restâmes glacés d'effroi. À cinquante pas de nous, trois immeubles venaient de disparaître. La destruction était si totale qu'il était impossible de distinguer les murs des habitations des débris du rempart. Il ne restait qu'un invraisemblable chaos qui me remémora les canonnades des Kinoshs lors de la prise du port. Puis vinrent les cris. Des mères qui hurlaient à la mort. Des enfants qui demandaient à leurs parents de se réveiller.

« Ça devait pas se passer comme ça, répétait Gort, ça devait pas…

— Il faut qu'on rejoigne les autres, dit Ronn en l'ignorant. Sinon la diversion n'aura servi à rien.

— La diversion ? La diversion ! » De nouée, ma voix devenait perçante de rage. « Mais, Ronn, on vient de tuer des gens ! Des Caldéciens ! Ceux qu'on était censés libérer !

— C'est pas de chance, c'est sûr, mais ça ne change rien ! Et merde, si on avait su, on aurait pu faire entrer l'armée fédérée par-là !

— T'es pas en train de me dire que tu serais prêt à recommencer ? » Ma colère menaçait de devenir incontrôlable, d'autant plus que je savais au fond de moi qu'il avait raison. C'était son détachement qui me sidérait.

Je me détournai du spectacle pour rejoindre le point de rendez-vous. Des citoyens accouraient de toutes parts pour aider. Sauver des vies, peut-être. Et nous, nous partions comme des voleurs, laissant les victimes à leur sort. Je me dégoûtais.

Je retrouvai nos maigres troupes, qui s'étaient faites discrètes dans les ruelles de Richelieu en attendant notre diversion. Trois cents rebelles, tout au plus. Il avait été difficile de convaincre la totalité des sympathisants de tenter une action en force. Trop d'entre eux avaient peur des Kinoshs depuis la prise d'Assale et le massacre sur le port. Ils voulaient bien faire les grandes gueules à la taverne, apposer la marque de Miska sur les murs, voire tendre une embuscade sous le couvert de la nuit, mais refusaient de faire face à l'ennemi. Comment pouvais-je les en blâmer : j'avais moi-même fait demi-tour devant le danger… À vrai dire, je priais pour que mes nerfs tiennent le coup, quelle que fût l'issue des combats. Cette idée venait de ma propre caboche, hors de question d'abandonner mes hommes alors que j'étais censé mener les opérations. Petite et son groupe étaient arrivés avant nous. Ils étaient couverts de poussière, mais arboraient de larges sourires.

« La statue n'est plus qu'un tas de ruines, se réjouit Arnat. Et vous aussi, vous avez réussi, bravo ! C'était un sacré spectacle, vu d'i…

— Tais-toi », dis-je sèchement.

Les autres me regardèrent sans comprendre. J'avalai avec difficulté ma salive. Impossible de leur dire, je risquais à tout moment d'éclater en sanglots. L'image de la petite fille restait gravée sur ma rétine. Ce fut Calixte qui s'en chargea, avec des mots brefs et concis. Mais je voyais bien ses mains trembler, son teint pâle. Il ne revenait pas non plus indemne de cette expédition. Petite l'écouta attentivement, puis s'en vint vers chacun de nous, selon un rituel de sa culture. Elle prit dans ses mains de souris nos grosses paluches sales et calleuses, et pressa son front dessus.

« *Katamé*, *katamé*. Ça va aller. »

Le contact de sa peau fraîche et douce me fit sursauter. Sa sollicitude me mit du baume au cœur. Petite s'approcha de Ronn, qui eut un mouvement de recul. D'autorité, elle saisit sa main droite et planta ses yeux dans les siens.

« Ka-ta-mé. »

Mon esprit ne cessait de voleter entre le désastre de l'explosion et la suite de mon plan. J'étais plus pressé que jamais de nous mettre au service de l'armée fédérée. De me dégager de toutes ces responsabilités. De ne plus avoir le sang de mes compatriotes sur les mains. Je n'étais décidément pas fait pour commander ce genre d'action.

Nous ne pouvions pas nous permettre de perdre plus de temps en atermoiements. Je me résolus à lancer le signal du départ. Notre groupe se divisa en trois, pour conserver le plus de discrétion possible. Au loin, la rumeur de combats et le claquement sec des canons kinoshs résonnaient. Et eux, les marrons, ils en avaient tué combien, des nôtres ? Combien de civils torturés ? De soldats massacrés ? L'heure était venue de régler nos comptes. J'entrevis une patrouille se presser vers le sud. J'exultai en silence : notre diversion fonctionnait ! L'escouade kinoshe fila sans même nous prêter attention. Je poussai un soupir de soulagement et jetai un œil en arrière pour intimer le silence, quand un cri retentit.

« Attention, Dacien, il y en a un qui a fait demi-tour ! » m'avertit Finn.

J'eus à peine le temps de me jeter dans un pas de porte qu'un coup de feu retentit. Le projectile heurta le mur de mon refuge avec un miaulement. L'impact était si proche que je sentis des éclats de pierre me fouetter le visage et la fumée me chauffer la peau. Un instant plus tard, le reste de la patrouille kinoshe se découpait à contre-jour au bout de la rue.

« Leur laissez pas le temps de s'organiser, criai-je. À l'attaque ! »

Dans un fracas de ferraille, la troupe se rua vers la poignée de marrons qui nous faisaient face. J'avais espéré qu'ils paniqueraient et fuiraient, mais ils n'en firent rien. Sur la douzaine de terreux qui composaient l'escouade, la plupart tirèrent leurs sabres noirs. Trois se mirent en retrait pour user de leurs canons.

Les tireurs eurent le temps de faire feu juste avant que nous n'arrivions sur leurs compagnons. Trois coups, presque simultanés. Trois hommes tombèrent sous mes yeux. Je resserrai ma prise et levai mon épée. Dans un crissement à vriller les nerfs, mon fer glissa contre une lame kinoshe. Mon adversaire n'eut pas le temps d'enchaîner sur une passe d'armes : à ma droite, Brisko s'était fendu et avait logé son épée dans le flanc du soldat. L'homme s'effondra dans un râle.

« Oh merde ! jura Brisko. Ma lame s'est foutue entre les côtes ! »

Il dut prendre appui sur le torse du mort pour en retirer son épée en raclant contre l'os avec un bruit mouillé. Dans l'agitation, une silhouette se faufila entre les pattes des soldats. Petite ! J'esquissai un geste pour la retenir. Peine perdue : elle me fila entre les doigts. Ce ne fut qu'en suivant sa course des yeux que je me rendis compte qu'un canon me lorgnait à quelques pas de là. Le tireur kinosh battait sa pierre à feu lorsqu'il perdit l'équilibre. Il lâcha son arme et mit un bras en arrière, cherchant à déloger de ses reins un couteau dont la garde accrochait un rayon de soleil. Puis il s'écroula. Derrière sa carrure massive apparut Petite, essoufflée, en train de tirer un autre couteau pour s'attaquer au second canonnier.

« Petite ! Attention ! » Impossible qu'elle m'entende dans le fracas des armes et les cris des hommes au combat. Les deux autres tireurs la mettaient en joue. Je tirai Brisko par la manche.

« Amène-toi ! Elle aura peut-être le temps d'en planter un, mais pas les deux !

— Tu y tiens vraiment à ta petite marron, hein ? »

Brisko prit le temps de jeter un œil à la carrure frêle de Petite qui se jetait déjà sur ses anciens compatriotes puis se fendit d'un sourire.

« Au moins elle ne manque pas de cran, ça c'est sûr ! Allons la chercher, ta fillette. »

Les Kinoshs qui combattaient au corps à corps n'en avaient plus pour longtemps. Il nous fallut jouer des coudes pour franchir les quelques pas nous séparant des tireurs, nos massives carrures freinées par nos propres hommes concentrés sur l'ennemi.

Petite avait fait le bon choix. Fondant sur l'un de ses deux Kinoshs, elle le taillada à plusieurs reprises au bras et à la joue sans pour autant l'achever. Elle se mouvait avec une habileté étonnante et se servait de son adversaire comme d'un rempart contre le second canonnier, qui avait épaulé son arme et tentait de trouver un angle de tir. Elle se fendait d'attaques fulgurantes tout en évitant le corps à corps. Ce petit jeu prit bientôt fin. Le Kinosh lui saisit le bras sans ménagement, étonné de découvrir une compatriote. Elle ruait comme une bête sauvage, mais l'étau qui l'enserrait ne se relâchait pas. L'autre tireur avait presque contourné son comparse. Enfin sorti de la cohue, je plongeai sur lui, et assenai un coup d'épée de toutes mes forces. Je manquais un peu d'allonge, mais la pointe de ma lame parvint à lui entamer la main. Il fit un pas de recul en poussant un cri de douleur.

Brisko prit l'autre Kinosh à partie, le contraignant à lâcher Petite pour pouvoir combattre. La gamine n'attendit pas qu'on lui mâchât le travail. L'espace d'un battement de cils, elle plantait une dague dans l'arrière de la cuisse de son ennemi. Brisko acheva le soldat d'une puissante frappe, mais il n'en aurait même pas eu besoin. Au vu du flot de sang qui jaillissait par à-coups de la blessure, Petite venait de lui sectionner l'artère fémorale. Notre dernier client se retrouva soudain bien seul. Derrière nous, ses compagnons jonchaient le pavé. Ses yeux sautèrent d'un point à l'autre de la scène jusqu'à croiser les miens. Je pus lire en lui une émotion que je n'avais jamais eu le plaisir de voir exprimée par un Kinosh : une authentique bonne vieille trouille. Il prit ses jambes à son cou et remonta vers le rempart nord. Notre destination.

« Calixte ! Arrête-le ! »

La flèche frappa juste, en haut du dos, mais fut déviée par le col de l'armure.

« Et merde ! » jura l'archer en voyant l'homme tourner dans la première ruelle venue.

Ces armures kinoshes étaient une vraie plaie. Arnat et Ivold affirmaient renifler un charme dessus mais étaient incapables d'en comprendre le fonctionnement. Plusieurs d'entre nous portaient discrètement certaines parties volées à nos victimes. Un atout de taille durant les combats. D'autres, comme Ronn, refusaient obstinément de s'approprier toute chose provenant des marrons. Je ne tins pas rigueur à Calixte d'avoir manqué sa cible, mais il ne fallait plus traîner :

« On se bouge, les gars, il va prévenir ses petits copains ! Je veux qu'on soit rendus à la Porte d'Albâtre avant qu'il ait eu le temps de prononcer sa première phrase ! »

Nous atteignîmes le rempart au pas de course. Notre but premier était de prendre la porte d'Albâtre. Elle était relativement éloignée de l'entrée principale et j'espérais qu'elle serait un peu moins bien gardée. De plus, son emplacement dans un angle nous exposerait à moins de tirs. Une fois reprise, nous avions la ferme intention de l'ouvrir en grand pour laisser entrer nos amis fédérés. Si seulement nous pouvions les prévenir que le rempart sud était effondré, songeai-je.

J'attendais avec impatience de pouvoir grimper et jeter un œil par-delà les créneaux. Voir enfin l'étendue des forces armées venues nous secourir. Leurs positions. Et agir en fonction.

Au pied du rempart, deux sentinelles ébahies nous virent débarquer et eurent à peine le temps de dégainer qu'elles étaient réduites au silence.

« Brisko ! aboyai-je.

— Ouais, cap' ?

— Tu prends la moitié des hommes et tu files ouvrir la porte, comme prévu. Les autres, vous empêchez les Kinoshs de nous prendre à revers. Une quarantaine d'hommes avec moi : on grimpe là-haut et on sécurise la tour ! »

Je m'engouffrai par l'entrée des gardes et entamai l'ascension jusqu'à la salle commune. Dans l'escalier exigu et la pénombre, le moindre bruit se réverbérait sans fin. Quand la troupe se pressa à l'intérieur, un véritable tintamarre envahit les lieux. Jurons, raclement des rapières contre la pierre humide… Pourtant aucun défenseur n'était en vue. Pas un cri d'alerte. Je jetai un regard surpris à Ivold.

« Tu tisses un truc ?

— Ouais, j'essaie d'atténuer votre tintouin. Mais vous ne me rendez pas la tâche facile !

— Il n'y en a plus pour longtemps », fis-je en repérant un rai de lumière qui filtrait sous une porte. « On est arrivés ».

Un grand costaud dont j'ignorais le nom se plaça à mes côtés. Véritable colosse, il dépassait Finn d'une tête et avait des épaules comme une armoire.

« Capitaine, si vous permettez ?

— Mais je vous en prie, après vous, mon bon monsieur », répliquai-je en souriant et en esquissant une courbette pour le laisser passer.

Le géant fracassa la porte d'un violent coup d'épaule. Sur ses talons, notre armée pourtant fort modeste se trouvait à l'étroit car l'escalier ne laissait passer que deux ou trois hommes de front. Tous n'eurent pas besoin d'entrer pour venir à bout des quelques gardes éberlués qui nous virent investir le local. Surpris en plein quart de repos, ils furent vite en très mauvaise posture. Pourtant, aucun ne se rendit. Armés de ce qu'ils avaient sous la main, voire de leurs seuls poings, ils se battirent jusqu'à la mort.

La rumeur de la bataille devint plus concrète. Non seulement à chaque tir j'imaginais l'un des nôtres tomber au front, mais nous entendions aussi les cris des soldats fédérés luttant pour prendre la ville et ceux, plus proches, des terreux qui tenaient les défenses. L'odeur âcre de la poudre à canon kinoshe rendait l'atmosphère irrespirable. Une fois la porte du dernier étage ouverte, nous eûmes le panorama en plus.

« L'Hivernier a remis ça ! » s'exclama Loan.

Le givre couvrait le paysage de fin d'été. L'herbe était blanchie, les ruisseaux gelés.

« L'Enragé a l'air de s'en être donné à cœur joie aussi », fit Ivold en nous montrant un groupe équipé de longues piques, à pied sur le champ de bataille. Des cavaliers, de toute évidence. Jusqu'à récemment, du moins. Une multitude de chevaux gisaient sur le terrain, saignés par leurs propres maîtres. Les quelques bêtes survivantes chargeaient les soldats à coup de sabot et de dents. J'avais beau ne pas porter les rosses dans mon cœur, je voyais avec regret les hommes les abattre un à un. Sur leurs flancs maculés de sueur et de sang flottait encore l'étendard des plaines de Mirra.

Le long des fortifications les plus proches du Palais, à deux cents pas de nous, une grande partie de l'armée fédérée s'était rassemblée. En concentrant leurs efforts à cet endroit, les généraux espéraient certainement parvenir au plus vite au centre de la cité. Je grimaçai en désapprobation. Ce serait bien entendu la section la mieux défendue par les Kinoshs.

Et pour ce que je discernais à cette distance, les troupes fédérées ne s'y prenaient pas au mieux. Au lieu de se répartir en petits groupes pour éviter les tirs, ils s'étaient regroupés en formation classique de bataille rangée. Comme s'ils allaient, par leur seule présence, persuader les terreux de rendre les armes. Il faut dire que les renforts s'étaient présentés en nombre : une marée d'hommes. Je comptai rapidement. Si chacune des nations avait envoyé toute son armée de métier, il y avait là près de douze mille soldats. Sauf que…

« Je ne vois aucun étendard de Nordie », dit Calixte en confirmant mes doutes.

Huit mille hommes, donc, au mieux. Et cette multitude se faisait écharper par des Kinoshs trois fois moins nombreux, mais ô combien dangereux. À l'abri derrière la muraille, armés de leurs redoutables et légers canons, ils enchaînaient les tirs. Les corps tombaient. Le sang tranchait sur les collines blanchies par le givre. Au moins cette charge avait-elle un objectif précis : des soldats caldéciens, bouclier sur la tête, progressaient au prix de nombreuses vies vers la Grand-porte, accès principal de la ville. Si l'un des leurs tombait, il était aussitôt remplacé et, peu à peu, un monstrueux bélier s'acheminait vers le rempart. Ses dimensions étaient si colossales que nous pouvions en voir le profil depuis notre position. Long de plus de vingt pas, il avait été taillé en pointe et durci au feu, avant d'être recouvert d'une feuille d'acier. Sous lui, un ingénieux système de glissières permettrait bientôt de porter de formidables coups de boutoir en maniant l'engin avec une quinzaine d'hommes seulement.

« J'espère juste qu'il ne leur est pas venu à l'esprit de blinder la porte avec le matériau utilisé pour les coques de leurs navires, fit Ronn.

— Parle pas de malheur, l'arrêta Hatton. Dis, cap', ils devraient en avoir fini en bas, non ? »

Comme si Brisko et ses hommes l'avaient entendu et lui répondaient, un petit jeune aux cheveux ras nous rejoignit. Il venait de faire l'ascension au pas de course et crachait ses poumons. Il me fit un salut militaire bancal, en se tenant un point de côté.

« Nous tenons… la porte d'Albâtre !

— La meilleure nouvelle de la journée! Il faut faire passer le message aux fédérés. Et vite. Moins ils resteront sous le feu kinosh, mieux ce sera. Retourne en bas, fis-je au jeunot. Dis à Brisko de prendre une dizaine d'hommes et de rejoindre les renforts pour mettre le grappin sur le premier qui ressemble à un officier. Qu'il laisse le reste de la troupe garder l'entrée de la tour. »

Le petit respira profondément et reprit sa course dans l'autre sens. À mes côtés, Loan s'agita :

« On y va, cap' ? »

En sortant la tête par l'ouverture qui donnait sur le chemin de ronde, nous pouvions voir les tireurs kinoshs à la besogne. Pour l'instant notre incursion était passée complètement inaperçue. C'était une belle occasion. J'avais prévu de simplement parvenir jusqu'ici, faire le point sur la situation, puis redescendre. Nous pouvions faire d'une pierre deux coups et en profiter pour aller titiller les Kinoshs avec une attaque rapide. Je tirai mon épée de son fourreau.

Nous courûmes pour couvrir au plus vite les quelques dizaines de pas qui nous séparaient des terreux les plus proches, occupés à tirer sur nos alliés. Leurs canons n'étaient pas, d'après Calixte, les armes les plus précises qui fussent. Mais avec la foule qui s'amassait au pied des fortifications, nul besoin d'être un expert pour causer du dégât. Ils s'y seraient pris les yeux fermés que cela n'aurait pas changé grand-chose.

Les soldats que nous approchions occupaient un petit poste de guet, une partie un peu élargie du rempart, prévue pour une douzaine d'hommes. Ils avaient auprès d'eux des réserves de poudre et de balles. Chacun revenait charger son arme pendant que ses comparses tiraient après avoir à peine pris le temps de viser. L'odeur de poudre se fit plus forte, m'arrachant une toux sèche.

Notre présence sur ces lieux qu'ils estimaient sécurisés était tellement incongrue qu'ils ne prêtèrent attention à notre charge que lorsque nous fûmes sur eux. Calixte banda son arc et un marron s'effondra. Les autres s'agitèrent autour de lui sans saisir ce qui se passait, jusqu'à ce que Ronn abattît sa bâtarde sur un second soldat. Avec un cri d'orfraie, l'homme se dégagea en se tenant l'épaule. La lame avait entamé les chairs jusqu'à l'os, et le sang jaillissait en abondance entre les doigts du Kinosh. Cinq autres soldats se mirent en retrait pour épauler leurs armes. Trois nous firent face l'épée à la main. Ronn se rua sur eux.

Son assaut tout en brutalité projeta un type contre le rempart. Le temps de cligner des yeux, un second avait la carotide tranchée et le troisième était aux prises avec mon ami. Plusieurs de nos hommes le rejoignirent et les bretteurs furent proprement éliminés.

Un fracas. Cinq coups de feu, quatre morts. Je fonçai pour rejoindre Ronn. Il était indemne, mais à nos pieds l'un des nôtres se contorsionnait, rongé par la poudre qui creusait son corps. L'odeur… la souffrance et la peur dans ses yeux… Je me revis sur les quais d'Assale, témoin impuissant du massacre. Ronn, lui, l'ignora et l'enjamba pour foncer sur les canonniers. Ces derniers reculèrent pour conserver la distance et firent feu. Cinq morts.

« Les gars, on se replie vers la porte, elle sera plus facile à tenir ! »

Seule une poignée de soldats kinoshs avait la possibilité de nous menacer. L'étroitesse du chemin de ronde et l'angle pris par le rempart à cet endroit jouaient en notre faveur comme je l'avais escompté. Cela n'empêcha pas trois rebelles de se retrouver sur le carreau le temps que nous parvenions à l'abri relatif de la porte d'Albâtre.

« Dacien, tu nous fais quoi, là ? murmura Ronn. On peut continuer !

— On fait comme prévu : on rentre dans la tour, on la tient, on attend que les renforts passent la porte. C'était une attaque éclair, pas une charge en règle. »

Je l'entraînai en courant. La structure même de la tour nous protégeait. Le passage vers l'extérieur formait un angle qui empêchait les tireurs kinoshs de s'en prendre à nous. S'ils voulaient venir nous chercher, leurs canons ne leur seraient d'aucune utilité. Quelques hommes tiendraient en respect les ennemis, cueillant tout Kinosh qui se risquerait à pointer le nez. Nous ne garderions pas éternellement notre position, mais prendre la tour leur coûterait de nombreuses vies. C'était de loin la stratégie la plus efficace.

« Tu n'es pas en train de prendre une décision tactique. Tu es en train de laisser la trouille parler. Encore une fois. Pas vrai… *Capitaine* ? »

Ronn avait craché son dernier mot en appuyant sur chaque syllabe. Le mépris déformait son visage, ses yeux étaient humides de colère. Un instant, je m'imaginai céder à son argument. Puis je perçus autre chose en lui. Il n'avait pas envie de vaincre, il voulait juste se battre ! Charcuter du marron à tour de bras, quel qu'en soit le prix, fût-il sa propre vie. Et il était prêt pour cela à entraîner tous ceux qui auraient la folie de le suivre.

« Non, Ronn. Ce n'est pas moi qui prends la mauvaise décision. C'est toi qui commets une énorme erreur. On va contenir les terreux, on va perdre le moins d'hommes possible et Brisko va bientôt revenir en guidant les renforts jusqu'ici. Une fois que l'armée fédérée aura passé le rempart, les Kinoshs n'auront pas d'autre choix que de descendre de leur perchoir. Ce sera ça, ou nous laisser reprendre la ville. S'ils restent là-haut, on n'aura qu'à les laisser crever de faim et de soif. S'ils descendent, leurs canons ne leur seront plus d'une grande utilité dans un combat de rue. On aura notre chance.

— Il a pas tort, Ronn, intervint Arnat. D'ici on sera efficaces sans trop de pertes. L'important c'est de faire entrer les colonnes fédérées dans la ville, après on aura tout le temps de se battre…

— Arrête tes conneries ! Faudrait voir à leur faire vraiment face, au moins une fois, non ? Et merde ! Faites ce que vous voulez. J'ai pas à suivre tes ordres, Dacien. On n'est plus des soldats, vous vous rappelez ? On s'est fait virer. T'es pas plus capitaine que je suis général. Moi j'y vais ! Il y a des gars qu'en ont encore une paire, par ici ? » lança-t-il à la cantonade.

Une vingtaine de mains se levèrent. Aucune n'appartenait à un de mes hommes d'avant Miska. Calixte tenta une dernière fois de retenir Ronn, mais il se dégagea d'un mouvement sec et prit le chemin de la sortie sans un regard en arrière. Un instant plus tard, un silence tendu régnait dans la tour. Les seuls bruits que j'entendais me parvenaient de l'extérieur. Le claquement des fusils, encore et encore.

Chapitre 12
Amel'oria

« La colonie est en péril, vous devez agir, Paratiska ! exigea Temmos.

— Contre ces gens qui ne font que défendre l'intégrité de leur territoire ? Non, Temmos. Vous nous avez entraînés dans cette spirale en usant de l'épure sans même une déclaration de guerre en bonne et due forme. Je n'ai pas l'intention de vous accompagner dans cette déchéance.

— Je ne vous permets pas ! Préférez-vous assister sans bouger à la mort des nôtres ? Préférez-vous sacrifier votre propre vie ?

— Vous savez pourquoi.

— Allons, ce sombre accident remonte à des décennies ! Vous avez été ordonné prêtre-mage, assumez vos responsabilités !

— Je ne maîtrisais pas suffisamment mon art à cette époque. C'est vrai, j'ai appris à le contenir. Cela a coûté la vie à ma propre famille. J'ai fait vœu de *trai'sta*, Temmos ! Je ne trahirai pas mon engagement en usant de mon don pour ôter des vies.

— Vous en sauveriez, au contraire ! Ces sauvages vont nous étriper jusqu'au dernier. Ensuite, notre peuple mourra de faim. Est-ce là ce que vous souhaitez ? »

Paratiska observa sans mot dire l'armée ennemie qui continuait d'avancer vers nous. Il soupira lourdement. Je comprenais son dilemme, mais ne pouvais me résoudre au destin prédit par Temmos. Peu de temps auparavant, un grondement sourd avait fait trembler le sol. Au sud de la ville, un panache de fumée s'élevait encore des remparts. Une seconde bombe venait d'exploser plus près de nous, sur la place au pied de la Résidence. La statue de Kinosh-bê, en construction, avait vacillé sur ses fondations avant de s'incliner doucement sur la gauche, puis, dans un craquement sec, s'était effondrée pour de bon en arrachant la façade d'un bâtiment.

Aussitôt, nos troupes positionnées en réserve quittèrent les casernes pour se précipiter vers le rempart effondré. Temmos ne voyait là qu'une catastrophe pour la défense de la ville, mais je savais ces quartiers fort peuplés. Je priai pour que les soldats aient la bonté de sauver les malheureux pris dans les ruines.

Un rapport ne tarda pas à nous parvenir. Miska, bien sûr ! Ce groupuscule d'extrémistes violents se révélait au grand jour. Comment pouvait-on perpétrer de tels attentats contre son propre peuple ?

L'angoisse me tenaillait et je sursautai quand Paratiska plaqua durement ses mains sur un créneau du rempart.

« Seriez-vous prêt à pratiquer l'*amel'oria*, Temmos ?

— L'échange des vœux ?

— Vous me libérez de la *trai'sta*. Je m'engage à défendre la colonie. Cette fois et cette fois seulement. En échange, vous jurerez à votre tour de ne plus dévoyer votre art en l'utilisant pour la violence. »

Temmos prit un moment de réflexion. Un sourire germa sur son visage habituellement si froid.

« Bien. Vous me demandez un grand sacrifice, mais pour le bien de tous, je suis prêt à y consentir. »

De soulagement, j'inspirai une bouffée d'air. Les deux hommes se mirent face à face et se saisirent les mains. J'assistai, médusé, au rituel qu'ils prononcèrent à mi-voix, front contre front. Je connaissais l'existence de *amel'oria*, mais elle était rarement usitée et encore moins en présence de témoins de si basse extraction que moi. Une brève lueur d'épure émana entre leurs visages, et ce fut tout.

« Voilà qui est fait, annonça Temmos posément. Jusqu'à la mort de l'un ou de l'autre, nous serons tenus par nos serments échangés. »

Paratiska hocha la tête gravement. Il se tourna vers Absel et Irsha. Depuis une heure que les deux commandeurs pratiquaient leur art sans discontinuer, il leur devenait de plus en plus difficile de dissimuler leur fatigue. La cavalerie caldécienne était privée de ses chevaux, le givre recouvrait la prairie et rendait la progression des soldats plus difficile. Cela ne suffisait en rien à contenir la pression de l'armée. Irsha poussa un cri éraillé et cessa de tisser son épure. Il était au bord de l'épuisement ! Plusieurs postes de tir levèrent leurs drapeaux rouges, signe qu'ils arrivaient à court de munitions. Paratiska m'adressa un regard triste.

« Je vais devoir utiliser le don que la Dame m'a offert. Je n'en retire aucun plaisir, je tiens à ce que vous le sachiez. J'essaierai de limiter les victimes, mais si je n'agis pas, nous serons passés au fil de l'épée avant le crépuscule. Vous le savez, n'est-ce pas ?

— Oui. Répondre à la terreur par la terreur. Miska suit le même raisonnement. Nous nous sommes engagés dans une bien triste voie. Que se passera-t-il ensuite ? Réduirons-nous les Caldéciens en esclavage comme nous l'avons fait des habitants des Terres de Feu ?

— En échangeant nos serments, Temmos s'est lui aussi engagé. J'ose espérer qu'il sera moins cruel envers les indigènes. En attendant… tentons de survivre à cette journée. »

Paratiska leva ses mains parcheminées et commença à tisser. Rapidement un malaise se répandit parmi nous. Je m'éloignai à reculons et me blottis le plus loin possible. Une émanation noire s'éleva de ses paumes, prit de l'ampleur puis coula doucement le long du rempart. Elle fit rapidement des ravages parmi les troupes au sol avant de se séparer en filaments qui semaient la panique parmi les soldats fédérés. La fumée obscure visait les commandants avec une précision chirurgicale. En quelques minutes, le champ de bataille devint totalement désordonné. Paratiska n'avait pas le pouvoir d'anéantir une armée à lui tout seul, mais supprimer la chaîne de commandement fit rapidement son effet. Il était grand temps. Un messager venait d'annoncer que les membres de Miska tenaient une des portes de la ville.

Je songeai un instant au courage qu'il avait fallu à ces hommes pour se dresser contre Temmos et la présence kinoshe. Seuls, en plein cœur de la cité conquise, ils n'avaient cessé de clamer leur droit à la liberté. Leur volonté, la stratégie qu'ils avaient adoptée était peut-être la preuve ultime dont j'avais besoin… mais comment imaginer traiter avec des terroristes ? Aussi noble que fût leur cause, leur image serait à jamais entachée par ces actes de sabotage ignobles et par le rapt de la Fille Perdue.

« C'est notre faute, murmura Anton, pétrifié par le spectacle. Notre faute. »

Je parcourus d'un œil las la prairie où ne restaient que des monceaux de cadavres et quelques soldats blessés, trop faibles pour fuir. En moins d'une heure, le champ de bataille était devenu méconnaissable.

Oui, il n'y avait aucun doute, Temmos avait commis un crime en ouvrant les hostilités. En s'entêtant à vouloir conserver Assale à tout prix, mettant nos vies en danger et souillant l'honneur de notre peuple. Nous étions certes victorieux, mais combien de vies caldéciennes avaient dû être sacrifiées ? Paratiska, toujours à l'œuvre, avait le visage crispé par la concentration et l'amertume. Que faudrait-il faire ensuite pour conserver notre mainmise sur Sher-Ima ? L'armée était loin d'être entièrement décimée. Que ferions-nous s'ils se réorganisaient et lançaient un nouvel assaut ? Jusqu'où Temmos était-il prêt à aller ?

Chapitre 13
La fuite

Ronn. Ronn était parti. Vers une mort certaine. Je fermai les yeux un moment, pris une grande inspiration, puis filai à la percée qui nous offrait une vue dégagée sur le champ de bataille en contrebas.

Au premier coup d'œil, je compris que quelque chose clochait. La répartition des forces fédérées n'avait plus rien à voir avec ce que j'avais vu un moment plus tôt. Éparpillés aux quatre vents, les hommes se déplaçaient dans le désordre le plus total.

« Qu'est-ce qu'ils fichent, ces cons ? Ils étaient presque arrivés à la Grand-Porte ! » beugla Hatton

Ivold me mit une main comme une serre sur l'épaule.

« Je me sens pas bien, cap' », gémit-il.

Arnat émit un borborygme. Tous les deux étaient pâles à faire peur.

« Il y a un quatrième gugusse, reprit Ivold. C'est lui qui fait ça, je le sens jusque dans mes os. »

Je regardai mes deux charmeurs, inquiet, puis, comme hypnotisé, je reportai mon attention sur le champ de bataille. Le bélier gisait sur le flanc à quelques pas de la porte. Personne ne se présentait pour assener les coups de boutoir. Les soldats fédérés s'enfuyaient à toutes jambes, courant à quatre pattes lorsqu'ils trébuchaient, rampant avec leurs dernières forces s'ils étaient trop blessés pour se relever.

Entre les déserteurs sinuaient de longs serpents de fumée noirâtre, éthérée, qui semblaient fureter. Lorsqu'un filet de cette brume touchait l'un des nôtres, elle s'entortillait telle une liane autour de ses jambes. Sa proie se figeait alors un instant avant de se trouver prise dans un cocon de soie noire et translucide. Après quoi la langue de fumée le délaissait, comme rassasiée, et reprenait son chemin à la recherche de sa prochaine victime. Nos soldats tombaient d'un coup, pour ne plus se relever. Ceux que les lianes noires frôlaient ou poursuivaient couraient comme si les tous les démons des enfers étaient à leurs trousses. Pendant ce temps, les tirailleurs kinoshs ne restaient pas les bras ballants et arrosaient tout ce petit monde d'une pluie de balles meurtrières.

« Regarde, cap' ! C'est Brisko ! cria Loan. Il a réussi à rameuter quelques hommes !

— Montre-moi ? C'est quoi leurs couleurs ?

— Vert. Des gars des Causses, fit Calixte. Des archers. Et quelques soldats d'infanterie. Je crois qu'il y a un, non, deux officiers. Mais le deuxième a l'air mal en point.

— Ils sont peu. Je veux une dizaine d'hommes ici, à empêcher que les marrons ne reprennent la porte. Les autres : on descend faire la jonction avec les renforts. »

Je risquai un œil en contrebas : sur le champ de bataille, la débandade devenait totale.

Je descendis la tour au pas de course et attendis de pied ferme que la petite troupe de Brisko et les quelques renforts fussent parvenus à la porte. Je ne laissai pas une seconde de répit aux nouveaux venus avant de les assaillir de questions.

« Dites donc, vous, allez-y doucement ! »

L'officier, un petit brun, la quarantaine bien sonnée, s'était planté devant moi. Je lorgnai le blason épinglé à son col : un lieutenant. C'était bien ma veine. Je n'allais donc jamais mettre la main sur un gradé capable de prendre les décisions qui s'imposaient ?

Il ne fallait plus traîner. La porte d'Albâtre avait beau être facile à défendre, les Kinoshs allaient bien finir par lancer une attaque. Ils ne pouvaient laisser une telle brèche ouverte dans les défenses de la ville : nous allions sous peu devenir leur priorité. Mais avant tout, j'avais besoin d'en savoir un peu plus sur cette fichue fumée. Je pris une bolée d'air et revins à la charge d'un ton sardonique :

« Mais je vous en prie, *lieutenant*, prenez votre temps, reprenez votre souffle. »

L'autre réalisa soudain que ce qui s'approchait le plus d'un chef à la ronde, c'était mézigue. Il pâlit, puis reprit ses esprits et se redressa, au garde-à-vous.

« Lieutenant Siméon, de la troisième compagnie des Causses, capitaine. »

Je me tournai vers le reste de sa modeste troupe, au mieux une cinquantaine d'hommes. Je remarquai qu'ils étaient tous, comme leur supérieur, pâles et à bout de souffle. Certains tentaient de reprendre haleine, le dos courbé, les mains sur les genoux. L'officier reprit, la voix tremblante d'effroi :

« Nous n'étions plus très loin de la Grande-porte quand j'ai commencé à me sentir mal. Comme une sorte de nausée, je ne sais pas…

— Comme si on savait qu'on allait y passer, poursuivit un de ses hommes.

— Ouais, renchérit un autre à l'accent des Causses bien plus prononcé. Je savais que ça venait du rempart, mais impossible de regarder. À chaque fois que je voulais tourner la tête vers le mur de la ville, quelque chose m'en empêchait. Quelque chose qui se rapprochait… »

Ses compagnons opinaient, tout en présentant une collection variée d'attitudes contrites et gênées.

« Ça faisait mal ? demande Ivold. Vous avez senti quoi ? Les hommes touchés par les fumerolles ont été blessés ? Et est-ce que…

— Tu vas le laisser parler, oui ? s'agaça Arnat. Raconte, Siméon.

— Ce n'était pas vraiment de la douleur, plus comme un malaise, très intense. Et… une trouille comme jamais je n'en ai connu. À un moment c'est devenu intenable. Je sentais, je *savais* que quelque chose allait me faire du mal. Beaucoup de mal. »

Murmures confus mais approbateurs à l'arrière-plan. Je pouvais lire dans les yeux de ces hommes qu'ils avaient eu la même frayeur, voire qu'ils n'en étaient pas encore tout à fait remis. Je surpris certains à tenter de cacher de larges marques d'urine sur leurs pantalons. Je haussai un sourcil.

« Quant à notre commandant... »

J'en frémis de joie. Un commandant ! Enfin ! Quelqu'un à qui donner les rênes de tout ce bazar !

« Voici le commandant Borto, en charge de notre phalange, me présenta Siméon alors que ses hommes déposaient à nos pieds un corps inerte. Eh ! Faites gaffe, vous ! Il est pas mort ! »

Ivold retira son pied, avec lequel il venait de tapoter ce qui avait toutes les apparences d'un cadavre.

« Oh. Pardon. »

Il s'accroupit aux côtés du blessé et lui souleva le bras qui lui cachait le visage et fit un tel bond en arrière qu'il s'en retrouva sur le fondement.

« Puterelle ! C'est quoi, *ça* ? »

Le bras du commandant était retombé mollement. Il s'était replié sur lui-même à la façon d'un cuir épais. Avec le même bruit feutré, d'ailleurs. Je retins difficilement un puissant haut-le-cœur. J'avais toujours préféré une bonne vieille plaie ouverte aux traumatismes internes. Voir quelqu'un se déboîter une épaule m'était déjà pénible. Là c'était le bras entier qui paraissait fait de gélatine. Le bras, et le reste. Pas de sang, pas de blessure. Ivold continua à s'écarter du corps sans pour autant se relever, ce qui donna lieu à une étrange gymnastique. Après avoir mis quelques pas entre lui et le commandant, il hurla, d'une voix que la peur faisait grimper dans les aigus :

« J'ai dit : c'est quoi, ça ? »

Le blessé émit un faible gargouillis. Je me forçai à examiner plus attentivement ce qui restait de l'homme. On eût dit un mannequin de paille mal rembourré. Il n'avait plus aucun os. Son crâne avait la forme d'une outre ramollie. De son nez restait le cartilage, mais n'étant plus rattaché à rien, il flottait tel un infâme grumeau à l'emplacement qu'avait naguère occupé une pommette. Sa mâchoire… grands dieux, il n'y avait plus rien qu'on puisse nommer de cette façon ! La langue reposait, agitée de soubresauts, sur des lèvres enfoncées dans un creux qui jadis avait formé une bouche. La peau désormais trop grande reposait lâchement, formant des plis épais au niveau des oreilles. Et au milieu de tout ça, deux yeux rendus protubérants par l'absence d'orbites. La vie luisait encore dans ces deux globes exorbités. La vie et la souffrance.

Sous le surcot, un vestige de cage thoracique luttait pour se soulever dans un borborygme répugnant. Il était en train d'étouffer. Dans un long frisson qui parcourut son corps en gelée, il rendit enfin son dernier souffle.

« Par tous les dieux ! souffla le vieux charmeur en se relevant. Mais pourquoi l'avez-vous traîné avec vous ? Et comment ? Non, oubliez ça. Je ne veux pas savoir comment. »

Siméon désigna un jeune soldat au visage éprouvé par la course et la terreur.

« Laren est son neveu. On n'a pas réussi à lui faire lâcher prise, il l'a ramené tout seul.

— Tout fluet comme il est ? Il devait bien l'aimer, le tonton, fit Hatton.

— Oui, répondit le soldat en levant des yeux larmoyants vers nous. Je l'aime… je l'aimais beaucoup, c'est sûr, mais… Il était plus léger, sans…

— Oh, misère.

— Ce n'est pas tout, précisa Siméon. Je crois que la chose ne choisit pas ses proies au hasard. Le commandant Borto n'est pas le seul gradé à avoir été touché. Tous les capitaines au plus près des remparts ont été… liquéfiés. »

Mon sang gela dans mes veines. Je devais en avoir le cœur net. Je me frayai un passage à coups d'épaule et remontai quatre à quatre les escaliers jusqu'en haut de la tour pour retrouver un point de vue sur le champ de bataille. J'y rejoignis les dix hommes laissés plus tôt pour monter la garde. Tous s'entassaient devant la fenêtre pour observer à l'extérieur. Je jouai des coudes pour me ménager une place et plissai les yeux. Là où naguère se positionnait une puissante armée fédérée ne restaient que les cadavres et les blessés livrés à eux-mêmes. Je scrutai un à un les emplacements où s'étaient postés les officiers, sur des promontoires naturels qui leur permettaient d'avoir une perception d'ensemble. Le charmeur avait dû s'en donner à cœur joie : des dizaines de poupées de chiffon gisaient au sol.

Les soldats sans chef s'étaient éparpillés en tous sens. Le charme dévastateur les terrifiait trop pour qu'ils obéissent à qui que ce fût, de toute façon. On n'apercevait plus que quelques estropiés qui boitaient tant bien que mal et tentaient de gagner l'abri des bosquets. Les tireurs kinoshs les alignaient un à un.

Je fus saisi de vertiges. Partout, armes et équipement avaient été abandonnés. Leurs propriétaires avaient préféré s'alléger pour cavaler de plus belle.

Désemparé, je laissai mon esprit mouliner dans le vide un moment. Je fis un bond en entendant un raffut dans mon dos et me retournai, l'épée au clair.

« Soldats ! En position de repli ! ordonnai-je.

— C'est ça. Viens plutôt me donner un coup de main, tu veux ? » me dit Ronn avant de s'écrouler comme une masse.

Ronn avait soutenu un compagnon inconscient avant de s'évanouir, si bien que les deux hommes gisaient au sol, tous deux dans une mare de sang. Un troisième n'en menait pas large non plus, mais avait le mérite de tenir sur ses quilles. J'avais déjà vu ces gars plusieurs fois, mais impossible de remettre leur nom. Des bruits de course nous parvinrent. Je soulevai Ronn en le prenant sous une aisselle. Cet enfoiré pesait un âne mort.

« Toi, là ! Aide-moi à le porter ! Vous deux ! Prenez l'autre blessé. On décampe ! »

Nous nous ruâmes dans l'escalier et trouvâmes refuge dans la salle de garde. De là j'appelai des renforts et nous eûmes quelques minutes pour réfléchir. Couvrant les bruits de lutte à l'extérieur, le blessé s'était réveillé et hurlait à se rompre les cordes vocales. Ronn restait inconscient et perdait bien trop de sang à mon goût. Une flaque maculait les pavés inégaux et ne cessait de s'agrandir. Il avait reçu plusieurs balles. Une dans le bras et une autre dans l'épaule. Rien d'insurmontable, mais la chair grésillait encore sous l'influence de la poudre kinoshe. Plus grave, une troisième était venue se loger dans son flanc. Le sang qui s'en écoulait était épais, noir, je n'aimais pas ça du tout. J'épongeais tant bien que mal. Le tissu emporta la majeure partie de l'acide, sans parvenir à enrayer l'hémorragie. L'autre soldat avait reçu une seule balle, qui lui avait pulvérisé la rotule. D'où les hurlements qui me vrillaient les tympans.

J'en étais là de mes considérations médicales quand un des soldats ramenés par le lieutenant Siméon entra et me délogea proprement d'un coup d'épaule.

« Hé ! râlai-je, prêt à remettre l'importun à sa place.

— Laissez-moi faire mon boulot, bougonna-t-il. Vous jouerez au chef plus tard. »

J'hésitai entre lui mettre mon poing dans la figure ou lui passer la soufflante de sa vie. Puis, le voyant ouvrir une mallette de cuir, en sortir des ciseaux et couper d'un geste expert les vêtements ensanglantés de Ronn pour examiner les blessures, je compris.

« Un toubib ?

— Mmh mmh. »

Loquace, le type. Au vu de sa posture, il semblait avoir pris un coup dans le ventre. Il essuya les plaies avec un linge humide.

« Quel est ton nom ?

— Mokan. »

Il trifouilla allègrement la blessure à l'abdomen de Ronn qui, par chance pour lui, restait résolument évanoui. Mokan avait le visage blême et poussait des grognements contenus. J'avais l'impression qu'il faisait plus de dégâts qu'autre chose, mais au bout de quelques instants, l'hémorragie cessa enfin. Il commença à extirper des éclats et referma proprement la plaie. Les deux autres blessures, au bras et à la jambe, lui posèrent moins de souci. Il prit enfin le temps de se retourner vers moi pour me grogner :

« Voilà. Celui-là est tiré d'affaire. L'autre… » Le doc se releva en boitant du genou, puis se pencha sur le blessé qui gueulait à pleins poumons. « Mouais. Lui, ça va être compliqué. »

Il effleura la jambe en miettes. Le soldat trouva au fond de lui des ressources insoupçonnées, et ses hurlements montèrent encore d'un ton. Tout en regardant le toubib serrer les dents, je l'interrogeai :

« Sa blessure est moins grave, pourtant, non ?

— Oh oui… il va vivre, c'est sûr. Par contre la jambe est foutue. »

Entre deux hurlements, le rebelle fixa des yeux ronds sur le médecin. Puis se mit à gémir, à supplier, à pleurer. Je le comprenais. Mais le toubib resta inflexible.

« Quand faut y aller, faut y aller, mon gars. » Mokan lui tendit une fiole emplie d'un liquide laiteux dont il but lui-même une gorgée. « Allez avale ça, ça aidera. »

Il déballa un arsenal digne d'une salle de torture et porta son choix sur une scie à os d'aspect douteux. Après avoir poussé un cri terrible au premier coup de scie, le soldat perdit enfin connaissance. Le médecin acheva l'amputation sans traîner, plus détendu que quelques secondes auparavant. Il avait à peine fini de recoudre la peau sur le moignon que Calixte entra en coup de vent dans la pièce.

« Faut bouger, cap'. On ne peut plus les retenir. »

Oui. Bouger. Mais vers où ?

De toute évidence, nous étions faits comme des rats. Plus haut, dans les escaliers de la tour d'Albâtre, nos hommes se démenaient, mais les Kinoshs gagnaient du terrain, marche après marche. Nous en étions réduits à nous serrer dans le peu d'espace au pied de la tour, une sorte de cour fortifiée couverte d'un toit bardé de bois. Je mis une main sur l'épaule de Petite.

« Tu devrais filer, gamine. Les Kinoshs ne te tireront peut-être pas dessus. »

Elle resta plantée là, sa petite pogne toute serrée sur sa dague.

« Je lui ai dit aussi, cap' ! lança Nario. Mais il n'y a rien à faire. C'est une tête de mule, elle veut rester », finit-il en la couvant d'un regard protecteur et inquiet.

C'était bien le moment de jouer au grand frère. Je haussai les épaules et les laissai profiter de ces instants en famille, les derniers de leur courte vie. Il n'y aurait eu aucun intérêt à les morigéner. Comme nous tous, la gamine et Nario s'évertuaient à trouver une idée pour nous tirer de là.

« … on pourrait creuser un tunnel et réapparaître au loin, et après… »

Pauvre Petite. Les jeunes gens étaient emplis de la certitude inébranlable qu'ils allaient éviter la mort. Elle avait beau leur taper du doigt sur l'épaule, ils arrivaient quand même à lui expliquer qu'il y avait sûrement une erreur, qu'ils n'étaient pas prêts, qu'ils avaient des choses prévues le lendemain. Je fus saisi d'une tristesse infinie. Puis ma cervelle fut prise d'une soudaine inspiration.

« Un tunnel ! »

Nario et Petite se retournèrent, surpris. Eux n'étaient pas nés à Assale. Ils ne pouvaient pas connaître. Je me ruai vers Ivold. En tant que doyen de la troupe, le vieux charmeur était commis d'office lorsque j'avais un trou de mémoire. Je lui mis la main dessus alors qu'il se disputait avec Arnat.

« Mais bien sûr que tu pourrais le faire ! Tu masques la troupe et moi je me place à peu près au milieu avec ma veine en couverture.

— C'est ça. Dissimuler une troupe de plus de deux cents hommes, alors qu'on est juste sous le nez des marrons. Impossible.

— Les gars, arrêtez vos bisbilles, je crois que je tiens un truc. Vous savez, le temple d'Obliste ?

— Tu veux demander asile ? » aboya Arnat.

Ivold eut immédiatement le déclic.

« Oh puterelle ! Mais t'as raison, cap', t'as raison !

— Quoi ? Il a raison de quoi ? »

Arnat voyait notre excitation sans comprendre. Il finit par secouer Ivold.

« Tu la craches, ta pastille ?

— Tu devrais l'savoir. C'est même dans une des chansons des prêtres d'Obliste.

— J'y connais rien en dieux. J'les aime pas. Ils me le rendent bien, un point partout », se renfrogna Arnat.

Ivold se fendit d'un soupir empli d'une pitié feinte envers son collègue. Il soupira pour en rajouter une couche avant de consentir à lui expliquer d'un ton professoral :

« Ce qu'on appelle aujourd'hui le Petit Temple est en fait le lieu de culte d'origine des prêtres d'Obliste. Il est bien plus ancien que le bâtiment où on nous a hébergés. Construit en d'autres temps, durant une ère de guerre et de misère. Une époque où, lorsqu'on servait un dieu, quel qu'il soit, on se méfiait des épurations religieuses. Le chant de prière dont je te parle évoque la fuite des prêtres sous le nez de leurs persécuteurs. »

À son tour la prunelle d'Arnat s'illumina d'une lueur fugace, qui ressemblait furieusement à de l'espoir.

« Cette échappée miraculeuse, reprit Ivold, elle s'est faite grâce à un certain Tunnel des Lumières. Et le vieux temple… il est tout près, trois cents pas d'ici à tout casser. »

Pas le temps de tergiverser. Les Kinoshs qui nous faisaient la chasse étaient en grande partie à l'intérieur de la tour. C'était le moment ou jamais. Je fis sortir les hommes qui étaient dans le bâtiment, et deux épais madriers furent calés contre la porte. Cela ne les retiendrait pas éternellement, mais avec un peu de chance…

Un raffut attira mon attention.

« Il y en a d'autres qui arrivent par la ville ! cria Hatton.

— On y va ! Maintenant ! »

Notre troupe se mit en branle à grand bruit. Il nous fallait longer le rempart, et j'entendis des exclamations kinoshes au-dessus de nous. Des coups de feu retentirent. Un homme s'écroula sur ma droite. Je levai la tête. Cinq soldats seulement rechargeaient leurs canons. Le reste était en train d'essayer de forcer la porte de la tour. Je poussai un cri d'encouragement. Nous avions une chance. Hatton, Finn et deux autres costauds portaient Ronn dans une civière qui bringuebalait sous les cahots de leur course. L'autre blessé était également pris en charge.

Des détonations claquèrent dans notre dos mais ne firent aucune victime. Enfin ! Les portes du Petit Temple, avec leurs décors antiques ! Je fis signe à Finn. Il déposa la civière de Ronn et tira sa hache. En trois frappes violentes, il força l'accès.

« Tout le monde là-dedans, et trouvez-moi ce fichu tunnel, vite ! »

Les tireurs sur le rempart continuèrent de harceler la troupe jusqu'à ce que le dernier homme fût entré. Trois morts de plus restèrent sur le pas de la porte, et les renforts ennemis approchaient à grands pas. Je réquisitionnai un groupe d'une dizaine de soldats.

« Ils vont pas tarder à nous rattraper, les gars. Barricadez-moi cette entrée du mieux que vous pourrez. »

L'assemblage était bancal mais solide. À peine les derniers bastaings étaient-ils calés que des tambourinements retentirent de l'autre côté. Je les ignorai et me retournai vers l'intérieur du temple, quand un raclement résonna sous les voûtes de pierre.

« Je crois qu'on a trouvé, cap' ! » héla Ivold.

Je soupirai d'aise et envisageai presque de me convertir au culte d'Obliste. Je me ravisai en me rappelant que cette religion prohibait toute consommation d'alcool et m'en tins à un remerciement aussi sincère que silencieux à cette brave déité. À l'entrée, les coups avaient cessé. Une fumée âcre envahissait le temple, et quelques flammèches apparaissaient entre les interstices de notre barrage de fortune. Tout le monde s'engouffra à la hâte dans l'ouverture. Je fermai la marche. Passé le premier coude, les ténèbres étaient telles que je ne pouvais voir le bout de mon nez. Tunnel des Lumières, mon œil !

J'entendis quelque part battre un fer à feu. À mon grand soulagement – je ne me rappelais pourtant pas avoir jamais eu peur du noir – une tache de lumière apparut, éclairant par en dessous le visage de Finn d'un clair-obscur grotesque. Il leva sa torche, qui révéla les contours bruts d'un boyau étroit.

« Désolé, patron, je l'avais allumée avant, mais un appel d'air l'a soufflée, s'excusa le colosse.

— Pas grave. On sait où il donne, ce tunnel ?

— Les premiers partis sont pas encore arrivés au bout. On se fait passer des messages tous les cent pas, histoire de savoir à quoi s'attendre. »

En voilà une initiative pleine de bon sens ! Je me morigénai de ne pas y avoir pensé moi-même et félicitai Finn pour cette bonne idée.

« C'est pas moi, cap', c'est ce lieutenant, Siméon, qui a pris la tête de l'expédition. »

Ça alors ! Cet homme qui m'avait paru plutôt empoté aurait donc le caractère pour mener à bon port une troupe de solides vétérans ? Je souris en moi-même et me promis de prendre le temps d'en savoir un peu plus sur le bonhomme. Si nous trouvions un jour le bout de ce labyrinthe. La galerie se divisait en de nombreux endroits. Heureusement, chaque embranchement comportait une marque pour orienter le reste du cortège dans ce dédale souterrain. Encore une bonne inspiration du lieutenant ! Rien ne garantissait que nous prenions le bon chemin, mais au moins serions-nous ensemble. Pour le moment Siméon filait au plus droit. Une décision que j'approuvais de tout mon cœur : mettre au plus vite une distance entre nous et les Kinoshs.

Était-ce la claustrophobie ou le contrecoup de notre échappée ? Je me sentais angoissé et mal à mon aise dans cet interminable boyau. Seule la torche de Finn nous permettait de repérer de temps à autre les marques laissées par Siméon, mais cette lumière échouait à pénétrer les ténèbres au-delà de quelques pas. Je me retournai plusieurs fois, aux aguets. Aucun bruit de poursuite. Pour l'instant. Je ne parvenais pas à me départir d'un mauvais pressentiment. Ivold me posa la main sur l'épaule. Je me tournai vers lui : il était pâle comme un linge. Je compris aussitôt.

« Foncez ! »

Dans un fracas de ferraille, je piquai une pointe de vitesse record. Je n'avais plus vingt ans, et Nario me rattrapa sans peine.

« Qu'est-ce qu'il y a, cap' ? Tu as entendu quelque chose ?

— Non, – je soufflais déjà comme un bœuf – je l'ai senti. Toi aussi, j'en suis sûr. Le gars qui sème la terreur – bon sang ! Je n'arriverai jamais à tenir le coup –, il est à nos trousses ! »

Nario ne me répondit pas. Le charme prit de l'ampleur. Une peur venue du fond des âges s'insinua en moi comme un parasite visqueux. La troupe entière prit le pas de course et fila droit devant.

Crachant mes poumons, je vis, impuissant, mes gars me passer devant les uns après les autres, poussés par une trouille bien plus puissante que toutes les loyautés du monde. Je me retrouvai bon dernier, au coude à coude avec Ivold. Entre vieux, nous échangeâmes un regard empreint de compétition. Il n'était pas plus prêt à laisser tomber que moi. À notre rythme de croulants, luttant tant bien que mal contre les crampes et l'essoufflement, nous continuions la course, suivant la lueur de la torche qui faiblissait un peu plus à chaque pas.

Ce truc en avait après moi. Moi. Ça allait me bouffer. J'allais finir en tas de gelée comme le commandant Borto. Des larmes perlèrent au coin de mes yeux. Je n'avais pas envie de crever ! Pas ici, pas dans le noir, pas comme ça…

Je sentis un souffle d'air glacé me lécher les chevilles. Quelque chose serpentait vers moi. Je poussai un cri terrorisé et allongeai la foulée. Fouetté par la panique, Ivold en fit autant. À bout de souffle, je n'envisageai pourtant pas un instant d'abandonner. Plutôt crever sur pattes que de me laisser rattraper par *ça*. Je me rappelai le ton que Siméon avait employé pour parler de *la chose*. Je l'avais pris pour un trouillard. Je comprenais maintenant ce qu'il avait voulu dire jusque dans la moelle de mes os.

La volonté ne faisait pas tout. Le monde était empli de gens persuadés que si l'on voulait vraiment quelque chose et qu'on travaillait fort pour l'avoir, le destin ne pourrait se refuser à eux. Ils se fourraient le doigt dans l'œil jusqu'au coude. À cet instant, par exemple : je donnais *tout* pour survivre. Mais quand mes jambes me lâchèrent et que je m'écroulai, sans même avoir assez de force pour amortir ma chute, rien ne vint me sauver. Ma main toucha un morceau de bois. Je tâtonnai et sentis la peau d'un homme. Une civière. Celle de Ronn ou de l'autre avec la jambe en moins, impossible de le savoir. Tous les deux, l'un à côté de l'autre, sans doute. Abandonnés par leurs porteurs. J'aurais probablement fait pareil à leur place. Le blessé, toujours inconscient, était secoué de spasmes violents. Même dans le coma, le cauchemar devait le hanter. Je repris ma course en ignorant les crampes qui paralysaient mes jambes. À quatre pattes, en rampant s'il le fallait, je ne lâcherais rien, je ne cesserais pas d'avancer. Je parcourus quelques pas et m'effondrai de nouveau. Ivold trébucha sur moi. Il poussa un cri d'effroi quand j'attrapai sa main, puis la serra de toutes ses forces. Que nous le voulions ou non, nous allions mourir, perdus dans ces tunnels obscurs où personne ne trouverait jamais nos corps.

Comme un remugle nauséabond emporté par le vent, la terreur s'atténua. Je me retournai, battis mon briquet, les mains tremblantes. Là, juste à mes pieds, un minuscule vermisseau de fumée se tortillait. Je trouvai l'énergie de me traîner un peu plus loin. Le ver s'étirait, se tendait vers moi, mais perdait de sa substance. À chaque fois qu'il paraissait se rapprocher, il se brisait en petits fragments secoués de faibles tremblements.

« J'y crois pas : on est hors de portée ! haleta Ivold.

— Attends une seconde… Je me tournai vers la suite du tunnel et gueulai : Arnat ? »

Une voix nous parvint des ténèbres.

« Pas la peine de crier, je suis pas sourd ! »

Arnat apparut à un détour de la galerie, précédé par la lumière vive de sa torche. Ému, Ivold l'apostropha en premier.

« Chançard ! Tu es revenu pour nous sauver ? Mon pote, on t'en doit une belle !

— Ben… C'est gentil, mais en réalité je n'ai pas réussi à surmonter ma trouille. J'ai couru, je vous ai dépassés et je pense que je me suis trouvé hors d'atteinte du charme avant vous, c'est tout.

— Espèce de petit…

— Du calme, dis-je en mettant la main sur l'épaule d'Ivold. Tu sais bien que ni toi ni moi on n'aurait pu s'arrêter pour aider qui que ce soit. Tu ne t'es d'ailleurs pas précipité pour me sauver la mise quand je suis tombé. Par contre, Arnat n'est peut-être pas pour rien dans notre incroyable chance, fis-je en montrant les faibles langues de fumée à quelques pas de nous. Si on s'était arrêtés un instant plus tôt… »

Arnat me tendit la main pour m'aider à me relever. Cette course m'avait vidé. Les jambes raidies par les crampes, je boitillai tant bien que mal et tournai enfin le dos à cette horreur en souhaitant ne jamais la revoir. Nous récupérâmes les blessés. À nous trois, les civières était un calvaire à traîner. L'amputé s'était réveillé sous l'influence du charme mais n'avait pu aller bien loin et reposait, blême, sur la toile tendue. Chaque cahot lui tirait des gémissements.

« Alors les vieux, on traîne ? »

Je reconnus avec un soulagement non feint la voix joviale d'Ogar. Lui et son frère jumeau ne tardèrent pas à nous rejoindre et aidèrent à porter les civières. Je fus surpris de découvrir Mokan à leurs côtés. Le toubib des Causses était resté pour soigner les blessés. Ou alors il n'avait pas couru assez vite pour fuir avec les autres. En tous cas, il ausculta aussitôt Ronn et l'autre blessé, administrant à ce dernier de quoi calmer un peu la douleur.

Tout près, des voix résonnèrent. Rapidement mon équipe fut à mes côtés, m'apportant un réconfort tel que j'en avais les larmes aux yeux. Heureusement, l'éclairage modeste des torches ne me trahissait pas.

« Merci d'avoir attendu, les gars, dis-je. Sans vous je ne sais pas…

— Avant que tu partes dans de grandes déclarations, faut que je te dise un truc, cap', m'interrompit Hatton. On n'est pas plus patients que ça. En vrai, on est surtout paumés. Et sans Arnat…

— Ah… ouais. Ben ça fait quand même plaisir de revoir vos sales trognes. Arnat, si tu veux bien prendre la tête. Vous autres, aidez à porter Ronn. Ivold et moi on a assez peiné pour aujourd'hui. On ne finasse pas : j'ai aucune envie de savoir si l'autre salaud avec ses fumées noires nous cherche encore. »

Nous débouchâmes dans une salle plus vaste que les boyaux grossiers que nous avions parcouru jusque-là. L'espace vaguement circulaire donnait sur quatre galeries et ne comportait aucune marque. Soit nos prédécesseurs avaient oublié de poser le repère, soit mes hommes n'avaient pas suivi les signes à un moment donné. Dans la panique qu'avait inspirée le charmeur kinosh, tout était possible. Toujours était-il que nous étions séparés du reste de notre pitoyable armée.

Arnat se plaça au centre de la salle et fit lentement un tour sur lui-même. Il paraissait flairer une piste, fermant les yeux à demi. Puis il prit une direction et s'enfonça dans la plus petite ouverture. Je fronçai le nez en y décelant une odeur rance. Arnat poursuivait sa route sans hésitation. Après ce qui me parut des heures avec mes guibolles en compote et mon corps entier qui n'aspirait qu'à une bonne nuit de sommeil, je sentis un mince courant d'air m'effleurer. Je me tournai vers mes compagnons pour vérifier que je n'avais pas la berlue. Le filet d'air était certes puant, mais cette odeur…

« Ça sent la mer ! s'exclamèrent Loan et Ogar en chœur.

— La marée basse, ouais ! corrigea Ivold en fronçant le nez. On se croirait à Richelieu. »

Ce qui ne l'empêcha pas, comme nous tous, de puiser dans ses ressources pour allonger le pas. Après une éternité à traîner nos savates dans cette galerie tortueuse, une lumière vive apparut enfin au détour d'un virage. Avec un indicible soulagement, j'empruntai la sortie. Ne plus avoir ce sentiment d'être écrasé, enfermé, piégé sous terre me donnait l'impression de pouvoir enfin respirer à nouveau. Je m'emplis les poumons sans prêter attention aux remugles d'algues pourries et de vase. Nous étions face à une vaste étendue marécageuse. Au loin se dessinaient les vagues de l'océan. Des myriades d'oiseaux picoraient avec acharnement pour extraire leur pitance du limon. Leurs piaillements criards étaient une symphonie à mes oreilles. Quelle joie d'entendre les bruits de la vie !

J'observai attentivement la côte. Nulle trace des autres soldats de Miska et des rescapés de Siméon. Ils avaient dû sortir ailleurs. S'ils étaient sortis. Je scrutai les ténèbres du cloaque d'où nous étions venus et frissonnai. Pris d'un irrépressible besoin d'espace et de me retrouver au plus vite loin de ces tunnels, je descendis le petit escarpement en surplomb et posai le pied sur la plage. Pour m'y enfoncer de tout mon poids. Je poussai un glapissement surpris et ruai comme un beau diable pour me dégager. Rien à faire. Pire : la vase m'aspira plus encore. Hilares, les jumeaux m'extirpèrent de là dans un grand bruit de succion humide. Je me retrouvai sur le fondement, englué dans une boue verdâtre exhalant un fumet d'égout. Loan et Ogar partirent dans un fou rire, vite rejoints par Petite et bientôt le reste de l'équipe. J'étais quant à moi vexé, trempé et je déplorais amèrement la perte d'une de mes bottes. Mesquin, j'envoyai les jumeaux en première ligne pour dénicher un chemin praticable. Avec notre unijambiste et Ronn toujours inconscient sur leur brancard, le trajet allait être une franche rigolade. Celui qui me ferait une blague sur l'épouvantable odeur que j'allais traîner avec moi prendrait leur place en éclaireur.

La boue se glissant insidieusement entre mes orteils dénudés, je pris la route avec un brin d'appréhension. Les chaussures sont les meilleures amies du soldat. Tant que nous pataugerions gaiement dans la vase, je ne risquerais pas grand chose, mais mon pied serait en charpie dès que nous retrouverions la terre ferme. Lorsque ce serait le cas, je ne vaudrais guère mieux que notre amputé. Je ralentis le rythme pour marcher aux côtés de sa civière, portée par Brisko et par l'autre homme qui était resté sur les remparts avec Ronn.

« Hé, les gars, moi c'est Dacien.

— Je sais. Je suis Berion », fit l'unijambiste.

Son comparse se fendit d'un hochement de tête, mais resta silencieux. Je le fixai en haussant un sourcil.

« Il parle pas, intervint Berion. Je le connais que depuis quelques mois, impossible d'en tirer un mot. Du coup tout le monde le surnomme Bouche-Cousue. Ça a l'air de lui convenir.

— D'accord. Et toi, ancien soldat ?

— Non. Je suis… j'étais aubergiste. Jusqu'à… eux. »

Il désigna Petite d'un geste sec du menton. Dans son regard brillait une haine si pure, si concentrée que je pris note de ne jamais laisser la gamine seule avec ce gars dans les parages. Elle, innocente, ne voyait rien. Berion cracha au sol et reprit :

« Quand *ils* sont arrivés, au port… Mon auberge donnait sur les quais, tu connais peut-être, Chez Mirna ? »

Je me remémorai un établissement spacieux, plutôt bien tenu malgré une clientèle de marins avinés. Je hochai la tête.

« Ben, Mirna, c'était ma femme. Elle… et puis ma fille et mes deux fils – des jumeaux, quatre ans – étaient là quand ils ont fait donner les canons. Je les avais envoyés à l'abri dans la cave. Que je croyais. Moi… moi j'étais sorti juste dans la rue pour voir. Quand les canons ont tiré, un boulet s'est écrasé sur la façade du bâtiment. Il était là et la seconde d'après… Je sais pas comment, je me suis retrouvé sur le cul quinze pas plus loin. J'y suis retourné… »

Sa voix se brisa.

« Pendant un temps, après que l'armée marron fut passée, on a essayé de les retrouver, avec deux voisins qu'étaient restés là. On entendait quelqu'un qui tapait sur une ferraille, là-dessous. Mais on n'est pas arrivés à temps. On n'est pas arrivés du tout, d'ailleurs. Sont toujours en bas, quelque part. Juste, au bout d'une journée, on n'a plus entendu de bruit. Les voisins m'ont laissé et j'ai fini par arrêter moi aussi. Je les ai laissés là-dessous… »

Il jura tout bas.

« Je me suis retrouvé seul. J'avais tout perdu. J'ai loué une piaule à Richelieu. Et j'ai atterri au Misainier un soir que Miska y tenait réunion. Être parmi tous ces hommes qu'avaient décidé d'en faire baver à ces salauds… Ça a redonné un but à ma vie. Participer à ma première embuscade et saigner un terreux, ça m'a libéré. Depuis… Je continue. »

La silhouette dodue de l'ancien tavernier ne laissait en rien présager d'une telle soif de sang. Mais la guerre changeait les hommes. Dans ses yeux brillait une joie amère, cruelle. Ce père de famille n'avait sans doute jamais envisagé autre chose que d'élever ses rejetons aux côtés de sa bonne femme. Il était désormais un homme brisé, avide de vengeance. Je n'aimais pas ce genre de types. Imprévisibles. Impulsifs. Suicidaires. Aucun beau discours ne lui ferait changer d'avis, il s'était trop avancé sur ce chemin. Je me demandai comment il supporterait sa mutilation. Très mal, sans doute. J'espérais qu'il proposerait de lui-même de rester dans le premier village traversé. Je n'aimais pas l'idée de l'avoir sur mes arrières. Et son pote Bouche-Cousue aussi, tant qu'à faire, qui fixait Petite avec un regard de glace.

Nous longeâmes la plage durant plusieurs heures. D'interminables falaises ciselées par le ressac ne nous permettaient ni d'atteindre la terre ferme ni de voir le paysage. Nous n'étions pas perdus pour autant. Cette côte escarpée s'étendait au nord de la capitale. Les marins l'évitaient comme la peste, car en plus des falaises peu avenantes, de nombreux écueils affleuraient sous les eaux côtières.

« On devrait pouvoir remonter et trouver la route de Récif d'ici peu, m'informa Nario, qui connaissait bien le dessin de la côte. Il nous restera une bonne journée de route. Plus, avec les blessés.

— Peu importe, fis-je. Nous n'avons rien à faire à Récif. Prenons la route vers le sud, puis vers l'ouest. Vers Travers.

— Mais ça nous ferait revenir vers Assale… le charmeur… les fumées noires…

— Oui. Pendant quelques heures, peut-être une demi-journée de marche. Mais je crois que Travers est la meilleure option pour retrouver les troupes fédérées. Il doit y avoir des milliers de soldats en train de battre la campagne. Et Travers est au carrefour des routes de Nordie et des Causses. Même ceux des Plaines de Mirra et des Hautes-Marches passeront par là : l'autre route les rapprocherait trop de la capitale. Nous n'aurons pas besoin de refaire tout le chemin vers Assale, juste d'atteindre le croisement qui nous mènera dans la bonne direction. »

Il fallut un peu de temps, mais la troupe finit par se ranger à mon avis.

Chapitre 14
Amers lendemains

Le lendemain de la bataille, une chape de plomb s'abattit sur la ville entière, jusque dans la Résidence. Au lieu de célébrer notre victoire, nous étions sombres et tendus. Même Temmos ne dit mot pendant la majeure partie du déjeuner. Lorsque nos regards se croisèrent, je décelai en lui une colère sourde, à peine contenue. Il avait dû retenir ses soldats pour leur éviter de s'éparpiller dans la campagne. Une fois hors d'atteinte du pouvoir de Paratiska, les fuyards, bien plus nombreux, auraient décimé nos hommes. L'armée fédérée restait une menace bien vivace. Les rebelles de Miska et leur chef, un certain Dacien, désormais en fuite, les langues se déliaient. Des noms circulaient. Mais il n'y avait plus personne à traduire en justice. Paratiska émit entre deux bouchées son désir de retourner au pays si les Caldéciens décidaient de mener une nouvelle attaque pour reprendre leur territoire. L'injustice du traitement réservé aux autochtones lui devenait insupportable. Quant à son rôle lors de la charge de la veille…

Sans lui Temmos, Irsha et Absel ne seraient pas de taille à soutenir un nouvel assaut. Quelle ironie, qu'un don si destructeur ait échu dans les mains d'un homme si pacifique ! Irsha et Absel auraient sûrement vendu père et mère pour détenir son redoutable pouvoir. Je considérais pour ma part que la Dame avait fait un choix judicieux. Un homme sage, pour détenir une arme puissante.

Temmos savait sa position précaire. Il s'obstinait cependant à nier l'évidence et espérait visiblement que les indigènes, traumatisés, resteraient tranquilles. Dans les semaines à venir, de nombreuses arrivées étaient prévues. Des civils, des ouvriers… Comment pouvait-il ainsi exposer nos colons au danger ? Kinosh-bê savait-il seulement tout ce qui s'était passé ici ? Si c'était le cas, notre guide bafouait en toute conscience la confiance que lui octroyait son peuple.

Selon les dires de mon valet, la réalité était bien différente de celle décrite par Temmos et ses affidés. Si je m'en étais tenu à leur version, je n'aurais eu qu'une image déformée des rebelles de Miska. Une image de terroristes sanguinaires. Contrairement à moi, Anton pouvait à tout moment vaquer à ses occupations : personne ne s'intéressait à ses allées et venues. C'est lui, en explorant la ville une fois la bataille terminée, qui m'avait rapporté des informations sur les attentats. Anton m'avait décrit le site le plus meurtrier, celui du rempart sud. Son aptitude étonnante à créer des liens lui avait valu l'amitié de plusieurs autochtones. Il avait découvert que le massacre était accidentel. L'explosion ne devait emporter qu'une partie du rempart éloignée des habitations. La maçonnerie s'était effondrée plus loin à cause d'une faiblesse de conception. Les autres sabotages n'avaient fait que quelques blessés. La statue sur la place s'était effondrée sur un bâtiment miraculeusement vide. Avaient-ils pris soin de prévenir les habitants ? Si c'était le cas, ils avaient donc une réelle noblesse d'esprit.

Par malheur, ces rebelles avaient fui devant Paratiska, qui les avait poursuivis de ses fumées mortelles. Je restais secrètement heureux de leur survie.

J'étais désormais certain que Sher-Ima était un pays peuplé d'une civilisation, un véritable État à considérer avec les égards qui lui étaient dus. Mais les deux batailles d'Assale avaient échaudé ce peuple. Les seuls interlocuteurs qui continuaient de traiter avec nous étaient de l'acabit de Gartin et Elias : prêts à dire tout ce que leur demandait Temmos, pourvu qu'ils eussent quelque chose à y gagner. Je sentais qu'il était possible d'établir une relation pacifiée avec les Caldéciens… Je ruminais en mon for intérieur l'idée d'une expédition vers les autres territoires fédérés, où Temmos n'avait pu étendre son emprise.

Au moins avais-je désormais Paratiska à mes côtés. Nous partagions les mêmes doutes concernant Kinosh-bê. Il obtint pour moi une entrevue avec les fameux fédérateurs. Je savais pertinemment que Temmos usait de son pouvoir sur eux. Pourtant, ma déception fut grande lorsque j'entrai dans l'appartement qui leur était réservé. L'enfilade de pièces luxueuses était meublée à la mode caldécienne. Au milieu du salon des fauteuils, canapés et méridiennes faisaient étalage de moulures complexes et de tissus raffinés. Les cinq fédérateurs (dont une femme !) y étaient installés en silence.

« Bonjour ? »

Aucune réponse.

« Est-ce qu'ils m'entendent ? demandai-je à Paratiska.

— Je n'en suis plus certain. Au début, oui. Mais Temmos ne peut forcer l'entrée d'un esprit sans provoquer de dégâts. Surtout pendant une durée si longue. Son influence est permanente. L'un d'entre eux a été presque assez fort pour lui résister, jusqu'à ce qu'il le contraigne à prononcer un discours à la population. Le pauvre ne s'en est pas remis. »

Il désignait un homme roux, de grande carrure, recroquevillé dans un fauteuil. La tête penchée, il fixait un point dans le vide. Un filet de bave s'écoulait de sa bouche. Paratiska se justifia :

« Nous n'avions pas le choix, vous comprenez, n'est-ce pas ?

— Pas vraiment, je dois l'admettre. Pourquoi n'avez-vous pas essayé de discuter avec eux, d'établir un processus de paix ? Tant de vies auraient pu être épargnées…

— J'ai été tenu à l'écart durant l'invasion, pour ma sécurité, m'a-t-on dit. Lorsque Temmos m'a présenté les fédérateurs, il avait déjà commencé son œuvre. J'ai cru un moment que cela nous permettrait de pacifier la population indigène.

J'ai même participé aux premières réunions durant lesquelles il imposait aux fédérateurs d'émettre les nouvelles lois. Nous ne pouvions tout de même pas continuer à laisser leurs femelles vaquer presque nues ! Mais Temmos n'a pas hésité à déliter leur esprit pour le modeler à sa volonté. Ils ne sont plus que des coquilles vides, aujourd'hui. Quel gâchis ! »

Un silence s'installa, ponctué de râles et de sursauts. Paratiska remit en place une couverture sur les genoux de la Caldécienne inerte.

« Vous avez raison. J'aurais dû intervenir bien plus tôt. Je suis complice de cette odieuse situation. Je crains que Temmos n'ait finalement réussi à créer un imbroglio qui lui permettra d'asseoir sa position. Peut-être avait-il tout manigancé depuis le début ? »

Paratiska eut un ricanement teinté de mépris.

« J'ai l'impression de m'être fait berner comme un enfant. Temmos n'a plus besoin d'user de son art, il n'aura aucun mal à respecter notre échange de serments. Grâce à ses exactions, Caldéciens et Kinoshs se haïssent suffisamment pour s'entre-tuer sans son aide. Quant à vous… vous devriez faire attention. J'ignore quel est le réel but de votre présence ici, mais je pressens que l'étude de la faune et la flore n'est pas votre seul intérêt. Vous êtes insignifiant pour Temmos, mais… prenez garde à ne pas devenir un témoin gênant. »

Chapitre 15
Ceux qui restent

La route vers Assale se révéla une vraie torture. Encore sous l'influence du charme de celui que nous appelions désormais Terreur, chaque pas qui nous rapprochait de lui était un combat contre notre instinct de survie. Grands dieux, que cet homme était puissant ! Je distrayais tant bien que mal ma cervelle apeurée pour ne pas faire demi-tour et prendre la fuite en courant. Nous fûmes tous soulagés d'atteindre le carrefour et de bifurquer vers Travers. Dès lors, notre pas se fit plus vif et plus alerte. Les discussions reprirent. Trois jours de route nous séparaient encore de notre destination, mais personne ne voulut s'arrêter avant une heure tardive. L'épuisement physique ne faisait tout simplement pas le poids face au besoin viscéral de mettre un maximum de distance entre nous et Terreur.

Comme de juste, j'avais amèrement regretté ma chaussure perdue dans la vase. À la fin de cette interminable journée, je clopinais péniblement. Je m'écroulai avec soulagement lorsqu'enfin nous prîmes la décision de faire bivouac. Je défis avec précaution l'entrelacs de chiffons supposé protéger mon pied. La catastrophe redoutée ne tarda pas à apparaître : malgré la couche de tissu, plusieurs caillasses m'avaient entaillé. Pire, au talon et à la base des orteils, le tissu rêche avait généré de profondes ampoules. La peau se décolla quand je soulevai le dernier pan de toile, révélant la chair à vif. Je nettoyai les plaies en grimaçant de douleur. Le toubib s'approcha de moi, lui aussi boitillant.

« C'est pas terrible, fit-il en me tendant un pot de graisse pour enduire mes blessures.

— À qui le dis-tu ! » Je sifflai de douleur en appliquant le baume.

« Attends. Laisse-moi faire. »

J'avais observé le toubib pendant notre petite balade. Marchant à l'écart du groupe. Toujours. Et cette manière de se tenir un coup la jambe, un coup le ventre…

« Qui es-tu ?

— Personne. Juste le médecin de mon unité.

— On n'est pas dans les Causses, ici. Tu as dû flairer Arnat et Ivold. Je sais très bien qu'ils sont charmeurs. Tu n'aurais pas un petit quelque chose, toi aussi ? »

Mokan crispa les épaules, mais bougonna :

« Quand quelqu'un est malade ou blessé, je ressens une partie de sa douleur. Bon, cette pommade va te soulager pour la nuit. Mais demain, ça risque d'être compliqué. Faudrait pas que tu t'appuies sur ton pied, sinon ça va s'aggraver.

— Plus facile à dire qu'à faire… »

Je m'installai autour du feu avec les autres. Avant de partir à l'assaut des remparts, nous avions eu la prévoyance d'emporter quelques victuailles dans nos besaces. De quoi tenir deux ou trois jours. Prendre un bon repas nous fut d'un grand réconfort. L'épuisement me tomba dessus et je m'écroulai comme une masse, plongeant dans un sommeil agité, peuplé de fumées noires et de courses sans fin dans des boyaux étroits. De temps à autre, l'un des nôtres poussait un cri étouffé, m'éveillant à demi entre deux cauchemars.

Au petit matin, le doux fumet d'un morceau de jambon que Finn grillait amoureusement au feu me fit soulever les paupières. J'avais dormi tard. Un coup d'œil m'informa que j'étais le dernier à me lever. Je m'étirai avec une grimace. Mon corps était un champ de ruines, perclus de courbatures et de petites douleurs. J'observai avec jalousie Nario qui revenait au petit trot d'un ruisseau où il avait puisé de l'eau. Il me salua de la main, posa son fardeau et partit fouiller dans ses affaires. Il revint avec un paquet, accompagné de Petite.

« Tiens, fit le jeune marin. C'est pour toi. »

Je dépliai le ballotin. Une chaussure ! Grossière, certes, mais étonnamment bien conçue.

« Nario ! Je ne sais pas quoi dire… Merci, merci beaucoup ! Comment… ?

— Quand j'étais en mer, le maître voilier de la *Vive* avait commencé à me former. J'ai décousu ma sacoche et voilà ! J'espère qu'elle t'ira. J'ai mesuré la taille pendant que tu dormais. »

Je ris en voyant qu'il avait même réussi à sauvegarder une partie du cuir pour se confectionner une pochette qu'il portait en bandoulière. J'enfilai la chaussure en serrant les dents. La douleur était intense, mais je levai les yeux.

« Tu as le compas dans l'œil, mon garçon ! Elle est parfaite. Tu pourras toujours songer à te reconvertir en cordonnier si tu te lasses de notre compagnie ! »

Je remuai les orteils avec délectation malgré les plaies qui m'élançaient. Les blessures me pourriraient la vie pendant quelques jours, mais au moins, grâce au gamin, cela n'empirerait pas.

« J'ai aussi quelque chose », me dit Petite en s'approchant.

Elle me tendit un bâton écorcé. Solide. Du bois de ramier, à première vue. Cet arbre était plutôt rare dans la région. Je notai avec un sourire que le M de Miska avait été délicatement ciselé sur un renflement, idéal pour servir de pommeau. Je me levai et pris appui sur ma canne avec reconnaissance. Petite avait apporté une seconde perche. Plus grande que la mienne, elle se terminait par une fourche, polie avec soin. Une béquille.

« T'as fait ça pour Berion, l'homme qui a été amputé ?

— Oui. Je lui apporte après…

— Non ! »

La gamine sursauta.

« Il me hait. C'est ça ? J'ai appris le mot. Il me déteste.

— Oui. Les hommes comme lui t'en voudront toujours. Pas pour ce que tu leur as fait, mais pour ce que tu es. »

Petite resta un moment silencieuse. Puis son regard vif se remit à pétiller.

« Tu te souviens de ma lettre ?

— Oui. Je dois t'avouer que je ne l'ai jamais donnée à personne. »

Je fouillai, penaud, les poches de mon pantalon. Parmi les miettes et quelques piécettes, j'en extirpai un lambeau du parchemin rédigé de sa main. Il n'en restait pas grand-chose, mais je n'avais jamais pu me résoudre à m'en débarrasser.

« Tu veux savoir ce que j'ai écrit ? »

Je suis Azel'aïs, future épouse du noble Temmos, commandeur des armées de notre Guide Kinosh-bê. Je suis retenue par des primitifs.

Des individus ont pris en embuscade mon escorte et j'ai la tristesse de vous apprendre la mort des légats Minos, Ga'ort et Mojav qui m'accompagnaient. Mes nobles compagnons ont pris le but'ra *et ont connu une mort honorable. Ils n'ont pas été souillés par les lames impures des primitifs. J'ai tenté à mon tour de m'ôter la vie, mais mes ravisseurs m'ont empêchée de boire le poison alors même que je portais la fiole à mes lèvres. Je ne connaîtrai pas l'apaisement du* but'ra. *Je suis désormais entre les mains ennemies.*

Au nom de nos valeurs les plus sacrées, je supplie qu'on vienne à mon secours, même si des mains impures ont effleuré ma peau et que je ne suis plus digne d'honorer le commandeur Temmos.

J'ai peur que les barbares ne se lassent de moi très vite et je redoute une cruelle mise à mort. Je prie de tout mon cœur pour qu'ils ne me mangent pas, mais chaque minute me rapproche d'une fin terrible. Par pitié, aidez-moi.

« Moi aussi j'avais de mauvaises idées sur vous, avant de vous connaître. Mais j'ai changé. Peut-être que Berion aussi, il peut changer ?

— J'en doute. »

Une grande nouvelle éclaira notre voyage. Ronn avait depuis peu repris connaissance. Faible, pâle comme un linge, mais bien vivant.

Par ailleurs, une réflexion me tarabustait. Terreur, le charmeur aux fumées mortelles… Pourquoi n'était-il pas intervenu plus tôt, dès la prise d'Assale ? Il y avait bien quatre bateaux amiraux, ce jour-là, pour quatre commandeurs. Il devait être là. Si nous avions été face à des politiciens caldéciens, une évidence nous aurait sauté aux yeux : quelqu'un faisait un caprice. Alors quoi, les commandeurs kinoshs ne se vouaient-ils pas une loyauté sans faille ? Y avait-il des luttes de pouvoir ? Des rancunes ? Voilà qui collait bien à ma manière de voir les choses. Plus j'y réfléchissais, plus cette hypothèse me charmait. Parce qu'elle nous offrait un point de vue nouveau sur les interactions entre les commandeurs kinoshs. Et par conséquent un éventuel point faible.

Je pris la route le lendemain d'un pas plus léger. Et puisqu'une bonne nouvelle n'arrivait jamais seule, nous rencontrâmes nos premiers soldats fédérés en déroute. Comme nous l'avions supposé, ils se rendaient à Travers avant de filer chez eux. La dizaine de fantassins était ralentie par un blessé qui présentait une vilaine blessure au mollet. Ils accueillirent notre arrivée avec joie.

« Mais qu'est-ce que c'est que ce foutoir ? C'est pas un canon kinosh qui a fait ça, constata Mokan en défaisant le bandage de fortune.

— Non… », répondit l'estropié qui se laissait ausculter en tremblant de douleur.

Le toubib restait de marbre, hormis sa mâchoire serrée qui lui donnait un air renfrogné, et son léger boitillement. J'imaginais l'écho du calvaire ressenti par le soldat se réverbérer dans le corps du charmeur.

« Il y a eu ce truc sur notre officier, et… oh, qu'Obliste le veille, il est mort, c'était horrible… On a couru sans demander notre reste. On s'est retrouvés dans la forêt. Je suis tombé dans un trou de mâchefers. Ça ne leur a pas trop plu. »

J'approchai et découvris une plaie béante dans la jambe du soldat. Les contours de la blessure étaient déchirés, enflés et rougis, le muscle profondément entaillé. Le sang ne coulait plus, mais un suintement suppurait.

« Et nettoyer proprement, ça ne vous est pas venu à l'idée ? lança le médecin à la cantonade. Les mâchefers ont une salive corrosive, tout le monde le sait. Tu aurais dû faire tremper ta jambe dans de l'eau claire dès que possible. Maintenant c'est trop tard, les chairs sont brûlées, pire encore qu'avec leur saleté de balles charmées. Ça va mettre du temps à cicatriser. Et si tu chopes la fièvre, je ne pourrai rien faire pour toi. »

Je n'avais jamais entendu Mokan débiter autant de mots. Sur ces paroles rassurantes, il abandonna son patient, qui le regarda partir avec des yeux exorbités. Lorsqu'il revint avec un petit nécessaire à couture, l'autre avait la goutte au front et son visage avait perdu toute coloration. Dès la première suture, il hurla comme un damné et fut pris de tremblements incontrôlables. Il fallut deux hommes pour le maintenir en place. Le toubib laissa échapper un grognement et appliqua un onguent en couche épaisse sur l'entaille. Le soldat s'apaisa enfin. Mokan se détendit.

Petite s'approcha.

« C'est quoi un mâchefer ?

— Une sale bête. »

Si le laconique Caussien avait cru s'en tirer à si bon compte, c'est qu'il ignorait encore la curiosité insatiable de la gamine. Elle reprit d'un ton où perçait la fierté :

« Oui, j'ai compris. Ça a mordu l'homme, donc c'est un animal. Je connais aussi les mots mâche et fer, alors c'est un animal qui mange le fer ? »

Une lueur d'amusement passa dans les yeux du médecin, qui reprit, mi-agacé, mi-séduit par le charme candide de Petite :

« Non, ça ne mange pas du fer. Mais ça pourrait. Ce sont de gros lézards, plus longs que toi. Ils sont courts sur pattes et vivent dans des terriers. Sont plus rapides qu'ils n'en ont l'air. Et ils ont une grande gueule pleine de dents. Leur mâchoire est redoutable. Lorsqu'ils mordent ils peuvent serrer très fort. De quoi arracher un pied ou une main. L'autre, là-bas, a eu beaucoup de chance. Mais il a été bien bête, aussi.

— Pourquoi ?

— Parce que les mâchefers ne sont pas très agressifs si on évite leur territoire. Ce qui est facile, car ils préviennent les intrus. Ils frappent le sol avec leur queue, ça fait comme un bruit de tambour. Si tu entends ça un jour, il te suffit de faire quelques pas en arrière et de contourner la zone.

— Et c'est quoi, la salive corrosive ?

— T'en as jamais assez, toi ! » Il souriait. « Les mâchefers injectent un poison quand ils mordent. Ça affaiblit leurs proies. Ce n'est pas mortel, mais ça fait très mal, ça brûle. »

J'échangeai un sourire avec Nario qui, lui aussi, surveillait la scène de loin. Mokan n'était pas près d'en voir le bout. Je pressentais qu'il aurait encore à expliquer pas mal de choses à Petite. Ravie de s'être trouvé un nouvel interlocuteur, elle l'inondait de questions.

Nous reprîmes la route avec nos nouveaux compagnons. L'homme que Mokan avait soigné se faisait aider pour marcher et lançait des regards effrayés au médecin. Comme s'il l'avait maudit en le prévenant de ce qui risquait d'arriver à sa blessure.

« Ça m'arrive tout le temps, bougonna le charmeur. Les gens ne savent pas trop s'ils doivent me remercier ou me mettre au bûcher. Pas ma faute s'ils font des conneries, quand même !

— Ta manière de leur présenter les choses, peut-être ? » proposai-je.

Je récoltai un haussement d'épaules. J'aimais bien cet homme. Sous ses airs mal dégrossis, il faisait preuve d'une infinie délicatesse. Il n'y avait eu qu'à voir la manière dont il avait appliqué la pommade sur la morsure de mâchefer : une vraie caresse. Mais il n'hésitait pas dans ses gestes, même si cela était douloureux pour son patient… et pour lui par la même occasion.

Alors que nous approchions enfin de Travers, un reflet attira l'attention de Calixte, toujours aux aguets. Une légère brume poussiéreuse trahissait l'avancée d'une troupe, au loin, sur la route que nous venions de parcourir. Je mis mes hommes à l'abri à l'orée d'une forêt. Finn, envoyé en éclaireur, revint une heure plus tard pour nous rassurer :

« Ce sont les gars de Miska ! Avec le lieutenant des Causses et ses hommes ! »

Nous installâmes un campement plus étendu, afin d'accueillir tout le monde. Calixte et Petite filèrent dans les bois à la recherche d'un gibier. En fin d'après-midi la troupe était là. Les retrouvailles furent joyeuses, bien qu'un poil gênées.

« On est désolés, capitaine, fit Siméon. Le charme nous a obligés à fuir et…

— Ne t'inquiète pas, tu as fait tout ce qu'il fallait. On a eu beaucoup de chance, dis-je avec un regard pour Arnat, mais tout va bien. Je suis content de vous revoir !

— Nous aussi, capitaine. Nous aussi. On a bien cru que vous y étiez passés ! Imaginez notre surprise de vous découvrir en train de nous attendre tranquillement ! »

Le camp se peupla de rires et d'éclats de voix à la tombée de la nuit. Un cerf roselier qui rôtissait à la broche ajoutait à l'atmosphère de fête. Petite avait pendant un moment regretté d'avoir participé à la capture de ce bel animal, gracile et élancé. L'odeur de la viande grillée, qu'elle avait appris à apprécier, effaça les remords de son visage. Calixte arborait un air dans lequel je devinai une pointe de fierté. Loan et Ogar insistèrent pour que la gamine leur fît le récit de la chasse.

« La forêt était très grande et toute verte ! Mais sombre, aussi. Vos arbres, ils cachent le soleil. Calixte m'a fait signe de m'arrêter, je n'avais rien vu du tout, mais j'ai entendu. Les herbes bougeaient, mais le vent bougeait pas. Quand j'ai cherché mieux, je l'ai vu. Après, Calixte m'a dit que c'était un cerf roselier, parce que ça mange des roseaux. Moi je crois qu'il en a tellement mangé qu'il est devenu comme les roseaux ! »

Son public s'était élargi. Elle eut un sourire timide lorsque les jumeaux et les autres soldats s'esclaffèrent.

« C'est vrai ! Son cheveu avait les mêmes couleurs ! Un peu vert, un peu marron, avec des rayures… Et de très grandes pattes. C'est un animal fait pour courir vite. Avec Calixte on s'est approchés encore, puis on a tiré la flèche en même temps. Calixte, il dit que c'est ma flèche qui l'a touché en plein cœur, mais je ne l'ai pas cru », termina-t-elle avec un éclat de rire.

Elle fut remerciée par des tapes sur l'épaule et une portion de cerf cuite à point. Je remarquai qu'en plus d'hommes recrutés par Miska, plusieurs soldats des Causses s'étaient attroupés pour écouter l'histoire. Non loin, trois silhouettes nous tournaient ostensiblement le dos. J'y reconnus sans peine Berion, Bouche-Cousue… et Ronn. De quoi ces trois-là pouvaient-ils bien parler – à part Bouche-Cousue, bien sûr – ? Une seule réponse : Petite. La virée sur les remparts avait soudé les trois hommes autour d'un ennemi commun. Je notai avec une peine profonde le nom de Ronn sur ma liste des hommes dangereux pour la gamine. Nario avait également observé leur manège avec attention.

Le lendemain, après une heure de marche seulement, nous nous présentâmes frais et dispos à Travers. Frais, dispos, et nombreux. La ville avait clos ses portes en voyant arriver notre troupe armée. Je dus parlementer avec le bourgmestre, un homme courtaud et grassouillet dénommé Telcien.

« Mais puisque je vous dis qu'on ne vous veut aucun mal !

— À d'autres ! On a la moitié de l'armée fédérée dans nos murs, ne faites pas les malins !

— Enfin c'est fou, ça, maugréai-je. Nous aussi, on est l'armée fédérée ! Mais on était *dans* Assale. On est Miska. »

Visiblement la réputation de notre noble cause n'avait pas franchi les remparts de la capitale. Le bourgmestre, du haut de la muraille et me surplombant de sa bedaine proéminente, me fixa sans mot dire. Puis il demanda à ses archers de bander leurs arcs.

« Attendez ! Attendez ! Siméon ! Ramène-toi ! »

Nos propres équipements avaient depuis longtemps perdu leur splendeur. Pour ceux d'entre nous qui les portaient encore. Je pris le lieutenant par son surcot et l'époussetai pour montrer ses couleurs vertes encore vives.

« Là. Vous voyez ? Armées fédérées. »

Il fallut toute la bonne volonté de Siméon pour le convaincre qu'il n'était pas l'otage d'une bande de coupe-jarrets. On finit de mauvaise grâce par nous ouvrir les portes, mais on nous regarda passer avec suspicion. Au moins, personne n'osa nous réclamer de l'argent pour entrer, cette fois. Le maire descendit de son perchoir. Essoufflé par le trajet, il pantelait, rougeaud. Je ne ralentis pas et le laissai suivre le rythme.

« Je vous préviens… Je vous préviens ! haleta-t-il. On vous a à l'œil. On n'aime pas trop votre genre, dans le coin. Miska ! Des voleurs… Des voyous ! À faire vos coups en douce… »

Tiens ! Finalement la légende avait fait son chemin.

Non loin, un groupe de citoyens amaigris partageait quelques bouffées de *tuppa*. Ils nous avisaient d'un œil éteint et indifférent. Il n'y avait pas encore de Kinoshs, ici. Une seule explication : quelqu'un faisait venir la drogue d'Assale. Il lut une colère froide dans mes yeux et cessa ses insultes. Je grondai doucement :

« Et alors quoi ? Tu préfères les Kinoshs ?

— Eh bien… Ils sont installés, maintenant, non ? Je veux dire… Ils ont signé une trêve ! Ils auraient pu tout saccager, mais non ! Vous n'allez tout de même pas me demander, à moi, de me dresser contre eux ?

— Ouais. Et puis ça doit rapporter gros, d'être un carrefour commercial, ces temps-ci, non ? »

L'autre se liquéfia. Il chercha un hypothétique soutien autour de lui. Il n'en trouva pas. J'avançai d'un pas et pointai un doigt sur sa poitrine.

« Ça doit être plutôt facile : tu envoies des vivres et du vin à la capitale, on te refile du bel argent sonnant et trébuchant, de jolies babioles exotiques… Et pourquoi pas un peu de *tuppa* à revendre à tes administrés, tant qu'on y est ? C'est grâce à des gens comme toi que ces connards peuvent s'installer chez nous tranquillement. »

Autour de nous, des habitants de Travers s'étaient attroupés. Dénoncer à haute voix ce commerce mettait le maire si mal à l'aise qu'il était évident que les gens du commun ne profitaient guère des largesses kinoshes. Nous étions à peine entrés qu'il regrettait déjà amèrement de nous avoir laissés passer.

Nous fûmes surpris de trouver Travers moins peuplée que nous ne l'avions imaginé. Certes, les soldats fédérés en déroute étaient nombreux, mais pas tant que ça. La plupart d'entre eux n'avaient fait qu'une étape en ville avant de reprendre leur chemin. J'avais espéré que les hommes se regrouperaient et attendraient de recevoir de nouveaux ordres. Ne restaient en fait que des groupes qui avaient la loyauté d'attendre que leurs blessés se remettent. Une poignée de sous-officiers gérait leurs propres hommes sans prêter attention aux autres.

« Un beau foutoir, conclut Ivold.

— Ah, t'as remarqué aussi ? Tu me dis si je me trompe, mais j'ai – encore – l'impression d'être le plus haut gradé de cette belle assemblée.

— Ouais. On en a, de la chance ! »

Je fis mine de ne pas être vexé. À la décharge du vieux charmeur, il était vrai que mes décisions nous avaient menés de déception en débandade. Mais j'avais beau y réfléchir, je ne voyais pas de réelle erreur dans mes jugements. Simplement un adversaire trop écrasant. Qu'aurais-je pu faire de plus ? Nous avions déjà été trop loin en commettant l'attaque à l'explosif. La rumeur parlait de près d'une centaine de morts, deux fois plus de blessés. Des Caldéciens, hommes, femmes. Enfants. De quoi nous attirer le mépris du bourgmestre. Nous n'en parlions jamais entre nous. Je me sentais sale rien que d'y repenser. Mais Ronn m'inquiétait. Alors que nous étions tous refroidis par ce pénible événement, lui avait adopté une attitude encore plus dure et vindicative.

On nous attribua des tentes au sein d'un campement anarchique. La place du marché, où nous avions fait nos achats la fois précédente, était désormais peuplée d'une forêt de toiles où s'abritaient les soldats. Les tavernes qui bordaient l'esplanade n'avaient jamais fait d'aussi bonnes affaires. La nouvelle de notre arrivée fit son chemin parmi les soldats. Un capitaine ! Même si mon grade n'était que peu de chose, c'était mieux que rien pour certains. Tout au long de la journée je dus recevoir des groupuscules, parfois même des hommes seuls, qui m'approchaient pour demander ce qu'ils pouvaient faire. Tout le monde n'était donc pas sur le chemin du retour ! Mon problème n'était pas de recevoir ces hommes : je n'avais que cela à faire. Non, le souci, c'était que je n'avais pas la moindre idée de ce que j'allais leur dire.

Une pensée m'obsédait. L'éventualité d'une lutte de pouvoir entre les commandeurs kinoshs. Et, si cette hypothèse était exacte, comment l'utiliser à bon escient ? J'étais encore en train de faire un pari… Avais-je vu juste pour une fois ?

Chapitre 16
Une autre voie

L'assaut caldécien et la fuite de Miska avaient naturellement annulé toute expédition hors de la Résidence, mais un groupe de soldats était revenu avec une découverte qui m'avait laissé pantois. À la poursuite de fuyards, ils avaient fait une rencontre hors du commun. L'un d'entre eux avait été piétiné par un monstre haut comme deux hommes, armé de défenses qui hérissaient sa gueule comme autant d'épieux. Ils avaient abattu la bête d'un coup de fusil et ramené sa tête, à défaut de pouvoir en transporter le corps entier. Quel dommage !

Je passai de longues heures à noter et dessiner mes observations. Je n'avais pas emmené les lettres de mon ami Sibras dans mes bagages, et je n'avais pas son expertise, mais j'en étais certain : l'animal ressemblait de façon frappante à certains ossements qu'il avait exhumés à des milliers de lieues de là. Il y décrivait avec ferveur et force croquis ses trouvailles d'un autre âge : des animaux géants, dotés de dents acérées, de cous longs de plusieurs pieds ou de cornes plus grandes qu'un homme. Mon ancien compagnon d'études fouillait les grottes lointaines de Talmira à la recherche de fossiles qui le fascinaient. Ossements difformes et crânes dentus de monstres disparus faisaient son bonheur. Je préférais quant à moi l'étude des mécaniques et leurs intrications avec l'épure, mais nous avions gardé de forts liens d'amitié.

Ces êtres mystérieux le hantaient depuis longtemps, au point d'y sacrifier sa carrière pour partir en expédition, encore et encore, tel un simple étudiant. Ses recherches étaient basées sur les élucubrations d'un antique confrère qui avait ramené des ossements disparates que personne n'avait pu assembler correctement. Comme un fait exprès, aucun crâne n'avait été découvert. Les fémurs de deux pieds de long, les vertèbres aussi grosses qu'un crâne humain avaient d'abord suscité un vif intérêt, puis de plus en plus de doutes et de critiques. Accusé d'avoir contrefait ses découvertes, le technologue avait fini par perdre l'estime de tous et s'était retiré du monde. Sibras était tombé en admiration devant les fossiles remisés dans une salle obscure des archives. Depuis, son temps était entièrement consacré à la réhabilitation de leur découvreur. Ses trouvailles récentes étaient pour lui le fruit d'une vie de labeur, envers et contre tous.

L'animal avec la ramure étonnante que j'avais croisé quelque temps auparavant en forêt avait éveillé mes premiers soupçons. On eût dit l'un des chers fossiles de Sibras, mais en miniature. La découverte de cette nouvelle espèce démesurée écartait la possibilité d'une simple coïncidence. Je résolus de faire parvenir quelques spécimens à Mitris pour appuyer ses travaux de recherche.

« Souhaitez-vous donc transformer ce séjour en une véritable mission d'exploration ? m'interrogea Anton en me voyant me perdre en conjectures devant l'animal extraordinaire.

— Non, bien sûr. Je n'oublie pas pourquoi je suis ici. Cependant, Gartin est sur mes traces dès que j'essaie d'entrer en contact avec un Caldécien. C'est épuisant, je t'assure ! Et… Je dois convaincre Temmos que je suis inoffensif. »

Je me faisais le plus discret possible. Ma couverture était en partie éventée par Paratiska. Même si j'étais tenté de faire confiance au prêtre-mage, je considérais qu'il était trop risqué de lui révéler les véritables raisons de ma présence. Les jours s'écoulèrent sans recevoir de nouvelles d'une contre-attaque des rebelles. Anton commença à me transmettre quelques bribes de leur langage mélodieux et fort complexe. Face à la facilité de mon serviteur avec ces syllabes qui m'emmêlaient la langue, je me défendais honorablement. De quoi occuper de longues journées d'inactivité en attendant une occasion de faire avancer les choses.

Une rumeur voulait qu'une partie de l'armée fédérée stationnât à Travers, une ville située à quelques jours d'Assale. On murmurait que Dacien était à sa tête. Temmos attendait l'arrivée de renforts pour avoir les moyens de lui donner la chasse.

Je ruminai longuement cette information sans trop savoir qu'en faire, lorsqu'un soldat se présenta de bon matin pour me remettre mon courrier hebdomadaire. Presque chaque jour depuis mon départ, ma femme Martha m'écrivait son désespoir sur des lettres écrites dans une prose fade et sans intérêt. Elle me disait son ennui, sa tristesse, se plaignait de tout et de rien comme d'autres badinent de la pluie et du beau temps. Ses messages me parvenaient par paquets entiers. Je devais dénicher des trésors d'optimisme pour lui répondre et tenter de la rasséréner, le tout en restant dans mon rôle d'innocent technologue.

J'avais eu le malheur d'épouser une *kresta*, une femme condamnée par la Dame à ne jamais porter d'enfant. Par chance, le prochain printemps marquerait les dix ans de notre union. Je serais alors autorisé à prendre une seconde épouse. Martha resterait mienne, profiterait de mon rang et de mes largesses. Grâce à ma nouvelle concubine je fonderais enfin une famille, engendrerais un héritier… J'avais beaucoup d'affection pour Martha, peut-être même éprouvais-je encore de l'amour, mais le sentiment s'affadissait avec le temps. Son incommensurable tristesse m'était parfois insupportable. J'ouvris une des enveloppes frappées des initiales dorées de ma maisonnée.

Cher époux,

C'est le cœur lourd d'angoisse que j'ai lu votre récente missive. Les indigènes ont donc osé s'en prendre à vous ? Quelle chance que notre armée ait su les repousser. Chaque jour à vous savoir si loin est une épreuve.

Sachez que vos premiers spécimens sont parvenus à Mitris. Vos confrères sont en admiration et une grande exposition est en cours d'aménagement. Saviez-vous que l'une des créatures que vous avez envoyées était grosse ? Je ne saurais vous en donner le nom, il s'agissait d'une bête à la robe mouchetée, avec de grandes oreilles et une queue plus longue que son corps. J'ai une bien triste nouvelle : elle n'a pas survécu à la mise bas. Vous imaginez combien ce difficile spectacle m'a été pénible.

Mais ce qui m'inquiète le plus reste ces autochtones sanguinaires. Êtes-vous certain d'être en sécurité ? Ne feriez-vous pas mieux de songer à revenir prochainement ? D'autres que vous pourront apporter à ces individus les bribes d'un comportement civilisé.

Prenez soin de vous en ces terres inconnues et sauvages,

Martha

J'étais resté évasif sur l'ampleur de la bataille et l'implication des prêtres-mages, évidemment. Chaque lettre était probablement lue plus d'une fois avant de parvenir à destination. Par ailleurs, Martha ne faisait que babiller à sa manière, triste et dramatisant tout. Cela faisait des jours que je n'avais plus ouvert ses missives larmoyantes, car elles m'apportaient bien peu de réconfort.

Le décalage du temps passé me fit un choc. Je me revis, quelques semaines plus tôt, ignorant tout de la complexité de Sher-Ima et de ses habitants. Combien j'étais naïf, alors ! Apporter les bienfaits de la civilisation à un peuple qui possédait déjà la sienne… Quelle prétention. S'ils avaient appris à maîtriser l'épure, à fabriquer des mostarkis ou des fusils avant nous, ils auraient très bien pu débarquer sur nos propres côtes, coloniser nos propres terres. Je restai interdit à cette pensée, puis oubliai toute convenance. Je courus à perdre haleine vers l'aile ouest de la Résidence. Anton prit ma suite en m'assaillant de questions. Je lui fis simplement signe de courir plus vite. J'ignorai les gardes qui tentèrent de m'arrêter et m'engouffrai dans les appartements de Paratiska. Le commandeur releva le nez de son travail, interloqué.

« J'ai trouvé ! Commandeur Paratiska, avec tout mon respect, vous vous êtes trompé.

— Je vous demande pardon ?

— Votre raisonnement est incomplet. Vous pensez que nous ne pouvons pas commercer avec eux car nous manquons nous-mêmes de ressources, mais nous avons quelque chose : notre technologie !

— Enfin, vous n'y pensez pas ? Voudriez-vous apprendre aux indigènes à concentrer l'épure ?

— Non, bien sûr, mais nos deux civilisations ont beaucoup à apprendre l'une de l'autre. »

Anton, comme toujours, vit exactement où je voulais en venir.

« Certaines choses seraient plus que bienvenues dans leurs villes. Avez-vous vu l'esquisse d'un système d'assainissement, par exemple ? Tous leurs déchets vont souiller directement le port. »

Paratiska marqua un temps d'arrêt. Il était presque possible de voir les rouages s'activer dans son cerveau, calculant comment contractualiser ce type d'échange en contrepartie de nourriture, de bois, de matières premières…

« Oui… Oui, peut-être qu'il serait possible de… Mais comment faire ? Maintenant que la guerre est consommée ?

— Commencez par mettre en place certains échanges gratuitement. »

Le visage de Paratiska se referma brièvement.

« Nous devons faire le premier pas, insistai-je. Les eaux usées sont un bon début. Pourrions-nous également faire venir des charpentiers qui leur apprendraient comment cintrer et contrecoller le bois ? Des métallurgistes pour leur enseigner l'art de tremper l'acier ? Je suis sûr que ce genre de technique leur serait d'une grande utilité.

— Vous savez combien je regrette que nous en soyons arrivés là. Vous pouvez compter sur mon soutien, Azalon. Mais je crains que Temmos reste un obstacle insurmontable à la paix. Il n'admettra jamais s'être trompé et préférera faire passer les indigènes pour des barbares, quitte à mettre le pays à feu et à sang pour dissimuler son erreur et son mensonge. »

Je baissai d'un ton et poursuivis, à la limite du chuchotis :

« Alors il nous faudra révéler la vérité. Démontrer sans aucun doute possible que les Caldéciens méritent notre respect.

— Un tel scandale… Cela ne pourrait se terminer que par un déclenchement des Augures !

— N'est-il pas temps de sortir de cette spirale de violence dans laquelle notre guide a entraîné l'empire ? Après tout ce que nous avons vu, seriez-vous prêt à parier que les sauvages des Terres de Feu sont aussi stupides qu'on a voulu nous le faire croire ? Tout cela doit cesser. »

Paratiska se proposa de rester à Assale pour mettre en place plusieurs aménagements de salubrité publique, sous couvert d'améliorer la ville pour le confort des futurs colons.

Quant à moi, je devais par tous les moyens entrer en contact avec Dacien. S'il y avait un homme capable de calmer les ardeurs caldéciennes, c'était lui. Temmos nourrissait depuis quelque temps l'ambition d'ajouter Travers aux villes administrées par les Kinoshs. Les alentours étaient riches d'un minerai que les locaux nommaient *copla*, dont ils ignoraient la réelle valeur. Une telle ressource était un appât irrésistible pour Temmos, mais il manquait d'hommes pour investir la ville et de personnel pour la gérer. J'attendis un dîner avec les commandeurs pour aborder le sujet. Le Grand Administrateur pestait contre l'infortune qui l'empêchait de réduire à néant ses opposants.

« Sieur, commençai-je. J'aimerais vous proposer une…

— J'en ai assez de vos demandes de dérogations, d'expéditions et de sorties dans les bois, Azalon ! N'avez-vous pas assez envoyé de vos précieuses découvertes au pays ?

— Mille excuses, Sieur, en effet je pense vous avoir suffisamment importuné avec mes requêtes. C'est pourquoi j'aimerais vous aider à mon humble niveau dans votre noble mission. »

Employer un ton cauteleux comme le faisaient Gartin et Elias me fut amer, mais Temmos était particulièrement sensible à ce genre de démonstration servile. Cette fois ne fit pas exception. Il leva les yeux de son assiette et m'accorda une once de considération. Je repris sans attendre.

« Vous n'êtes pas sans connaître l'attrait des indigènes pour la *tuppa*… et leur sensibilité à ses effets.

— Ils réagissent comme de faibles femelles, se moqua-t-il.

— Ils en deviennent surtout très vite dépendants. Voici ma proposition : faites-moi l'honneur d'entrer dans Travers avec un chargement conséquent. Mon valet m'a appris que le bourgmestre vend déjà de la tuppa. Il s'approvisionne tant bien que mal et serait certainement ravi d'avoir plus de marchandise. Encourageons cette bonne idée. Il vous sera d'autant plus fidèle lorsque vous souhaiterez investir la ville. Entre-temps, les soldats rebelles s'affaibliront au contact de la *tuppa.* »

Les arcades du Grand Administrateur frémirent. J'ajoutai, pressé de mettre dans la balance tout ce qui pouvait la faire pencher en ma faveur :

« Par ailleurs, cela ne sera pas seulement un cadeau empoisonné. Je suis certain que le bourgmestre serait enclin à nous échanger des denrées alimentaires et surtout de la *copla.* Ces indigènes n'ont pas la moindre idée de sa valeur, me forçai-je à ricaner. Nous ferions de beaux bénéfices.

— Vous seriez prêt à y aller seul ? Vous, simple technologue sans envergure ? »

Il s'approcha de moi. J'eus l'impression que le sol se faisait meuble sous mes pieds. S'il flairait mon mensonge, j'étais bon pour la potence. Je serrai les mâchoires pour empêcher mes lèvres de trembler quand je sentis une présence visqueuse effleurer mon esprit.

« Allons, Grand Administrateur, avez-vous déjà oublié votre nouveau serment ? » intervint Paratiska.

Aussitôt, le tentacule spirituel cessa ses explorations répugnantes, me laissant tétanisé de peur et de dégoût. Temmos me fixa et maugréa :

« Vous ne me facilitez pas la vie, Paratiska. Enfin. Nul besoin d'entrer dans les profondeurs de son esprit pour lire que notre jeune ami a réellement pour projet d'aller à Travers. Notre technologue veut prendre une ville à lui tout seul ! Je serais bien curieux de voir si votre idée a une quelconque valeur, Azalon. Si vous survivez, les renforts arriveront bientôt pour prendre la relève. Si vous parvenez à affaiblir les rangs ennemis… vous aurez amplement mérité mon respect. Permettez tout de même que je vous fournisse quelque escorte ? »

Il semblait heureux de pouvoir enfin se débarrasser de moi.

Chapitre 17
Ceux qui partent

Sur la place de Travers, le campement se dépeuplait. Ceux qui avaient dans l'idée de filer s'étaient éclipsés dès le lendemain de notre arrivée. Les hommes qui se trouvaient encore là étaient prêts à repartir au combat et attendaient des ordres. Mes ordres. Encore fallait-il prendre une décision. Je n'étais sûr que d'une chose, je n'avais aucune intention d'aller au suicide en marchant de nouveau vers la capitale. J'y avais déjà vu trop de morts et de souffrance. L'ambiance délétère, en huis clos, d'Assale m'avait miné le moral. L'attentat des remparts, n'en avait été que le point d'orgue.

« Et alors ? avait grondé Ronn un soir, les dommages collatéraux, ça arrive. S'il fallait en repasser par là, je le referais. »

Je m'étais alors senti tellement étranger à cet homme que j'avais côtoyé toute ma vie ! Bien sûr, l'orgueil me rappelait que nous avions été spoliés, qu'il fallait reprendre à ces envahisseurs ce qu'ils nous avaient volé. Mais en ce qui me concernait le cœur n'y était plus. L'âge, peut-être ? En tous cas, je n'avais aucune envie de prendre les armes pour affronter les marrons encore une fois. Et Terreur. Surtout Terreur.

La vie s'organisait peu à peu sous les yeux respectivement ravis des commerçants et ulcérés du bourgmestre qui nous regardaient prendre nos aises.

« Les marchands eux-mêmes finiront par se lasser de nous, commenta Calixte. Si leur solde n'est pas versée, bientôt les soldats se serviront à l'œil dans les réserves des tavernes.

— Toujours aucune nouvelle de Blanchevue ou d'un autre territoire fédéré ?

— Pas la moindre. À mon avis, on nous ignore, tout simplement. On ne nous tiendra pas rigueur de continuer la lutte contre les Kinoshs, mais on ne nous donnera pas non plus l'aval officiel. »

Pas étonnant : des cavaliers avaient fait passer une annonce dans toutes les villes. Un message outré des fédérateurs reclus dans le Palais. Ils étaient on ne peut plus clairs quant au sort de ceux qui continueraient à se rebeller. Ceux qui restaient à Travers étaient prêts à braver l'interdit, mais je doutais que leur hiérarchie nous fît parvenir leur paie.

J'avais temporisé l'ardeur des soldats en expliquant que nous attendrions la guérison des nombreux blessés avant de prendre une décision. Mokan ne chômait pas. Ivold accompagnait souvent le médecin dans ses tournées. Il s'était lié d'amitié avec le toubib et bricolait de petites illusions pour faire diversion auprès des patients lors des soins les plus douloureux. Je m'amusais de les voir côte à côte, le médecin élancé, tout en os, et le petit charmeur qui trottinait pour rester à la hauteur de ses grandes guibolles.

Pour nous autres, le quotidien virait à la routine sous le soleil écrasant de cette fin d'été. Je tins conseil à plusieurs reprises pour prévenir les hommes de ne pas toucher à la *tuppa* des Kinoshs. Mokan confirma mes appréhensions en auscultant plusieurs citoyens faméliques de Travers. La consommation de cette herbe odorante provoquait une addiction tenace. Elle procurait un sentiment de bien-être, mais il y avait un seuil à ne pas dépasser.

Je demandai au médecin de nourrir les malades de force. Beaucoup refusaient. En revanche leur énergie était inépuisable lorsqu'il s'agissait de réclamer leurs tiges à fumer. J'utilisais sans vergogne ces pauvres hères pour montrer aux hommes ce qui les attendait s'ils tombaient dans le piège de la *tuppa*. Le message fit son chemin et, deux jours plus tard, Mokan ployait sous l'afflux de soldats qui avaient décidé de suivre nos recommandations mais vivaient assez mal l'arrêt brutal de la drogue. Vomissements, maux de tête, fièvre... Le sevrage était rude et le toubib peu compatissant. Il se contentait de leur fournir un bouillon où macéraient des herbes amères et malodorantes. Il ne lésinait pas en revanche sur les bougonnements, sermons et remontrances. Plusieurs soldats renoncèrent et partirent, tête basse, dans les ruelles sombres de Travers, se mêler aux groupes fantomatiques qui se partageaient les tiges empoisonnées. Leurs yeux caves paraissaient déjà nous regarder depuis l'autre monde. Ils avaient cessé de lutter.

Un charivari me fit faire un bond alors que je donnais la becquée à un patient de Mokan.

« C'est quoi, ça, s'inquiéta Finn. Une émeute ?

— Pas la moindre idée. Venez, on va voir. Prenez vos armes. C'est peut-être la populace qui en a marre de nous voir camper ici. »

Le tintamarre rappelait le bruit de casseroles frappées les unes contre les autres et provenait de l'entrée de la ville, à l'est. Arrivé sur place, j'aperçus une poignée d'hommes devant une charrette menée par deux buffles. Des Kinoshs.

Inquiet, je consultai Arnat et Ivold en agitant brièvement les doigts comme l'aurait fait un charmeur. Ils secouèrent la tête en dénégation. Une dizaine d'hommes vêtus de grandes houppelandes rouge sang précédaient le cortège. Les responsables de l'infernal vacarme battaient de grands tambours en fer-blanc avec énergie.

« Punaise. Ils auraient dû faire débarquer ces gars-là à Assale en premier, on leur aurait donné les clés de la ville sans rechigner ! cria Ogar par-dessus le boucan.

— Ouais. T'oublies qu'on s'est pas vraiment battus pour la défendre, la ville, tambours ou pas tambours », le corrigea Ronn d'un ton vénéneux.

Il était juste à côté de nous, accompagné de ses nouveaux amis. Je jetai un œil à Petite pour vérifier qu'elle n'était pas à leur portée. Je surpris sa lèvre tremblante d'émotion. Elle contemplait les « musiciens » avec une admiration et un plaisir manifestes.

« Je crois bien que je ne te comprendrai jamais vraiment, fillette.

— Tu n'aimes pas les *balikas* ? » Elle eut un air sincèrement surpris, limite peiné.

« Ces boîtes en ferraille, là ? Non, pas trop.

— Les *balikas* sont pas des ferrailles, c'est pour la fête ! Mon oncle est un grand poète de la *balika*, il joue pour nous, des soirées entières. »

Elle s'était faite pensive à l'évocation de ce souvenir du pays. Grands dieux ! Des heures à subir ce son discordant ? Je tentai de m'imaginer la scène et sentis un mal de crâne marteler mes tempes.

Derrière la tonitruante fanfare, la troupe était plus conventionnelle. Des soldats, épées et équipements rutilants, par-dessus des robes bleu sombre. Un énergumène portait une étoffe plus claire, d'un bleu vert incertain.

Le bourgmestre, en première ligne, attendait l'arrivée de la compagnie en se tortillant les mains. Je me postai non loin de lui, en laissant tout de même quelques badauds devant moi pour rester discret. Les tambours cessèrent enfin leur cacophonie et l'homme en toge claire s'avança vers Telcien. Il marqua un temps d'arrêt et détailla la silhouette grasse et pantelante de son vis-à-vis. Sans prononcer un mot, il lui tendit une lettre cachetée que le bourgmestre ouvrit avec fébrilité.

Sans attendre, l'homme et sa suite partirent d'un pas vif, droit vers l'hôtel de ville.

« Hé ! Mais enfin, attendez ! Vous ne pouvez pas… »

Telcien percuta un des soldats kinoshs, qui venait de piler devant la porte du bâtiment pour en défendre l'accès.

« Qu'est-ce que ça veut dire ? C'est un scandale ! »

Je m'approchai en douce et soufflai à son oreille :

« Ce n'est pas comme ça que ça se passe d'habitude ? »

Telcien sursauta et me regarda d'un air interdit, comme s'il avait oublié mon existence jusqu'à cet instant. Ses yeux firent un va-et-vient entre moi et les Kinoshs. Il devait compter ses ennuis et estimer qu'ils se faisaient diablement nombreux ces temps-ci. Je poursuivis :

« Il y a quoi dans la lettre ? »

Avec un soupir exaspéré, il me tendit le parchemin.

« Je n'en ai pas la moindre idée. » Il se détourna de moi aussitôt. « Eh oh ! Laissez-moi entrer ! »

Je jetai un œil sur la missive. Des pattes de mouches kinoshes, ornées d'enluminures délicates et abstraites. Le bourgmestre tenta d'entrer en force et fut refoulé par un marron qui le poussa sans ménagement. Il boula au sol dans un glapissement vexé, puis cessa de hurler pour passer sur un ton geignard. Je le laissai à ses jérémiades et filai rejoindre les autres avec le parchemin. Petite nous en fit la lecture. Il s'agissait d'une lettre officielle qui autorisait un certain Azalon à réquisitionner l'hôtel de ville lors de son séjour dans la région pour ses recherches sur la faune et la flore locales. La suite concernait les échanges commerciaux entre Travers et les Kinoshs. Ces derniers réclamaient des vivres. La maudite charrette était remplie de *tuppa*, assurément.

Arnat avait écouté en silence. Les profonds sillons qui creusaient son front trahissaient une intense activité cérébrale dans sa petite tête. Un sourire sardonique s'épanouit sur son visage lorsqu'il avança enfin son hypothèse :

« Dis-donc, cap', envoyer un gus avec aussi peu de troupes, franchement, c'est plutôt osé, non ? Même pour une simple mission champêtre.

— Et en pleine guerre… Ils sont complètement malades. Ça n'a aucun sens.

— Cet Azalon a dû faire une connerie, pour sûr.

— Une punition ?

— Voilà. »

Don du ciel. Je me fendis à mon tour d'un rictus, tandis que je songeais aux conséquences d'un tel cas de figure. Quelqu'un dont on voulait se débarrasser. Envoyé ici, aux frontières du territoire « sauvage ». Peut-être ce quelqu'un nourrissait-il une rancœur contre sa hiérarchie ?

La foule s'égaillait, puisqu'il n'y avait plus grand-chose à voir ou à commenter. Telcien, à bout d'arguments, s'était replié d'un pas traînant dans sa villa luxueuse.

J'étais surpris du comportement des habitants de Travers. Personne n'avait protesté. La prise de pouvoir s'était faite sans coup férir. Chacun était ensuite retourné à ses activités. Je supposai que les citoyens n'en étaient pas à leur première rencontre avec les Kinoshs. Et qu'ils ne voyaient pas d'inconvénient majeur à les voir s'installer ici. Les troupes fédérées et les membres de Miska, eux, avaient guetté une réaction de ma part. Un ordre de moi, et le cortège d'Azalon se serait fait écharper avant d'avoir passé les portes de la ville. J'avais décidé d'attendre et de voir. Maintenant, tout le monde se demandait pourquoi diable j'avais dédaigné cette victoire facile.

Un homme ne se priva pas de venir me le dire en face.

« Dacien, qu'est-ce que t'as foutu ? On aurait pu leur tomber dessus quand ils étaient à découvert et maintenant, ils sont retranchés dans l'hôtel de ville ! Il va falloir les en déloger !

— Ronn, il est hors de question de lancer un assaut sur ces Kinoshs. »

Il explosa :

« Comment ça, on n'attaque pas ? On est en supériorité, et de loin ! Je peux savoir ce qui te prend ?

— Tu ne comprends donc pas. On pourrait tuer ceux-là sans problème, c'est vrai. Mais ce n'est pas ce qui arrêtera l'invasion. »

L'esclandre de Ronn avait attiré l'attention de nombreux soldats. Je n'eus pas besoin d'en dire plus, mon ami vit clair dans mon jeu. Il me connaissait si bien. Mais sa manière de présenter les choses ne fut pas à mon honneur. Son visage se mua en une grimace de dégoût.

« Messieurs, rugit-il en s'adressant aux hommes qui nous entouraient. Nous attendons depuis des jours que notre bon capitaine Dacien nous dévoile un plan, une marche à suivre pour la suite ! Eh bien, vous allez être ravis ! À ce qu'il semble, il nous propose tout bonnement de nous allier aux marrons ! »

Un murmure outré parcourut l'assemblée. En un instant la foule des soldats fédérés me parut plus dense. Plus menaçante, aussi.

« Non content de nous avoir fait enchaîner défaite sur défaite, voilà l'ultime lâcheté de cet homme que je considérais comme un frère ! » Empli de haine, il serra les poings et désigna Petite du doigt. « Après avoir accueilli un de ces *serpents* parmi nous, il nous demande maintenant de rallier leur cause et de prêter allégeance à leur foutu Kinosh-bê ! »

Les murmures se firent désapprobateurs. Mes hommes ainsi que quelques fédérés se rapprochèrent de moi pour faire front.

« Pas du tout, je…

— D'ailleurs, reprit un Ronn que je ne reconnaissais plus, transfiguré par la colère, c'est peut-être *toi* qui lui as retourné le cerveau, pas vrai, espèce de sale petite fouine ! »

Petite se recroquevilla sous le regard assassin de Ronn. Il s'avança sur elle. Nario dégaina son épée. Je m'apprêtais à le rejoindre, mais plusieurs rebelles tirèrent leurs lames et firent un pas vers moi. Je grimaçai en reconnaissant Bouche-Cousue en première ligne. Berion, non loin, observait la scène avec un sourire satisfait, appuyé sur sa béquille. Ces deux-là n'hésiteraient pas à s'en prendre à moi et à mes hommes, simplement pour avoir le plaisir de passer la gamine au fil de l'épée. J'entendis derrière moi Calixte tendre la corde de son arc. Je tournai la tête pour voir l'archer braquer son arme sur Ronn. Pour la première fois depuis que je le connaissais, il tremblait comme une feuille. Pâle, il fixait notre compagnon, prêt à décocher son trait sans pour autant se décider à lâcher la corde.

Une colère mêlée d'impuissance me submergea. Alors que Ronn était presque sur Nario, le dominant de sa haute taille et de ses années d'expérience, je compris que jamais le gamin ne ferait le poids. Petite, pourtant agile au combat, était terrifiée. Elle ne comprenait pas ce qui lui arrivait. Elle avait toujours considéré Ronn avec compréhension, persuadée qu'il finirait bien par se faire à sa présence. Aujourd'hui notre jeune Kinoshe réalisait qu'il n'en était rien.

Siméon sortit du rang qui nous encerclait. Désarmé, les mains écartées en signe de paix. Ronn se figea.

« Siméon. Dégage. J'ai rien contre toi. »

Le lieutenant des Causses ne bougea pas d'un pouce.

« Je comprends ta colère. Mais nous entre-tuer ne servirait à rien, n'est-ce pas ? »

Son ton était posé et doucereux, de celui qu'on emploie pour raisonner un aliéné.

« Je sais combien il est important pour toi – pour nous – de combattre. Dacien n'est plus de cet avis. Et alors ? Il n'a jamais dit que nous devions tous le suivre. »

Il me lança un regard interrogateur. Je hochai frénétiquement la tête.

« Ceux qui le veulent pourraient partir, là, maintenant, et chacun suivrait sa route de son côté. Sans morts. T'en dis quoi ? »

Ronn resta muet, mais autour de lui l'atmosphère s'allégea sensiblement. À part lui et les deux tarés qui voulaient tailler Petite en pièces, les autres n'avaient pas vraiment envie de se battre. Pas contre nous, en tous cas. Ronn devait lui aussi prêter une oreille à Siméon, car l'étincelle de la raison finit par s'allumer de nouveau sur son visage, effaçant son rictus haineux. Il fixa un moment le lieutenant dans les yeux. Siméon ne se démonta pas. Ronn gronda :

« Ça ne te fait rien, à toi, de t'allier aux marrons ?

— J'ai pas dit ça. » Siméon se tourna vers moi, avec un air à la fois désolé et déçu. « Moi, je pars. Je te recommande d'en faire autant, et tous ceux à qui ça ne convient pas aussi. Je dis juste qu'on n'a pas besoin d'en venir aux mains. »

Un instant d'hésitation, suspendu. Tous les autres attendaient la décision de Ronn.

« D'accord. En mémoire de tout ce qu'on a vécu ensemble, Dacien. Avant tout ça. » Sa voix se fit plus forte, sèche, celle d'un chef. « Ceux qui veulent continuer la lutte, avec moi. » Il se tourna vers Petite et la fusilla du regard. « Et *toi*, si je te revois, ce ne sera pas la peine de te cacher derrière ton chevalier servant. »

La gamine ouvrait de grands yeux médusés. Des larmes sillonnaient ses joues et elle était parcourue de frissons incontrôlables. Sans rengainer son arme, Nario s'était approché d'elle et avait passé une main autour de ses épaules. Bouche-Cousue et Berion reculèrent de mauvaise grâce. Ce dénouement ne leur convenait pas du tout.

Le soir même, les deux tiers de notre restant d'armée se préparaient à prendre le large. Il fallut à Siméon des trésors de diplomatie pour éviter que Travers ne fût pillée en raison de sa soumission aux Kinoshs. La tension était palpable, les commerçants et taverniers avaient fermé leurs établissements. Les habitants nous épiaient à la dérobée depuis leurs fenêtres. Pas âme qui vive dans les rues, à part les squelettiques consommateurs de *tuppa*, pour qui les événements du monde réel n'étaient plus que des échos sans intérêt. Dans un silence seulement troublé par le bruit des gamelles et des cuillers, nous prîmes notre dernier souper ensemble. Les deux groupes s'étaient dissociés, la cantine au milieu de la place faisant office de zone neutre. Dans la pénombre du soir tombant, c'était pour moi un crève-cœur que de reconnaître Siméon et ses hommes, dans l'autre camp. Peut-être avait-il raison. Peut-être que je me trompais de nouveau. Peut-être que mes hommes devaient partir avec Ronn, eux aussi.

« On sait à quoi tu penses, chef. On reste », me dit Calixte.

Loan et Ogar me firent un grand sourire.

« Oui, on reste. Sans nous, ton espérance de vie se réduirait à peau de chagrin !

— Voilà, renchérit Ivold, l'œil vaguement humide. C'est ça. On reste pour t'éviter une fin trop rapide. »

Leur soutien me mit du baume au cœur. Petite me fit signe et je m'approchai d'elle, à la périphérie de notre camp. Elle me chuchota à l'oreille :

« Je suis désolée... C'est tout de ma faute, si je n'étais pas là... Si j'avais bu le poison comme les autres, ce jour-là... Si... » Sa voix se perdit en sanglots étouffés.

Je la pris doucement dans mes bras pour la rassurer et faire cesser ses pleurs. Ensemble nous marchâmes un peu en silence.

Un frémissement dans l'ombre me commanda de renforcer ma prise sur les épaules de la gamine. Elle se raidit. Sans un bruit, une silhouette jaillit dans son dos. Je poussai violemment Petite sur le côté et l'envoyai dinguer sur le sol dans un petit cri. Un pas de côté. J'évitai de justesse la courte lame d'un poignard qui accrocha la lueur du feu de camp. J'eus à peine le temps de porter la main à mon épée que l'homme se ruait sur moi, effleurant ma gorge de si près que j'entendis un chuintement lorsque la lame fendit l'air. Je fis un bond en arrière et butai sur une pierre, roulai dans la poussière. Une maladresse qui m'évita de goûter au revers qui trancha le vide, là où se situait ma glotte une fraction de seconde plus tôt.

L'ombre m'enjamba d'un bond pour se jeter sur Petite. Bons dieux que cet homme était rapide ! Je n'eus pas le temps de me relever qu'il fondait déjà sur elle. D'un geste expert, il bloqua son bras, et Petite lâcha un glapissement de douleur. Elle n'avait même pas eu le temps de dégainer sa dague. Comme englué dans un cauchemar, je dérapai dans la poussière. Je n'y serais jamais à temps ! Déjà, la lame du poignard effleurait la carotide de Petite…

Un sifflement aigu, suivi d'un impact mat. Dans un silence total, l'assaillant s'écroula sur la gamine. Je me retournai et vis Calixte baisser son arc. Les autres se ramenèrent au pas de course. Je me précipitai vers Petite, enfouie sous le cadavre.

Un toussotement. Un mouvement. Je la relevai doucement et la pris dans mes bras. Elle avait une petite entaille sur la gorge, à peine une écorchure. Je me tournai vers les autres et dis d'une voix calme qui ne reflétait en rien l'état de nerfs dans lequel j'étais :

« Nario, tu emmènes Petite ailleurs. Calixte, récupère ta flèche. Faut pas qu'on nous voie, sinon ça va être un beau foutoir. »

Tout le monde s'exécuta en silence. Calixte me fit signe d'approcher. Le corps de l'homme gisait sur le sol. La poussière absorbait rapidement une large tache de sang. Calixte poussa la tête du bout du pied. Bouche-Cousue ! Évidemment. Je scrutai les ténèbres à l'affût de Berion, ou même de Ronn. L'obscurité conserva tout son mystère. Je me retournai vivement en entendant la voix de Siméon.

« Qu'est-ce qu'il se passe ici ? »

Mes hommes dégainèrent, prêts à défendre Petite contre un nouvel assaillant. Siméon les apaisa d'un geste de la main. Puis jeta un coup d'œil au cadavre. Il n'attendit pas ma réponse. Il avait compris.

« Il faut planquer le corps », me lança-t-il.

J'appréciais vraiment ce type. Un bon lieutenant, capable d'appréhender rapidement les implications d'une situation, et prêt à agir. Quel dommage qu'il ait décidé de partir !

« On peut l'emmener à la fosse, on est du bon côté », dit Hatton.

Siméon soupira avec résignation alors que Finn et moi soulevions le mort.

« Vous avez raison. Faites ça. On vous a vus courir depuis l'autre bord. Je vais trouver un truc à leur dire. Dépêchez-vous. »

Je regardai avec tristesse le lieutenant tourner les talons. En nous laissant cacher le cadavre, il se mettait lui-même en danger. J'éprouvai une bouffée de profond respect pour ce petit bonhomme. Je voulus le convaincre de rester avec nous :

« Tu es sûr que...

— Non, Dacien. J'ai de l'estime pour toi. Je suis convaincu que tu fais ce qui te paraît le mieux. Mais je ne peux pas m'imaginer faire alliance avec un Kinosh. Encore moins avec Terreur. N'oublie pas ce qu'il a fait à mon commandant. »

Comment l'oublier, en effet ? Je ne pus que garder le silence et le laisser filer avec regret.

« Ce con pèse une tonne ! » râla Finn alors que nous faisions rouler Bouche-Cousue dans la fosse.

Les habitants de Travers entassaient leurs déchets à la sortie de la ville, dans une grande douve à laquelle ils mettaient le feu une ou deux fois l'an. Pour l'heure, bien garnie, elle empestait comme il se devait. Des cochons à demi sauvages fouaillaient les ordures et levèrent le groin à notre arrivée, curieux de ce que nous venions leur apporter. Hatton fit rouler le corps de Bouche-Cousue un peu plus loin, avant de grimper sur l'empilement de déchets pour en faire ébouler une partie sur le cadavre.

« Ni vu ni connu », fit-il en s'essuyant les mains sur son surcot.

Petite avait fini par nous rejoindre. Elle fixait le renflement sous lequel était dissimulé le macchabée avec un air sombre.

Au petit matin, la colonne menée par Ronn s'apprêtait à quitter la ville, vers l'ouest et la campagne des Causses. Je n'avais aucune idée de ce qu'ils prévoyaient de faire. Ronn avait refusé de me voir pour en parler, et après l'altercation avec Bouche-Cousue, je préférais rester dans mon coin. Berion avait bien sûr remarqué l'absence de son compagnon. Il devait être au courant pour l'agression de la veille. Peut-être même en était-il l'instigateur, car il rôda autour de notre campement toute la matinée, nous lançant des œillades noires sans oser se confronter directement à nous. Sale type. Je le laissai faire, espérant que les porcs n'auraient pas déterré le cadavre alors qu'il se dirigeait vers les douves. Le signal du départ sonna et il se résigna à rejoindre les autres. Il cracha au sol avec mépris en passant devant nous.

La colonne prit la route, puis disparut derrière une colline. Nous restâmes silencieux tout du long. La poussière que les hommes soulevaient resta visible quelques temps, puis se dispersa au vent, et ce fut tout. En me retournant vers le peu d'hommes qu'il me restait, un doute atroce me saisit. Une main se posa sur mon épaule.

« Dacien, ne te ronge pas trop les sangs, dit Ivold avec douceur. Avec le temps, ils comprendront. Et puis tu n'es pas tout seul : tu nous as, nous ! »

En effet, non seulement il me restait mes proches, mais également une petite trentaine de soldats. Presque tous les hommes de Miska avaient suivi Ronn, mais Brisko et Gort étaient restés à mes côtés. J'avais également eu la surprise de voir Mokan, le toubib, rejoindre nos rangs la veille au soir avec la bénédiction de Siméon. Je connaissais mal la plupart des autres. Des soldats fédérés, lassés des combats et prêts à essayer autre chose. J'avais vu certains d'entre eux écouter les histoires de Petite, essayer de parler avec elle, d'en savoir plus sur elle ou les Kinoshs en général. Nous avions en commun cette idée que, peut-être, si la gamine était si attachante, les Kinoshs n'étaient pas tous des ennemis sanguinaires.

Chapitre 18
En dehors des sentiers battus

Je humai l'air pur avec délices. Travers était proche d'une superbe forêt, et j'avais la ferme intention de la voir de plus près.

Temmos m'avait assigné une escorte d'une dizaine d'hommes. Cinq d'entre eux m'accompagnaient, scrutant la campagne d'un air tendu. Depuis mon départ d'Assale, aucun ne m'avait adressé la parole autrement que pour me suggérer de rester près d'eux, pour ma sécurité.

« Veuillez revenir sur la route, sieur », me pressa l'un d'entre eux alors que j'examinais une graminée au bord du chemin. Je me redressai, comme piqué par une épingle.

« C'en est assez ! Je n'ai pas l'intention de me laisser dicter ma conduite par des hommes de rang inférieur, aboyai-je.

— Avec tout mon respect, sieur…

— Je n'ai cure de ton respect, soldat. Regarde autour de toi. Nous ne sommes qu'une poignée. Si nous sommes attaqués, crois-tu vraiment que nous aurons une chance ? Le Grand Administrateur m'a confié une mission et je la mènerai comme je l'entends. Nous devons commercer avec les indigènes. Vous comporter comme vous le faites ne fera qu'éveiller soupçons et convoitise. »

Employer un tel ton ne me ressemblait guère et je me sentis mal à l'aise, mais ces hommes avaient été choisis par Temmos. Il me fallait les duper eux aussi, car au moindre doute ils rendraient compte à leur commandeur de ma duplicité. Ma prestation sembla rassurer les soldats, qui firent une révérence réglementaire.

Je les entraînai dans les sous-bois. La végétation était encore plus luxuriante que dans la forêt d'Assale. Je posai la main sur des écorces lisses ou rêches, cueillis quelques feuilles larges et dentelées, parées de couleurs chatoyantes. Un bruit de tambour sourd me fit dresser l'oreille.

« Sieur, nous ne devons pas aller plus loin, me supplia-t-il.

— Nous allons rentrer bientôt, le rassurai-je. Je me demande juste…

— Sauf votre respect, sieur, j'ai déjà entendu ce bruit, ces animaux sont dangereux. Un de mes frères est membre de la troisième unité de défense. Il a été missionné après la bataille pour sécuriser les alentours d'Assale et a vu l'un de ces monstres. Ce sont de gros lézards, capables de tuer un homme d'un claquement de mâchoire. La bête a survécu à leurs coups de feu, sieur ! »

J'aurais voulu voir de plus près cette créature étrange, mais la voix du soldat tremblait de sincérité. Je pris la direction du retour en priant la Dame pour qu'Anton ait eu l'opportunité de faire ce que nous avions fomenté. L'information ne m'était parvenue que bien tard : une grande partie des Caldéciens avait fui avant notre arrivée. Pourvu que leur chef soit encore dans les parages ! Sinon toutes ces simagrées ne serviraient à rien.

L'attitude des gardes à notre arrivée faillit m'arracher un sourire. L'un d'entre eux présentait une plaie au côté du crâne.

« Sieur, il s'est passé quelque chose. »

J'essayai de me composer un air sombre et surpris, et l'encourageai d'un geste sec.

« Quelqu'un m'a assommé et s'est introduit dans la réserve. Sieur, la *tuppa*…

— Eh bien ?

— L'intrus y a mis le feu, sieur. »

Mes mains tremblaient d'excitation contenue. Il avait réussi ! Une vague d'angoisse balaya ma joie. Je demandai, le plus posément possible :

« Avez-vous capturé le coupable ? »

Les épaules du soldat s'affaissèrent tandis que le soulagement m'allégeait le cœur. Je pus reprendre mon rôle sans vergogne.

« Résumons donc. Un sauvage est entré dans le bâtiment que vous étiez supposé protéger, et il a réduit à néant la mission que le Grand Administrateur m'a assignée ? Tout cela sous votre *garde* ? Comment comptez-vous retrouver l'auteur de ce crime ? Avez-vous lancé des patrouilles à sa recherche ?

— Nous ne sommes pas assez nombreux pour nous séparer, sieur. Mais vous serez peut-être heureux d'apprendre que nous avons pu sauver une partie de la marchandise, murmura-t-il.

— Alors tout n'est peut-être pas perdu, dis-je en masquant ma déception. Par ailleurs, j'ai eu le bon sens d'emporter une certaine somme en monnaie. Cela nous permettra d'acheter de la *copla* et d'autres denrées. Peut-être Temmos pardonnera-t-il votre inconséquence si nous parvenons à réaliser des affaires rentables. »

La disparition d'une grande partie de la *tuppa* ne pouvait être qu'une bonne chose pour les Caldéciens… mais je risquais la potence si Temmos apprenait que j'étais mêlé à ce forfait. Restait à déterminer si tout cela était vain ou si j'allais parvenir à mes fins.

Chapitre 19
La rencontre

« L'entrée de service est à l'arrière. »

J'avançai le pied et empêchai la porte de se refermer. Surpris autant qu'agacé, le valet fronça les sourcils.

« Mais enfin, veuillez…

— Pousse-toi. »

Était-ce ma grosse voix ou la vue des quinze gaillards qui m'accompagnaient qui finit par le convaincre ? L'homme tiré à quatre épingles décida qu'il n'était pas assez payé pour se faire cogner dessus et s'effaça sur le côté. Ronn parti, j'avais pris la décision d'agir. Le vacarme de nos pas sur le dallage immaculé de l'entrée tira Telcien de son salon. Hirsute, vêtu en tout et pour tout d'une robe de chambre qui laissait voir beaucoup trop de son anatomie à mon goût, il débarqua au pas de charge.

« Philbert ! Quel est ce… Oh. C'est vous. Je vous croyais partis.

— Pas tous, mon cher, pas tous.

— Et quel mauvais vent vous amène ?

— On voudrait causer aux Kinoshs. As-tu réussi à parler avec eux ?

— Oui et non. Ils ont fini par m'ouvrir la porte, mais leur légat, Azonlon, m'a fait comprendre que je n'avais plus qu'à remplir mes tâches de bourgmestre depuis chez moi.

— D'accord, mais ils sont là pour faire du commerce. Alors prends ton rôle de négociant. C'est bien ce que tu fais quand les Kinoshs viennent ?

— Je ne vous permets pas ! Et d'abord, pourquoi ces questions ?

— Parce que j'aimerais bien faire comme toi. »

Il en resta coi. Je n'avais pas vraiment l'intention de me mettre sérieusement au marchandage, mais il fallait bien commencer quelque part. C'était un moyen comme un autre pour entrer en contact avec le légat kinosh.

« Le commerce ? Non, je ne m'abaisse pas à ça. »

À mon tour de ne rien trouver à dire. Je m'étais donc trompé ? Ce brave Telcien aurait-il accompli sa noble tâche de bourgmestre sans profiter de l'aubaine pour s'en mettre un peu dans les poches ? Il me rassura sans attendre.

« Voyez avec Philbert, c'est lui qui s'occupe des détails. Mais je vous préviens : je garde ma part ! »

Voilà qui collait mieux avec l'image que j'avais du bonhomme. Notre nouveau pote Philbert regarda son patron d'un œil morne et prit une inspiration résignée.

« Que puis-je faire pour ces messieurs ? »

Dans sa bouche, un « messieurs » sonnait comme un « ramassis de soudards » de manière étonnamment limpide. Je haussai un sourcil.

« On va rester dans le coin un moment. On peut se débrouiller pour ramener des denrées qui plairont aux Kinoshs. Mais faudrait que tu nous dises ce qui leur manque. Et on veut participer aux négociations et aux échanges. »

Philbert me fixa, peu convaincu. Puis il haussa les épaules et me confia :

« Les habitants de Travers sont là pour ça, je n'ai pas besoin de vous. Ah, si. Il y a bien quelque chose que les marrons m'ont réclamé, et que les gens du coin refusent de m'apporter. Ils veulent des mâchefers. Vivants. Si vous en trouvez, je vous laisserai négocier.

— Des mâchefers ? Dans quel intérêt ?

— Aucune idée. La plupart du temps, on ne parle même pas. Je leur montre la marchandise, eux me proposent de l'argent. Ou de la *tuppa*.

— De la *tuppa* ? Je croyais que l'incendie avait cramé toutes leurs réserves ?

— La marchandise se fait rare, c'est sûr, mais… ce sont mes affaires. Peu importe. Les mâchefers. Vous n'imaginez pas le temps qu'il leur a fallu pour me faire comprendre qu'ils voulaient ces sales bestioles. Cet Azalon avait l'air d'y tenir énormément. »

Décidément, je ne comprendrais jamais ces gens.

Philbert nous demanda également de lui trouver de la *copla*, un cristal sans grande valeur. Le lendemain, une partie de nos hommes partirent donc vers les grottes de Matilla, à deux jours de marche vers le nord. De notre côté, nous prîmes la direction des bois tout proches, où les mâchefers étaient communs.

À chaque instant il fallait se battre contre une végétation qui paraissait prendre un malin plaisir à s'enrouler à nos pieds, à s'accrocher à nos vêtements… Une foultitude d'insectes profitait de l'occasion pour nous sucer le sang en toute impunité. Ici et là, des flaques de boue patientaient, tapies sous des feuilles mortes, attendant qu'un imprudent posât le pied dedans et s'embourbât jusqu'au genou. Je haïssais cette jungle. Je vis un moustique voleter juste sous mon nez et le sentis se poser sur ma joue. Je m'infligeai une solide claque et grognai en voyant la saleté reprendre son envol. Loan et Ogar se gondolèrent à mes dépens.

Petite, elle, était en extase. Comme lors de son expédition avec Calixte, lorsqu'elle avait tiré le cerf roselier, elle était en admiration devant la taille des arbres, la variété des plantes, la profondeur de l'humus. Elle tentait d'entourer de ses bras les grands chênes, courait après les papillons et attrapait les coléoptères sans se méfier un instant. Mokan se mit à veiller sur elle après lui avoir ôté des mains un dangereux insecte dont j'ignorais le nom. Pour moi, de toute façon, chaque bestiole de ces bois étouffants était une menace potentielle.

Au bout d'interminables recherches, un bruit sourd se fit entendre, mettant toute la troupe aux aguets. Au lieu de contourner l'endroit comme toute personne saine d'esprit, nous commençâmes à avancer, un pas après l'autre. Subitement une clairière se dégagea, offrant un peu d'air et de lumière au cœur de cette impénétrable forêt. Les mâchefers avaient abattu les arbres pour se ménager leur aire et creuser leurs terriers. Partout des troncs entaillés de profondes marques de crocs jonchaient le sol. Un premier avertissement. Le battement de queue des reptiles sur le sol en était un autre. *Danger. N'approchez pas.* Nous nous approchâmes. Le terrain au pied des souches était percé de larges trous : l'entrée des galeries. Au cœur de certaines je voyais luire des paires d'yeux malfaisants. Saloperies. J'aurais dû aller chercher des coplas avec les autres, mais l'idée de me retrouver dans les grottes de Matilla m'évoquait trop nos mésaventures dans les tunnels d'Assale.

« Méfiez-vous, nous rappela Mokan. Une morsure peut vous arracher la main, alors restez à distance de leurs gueules. Et des queues, aussi. Lorsqu'ils se retournent, ils fouettent l'air avec et peuvent vous briser un os.

— Et il y a un bout par lequel on peut les approcher ? s'enquit Loan avec un sourire.

— Pas que je sache. Une flèche bien ajustée derrière la nuque, c'est la technique qu'emploient les trappeurs par chez nous. Mais pour les avoir vivants…

— On y a déjà réfléchi, chuchota Calixte. Vous voyez ces trous, là ? Ils sont plus petits que les autres. Ce sont des sorties de secours. On enfume l'entrée et on attend à l'autre bout pour les capturer. »

Sitôt dit, sitôt fait. Un tas de broussailles sèches fut placé à l'entrée du plus gros terrier. Je laissai à Petite la charge de l'allumer. Je préférais la savoir là qu'avec nous, à tenter de maîtriser un lézard enragé. Le crépitement des flammes et l'odeur de la fumée donna lieu à de frénétiques martèlements sous la terre. Le sol vibra sous nos pieds. À la sortie du trou que je surveillais avec Hatton et Finn, une odeur de brûlé parvint à mes narines. Puis une épaisse fumée blanche, qui piquait les yeux. Enfin, dans une tornade de griffes, d'écailles et de dents acérées, un énorme lézard gris-vert. La bête se fourra le nez comme prévu dans notre grand sac de cuir. Personne n'eut le temps de se réjouir : le mâchefer ressortit de l'autre côté d'un coup de crocs. Il produisit un son à la croisée des chemins entre le feulement d'un fauve et le sifflement d'un serpent. Tout le monde s'était relevé pour encercler la bête. Tous solides gaillards que nous étions, nous nous entre-regardions pour savoir qui aurait le courage de s'y risquer le premier. L'animal, lui, faisait des bonds d'un côté et de l'autre, tentant l'impossible exercice de faire face à tout ce petit monde en même temps. Il m'était déjà arrivé d'entendre les bruits de tambours en forêt, mais je n'avais jamais vu ces impressionnants reptiles d'aussi près. À peine un bruissement dans les fourrés, une silhouette qui s'évaporait en un clin d'œil. Celui-ci me paraissait d'un coup bien trop proche.

Du museau au bout de la queue, il était presque aussi grand que moi. Sa tête imposante était dotée d'un crâne épais. De petits yeux noirs étaient enfoncés profondément dans des orbites surmontées de crêtes épineuses. Deux dents larges et acérées dépassaient de sa gueule, dégouttant de cette salive corrosive qu'il produisait en abondance en vue du combat à venir. Le long de son épine dorsale, des écailles formaient des pointes de plus en plus grandes, avant de diminuer progressivement en allant vers la queue. Son dos arborait un vert foncé, tirant vers le bleu, alors que son ventre était d'un blanc verdâtre.

« Qu'il est beau ! s'exclama Petite, qui observait à distance.

— J'aurais pas dit ça comme ça. Bon, on fait quoi, maintenant ?

— On essaie les cordes ? » suggéra Finn.

Nous fûmes bientôt équipés d'inutiles cordages qui pendouillaient bêtement, ne sachant pas trop comment nous y prendre. Je finis par dire d'une voix moins sûre que je ne l'aurais souhaité :

« Allez, on y va. À la une, à la deux... »

Avant que j'arrive à « trois », le mâchefer prit une décision à ma place. Dans un mouvement rendu flou par la rapidité, il se propulsa vers l'avant. Vers moi. Je lançai ma corde, qui glissa sur son dos sans aucun effet notable. Je me retrouvai les quatre fers en l'air et entrevis une gueule énorme prête à se refermer sur mon visage. Un moment de résignation totale m'envahit. Le mâchefer ferait au moins une victime, et ce serait bibi. Je n'eus pas le temps d'éviter l'attaque et entendis ses mâchoires se refermer. Puis j'entrouvris un œil.

Tout près, bien trop près, la gueule écumante du reptile s'ouvrait de nouveau. Sa salive gouttait sur ma joue. Je sentis ma peau chauffer et tournai la tête pour protéger mes yeux. La bête fut tirée en arrière par un violent à-coup. Je respirai à pleins poumons alors que le poids de l'animal était retiré de ma poitrine. Je m'appuyai sur les coudes et découvris qu'Ivold avait réussi à passer sa corde autour de l'encolure du mâchefer ! Surpris, il ruait sauvagement en claquant des mâchoires, défiant quiconque de l'approcher. Le vieux charmeur était ballotté comme un jouet, et Calixte vint à son secours pour retenir la bête. Ogar fit alors un plongeon et atterrit sur le dos du reptile. Rudement secoué, il ne lâcha pas sa prise pour autant. Ralenti par le poids de son cavalier, le lézard tentait en vain de tourner la tête en arrière pour le mordre.

Ogar se saisit d'un cordage et l'enroula prestement autour de la gueule du mâchefer. L'instant d'après, il tira sur les deux bouts et l'animal se trouva bâillonné. Sous les hourras, il se retrouva à califourchon sur la bête, avec sa corde en guise de rênes. Facile ensuite de finir de ligoter le mâchefer, malgré un ou deux coups de queue qui envoyèrent ses adversaires valser dans les fourrés.

« Bien joué, mon grand ! fis-je en lui serrant la main. Et merci !

— De rien, cap'. C'était marrant ! » dit-il avec un grand sourire. Grands dieux, ces jumeaux étaient tarés, constatai-je en voyant Loan, ravi, s'approcher de son frère et lui donner l'accolade.

Je m'approchai pour défier courageusement la bestiole démoniaque du regard, maintenant qu'elle était saucissonnée de toutes parts. Je frottai ma joue où le filet de bave m'avait touché.

« Quel idiot ! Si tu frottes, ça va empirer. »

Mokan s'approcha avec un tissu imbibé d'une de ses potions médicinales. J'allais donner l'ordre de rentrer au bercail quand Petite s'en revint des sous-bois, les bras chargés de broussailles.

« On en attrape un autre ? »

Ce fut chargés de trois monstres écailleux et furibards que nous prîmes le chemin du retour. Leur corps musculeux continuait de s'arquer avec violence, rendant notre marche encore plus pénible qu'à l'aller. Je retrouvai avec joie la terre battue de la grand-route. En fin de journée, je toquai chez le bourgmestre et annonçai à Philbert que nous étions prêts à rencontrer nos nouveaux amis. Il parut surpris et presque déçu de notre succès.

« Ainsi donc vous avez réussi à ramener un mâchefer ? Est-il au moins en bon état ?

— Suffisamment en forme pour nous compliquer la vie. On aimerait bien se débarrasser d'eux au plus vite.

— *Eux* ? » Philbert haussa les sourcils et je me sentis grimper d'un chouia dans son estime. « Bien. Apportez-les et rejoignez-moi à l'hôtel de ville, je vous ferai entrer. »

Philbert parlementait avec un des gardes. Son attitude madrée tranchait avec celle, guindée, qu'il avait chez son patron. Je fus surpris de le voir échanger sans trop de mal en langue kinoshe. Il interrompit sa discussion à notre arrivée et avisa mon air interrogateur.

« J'ai toujours eu un don pour les langues.

— Tu avais dit que vous ne parliez presque pas, avec les Kinoshs.

— Avec l'ancien négociant, non. Azalon est plus disert. Quant aux hommes d'armes, il y a toujours quelques pièces faciles à se faire et certains ont un penchant pour la causette. »

Le garde ouvrit la lourde porte de bois et nous laissa entrer avec nos trois fardeaux grognants et sifflants. Dans la cour, le légat nous attendait posément, sous l'œil vigilant de ses hommes armés. Il ouvrit les bras avec un sourire hésitant et prononça :

« Bon journée ! »

Nous marquâmes tous un arrêt.

« J'ignorais qu'il parlait notre langue, chuchota Philbert. Quand nous nous sommes rencontrés, il s'est adressé à moi en kinosh. C'est bien la première fois que j'entends un marron s'essayer au caldécien !

— Euh… Bonjour ? articulai-je.

— Je bienvenue vous. »

Ivold adressa un sourire encourageant au légat et marmonna :

« Ça va pas être simple. Petite, tu veux bien nous faire la traduction ? Vaut mieux qu'on passe au kinosh, sinon on y sera encore demain. »

Un échange rapide s'ensuivit, auquel même Philbert n'entendit pas grand-chose. Nario et lui tendaient l'oreille, tiquant lorsqu'ils reconnaissaient une bribe de phrase. Je cachais mon incompréhension totale derrière une façade stoïque : Petite avait pourtant essayé de m'enseigner sa langue, mais j'y restais hermétique malgré tous mes efforts. Le légat paraissait ravi de la présence de la gamine alors que nous avions eu peur que son statut de femme « souillée » par nous autres barbares fût un repoussoir. Il finit par faire de gros yeux outrés et son visage se referma. Petite se retourna vers nous pour transmettre ce galimatias.

« Il a déjà entendu parler de moi. Au pays on m'appelle la Fille Perdue. Il dit que, si je veux, il peut me ramener à la maison. Mais qu'irais-je faire là-bas ? »

Elle produisit un petit rire comme une cascade d'eau claire. Le légat se rembrunit encore et croisa les bras sur sa poitrine. Son attitude était plus perdue que réprobatrice : il ne comprenait pas la décision de la gamine. La discussion reprit, à l'initiative de Petite, qui effectua une courbette élaborée pour se faire pardonner. Ils finirent par tomber d'accord sur une somme que Philbert jugea astronomique, au vu de sa tête ébahie. Je pris une posture avantageuse et lui fis un signe de menton. À son tour. Il s'en tira avec un pécule moins impressionnant, mais qui le satisfaisait grandement. Je sus à son contentement qu'il avait tiré d'Azalon un meilleur prix que le tarif habituel. Philbert prit une partie de son paiement et le rendit au Kinosh en disant quelque chose. Le légat s'assombrit, mais hocha la tête. Un des gardes s'éclipsa dans l'hôtel de ville et ressortit avec un sac en toile. Je humai immédiatement le fumet caractéristique de la *tuppa*.

« Non. Ça, c'est fini, mon pote. »

Philbert me fusilla du regard. Tenta de gonfler sa poitrine comme un coquelet hérissant ses plumes. Décida qu'il ne faisait pas le poids. D'un geste autoritaire, je demandai au garde de s'en retourner avec son herbe empoisonnée. Azalon, sans me quitter des yeux, piocha dans son coffre une poignée de piécettes qu'il donna à Philbert. Les drogués de Travers allaient passer des heures difficiles très bientôt. Mais pour ceux qui s'en sortiraient, il y aurait une chance.

« Vous, le chef? demanda le légat.

— Officiellement à Travers, c'est plutôt Telcien, le chef. Le bourgmestre, celui qui loge dans…

— Oui, je connais Telcien. Un pas très intéressant homme. »

Je ne l'aurais pas mieux dit. Je réprimai tant bien que mal un sourire. Voilà déjà une chose que nous avions en commun. Le bourgmestre geignard et méprisant avait le don de se faire des amis.

« Vous reviens avec d'autres marchandises. Et vous parles moi. J'apprends votre langue.

— J'ai vu ça, fis-je, avec un sourire franc cette fois. D'accord. La prochaine fois! »

Nous rentrâmes au campement en sautant presque de joie. Seul Philbert avait encore en biais d'avoir été privé de son stock de *tuppa*, mais nous l'invitâmes à manger pour adoucir son humeur. Entre deux tranches d'un savoureux cuissot de chevreuil rôti, je décidai d'aborder le sujet avec lui.

« Cette herbe est un fléau. Mokan a sevré plusieurs de nos soldats. C'était pas une partie de plaisir. Certains n'ont pas réussi. On ne peut pas laisser cette saloperie circuler en ville, c'est pas bon pour nous.

— Moi, tant que ça rapporte…

— Ne joue pas à ça avec moi. »

À son attitude frustrée et tendue, je sentis qu'il y avait autre chose. Sa morgue était-elle naturelle, finalement ? Je scrutai ses yeux. Ils étaient un peu caves, c'était vrai. Et il n'était pas bien épais, non plus.

« T'en consommes aussi, c'est ça ?

— Juste une fois de temps en temps, pas la peine d'en faire un plat…

— À d'autres. T'es mal à l'aise parce que tu sais que même si tu n'es pas encore en manque, ça va vite venir. »

Sa mimique vexée ne parvint pas à masquer que j'avais visé juste.

« File voir Mokan après manger. Tu restes avec nous pour les quelques jours qui viennent. Ce ne sera pas facile, mais on va prendre soin de toi. Une fois le sevrage terminé, tu te sentiras mieux. »

J'omis de lui dire que Loan et Ogar m'avaient avoué ressentir encore l'envie difficilement répressible de consommer la *tuppa*. Philbert avait d'autres chats à fouetter pour l'instant.

« Mais Telcien…

— Ne t'occupe pas de Telcien. Je me charge de le faire prévenir. On trouvera une excuse pour ton absence. »

Philbert refit surface après des jours de râles, de vomissements et de délires enfiévrés. Il était plus atteint qu'il n'y paraissait. Ses atours de valet de luxe cachaient un corps dévoré par la drogue. Au fil des jours, alors que la *tuppa* se faisait de plus en plus rare, de nombreux compagnons d'infortune vinrent grossir les rangs des patients de Mokan. Tous les drogués ne prirent pas cette décision. Des groupes disparates de squelettes ambulants quittèrent la ville. Claudiquant vers d'autres horizons et des lendemains peu reluisants. Deux victimes laissèrent la vie sur les lits de camp du toubib. Autant il pouvait être rogue avec ses malades, autant il était affligé de n'avoir rien pu faire pour empêcher le décès de ces pauvres hères.

« Ils étaient trop faibles, doc, le rassurai-je.

— Oh je sais bien que c'est d'leur faute. Je regrette juste de ne plus pouvoir leur dire en face », fit-il d'une voix émue.

Une rumeur à l'entrée de la ville écourta notre déjeuner. Les hommes partis chercher les pierres de copla revenaient de leur expédition. Un buffle des marais tirait à grand-peine un chariot encombré par de lourds blocs de pierre opalescents. Les grottes de Matilla étaient riches de ce cristal. Mais elles étaient aussi généreusement pourvues en pierres volcaniques acérées, en gouffres aussi profonds que difficiles à déceler et en boyaux inaccessibles. Le matériau étant de valeur modérée, peu de gens daignaient aller chercher la copla. Évidemment, si les Kinoshs y mettaient le prix, c'était une autre histoire…

Les soldats revenaient avec nombre de plaies et de bosses. Mokan retroussa ses manches et se mit au travail en commençant par houspiller les blessés pour leur maladresse. Nous prîmes le relais avec le chargement et le buffle. Philbert, encore faible, insista pour nous accompagner tout de même.

« Je n'ai aucune envie de perdre mon marché en vous laissant vendre les produits à ma place.

— Mais tu n'as rien à marchander !

— Pas cette semaine. Mais j'aime autant que le petit nouveau s'habitue à mon visage. Dès que j'irai mieux je reprendrai les rênes. À vous les lézards et les cailloux, à moi le reste. Sauf la *tuppa.* »

Il restait toujours aussi hautain, mais durant les derniers jours il s'était fait une meilleure opinion de nous. Il conclut par un sourire pincé qui, chez lui, équivalait à une poignée de main fraternelle. Il vacillait sur ses jambes amaigries. Je lui prêtai l'épaule et nous parvînmes clopin-clopant devant l'hôtel de ville. À notre surprise, Azalon nous attendait avec impatience sur le pas de la porte.

« Bienvenue, amis ! » lança-t-il en avançant vers nous.

Ses gardes le suivaient de près, l'air soucieux. Ils jaugeaient les passants, la main sur la garde de leur épée.

« Bonjour », répondis-je, toujours estomaqué par cet intérêt hors du commun pour nous autres, simples barbares.

Azalon nous infligea une pénible négociation menée dans notre langue. Le légat avait encore beaucoup à apprendre, mais refusait pour cette fois l'aide de Petite ou de Philbert. Il se montra aussi généreux qu'à notre première rencontre. Le personnage m'intriguait tant que je pris le risque de lui poser la question :

« Pourquoi vous tenez tant à parler notre dialecte ? »

Philbert me gratifia d'un de ses froncements de sourcils sévères. Mes gars chuchotèrent entre eux : à Assale, une question de cet acabit nous aurait valu un coup de trique ou un de ces « *miska* » dont les Kinoshs raffolaient. Azalon, lui, se fendit d'un sourire ravi, annonciateur d'une longue tirade approximative dans notre langue.

« Vous êtes nombreux. Nous pas beaucoup, ici. Si je veux continuer à vivre, il est meilleur que vous soyez des amis. Alors j'apprends à connaître. »

Ainsi donc il était tout à fait conscient de la précarité de sa situation.

« Je suis curieux des nouvelles choses. Un peu trop, parfois, pour certains… »

Il se rembrunit, comme s'il venait de réaliser qu'il en avait trop dit. Je cachai mon excitation derrière une mine polie. Je décidai de pousser ma chance.

« Les Kinoshs ne sont donc pas toujours d'accord entre eux ? »

Azalon me fixa, surpris, avant de se refermer comme une huître.

« La parole de Kinosh-bê est sacrée. Nous suivons sa lumière en toute chose. Le peuple kinosh est uni. »

Sur quoi il fit demi-tour et nous quitta sans autre forme de procès.

La fin abrupte de ma discussion avec le légat me laissa en plein désarroi. Pour me changer les idées autant que pour éviter aux hommes de tourner en rond, je commençai à organiser de nouvelles expéditions. Avant de prendre la mouche, Azalon nous avait demandé s'il était possible de lui ramener plus de coplas. Il souhaitait également être approvisionné en vins des Territoires du Sud, en bois d'œuvre, en grain et en fruits… La générosité du légat nous avait permis d'oublier les tentes de la place du Marché et de louer quelques chambres dans une auberge pas trop décrépite. Ne fût-ce que pour garder ce confort, j'étais prêt à aller moi-même récolter autant de cristal qu'il en demanderait. Nous nous répartîmes les tâches, laissant à Philbert le soin de trouver le vin et la nourriture. Il avait déjà des fournisseurs parmi ses connaissances.

Les soirées fraîchissaient. Les dernières chaleurs donnaient lieu à de violents orages qui laissaient derrière eux une atmosphère comme neuve, nettoyée de cette sempiternelle poussière recuite par le soleil. Bientôt les arbres se pareraient de couleurs flamboyantes, le brame des cerfs retentirait dans les sous-bois. Un dernier hommage avant la venue des frimas. J'aimais ce doux glissement vers la saison froide et les longues soirées d'hiver. J'étais en train de rêvasser, les yeux perdus dans le vague, quand Loan vint me chercher.

« Tu vas pas le croire, cap' !

— Mmmh ? » grommelai-je.

Je n'avais qu'une envie : qu'on me laisse tranquille. Mais Loan resta là, à trépigner d'impatience.

« Il y a quelqu'un qui demande à te voir.

— Eh bien qu'il repasse demain, je suis usé pour aujourd'hui.

— Tu ne comprends pas. Le *légat* demande à te voir. »

Je bondis sur mes pieds. Loan me guida jusqu'à une ruelle discrète où nous attendaient deux silhouettes encapuchonnées, puis s'éclipsa.

« Bonjour à nouveau, Dacien ami. Permettez que je présente à vous mon fidèle Anton.

— Bonsoir. Je ne savais pas que vous sortiez… si peu accompagné. »

Le « fidèle » abaissa sa capuche. La lueur lointaine du feu me dévoila un nez imposant, barré d'une vilaine cicatrice qui courait de sa joue gauche jusqu'à effleurer son œil droit. Ses yeux étaient perdus dans de profondes orbites noyées dans l'ombre. Il se tourna pour scruter la venelle derrière nous avant de me dire d'un ton de reproche :

« Ici, danger. Discret.

— Comme vous vois, ajouta Azalon avec un sourire complice, Anton est curieux, comme moi. Il apprend la langue. Mais il a raison. C'est un peu danger pour nous d'être ici.

— Ça, je vous ne le fais pas dire. Les soldats qui sont partis de Travers après votre arrivée étaient plutôt d'avis de vous passer par le fil de l'épée.

— Oh, je sais ! Miska, n'est-ce pas ? On nous a avertis que beaucoup de soldats ici. J'ai été surpris qu'ils s'en vont. Mais le danger n'est pas vous, ce soir. Les autres Kinoshs, certains sont les yeux et les oreilles de Kinosh-bê. J'ai besoin de parler sans surveillage. »

Je restai un instant silencieux. Bien sûr, les Kinoshs devaient s'attendre à trouver les membres de Miska et les hommes des armées fédérées dans le secteur. Ils auraient tout aussi bien pu envoyer une phalange et ratisser le coin pour se débarrasser de nous sans trop d'effort. Alors pourquoi n'envoyer qu'une poignée d'hommes ? Une fois encore, les méandres de l'esprit kinosh me laissaient pantois. J'insistai :

« Et que voulez-vous, exactement ? Vous ne feriez pas tous ces efforts s'il n'y avait pas un enjeu derrière tout ça. »

Le légat se tut un moment. Sur son visage se lisait la surprise, mâtinée d'une légère pointe de fierté. Me voir capable d'un raisonnement logique le prenait de court, mais ne lui déplaisait pas pour autant.

« Vous malin. Vous voulez savoir tout, n'est-ce pas ?

— Quelque chose me dit que si vous êtes là, c'est que quelque chose d'important se trame.

— Oui, malin, sans aucun doute. Comment expliquer ? Je vous ai menti. Kinosh-bê… Il scruta l'obscurité, aux aguets. Kinosh-bê n'est plus le guide de tous les Kinoshs. »

Le silence qui ponctua sa phrase en disait long sur le tabou qu'Azalon transgressait par ces mots.

« Kinosh-bê est devenu une maladie. Il conquête, il possède et après, il ne reste plus rien. Alors il conquête encore plus. Notre pays ne survit que grâce à ce que nous volons aux autres. Cela ne peut durer toujours. Les terres kinoshes sont… *trim'sha.* » Il s'interrompit pour consulter son valet et traduisit : « Stériles. Les Kinoshs *armin*, pur-sang, ne veulent plus s'abaisser à cultiver le sol. Alors nous capturons des hommes, les séparons de leur famille et les obligent de travail. Cela non plus ne peut durer toujours. Ce n'est pas bien. C'est contraire aux vraies valeurs kinoshes. Mais nous devons nous dépêcher. Temmos ne tardera pas à envoyer des soldats beaucoup ici. D'autres mostarkis vont arriver et il veut vous éliminer. Et une fois qu'il aura conquêté Travers, il enverra ses hommes à la poursuite des autres soldats caldéciens. »

Je blêmis. Si les Kinoshs se mettaient à nous poursuivre à travers la campagne, je ne donnais pas cher de notre peau. Et voilà que le légat esquissait une porte de sortie. Ça aurait dû me réjouir. Pourtant je ressentais le malaise de celui qui tenait au bout de sa ligne un poisson trop gros pour lui. Nous avions pressenti que les Kinoshs n'étaient pas aussi unis qu'ils auraient voulu le faire croire. Mais plus Azalon parlait, plus je comprenais que je ne maîtrisais pas assez de clés pour m'impliquer dans tout cet embrouillamini.

« Et nous là-dedans ? Qu'attendez-vous de nous ?

— Nous avons besoin de vous. Voler vos terres ici, au-delà de l'océan, peut-être Kinosh-bê a fait dernière erreur. Nos armées sont division et le peuple se pose des questions.

— Des armées divisées ? Je n'ose imaginer ce qui resterait de nous si plus d'hommes avaient débarqué sur nos côtes !

— La mort ou le travail forcé. C'est le sort des *pescals*, des vaincus. Kinosh-bê a des problèmes résistants dans les Terres de Feu. La Caldécie est beaucoup plus grand que nous croyons. Plus grand que l'empire kinosh tout entier.

— Dois-je vous dire qu'à l'ouest, au-delà des Pralas, un autre royaume s'étend ? »

Je crus déceler une certaine avidité dans son regard. Un conflit intérieur l'anima, puis le légat retrouva en un instant son sourire enfantin et ravi.

« Incroyable ! Cette pays est incroyable ! Certains de nous pensons qu'il faut arrêter le conquête. Nous voudrons commercer avec vous, être en paix. Il y a déjà plus d'esclaves que de Kinosh *armin*. Si nous continuons, un jour, la révolte éclatera et nous serons écrasementés. »

Il en arrivait au point important de cette affaire.

« Et ce *nous*, c'est qui, exactement ?

— Beaucoup attendent d'avoir la preuve de la trahison avant de s'élever contre Kinosh-bê. Si nous preuvons que la Caldécie n'est pas un territoire vierge, peuplée de primitifs, le peuple aura nos côtés. Alors seulement, nous pourrons avoir un Augure pour nommer un nouveau Kinosh-bê.

— Votre chef n'est donc pas indétrônable ? »

Azalon prit un air outré.

« Non, bien sûr ! Mais son mandatage est remis en cause seulement lors d'un Augure réclamé par les *itrasi*... voyons... les cinq-sixièmes ? Oui, c'est ça, les cinq-sixièmes de la population *armin*. Une fois nommé il est le guide du peuple kinosh, la Voix de la Dame et du Père...

— Pitié, votre système politique me donne des nœuds au cerveau !

— Votre Fédération est aussi complexée pour nous ! Avoir des dirigeants-guides qui se battent pour avoir raison, sans chef supérieur pour prendre une décision... Les Augures mettront à la place de Kinosh-bê le meilleur de nous. Il finalisera, j'espère, la guerre et la violence.

— Qui donc est ce "meilleur de nous" ?

— Il n'a pas encore été désigné. Mais cela viendra en son tante… en son temps.

— Oui, je vois ça d'ici. Si votre peuple ressemble, même de loin, au mien, il y aura magouille politique et lutte d'influence au menu. Des manipulations, expliquai-je en voyant Azalon et son valet démunis par mon vocabulaire.

— C'est vrai. Certains tentent déjà de trouver leur place pour demain.

— Et Terreur, il est de votre côté ?

— Terreur ?

— Le type qui lance des fumées noires et qui réduit nos hommes en tas de gelée.

— Oh ! Vous parlez de Paratiska. Un grand homme, par son pouvoir comme par son esprit. Le nom que vous lui donnez n'est pas correct. C'est un homme bon.

— Un nom qui ne lui colle pas ? C'est que vous n'avez pas vu son œuvre de près. En tous cas nous avons pensé que s'il n'était pas entré en scène, c'était pour mettre des bâtons dans les roues de votre Grand Administrateur.

— Non, vous vous trompez. Paratiska est un… comment traduire ? Un grand prêtre-mage, qui a choisi la voie de la Dame. Il a refusé d'utiliser son art, jusqu'à ce que Miska l'y oblige. Vous avez commis des attentats. Tué nos hommes. Volé la Fille Perdue. Paratiska n'est pas mauvais. Mais il a peut-être fait de mauvais choisissements. Il a préféré rester sans action face aux abus de Temmos.

— Dommage. Je pensais qu'une lutte de pouvoir entre les commandeurs nous aiderait à créer… un déséquilibre. »

Je ne savais trop que penser des hypothèses optimistes d'Azalon quant à une relation commerciale entre son peuple et le nôtre. Ils garderaient leur supériorité technologique et militaire et nous serions à chaque instant à la merci d'un retournement de situation. Cette avalanche d'informations précieuses me laissait dans l'expectative. Que faire de tout cela ? J'interrogeai le légat sans laisser le temps à mes doutes de s'exprimer :

« Que pouvons-nous faire pour vous aider ?

— Être vous-mêmes. Vous êtes un chef, vous avez fondé Miska… Je veux preuver à mon peuple que la Caldécie n'est pas une terre sauvage peuplée de primitifs. Kinosh-bê a trop longtemps usé de ce mensonge pour défendre ses actions. Si le peuple découvre qui vous êtes vraiment, ce sera… comment dire ?

— La goutte qui fait déborder le vase ?

— Quelle curieuse expression. Oui, j'imagine que c'est ça. »

Je sentais la situation m'échapper. Les plans d'Azalon se dessinaient et j'angoissais au point d'hésiter à poser la question :

« Comment comptez-vous montrer à vos compatriotes combien nous sommes civilisés, au juste ? »

Le visage d'Azalon s'éclaira d'un léger frémissement, équivalent chez ces gens d'un sourire béat. Mon cœur rata un battement lorsqu'il répondit, ravi de sa connerie :

« En vous emmenant dans mon pays, bien sûr ! »

Partie 3

Chapitre 20
Départ

« Vous voulez qu'on aille dans votre pays ? Vous êtes fêlé ? »

J'eus un mouvement de recul. Depuis mon arrivée à Travers, je me demandais s'il serait facile ou non d'arracher Dacien à sa contrée pour l'emmener à Mitris. Voilà qui commençait mal. Le grand Caldécien se campa fermement sur ses pieds et croisa les bras. Cet homme rustre me mettait mal à l'aise. Je luttai pour soutenir son regard bleu glace et cherchai à me justifier :

« Ne souhaitez-vous donc pas la fin de la guerre ?

— En quoi me rendre chez vous pourrait arranger les choses ? Et puis, si j'ai bien compris, la guerre est finie. Terreur… Paratiska ne veut plus se battre. Certes, Temmos attend des renforts, mais nous avons une chance si nous agissons vite. Il me suffit de reformer Miska, de recruter quelques milliers d'hommes dans les armées fédérées et vous êtes cuits. »

Anton m'aidait à comprendre les subtilités du langage et certains mots nous échappaient à tous deux, malgré tout Dacien se faisait parfaitement entendre.

« Oui, c'est vrai. Mais en vous engageant sur cette voie, un jour vous verrez de nouveau les voiles blanches de nos mostarkis pointer à l'horizon. Aurez-vous trouvé alors le moyen de vous protéger des balles de nos fusils ? Je vous rappelle aussi que beaucoup de nos hommes sont aujourd'hui engagés dans le conflit des Terres de Feu. C'est ce qui fait votre chance, mais Kinosh-bê mettra toute la puissance de l'empire à l'œuvre s'il le faut. Il en va de la survie de notre peuple. »

Le chef rebelle fronça les sourcils. Je craignis qu'il ne bondisse sur moi tel un animal sauvage. À mes côtés, Anton, se tendit, prêt à intervenir.

« C'est une menace ? gronda Dacien.

— Non, au contraire. J'essaie de vous aider. Ce conflit doit cesser.

— Mais vous aurez toujours besoin de nos ressources. »

Res'our. Étonnant, comme le terme local ressemblait au mot « vital » en langue kinoshe.

« En effet.

— Alors comment pouvez-vous me garantir que votre idée fera cesser la colonisation de nos terres ?

— Je ne le peux. Mais nous pourrions nous entendre, en paix. Nous pourrions échanger avec vous, de manière équitable. Commercer. »

Le guerrier passa une main sur son menton, perplexe. Était-il seulement capable de saisir les implications de ma proposition ? Rien n'était moins sûr. Il émit un grognement et fit brutalement demi-tour.

*

« Et toi qui pensais avoir déniché la perle rare ! *LE* Kinosh qui nous permettrait de trouver leur point faible ! Tu parles d'une blague ! me charria Loan en essayant de reprendre son souffle entre deux éclats de rire.

— Ouais. N'empêche qu'il n'a pas tort sur un point, repris-je en tentant d'ignorer le gonze. Admettons qu'on arrive à s'en débarrasser cette fois-ci. Les Kinoshs finiront bien par repointer leur nez. Qu'ils reviennent dans un an ou dans dix, ils nous mettront en pièces. Nous sommes des arriérés pour eux, avec nos arcs et nos épées.

— Alors tu veux faire quoi ? demanda Arnat. Tu ne vas quand même pas suivre son plan à deux sous ? »

Je me retins de rejoindre les jumeaux partis dans un fou rire à l'évocation de cette image. Nous, émissaires de la civilisation caldécienne, avec nos gueules de grognards et notre jargon fleuri… Le plan d'Azalon me paraissait alambiqué et peu réaliste, mais je ne voyais pas comment régler le problème en restant plantés ici. Il suggérait de mettre un terme au règne de Kinosh-bê, l'artisan de tous nos malheurs. Avec notre contribution.

« Si quelqu'un a une meilleure idée, qu'il n'hésite pas à me faire part de son génie. Personne ? Alors pour l'instant on va au moins réfléchir à sa proposition. »

Une trentaine d'hommes seulement étaient restés à Travers depuis le départ de Ronn. Une fois que l'éventualité d'un départ vers le pays kinosh eut été évoquée sérieusement, ils décidèrent presque tous de rentrer chez eux. Ils ne croyaient pas en la possibilité d'une évolution des Kinoshs. Aucun ne choisit de rejoindre Ronn, mais je les avais déçus et j'en ressentais une forte amertume. Seuls mes gars choisirent de rester à mes côtés, envers et contre tout. Eux, et Mokan, qui déclara avoir envie de découvrir le monde, mais que je soupçonnais de s'être attaché à nous.

*

La réaction de Dacien m'avait laissé une impression amère. Je rentrai à l'hôtel de ville la tête basse, perdu dans mes pensées.

« Il n'a pas dit non, argua Anton, tentant de me réconforter.

— C'est vrai. Mais il a été tellement surpris ! Il ne semble pas prêt à me suivre aveuglément, et je le comprends… Je suis inquiet. Contrairement à ce qu'on pourrait croire, il est l'un des Caldéciens les plus ouverts de cette bande. Les autres risquent d'opposer une résistance farouche à l'idée de nous accompagner. »

Nous interrompîmes notre discussion à l'approche d'un soldat.

« Sieur Azalon, vous savez qu'il est préférable de ne pas sortir sans escorte, me réprimanda l'homme d'armes d'une voix qui hésitait entre reproche et respect dû à mon rang. Les recommandations du Grand Administrateur…

— Je suis toujours en un seul morceau, n'est-ce pas ? Et je n'étais pas seul », rappelai-je en désignant Anton.

Le garde n'osa pas pousser plus loin ses remarques. Quoi qu'il en soit, il ne manquerait pas de faire un rapport détaillé à Temmos. Peu m'importait. Le message était passé, Dacien saurait revenir vers moi lorsqu'il aurait pris sa décision. Il me restait un mois avant la fin de mon expédition « commerciale ». Largement le temps de le laisser réfléchir.

Une lettre cachetée d'un sceau officiel m'attendait sur mon bureau. Je marquai un temps d'arrêt. Depuis mon arrivée, Temmos m'avait pour ainsi dire oublié. Que me voulait-on ? Je pris l'objet avec appréhension, avant de réaliser que le sceau n'était pas celui du Grand Administrateur, mais de Paratiska. Mon soulagement fut de courte durée.

À l'attention de sieur Azalon.
À remettre en mains propres.

J'examinai le papier plié sur lui-même. Chaque bord en était scellé. Que de précautions ! Un frisson de mauvais augure me parcourut la nuque. J'examinai méticuleusement la cire. Aucune trace de manipulation, le bord était bien net. Elle n'avait pas été décollée et chauffée à nouveau. Je priai la Dame pour qu'un faussaire ne m'ait pas berné et fis sauter la cire pour découvrir la suite du message de mon allié.

Je pense que Temmos a des doutes à notre sujet. C'est pourquoi je n'ai appris la nouvelle qu'en voyant les mostarkis arriver au port. Personne ne m'a prévenu plus tôt : Kinosh-bê a validé l'envoi de nouvelles troupes en Sher-Ima, dans le but de « pacifier » la région. Un contingent de quatre cents soldats vient de débarquer. À l'heure où je vous écris, les préparatifs sont en cours pour qu'ils rejoignent Travers. La présence de Dacien et de ses hommes là-bas est de notoriété publique. Ils doivent partir immédiatement. Je peux mettre à votre disposition un mostarki doté d'un équipage de confiance, mais il vous faut convaincre les Caldéciens de vous accompagner dès que possible.

Je ne peux, en toute conscience, venir avec vous. Croyez bien que mon cœur se languit de notre terre natale, mais je suis aujourd'hui le seul frein aux violences de Temmos. Si je le laisse seul aux commandes, il fera couler dans ce pays des rivières de sang. La détestation des autochtones est devenue son seul moteur. Pour le moment, il n'ose s'en prendre à moi. Je me dois d'exploiter cette faille pour tempérer ses ardeurs.

Encore une fois, faites vite : je ne sais qui, de mon messager ou des soldats de Temmos, arrivera en premier aux portes de Travers.

Je venais de brûler consciencieusement la missive d'une main tremblante à la flamme de ma bougie, quand le garde de faction toqua à la porte.

« Sieur, pardonnez mon interruption. Des troupes arrivent aux portes de la ville. »

*

Azalon déboula dans notre chambrée, échevelé, alors que nous nous apprêtions à aller nous coucher.

« Il faut partir !

— Alors, justement, on en a parlé entre nous et je pense que nous n'allons pas…

— Vous ne comprenez pas ! Temmos envoie une armée. Maintenant. Ils viennent pour vous. Ils vont terminer vos quelques hommes, après ils chassent le reste de Miska. Vous allez tous vous faire tuer.

— Vous aviez dit qu'on ne craignait rien pour l'instant !

— Je me suis trompé. Dacien, vous devez décisionner : si vous ne venez pas avec moi, Temmos vous poursuit jusqu'à morts. Je vous supplie, partance pour Mitris, nous avons encore une chance de tout changer ! »

Notre petite vie peinarde à Travers ne pouvait pas durer, j'en étais bien conscient depuis le début. Mais j'avais en horreur le destin quand il me forçait la main comme ça !

« J'ai pas vraiment l'impression d'avoir le choix. Vous en dites quoi, les gars ?

— Si c'est ça ou retrouver Ronn et faire la chasse aux Kinoshs, j'aime autant essayer d'arranger les choses », répondit Calixte.

Je consultai les autres. On m'offrit des hochements de têtes peu convaincus. Il faudrait s'en satisfaire pour le moment. Je me retournai vers Azalon et acquiesçai sèchement.

« Bien. Je faire diversion pour ralentir l'armée. Un légat nouveau va me remplacer et il va me retourner à Assale. Paratiska me dispositionne un mostarki, je m'en userai pour vous retrouver sur la côte. Vous, partancez maintenant vers la forêt, au nord de la ville. Je vous y ferai amener des… des animaux avec les pieds durs.

— Des chevaux ? » proposa Finn. Azalon le gratifia d'un geste de remerciement.

« Un peu après Récif se trouve la pointe du Croc, proposa Nario. Au nord, il y a de nombreux rochers, mais au sud vous trouverez une crique. C'est sauvage, personne n'y mouille son bateau. »

*

« Pourvu que Dacien et ses hommes aient le temps de s'enfuir ! m'inquiétai-je.

— Ils sont rompus à l'exercice », me rassura Anton.

Je me précipitai hors de l'auberge où les Caldéciens préparaient leurs bagages pour aller accueillir le bataillon à l'entrée de Travers, tandis qu'Anton s'occupait de prendre des chevaux dans nos écuries. Mes craintes se confirmèrent. Les soldats portaient la marque des vétérans des Terres de Feu, renommés pour leur efficacité et leur absence de pitié. Je mis les formes et appliquai à la lettre tous les protocoles de ma connaissance, y compris un discours aussi long que mal inspiré. Je saluai mon remplaçant, un personnage antipathique dénommé Kalaan, qui m'adressa à peine la parole. Dès son arrivée, il donna l'ordre de faire monter des piloris sur la place du marché. Pour « dresser » les indigènes, selon ses propres mots. Je plaignais les habitants de la bourgade, qui allaient vivre des temps difficiles sous sa férule. Pourvu que tout cela prît fin au plus vite !

Chapitre 21
Cap à l'Est

Le temps que la troupe fût prête au départ, les soldats envoyés par Temmos avaient commencé à patrouiller en ville. Dans la rue, les pas des Kinoshs claquaient sur le pavé.

« Allez, on se tire d'ici. »

Je saisis la poignée de la porte. Elle se déroba sous ma main. Je fis un bond en arrière et tirai l'épée. Mes hommes se préparèrent au combat. Nous n'avions même pas eu le temps de sortir de l'auberge que nous étions déjà faits comme des rats.

La porte s'ouvrit avec un grincement et une silhouette se faufila à l'intérieur. J'amorçai mon coup et m'arrêtai au dernier moment.

« Philbert ? Mais qu'est-ce que tu fiches ici ? »

Le valet de Telcien s'était départi de sa morgue habituelle pour afficher un visage estomaqué. D'une main tremblante, il écarta mon épée de sa jugulaire, où elle était venue effleurer la peau.

« Je suis venu vous prévenir. Merci pour l'accueil !

— On est déjà au courant. Je n'ai pas le temps de tout t'expliquer, mais on s'en va.

— Oh. »

Philbert s'assombrit.

« Tu devrais venir avec nous, lui dis-je. La vie va devenir difficile, ici. J'ai bien peur que les Kinoshs qui viennent d'arriver soient peu enclins à commercer avec toi. »

Philbert ne prit qu'un instant pour y réfléchir et m'adressa un franc sourire.

Nous nous faufilâmes dans la ruelle. Des façades aveugles rendaient le lieu oppressant. Je fus soulagé d'arriver enfin aux abords de la douve, malgré l'odeur pestilentielle. Nous avançâmes à pas de loup. À l'approche de la porte nord, un cri retentit dans la nuit, suivi d'un bruit de cavalcade. J'avisai la lueur de torches, qui éclairaient des soldats kinoshs d'ombres grotesques.

« On est repérés ! Courez ! »

Plus question de la jouer discret. Je filai vers la sortie.

« Chançard, où est passée ta veine légendaire ? » râla Ivold alors que nous sortions de Travers.

Arnat se contenta d'un haussement d'épaules. La forêt se détachait devant nous, lisière obscure dans la nuit. Il me poussa du coude et me montra l'orée du bois avec un grand sourire édenté.

« Tu vois bien que tu peux compter sur moi ! »

Des silhouettes de chevaux se découpaient sur le sol plus clair. Rendus nerveux par notre arrivée précipitée, ils renâclèrent. Je balançai mon barda sur le dos de la première carne venue, une jument courtaude à l'œil vicelard. Elle me jaugea brièvement avant d'essayer de me mordre.

« Ah, ça va pas commencer, saloperie ! » lui dis-je, déjà excédé.

Je haïssais les chevaux. Et ils me le rendaient bien volontiers. Je me hissai sur le large dos de ma monture. Un frisson parcourut son échine, que la bestiole appuya d'un grand soupir bruyant. Le temps de trouver une assiette approximative et de trancher l'attache, les autres étaient déjà tous en selle. Derrière nous, les Kinoshs couraient comme des dératés. Lorsqu'ils comprirent qu'ils arriveraient trop tard, ils épaulèrent leurs fusils.

Au premier coup de feu, la jument poussa un hennissement de terreur et s'emballa au triple galop. Je tentai de prendre les rênes, d'accompagner ses mouvements, de m'appuyer sur les étriers. Tous les conseils stupides qu'on avait pu me donner durant mes divers essais passés. Un échec total. Je me retrouvai couché sur l'encolure, accroché à sa crinière de toutes mes forces. Mes dents claquaient sous les cahots de la course. Dans un premier temps j'en fus presque satisfait : plus je m'éloignerais des Kinoshs, mieux je me porterais. Mais lorsque nous fûmes hors de danger et que le reste de la troupe ralentit, mon cheval ignora royalement mes supplications et continua de filer droit devant. Loan finit par me rattraper après une longue cavalcade qui me laissa moulu. Il attrapa les rênes et fit ralentir la jument pour la mettre au pas.

« Eh bien, t'étais pressé de décamper, on dirait ! » s'exclama-t-il, hilare.

Je lui dédiai un grognement maussade. Lui, était juché sur un destrier noir, épais mais d'allure noble, qui semblait tout à fait satisfait de l'avoir pour cavalier. Ma propre monture me coula un regard en biais par-dessus son épaule, me promettant de m'en faire à nouveau baver dès qu'elle en aurait l'occasion. J'hésitai à faire le reste de la route à pied.

Lorsque les autres nous rejoignirent, nos chevaux se mirent d'eux-mêmes au petit trot pour s'accorder au rythme de la troupe.

*

Je retrouvai le sourire dès le lendemain et les premières heures de route vers Assale. Dacien et ses hommes avaient dit oui ! L'arrivée du bataillon avait finalement joué en ma faveur. J'allais enfin rentrer au pays. Malgré tous ses défauts, j'étais pressé de retrouver ma femme. J'avais hâte également de revoir mes pairs. De leur révéler la vérité au sujet de Sher-Ima. De faire cesser les exactions de Temmos. De mettre un terme à cette guerre ignoble. Les quelques jours de trajet se déroulèrent sans anicroche, et je me laissai bercer par mes rêves de paix et de triomphe.

«J'ai tout de même des doutes, me confia Anton alors que nous arrivions en vue des murs de l'ancienne capitale caldécienne. Dacien et ses hommes… ne nous mentons pas, sont des brutes, même s'ils ont leurs qualités.

— En effet, j'avoue qu'imaginer ces guerriers débarquer à Mitris a de quoi donner des frissons. J'arriverai bien à leur inculquer quelques bases de savoir-vivre pendant le voyage. »

Mon retour à Assale se passa dans l'indifférence la plus totale. À ma grande déception, Paratiska ne prit pas la peine de répondre aux billets que je lui faisais parvenir. Même si mes messages étaient vidés de toute notion de subversion, cela m'inquiétait au plus haut point. Si le prêtre-mage, mon seul soutien de poids, avait finalement décidé de se rallier à Temmos et à Kinosh-bê, c'en était fini de moi. Désemparé, je frissonnais sous la lumière pâle d'un matin frais et pluvieux quand la porte de mon bureau s'ouvrit dans mon dos.

« Pas maintenant je te prie, Anton, maugréai-je.

— Allons, Azalon, les barbares vous ont fait oublier vos manières ? Ne me saluerez-vous donc pas convenablement ? »

Je me tournai d'un bloc. Voir la haute silhouette et les cheveux clairsemés du prêtre-mage me fut d'un réconfort immédiat.

« Mes excuses, sieur Paratiska, je ne vous attendais pas…

— Ce n'est rien. C'est plutôt à moi de vous demander pardon pour vous avoir laissé sans nouvelles. Temmos sait sa position fragile et redoute une traîtrise de ma part. »

Je laissai le silence planer. Paratiska s'apprêtait bel et bien, avec ma complicité, à trahir le Grand Administrateur, et Kinosh-bê lui-même, mais il eût été trop dégradant de l'énoncer à haute voix. Avant que ce mutisme ne devînt gênant, je repris :

« J'ai de grandes nouvelles. Votre message est arrivé à temps. Dacien et plusieurs autres autochtones ont pu s'enfuir. Ils sont prêts à m'accompagner au pays pour nous aider à prouver leur valeur.

— Voilà une excellente chose. Je saurai que vous œuvrez pour la bonne cause, pendant que je tenterai de retenir Temmos.

— Sieur, en restant seul ici vous serez en danger…

— N'oubliez pas que j'ai tout de même de quoi me défendre», fit Paratiska en remuant les doigts.

De minces fumerolles noires s'élevèrent de ses mains. Je sentis immédiatement un malaise monter en moi. Il referma le poing et mon trouble disparut.

«Le mostarki qui vous emmènera à Mitris attendra à la sortie du port à minuit. Soyez discret : Temmos n'hésitera pas à vous tuer s'il apprend votre départ clandestin. D'ici là, n'essayez plus d'entrer en contact avec moi : cela ne ferait que nous mettre en danger tous les deux.»

Je saluai le prêtre-mage en pliant le buste, les bras le long du corps. Il s'approcha de moi pour placer sa main sur mon avant-bras. Je lui rendis le salut fraternel, surpris et honoré. Puis il quitta la pièce sans un mot.

*

La chevauchée dura trois jours. Trois interminables journées à la fin desquelles Mokan tenta de soigner mon postérieur sous les quolibets du reste de l'équipe. La mer s'offrit enfin à nous, tel un miroir infini.

«On a pu éviter les villes jusqu'ici, mais cette fois, on n'aura pas le choix, cap', expliqua Nario. On va devoir traverser Méliante. La pointe du Croc est juste après. Si on s'enfonce trop dans les terres pour contourner le patelin, on va tomber sur des marais. C'est la seule route possible.

— D'accord. Mais on n'y fait pas étape.»

Nous approchâmes de Méliante au pas, à l'affût d'une éventuelle menace. Un relent âcre d'incendie me prit à la gorge. En humant l'air, le nez froncé, je décelai un effluve plus douceâtre.

«Ils font peut-être brûler leurs déchets?» supposa Finn.

Personne ne répondit. Même lui n'y croyait pas. Cette odeur, nous la connaissions tous. Nous ne croisâmes personne aux abords du patelin. Une modeste bourgade, ceinte d'une fortification de bois. Des brebis erraient sur le chemin, sans pâtre pour les surveiller. Les animaux s'approchèrent de nous, espérant un peu d'attention.

« Mauvais signe », grognai-je.

En arrivant aux portes de Méliante, j'avisai une large brèche dans la palissade.

« La ville a été attaquée, constata Calixte.

— Une expédition kinoshe ? » proposa Ivold.

Je m'engageai dans l'ouverture. Des cendres refroidies crissèrent sous mes semelles. Partout ailleurs, le silence était sépulcral. Dès notre entrée, l'odeur de décomposition devint insoutenable. Un incendie avait ravagé le centre de la ville. Dans les décombres, des silhouettes à demi noircies et décharnées, aux doigts recroquevillés, adressaient des prières muettes à des dieux aveugles à leur souffrance. Nous parcourûmes la rue principale d'un pas pesant, avec l'impression de profaner un tombeau. La rue nous mena sur une placette où s'était tenu un véritable carnage. Les villageois qui n'avaient pas péri brûlés avaient été réunis et passés au fil de l'épée. Hommes, femmes. Enfants. Deux gros chiens se repaissaient d'un mort et levèrent le nez à notre arrivée. Le museau barbouillé du sang de leurs anciens maîtres, ils battirent gentiment de la queue, ravis de revoir des humains vivants. Je les chassai, le cœur au bord des lèvres.

« Les villageois ne se sont pas laissé faire, dit Hatton. Il y a des Kinoshs, là.

— Ce… ce ne sont pas des Kinoshs, balbutia Nario en approchant des cadavres. Ce sont des Caldéciens. »

Ce groupe avait été mis à part et exécuté avec une violence inouïe. Leurs blessures trahissaient de cruelles tortures plutôt qu'une mort rapide. Une des femmes au moins avait été violée. Sa peau claire ne laissait aucun doute : elle appartenait à notre peuple malgré sa robe de marron. Du sang maculait son entrejambe, et sa tunique était déchirée. Ses seins marbrés portaient des marques d'ecchymoses. Le bourgmestre, un Caldécien qui portait la chaîne de sa charge par-dessus une tunique kinoshe, avait été disposé bien en évidence. Son visage n'était plus que charpie. Ses doigts cassés semblaient indiquer des directions contradictoires. Je me demandai ce qu'on lui avait fourré dans la bouche et reculai précipitamment en comprenant qu'il s'agissait de son pénis, racorni et ensanglanté. Nario s'écarta pour vomir.

« Pourquoi des Kinoshs auraient fait ça à des Caldéciens qui acceptent l'occupation ? demanda Philbert d'une voix blanche.

— Parce que ce ne sont pas des Kinoshs qui ont massacré ces gens », murmurai-je.

Les flèches dans le dos de ceux qui avaient tenté de fuir en témoignaient. Tout comme le cèdre centenaire qui trônait au centre de la place. Sur son tronc massif, je venais de découvrir une marque qui me glaça d'effroi. Le « M » de Miska, gravé dans l'écorce sombre.

Nous laissâmes derrière nous Méliante et son charnier à ciel ouvert et reprîmes la route, abattus. Le soir même, la pointe du Croc se profilait devant nous. Nous installâmes le campement dans un silence morne, qu'Arnat finit par rompre. Il explosa d'un coup :

« Comment a-t-il pu ? Faire ça à des innocents, des enfants !

— Ronn est devenu fou, ajouta Loan avec désespoir.

— Je me sens tellement sale ! reprit Arnat. Miska, c'était le signe du ralliement, de la liberté. On l'a dessiné tellement de fois sur les murs d'Assale… et maintenant on va nous associer à cette horreur. Quand je pense à tous les patelins qu'on a évités sur notre route…

— Il faut qu'on mette un terme à tout ça, intervins-je. Azalon a raison : si on n'arrive pas à faire la paix, le pays va connaître un bain de sang. Lorsque les Kinoshs apprendront ce que les hommes de Ronn on fait… Temmos prendra n'importe qui parmi les civils et en fera un exemple. »

Au petit matin, le mostarki d'Azalon s'amarra à la pointe du Croc. À la proue du bateau, le légat attendait, les mains croisées derrière son dos. Ce que ces Kinoshs pouvaient être rigides ! Jamais un mot plus haut que l'autre, à peine un sourire esquissé. Encore cette fois, Azalon se tenait, stoïque, comme si de rien n'était. Lorsque nous arrivâmes à sa hauteur, il fit une courbette et se composa un air poli.

« Bienvenue, Caldéciens amis ! Montez à bord, je vous prie, nous partance sans attendre. »

La douzaine de marins kinoshs se demandaient visiblement si j'allais leur sauter à la gorge. Je leur concédai un hochement de tête, pâle imitation du salut cordial dont ils avaient l'habitude. Un ou deux me rendirent la pareille. Nous n'étions pas nombreux, pourtant l'équipage était sur ses gardes. Mes gars, Nario et Petite bien sûr, ainsi que Mokan et Philbert. Nous formions un beau ramassis de fuyards fatigués, couturés de cicatrices et lassés des combats. Notre passage par Méliante avait fini de balayer nos derniers doutes : nous étions prêts à tenter le tout pour le tout, pour peu qu'il y eût une chance d'instaurer la paix entre nos peuples. Cela ne nous empêcha pas de nous entre-regarder avec méfiance.

« Allons, fit Azalon d'un ton conciliant en ouvrant les bras. Nous sommes amis, et nous passons du tante… du temps ensemble sur ce mostarki. Les marins ici sont de notre côté. Anton, montre l'espace de dormoir à nos amis, je prie. »

Nous avions déjà eu l'occasion de mettre le pied sur un bateau kinosh, et ça ne s'était pas bien fini. Je chassai quelques mauvais souvenirs. Le valet d'Azalon nous indiqua le chemin d'un coup de menton. Sa large cicatrice lui donnait un air renfrogné en permanence et brisait cette façade lisse à laquelle les Kinoshs tenaient tant. Il pénétra dans une écoutille ornée d'un cadre délicatement ouvragé. Un décor à la mode kinoshe, plein d'entrelacs sans queue ni tête. Je sursautai en voyant un des motifs effectuer une lente reptation.

« Qu'est-ce que c'est que ce truc ?

— Ça sent le charme, dit Ivold en regardant de près.

— Il y a un foutu charmeur kinosh sur le navire ?

— Non, pas un charmeur. Juste une trace de charme, un effluve. Tout le bateau en est imprégné. On dirait qu'ils arrivent à le fixer dans des objets, mais j'ai pas le début d'une idée de comment ça marche.

— C'était pareil avec les balles des fusils et les pièces d'armure, confirma Arnat.

— Ils ont compris un truc qui nous échappe, cap' », maugréa Ivold.

J'entrai le premier dans les entrailles du mostarki et laissai à mes yeux le temps de s'accoutumer à la pénombre. Peu à peu, un couloir étroit se dévoila. De part et d'autre, des colonnes blanches finement moulurées soutenaient le pont supérieur. Des portes en enfilade se découpaient à intervalles réguliers. Anton m'indiqua la première pièce et répartit mes hommes dans les chambres voisines. J'avais une cabine pour moi seul. Les autres coucheraient à deux par compartiment. Les chambrettes, prévues pour quatre matelots, étaient conçues avec soin. Des rangements ingénieux permettaient de caler toutes nos affaires, sans risque que la gîte du navire n'envoyât tout valdinguer. Un œil-de-bœuf laissait la lumière entrer. La vue donnait sur l'océan, à perte de vue. Je retins un premier hoquet. Nous n'étions pas encore partis que déjà le mal de mer se faisait sentir. Le voyage allait être long. Le motif torsadé qui ondulait doucement sous l'effet des mystérieux charmes kinoshs n'aidait en rien.

Je vérifiai que tout le monde était bien installé et remontai au grand air. Azalon m'y attendait avec ce sourire crispé qu'il considérait comme un visage poli. Mais pour un bon joueur de cartes, il y avait d'autres moyens de déchiffrer les arrière-pensées d'un homme. Des années de pratique faisaient de moi un connaisseur. Il avait les mains croisées devant lui et serrait inconsciemment ses doigts par à-coups. Je haussai le sourcil et attendis qu'il lâchât le morceau.

« Dites-moi, Dacien ami, vous avez remarqué, mon équipage est petit. Lorsque nous allons dans la grande mer, cela sera difficile. Quelques-uns des vôtres pourraient-ils aider aux manœuvrements ? »

Nario allait adorer. L'ancien matelot n'était pas descendu poser son barda et examinait le mostarki sous tous les angles. Les autres se porteraient volontaires aussi, ne serait-ce que pour s'occuper les mains. J'acquiesçai et Azalon se détendit imperceptiblement.

Petite pointa le nez hors de l'écoutille. Elle était furieuse et marmonnait dans sa langue.

« Qu'est-ce qui se passe ?

— C'est Anton. Il veut que je m'installe dans une cabine de fille. D'après lui je vais devoir rester là-dedans pendant tout le voyage ! Je veux être avec vous, mais *pas comme ça.* »

Elle croisa les bras, fixa Azalon et déclara en appuyant sur chaque mot :

« Je ne suis plus kinoshe. »

Azalon, en resta coi, les yeux agrandis par l'horreur. Je devais avouer que moi et mes hommes prenions un grand plaisir à observer la carapace du légat se fendiller lorsqu'il était confronté à nos manières « barbares ». Le voir ainsi, raide comme un piquet, tenter de contenir ses émotions était presque devenu un jeu. Je renchéris :

« Propose ta place à l'un des gars, il sera plus que ravi de profiter de l'espace et des draps de soie. »

La gamine me gratifia d'une mimique victorieuse avant de disparaître.

*

Mes beaux espoirs de paix et de gloire furent vite douchés par le récit des événements de Méliante et l'attitude revêche des Caldéciens sur notre navire. L'angoisse et le doute me dévoraient. Qu'étions-nous en train de faire ? Anton courait d'un bout à l'autre du mostarki, la figure rendue grimaçante par la contrariété. Aucun Caldécien ne semblait accorder le moindre crédit à ses instructions et vaquait à ses occupations en l'ignorant. En moins de temps qu'il n'en fallut pour le dire, les indigènes avaient semé le désordre dans tout le navire. Ils avaient littéralement contaminé le bateau par leurs manières frustes et leur sans-gêne. S'ils se comportaient ainsi à Mitris, ils allaient se ridiculiser et me couvrir de honte également.

« Ça ne marchera jamais, soupira Anton, à bout de nerfs.

— Je dois à tout prix leur faire comprendre que leur comportement est un problème. »

Et que dire d'Azel'aïs ? La Fille Perdue agissait comme un garçon des rues. Une vraie petite sauvageonne, qui n'avait pas hésité à fixer Anton droit dans les yeux pour le défier quand il avait voulu lui servir une collation sucrée, adaptée à son sexe. Elle avait la sympathie des Caldéciens, qui s'étaient entichés d'elle, et elle le leur rendait bien. Sans parler du jeune guerrier qui la suivait comme son ombre, un frère d'adoption plus affectueux envers elle que ne l'aurait été un frère de sang… J'eus une pensée pour sieur Roca et sa femme Pali'na. Ils ignoraient sans doute que leur fille était encore en vie. Quel honneur pour moi de la leur ramener… mais comment réagiraient-ils à sa déchéance ?

À ma grande surprise, au moment du départ, les indigènes se présentèrent avec discipline pour aider les marins à manœuvrer le bateau et se plièrent à toutes les demandes de Tereb. Philbert et Nario traduisaient ses instructions car, en bon kinosh, le timonier refusait qu'Azel'aïs s'en chargeât. Furieuse, elle poussa la provocation jusqu'à aller aider les autres Caldéciens à tirer les cordages. Je retins Anton qui était prêt à châtier dûment la petite rebelle.

Avec l'aide des hommes de Dacien, le mostarki s'éloigna de la baie. Quand l'ordre fut crié de donner de la voile, la nef accéléra, le claquement de l'eau contre ses trois coques émit un chuintement feutré. Encore un peu plus vite et le bruit cessa complètement. Nous volions. Les indigènes interrompirent leur labeur et échangèrent des murmures admiratifs. De quoi moucher un peu leur attitude bravache, estimai-je, satisfait. Le timonier les sépara en plusieurs groupes et répartit les quarts. Dans un peu moins de deux semaines nous serions en terre kinoshe.

Nario vint me voir avec un air enchanté sur le visage.

« C'est incroyable !

— N'est-ce pas ? J'ai été l'un de ceux qui ont développé cette technologie, dis-je avec fierté.

— Arnat m'a dit qu'un charme faisait voler vos bateaux, mais il n'y a pas que cela… Leur profil rappelle celui d'un poisson, et le matériau… j'ignore ce que c'est, mais cela semble tellement léger ! Même la voile est à la fois solide et très fine. »

Le jeune caldécien me surprit par sa sagacité.

« En effet, légèreté et lignes effilées sont aussi importants que l'épure. De nombreux essais ont été nécessaires pour trouver l'équilibre parfait. J'ai noté que vos caraques sont entièrement construites en bois assemblé. Un magnifique ouvrage, mais très lourd et impossible à réaliser chez nous. Nos coques sont un matériau *maka'ria*, une sorte de… pâte que l'on moule dans la forme souhaitée. »

Nario se montra passionné et nous passâmes un agréable moment à échanger sur les atouts des innovations techniques impliquées dans la conception des navires. Arnat et Ivold s'approchèrent et commencèrent à me poser des questions plus sensibles.

« Vous savez comment le charme peut rester prisonnier dans un objet ? demanda Ivold.

— Nous pratiquons cet art depuis longtemps, oui. Il est possible de condenser l'épure – ce que vous nommez le charme – dans de petits objets. Nos artistes aiment, par exemple, l'enfermer dans leurs œuvres d'art. Les objets plus grands qu'un homme étaient trop volumineux pour que cela fonctionne… jusqu'à il y a peu ! »

Les deux mages étaient pendus à mes lèvres. Emporté par mon enthousiasme, j'en avais déjà trop dit. L'avidité sur leur visage me rendit méfiant. Je leur fis un discours entrecoupé de termes techniques sur mes compétences d'ingénieur, qui n'étaient pas non plus pour rien dans l'existence des mostarkis. Ils insistèrent pour revenir au fonctionnement de l'épure, mais je feignis d'ignorer les réponses à leurs questions.

Loan et Ogar profitaient de leur quart de repos, dangereusement penchés par-dessus bord et enchantés par cette prouesse technique qui devait leur paraître magique. Les jumeaux riaient comme des enfants, sans se soucier du ridicule ni du péril. J'interpellai Dacien et il haussa les épaules négligemment.

« Comment peut-il être leur chef s'il les laisse faire absolument tout ce qu'ils veulent ? se lamenta Anton, qui venait de me rejoindre.

— Ces guerriers me semblent avoir un caractère bien trempé. Je ne suis pas certain qu'ils accepteraient d'être contrôlés. Par qui que ce soit.

— De quoi mettre à bas tous vos espoirs.

— Peut-être bien. D'un autre côté, tu les as vus, lorsqu'il s'est agi de participer aux manœuvres ? Ils ont bel et bien une sorte de discipline. Simplement ils ne fonctionnent pas comme nous. J'ai dans l'idée qu'en cas de besoin, ils seront loyaux à leur chef. S'il leur ordonne de se calmer, ils le feront.

— J'espère que vous voyez juste. Vraiment. »

Durant notre discussion, les jumeaux s'étaient mis en tête de dérouler de longs fils au bout desquels brillait une sorte de pièce argentée. L'un des deux fit tournoyer le fil au-dessus de sa tête et lança le métal miroitant dans l'eau. Il le remonta petit à petit, jusqu'à tout récupérer avant de reprendre son manège, bientôt rejoint par son frère.

« Que sont-ils encore en train d'inventer ? » demanda mon valet avec un soupir.

Une excitation soudaine agita les deux Caldéciens. Loan avait dû coincer son jeu dans quelque chose et tirait sur son fil. Au lieu d'en être déçu, le grand guerrier souriait à pleines dents, encouragé par ses comparses attirés par le remue-ménage. Je voyais les muscles épais de ses bras jouer sous sa tunique. Il se pencha par-dessus le bastingage. Anton ne put retenir une expression d'horreur en voyant ce que ramenait l'indigène.

Un énorme poisson argenté convulsait sur le pont. Long d'un bon mètre, il était doté de nageoires effilées, taillées pour la course. Il ouvrait la bouche et étouffait sous nos yeux. Loan se pencha sur lui et lui ôta la vie d'un coup de dague rapide. Un filet de sang vint entacher le pont de bois clair du mostarki. Le poisson cessa de remuer après un ultime soubresaut.

« Mais par la Dame, que faites-vous ? s'offusqua Anton.

— On se procure de quoi améliorer l'ordinaire, répondit Loan avec un naturel désarmant. Hatton a fait un tour dans vos cales. J'aime autant vous dire qu'il est revenu en rogne. À part vos chers spécimens qu'on ne doit pas toucher, pas le moindre jambon, œuf à faire frire ou morceau de fromage à se mettre sous la dent. On ne va quand même pas manger que de la verdure pendant toute la traversée ! »

Je surmontai mon dégoût pour m'approcher de la bête. Ses écailles irisées perdaient déjà de leur brillance et son œil vitreux ne fixait plus que le vide. Je remarquai que la robe argentée de la créature était rehaussée ici et là de nuances mordorées. Quelle splendeur !

À notre grand désespoir, les jumeaux ne s'en tinrent pas à cette seule capture et pêchèrent trois autres poissons. Après quoi les Caldéciens chassèrent le maître-coq de sa cuisine et se préparèrent un repas malodorant qu'ils dévorèrent avec délectation.

Après cette anecdote morbide, je compris qu'il me faudrait passer à l'action si je voulais que les Caldéciens fussent dignes de se présenter devant mon peuple. Je me mis en tête de consacrer tout mon temps à leur inculquer nos coutumes. Je récoltai mon lot de sourires, de hochements de tête polis. Nario, Philbert ou Azel'aïs leur traduisaient mes instructions… et ces guerriers têtus les ignoraient royalement. Tout au plus attendaient-ils que j'aie fini de leur parler, avant de retourner à leurs occupations comme si de rien n'était. Et encore. J'eus à souffrir plusieurs désistements avant même d'avoir fini de donner mes conseils.

« C'est important, Dacien. Si vous voulez montrer aux Kinoshs que vous êtes des individus dignes de leur respect, il faudra vous résoudre à suivre quelques règles de bienséance. »

L'indigène prit sa mine préférée : pieds fermement campés au sol, regard par en dessous.

« Par exemple lorsque vous rencontrerez mes compatriotes, il vous faudra vous habituer à les nommer "sieur", ou par leur grade s'ils sont militaires. J'en suis navré, mais sinon vous risquez de dégrader votre image. »

Froncement de sourcils.

« Évitez aussi de regarder les femmes. Ne les touchez pas. Ne leur parlez pas. En fait, ne vous en approchez pas du tout, ce sera plus simple. »

Croisement de bras doublé d'un haussement d'épaules.

« Enfin, je vous en conjure, portez les tenues que j'ai apportées pour vous. Elles donneront de vous une meilleure impression. »

Le guerrier rumina un instant ces consignes, puis ouvrit enfin la bouche.

« Non.

— Je vous en prie, soyez compréhensif !

— Moi, en robe ? Jamais. »

Il me planta là et partit vers la poupe du mostarki, mais se figea après quelques pas. Il me lança, par-dessus son épaule :

« Vous rendez-vous compte, Azalon, que vous n'êtes pas en train d'essayer de nous faire accepter en tant que Caldéciens ? Vous nous demandez d'être Kinoshs. »

C'était frappé au coin du bon sens. Encore une fois, Dacien me surprenait par sa sagacité, sous ses airs de brute épaisse. Il était vain de tenter de gommer nos différences. Je devais réussir non pas à les rendre civilisés, mais à montrer leur manière bien à eux d'être civilisés. En quelque sorte.

Tereb, le timonier, se présenta à moi avec une révérence toute réglementaire. Il y avait beau dire, j'avais du mal à m'habituer aux manières des Caldéciens et son attitude typiquement kinoshe me fit du bien.

« Sieur, si vous permettez ?

— Dites, Tereb.

— Le noble Paratiska m'a recommandé d'éviter les routes habituelles, dans le but de rester les plus discrets possibles.

— J'approuve tout à fait.

— C'est que… loin de moi l'idée de critiquer les ordres, mais notre itinéraire nous fera passer bien plus près du maelström que ne l'autorise le règlement.

— Je vois. Penses-tu que cela nous mette en danger ?

— Si le temps se maintient, tout devrait bien se passer. Mais en cas de tempête, je ne puis rien promettre. Nous pourrions être poussés par les vents et entraînés vers le cœur de l'océan. »

Je scrutai l'horizon. À perte de vue, le ciel bleu et lumineux me faisait plisser les yeux. Je n'y connaissais rien en navigation, mais le temps n'avait pas l'air de vouloir changer.

« Continuez ainsi que l'a demandé Paratiska. »

Le soir même, un violent éclair zébra le ciel, soulignant les courbes moutonneuses d'un épais nuage qui se ruait vers nous avec la férocité d'un prédateur. Un grondement ébranla le pont du mostarki et renforça cette impression d'être pourchassés par un fauve enragé. Tereb mobilisa tout l'équipage et les Caldéciens pour tenter de prendre l'orage de vitesse.

Mortifié de voir les appréhensions du timonier se concrétiser, j'aidai moi aussi à la manœuvre. Dacien se trouvait à mes côtés, alors que nous tirions sur des cordages qui me blessaient les mains. Mon physique entretenu avec soin était le fruit d'exercices quotidiens et non celui de travaux de force. Le Caldécien, lui, s'acquittait de sa tâche sans broncher alors que j'avais l'impression de n'être qu'un fardeau inutile. Le mostarki finit pourtant par virer de bord, sa voile claquant au vent de plus en plus violent. Je remarquai à la faveur d'un éclair la pâleur de Dacien, ses yeux exorbités par… la terreur ? Il surprit mon regard et se renfrogna.

« On a déjà subi un naufrage, grâce à vos amis, grommela-t-il. On a failli y laisser notre peau. On était bien plus près du rivage qu'aujourd'hui. Et je ne parle même pas des marsecs… »

Je ne trouvai rien à lui répondre. Un naufrage ici signerait notre arrêt de mort. Je saisis le cordage avec une énergie nouvelle et tirai de toutes mes forces. Une rafale d'une violence inouïe s'engouffra dans la voile et nous arracha le filin des mains. Je glapis de douleur lorsque le frottement me brûla les paumes. La voile se mit à claquer follement au vent.

« Ferlez tout ! hurla Tereb.

— Mais le bateau va se poser sur l'eau ! La tempête va nous rattraper ! criai-je.

— Elle le fera de toute façon, me répondit-il. Si nous laissons les voiles hissées, les vents nous pousseront vers le gyre. Il est trop tard pour éviter la tempête, au moins sur l'eau je pourrai utiliser la gouverne. »

Il actionna un levier, et deux ailerons glissèrent hors de la coque dans un chuintement. Sans à-coup, ils s'orientèrent à la verticale et se mirent en place avec un déclic. Tereb fit jouer les mécanismes avant de laisser le mostarki ralentir et amerrir. Aussitôt, nous fûmes ballottés en tous sens.

Les nuées furent sur nous au moment où nous finissions d'attacher la voile récalcitrante à son support. Plusieurs Caldéciens, au mépris du danger, étaient montés dans les vergues pour aider. Ils se laissèrent glisser au sol lorsque les nuages donnèrent au ciel nocturne des nuances violacées et torturées. Azel'aïs était restée sur le pont, à tirer sur les cordages, ignorant les supplications d'Anton lui demandant de se réfugier dans sa cabine. Dacien tenta lui aussi de la convaincre. Elle le renvoya sèchement, le visage froncé par une détermination farouche malgré la peur qui crispait ses traits. La fillette s'avérait d'un caractère d'acier, constatai-je. Si nous nous sortions de là, la convaincre de retourner parmi les siens allait s'avérer plus compliqué que prévu.

Des trombes d'eau se déversèrent soudain, et la houle se changea en vagues violentes qui heurtaient les coques du mostarki comme autant de coups de boutoir. Cramponné à la barre, Tereb luttait pour maintenir le cap du navire et éviter de prendre les vagues de travers. Le jeune Nario vint l'aider pour contrer l'océan. Les éclairs se firent plus nombreux et offrirent de brefs aperçus d'une mer démontée.

Les Caldéciens se mirent à montrer quelque chose. La foudre dessina une ramure aveuglante dans le ciel et me révéla ce qu'ils désignaient à grands gestes paniqués. Loin devant nous, une légère dépression se formait à l'horizon. Le maelström !

Tout au long de cette nuit infernale, Tereb et Nario restèrent accrochés à la barre. Le mostarki sous la torture gémissait de toutes parts. L'aube finit par colorer l'obscurité d'un jaune sale et nous trouva épuisés, trempés, mais vivants. Sans sa voilure, le navire dérivait sur le fort courant, attiré par le gyre comme un papillon par la flamme d'une bougie. Le tourbillon se dessinait nettement et les vagues suivaient la forme du courant en larges cercles. Enfin une forte brise ménagea quelques trouées dans les nuages. Je consultai Tereb, alors qu'il faisait déployer la voile.

« Pensez-vous que nous ayons une chance d'en réchapper ?

— Nul ne s'est jamais autant approché du gyre. Du moins, nul qui soit revenu pour conter ses exploits. Mais nous avons un mostarki. Nous allons voir de quoi il est vraiment capable. »

Le vent souleva le navire à la surface de l'océan. Les courants forts continuaient de peser de toute leur inexorable puissance sur notre trajectoire. Des grincements suspects s'élevèrent des coques, et Tereb s'arc-bouta sur la barre. Nario et lui échangèrent un regard entendu. Le Caldécien lisait les intentions de Tereb et anticipait ses mouvements, si bien que les deux hommes manœuvraient dans une harmonie spontanée. Sous leur poigne ferme, le mostarki lutta contre le courant avec opiniâtreté. Lorsqu'une rafale de vent arracha enfin le navire aux mâchoires du piège, ils eurent une exclamation de joie et se serrèrent la main en frères. Au-dessus d'eux, le ciel se nettoyait peu à peu de ses derniers nuages.

Le bateau se mit à glisser au-dessus des flots avec douceur, comme si rien ne s'était passé. Seuls les objets épars sur le pont et notre épuisement trahissaient la rude épreuve que nous venions de traverser. Dans les soutes, les cages avaient tenu bon mais plusieurs animaux avaient souffert, tant le navire avait été secoué. Je déplorai la mort d'un oiseau coureur, et un félin léchait une vilaine plaie sur une de ses longues pattes. Je voulus m'approcher pour le soigner, mais il m'accueillit avec un feulement et découvrit des dents en aiguille. Je renonçai et priai pour qu'il tînt bon le temps d'arriver à destination. Les mâchefers, eux, n'avaient pas la moindre égratignure. Ils sifflaient et grognaient comme à leur habitude.

Tereb finit par se laisser convaincre de prendre un peu de repos. Il vint vers moi, le visage marqué par la tension et la fatigue. Il consulta cartes et sextant avant de m'annoncer avec un sourire exténué :

« Il semblerait que nous soyons sortis d'affaire, sieur. Vous pourrez remercier les Caldéciens. Sans eux et surtout sans Nario pour m'aider à la barre, nous ne serions sans doute plus là pour en parler.

— Vous voici donc vous aussi convaincu, m'amusai-je.

— Ils sont… valeureux. Expansifs, certes, mais vous avez raison. On ne peut décemment pas les traiter comme de vulgaires sauvages. J'ai une autre bonne nouvelle, sieur : d'après mes calculs, nous allons battre le record de la traversée de plus de trois jours.

— Si je ne suis pas totalement discrédité par mes confrères lorsque je leur présenterai nos nouveaux amis, je rédigerai peut-être un mémoire au sujet de cette aventure. Après tout, nous sommes les premiers à avoir vu le maelström de si près et à en revenir vivants ! »

Chapitre 22
D'étranges rivages

Le mostarki avait souffert de la tempête. Nario et son nouvel ami Tereb s'inquiétaient pour la coque gauche, ou plutôt bâbord, qui présentait une légère déformation. Par chance, le temps se maintint au calme. D'après Azalon, il ne nous restait plus que deux jours de trajet avant d'arriver à Mitris. L'autre bout du monde. Ma discussion avec Azalon avait enfin mis les points sur les *i*. Le légat cessa d'essayer de nous changer en bons petits Kinoshs, et nous eûmes quelques discussions d'égal à égal.

Je n'avais jamais pris conscience de la force de conviction qu'il avait fallu à Azalon pour se lancer dans l'aventure qui l'avait mené jusqu'à moi. Même s'il affirmait avoir quelques soutiens sur place, il était évident qu'ils n'étaient qu'une infime minorité face à une société tout entière, qui acceptait la politique coloniale de Kinosh-bê sans broncher.

J'abordai la question un soir, alors que nous partagions notre repas, accoudés au bastingage. À lui les légumes verts, à moi un bon filet de daurade grillé.

« J'ai du mal à vous suivre. Vous semblez certain que dévoiler notre existence déclenchera un mouvement de sympathie de la part du peuple. Pourtant, tout le monde est favorable à Kinosh-bê, n'est-ce pas ?

— Il faut être kinosh pour comprendre. Vous, Caldéciens, êtes entiers ; vous dites tout, tout le temps. Notre société est très raide… rigide. Montrer nos émotions est… inconvenant. Nos vies sont… des codes… des règles. »

J'avais plusieurs fois proposé à Azalon de me parler directement en kinosh. J'étais incapable d'articuler trois mots, mais s'il parlait lentement, je parvenais à comprendre, parfois mieux que lorsqu'il s'escrimait à martyriser le caldécien. Peine perdue. Azalon héla son valet pour l'aider à traduire sa pensée. Heureusement, déjà plutôt à l'aise avec notre langue avant notre rencontre, Anton progressait de jour en jour.

« La rigidité s'infiltre jusque dans les esprits. Kinosh-bê est le garant sacré de ce mode de vie. Il est également le garant de nos valeurs. Si le peuple s'aperçoit que Kinosh-bê a trahi ces valeurs, pire, qu'il a bafoué les enseignements de notre religion, le désaveu sera total. Seulement, il va falloir que la preuve soit irréfutable.

— Alors nous saurons leur montrer qui nous sommes. »

Songeur, je laissai mon esprit divaguer. J'étais surpris de supporter aussi bien le trajet en mostarki. À part Nario, nous étions tous de fervents piétons et sujets au mal de mer. Je m'étais moi-même senti patraque rien qu'à l'idée de la traversée. Finalement, sauf quand l'océan tentait de nous gober tout crus, voguer au-dessus des vagues s'avérait plutôt agréable. Depuis le matin, le cri des oiseaux de mer annonçait la présence de terres proches. Le soleil de fin de journée teintait le ciel de nuances rosées. La chaleur pesante de la journée faisait place à un peu de fraîcheur. Depuis que nous avions passé le maelström, les températures montaient en flèche. Alors que, chez nous, l'hiver commençait à prendre ses aises, Azalon m'avait prévenu : dans son pays, nous serions en basse saison, la plus fraîche, mais qui restait tout de même digne d'une canicule en Caldécie. Pour tout dire, lorsqu'il était arrivé, en plein été, il avait trouvé le fond de l'air frisquet. De quoi nous promettre quelques belles suées lors de notre séjour.

Un reflet fugace sur la mer attira mon regard. Un aileron. Je crus d'abord à un requin, mais la bestiole qui se lança dans une série d'acrobaties aériennes n'était pas un squale.

Son corps fuselé évoquait un énorme serpent de mer. Des motifs complexes dessinaient sur sa peau un entrelacs qui me rappela les œuvres d'art kinoshes. L'animal se projeta hors de l'eau en s'arquant violemment. Son aileron et ses nageoires se déployèrent alors, tels ceux d'une libellule. Porté par son élan, il plana sur une vingtaine de pas avant de replonger sous l'eau. Il fut bientôt rejoint par des congénères, qui s'approchèrent de notre embarcation et multiplièrent les bonds prodigieux, tout en approchant le mostarki au plus près. Leur meute allait tenter d'attaquer ! J'appelai Calixte afin qu'il tire sur eux.

« Ne faites rien ! intervint Azalon en posant la main sur le bras de l'archer. Nous n'avons pas peur ! Ce sont des serpentelles. Des animaux sacrés. Ils veulent seulement jouer. N'en avez-vous donc jamais assez de tuer tout ce qui bouge ? »

L'emportement du légat stoppa Calixte net dans son élan. Il était tellement rare de voir Azalon perdre ses nerfs ! Nous échangeâmes un sourire amusé, et je charriai gentiment le Kinosh :

« Une société policée, hein ? Toute émotion est prohibée, c'est bien cela ? »

Azalon se calma aussitôt, avant d'éclater de rire.

« C'est vrai ! s'exclama-t-il. Vous êtes une mauvaise influence ! »

Son rire, franc, clair, était une part de lui que sa culture lui interdisait de dévoiler. Pour moi, ce fut une révélation. Il était sincère, il était honnête, et il allait falloir toutes nos bonnes volontés pour laisser une chance à ses projets de paix d'éclore. Pour la première fois, je me sentis proche du légat. J'aperçus Petite au bout du pont. Interpellée par nos éclats de rire, elle pointait une tête intéressée et se fendit d'un sourire en voyant le Kinosh s'exprimer si librement. Enfin.

Deux jours plus tard, la côte se profilait. Le mostarki avait beau être un coursier confortable, je me réjouissais de poser pied à terre. Mes hommes aussi s'activaient à préparer leurs bagages. Même l'équipage kinosh fourmillait d'une excitation contenue. Nous commençâmes à croiser d'autres embarcations. Seul notre navire volait au-dessus de l'eau, mais les autres bateaux avaient en commun avec le mostarki un profil acéré, une coque blanche et élégante, de grandes voiles carrées. On nous regardait passer avec une certaine stupeur.

« Nous, pas prévus », m'informa Tereb.

Devant mon incompréhension, il précisa, avec l'aide de Petite pour traduire :

« Chaque navire doit annoncer un plan de navigation à la capitainerie. Les allées et venues sont notifiées et validées. Nous arrivons sans autorisation.

— Ça pose problème ?

— Savoir vite », me répondit directement le timonier.

L'appréhension laissa la place à l'ébahissement lorsque la ville de Mitris s'offrit à mes yeux. À perte de vue, la cité kinoshe étendait ses maisons de pierre claire face à la mer. Sous le soleil ardent, de nombreux pans de toile ombrageaient les cours et les places, donnant l'impression que la ville entière s'apprêtait à prendre le large. Vers le nord, une falaise vertigineuse éperonnait la mer, défiait les éléments. Tout en haut était bâti un énorme édifice circulaire, doté d'une grande coupole ajourée d'une myriade de fenêtres.

« On dirait le Palais… murmura Ivold.

— Tout à fait, confirma Azalon. Encore une preuve que nos deux civilisations ne sont pas si différentes. »

Un mouvement sur la façade du bâtiment me fit plisser les yeux. Je crus avoir eu la berlue, mais Arnat confirma :

« Les fenêtres bougent… »

En effet. Tout doucement d'abord, puis de plus en plus perceptiblement, les ouvertures de la façade se déplaçaient.

« La puissance qu'il faudrait pour faire un truc pareil… marmonna Ivold, stupéfait.

— Oui ! dit Azalon. C'est une grande fierté de Kinosh-bê. Les yeux-de-maison bougent selon ses besoins ou son humeur. Mais vous avez raison, tout cela consomme beaucoup d'épure.

— Donc vous n'en avez pas autant que vous le voulez, de l'épure ? Comment vous faites pour la concentrer comme ça ? » s'enquit Ivold.

Azalon lui répondit par un sourire gêné et éluda le sujet. Soit notre nouvel ami ne connaissait pas la réponse, soit il n'était pas prêt à nous dévoiler tous les secrets des charmes kinoshs.

À l'approche des terres, la température monta encore de plusieurs degrés. Et dire que nous arrivions durant la saison qu'ils osaient considérer comme leur hiver ! Mitris se dévoilait peu à peu. À Assale, les immeubles dépassaient rarement les quatre étages. Les constructions kinoshes, elles, surplombaient le port d'une bonne dizaine de niveaux. Tels les arbres d'une forêt, les bâtiments se battaient pour leur place sous ce soleil cuisant. Tout ça s'étendait, au nord comme au sud, à perte de vue. Combien d'habitants pouvaient peupler une cité pareille ? Ici et là, des façades ornées présentaient de grands bas-reliefs animés. Je vis au moins deux immeubles dotés de fenêtres voyageuses, imitant le palais de Kinosh-bê.

La vue avait pourtant quelque chose de morne. Où était la verdure qu'ils aimaient tant manger ? Il n'y avait aucun arbre. Pas la moindre plante verte aux balcons.

Je sortis de mon observation hébétée avec un sursaut. Nous approchions du port et un comité d'accueil conséquent nous y attendait de pied ferme. Une multitude d'esquifs s'avançaient vers nous avec à leur bord, des Kinoshs en rangs d'oignons bien serrés.

L'un d'eux, leur officier sans doute, était vêtu d'une longue tunique comme celle d'Azalon, mais d'un rouge sombre. Placé à l'avant de la plus grosse embarcation, il était monté sur un animal étrange, avec une peau écailleuse et une longue queue qui battait l'air en frôlant le pont. Sa robe presque blanche se teintait de vermeil au niveau de l'échine et de courtes griffes raclaient le bois à chacun de ses mouvements. L'animal nous toisait d'un œil où luisait l'instinct de prédation. Son cavalier donna un ordre, et la piétaille nous mit en joue.

« Et ça recommence », grognai-je, exaspéré.

Azalon batailla ferme avec l'officier. Je voyais dans ses gestes une détermination farouche, même si le ton du Kinosh restait neutre et courtois, comme le voulait leur tradition. Le légat finit par se tourner vers moi avec un sourire gêné, et m'expliqua avec l'aide de son valet :

« Ces soldats sont envoyés par la Société des armes. Par Kinosh-bê. Heureusement, Paratiska a réussi à faire parvenir quelques messages à ses connaissances. Sous couvert d'intérêt ethnologique, vous n'êtes pas prisonniers, mais invités. Malheureusement, je ne vais pas pouvoir venir avec vous. Vous devrez suivre ces hommes qui vont vous emmener dans votre logement temporaire. Votre statut vous protégera de toute agression, en revanche vous ne serez pas libres de vos mouvements pour l'instant. Je vais contacter mes amis et ceux de Paratiska, et tout mettre en œuvre pour vous sortir de là au plus tôt, je vous le promets ! Vous ne resterez pas entre les mains de Kinosh-bê très longtemps. »

Un moment d'effroi nous figea tous. Ivold tenta de crier tout en chuchotant, ce qui donna lieu à un curieux croassement.

« Kinosh-bê ? Mais il est fou ? Comment peut-il nous laisser avec les sbires de notre pire ennemi et espérer qu'on ne se fasse pas assassiner ?

— Et il y croit à sa connerie, en plus, réalisa Finn. Qu'est-ce qu'on fait, cap' ?

— On n'a pas le choix, tranchai-je. Nous devons faire confiance à Azalon. »

Sous les regards peu convaincus de mes hommes, je pris sur moi pour me livrer aux militaires. Directement dans la gueule du loup, me hurlait mon instinct de guerrier. Les autres me suivirent avec force plaintes ronchonnements. Les Kinoshs qui nous « invitaient » avaient des gestes de recul au moindre mouvement un peu brusque. Seul l'étrange lézard garda un calme absolu, nous jaugeant de toute sa morgue. Je calmai les réticences de mes gars et nous les laissâmes nous désarmer sans résistance. Nos lames tintèrent sur le fond des barques kinoshes et il fallut toute ma force de persuasion pour amener Finn à se départir de sa hache d'armes. Le soldat à qui il la remit d'un geste qui se voulait désinvolte peina sous son poids. Il posa la hache d'un geste tremblant. Finn, avec sa carrure d'ours, était la cible de toutes les attentions. Il fit jouer ses biceps et provoqua quelques murmures étouffés. Je dissimulai un sourire de soulagement : ces hommes n'avaient rien à voir avec ceux qui avaient colonisé nos terres. Plus jeunes, craintifs, sans doute moins aguerris, nous leur infligions une trouille de tous les diables avec nos sales trognes de vétérans.

« Faut dire qu'ici, ils en ont entendu de belles sur nous, rappela Arnat, lui aussi rassuré.

— Ne jouons quand même pas trop avec le feu, tempérai-je. C'est nous qui sommes du mauvais côté de leurs canons. On reste sages jusqu'à ce qu'Azalon nous donne des nouvelles. »

Les rameurs mirent les barques en mouvement à grands coups d'aviron. L'officier et sa curieuse bête étaient montés avec nous. L'animal se mit à pousser de petits grognements aigus. Son cavalier fit un bruit de bouche et la monture se coula dans l'eau avec la grâce d'un poisson. L'homme s'allongea sur son dos et glissa les pieds dans deux arceaux prévus à cet effet. Il resta quasiment au sec tandis que le lézard ondulait doucement aux côtés des esquifs, qui nous débarquèrent quelques minutes plus tard.

Les quais avaient été fermés au public, mais dès que nous entrâmes dans la ville, la foule kinoshe se fit dense et, pour tout dire, oppressante. Les hauts immeubles d'habitation ne pouvaient qu'héberger une grande population, mais jamais je n'aurais imaginé une telle densité. Dans la moindre ruelle, sur chaque placette, à tous les carrefours se pressaient des milliers de citoyens. De nombreux hommes fumaient de la *tuppa*, parfois en usant d'un prolongateur élancé ou d'une pipe.

Mon étonnement grandit encore d'un cran lorsque je réalisai qu'il n'y avait presque pas de femmes. Je n'en repérai que quelques-unes, abritées sous de grandes cloches de dentelle. Le piétinement des gens soulevait une poussière fine qui piquait la gorge et laissait un goût minéral dans la bouche. La chaleur ambiante renforçait l'impression d'étouffement. À plusieurs reprises des carrioles passèrent, à peine plus rapides que les piétons. Elles étaient menées par d'étranges animaux efflanqués, tout en pattes. Leur museau rappelait celui d'un chien, mais leurs dents carrées étaient plutôt celles d'un herbivore. De leur poitrail jusqu'à sous leur gorge, un large pan de peau ballottait au rythme de leur pas, comme un morceau de cuir mal ajusté. Leur robe d'un beige crème était ponctuée de taches plus foncées. Dans la foule, les bêtes contenaient mal leur nervosité et ne faisaient qu'ajouter encore à la confusion ambiante. Ivold me prit à parti.

« Vu le foutoir que c'est, on pourrait leur faucher compagnie, cap'. Je peux bricoler une illusion… »

— Non. Notre unique chance, c'est de suivre le plan d'Azalon. Maintenant qu'on s'est engagés là-dedans, il faut aller jusqu'au bout. Leur système est un vrai embrouillamini. Si on fait une connerie, on risque de tout faire capoter. On suit le mouvement. »

Nos geôliers commirent une série de bourdes qui soulignèrent leur peu d'expérience. À un carrefour, on nous laissa sans surveillance durant un moment, le temps de dégager ce qui avait toutes les apparences d'un embouteillage piéton. On nous fit passer devant des ruelles non surveillées, alors que nos gardes ne se tenaient qu'au début et à la fin de la file. Nous étions aussi nombreux qu'eux. Si nous avions voulu, nous les aurions hachés menu, avec ou sans nos armes. Ils le savaient. Nous le savions. Et tout ce beau monde se faufilait dans une tension extrême jusqu'au cœur de Mitris.

Arnat et Ivold se tapaient sur l'épaule à chaque instant, désignant des objets curieux qui contenaient la fameuse « épure ». Outre les décors mouvants, ils repérèrent des genres de lanternes roses, qui laissaient échapper un babil incessant en kinosh. D'immenses pans de tissu se pliaient ou changeaient d'orientation par eux-mêmes, pour ombrager les façades et les cours.

Nous parvînmes devant un bâtiment immense, composé d'une entrée centrale à laquelle s'ajoutaient deux ailes latérales percées de multiples fenêtres. La quantité d'ornements abstraits typiquement kinoshs en faisait une construction excessivement démonstrative.

« Nous allons entrer dans la Société des commerçants, expliqua Petite. Paratiska n'a pas menti à Azalon, nous avons bien des soutiens, ici. Tout va bien se passer. »

À ce moment exact, on nous fit entrer dans l'aile droite du bâtiment, tandis qu'elle était emmenée *manu militari* à l'opposé.

*

Tout allait bien se passer. Je me rendis d'un pas confiant à mon logis, où la nouvelle de mon retour m'avait précédé. Mon épouse Martha et sa servante m'accueillirent avec joie et je ne pus échapper à une légère collation. Ravie par mon retour, Martha en mettait de côté sa mélancolie coutumière et m'assaillait de questions. J'étais heureux de la revoir, de retrouver les odeurs familières de mon foyer.

« Mon cher époux, comme la maison était vide sans vous ! Allons, racontez-moi, à quoi ressemble Sher-Ima ? Est-il vrai que la contrée est recouverte de forêts ? »

D'abord agréable, la conversation prit rapidement un tour futile. Ma femme me racontait que, depuis mon départ, elle avait enfin trouvé le courage de tenir salon, de se faire des amies. La notoriété apportée par mon aventure avait presque fait oublier les rumeurs sur sa stérilité.

« … ainsi Celi'Hata, la cousine de Kinosh-bê lui-même – enfin, au troisième degré – m'a rendu visite la semaine dernière. J'ai hâte de programmer la tenue d'un salon, vous pourrez narrer vos rencontres avec les sauvages à toutes mes amies ! Elles n'en reviendront pas. Et le bruit court que vous avez ramené des spécimens, est-ce vrai ? Mais… vous partez ? »

Je venais de me lever précipitamment. Sa causerie innocente me rappelait que mes concitoyens étaient toujours dans une totale ignorance de la civilisation caldécienne. Des spécimens !

Voilà un terme qui traduisait parfaitement le mépris de notre peuple pour les Caldéciens. C'était dit sans méchanceté, simplement avec un dédain naturel, imposé par la certitude de faire partie des élus, des « civilisés ». Il ne serait pas fait de mal aux Caldéciens, puisqu'ils étaient sous la protection des commerçants, mais ces derniers allaient-ils les traiter comme des égaux ? Bien sûr que non ! Il me fallait les rejoindre, et vite.

Les yeux de Martha se mouillèrent de larmes, retrouvant cette lueur fade que je leur avais connue ces dernières années.

« Je vous en supplie, ne pleurez pas. Je n'ai pas le temps de vous expliquer, mais il faut que je parte. Vous voir heureuse m'emplit de joie, par pitié, ne retombez pas dans la mélancolie. »

Était-ce la culture caldécienne qui m'imprégnait à ce point ? Je me sentis incapable de la laisser dans l'ignorance, alors que tant de fois par le passé, je l'avais mise de côté.

« J'ai une idée. Venez avec moi. Qu'en dites-vous ? »

Les nuages de la tristesse quittèrent aussitôt ses yeux de jais pour leur rendre cet éclat que j'avais tant aimé autrefois. Que j'aimais toujours, me rendis-je compte. Je passai la main sur la joue de ma femme et lui enjoignis de se préparer à sortir.

Quel délice de parcourir de nouveau les rues propres et soignées de Mitris ! D'entendre le son feutré des toiles d'ombrage qui ondulaient au vent ! Même la pression de la foule m'était agréable. La solitude m'avait si souvent pesé dans la Résidence d'Assale… Aux côtés d'une Martha ravie, je parcourus le trajet jusqu'à la Société des commerçants. Elle m'apprit, à mon grand désarroi, que sieur Roca s'était donné la mort rituelle en apprenant la disparition de sa fille. Temmos lui avait annoncé la nouvelle par une missive dans laquelle il annulait les fiançailles. Sans même chercher à savoir si Azel'aïs était morte ou vive, le sieur Roca avait pris de plein fouet ce déshonneur ultime et s'en était imposé les conséquences. Quant à Pali'na, elle s'était retirée dans la couventerie d'Irista. J'espérai que la jeune fille pourrait bientôt retrouver sa mère là-bas.

La Société des commerçants était d'une beauté fastueuse. Aux alentours, la circulation déjà dense devint difficile. La cohue bruissait de chuchotements excités. En réalité, je découvris que les badauds ne cherchaient pas à entrer dans le bâtiment, mais à en faire le tour. À l'arrière se trouvait le plus grand parc d'agrément de la ville, dont commerçants et technologues se partageaient la jouissance. Le plus souvent, il était ouvert au public, car y étaient exposés des projets d'architecture, des œuvres d'art et, ces temps-ci, des spécimens importés de Sher-Ima. Les deux Sociétés s'étaient accordées pour créer un espace d'acclimatation. Mais les spécimens qui m'inquiétaient marchaient sur deux pattes, avaient un caractère râleur et risquaient fort de ne pas apprécier le traitement qui, je devinais par avance, leur avait été réservé.

Finalement la foule ralentit jusqu'à s'arrêter complètement.

« Laissez-passer ! » ordonnai-je.

Nul besoin d'énoncer mon rang de noblesse. Ma tenue le faisait pour moi et je rechignais à clamer mon statut privilégié. Peu à peu la pression se relâcha autour de nous, et j'entraînai Martha vers l'entrée du parc. Les allées bondées étaient bordées de vastes cages aux barreaux de fer forgé. Devant de grands pans de murs peints, reproduisant les paysages de Sher-Ima de manière très approximative, des animaux faisaient la joie et l'étonnement des visiteurs. La première accueillait un couple de buffles qui mangeait paisiblement sa ration. Leur encolure massive, leur souffle chaud et puissant, et surtout leurs deux paires de cornes longes et épaisses impressionnaient les badauds. Venait ensuite une grande volière, fermée par des carreaux de verre. À l'intérieur, une multitude d'oiseaux s'ébattaient et faisaient étalage des couleurs et des cris les plus variés. Plus loin était présentée une collection de fleurs et d'arbustes exotiques, qui s'étiolaient sous le soleil aride. Je ressentis une pointe de fierté en passant devant les divers enclos, même si la faune et la flore perdaient de leur fougue et de leur éclat sous nos latitudes. Je parvins à l'espace réservé aux mâchefers. Les trois reptiles feulaient et battaient de leur queue puissante, faisant piailler de peur les plus jeunes visiteurs. Leur salive corrosive dégouttait au sol, et leurs petits yeux renfoncés brillaient d'une sauvagerie toute caldécienne. Et, enfin, les derniers arrivés.

Dans un vaste enclos ceint d'une grille ouvragée, une petite douzaine de Caldéciens m'attendaient de pied ferme. Le mot « furieux » n'était pas à la hauteur de leur état. Finn, le colosse, s'acharnait sur des barreaux qui semblaient ornementaux, mais que je savais d'une solidité à toute épreuve. Le pauvre bougre ne semblait pas se rendre compte qu'en plus de se fatiguer pour rien, il faisait le spectacle.

Même les quelques femmes présentes ne pouvaient retenir des œillades impressionnées sur ses muscles saillants. L'attitude d'Ivold était bien différente, il étudiait les barreaux avec beaucoup d'attention, trop peut-être. Le mage était particulièrement sensible à l'épure, me semblait-il. Quant à Dacien, il me regarda approcher d'un air glacial. J'avais perdu sa confiance, et il n'allait pas se priver de me le faire savoir.

« Tout ceci n'est qu'une regrettable méprise, m'avançai-je.

— Une méprise ? » s'étrangla le capitaine.

Il ouvrait et fermait la bouche sans parvenir à exprimer toute sa colère. On eût dit un poisson hors de l'eau.

« Je vais vous sortir de là très vite. Ce n'est qu'un malentendu, rassurez-vous.

— Il y a intérêt. Et ils ont pris Petite ! Alors, oui, faites quelque chose, et pas plus tard que tout de suite ! » hurla-t-il.

Je me rendis compte que le murmure de la foule autour de moi avait fait place à un silence total. Martha me glissa à l'oreille d'une voix pâle :

« Mais… mon époux, vous parlez donc leur dialecte ?

— Et nous parlons le vôtre », répondit Philbert en s'approchant des barreaux de la cage.

Cette fois les spectateurs ne purent retenir des exclamations étonnées.

« Quel est ce tour que vous leur avez appris, Azalon ?

— Ce pas un tour, gronda Dacien dans un kinosh abominable. Nous être pas des bêtes. Azalon nous sort de là maintenant ! »

Notre langue était une torture pour lui, mais il savait se faire comprendre. Autour de nous, les visiteurs s'offusquaient que ces hommes se soient adressés directement à ma femme.

« Nos coutumes leur sont étrangères, expliquai-je d'une voix forte. Ils ont leurs propres règles, leurs propres lois. Ne leur en tenez pas rigueur. Martha, repris-je plus doucement. Attendez-moi ici, voulez-vous ? »

« Menez-moi à Bertal, je vous prie », demandai-je à un garde.

Bertal. Paratiska m'avait cité ce collègue comme un homme de confiance. Les soldats du port s'étaient engagés à lui remettre les Caldéciens. Et si Paratiska s'était trompé ? Si Bertal n'était pas si fiable que cela ? Le garde me fit une courte révérence et ouvrit une voie vers la Société des commerçants. Il pénétra dans le bâtiment et bifurqua dans un couloir avant de me remettre aux bons soins d'un concierge. Celui-ci me guida d'un pas vif, en ignorant la grande salle qui faisait la renommée de l'édifice. Je n'eus qu'un instant l'occasion d'apercevoir les lustres de cristal, les banquettes luxueuses, les murs ornés de tableaux de maître. Partout la forme de l'hexagone et la représentation de l'abeille, symbole industrieux des commerçants.

Ces derniers estimaient que l'aboutissement d'une société, son bonheur, son équilibre, passaient nécessairement par la prospérité. J'étais pour ma part plus enclin à penser que le savoir était la clé. Se connaître soi-même, connaître les autres, comprendre le monde…

On me fit marcher dans un méandre de couloirs pour enfin me présenter une porte finement ouvragée. J'actionnai le heurtoir de laiton à l'effigie de l'insecte roi. Le concierge se retira avec une révérence et me laissa seul devant la porte, qui resta désespérément close. Après quelques minutes d'attente, j'hésitais sur la marche à suivre. Frapper de nouveau serait impoli. Mais m'avait-on seulement entendu ? J'aurais dû taper plus fort, pour être sûr…

Alors que ma main effleurait le heurtoir, celui-ci se déroba brusquement. Un visage chenu apparut dans l'entrebâillement.

L'homme ne faisait pas le moindre effort pour dissimuler son agacement.

« Qu'est-ce, encore ? Je suis en plein travail.

— Je souhaiterais voir sieur Bertal.

— Que lui veut-on ? »

Je restai un instant estomaqué. Ce vieil homme n'avait cure d'aucune convention. Non seulement il ne s'était pas présenté comme le voulait l'usage, mais encore se permettait-il une attitude déplorable.

« Dites-moi plutôt qui vous êtes, aboya-t-il.

— Je… euh, je suis Azalon, je reviens de Sher-Ima et je dois voir le sieur Bertal de la part de Paratiska.

— Paratiska ? Mais que ne l'avez-vous pas dit plus tôt ! Comment va ce vieil olibrius ? »

Soudain radouci, le vieil homme me mit une main sur l'épaule et me fit pénétrer dans le bureau. Ainsi donc mon interlocuteur n'était pas un valet incroyablement mal élevé, mais le fameux Bertal ? Je n'en trouvais plus mes mots. Dire que Paratiska me l'avait cité comme un homme sage ! Déstabilisé par ses réparties pour le moins colorées, je demeurai stupide.

« Allons, ne restez pas planté là. Nous sommes entre amis, nul besoin de se tenir raides comme des piquets. »

Il me désigna un siège et je m'assis. Il s'installa à son tour et sortit de son bureau une feuille de papier qu'il lissa d'une main fragile. Il alluma une tige de *tuppa*, recracha calmement une longue bouffée et parcourut le message distraitement.

« J'ai reçu ceci. Voyons donc… Paratiska ne m'a pas donné beaucoup de détail, il m'a fallu lire entre les lignes. Quelle mouche l'a donc piqué pour qu'il s'élève contre le Grand Administrateur et Kinosh-bê lui-même ? À moins que j'aie mal compris ? »

Il s'interrompit et me fit un signe d'encouragement. Il voulait l'entendre de ma bouche.

« Nous… Nous avons découvert en Sher-Ima un peuple doté d'une structure étatique, d'une culture élaborée. Une civilisation fort différente de la nôtre mais bien réelle. Temmos a tout mis en œuvre pour dissimuler cet état de fait. Il a sciemment présenté les autochtones comme des barbares, minimisé leur nombre et l'ampleur des altercations. Il s'est rendu coupable d'exactions qui ont mené à une véritable guerre. Nous avons failli y laisser la vie. Les Caldéciens – les habitants de Sher-Ima – se sont rebellés et seul Paratiska a pu déjouer leur attaque.

— Quel scandale. Je n'ai jamais eu une bien haute opinion de Kinosh-bê, je dois l'admettre, mais de là à aller se fourvoyer dans de telles bassesses… Et Paratiska, user de son pouvoir ? La situation devait être critique.

— En effet. Il a sauvé nos vies mais a dû sacrifier nombre d'indigènes, à son grand dam. Malgré tout, nous avons pu entrer en contact avec le chef des rebelles. Je suis persuadé qu'avec son aide, et la vôtre, il sera possible de mettre un terme au conflit. D'ailleurs…

— Mais que venez-vous faire ici, au nom du Père ? me coupa Bertal. Pourquoi ne pas avoir donné l'alerte dans votre propre Société ? Je me fais vieux, mais j'ai encore bonne mémoire. Je ne vous ai jamais croisé dans nos murs.

— Oui, je suis sociétaire technologue. J'ai bien quelques soutiens parmi mes confrères, mais comme votre société a la charge de nos invités, j'ai préféré venir vous voir de toute urgence. D'ailleurs notre petit groupe est loin d'être influent chez les technologues. Mandar s'est ri de moi. Il m'a envoyé en Sher-Ima pour chercher des "preuves". Il avait plutôt dans l'idée de se débarrasser de moi…

— Mandar ! Ce vieux croûton revanchard ! »

J'arrondis les yeux en entendant un descriptif aussi imagé. Bertal me lança un regard plein de malice et demanda :

« Dites-moi, votre "soutien" chez les technologues ne se nommerait pas Piros, par le plus grand des hasards ?

— Oui ! Comment le savez-vous ?

— Le nom de Mandar m'a mis la puce à l'oreille. Ces deux-là entretiennent une vieille querelle. Une sombre histoire de propriété intellectuelle. Piros est un esprit affûté, et c'est un humaniste. Pas étonnant qu'il se soit posé des questions sur le traitement réservé aux indigènes. Ah ! ah ! Vous vous êtes retrouvé dans de beaux draps ! Piros vous a utilisé pour faire rager Mandar, et Mandar vous a envoyé au bout du monde, à la fois par rancune envers vous et pour fermer le clapet à son vieil ennemi.

— En effet, je me suis trouvé mis devant le fait accompli », avouai-je.

Puis je me décidai à aborder le sujet de ma visite.

« Pour en revenir à nos invités, si je peux me permettre... Il semble que vous les ayez mis sous cloche. »

Bertal me fixa sans comprendre, puis se leva d'un bond qui dénotait une absence totale de rhumatisme.

« Par la Dame, les spécimens apportés par la Société des armes ce matin ne sont pas de nouveaux animaux ? Ce sont vos fameux indigènes ? »

Chapitre 23
À la face du monde

Je tournais dans notre enclos comme un fauve en cage. Non loin, les mâchefers en faisaient autant.

« Pauvres bêtes, commenta Hatton. Et dire que les marrons nous regardent en biais parce qu'on mange du bœuf. Eux, ils enferment des bestioles juste pour le plaisir ! »

Mes bottes claquant sur le sol, je fis un nouveau tour complet de notre « chez nous ». Un espace d'une quinzaine de pas de côté, fermé par d'épais barreaux. Le sol, une sorte de mortier lisse, était recouvert de paille. Un faux ruisseau de peinture bleue sinuait jusqu'à un abreuvoir. Une seule et unique vraie plante flétrissait d'heure en heure sous un soleil ardent. Derrière, une forêt factice était barbouillée sur un mur brûlant.

Et puis, l'attraction phare : nous. Trempés de sueur, écrasés de chaleur. De l'autre côté des barreaux, une foule dense se pressait pour nous observer. Depuis que nous avions fait démonstration de notre connaissance du kinosh, on tentait de nous faire parler, mais à la manière dont on s'adressait à des perroquets. L'humiliation me faisait monter le rouge aux joues. Nous aurions été à poil devant tout ce joli monde que ça n'aurait pas été plus avilissant. Seule l'épouse d'Azalon ne se prêtait pas au jeu. Entièrement voilée par une ombrelle dont les dentelles retombaient autour d'elle, elle se tournait de part et d'autre et reprenait ceux qui dépassaient les bornes d'un simple chuchotis. Quelques hommes la considérèrent avec surprise et dédain, mais ne protestèrent pas ouvertement. S'exciter devant nous ne faisait pas partie des bonnes manières kinoshes.

« Allez, cap', tu vois bien que c'est une erreur, lança Ogar.

— Viens voir, c'est plutôt marrant, en fait, renchérit son frère. Ils ont essayé de peindre des cerfs, là. Je crois. Soit ils sont pas doués, soit ils n'en ont jamais vu en vrai. Regarde, ils ont des pattes avec trois genoux ! »

Je fulminai en silence. Non loin, Martha chassa d'un geste délicat deux enfants qui essayaient d'attirer notre attention.

« N'empêche, ça fait au moins une heure qu'il est parti, Azalon, non ? » s'inquiéta Arnat.

Comme s'ils l'avaient entendu, les badauds s'écartèrent pour laisser apparaître le légat. Il était accompagné d'un vieillard épais comme une brindille. Je m'accrochai aux barreaux brûlants :

« C'est ça, vos renforts ? » dis-je avec dédain.

Azalon murmura quelques mots à l'oreille de l'ancêtre. Le visage du grand-père se froissa de partout alors qu'il étirait ses lèvres sur un sourire édenté. Je rêvais ou il venait de me faire un clin d'œil ? Le vieux fouilla dans une besace qu'il portait en bandoulière.

« Ah ! Les voilà ! Azalon n'est pas allé chercher des renforts, il est venu trouver quelqu'un qui a les clés. Je suis Bertal. Sociétaire commerçant, à votre service, dit-il en prenant soin d'articuler chaque syllabe pour que nous puissions le comprendre. Je crois savoir que vous parlez notre langue ? »

Sans attendre ma réponse, il longea la cage et s'approcha de la porte. D'un tour de clé, l'ancêtre fit jouer le mécanisme de la serrure sans effort. À ma grande surprise, Azalon nous rejoignit dans l'enclos.

« Cher ami, je ne peux imaginer… je n'ai pas pensé… vraiment, je ne sais pas comment m'excuser », fit-il en baissant les yeux.

Un murmure nous parvint de l'extérieur. Lorsque Bertal avait ouvert la porte, la foule s'était écartée et fixait désormais Azalon, indignée. Le légat s'était incliné, si bien que je ne lui voyais plus que le dessus du crâne. Sous ses cheveux coiffés en un chignon serré, il me glissa en serrant les dents :

« Dacien, je m'incline devant vous comme devant un chef… guide… roi. Acceptez-vous de me rendre le pareillement, afin de montrer à tous ces gens que nous sommes égaux ? »

J'hésitai. Mais sa sincérité me toucha, et nous nous retrouvâmes presque tête contre tête. Les spectateurs chuchotaient entre eux, quelques exclamations perçaient ici et là. Azalon se releva et j'en fis de même. Il conclut la réconciliation en pressant sa main sur mon avant-bras. Il avait un sourire encore contrit, mais une étincelle joyeuse brillait dans ses yeux.

« Je crois que vous allez adorer Bertal, me murmura-t-il. C'est un personnage étonnant !

— Il y a intérêt, me glissa Ivold. Ce vieux machin, là, c'est un charmeur de première bourre. Il est presque aussi puissant que l'Hivernier. »

Nario, qui restait près de moi et me servait d'interprète, interpella Azalon alors qu'il prenait la direction de la sortie. Son visage poupin faisait montre d'une rage que je ne lui avais jamais connue.

« Où est Petite ? » demanda-t-il en kinosh.

La bonne humeur du légat fondit comme neige au soleil. Il se tourna vers Bertal, embarrassé.

« Qui donc est Petite ? fit aimablement le vieillard.

— Vous ne lui en avez pas parlé ? grondai-je.

— Oui, euh… je n'en ai pas eu le temps. Mais ne vous inquiétez pas, je suis sûr qu'elle va très bien.

— Oh, vous parlez de la jeune kinoshe que les soldats ont ramenée ? intervint Bertal.

— Il s'agit d'Azel'aïs, précisa Azalon. Elle était promise à Temmos et il a réclamé sa venue en Sher-Ima. À la suite de circonstances… houleuses, elle a été recueillie par les Caldéciens. Elle s'est prise d'affection pour eux, si l'on peut dire. Et eux se sont liés à elle également. »

Bertal se départit de son air débonnaire et fronça les sourcils. Il rumina quelque temps l'information avant de se dérider un peu.

« Vous, sieur Azalon, qui affichez publiquement votre respect pour les indigènes. Et maintenant, cette enfant qui s'attache à eux au point qu'elle refuse d'en être séparée… Je crois que je commence à comprendre à quel point la situation est sérieuse.

— En effet. Nous devons présenter officiellement les Caldéciens devant les Sociétés. Révéler l'ampleur de la guerre en Sher-Ima…

— Faux, le coupai-je. Ce qu'on doit faire, avant toute chose, c'est aller chercher Petite. Maintenant. »

Notre sortie du parc se fit sous les regards ardents de la foule. Martha nous suivait, légèrement en retrait. Sa longue ombrelle ne pouvait dissimuler l'intérêt qu'elle nous portait. Je me tournai vers elle et remerciai son attitude protectrice lors de notre captivité d'un hochement de tête que j'espérai respectueux. Elle marqua un temps d'arrêt presque imperceptible, puis me rendit mon salut. Je crus percevoir l'éclat furtif d'un sourire derrière les dentelles.

« Désormais, le but de votre présence sera connu de tous, prévint Bertal. Kinosh-bê va comprendre que son siège est en jeu. Nous devons vous présenter aux Sociétés au plus vite. La protection des seuls commerçants ne suffira pas à vous garantir la sécurité. Par la Dame, un tel scandale… Il va falloir déclencher les Augures ! »

Les yeux noirs du vieil homme s'étaient agrandis alors qu'il prononçait sa dernière phrase. Il jeta un regard mâtiné d'admiration à Azalon.

« C'est ce que vous prévoyiez depuis le début, n'est-ce pas ? »

Le légat baissa les yeux avec humilité.

« Je suis convaincu que Temmos et Kinosh-bê ont trahi leur serment. Ils se sont montrés indignes, cruels. Il n'y a pas d'autre solution. »

Bertal n'avait pas tort. Maintenant que le plan d'Azalon était dévoilé, nous étions à la merci d'une attaque. Kinosh-bê pouvait très bien décider qu'il n'était pas à ça près pour nous faire taire. Je parcourus le trajet avec l'impression aiguë qu'on nous épiait. L'absence de nos armes se faisait cruellement sentir.

« Je vous les remettrai sous peu », me rassura Bertal.

Je maugréai un vague assentiment. De toute manière, ce n'étaient pas quelques épées qui allaient changer la donne si Kinosh-bê employait les grands moyens.

« Nous voici arrivés ! déclara Bertal en désignant ce que j'avais pris pour un bâtiment public.

L'immeuble, fastueux, nous surplombait de ses cinq étages et de ses hautes fenêtres en ogive. La porte d'entrée monumentale faisait deux fois ma hauteur. Je réalisai que ses larges battants étaient en bois massif, un matériau plus que rare à Mitris, et joliment ornés d'arabesques abstraites. Les motifs qui y étaient sculptés ne bougeaient pas, mais leurs couleurs variaient doucement, du bleu glace au rouge le plus vif. Devant ma mine ébahie, Azalon me chuchota à l'oreille.

« Bertal est un noble de haut rang ! Un prêtre-mage. Il est recteur associé de la Société des commerçants. Il aurait pu être ministre. Et même plus… Il a participé aux derniers Augures.

— À la place de quoi vous avez remporté le gros lot avec Kinosh-bê. D'ailleurs, c'est un titre honorifique, n'est-ce pas ? Quel est son véritable nom ?

— Il est interdit de le prononcer. Kinosh-bê est Kinosh-bê. Il doit abandonner son nom. »

Notre entrée dans la maison de Bertal coupa court à mes réflexions sur les bizarreries des traditions kinoshes. Une servante effectua une profonde révérence en voyant son maître de retour. Elle commença à se relever et se figea en découvrant nos trognes. Je souris. Elle se couvrit la bouche et poussa un petit cri. Je levai la main en guise de salut. Elle prit ses jambes à son cou.

« C'est pas gagné, pour séduire les filles du coin », gloussa Ogar.

Je grognai.

Bertal nous laissa entrer dans sa demeure. Une vaste pièce dotée d'élégantes colonnades et de sculptures nous accueillit. Le salon était suffisamment grand pour nous loger tous, et bien plus encore. Une vraie salle de bal. Nous nous assîmes sur des coussins façonnés dans un velours moelleux rehaussé de broderies. Au milieu de la pièce trônait un bassin peu profond, mais suffisant pour faire clapoter l'eau sur les dalles de céramique décorées de motifs géométriques colorés. L'eau y était agitée d'un courant illogique, où les vaguelettes produisaient d'élégants motifs. Arnat me confirma ce que je soupçonnais déjà : de l'épure, encore. Enfin, au centre, sous une percée dans le toit qui déversait directement la lumière du jour sur son feuillage, *un arbre*. Et pas une bouture du dernier printemps. Malgré sa taille modeste, le dessin de son tronc, les formes noueuses de sa ramure indiquaient un végétal vénérable.

« Un pêcher, commenta Bertal. Il fait la fierté de ma famille depuis trois générations. Ah ! Te revoici ! fit-il en voyant la servante pointer une tête effarouchée dans la salle. Allons, Isbelle, ne laissons pas nos hôtes ainsi, va donc nous chercher une collation. »

Elle revint avec un plateau d'argent chargé de mignardises d'allure raffinée. Elle tremblait tellement qu'un des gâteaux tomba par terre. J'avais l'impression de revivre notre première rencontre avec Petite. Comme elle, Isbelle avait de grands yeux foncés, rendus sévères par d'épais sourcils. Un nez épaté, une peau très mate mais plus claire que celle des hommes. Enfin, c'est ce que laissait entrevoir la résille qu'elle portait devant son visage. Mais sa frayeur ne suffisait pas tout à fait à endiguer sa curiosité. Elle ne pouvait s'empêcher de nous dévisager les uns après les autres. Les jumeaux s'amusaient à lui faire des sourires et des clins d'œil, qui déclenchaient chez elle de petits gestes apeurés.

Nario ignora les gourmandises et interpella Bertal :

« Je croyais qu'on devait récupérer Petite ?

— Bien sûr, bien sûr. Ne vous impatientez pas, j'ai fait prévenir ma nièce De'rima. Il s'avère qu'elle a convié des amies à rencontrer Azel'aïs. Laissez à ces dames le temps de se préparer, elles ne vont plus tarder. »

Je finis par me laisser convaincre de goûter à un biscuit farineux au goût d'épices aussi prononcé qu'indéfinissable. Isbelle repassa parmi nous pour servir un breuvage presque noir, censé nous apporter de l'énergie, d'après Azalon. Je trempai les lèvres dans le liquide brûlant, espérant que cette boisson n'aurait pas d'effet néfaste sur nous. La *tuppa* avait fait suffisamment de victimes comme ça. Je fus vite certain qu'il n'y avait pas d'inquiétude à avoir : je reposai la tasse avec une grimace de dégoût, comme la totalité de mes camarades. La saveur amère m'anesthésia les papilles. Je volai à Isbelle une autre pâtisserie, cette fois un truc poisseux et sucré. Loan me laissa m'étouffer sur ma bouchée avant de me tendre avec un grand sourire un verre d'eau toute simple. Je l'engloutis avec reconnaissance. Par la suite j'examinai avec suspicion tout ce qu'on me proposait et optai plutôt pour des fruits, exotiques mais vaguement identifiables.

Martha, qui s'était éclipsée depuis notre arrivée, fit son entrée, suivie d'un bruit de froufrous. De petits pas claquèrent sur les dalles lustrées. D'un coup, nous fûmes victimes d'une invasion de femmes kinoshes. La plupart des gars accueillirent les arrivantes avec un sourire gourmand. Moi, je me remémorais les avertissements d'Azalon à leur sujet. Loan et Ogar qui faisaient du charme à une domestique, je me sentais de taille à gérer. Mais là nous avions à faire à de la donzelle de haute extraction. Elles rivalisaient de parures vaporeuses qui dissimulaient leur visage. Cependant chaque tenue présentait un luxe de détails pour démarquer leur propriétaire. Rubans colorés, joaillerie cousue sur la ligne des épaules ou pour marquer la taille… Certaines pierreries luisaient doucement, sous l'effet d'un petit charme. Pas un bout de peau qui soit exposé, mais toute leur féminité était pourtant exacerbée par cette aura de mystère. Et d'interdit.

Ces dames se firent une place dans la grande salle. Une des silhouettes diaphanes attira mon attention. Plus menue, elle se tenait à l'écart, tête baissée, les bras croisés. Pas besoin d'être devin. Même cachée sous ces mystérieux atours, celle-là faisait clairement la tronche. Devant les autres femmes et Bertal éberlués, elle rejeta voiles, dentelles et résilles pour révéler un visage d'enfant renfrogné.

« Petite ! » s'exclama Nario.

La gamine traversa la pièce en courant et se jeta dans les bras de son ami. C'en était trop pour les convives, qui poussèrent des exclamations outrées. Petite leur lança un regard furieux, avant de tous nous saluer chaleureusement.

« C'était donc vrai ! murmura Martha. Nous l'avons crue folle…

— Non, je ne suis pas folle ! cria Petite, emportée par la colère. Ce sont des hommes. Des hommes bien. Pas des sauvages, ni des barbares, et encore moins des *spécimens*. Nous leur devons le respect. »

Un lourd silence s'imposa dans la salle. Bertal observait la scène avec un vif intérêt. Les femmes que sa nièce avait conviées hésitaient entre scandale et émotion. Celle qu'Azalon m'avait désignée comme étant De'rima, la nièce de Bertal, s'adressa à Petite.

« La Dame me soit témoin, tu as raison, nous ne t'avons pas crue. Et pourtant… pourtant je ne peux rester aveugle devant l'attachement qui vous lie. Il est sincère, n'est-ce pas ?

— On ne peut plus authentique », répondit Petite, soudain radoucie.

Sous les chuchotements étonnés, la gamine nous présenta l'un après l'autre. Les femmes restaient frileusement à l'autre bout du salon. On eût dit qu'un enclos invisible les maintenait à cette place. En avisant une subtile frise sur le sol carrelé, je saisis que c'était certainement le cas. Elles avaient leurs propres fauteuils, leurs propres plateaux de collations et de boissons. Lorsque Martha prit la décision de franchir cette frontière et de rejoindre Petite à nos côtés, elle souleva une nouvelle vague de murmures.

La femme d'Azalon fit un pas en avant et nous adressa une révérence en guise de salutation et d'acceptation. Petite l'accueillit avec un grand sourire et nous répondîmes avec plus ou moins d'adresse, ce qui donna lieu à quelques gloussements de l'autre côté de la pièce. L'atmosphère se détendit, comme si un épais brouillard s'était soudain levé. Les femmes s'approchèrent de Petite, qui commença à leur parler de notre pays avec tant d'intensité que j'en ressentis une violente nostalgie. Le doux parfum de scandale qui émanait des sujets évoqués suscitait des exclamations, mais aussi beaucoup d'intérêt. De temps à autre, un rire étouffé jaillissait du groupe. Rapidement, elles encouragèrent Petite à leur en dire plus encore en l'assaillant de questions sur notre mode de vie. Tout y passait. Statut des femmes, des enfants, paysages, politique… Elles se révélaient insatiables.

« Et nous on ne sert plus à rien, dans l'affaire ! commenta Ivold.

— En effet, répondit Azalon, très amusé par la situation, il semble qu'Azel'aïs soit une ambassadrice parfaite ! Pour un peu, il n'y avait pas besoin de vous amener tous ici.

— Ne vous réjouissez pas trop, tempéra Bertal. Ce qui se passe dans les salons reste de l'ordre du privé. Ces dames vont pérorer entre elles, mais ce sont bien les hommes qu'il faut convaincre. Ne serait-il pas temps de présenter officiellement nos invités aux Sociétés ? »

Le vieil homme semblait un peu dégrisé par la teneur des propos de ces dames. Il était peut-être d'accord pour admettre que nous étions des êtres civilisés, mais il n'était pas ravi de voir les femmes kinoshes découvrir avec tant d'empressement nos valeurs, notamment celles concernant l'égalité des sexes. Il avait raison sur un point, cependant : il fallait sans tarder mettre en œuvre le plan d'Azalon, où nous risquions à tout moment un coup en traître de Kinosh-bê. Je me levai, et mes hommes firent de même.

« Azel'aïs, j'en suis navré, mais je ne pense pas que tu puisses nous accompagner, dit Azalon.

— Vous vous fichez de nous ! m'emportai-je.

— Ne t'inquiète pas, intervint Petite. Azalon a raison, personne ne me laissera entrer dans une Société, de toute façon. Ici, je serai plus utile. »

*

Notre groupe exotique fendait la foule des passants qui s'interrompaient sur notre passage. À mes côtés, Bertal ruminait les informations qui lui étaient tombées dessus de manière désordonnée. De temps à autre, il posait une question, à moi ou aux Caldéciens.

« Avez-vous une religion ?

— Oh, nous en avons même plein ! fit Hatton.

— Comment cela ? Vous vénérez un panthéon, voulez-vous dire ?

— Non, vraiment plein. Il y a les prêtres d'Obliste, et puis le culte de Larena, et aussi…

— Mais… comment est-ce organisé ? Y a-t-il des castes ?

— Chacun fait ce qui lui plaît. En fait, la plupart d'entre nous ne sont pas très portés sur la religion. »

Bertal resta un moment bouche ouverte. Je me sentis venir un sourire en coin. Je savais combien la culture des Caldéciens pouvait être déconcertante, de prime abord. Je les avais cru païens, ils étaient surtout de fervents adeptes de la liberté de culte. J'avais pris leurs femmes pour des dévergondées hystériques, elles s'étaient révélées d'un caractère aussi fort et complexe que leurs hommes. Bertal n'était pas au bout de ses découvertes. Mais pour l'instant, il en savait largement assez pour comprendre à quel point les Caldéciens méritaient notre respect.

Nous pénétrâmes dans la Grande Bibliothèque. Sa grande salle en faisait le lieu privilégié pour les débats entre sociétaires. Preuve que nos allers-retours n'étaient pas passés inaperçus, le bâtiment grouillait déjà de sociétaires des trois maisons. Commerçants et technologues tenaient des discussions enflammées, tandis que les membres de la Société des armes demeuraient en retrait. Notre entrée coupa court aux échanges. Bertal installa les Caldéciens au centre de l'assemblée, se posta devant eux et m'invita à me placer à ses côtés. Il joignit les mains devant lui, effectua une révérence qui respectait pour une fois toutes les subtilités de l'étiquette.

« Sociétaires, chers confrères, une affaire bien sombre m'amène aujourd'hui devant vous. Comme vous le savez, le sieur Azalon est de retour de Sher-Ima. »

Je fis une courte révérence à l'assemblée et repérai Piros, Galis et les autres instigateurs de mon départ. Piros me salua avec un enthousiasme maîtrisé.

« Si sieur Azalon est revenu en hâte et de façon discrète, continua Bertal, c'est parce qu'il a été témoin d'exactions terribles, que l'on a préféré nous dissimuler. Les hommes qui l'accompagnent ont été victimes d'une occupation illégitime de leur sol. On vous a dit qu'ils étaient rares. Qu'ils étaient des primitifs, sans coutume ni loi. On vous a menti. »

Un frisson d'appréhension me secoua tout entier. Nous y étions. Un grondement s'éleva de l'assemblée. On murmurait, on s'interrogeait, on s'offusquait. Mais Bertal avait bien plus de poids que moi. Personne, ici, ne s'abaisserait à le taxer de menteur, comme Mandar l'avait fait, juste avant de m'expédier à Sher-Ima par le premier bateau. Bertal reprit son discours. Sa voix n'était plus chevrotante. Oubliant son grand âge et faisant preuve d'une assurance et d'une maîtrise remarquables, il fit porter ses mots clairement par-dessus le brouhaha.

« Ces hommes ont appris notre langue. Ils ont une culture. Une religion. Plusieurs religions, même. Ils ont une écriture. J'ai confiance dans le témoignage d'Azalon, mais plus encore : j'ai pu le constater par moi-même. J'affirme ici que Temmos, et Kinosh-bê à travers lui, ont menti à notre peuple. Qu'ils ont bafoué les saintes paroles de la Dame et du Père. Nous ne pouvons nous rendre complices de tels crimes. »

Bertal instaura un silence calculé, laissant glisser son regard sur l'assemblée pour prendre chacun à témoin.

« Je demande l'ouverture des Augures. »

Même pour un peuple aussi contenu que le nôtre, une telle annonce provoqua l'émoi. Piros, l'homme par qui tout était arrivé, profita de la confusion pour avancer jusqu'à moi et me serra le bras en frère.

« Toutes mes félicitations, jeune homme. Je dois avouer que j'avais peu d'espoir. Il aurait pu vous arriver malheur, ou vous auriez pu vous défausser… mais vous ne l'avez pas fait. C'est tout à votre honneur. Je vous dois des excuses. Je vous ai forcé la main par orgueil, mais votre exploit est indéniable. »

Autour, chacun avait quelque chose à dire, mais les sociétaires des armes étaient de loin les plus véhéments. Ils en perdaient leur sang-froid. Des anonymes s'écrièrent :

« Les Augures ? Vous n'y pensez pas !

— N'avez-vous donc pas confiance en la parole de sieur Bertal ?

— Et vous, doutez-vous de Kinosh-bê lui-même ? C'est un scandale !

— Du calme ! Du calme, je vous prie, chers confrères. »

Une appréhension glacée s'abattit sur moi. L'homme qui venait d'intervenir d'une voix puissante n'était autre que Mandar. Il posa les yeux sur moi et je n'y lus que mépris.

« Azalon, je vous ai promis il y a longtemps que j'accepterais votre théorie loufoque, pour peu que vous m'en rameniez une preuve solide. Il semblerait que nous ayons là de quoi en avoir le cœur net. »

Je cherchais en vain les mots qui me faisaient défaut. Les yeux de Piros luisaient de sa victoire et il intervint, une pointe de jubilation dans la voix :

« Ton honnêteté intellectuelle est admirable, cher collègue. »

Mandar se détourna de Piros sans répondre à sa provocation autrement que par un tic nerveux qui agita sa joue gauche. Il s'approcha de Finn, le géant Caldécien, jusqu'à le toucher.

« Je n'oserais pas mettre la parole de Bertal en doute, mais je dois avouer que ces indigènes me paraissent tout de même assez frustes. Est-il vrai que vous pouvez parler notre langue ?

— Moi un peu, fit le guerrier de sa voix rauque. Philbert et Nario mieux.

— Est-il également vrai que la colonie, cette ville que Temmos a décrite comme une cité abandonnée, est habitée ?

— Oui, intervint Nario. Nos citoyens ont construit Assale…

— Mais ils ne savent même pas utiliser l'épure ! le coupa un sociétaire des Armes.

— Détrompez-vous ! intervint Bertal. Vous le sauriez si vous étiez doté par la Dame d'un quelconque art, mais je peux vous le dire, moi : deux de ces hommes sont des mages. De l'épure brute, non condensée.

— Qu'ils le prouvent !

Bertal invita les deux charmeurs à avancer.

« J'espère ne pas avoir présumé de vos capacités, étrangers, glissa-t-il à Arnat et Ivold. Pour notre peuple, la Dame offre ses dons à ceux qu'elle estime dignes d'elle. Si vous parvenez à nous faire une démonstration éloquente, cela devrait couper court aux arguments des plus réfractaires. L'épure est sacrée. »

Je regardai Arnat avec horreur. Ivold s'en sortirait très bien, mais comment le charmeur chanceux allait-il s'y prendre ? Au lieu d'avoir l'air paniqué, il fit un sourire malicieux. Il avisa le Sociétaire des armes qui avait abordé le sujet de l'épure et le mit au défi en sortant une pièce de sa poche.

« Parions. Quel côté tu choisis ?

— Celui du Père », dit l'homme sans conviction.

Arnat pinça la pièce entre son pouce et son index, puis la propulsa dans les airs. Elle retomba dans le creux de sa main.

« Voilà, montra-t-il à son adversaire.

— Cela ne veut rien dire ! s'agaça l'homme.

— Tu as raison. On recommence ? »

Le petit jeu dura plusieurs minutes. Que le sociétaire choisisse côté Dame ou côté Père, Arnat emportait systématiquement la partie. Voyant son adversaire se crisper, il lui proposa de lancer lui-même la pièce. L'homme accepta, mais rien n'y fit. Arnat finit par dévoyer tant et si bien les probabilités que chaque coup gagnant soulevait des murmures admiratifs dans la salle.

Il était en train de lancer la pièce une énième fois quand soudainement elle se mua en papillon. Arnat échangea un sourire avec son comparse.

Un silence ponctua la fin de cette démonstration. Mandar poussa un soupir et se tourna de nouveau vers l'assemblée.

« Je dois l'admettre. Je suis d'accord avec Bertal, Azalon et… Piros. Nous devons déclencher les Augures. À partir de cet instant, je propose que ces étrangers soient placés sous la protection de la Société des technologues, en plus de celle des commerçants. Quiconque s'en prendra à eux en sera déshonoré à tout jamais. »

Cette fois, les Sociétaires se résignèrent. Même nos confrères des armes baissèrent la tête. Bertal organisa pour la forme un vote officiel. Devant l'assemblée, chacun eut la possibilité de réaliser ou non le nœud de ceinture *toubra'ima*, une double boucle suivie d'un tressage, puis un nœud en huit. Le symbole des Augures. Le succès fut sans appel. Le reste des hommes libres aurait aussi l'occasion de voter, mais les dés étaient lancés : si les sociétaires tombaient d'accord, le peuple suivrait.

Grâce à la rumeur propagée par les prismes à murmures, les électeurs commencèrent à affluer, qui pour s'informer, qui pour voter. Les trois jours de vote sacré étaient ouverts. Les ceintures *toubra'ima* fleurirent peu à peu dans tout Mitris.

La ville vibrait d'une excitation teintée de colère. Les habitants n'arrivaient pas à croire que notre guide suprême ait pu ainsi trahir les valeurs sacrées. La tenue des Augures était le sujet de la plupart des débats, mais un autre discours, sous-jacent, affleurait dans les discussions. Il s'agissait des ressources de Sher-Ima. Les pénuries se faisaient sentir même ici, au cœur de l'empire. Qu'en serait-il si nous devions reconnaître les Caldéciens et leur indépendance ? Sous le vernis de bien-pensance, la peur de l'avenir était prégnante.

Bertal nous avait conviés à loger à son domicile, et j'en étais fort aise. Mon propre foyer se serait avéré trop étroit pour accueillir tous les Caldéciens. À table, De'rima et Martha ne tarissaient pas de questions sur la culture caldécienne. Leur présence même était une entorse à la tradition. Mais Azel'aïs ayant refusé de dîner à part avec les femmes, Bertal s'était retrouvé face à un dilemme : la laisser, seule, au milieu de tous les hommes, ou autoriser les autres dames à venir pour tenter de conserver une once de bienséance.

Le troisième soir, je notai, non sans appréhension, que la nièce de notre hôte jetait des regards furtifs et intéressés à nos exotiques invités. Ces quelques jours en leur compagnie semblaient avoir fait forte impression sur elle. Quant à Martha, son voile laissait échapper quelques mèches de ses cheveux bruns.

Je ne fis aucune remarque. Son bonheur faisait barrage à toute critique de ma part. De plus, Martha était occupée à consoler Azel'aïs. Le soir de notre arrivée, elle lui avait appris le suicide de son père et l'ermitage de sa mère. Depuis, l'enfant était inconsolable. Elle aurait souhaité voir Pali'na, mais craignait que l'on ne la forçât à rester en couventerie. Je n'insistai pas : elle avait peut-être bien raison.

Bertal était des plus prévenants et nous fit servir ce soir-là un repas délicieux, une purée de pois aux épices et une compotée de légumes savoureuse. Je me régalais, tandis que Dacien et ses compagnons lorgnaient leurs assiettes d'un air morne.

« Vous ne me ferez pas sortir de l'idée qu'un bon morceau de jarret rendrait ce repas plus joyeux, marmonna le capitaine dans sa langue.

— Pitié, ne parlons pas de cette affreuse habitude ici. Allons, faites contre mauvaise fortune bon cœur ! Si tout se déroule comme prévu, la guerre ne sera bientôt plus qu'un mauvais souvenir.

— Comment va se passer la suite ?

— Demain midi, les votes seront terminés. Les Augures commenceront le jour suivant.

— Kinosh-bê ne risque-t-il pas de s'interposer ?

— Il ne le peut pas, il se discréditerait lui-même. En revanche, repris-je avec gravité, rien ne l'empêche de se présenter pour concourir.

— Sans rire ? Mais… si les Augures sont lancés, c'est justement parce que Kinosh-bê n'est plus digne de confiance !

— Les Augures sont un rite sacré. Une manière pour la Dame et le Père de désigner leur champion, celui qui seul sera digne de les représenter sur cette terre. Tout un chacun peut se présenter, quel que soit son rang… ou son passé. »

Chapitre 24
La fin de l'innocence

L'aube me trouva d'humeur exécrable et les yeux rougis par le manque de sommeil. Comme chaque soir depuis notre arrivée, la chaleur avait à peine baissé avec le coucher du soleil, et je m'étais agité toute la nuit à la recherche d'un peu d'air. Je quittai la chambre que m'avait allouée Bertal et que je partageais avec Finn et Calixte.

Azalon parut en grande tenue, rasé de frais, les cheveux brillants, retenus en un chignon impeccable.

« Cher Dacien, avez-vous passé une bonne nuit ?

— Je ne dirais pas ça comme ça, mais je devrais survivre. »

Bertal nous rejoignit pour la pénible épreuve du petit-déjeuner. J'évitai avec sagesse le piège du breuvage amer, esquivai les gâteaux farineux avec adresse et je me fis avoir bêtement par un fruit qui avait bonne mine mais qui se révéla terriblement acide, avec un arrière-goût déplaisant de patate crue. Je gobai avec difficulté ma bouchée et laissai de côté le reste. Je surpris un sourire malicieux sur les lèvres de notre hôte. Le vieux machin se fichait de moi ! Je laissai échapper un rire. Le bonhomme m'était sympathique, un des Kinoshs les plus démonstratifs qu'il m'eût été donné de rencontrer. Non loin, Finn se régalait de pâtisseries.

« Je ne sais pas comment il fait, me glissa Ivold.

— Je vendrais ma mère pour un bout de lard grillé et un bol de lait, confirma Hatton avec un grand soupir.

— Et une miche de pain frais avec du beurre et un bout de fromage », surenchérit Arnat.

« Chers invités, nous interrompit Bertal, je vais devoir m'absenter avec Azalon pour finaliser le dépouillement des votes. Votre présence n'est pas essentielle. Je vous invite à visiter le jardin, à l'arrière. Depuis une semaine que mes employés s'attellent à son embellissement, je serais ravi que vous soyez les premiers à en profiter. »

Bertal et Azalon s'éclipsèrent. Une petite promenade nous tentait bien, surtout si c'était dans un endroit privé, en toute sécurité. Nous pointâmes le nez dehors. Dans le jardin, donc.

« J'avais imaginé autre chose, dit Ivold, décontenancé.

— Oui, alors comment dire… C'est peu commun ? »

J'avais tenté d'être délicat pour ne pas fâcher Anton qui nous accompagnait et qui fronçait déjà les sourcils. Raté. Les jumeaux se gondolaient en arrière-plan, les autres n'étaient pas loin de se joindre à leur rigolade et je me mordais moi-même les joues. Le « jardin » était vaste. En plein cœur de la ville, rien ne laissait supposer depuis l'extérieur qu'un tel espace était dissimulé derrière la maison de Bertal. De grands pans de voile que je supposais animés par l'épure kinoshe ombrageaient le parcours, suivant d'eux-mêmes notre progression.

Je m'éloignai d'Anton avec mes gars pour nous promener dans ce qu'Hatton appelait un « champ de cailloux ». Nous pûmes alors exprimer un peu plus librement notre hilarité, car cet endroit était aussi coincé qu'un Kinosh. Pas un grain de poussière qui ne soit à sa place. Le terrain sableux était ratissé selon des motifs abstraits. Des bancs, des terrasses, des chemins pavés. De temps à autre, une roche ponctuait le paysage.

« Hé, regardez ! Il y en a un, là, qui sort nettement du lot…

— Oui, on dirait… Mais ma foi oui, c'est bien un caillou ! Ça alors !

— Et là, ne serait-ce pas une roche ? Quelle beauté ! Quel trésor !

— Et tous ces petits gravillons… A-t-on déjà vu un truc pareil ? »

Par chance Anton s'était éclipsé dans la maison, car nous riions désormais à gorge déployée. Je remarquai alors Petite, qui marchait à l'écart, boudeuse. Elle avait opté pour la demi-mesure dans sa tenue. Une robe à manches longues la drapait avec pudeur, mais elle gardait obstinément la tête nue et dédaignait les gants de soie dont les demoiselles kinoshes ne se départaient jamais en société.

« Qu'est-ce qui ne va pas ?

— Vous n'êtes pas gentils. Ce parc est d'une grande beauté, vous ne devriez pas vous moquer.

— Mais il n'y a rien dedans !

— C'est que vous ne savez pas voir. Cela demande beaucoup de travail, de créer quelque chose d'aussi délicat. Du travail, et de l'amour. Il faut regarder avec l'âme, pas avec les yeux. C'est un endroit pour se recueillir, pour penser. Pas pour faire la fête et plein de bruit. Le jardin de Bertal est très connu, c'est l'un des plus beaux de Mitris. C'est un honneur qu'il nous fait.

— Je suis désolé, Petite. Nous ne pensions pas te faire de la peine.

— Je sais. Je vais vous montrer. »

Les reproches de la gamine avaient douché nos fous rires. C'est en silence que nous la suivîmes dans le jardin de pierre.

« Le parc est rond. On commence par faire le tour par l'extérieur, et petit à petit on s'approche du cœur. C'est fait pour prendre le temps, pour laver son esprit des pensées légères du quotidien. »

La gamine joignit les mains devant elle et prit un pas mesuré. Je culpabilisais de l'avoir vexée et tins le rythme à ses côtés, bientôt imité par toute la troupe. Nous avions l'air fin à piétiner comme ça, essayant de garder le pied léger malgré nos carrures de bourrins.

« Nous allons entrer dans le deuxième cercle. Ce parcours permet de préparer l'esprit. Il faut s'arrêter ici, pour adresser vos prières à la Dame. Ou au Père. Ou à vos propres dieux, je suis sûre que ça marchera aussi. »

Après une pause silencieuse, Petite reprit son explication.

« Nous allons maintenant entrer dans le Cœur. C'est l'endroit le plus calme du jardin. Celui où on est seul face à soi-même. C'est là qu'on trouve la paix. Si on la mérite », conclut-elle avec un sourire où perçait la malice.

À mon entrée dans le jardin, j'aurais pu jurer qu'il s'agissait d'une esplanade stérile et tristement plate. Pourtant Petite nous dévoila une vision irréelle, d'une beauté tout en finesse. Les éléments du décor, ces cailloux disséminés au hasard, dissimulaient en réalité le trésor du parc. Le cœur du jardin était une petite source. Elle sourdait dans un léger bouillonnement, un bruit enchanteur après le parcours minéral que nous avait fait suivre la gamine. L'eau ne formait guère plus qu'une petite flaque cristalline mais c'était un joyau de vie, entouré de plantes d'un vert tendre au feuillage effilé. Un magnifique insecte, croisement entre un papillon et une libellule, plus grand que ma main, s'abreuvait au bord de l'eau. Petite nous invita à approcher encore un peu plus. Sous la surface, deux poissons colorés tournaient en rond, à coups de queue paresseux.

« T'avais raison, Petite. Je te demande pardon. C'est un très beau jardin. »

Des murmures émus se joignirent à moi.

« Je suis contente que tu aies compris. »

Ce moment de sérénité fut de courte durée. De'rima nous fit appeler et nous rentrâmes dans la maison pour y trouver un groupe de femmes. Difficile à dire derrière toutes ces dentelles, mais il me sembla reconnaître certaines d'entre elles. De'rima et Martha avaient dû rassurer leurs amies sur notre compte, car elles gardaient sagement leurs distances, mais babillaient sans paraître trop effrayées. En fait, pendant un bon moment, le centre de leurs attentions fut plutôt Petite que nous. La gamine était bien décidée à prendre son destin en main. Elle s'imposa dans leur groupe et se lança dans un discours véhément. De temps à autre, une des femmes se tournait vers nous avec une discrète curiosité.

À l'invitation de Petite et de Martha, plusieurs d'entre elles s'enhardirent et franchirent l'intangible barrière qui les confinait dans leur espace. Deux invitées eurent même le cran de s'essayer à discuter avec Nario et Philbert. Je devinais à leur posture qu'elles s'amusaient beaucoup à sortir de leur discrétion habituelle. À vrai dire, on eût pu croire qu'elles n'attendaient que ça. J'espérais que ce petit moment de liberté ne leur apporterait pas de problèmes, ainsi qu'à nous.

Un chahut s'éleva des cuisines et me sortit de mes réflexions. Je vis la servante Isbelle jaillir, complètement paniquée. Elle se précipita vers nous.

« *Assashan !* » cria-t-elle.

Isbelle se retourna en pleine course, cherchant quelque chose des yeux. Elle se prit les pieds dans un tapis et termina sa chute dans les bras d'Anton, le souffle court et les yeux exorbités.

« Qu'est-ce qui se passe ? » demandai-je.

« *Assashan*, répéta Anton, pâle comme un linge. Il y a un tueur dans la maison. »

À ces mots les femmes kinoshes s'agitèrent, paniquées.

« Anton ! ordonnai-je. Regroupe les femmes au centre de la pièce. Les gars ! En garde ! »

Nous nous précipitâmes pour récupérer nos armes entreposées à l'entrée. Le chuintement des lames sorties du fourreau résonna dans la pièce. Les femmes se serraient les unes contre les autres. Petite était à mes côtés.

« Qu'est-ce que tu fous là ? T'as même pas d'arme !

— Donne-moi ta dague.

Je lui tendis ma lame, et elle fendit sans hésiter le tissu qui engonçait ses jambes. Je me tournai vers la porte de la cuisine, d'où était sortie Isbelle.

Anton était à nos côtés, armé d'un poignard à la lame recourbée qu'il sortait je ne sais d'où. Sa face balafrée était tendue en une grimace amère.

« Il faut placer les hommes en cercle. La cuisine donne sur deux autres portes, qui desservent toute la maison. Il peut être n'importe où.

— Et ils sont peut-être nombreux.

— Non. Les *assashans* agissent toujours seuls. »

Je me détendis imperceptiblement. Si cet imbécile avait pu effrayer une pauvre servante, il en serait autrement face à nos lames et à notre nombre. Je jetai un œil par-dessus mon épaule. Pas question qu'il touche à un cheveu de ces femmes.

Un bruit léger me fit sursauter. Je scrutai le couloir face à moi, sans rien percevoir. Il était là ! Comment avais-je pu le rater ? Tunique d'un noir fané, ceinture du même tissu, chaussures souples glissant silencieusement sur le sol. La corde de l'arc de Calixte claqua. Sa flèche heurta une boiserie avec un son mat. L'assassin, j'étais prêt à en mettre ma main au feu, était dans la mire de l'archer. Et pourtant d'un bond fulgurant, il avait esquivé le trait et disparu dans un couloir.

« Chierie ! C'est qui ce gaillard ? jura Calixte.

— C'est pas un charmeur, nous informa Arnat. Mais il est fichtrement rapide ! »

Nous étions aux aguets et en surnombre. Pourtant, je me rendis compte que ce serait loin d'être facile. Le gonze était un fantôme. Il réapparut sur ma droite et se rua sur Arnat. Il se lança dans un enchaînement de figures acrobatiques improbables. Sa lame fendit l'air avec un sifflement soyeux. Arnat voulut faire un pas de recul, s'emmêla les pinceaux et se retrouva sur le postérieur. L'épée passa à un cheveu de sa glotte. Encore un de ses légendaires coups de chance. Je pressentis qu'il n'en serait pas de même pour nous autres, qui n'avions pas sa veine surnaturelle. Le temps de cligner des yeux, le tueur avait de nouveau disparu dans les entrailles de la maison. Je crus le voir derrière une sculpture. Dans une embrasure. Il tenta d'attaquer Finn, puis Anton, se retirant aussi vite qu'il apparaissait.

La salle était surmontée d'une coursive en mezzanine et il s'en laissa choir avant de se réceptionner avec souplesse. Juste face à moi. J'aurais aimé dire que je l'attendais de pied ferme. Le fait est que la surprise me fit perdre mes moyens. Je restai tétanisé, l'espace d'un instant qui s'étira en longueur, tandis que l'assassin se jetait sur moi d'un bond prodigieux. J'essayai en vain de lever ma garde, mais j'étais trop lent. Je le savais avant d'entamer mon geste : l'estocade était parfaite. Une panique insidieuse et glacée me gela les nerfs. J'étais cuit. Soudain, le monde bascula. Je me vautrai sur le sol et ne vis plus que des jambes s'agiter de partout. Je relevai la tête. Nario m'avait poussé ! Et il s'était retrouvé sur la trajectoire de l'assaillant. D'un geste vif, il parvint à parer le coup. Presque. La lame du tueur lui entama l'épaule, mais il freina l'attaque avec son épée. Les lames crissèrent en glissant l'une contre l'autre. Hatton se jeta et parvint à bousculer l'homme en noir. L'assassin tituba, juste une fraction de seconde. Ce fut suffisant pour que mes gars saisissent l'occasion. Il fut submergé de toutes parts et s'écroula sans un mot lorsque Loan lui assena un grand coup d'épée sur la nuque. Je me remis sur pied et me ruai sur Nario. Le visage pâle, il oscilla avant de s'asseoir brutalement par terre. Ses gestes étaient gourds, maladroits. Petite se précipita sur lui et poussa un cri en découvrant sa blessure. Paniquée, elle pleurait à chaudes larmes.

« Ça va aller, gamine », la rassurai-je sans comprendre son attitude.

Nario avait une plaie profonde à l'épaule. L'entaille était vilaine et laissait voir l'os à nu, certes. Mais elle n'était pas mortelle. Alors pourquoi Petite avait cet air désespéré ? Une curieuse odeur d'amande imprégnait l'air.

« Les *assashans* empoisonnent parfois leurs armes, m'expliqua le valet d'Azalon sur un ton choqué. Cette pratique est considérée par beaucoup comme sacrilège. Mais…

— Cette odeur… On peut faire quelque chose, n'est-ce pas ? »

Anton ne prit pas la peine de me répondre. Les sanglots de Petite redoublèrent lorsque sous nos yeux, la plaie prit une vilaine teinte noirâtre et exsuda un liquide poisseux. L'effluve d'amande se fit amer, piquant.

« Mokan ? » appelai-je d'une voix rauque alors que Nario commençait à trembler.

Le toubib titubait, le visage déformé par la douleur que lui transmettait Nario. Il avança pourtant et s'agenouilla à ses côtés. Il tenta de nettoyer la plaie. Le blessé serrait la mâchoire à s'en péter les dents. Je les entendais grincer. Puis ses lèvres s'entrouvrirent pour laisser échapper une plainte, un hululement de bête mise à mort. Petite le rejoignit avec un long gémissement de désespoir. Petite resta enlacée, ses petits bras serrés autour des épaules de son frère, le berçant de sanglots et de mots doux. Les tremblements qui secouaient son corps à l'agonie se muèrent en violentes convulsions. Après une minute qui nous sembla une éternité, Nario se détendit enfin. Mokan s'éloigna en tremblant. Son regard était vague, sa peau pâle et trempée de sueur.

Je m'approchai de la gamine éplorée en essuyant une larme que je n'avais pas senti couler.

« Petite, il faut…

— Non ! Laisse-moi ! »

Elle s'effondra comme une poupée de chiffon. Une angoisse sans nom me noua les tripes. Je me tournai vers les femmes, qui restaient serrées entre elles, sous le choc. Martha prit une grande inspiration hachée par l'effroi et s'avança pour prendre Petite dans ses bras. Elle la transporta plus loin, avec l'aide de De'rima. Mes yeux se posèrent sur le cadavre de l'assassin, avachi tout près de Nario. Je perdis mes nerfs et lançai un violent coup de pied dans les côtes du macchabée, qui se retourna comme si je venais de le réveiller.

« C'était qui ce type ? » hurlai-je à Anton.

Il poussa un soupir triste.

« Il a probablement été envoyé par la Société des armes, ou peut-être par Kinosh-bê lui-même. Mais nous ne pourrons rien prouver.

— Comment ça ? Il a tué Nario ! m'étranglai-je. Il faut trouver qui c'est et d'où il vient !

— Vous n'obtiendrez aucune information. C'est un *assashan*, il a renoncé à sa famille, à son rang, à son nom même. Les *assashans* sont des anonymes. Quelqu'un l'a payé pour venir ici, mais nous n'en trouverons aucune trace, soyez-en certain.

— Je croyais qu'on était sous la protection de vos foutues sociétés ?

— L'emploi de ces tueurs va à l'encontre de toutes les lois. Leur existence même est presque illégale. Et pourtant il arrive que, de temps à autre, ils réapparaissent d'entre les ombres. Je suis désolé, nous n'avons aucune chance de retrouver le commanditaire, les suspects nieront tout. Quant aux confrères de ce tueur, ils sont insaisissables et ne savent même pas quelles infâmes missions sont confiées aux uns et aux autres. »

Quelque chose dans le ton de sa voix me convainquit qu'il avait raison. Kinosh-bê. C'était forcément lui, ou l'un de ses fidèles. Et nous ne pouvions rien prouver ! La justice ne serait pas faite pour ce crime aveugle. J'étouffai un sanglot qui me restait coincé en travers de la gorge et m'approchai de Nario.

« Pauvre gamin », murmurai-je en lui fermant les yeux doucement.

Je réalisai soudain que tout ça, c'était ma faute. C'était moi qui lui avais proposé de venir avec nous. Sans nous, il n'aurait rien connu de tout ça. Miska… les attentats, la guerre… Il aurait vécu ça de loin, dans un village de pêcheurs paumé. Pas une vie de rêve, peut-être, mais une vie quand même. Bien mieux que tout ce que j'avais eu à lui offrir.

*

Bertal et moi devisions avec légèreté en revenant à son logis. La victoire était officielle. Les Augures pouvaient commencer ! Notre belle humeur s'évanouit en découvrant la scène d'horreur dans le salon du commerçant.

« Mais que s'est-il passé ? s'exclama-t-il en lançant un regard noir de rage vers les Caldéciens. Vous n'avez pas osé…

— Ils n'ont rien fait, intervint De'rima d'une voix brisée. Nous avons été attaqués. Un *assashan*.

— Dans mon propre logis ? C'est inadmissible ! Tu vas bien ?
— Oui, mais le jeune homme, l'ami d'Azel'aïs, il… il est… »

Elle s'effondra en larmes dans les bras de Martha, qui elle-même sanglotait doucement. Azel'aïs était allongée sur des coussins, éventée par deux femmes aux petits soins. Je m'enquis de sa santé : elle n'avait rien à craindre, mais le choc avait été trop brutal. Mokan lui avait administré un calmant. L'atmosphère était emplie de dégoût, de tristesse, et d'une impression de gâchis insondable.

L'étranger aux cheveux blonds avait été disposé sur une banquette, les bras croisés sur sa poitrine.

« Si jeune… murmura Bertal avec compassion.

— Il n'y a pas d'âge pour mourir à la guerre, fit Dacien dans un kinosh haché. Et la guerre continue, ici, et chez nous.

— Bientôt les Augures mettront fin à tout cela.

— Les Augures ! lança-t-il avec un haussement d'épaules. Tout ça, c'est de la politique. Il y aura toujours des gens pour agir dans l'ombre.

— Alors ils seront hors la loi.

— Si seulement ça pouvait suffire ! »

Jamais je n'avais vu le capitaine aussi abattu. Ses compagnons ne valaient guère mieux.

« Vous avez raison, dis-je d'une voix ferme. Il y aura toujours des hommes qui œuvreront pour la destruction. De votre côté comme du nôtre. Guidés par la haine de l'autre. Est-ce que cela doit suffire à nous faire baisser les bras? Lorsque vous vous êtes élevés contre Temmos, à Assale, c'est la soif de liberté, d'égalité, qui vous menait. C'est également ce qui nous anime aujourd'hui. Nous devons aller jusqu'au bout et apporter à nos deux civilisations les moyens de se traiter en égales. Vous le méritez. Nario le méritait. Une fois notre mission accomplie, les ennemis de la paix devront se voir tels qu'ils sont réellement. Des meurtriers. Qu'ils soient Kinoshs ou Caldéciens, ils le sauront dans leur cœur : ce sont eux, les *sauvages* », conclus-je en appuyant sur ce dernier mot.

Dacien s'approcha. Derrière sa tristesse, il émanait de lui une telle colère que je craignis qu'il ne s'en prenne à moi. Il m'empêcha de reculer en posant sa main puissante sur mon épaule et braqua ses yeux bleus dans les miens. Il resta ainsi un long moment, silencieux. Puis il resserra sa prise et je grimaçai de douleur.

« C'est vrai. Il y aura toujours des fous. Il y aura toujours des morts.

— Alors tentons au moins de convaincre les hommes de bien.

— C'est tout ce qu'on peut faire, n'est-ce pas ? dit-il avec amertume.

— C'est déjà beaucoup. »

Ses traits se détendirent enfin. Sa poigne d'acier se changea en une accolade mélancolique et fraternelle. Une compassion et un respect intenses pour le capitaine m'émurent aux larmes.

« Dacien ? murmura Bertal. Dites-moi, quels sont vos rites funéraires ? »

Le capitaine poussa un soupir lourd de chagrin et commença à expliquer.

Azel'aïs se réveilla le lendemain matin. Le visage baigné de larmes, elle s'arracha aux attentions des femmes et nous rejoignit dans un coin isolé du cimetière Art'imost, le plus proche du domicile de Bertal. Les guerriers, que je commençais à bien connaître, m'offrirent une nouvelle facette de leur personnalité. Chez nous, le deuil se faisait en toute discrétion. Lorsqu'une personne décédait, une brève cérémonie était organisée avant la mise en bière, puis chacun retournait chez soi. Nous ressentions la peine d'un être cher perdu, bien sûr, mais même entre un époux et sa femme, nous préférions nous isoler pour éviter d'étaler ces sentiments honteux en public. Les Caldéciens étaient aux antipodes de nos traditions. Ils ne se quittaient pas, n'hésitaient pas à serrer Petite dans leurs bras ou à se donner l'accolade. Des larmes sillonnaient leur visage sans honte. Plus incompréhensible encore, ils passèrent la matinée à évoquer des souvenirs partagés avec Nario, à rire même d'anecdotes vécues ensemble. Une façon de lui rendre hommage, m'expliqua Dacien, mais je ne pus m'empêcher de trouver cette coutume morbide.

Azel'aïs se mit, comme les autres, à arranger le bûcher. Bertal avait été d'une compréhension admirable. Pour honorer Nario de funérailles conformes à sa tradition, il avait fait venir du bois, sachant parfaitement que les Caldéciens allaient le faire brûler. Une dépense extravagante, mais il ne fit aucun commentaire. Sa modestie me touchait, d'autant que les guerriers ne se rendaient sans doute pas compte du geste qu'il faisait. Le vieil homme observait les préparatifs, plongé dans ses pensées.

Les Caldéciens montèrent un promontoire haut d'un bon mètre et y installèrent le corps du défunt. Ils oignirent leur ami d'huile avant de répartir le reste du liquide sur le bois. Dacien s'approcha avec un brandon. Aussitôt les flammes crépitèrent et montèrent à l'assaut de l'édifice. Le bois émit un chuintement velouté, puis claqua et siffla bruyamment.

Le soleil cuisant se joignait aux flammes pour surchauffer l'air, qui forma des vaguelettes devant mes yeux. Lorsque la structure commença à se déliter, que la fumée épaisse nous piqua la gorge et les yeux, Dacien fit demi-tour. Nous rentrâmes chez Bertal, laissant le feu consumer les restes de Nario. À l'intérieur, la fraîcheur me saisit et je ne pus réprimer un frisson. De'rima et Martha nous attendaient et distribuèrent elles-mêmes le traditionnel alcool de deuil à la cerise. Au centre du salon, du sang imprégnait le dallage clair. Celui de Nario, mêlé à celui de son tueur. Je ne pouvais en détacher les yeux.

À l'approche de midi, le son grave, puissant, du gong du Sérail, interrompit la cérémonie. Je l'avais imaginé, je l'avais rêvé, ce moment. Les Augures commençaient. Mais en cet instant, il ne sonnait pas comme une victoire, plutôt comme le glas en mémoire des morts innocents. J'hésitai à presser les Caldéciens. Dacien mit fin à mes scrupules.

« C'est le moment, n'est-ce pas ?

— Oui. Vous préférerez ne pas venir, je suppose.

— Oh, que si, je veux. Je veux voir ça de mes propres yeux. Je veux pouvoir me dire que tout ça n'a pas servi à rien. »

J'aurais voulu partir tout de suite, mais Azel'aïs se fit attendre. Par égard pour la jeune fille, je la laissai prendre son temps. Lorsqu'elle parut devant nous, au lieu de se présenter en tenue de deuil comme je l'avais imaginé, elle avait revêtu ses vêtements caldéciens. Une tunique de ce cuir immonde et ce qu'ils appelaient un *pant'al-on.* En prime, elle avait en bandoulière un arc et des flèches dans un carquois. Deux petits couteaux de jet accrochaient la lumière à sa ceinture. Quelle vision ! Elle me priva de tout commentaire en grondant doucement en kinosh :

« Je ne veux rien entendre. Il est hors de question que je me retrouve impuissante de nouveau. Les robes d'apparat, c'est fini pour moi. Il va falloir vous y faire.

— Mais, Petite… »

Le regard victorieux et fier qu'elle m'adressa alors me fit réaliser ma bévue. Pour la toute première fois, je l'avais appelée par ce sobriquet dont les Caldéciens l'avaient affublée. À en voir sa satisfaction, je ne pouvais pas lui faire plus grand honneur. Je me mordis la lèvre et déclarai en mon for intérieur le cas d'Azel'aïs perdu pour les Kinoshs. Caldécienne elle était devenue, caldécienne elle resterait désormais. Et après tout, me repris-je, était-ce si grave ?

Les Caldéciens n'étaient pas inconscients. Doucement, sans même qu'elle s'en aperçoive, Petite se retrouva au centre de leur groupe. Pour un observateur extérieur, elle n'était qu'une silhouette parmi d'autres. Bien malin qui saurait la reconnaître non seulement comme une femme, mais aussi comme une Kinoshe.

Rasséréné, je guidai la troupe vers l'Esplanade. Les rues étaient encombrées de gens qui se dirigeaient tous dans la même direction. La plupart des hommes portaient leur ceinture nouée en *toubra'ima.*

« Nous risquons d'être en retard, constatai-je.

— J'espère bien que non! s'exclama Bertal. Il serait dommage d'être disqualifié avant même le début des épreuves!

— Vous… vous êtes candidat? Mais vous ne m'en avez rien dit!

— Moi? Oh, non, je ne suis plus qu'un vieux débris. Par contre, votre candidature a reçu un soutien de poids», fit le vieil homme avec un clin d'œil appuyé.

Dacien et ses hommes, attentifs, n'avaient rien raté de notre discussion. Je sentis le rouge me monter aux joues.

«Mais… enfin c'est ridicule! Je ne peux pas…»

Mes arguments, tous plus légitimes les uns que les autres, furent étouffés par l'attention que m'accorda la foule tout le long de notre parcours. Je compris, désemparé, que la nouvelle de ma candidature avait été largement répandue par les prismes à murmures. Je fis un geste désespéré envers Bertal, qui se contenta de me répondre par un sourire encourageant. Alors que nous nous approchions du lieu de la cérémonie, Dacien me glissa à l'oreille :

«Quitte à laisser le sort de la paix entre nos nations à un Kinosh, j'aimerais autant que ce soit à vous. Donnez tout ce que vous avez, mon vieux.»

Les jambes flageolantes, je me laissai séparer de mes amis par des hérauts aux parures vives, spécifiques aux Augures. Ils me guidèrent vers l'estrade où attendaient les autres candidats. Tous étaient de la plus haute extraction, prêtres-mages pour la plupart. Je me faisais l'effet d'être un rustaud, entré par erreur dans cette noble assemblée. Ils m'écrasaient de leur mépris. Je reconnus Niméron, doyen de la Société des armes, Valen, ministre de la Justice, et bien d'autres figures politiques reconnues. Avec un frisson je notai aussi la présence de Mandar. Il considéra mon arrivée avec une froideur polaire. Tant de personnes hautement qualifiées! Ma présence même leur était une insulte. La théorie voulait que n'importe qui avait le droit de s'inscrire, mais en pratique, les seuls à proposer leur candidature étaient des nobles de haut rang. Pourtant, la foule sur mon passage murmurait de chaleureux encouragements à mon égard. Je localisai Bertal, Anton et les Caldéciens, qui se plaçaient non loin de l'estrade, ainsi qu'une silhouette familière qui m'arracha un cri de surprise. J'échappai à mes guides pour rejoindre un grand Kinosh efflanqué qui s'avança vers moi, un sourire aux lèvres.

« Sibras ! Mon ami, quelle joie de vous revoir !

— Pour moi aussi, Azalon ! J'ai pris la route de Mitris dès que j'ai appris votre retour, et le temps d'arriver… vous voici, prêt à concourir pour les Augures !

— Oui, c'est… une longue histoire. »

Je fus coupé par un des hérauts qui s'interposa avec un air gêné. Tout le monde m'observait. Sur la scène, les concurrents échangeaient des œillades entendues et des rictus de dédain.

« Malheureusement je n'ai pas le temps, Sibras. Mais installez-vous donc auprès des Caldéciens et de Bertal, ils vous raconteront tout. Je vous rejoindrai sous peu, je n'ai aucune chance de passer le premier tour.

— Vous êtes capable de bien plus que cela ! me héla Sibras alors que je m'éloignais déjà. Vous vous êtes toujours sous-estimé, mon ami ! »

Ses encouragements, bien que réconfortants, ne changeraient rien à l'affaire. Face aux épreuves qui m'attendaient, je n'avais ni les compétences ni l'entraînement nécessaire. Et jamais une personne dénuée d'épure n'avait remporté les Augures. J'adressai une fervente prière à la Dame et au Père en montant un à un des degrés pour rejoindre mes nobles concurrents. On me plaça aux côtés de Mandar, qui m'octroya une révérence forcée et murmura, les dents serrées :

« Je ne sais quelle impudence vous a poussé à vous présenter, mais je mettrai un point d'honneur à vous écarter, Azalon. J'ai soutenu votre cause car je suis un homme de parole, mais rien ne m'oblige à vous apprécier, encore moins à vous aider. »

Je ne trouvai rien à répondre. La plupart des candidats avaient déjà négocié des alliances, de manière à garantir leur position en cas de défaite. Arrivé dans ce jeu politique sans aucune préparation, je n'en serais que plus exposé. Un coup de trompe imposa le silence sur l'Esplanade, annonçant l'arrivée de Kinosh-bê. Comme j'en avais averti les Caldéciens, il n'avait guère tardé à faire connaître son intention de participer aux Augures. Il arriva en grande pompe, escorté par deux rangées de soldats vêtus d'armures d'apparat. Il portait lui-même un plastron rutilant, frappé du blason de la Société des armes. Son visage stoïque ne broncha pas lorsque le public commença à gronder en sa défaveur. Il aurait été malvenu qu'il montre son mécontentement. En tant que guide suprême, il ne pouvait se permettre de se laisser aller à la colère. Je crus cependant lire une pointe de satisfaction sur son visage, lorsque la plupart des candidats lui firent une profonde révérence. Au jeu des alliances, il avait bien sûr placé ses pions avec soin. Je réalisai que les deux tiers des candidats étaient liés, de près ou de loin, à la Société des armes.

Le gong du Sérail résonna dans l'air surchauffé par le soleil et l'excitation de la foule. Les Augures étaient lancés.

Chapitre 25
Les Augures

La tension était palpable. Pour tous les Kinoshs. Pour nous, c'était moins évident.

« On attend quoi au juste ? demanda Hatton.

— C'est vrai, ça, Azalon n'a même pas pris le temps de nous expliquer comment ça se passe. Quand est-ce que ça commence ? »

Bertal nous gratifia d'un de ses sourires en coin, si inhabituels chez ceux de son peuple.

« Voyons, cela a déjà commencé ! »

Je plissai les yeux sans parvenir à distinguer le moindre changement. Les candidats trônaient toujours en rang d'oignons sur l'estrade, en plein soleil. Dire que je cuisais déjà, alors que nous étions à l'abri d'un vaste pan de toile qui nous prêtait une ombre plus que bienvenue !

Sibras, l'ami d'Azalon, en profita pour tenter un premier contact. Bertal l'avait informé que nous n'étions ni des violeurs ni des mangeurs d'enfant, et c'était tant mieux, car j'en avais par-dessus la tête de lutter contre les mensonges dont s'étaient imprégnés tous les Kinoshs. Cela ne l'empêchait pas d'afficher une timidité inquiète, qu'il dissimulait tant bien que mal derrière une façade polie.

« Le sieur Bertal a raison, l'épreuve a bel et bien commencé. Les candidats doivent élaborer un *dari'to*, un poème qui retranscrira toute l'intensité de leur dévouement et leur projet d'avenir pour l'empire.

— Un poème ? s'esclaffa Loan. Ça commence bien !

— Je me disais aussi, renchérit Ogar, je les voyais mal se lancer dans une joute avec chevaux caparaçonnés et tout le toutim ! »

Je fis signe à Anton, qui nous servait d'interprète, de ne pas traduire à Sibras les propos des jumeaux. Ils avaient cette manie d'en rajouter des caisses à chaque fois qu'ils se sentaient mal. La mort de Nario les avait durement touchés, leurs sourires étaient crispés, faux. C'était leur manière à eux de gérer la chose. Je leur lançai un regard venimeux et brodai quelque chose de pas trop insultant à traduire pour Sibras.

« Mais… ils ont déjà eu le temps de réfléchir à leur discours, non ? Enfin, à part Azalon, je suppose…

— Oh, oui ! Bien que je ne voie pas en quoi vos amis trouvent cela drôle, fit Sibras, dubitatif devant l'attitude des deux frères.

— Alors pourquoi restent-ils là ?

— Parce que cette épreuve est aussi l'occasion de démontrer la détermination des candidats. Ils resteront ainsi jusqu'au coucher du soleil au plus tard. Si l'un d'entre eux s'effondre avant, il sera disqualifié, et les autres pourront déclamer leurs vers. »

La scène m'apparut sous un nouveau jour. Le soleil transformait l'Esplanade en four. L'air manquait, il n'y avait pas la moindre brise pour soulager les spectateurs, mais eux au moins avaient des toiles pour dispenser un peu d'ombre. Lorsqu'un rai de lumière brûlante passait entre deux voilages, ces derniers s'étiraient ou se déplaçaient légèrement pour protéger le public. Entre les rangées, des serveurs distribuaient des outres d'eau rafraîchissante.

Sur l'estrade, il en était tout autrement. Les candidats n'allaient pas tarder à subir de belles insolations. Pourtant, aucun ne trahissait le moindre inconfort. Ils mettaient un point d'honneur à rester stoïques, laissant la sueur dégouliner sur leur visage sans esquisser le moindre geste pour l'essuyer. Pour difficile que fût l'épreuve, il fallait avouer que ça manquait un peu de panache. Pourvu qu'Azalon ne défaillît pas ! Mais le légat endurait le calvaire sans broncher.

Les Kinoshs ne semblaient jamais devoir se lasser du spectacle. Petite, Anton, Sibras et Bertal fixaient la scène d'un œil intéressé. Quant à nous… c'était plus compliqué. Après des heures à regarder les concurrents raides comme des piquets griller sous le soleil, l'attente devint interminable. Les instants s'égrenaient avec une lenteur exaspérante, et cela s'agitait dans nos rangs. Pour tromper cet ennui mortel, je parcourus la foule du regard sans entrain. De l'autre côté de l'Esplanade se trouvait la zone réservée aux femmes. Ce n'étaient que dentelles et ombrelles de soie à perte de vue.

« On dirait un troupeau de moutons, marmonnai-je pour moi-même. Vous croyez qu'Azalon leur accordera plus de liberté, s'il emporte la victoire ?

— Elles sont plus que prêtes, en tous cas, gloussa Petite. Tu n'as pas idée des inconvenances qu'elles échangent quand les hommes n'écoutent pas. Je n'avais jamais participé à un salon, avant. J'étais trop jeune. Après les avoir entendues quand elles vous ont découverts, je t'assure que j'ai compris pourquoi ! »

J'arrondis les yeux d'étonnement. Quoi, ces damoiselles seraient en fait plutôt dévergondées ? Ma mine fit rire Petite. Puis la tristesse lui retomba dessus et sa vitalité s'éteignit. Avec gêne, je tentai de la réconforter mais elle se dégagea d'un mouvement d'épaule. Elle se sentait coupable. Coupable d'avoir éprouvé un instant de joie après la mort de Nario.

J'avalai ma salive avec difficulté et abordai Bertal, pour changer de sujet.

« Dites, il y a un truc qui m'interroge. Vous ne mangez absolument pas de viande, alors ? »

Le vieil homme se renfrogna dans une compression de rides.

« Azalon m'a parlé de votre consommation d'animal. Sinistre coutume, si vous voulez mon avis.

— Attendez de goûter au pot-au-feu de Hatton, avant de juger. »

Bertal se défroissa et croisa les bras.

« Je ne peux pas juger, vous avez raison. Mais vous ne me ferez pas ingérer la chair d'un être à qui le Père et la Dame ont offert le don de la vie.

— Ce que je voulais vous demander, c'est pourquoi ? Si vous manquez tant de ressources, si la famine vous guette, pourquoi ne pas y réfléchir, au moins ?

— Certains l'ont fait, avoua Bertal. Il y a quelques mois, un grand scandale a été mis au jour. Un fabricant mêlait de la farine d'insecte à ses préparations, pouvez-vous y croire ? »

À mon tour de prendre un air dégoûté.

« Je vois que même vous avez vos limites, rit le vieux Kinosh. Pour répondre à votre question, je crois que même en dévorant les animaux, nous ne ferions que reculer l'échéance. Notre environnement est fragile, très fragile. Depuis trop longtemps nous exploitons tout ce que la terre peut offrir, et plus encore. Les bêtes disparaissent déjà, sans que nous ayons à les tuer de nos mains. Elles manquent d'eau, de nourriture, d'habitat. Peut-être nous résoudrons-nous à manger des insectes, finalement. C'est ce qui nous attend bientôt, si nous ne trouvons pas de solution. »

Une diversion bienvenue se présenta sous la forme d'un candidat à l'embonpoint généreux, qui s'effondra avec une lenteur majestueuse, comme un arbre qu'on abat. Il avait perdu connaissance bien avant de toucher le sol, si bien qu'il ne fit pas un mouvement pour ralentir sa chute et mordit la poussière en s'affalant face contre terre. Sous les chuchotements polis mais excités des spectateurs, des hérauts vinrent le chercher et l'emmenèrent sur une civière. Après un rapide diagnostic et tandis que le Kinosh reprenait peu à peu connaissance, l'un d'eux annonça d'une voix tonitruante :

« Nous déclarons céans le sieur Emmon, économe de la Société des commerçants, disqualifié par la volonté de la Dame et du Père ! Que les Augures continuent ! »

Que dire du premier poème, hormis que je ne compris strictement rien ?

« C'est normal, cher Dacien, intervint Bertal, c'est du haut-kinosh. Le langage des anciens. On y trouve des tournures et des intonations bien plus subtiles que dans le langage commun.

— Azalon le parle fort bien, je vous rassure, renchérit Sibras. C'était le meilleur d'entre nous, lorsque nous faisions nos études. Il a toujours aimé les détails chantants cachés dans ces mots secrets. »

Un second candidat se présenta, la face rougie par un énorme coup de soleil.

« Devant vous, peuple kinosh, le sieur Fenios, sociétaire des armes ! »

Le grand costaud aux muscles saillants se racla la gorge avant d'énoncer :

« *Trima galo mi parta, pertisto le'hita. Parla te'mira, arfan… arfan tu pista.* »

Je consultai Sibras d'un haussement de sourcil. Il hésita un instant avant de me confier, gêné :

« Le haut-kinosh n'est pas censé être traduit.

— Oh, c'est nouveau, ça ! me rembrunis-je en croisant les bras. Décidément, c'est moins marrant que je l'avais imaginé, votre truc.

— Allons, Sibras, je crois que nous pouvons faire une exception, étant donné la situation, consentit Bertal. Voyons, voyons… cela donne à peu près : "Quand la force est mon guide, je connais le chemin. Je saurai montrer l'horizon de demain." Ce n'est pas mauvais. Mais il va perdre tout de même. »

La traduction ne m'apporta aucun éclairage, même après avoir interrogé Petite pour vérifier que j'avais bien tout saisi.

« Ça ne veut rien dire ! Et puis pourquoi aurait-il perdu, si le poème est bon ? m'agaçai-je.

— C'était riche de sens, au contraire, argua Bertal avec un sourire mystérieux. Il évoque la force, il propose donc de suivre les préceptes du Père, comme Kinosh-bê. La rime fonctionne, bien qu'elle perde de sa subtilité à la traduction. Mais il a hésité. Quel dommage ! La fatigue, sans doute. »

Les passages s'enchaînèrent. Je me perdis en conjectures, alors que Bertal me traduisait à voix basse les discours abstraits en commentant les qualités de chacun. Je n'en revenais pas qu'il soit capable de tirer autant de conclusions sur les quelques mots prononcés par les candidats. Chaque syllabe portait en elle seule un ou plusieurs symboles, selon comment elle était associée ou prononcée. Si bien que les concurrents condensaient en un souffle la quintessence de leurs intentions. La foule se livrait elle aussi à cet exercice d'analyse et les gens approuvaient ou s'offusquaient par de légers signes de tête. Kinosh-bê énonça une seule phrase, d'une voix forte, visiblement peu incommodé par la chaleur. « La stabilité est mère de la prospérité », m'informa Bertal. Il trouvait ça très malin. Je jalousai mes compagnons, qui, au fil des explications du vieil homme, s'étaient discrètement éloignés. Il ne restait plus que moi pour subir les critiques littéraires de Bertal. Je le soupçonnais d'y prendre un malin plaisir. Le passage d'Azalon me sortit de la torpeur qui m'engourdissait. Bertal prit son temps avant d'énoncer :

« Aux lendemains le soleil apporte sa gloire, pour peu que les hommes de bien lui offrent l'espoir. »

Il remua les lèvres en répétant à voix basse le texte dans sa version d'origine.

« Vous disiez vrai, Sibras, votre ancien camarade d'école est doué !

— Il a réussi, alors ? demandai-je, pressé d'en avoir le fin mot.

— Avec l'échec du sieur Fenios tout à l'heure et le poème de sieur Valen qui était très moyen, cela devrait aller. »

Rassuré, je me laissai aller à un demi-sommeil, bercé par les commentaires de Bertal et les ânonnements des candidats sur l'estrade. Les rayons du soleil commençaient à projeter des ombres obliques sur l'Esplanade, lorsque la foule commença à marmonner des sons indistincts.

« Que se passe-t-il ?

— C'est la fin de l'épreuve, répondit Sibras, un sourire aux lèvres. Chacun doit énoncer le nom de son poète préféré. Les deux candidats les moins scandés seront disqualifiés.

— Azalon ! Azalon ! commencèrent Finn et Hatton.

— Moins fort, je vous en prie ! Vous nous faites remarquer. Vous devez chuchoter, les hérauts sauront déterminer les vainqueurs.

— J'espère qu'ils ont l'ouïe fine, vos gars, parce qu'à moi ça m'a l'air plutôt confus.

— Attendez un peu... »

En effet, le doux ronron des voix prit bientôt un rythme identifiable, auquel nous nous accordâmes facilement. Il me semblait entendre de nombreux « Azalon », mais peut-être était-ce parce que j'écoutais trop mes compagnons. J'entendis également des « Kinosh-bê », qui prenaient le pas. Au signal d'un héraut, la foule se tut sur le champ.

« Sont disqualifiés le sieur Fenios et le sieur Valen ! Que les Augures continuent ! »

Autant Fenios accusa le coup sans surprise, les épaules basses, autant Valen ne put retenir une mimique outrée. Il resta sur place, droit comme un *i* jusqu'à ce qu'un héraut vînt le chercher. Il le saisit par le coude et Valen se dégagea d'un geste brusque. Il consentit à descendre de l'estrade d'un pas rageur, les poings serrés.

« Notre ministre des Armées se ridiculise, commenta Bertal. Il devrait accepter son sort avec plus de dignité. Voilà qui confirme qu'il n'avait pas sa place dans cette épreuve. Un candidat de moins pour soutenir l'idéologie de Kinosh-bê.

— Alors c'est bon signe, approuvai-je.

— Ne vous réjouissez pas trop vite, fit Bertal. Kinosh-bê compte de nombreux soutiens parmi les candidats. Certains se laisseront éliminer volontairement pour lui assurer une place au tour suivant. »

Une certaine agitation parcourut la scène. Un héraut présenta à chaque candidat une corbeille dans laquelle ils piochèrent à l'aveugle des fanions colorés. Les serviteurs apportèrent neuf grands plateaux sur l'estrade et les disposèrent en demi-cercle. Azalon montra un papier vert et s'installa en tailleur devant le plateau le plus proche de nous. Son adversaire, un Kinosh au visage renfrogné s'assit face à lui et déposa à côté du sien son drapeau vert.

« Il va jouer contre Lartis, un secrétaire d'État, m'expliqua Anton. Un adversaire sérieux, mais je le pense de taille à l'affronter.

— Mais… le soleil va bientôt se coucher ! Les épreuves ne se déroulent-elles pas sur plusieurs jours ?

— Oh, si ! Mais sans interruption. Le record a été de quatre jours, il y a une soixantaine d'années. L'un des deux derniers adversaires menait haut la main, mais s'est évanoui d'épuisement. La Dame et le Père ont choisi le dernier debout. »

Je me passai la main sur les yeux. Moi qui espérais voir cette journée tirer à sa fin ! Restait à espérer que la prochaine épreuve serait un peu plus mouvementée. À voir les candidats sagement assis devant les plaques de bois, ça s'annonçait mal. Les plateaux étaient incrustés de marqueteries délicates qui formaient un damier en spirale. Les hérauts disposèrent avec soin de petites figurines, blanches pour les uns, noires pour les autres.

« Ne me dites pas qu'ils vont jouer aux dames ? se désespéra Hatton.

— Les échecs nobiliaires sont un jeu complexe », le gronda Sibras.

Complexes, peut-être, mais en termes d'action, on repasserait.

Le jeu évoquait en effet les dames, mais chaque pion avait des propriétés spécifiques. Bertal m'affirma que la victoire n'était pas, loin de là, le seul but de ce jeu. La façon de jouer devait refléter les intentions du candidat pour son mandat de Kinosh-bê. Je persistais à voir seulement des hommes bouger des pièces de manière aléatoire, quand ils n'étaient pas plongés dans des abîmes de réflexion qui pouvaient durer une éternité. Le soir avançait, et des flambeaux furent mis en place, pour ne pas nous épargner une miette du spectacle. Leur lumière attirait de gros insectes. Bientôt un genre de chauve-souris, dotée d'une seule aile, comme une raie, s'invita parmi eux.

Les proies se mirent à voltiger en tous sens et déployèrent des élytres d'un rouge flamboyant en espérant décontenancer leur prédateur. Une manœuvre bien inutile. L'étrange animal ouvrit une gueule disproportionnée et goba coup sur coup trois insectes avant de repartir d'où elle était venue.

Malgré ce spectacle et l'air un poil plus frais, mes yeux papillonnaient, je ne parvenais plus à faire le point. Sur le plateau d'Azalon et Lartis, toutes les pièces étaient encore en jeu. Sibras me sortit de ma torpeur en murmurant.

« Regardez ! Azalon a terminé d'exposer sa stratégie, il va bientôt passer à l'action ! »

Un murmure parcourut la foule. Comment pouvaient-ils se passionner à ce point ? Tous avaient les yeux rivés sur Azalon, qui d'un geste souple, se saisit d'un pion à tête de poisson. Il le plaça dans un carré noir et leva la main. Un héraut s'approcha pour contrôler le plateau.

« La partie est terminée ! Le sieur Azalon est vainqueur, le sieur Lartis est disqualifié ! Que les Augures continuent !

— Quoi ? C'est tout ? chuchotai-je.

— C'est une très belle victoire, corrigea Bertal. Azalon a effectué un sans-faute, c'est un grand honneur de terminer le premier ! Il a évoqué avec élégance l'amitié entre les peuples, les valeurs d'équité prônées par la Dame. Il a réussi un coup de maître en évitant d'éliminer le moindre pion adverse. Il a vraiment réalisé un beau parcours. »

À la lueur des flambeaux, je surpris un mouvement de Kinosh-bê. Il dardait sur Azalon un regard noir. Il gifla l'air d'un geste agacé et un insecte bourdonnant fut projeté sur le sol. Revenant à son plateau, il déplaça un pion aux arêtes vives et écarta du jeu deux pions de son adversaire. L'autre répondit par un mouvement qui coûta à Kinosh-bê son pion-poisson. D'un geste théâtral, celui-ci avança une pièce cubique et leva à son tour le bras.

« Quelle brutalité, commenta Sibras. Il n'avait pas l'intention d'arriver second à cette épreuve, cela se ressent. Sa conclusion est bâclée.

— En effet, approuva Bertal. D'autant que sieur Odrin s'est laissé battre sans résistance. Quel manque de panache ! Mais peu importe : Kinosh-bê est tout de même qualifié. »

Les autres parties se terminèrent peu à peu, la voix des hérauts ponctuant le silence total qui régnait sur l'Esplanade. Je ne pus m'empêcher de sombrer dans le sommeil plusieurs fois. À chaque annonce, je m'éveillais en sursaut et vérifiais l'état d'Azalon. Toujours en tailleur sur le sol, face au public, il avait les yeux ouverts et vifs.

« Comment fait-il ? demanda Finn. Moi, rien qu'à les regarder, ça m'épuise.

— La capacité à rester lucide est aussi importante que le reste des épreuves », pontifia Bertal.

Il lui en fallut, de la lucidité, à ce pauvre Azalon. La dernière partie s'acheva juste avant l'aube, après un combat aussi acharné qu'invisible entre deux sociétaires commerçants.

« Je me suis tellement ennuyé que j'ai l'impression d'avoir passé une semaine ici, maugréa Philbert en baillant. J'espère que ça ne durera pas quatre jours entiers. Vraiment. »

Preuve que nous étions réellement au bout du rouleau, nous acceptâmes une tasse de ce jus chaud et amer que nous offrit Sibras. Le goût m'arracha une grimace qui fit sourire l'ami d'Azalon.

« Encore une chose que vous n'appréciez pas beaucoup chez nous, n'est-ce pas ?

— Pardon, fis-je en avalant avec difficulté l'immonde breuvage. Mais détrompez-vous, il y a bien des choses que j'ai appris à aimer. Azalon est… » Je cherchai mes mots. « Il est honnête, et valeureux. Ses idées sont louables. Et il s'est mis en tête que nous pouvions l'aider. Alors, je ne sais pas trop ce qu'on peut faire pour lui faciliter la tâche, mais on est prêts. Surtout, on espère qu'il n'est pas le seul Kinosh à valoir le coup. »

Sibras resta un moment interdit. Je me demandais si je m'étais correctement exprimé, car j'avais la fâcheuse tendance à mélanger nos deux langues, et à laisser Petite faire la traduction, quand il rouvrit la bouche.

« Azalon n'a pas pu m'en dire beaucoup, mais s'il est revenu avec vous, c'est qu'il a foi en vous. Je peux vous paraître distant, étant donné votre nature très… expansive, mais c'est ma culture. Laissez-moi vous le dire franchement, pour éclaircir les choses : j'ai toute confiance en Azalon. S'il est persuadé que Kinosh-bê nous a trahis, que vous êtes des hommes de valeur, alors je suis de votre côté. Sans hésiter une seconde. »

À mon tour d'observer un long silence surpris. Sibras avait semblé discret, et même un peu hautain. Se pouvait-il que j'aie mal interprété son attitude ? Je scrutai la foule d'un œil neuf. Des visages crispés et insondables, pas un mot plus haut que l'autre… Avec ces gens-là, il était quasiment impossible de savoir à quoi s'en tenir. Tout chez eux s'exprimait par code, par signes discrets. Avec nos habitudes de lourdauds, nous étions aveugles à la plupart des indices.

Il y eut du mouvement sur l'estrade. Après la dernière élimination, il ne restait plus que neuf Kinoshs en lice. Kinosh-bê trônait au beau milieu, l'air en pleine forme. À ses côtés les autres paraissaient à la fois plus petits et plus fatigués. D'une carrure solide, il avançait un menton volontaire et carré. Ses yeux perçants d'un noir de jais se fixaient avec intensité sur un spectateur, avant de passer au suivant. Il m'octroya son attention un bref instant. Un visage impassible, mais un regard empli d'une haine froide et aussi tranchante que l'acier. Si Kinosh-bê en était réduit à cette cérémonie absurde, c'était notre faute. Qu'Azalon échoue, et il saurait nous le faire payer.

« La prochaine épreuve devrait vous plaire, messieurs, annonça Bertal. Et votre ami va avoir besoin de notre soutien. »

Je m'étirai et sentis mes vertèbres craquer en protestation à cette nuit d'attente. Nario se serait relevé en un instant, porté par les ailes de la jeunesse… Il fallut me secouer pour me débarrasser de cette impression tenace qu'il était encore là, parmi nous, qu'il ne tarderait pas à nous rejoindre.

Sur la scène, les hérauts apportèrent des panières d'osier, savamment tissées de motifs géométriques. Chaque candidat s'en vit remettre une. Je crus lire une détermination sereine dans les yeux de Kinosh-bê, et une trouille bleue dans ceux des autres concurrents.

« Il y a quoi là-dedans ? demandai-je.

— Des *irdassis*, des scorpions-minute.

— Laissez-moi deviner : parce qu'on meurt de leur piqûre en une minute ?

— Parfois moins.

— Et ils sont bien sûr agressifs au possible, j'imagine ?

— Un peu tatillons, en effet. Azalon va avoir besoin de notre soutien, comme je vous le disais.

— Je dois aller tuer ces sales bêtes ?

— Ah ah ! Non ! Laissez ces pauvres animaux en paix. Ils ne comprennent rien à ce qu'il leur arrive et ne font que suivre leur instinct. Non, je pensais plutôt à votre ami... »

Bertal fit signe à Arnat de s'approcher.

« Euh... Cap'... y'a son charme qu'est en train de fureter, là...

— Bertal ! Qu'est-ce que vous faites ?

— Quoi, Azalon ne vous l'a pas dit ? Mon art, mon *charme* comme vous dites, consiste à.... emprunter celui des autres. Pour le rediriger où je le souhaite. Plutôt vers *qui* je le souhaite, en l'occurrence. Laissez-vous faire, Arnat, Azalon aurait bien besoin d'un peu de votre chance pour cette épreuve. »

Arnat blêmit tandis que Bertal commençait à tricoter son charme, mais il se laissa dépouiller. Le vieux Kinosh eut un gloussement aussi inconvenant que spontané quand Arnat se mit à se dandiner d'un pied sur l'autre comme si on le chatouillait.

« Ça ne va pas ? demandai-je, prêt à intervenir.

— Tout va bien, cap'. J'ai juste l'impression... J'ai l'impression d'être à poil, voilà. Dites, Bertal, c'est pas de la triche, ce que vous faites, là ?

— Tout candidat a le droit d'avoir autant de soutiens qu'il le souhaite. La seule règle est que personne ne doit monter sur la scène. »

Devant nous, Azalon et les autres concurrents prirent un moment pour se concentrer. Alors qu'ils ne pouvaient cacher leur appréhension, Kinosh-bê paraissait singulièrement serein.

« Kinosh-bê, il en a aussi, des soutiens, suspectai-je.

— Il est lui-même un charmeur puissant, commenta Ivold. Pas autant que vous Bertal, ou Temmos, mais je le renifle d'ici. C'est quoi sa spécialité, d'ailleurs ?

— Oh, c'est simple, répondit le commerçant. Kinosh-bê est… coriace. Son don est comme le vôtre, Arnat. Passif. Là où vous bénéficiez de chance à tout moment, lui s'avère particulièrement résistant aux avanies. Il n'a jamais été malade, il est rarement blessé, et si c'est le cas, il se remet vite sur pieds.

— Je vois, fit Arnat qui tremblotait sous l'effet de la privation de son charme. Et au lieu de me piquer mes pouvoirs, vous ne pourriez pas tout simplement le priver des siens ?

— Vous n'y pensez pas ? Ce serait tricher !

— Mais… intervins-je, déboussolé. Vous avez dit qu'on avait le droit de faire ce qu'on voulait, tant qu'on ne montait pas sur…

— J'ai dit qu'un candidat pouvait avoir des *soutiens*. Pas qu'on pouvait s'en prendre à l'intégrité d'un autre concurrent ! Quoi qu'il en soit, je ne peux emprunter les dons que si la personne est consentante. Sans quoi, mon art est quasiment inefficace. »

Je me focalisai sur la scène, penaud. Entre-temps, Ivold découvrit un tout nouveau jeu qui avait l'air de beaucoup l'amuser.

« Allez, Chançard, on parie ? Pile, ou face ? Ah ah ! Perdu ! Alors, quitte ou double ? »

Je me passai la main sur le visage. Arnat était un cas désespéré. Même en sachant qu'il n'avait pas plus de veine que le quidam moyen, il continuait de miser. Ivold se délectait de chacun de ses échecs et empochait des piécettes au passage.

Autour de nous, la foule retint son souffle. Enfin, Azalon et consorts soulevèrent les couvercles des bourriches. D'une main sûre, Kinosh-bê saisit une énorme bestiole, croisement improbable entre une araignée et une écrevisse. Dans les dernières lueurs des torches, sa carapace noire, blindée de pics et de crocs se parait de reflets dorés.

Alors que l'aube ne tarderait plus à poindre et que la foule se fondait dans un chien et loup pastel, la bête semblait garder sur elle une portion de nuit obscure. Avec un mouvement calme, Kinosh-bê lui présenta le dos de son autre main et la posa doucement. La chose remua des pattes dégingandées et rampa sur son avant-bras, agitant d'épaisses pinces menaçantes. Elle dressa sa queue chitineuse en un arc au-dessus de ce qui devait être sa tête. Au bout frétillait un crochet acéré. L'horreur sur pattes fureta, pinça doucement la peau de Kinosh-bê, fit luire de petits crochets malveillants et poursuivit son exploration pour grimper jusqu'à son épaule.

« Il ne craint rien, fit Bertal. Même si le scorpion-minute le pique, il n'en ressentira qu'une douleur passagère. C'est ainsi qu'il a franchi cette épreuve, il y a quarante ans. J'avais réussi à tenir sans être piqué, contrairement à lui. Sa résistance au poison a cependant été validée par les hérauts, si bien qu'il est passé au tour suivant. »

Je me rappelai que ce vieil homme avait jadis, lui aussi, tenu bon sous les assauts du soleil, battu ses adversaires aux jeux et affronté les scorpions.

*

Je ne parvenais pas à me décider à prendre le scorpion-minute. Jamais je n'aurais imaginé franchir les précédentes épreuves. Sans préparation, sans soutien, je n'avais pas ma place ici. Oserais-je risquer ma vie dans cette folie ? Non loin, Kinosh-bê se jouait du danger. Mais sans aucun mérite, me rappelai-je. Je sentis un picotement me parcourir le corps. La panique ? L'épuisement ? Non, c'était autre chose. En suivant le regard jaloux de Mandar, je compris. Bertal me faisait bénéficier de ses capacités de prêtre-mage. Il m'envoyait sans doute l'épure d'un spectateur, mais lequel ? Me rendrait-il invulnérable ? Ou capable d'apprivoiser l'animal ? À en voir le scorpion s'agiter au fond du panier, ce n'était pas le cas.

Je compris à la mine déconfite d'Arnat que c'était sa chance dont je bénéficiais. Je n'en fus qu'à moitié soulagé. Serait-ce suffisant ? Je fermai les yeux et enfonçai une main tremblante dans le panier. La chitine rugueuse effleura mes doigts et j'eus toutes les peines du monde à me forcer pour laisser ma main descendre encore. Le scorpion-minute confondit-il mon bras avec une planche de salut ? Toujours est-il que je n'eus pas à l'attraper. Accrochant ma peau avec ses griffes acérées, il monta. Vif comme l'éclair, il grimpa jusque sur mon épaule et courut sur ma nuque. Il longea le col de ma tunique alors que je me débattais contre une irrépressible envie de le jeter au loin d'un revers.

La bête ne trouva pas d'échappatoire de ce côté. Elle changea de cap et descendit si vite le long de mon torse que je faillis signer la fin de mon épreuve : si le scorpion s'échappait, c'était l'élimination. L'élimination, mais pas la mort. J'hésitai brièvement à le laisser partir. Finalement, après avoir pris le contrôle de mes tremblements, je l'empêchai de poursuivre son chemin de la paume de la main. Il tenta de contourner par la droite. Je suivis le mouvement. Il opta pour escalader de nouveau ma tunique, dardant sa queue dans toutes les directions. Il s'arrêta au niveau de mon plexus. Le long de sa queue, de minuscules écailles bleu vif se mirent à luire… et il planta son aiguillon dans ma poitrine.

La foule étouffa une exclamation. Je crus mourir sur le champ. Il me fallut un moment pour me rendre compte que je ne ressentais aucune douleur. Je baissai les yeux pour découvrir que le dard avait heurté un des minuscules boutons de nacre qui fermaient mon vêtement. Une goutte de poison mortel imprégnait le tissu. Désarçonnée, ou peut-être satisfaite d'avoir enfin usé de son arme, la bête se fit plus calme. Elle s'immobilisa sur mon épaule, se délectant des premiers rayons du soleil qui effleuraient sa carapace.

J'avais eu l'impression de rechigner durant longtemps à attraper le scorpion, mais je m'aperçus que j'étais loin d'être le seul à me perdre en atermoiements. Les hérauts contrôlaient le temps. Bientôt, tous ceux qui n'auraient pas osé se saisir de leur animal seraient disqualifiés. Kinosh-bê et Mandar avaient surmonté leur peur depuis longtemps. Les six autres candidats étaient sociétaires des armes ou des proches de Kinosh-bê. Sachant qu'ils devraient de toute façon laisser leur place au guide suprême s'ils survivaient à l'épreuve, ils hésitaient à prendre le risque. De fait, malgré les avertissements, deux d'entre eux refusèrent d'attraper leurs scorpions. Ils choisirent la honte plutôt que la mort. Comme je les comprenais, alors que mon propre compagnon faisait crisser ses pattes griffues sur mon épaule ! Un troisième concurrent, Lycéon, parvint à attraper la bête mais ne sut l'empêcher de sauter au sol. L'animal fut vivement capturé par un des hérauts avant qu'il ne risquât de s'en prendre à un spectateur. Enfin, les trois derniers sociétaires des armes parvinrent à dominer leur frayeur et leur dégoût.

L'un d'eux poussa un cri surpris un instant après avoir posé le scorpion sur son bras. Il tenta de maintenir un masque de dignité, mais rapidement il s'effondra au sol pour y hurler de douleur. Les hérauts intervinrent, mais seulement pour le soulager : aucun remède ne sauverait le pauvre bougre. Il le savait, et ses cris perçants avaient la tonalité du désespoir. En quelques secondes sa physionomie se transforma. Sa peau prit une vilaine teinte grise, sa carrure altière fut déformée par des contractions incontrôlées, ses mains crispées prirent la forme de serres crochues. L'écume aux lèvres, il demeura roide et recroquevillé sur le sol, secoué de soubresauts pendant quelques instants, puis expira dans un borborygme douloureux. Dans un silence total, son corps fut évacué de la scène.

Mon propre scorpion se tint calme durant le reste de l'épreuve. La sensation immonde de son poids qui rampait sur moi me fit oublier la fatigue intense, la douleur des coups de soleil, la faim, la soif. Je me tenais raide, sans oser suivre des yeux les tribulations de l'animal. Quand, enfin, les hérauts vinrent récupérer les bêtes à l'aide de longues pinces munies de crochets, je crus tomber de soulagement et d'épuisement.

Je n'en revenais pas. Comment étais-je encore là ? Était-il possible que j'eusse réellement les faveurs du Père et de la Dame ? Et si j'avais vraiment une chance de détrôner Kinosh-bê ?

Les questions tournaient et viraient dans ma tête, tant et si bien que j'en oubliai la suite. Ce n'est que lorsque les hérauts annoncèrent l'épreuve finale que je me remémorai combien ma présence ici n'était qu'un pur hasard, un simple malentendu.

« Par la volonté de la Dame et du Père, les scorpions ont choisi cinq valeureux Kinoshs. Les dieux vont s'adresser maintenant directement à eux et seront les juges ultimes de ces épreuves ! Que les Augures continuent ! »

On me tendit un breuvage opaque dans un bol de faïence délicate. Je me mirai dans le liquide et ne vis qu'un homme fourbu par les épreuves et paniqué par ce qui l'attendait. Au signal des hérauts, nous avalâmes tous le bouillon amer, concocté avec la chair d'un cactus aux propriétés hallucinogènes. Le liquide poisseux me tapissa la gorge et engourdit aussitôt ma langue et mes joues. Au fil de sa progression, mon ventre, puis mes bras et mes jambes furent envahis par un fourmillement intense. On nous permit de nous asseoir et je m'affalai sur le sol, me maintenant avec difficulté en tailleur.

Pris d'une vague de frissons, je me sentis perdre connaissance. Autour de moi, ce n'était que brouillard cotonneux et voix étouffées, de moins en moins audibles. Je parvenais pourtant à analyser la situation avec une acuité exacerbée, si l'on considérait que j'étais probablement inconscient. Mon corps physique, en tous cas, l'était. Toujours plus léger, j'eus l'impression de prendre de la hauteur. Parmi les murmures, une voix me paraissait porter plus fort que les autres. Perdu dans les brumes blanches de mon rêve halluciné, je fixai mon attention vers elle. Soudain, je la reconnus. Martha ! Étouffées par l'atmosphère nébuleuse, quelques bribes de ses prières me parvenaient.

« Très sainte Dame, faites que mon époux revienne parmi nous. Qu'il soit béni, que sa noble mission soit couronnée de succès. Qu'il aide ces Caldéciens et cette pauvre Azel'aïs, et qu'il leur offre une chance de vivre en paix... »

Je fus touché en plein cœur. Son amour était si pur, si limpide ! Malgré les années passées, elle me vouait une telle affection ! Les limbes qui m'emportaient effaçaient les bruits du monde physique et me laissaient percevoir la sincérité de Martha dans toute sa beauté. Je sentis une larme bien réelle rouler sur ma joue, quelque part au-delà des brumes blanches. Une force implacable m'arracha à ma contemplation. Je tentai de m'accrocher avec désespoir, de savourer encore un peu de cette intensité, de cette vérité à l'état pur, mais je fus comme balayé par le souffle d'un géant.

Pris d'un regret insondable, je me trouvai soudain environné d'une nuée sombre agitée de nuages menaçants. Des rumeurs couraient sur cette épreuve. Bien peu émanaient de personnes l'ayant réellement vécue. Pourquoi Bertal ne m'en avait-il pas entretenu ? J'étais perdu, effrayé, ballotté tel un fétu de paille. Mon instinct m'orienta vers un endroit où les ténèbres me paraissaient moins denses. Il me fallut dépenser une énergie folle pour progresser. Je me débattis pourtant avec frénésie, car une certitude m'étreignit soudain : cette lueur était mon seul espoir de sortir de ce rêve dément et de retrouver le monde des vivants. Je me battis comme jamais. Tenaillé par la volonté farouche de survivre, je luttai contre des forces contraires et impalpables.

Alors que l'épuisement et le découragement me menaçaient, je perçus une silhouette à quelques pas de moi. Naviguant dans le brouillard sombre, elle se mouvait avec une aisance impossible. Sans se préoccuper des courants qui me freinaient, la forme ondulait de son corps souple et désarticulé. Je ne pouvais en discerner les traits. À peine une épine dorsale effilée et fantomatique, le reflet d'écailles mordorées accrochant une lumière chiche. Mais cet... je ne pouvais me résoudre à nommer cela un *animal*. Cette *chose* était, sans nul doute possible, un prédateur. Et j'étais sa proie. Elle fut rejointe par un second, puis un troisième ectoplasme.

Je réalisai que les écailles n'étaient qu'illusion. Dans mon rêve délirant, les bêtes se dotèrent soudain de becs d'oiseaux de proie. De pattes de fauve aux griffes acérées. De l'aspect gluant et souple d'un poulpe. Je me forçai à les ignorer, alors même que leur présence se faisait de plus en plus pressante. Puisant dans le souvenir lumineux de la voix de Martha, de son amour, dans sa foi en mon idée folle de paix et d'égalité, je mis toutes mes forces dans une ruée vers l'avant. Un calme total et soudain me prit de court. Je me trouvais au centre de… rien. Dans l'œil du cyclone, peut-être.

Au travers des brumes, les prédateurs rôdaient sans oser s'approcher. Je me trouvais dans un espace vaguement circulaire, sans sol ni plafond, mais y avait-il seulement un haut et un bas ? Je m'approchai de la lueur qui m'avait attiré dans cet étrange endroit, et découvris avec surprise qu'il n'y avait plus de résistance à ma progression. La lumière se fit mouvante et oscilla entre différentes formes pour dessiner une silhouette aux contours incertains. Les seuls points fixes étaient deux points d'une flamboyance insoutenable. Des yeux. Je ne pus supporter davantage leur éclat et murmurai en réalisant une profonde révérence :

« Ma Dame, soyez bénie entre toutes les femmes… »

L'entité arrêta ma prière d'un geste délicat. N'était-ce qu'une simple vision, fruit de mon esprit ? Mon cœur, lui, accordait à cette apparition toute sa foi et son respect. Nous restâmes seuls, en silence, durant quelques instants, ou peut-être une éternité. Puis un mouvement dans les ténèbres orageuses attira mon attention. Niméron, doyen de la Société des armes, nous rejoignait. Un court moment plus tard, Kinosh-bê faisait son entrée. Je pensais que nous attendrions Mandar et le dernier concurrent, mais la Dame s'avança vers nous. Je fus saisi d'un sombre pressentiment concernant les absents. La voix claire de la déesse résonna tel un baume de sérénité et de bienveillance.

« Ainsi donc, voilà les hommes qui se pensent dignes de nous représenter auprès des mortels… »

Malgré la douceur du ton divin, les mots exprimaient un infini mépris, teinté peut-être d'un peu de pitié.

« Oserez-vous approcher pour recevoir mon message ? »

Kinosh-bê s'avança sans attendre. La Dame chuchota à son oreille. Niméron prit sa suite. Puis ce fut à mon tour de recevoir l'insigne honneur de la frôler. Le tissu moiré de sa toge n'était pas ancré dans le réel, tout comme le reste de sa personne. Sa stature était imposante, elle me dominait de plus d'une tête. Elle se courba vers moi d'un geste gracieux et effleura mon oreille de ses lèvres sacrées.

« Ta détermination est forte, petit homme. Ton sacrifice devra l'être aussi. »

La suite se grava en haut-kinosh directement dans mon esprit. J'eus à peine le temps de commencer à paniquer que le monde de rêve se disloqua. Les bêtes fantasmagoriques cessèrent de tourner autour de nous et prirent la fuite. Les nuages sombres s'effilochèrent, et je me trouvai emporté dans un tourbillon sans haut ni bas. Ma chute prit fin brutalement lorsque je retrouvai mon corps. Gauche, empoté, épuisé, j'avais le sentiment de n'être qu'un enfant malhabile.

J'ouvris des yeux embrumés et découvris avec une pointe de déception que j'étais toujours sur la scène des Augures. À mes côtés, Niméron et Kinosh-bê se relevaient avec difficulté. Mandar et l'autre candidat, qui avaient échoué à se présenter devant la Dame, étaient plongés dans un profond coma, à jamais errant dans les limbes gris, harcelés par les ectoplasmes affamés. Après un moment d'attente, leurs corps furent évacués. Je me mis debout sur des jambes mal assurées. Niméron prit la parole.

« Moi, Niméron, doyen des armes et serviteur de l'empire, déclare forfait et offre le message que m'a confié la Dame au seul et unique Kinosh-bê ! »

Qui aurait pu en douter. La Dame avait demandé un sacrifice mineur à Niméron et il en faisait don à son allié. Depuis que le procédé avait été validé, près d'un siècle plus tôt, cette manœuvre était courante. Combien aurais-je donné pour avoir moi aussi un ami prêt à abandonner les Augures pour me faciliter la tâche ! Niméron annonça :

« Par la volonté de la Dame, Kinosh-bê devra sacrifier deux de ses doigts. »

La foule des spectateurs eut une réaction surprise et légèrement outrée. Lors des précédents Augures, Kinosh-bê n'avait sacrifié que trois orteils. Voilà que cela recommençait ! Pourquoi la Dame et le Père m'avaient-ils permis de parvenir aussi loin dans les Augures, si c'était pour m'infliger un échange aussi inéquitable ?

Je n'avais rien à faire ici, j'allais renoncer, comme Bertal avant moi. Je refusais l'infirmité. L'idée même me révulsait. Moi qui avais apporté tant de soin à entretenir mon corps ! C'était impensable. Mon regard glissa vers l'espace réservé aux femmes et croisa celui de mon épouse. Je ressentis pour elle une bouffée d'amour qui me fit larmoyer. De l'autre côté, Bertal, Sibras, Anton et les Caldéciens avaient les yeux rivés sur moi. Consumés par un espoir fou. Les jumeaux ne tenaient pas en place, Dacien lui-même dansait d'un pied sur l'autre, les bras croisés pour masquer son impatience. Petite fixait la scène de ses prunelles dures et fières. Ils croyaient en moi. Si je renonçais, je les abandonnais aux mains de Kinosh-bê, quand bien même lui manquerait-il quelques doigts. Sa première action serait de mettre les Caldéciens en prison, ou pire. Après quoi il ferait intervenir l'ensemble des forces armées en Caldécie pour mettre au pas la population de la plus cruelle des manières. Son poème et sa partie d'échecs avaient été clairs sur ses intentions.

Au lieu de me défausser, je m'entendis déclamer :

« Ainsi que me l'a demandé la Dame, j'offre d'abandonner mon bras aux Augures. »

Cette fois, la foule laissa exprimer son étonnement. Des discussions s'échangèrent et firent monter un brouhaha excité. Je vis Dacien et les siens se décomposer en découvrant cette ultime épreuve des Augures. Un héraut s'avança, face à Kinosh-bê.

« Le sacrifice du sieur Azalon est plus important que le vôtre. Souhaitez-vous revenir sur le don de sieur Niméron et sacrifier ce que la Dame vous a demandé en premier lieu ? »

Kinosh-bê pâlit. Le héraut attendit sans impatience. Au bout d'un moment de réflexion, Kinosh-bê murmura, la face déformée par le dépit :

« La Dame m'a demandé de sacrifier une main. »

Les spectateurs échangèrent des chuchotements ébahis. Il me fallut un temps avant de me rendre compte que les « Kinosh-bê » scandés m'étaient désignés. Le héraut, lui-même surpris, marqua un temps d'arrêt avant d'énoncer :

« Le sacrifice de sieur Azalon est toujours plus important que le vôtre. La Dame et le Père ont choisi. Par la grâce des dieux, les Augures ont désigné Kinosh-bê ! »

Le visage de Kinosh-bê – non, de l'*ancien* Kinosh-bê – se décomposait. La surprise et la déception laissaient peu à peu la place à une rage viscérale. Ses yeux oscillaient entre moi et les Caldéciens. Il finit par se résoudre à quitter la scène, se drapant dans une dignité de mauvaise foi. Le personnage avait beau m'être antipathique, je ne pouvais qu'imaginer l'humiliation qu'il subissait. Les derniers Augures anticipés remontaient à plus d'un siècle. Le guide de l'époque avait sombré dans la folie et ne parvenait plus à parler que par borborygmes. Voilà à qui on le comparerait désormais.

Je m'apprêtais à rejoindre mes amis quand un héraut me retint d'un geste.

« J'avais presque oublié… », murmurai-je.

Dans une brume qui devait autant aux effets du breuvage psychotrope qu'à la fatigue, je le suivis et m'installai dans un fauteuil. Un chirurgien m'y attendait. Dans quelques minutes, je serais infirme. Et j'étais pleinement consentant, réalisai-je.

Chapitre 26
Le dernier carré

« Ils vont lui couper le bras ? Vous êtes sérieux ? »

Arnat n'arrivait pas à se faire à l'idée. Il faut dire que le sortilège de Bertal l'avait laissé diminué et qu'il peinait à retrouver des couleurs.

« On ne peut rien faire pour lui ? demandai-je.

— Mon maître a fait son choix en pleine conscience, dit Anton pour se convaincre lui-même. C'est le cadeau qu'il offre à la Dame et au Père en remerciement de l'avoir élu pour guider le peuple.

— Il aurait pu refuser ?

— Oui, bien sûr, intervint Bertal. J'ai moi-même cédé lors de mon épreuve. Les dieux réclamaient que je leur sacrifie mes jambes. La fatigue… la peur… je n'ai pas été assez fort. Un choix que j'ai amèrement regretté ces dernières années. Notre ami a eu ce courage.

Azalon venait de gober une mixture non identifiée et de tomber aussitôt dans le coma. Autour de lui, les assistants du chirurgien préparaient un plan de travail et des instruments flambants neufs. L'un d'eux serra un garrot autour de l'aisselle du futur Kinosh-bê, et le sang reflua rapidement pour ne laisser qu'un morceau de chair livide et marbrée.

— Le chirurgien s'y prend bien, en tous cas », commenta Mokan d'un air appréciateur.

Le toubib ne ratait pas une miette du spectacle insoutenable qui consistait à amputer un homme parfaitement valide de son bras gauche. Je détournai la tête, remarquant qu'une bonne partie du public en faisait autant, et aperçus un mouvement dans une ruelle sur ma droite.

Une cinquantaine d'hommes en armes approchaient de l'Esplanade. Six d'entre eux étaient juchés sur des lézards. Trois *assashans* précédaient la troupe. Et Kinosh-bê, juste derrière eux, affichait un sourire de franche cruauté. Je tirai mon épée de son fourreau. Mon geste attira l'attention et, comprenant immédiatement le danger, mes hommes se mirent aussitôt en position de combat.

« Je croyais qu'ils agissaient toujours en solitaire, vos assassins ?

— Par le Père, le sieur Jarel est devenu fou ! murmura Anton.

— Jarel ? C'est qui, ça, Jarel ?

— Le nom de naissance de l'ancien Kinosh-bê, m'informa Sibras.

— Il n'est peut-être pas si fou que cela, jeune Anton, marmonna Bertal. Azalon n'est pas encore officiellement sacré Kinosh-bê. S'il s'en prend à lui, d'autres Augures seront alors lancés, ou peut-être les hérauts se résoudront-ils à couronner le second en lice. Quoi qu'il en soit, Azalon n'est encore qu'un citoyen comme les autres. Jarel joue le tout pour le tout, et il a réussi à convaincre de nombreux hommes de le suivre dans cette folie, sans compter les *assashans*. Le Père me pardonne, il avait sans doute prévu cette éventualité avant même le début des Augures. Notre ami est perdu !

— Vous vous fichez de moi ? explosai-je. Vous suivez vos foutues règles du matin au soir, il y a des codes dans le moindre de vos gestes et là, vous me dites que cette vermine peut revenir avec soldats et assassins pour s'en prendre au vainqueur de l'épreuve ?

— Je… C'est une situation inédite. L'honneur du sieur Jarel sera certes mis en cause par cet acte ignoble, mais même s'il doit être démis par la suite, qui pourrait remplacer Azalon ? S'il parvient à l'éliminer, il est presque certain que le futur Kinosh-bê sera l'un de ses alliés. »

Je m'étais plus d'une fois demandé ce que deviendraient les Kinoshs sans leurs foutues règles. J'eus droit à une démonstration par l'exemple. Des gardes surveillaient l'Esplanade. Les hérauts regardaient la troupe de Jarel avancer. Les spectateurs eux-mêmes formaient une foule compacte. Et tout ce beau monde restait comme changé en statues de pierre. Oh, ils avaient bien les yeux écarquillés ou les sourcils froncés, tu parles d'une opposition ! Les hommes de Jarel fendirent la cohue et se dirigèrent vers la scène. Sur un ordre de leurs cavaliers, les lézards ouvrirent de grandes gueules sifflantes. Le chirurgien, en pleine opération, se carapata, laissant Azalon sur son fauteuil d'opération, seul et inconscient. Je m'élançai vers lui.

« Non ! Dacien, vous ne pouvez pas ! s'exclama Bertal. Il est interdit de…

— … monter sur la scène, ouais, je sais, dis-je en grimpant sur les planches de bois. Et vous croyez que Kinosh-bê va s'en priver, lui ? Parce que moi j'ai comme un doute ! Tiens, au passage, vous ne pourriez pas le priver de ses pouvoirs et nous en faire profiter un peu ?

— Je… je peux le diminuer légèrement, mais cela ne marche pas comme ça. Il faut que la personne soit volontaire, pour que cela fonctionne vraiment…

— Oui, je sais, je sais. Tentez quand même ! »

Nous nous alignâmes en un cordon bien dérisoire.

« Allez, les gars, on a déjà connu pire que ça ! »

Ivold me gratifia d'un haussement de sourcils.

« C'est pas trois acrobates en noir et une poignée de soldats qui vont nous faire peur. Les gens du cru n'ont pas l'air de vouloir lever le petit doigt pour Azalon, alors on va leur montrer de quel bois on est faits ! »

Mes hommes crièrent pour se donner courage. Devant nos rugissements, la troupe kinoshe ralentit légèrement. Petite tenait entre ses mains son arc fin et léger. Calixte, à ses côtés, bandait la corde de sa propre arme, plus puissante. La flèche qu'il avait encochée oscillait calmement de droite à gauche, au rythme de sa respiration.

Face à nous, ces saloperies d'*assashans* se positionnèrent en première ligne en prenant une posture courbée, les épaules baissées, prêts à bondir pour esquiver nos traits. Un silence de mort s'abattit autour de nous. Les badauds s'étaient écartés, mais la place fourmillait encore de monde. Aucun d'entre eux n'allait donc nous aider ?

« Pourquoi tu tires pas ? demandai-je à l'archer.

— Ça va venir. Mais je veux pas me faire couillonner comme la dernière fois. Faut que j'arrive à prévoir leur mouvement. Petite, t'as le tien ?

— Ouais, murmura la gamine, concentrée comme jamais, le bras tremblant sous l'effort. C'est quand tu veux. »

Les deux cordes claquèrent à l'unisson, sans que Calixte ait énoncé le moindre décompte. Ces deux-là étaient faits pour se battre côte à côte. L'un des assassins s'effondra avec un glapissement de douleur. La flèche de Calixte lui avait salement arraché la moitié de la gorge. Il s'acharna un bref moment à essayer d'arrêter l'hémorragie, en vain. Abandonnant la lutte, il fila rejoindre les enfers, ou ce qui en tenait lieu dans la religion kinoshe. Petite atteignit le sien à la cuisse. Quelque chose me disait que c'était exactement ce qu'elle avait cherché à faire : le ralentir. L'espace d'un clignement d'yeux, une seconde flèche était encochée et atteignait sa cible en plein cœur. Le troisième…

« Sur les toits ! » cria Anton

La silhouette féline qui nous surplombait depuis la terrasse d'un bâtiment disparut en un éclair.

« Petite et moi, on s'en charge, cap' ! dit Calixte. Occupez-vous des autres. »

En effet, il y avait largement de quoi faire, là, juste sous notre nez. Les flèches décochées par Petite et Calixte avaient sonné le début de l'attaque. Les hommes à la solde de Jarel chargèrent. Dans le même temps, la foule reflua, s'écartant encore sans pour autant déserter l'Esplanade. Sur le pourtour des lieux, les gardes qui avaient laissé passer notre ennemi et ses alliés géraient la panique, mais ne se décidaient toujours pas à intervenir.

« Les salauds ! » jura Ivold.

Les flammes qu'il tricotait devant nos assaillants provoquèrent chez eux un mouvement de recul. Mais très vite, ils comprirent que ce feu n'était qu'une illusion, qu'il ne dégageait aucune chaleur. Une fois les premiers courageux passés avec succès, le reste de la troupe franchit cette maigre barricade sans broncher. Il en fut autrement pour ceux juchés sur leurs grands lézards. Les bêtes, affolées, ruèrent tant et si bien que leurs cavaliers durent démonter. L'un d'entre eux n'eut pas le temps de mettre le pied au sol que sa monture se mit à cavaler de sa démarche chaloupée, étonnamment rapide. Son cavalier, pris dans une corde du harnachement, se fit violemment traîner à terre. Son crâne heurta le piédestal d'une statue. Le choc le délogea de ses liens, mais il ne se releva pas.

Les soldats que nous avait ramenés le sieur Jarel n'étaient pas des bleus. Pour une obscure raison, ces gars-là n'avaient pas de canons portables, mais de grands sabres noirs, plus longs que les épées kinoshes habituelles. Raison qui se fit moins obscure dès qu'ils se mirent à les faire tournoyer avec l'adresse de jongleurs professionnels. De vrais moulins à vent. Par chance plus que par anticipation, je parvins à parer de ma bâtarde un coup qui me venait d'en face. L'homme laissa crisser sa lame contre la mienne en poussant un cri d'orfraie. Étonné, je crus que l'autre avait reçu un mauvais coup de la part d'un de mes gars, mais en levant la tête je découvris qu'il accompagnait son hurlement d'une grimace improbable.

« Oh, malepeste. Je le sens gros comme une maison, c'est encore un de leurs rituels à la noix. Bon, mon vieux, m'adressai-je directement à mon adversaire, si tu veux bien, on va faire ça à ma manière, d'accord ? »

L'autre me répondit par un couinement aigu et partit dans une démonstration impressionnante, faisant passer sa lame au-dessus de sa tête en un tourbillon épatant. Je pris un instant pour me caler sur son rythme et fis la passe d'armes la plus basique qui me vint à l'esprit. J'enfonçai mon épée tout droit, sans chercher ni subtilité ni raffinement. Alors, certes, ça manquait sans doute d'élégance, même pour nous autres barbares, mais j'étais vivant pendant que le zigoto était en train de crever. Ses grimaces simulées furent bientôt criantes de vérité. Je retirai ma lame de son ventre pour lui épargner une longue agonie et le piquai au cœur. Après cette démonstration de nos compétences de bretteurs, les autres eurent le bon sens de se méfier.

Ils restaient malgré tout fichtrement rapides, et leurs longues lames leur conféraient une plus grande allonge que nos bâtardes. Même en comptant Petite et Calixte, occupés à traquer l'*assashan* de toit en corniche, nous étions très inférieurs en nombre. Je me trouvais coltiné à deux gaillards et j'avais les plus grandes peines à parer leurs attaques, sans parler de tenter moi-même une quelconque feinte. Concentré comme jamais, j'esquivai une lame qui feula à quelques pouces de mon épaule et bloquai une estocade de l'autre côté. Je n'allais pas supporter longtemps cette cadence. Les autres non plus. Finn tenait en respect trois soldats kinoshs avec sa hache d'armes. Malgré tous nos efforts, nous cédions du terrain rapidement. Derrière nous, Bertal et Sibras restaient impuissants. Ces ronds de cuir ne savaient pas tenir une épée. Anton, lui, se battait bravement à nos côtés. Mokan s'était précipité au chevet d'Azalon, toujours inconscient.

« Comment il va ? lui demandai-je entre deux passes d'armes. Tu peux le remettre sur pattes ?

— Pas pour l'instant. Je ne sais pas ce qu'ils lui ont donné, je risque de faire plus de dégâts qu'autre chose en essayant de le réveiller.

— Le déplacer ?

— Non plus. Le chirurgien a sectionné l'humérus mais la plaie est grande ouverte. Si on le bouge et que le garrot saute, il se videra de son sang en deux minutes.

— Et merde ! »

Le manque de concentration faillit me coûter la vie. Je réagis avec un soupçon de retard et parai mal un coup de taille. Sa lame visait ma gorge et entailla ma clavicule. Juste une écorchure, mais une sueur glacée me coula sur l'échine.

« Poison ? » beuglai-je à l'attention de Sibras et Bertal.

Je me voyais déjà crever comme Nario, à baver et à convulser sur le sol.

« Non, sieur Dacien ! Le poison est l'arme exclusive des *assashans* ! Ces hommes sont les *primist*, la garde rapprochée de Kinosh-bê ! »

Le soulagement laissa place à une bouffée de colère intense. Dans un élan éperdu, je gratifiai mes adversaires de quelques coups rageurs tout en puissance. De quoi les tempérer un peu. Ils revinrent bien vite à la charge. Je hélai de nouveau Mokan :

« Va falloir faire quelque chose, doc', sinon ils vont nous passer sur le corps !

— Tenez bon ! Je vais le refermer. Une fois la plaie suturée, on pourra le transporter. Même si je vois pas bien vers où. »

Je pris le risque de tourner la tête vers l'arrière. Le toubib avait étalé ses instruments et s'attelait à la tâche.

La pression sur nous s'accentuait de minute en minute et Mokan n'en finissait pas. Sur notre aile gauche Kinosh-bê, ou plutôt le sieur Jarel, faisait une percée. Il avait plusieurs blessures aux bras et au flanc, mais n'y accordait pas la moindre attention. Il ne perdait presque pas de sang, comme s'il cicatrisait déjà.

J'embrassai la scène du regard et perdis espoir. Mokan avait raison, même sans avoir à trimballer un Azalon inconscient, comment pourrions-nous nous sortir de cette nasse ? Nous n'avions aucune chance. Notre cordon se resserra désespérément autour d'Azalon.

Je fis signe à Loan et Ogar de prendre ma place. Les jumeaux s'exécutèrent de bonne grâce, mais toute trace de joie avait disparu de leur visage.

« J'aime pas quand vous faites la gueule, les gars. Ça me mine le moral.

— C'est qu'on réserve nos meilleures vannes pour la Faucheuse, cap' », lança Ogar avec un petit sourire amer.

Les jumeaux eurent vite fort à faire, et je filai vers l'arrière. Bertal, Sibras et Mokan levèrent le nez, se demandant ce que je fichais là. Je les ignorai avec superbe et me hissai sur la table d'opération. La structure grinça sous mon poids mais tint bon. Je me dressai de toute ma hauteur, les pieds de part et d'autre des épaules de mon ami inconscient. Je pris une grande inspiration et hurlai de toutes mes forces :

« Peuple Kinosh ! Êtes-vous lâches au point de laisser faire cela ? »

Du moins, c'était ce que j'espérais exprimer. Les consonnes kinoshes avaient tendance à s'embrouiller sous ma langue, il ne me restait donc plus qu'à prier pour avoir été intelligible. Je continuai néanmoins.

« Vos dieux ont choisi leur nouveau Kinosh-bê ! Leur élu ! Et vous allez l'abandonner aux mains de ces tueurs ? »

Les regards de la foule se tournèrent tous vers moi. Mon kinosh s'améliorait de jour en jour, visiblement. Un mouvement se fit sur un côté, et quelques silhouettes se frayèrent un chemin. Martha et De'rima ! Encombrées par leurs dentelles, les femmes fendirent la cohue. En longeant le mur derrière la scène, elles furent bientôt près d'Azalon.

« Mesdames, vous ne devriez pas être là, s'insurgea Anton qui venait de quitter les rangs pour protéger sa maîtresse. Je suis sûr que le sieur Dacien cherchait plutôt de l'aide auprès des gardes. »

Martha s'était placée au chevet de son mari, la main sur son front pâle. Elle releva ses dentelles et me poignarda de ses yeux noirs, ne me laissant pas le temps de renchérir.

« Mon époux a risqué sa vie pour vous. Les dieux l'ont choisi. Si moi, sa femme, je ne viens pas le soutenir, qui le fera ? »

De'rima s'approcha d'elle comme pour donner plus de poids à son propos. Martha posa sa main sur mon bras. À ma grande surprise, elle y prit appui pour me rejoindre en hauteur. Cette fois le fauteuil oscilla dangereusement sous nous deux. Après quelques battements de bras, la situation s'équilibra. Martha resta accrochée à moi, les doigts serrés par la frayeur. Ou par la colère.

« Ces étrangers sont la voie de la raison ! Êtes-vous devenus aveugles ? Et sourds à la voix sacrée des dieux ? Votre guide est victime d'un attentat et vous ne faites rien ? Pleutres ! »

Quelques termes m'échappaient, mais ses intentions étaient limpides. Piqués par les saillies de Martha, les gardes firent quelques pas vers nous. Il était plus que temps. L'ancien Kinosh-bê tonna d'une voix d'avalanche :

« Tais-toi, femme ! Comment oses-tu ? Je suis Kinosh-bê ! Cet avorton, ce moins que rien a menti ! La Dame ne l'a pas choisi, elle ne lui a rien dit !

— C'est vous, le menteur ! s'exclama Martha d'une voix tremblante de colère. Et tout le monde ici le sait. Il est impossible de mentir après la transe. C'est vous, le tricheur. Vous, le moins que rien ! Traître ! »

Des larmes perlaient au coin de ses yeux et sa voix se brisa sur ce dernier cri. Le visage de Jarel se mua en un masque de colère grimaçante et il envoya bouler Arnat dans la poussière. S'enfonçant dans la brèche, il allait droit sur l'épouse d'Azalon, la lame au clair.

« Kinoshs ! Votre soi-disant guide va égorger vos femmes, juste sous vos yeux ! Qui donc sont les barbares, ici ? » criai-je en même temps que je sautais à bas du fauteuil d'opération.

Jarel fondit aussitôt sur moi. Il m'assena un coup d'épée que j'eus mille peines à parer. Ma lame fut en place à temps, mais sa puissance était telle qu'il me fit reculer d'un pas. Mes jambes heurtèrent le fauteuil. Cette fois, il n'y avait plus d'échappatoire. À moitié renversé en arrière, le dos touchant les pieds d'Azalon, je bandai mes dernières forces pour me redresser. Jarel cessa enfin de me pressurer, pour prendre son élan et me porter un nouveau coup de boutoir.

Je rentrai la tête dans les épaules en me demandant comment j'allais bien pouvoir encaisser le prochain coup, quand un picotement désagréable me parcourut des pieds à la tête. Le *primist* qui m'avait blessé avait peut-être emprunté du poison à l'un des assassins, finalement…

Lorsque l'attaque de Jarel m'atteignit, l'impossible se produisit. Non seulement je parai le coup, mais encore le fis-je sans peine. Je voyais pourtant les veines saillir sur son front. Il avait mis toutes ses forces dans cette offensive. Il aurait dû me fendre en deux. Pourtant j'étais encore là et nous étions aussi surpris l'un que l'autre.

Bertal, la goutte au front, tissait sans trêve son charme de ses doigts chenus. D'un coup d'œil rapide, je constatai que certaines personnes dans la foule affichaient les mêmes traits qu'Arnat lorsqu'il avait été dépourvu de son charme. Les spectateurs se laissaient faire! Les vibrations qui me parcouraient l'échine s'accentuèrent. Comme il avait offert la chance d'Arnat à Azalon, le vieil homme était en train de me transmettre les capacités d'un quidam! Une chaleur intense me brûla les doigts. Sous mes yeux, la lame de mon épée rougit, puis une mince flammèche bleutée en parcourut le fil. Je ne pris pas le temps de réfléchir au pourquoi du comment. J'assenai un coup de taille, aussi fort que possible. Au tour de Jarel de parer. Enfin. Pris de court, il se contenta de lever sa garde. Aussitôt, je me fendis d'une estocade. Puis d'une feinte. À droite. À gauche. Et pour la première fois, Jarel recula d'un pas.

À ma droite, les yeux écarquillés par la terreur, Loan vomit une nuée de papillons. Ses deux adversaires se retrouvèrent au centre d'un tourbillon d'ailes poudreuses. Les jumeaux se remirent vite de leur effarement et les plantèrent proprement. Ivold se vit doté d'une langue de vipère longue comme le bras. Il prit rapidement parti de la situation, et concocta une illusion qui lui donna des yeux fendus d'une mince barre noire et des écailles sur tout le visage. En face de lui, les Kinoshs refluèrent un chouia. Les mages civils ne semblaient guère plus puissants et utiles que nos charmeurs caldéciens, me dis-je, tandis qu'Hatton commençait à cracher des bulles violettes et fétides. Ni lui ni ses adversaires ne savaient comment se comporter face à cette manifestation, mais le répit qu'elle accordait fut vite mis à profit. Finn rejoignit Hatton et tous deux s'en prirent à un Kinosh qui passa un sale quart d'heure. Le charme mineur des spectateurs aidant, la situation retrouva un semblant d'équilibre. Face à moi, Jarel écumait de rage. Il finit par cesser de combattre pour rugir en désignant Azalon. Je ne saisis que les mots « traître », « stupides », « sauvages » et « chiennes », plus qu'il n'en fallait pour comprendre la rage et la haine qui transpiraient de ses propos.

« Assez ! »

La voix cristalline trancha dans l'air comme une lame affûtée. Je me retournai. Martha ! Profitant du calme relatif créé par l'intervention de Jarel, la femme d'Azalon s'était avancée jusqu'à se placer tout près de moi.

« Vous n'êtes que haine et colère, sieur. Votre défaite en a peut-être surpris plus d'un, mais vous révélez maintenant votre véritable visage. Vous n'avez aucun honneur, aucune dignité. Je refuse de me laisser insulter par un homme tel que *vous* ! »

Ouille. Mieux valait ne pas mettre la donzelle en colère, notai-je pour mon usage personnel. Un silence plana durant un instant, puis Jarel perdit tout contrôle.

« *Miska* ! » hurla-t-il.

Aveuglé par la rage, il chargea. D'un même mouvement, je me plaçai devant Martha et la poussai en arrière. Elle tomba avec un petit cri sur les jambes inertes d'Azalon. Mokan, qui était en train de finir ses sutures, ne leva la tête que l'espace d'un instant avant de se remettre à l'ouvrage. L'épée noire de Jarel s'abattit sur moi avec une force phénoménale. Même l'énergie surnaturelle que m'offrait Bertal ne me suffit pas à parer le coup. Le front inondé de sueur et sillonné de veines saillantes, Jarel enchaîna aussitôt avec un coup puissant sur mon flanc. Je sentis mon poignet céder lorsque les deux lames s'entrechoquèrent. Une douleur fulgurante me remonta jusqu'à l'épaule et je grimaçai. Le Kinosh se fendit d'un sourire mauvais et leva son arme à deux mains. Je dressai ma bâtarde de la main gauche, en une protection bien dérisoire. Mais au lieu de me fracasser la caboche, Jarel resta bêtement figé, les deux mains au-dessus de la tête. Son sourire dément perdait peu à peu de son éclat et ses yeux s'étaient légèrement écarquillés. Il fit un pas, puis deux, et s'écroula comme une masse. Entre les deux omoplates, le manche d'un couteau lui poinçonnait le dos. Derrière lui apparut la silhouette d'une Kinoshe, une adolescente tout en coudes et en genoux, encombrée par une robe souillée de sang.

« Je… euh, merci, gamine », fis-je, étonné.

La jeunette baissa les yeux en une attitude soumise qui tranchait avec le crime qu'elle avait eu le cran de commettre.

Je me rendis compte que la grande majorité des spectateurs s'était rapprochée de nous, tous prêts à attaquer avec des armes de fortune. Le couteau avec lequel l'adolescente avait poignardé Jarel n'était rien de plus qu'un ustensile de cuisine.

« Elle l'a piqué en plein cœur, nota Mokan qui venait de finir les sutures d'Azalon.

— Elle a bien fait, ce type était d'un coriace… commentai-je. Il est bien mort, hein ?

— Tout ce qu'il y a de plus refroidi. »

Je relevai les yeux vers les *primist.* Pris entre nous et la foule, ces derniers faisaient moins les malins. M'est avis qu'ils auraient pu faire pas mal de dégât, mais maintenant que leur chef avait passé l'arme à gauche, ils n'avaient plus vraiment de motivation pour continuer à se battre. D'ailleurs les gardes officiels, qui n'avaient jusque-là pas levé le petit doigt, avaient enfin choisi leur camp. Je leur dédiai silencieusement tout mon mépris tandis qu'ils s'approchaient des *primist,* les désarmaient et les emmenaient sous bonne garde hors de l'Esplanade. Je remarquai Calixte et Petite, toujours à l'affût, scrutant les toits et les terrasses.

« Il s'est encore défilé ?

— Ouais… râla Calixte.

— Vous pouvez baisser vos armes, intervint Anton. Son commanditaire mort, l'*assashan* n'a plus aucune raison de s'en prendre à vous. »

Au même moment, je vis la silhouette noire du tueur se découper à contre-jour sur le ciel d'un bleu lumineux. Anton disait vrai, l'homme longea le bord du toit d'un pas nonchalant et nous tourna le dos. Je l'observai avec un frisson de dégoût. Juste avant de passer l'angle d'un autre immeuble et de disparaître de ma vue, il fit une pause. Une longue pause. S'appuya contre le mur, se pencha un peu, passa une main dans son dos. Ce n'est que lorsqu'il se tourna de profil que je vis l'empennage de la flèche qui dépassait de ses reins. L'homme fit quelques pas titubants et s'approcha dangereusement du vide. Toute son aisance s'était envolée. Ses gestes étaient incertains. Il voulut s'arrêter au bord du précipice mais ne parvint pas à maintenir son équilibre. Ses genoux cédèrent. Il bascula dans le vide. Sans un cri, il vint s'écraser au bord de l'Esplanade avec un bruit effroyable d'os brisés. Petite s'approcha de lui, l'arc à la main.

« Ça c'est pour Nario, salopard. »

Elle se tint au-dessus du cadavre, droite comme un *i*, puis lui cracha dessus. Lorsqu'elle se retourna, la dureté de son regard était rendue plus brute encore par les larmes qui baignaient son visage.

*

Je clignai des yeux plusieurs fois pour chasser les brumes de l'anesthésie. Pendant un moment interminable, je ne me rappelai plus rien. Ni où j'étais, ni pourquoi ; à peine pouvais-je aligner deux pensées cohérentes. Puis tout me revint d'un bloc. Les souvenirs, la conscience, et la douleur. Surtout la douleur. Incapable de me contenir, je laissai échapper un gémissement plaintif. Aussitôt, un visage d'ange se pencha sur moi.

« Martha ? Mais que faites-vous là ?

— Doucement, mon époux. Tout va bien. »

Ses mots visaient à me rasséréner, mais alors pourquoi son regard papillonnait-il de droite à gauche tel un oiseau effrayé ? Son front se creusait d'un pli d'inquiétude. Je voulus me redresser sur les coudes et faillis chuter. La douleur me crucifia. J'ouvris la bouche comme une carpe hors de l'eau, le souffle coupé. Des points lumineux dansèrent devant mes yeux et je crus défaillir. Quel idiot ! Je penchai la tête pour découvrir mon bras gauche amputé juste sous l'épaule. Un épais bandage recouvrait le moignon. Au-dessus, la chair était gonflée et violacée par une énorme ecchymose. Je tendis le doigt de ma main droite pour effleurer la peau et le retirai, comme piqué par une épingle. Par la Dame, comment se pouvait-il que *tout* mon bras me fasse mal ? Je finis par m'arracher à la contemplation morbide de mon infirmité pour me redresser, en prenant bien garde cette fois à m'appuyer uniquement sur le coude gauche. La tête me tournait et, au prix d'un effort colossal, je me redressai en position assise.

« Que s'est-il passé ? » coassai-je.

Des cadavres jonchaient l'Esplanade. Dacien et ses hommes, encore essoufflés, étaient réunis autour de moi.

« Sieur Jarel a convaincu les *primist* de s'en prendre à vous, mon époux, me répondit Martha. Mais vos amis l'en ont empêché, et je les en remercie de tout mon cœur.

— Vous avez aidé aussi, Martha, ajouta Dacien en kinosh.

— Martha ? Dacien, vous n'auriez pas dû la mettre en danger… murmurai-je.

— Que croyez-vous ? me coupa mon épouse, amusée. Dacien a bien tenté de me décourager, en vain. Je ne suis pas si fragile que vous l'imaginez, Kinosh-bê.

— Kinosh-bê ? Je suis Kinosh-bê… ?

— À ce qu'il paraît, me répondit Dacien en souriant devant mon air ébahi.

— Il reste un dernier cérémonial à accomplir, sieur, si vous vous en sentez la force », tempéra Bertal.

Je hochai la tête et tentai de me lever. Sibras vint à mon secours et me proposa son épaule. Je m'y appuyai avec reconnaissance.

« Vous aussi, vous êtes resté jusqu'au bout ?

— Je n'ai pas été d'une grande aide, malheureusement, mais je ne pouvais me résigner à vous laisser seul face à ce fou.

— Merci, mon ami, merci. »

Les gardes évacuaient les morts et les alignaient sous des tissus blancs. Sibras me guida jusqu'au bord de la scène, où les spectateurs, échaudés par les combats, se réunissaient peu à peu. Les hérauts se présentèrent devant moi l'un après l'autre, en faisant de profondes révérences. Le dernier d'entre eux s'arrêta et me présenta les emblèmes du pouvoir. Dans sa main gauche il tenait le sceptre du Père, tandis que dans sa paume droite reposait l'alliance de la Dame. Je le laissai me passer la bague à l'annulaire, puis saisis le sceptre avec délicatesse et fis une révérence au héraut qui était parvenu à garder ces précieux symboles malgré la confusion. Il me regarda avec étonnement et une pointe de gêne, puis se retourna vers le public.

« Peuple kinosh ! Les Augures ont parlé. Les dieux ont choisi notre nouveau Kinosh-bê ! Gloire à Kinosh-bê ! »

Les spectateurs scandèrent mon nouveau nom.

Mon. Nouveau. Nom.

Je me faisais l'effet d'un imposteur. D'un importun. La honte me terrassait. La Dame ne m'avait donné aucune mission particulière, aucun grand destin gravé dans le marbre. Simplement quelques mots chuchotés, un sacrifice que j'avais eu la folie d'accepter. Pire : moi qui avais toujours été pieux, j'étais envahi par le doute horrible d'avoir halluciné cette sainte vision. Au lieu d'en être transporté de joie, j'étais dévoré de questions. Et voilà que je me trouvais propulsé aux plus hautes fonctions. Guide sacré des Kinoshs. Pas étonnant que Kinosh-bê – non, Jarel – s'y soit opposé. Comment une poignée de femmes et de Caldéciens étaient-ils parvenus à me garder en vie jusqu'à mon sacrement ? Je fixai à nouveau la foule qui, elle, ne doutait pas de ma légitimité. On me fit apposer la main sur un plateau d'argent, ciselé d'arabesques mouvantes et serti de petites pierre d'épure. Aussitôt les prismes à murmures les plus proches se mirent à luire. Je venais moi-même d'annoncer mon accession à Mitris tout entière.

Par-dessus les voix modérées des Kinoshs, celles des Caldéciens laissaient libre cours à leur joie. Dans leurs yeux, je lisais le soulagement et un espoir infini. Ils rêvaient de la fin de la guerre, mais plus encore. Je les connaissais depuis assez longtemps désormais. Dacien et ses hommes voulaient que leur vie reprît son cours, que leur pays redevînt celui qu'il était avant que nos mostarkis aient traversé l'océan. Et je craignais de ne pouvoir leur offrir ce cadeau. Notre empire ne pouvait renoncer aux ressources qu'offrait la Caldécie. Même avec tout le respect que je vouais à ces hommes et à leur culture, il m'était impossible de laisser mon propre peuple en proie à la famine.

Mes pensées s'entrechoquaient dans ma tête. Ce qui était bien. Ce qui était mal. Ce qui était nécessaire. Et tous ces choix seraient miens, à partir de maintenant. Il était une décision au moins dont j'étais certain. Celle qui m'avait amené jusqu'ici, avec les Caldéciens :

« Prononcez… l'arrêt immédiat des… hostilités en Sher-Ima. »

Des lumières dansèrent devant mes yeux. La fatigue des épreuves et de l'opération me fit vaciller. Je me sentis partir, avec l'impression de chuter sans fin.

Profondément enfoncé dans un lit aux proportions démesurées, je luttai un long moment entre traversins et courtepointes pour m'extirper du nid cotonneux qui me rappelait vers le sommeil. Enfin parvenu à l'extrémité de l'interminable matelas, je bataillais contre les draps de soie lorsqu'on vint enfin à mon secours.

« Anton ! Par la Dame, où suis-je ?

— Vous avez été emmené dans le Sérail, sieur. »

Le Sérail. Le Saint des Saints. Voilà qui expliquait la profusion de draperies et la taille du lit. Je ne fus pas long cette fois à me rappeler les événements qui m'avaient porté jusqu'ici.

« Votre Altesse a-t-elle besoin d'aide ? s'enquit Anton.

— Je… En fait oui, je veux bien. »

Qui eût pu imaginer combien une tâche aussi simple que se lever d'un lit pouvait s'avérer un véritable défi ? J'avais le sentiment d'être bancal. Je jetai un œil dégoûté à mon épaule. Je m'imaginai doucement bouger mon bras, et ne vis que ce misérable moignon tressaillir inutilement. La chair avait légèrement dégonflé, mais le moindre mouvement restait douloureux. Anton plia les genoux et je m'appuyai sur son épaule de mon bras valide. Mes jambes tremblaient, mais je me forçai à suivre mon valet. Il me guida hors de la chambre et m'installa dans un vaste salon.

Une immense table de bois massif aurait pu accueillir une vingtaine de convives. J'y étais seul, perdu au milieu des dorures, des tentures et des meubles luxueux. Quatre grandes fenêtres se mouvaient doucement vers l'est dans un chuintement minéral pour faire entrer la lumière du matin. Anton revint, accompagné de deux servantes. Elles apportaient un déjeuner fastueux. Pâtisseries moelleuses, fruits sucrés et juteux, noix et pain frais… Je me découvris une faim d'ogre.

« Anton, dis-moi, combien de temps ai-je dormi ?

— Toute une journée et toute une nuit, Votre Altesse.

— Voilà qui explique pourquoi je suis si affamé. »

Une fois rassasié, le sentiment de solitude dans cette vaste pièce m'accabla de nouveau.

« Où sont les autres ?

— La nouvelle de votre réveil s'est diffusée comme une traînée de poudre. Les Caldéciens et de nombreux Kinoshs vous attendent dans la salle du trône.

— Ai-je vraiment demandé la cessation des exactions en Caldécie ? Ou me suis-je évanoui avant ?

— Deux mostarkis voguent à l'heure qu'il est vers Sher-Ima. Ils vont porter la nouvelle, mais il va falloir étayer cette décision de documents officiels au plus vite.

— Bien sûr. Allons-y. »

Je me levai, empli d'un sens implacable de mes nouvelles responsabilités, prêt à faire tout ce qui serait en mon pouvoir pour instaurer la paix entre nos peuples. Je fis quelques pas puis interrompis ma course.

« Anton ?

— Oui, Votre Altesse ?

— Par où est la salle du trône, je te prie ?

— Vos vêtements d'abord, peut-être, Votre Altesse ? » me rétorqua-t-il avec un franc sourire.

Chapitre 27
Kinosh-bê

Bertal avait beau faire de son mieux, les importuns ne manquaient pas pour m'aborder et me noyer sous les flagorneries. Une attitude qui leur faisait honte. J'avais beau les éconduire les uns après les autres, il en venait toujours de nouveaux. À chacun je tentais d'expliquer :

« Vous n'avez nul besoin de me convaincre. Comme je l'ai déjà annoncé, j'ai un certain nombre de politiques en tête, mais je ne veux pas les imposer au peuple. J'ai fait publier une liste des ministères disponibles. Économie, innovation, recherche… À vous de vous porter candidat, d'expliquer quelle politique vous souhaiteriez entreprendre dans votre domaine. Celui qui emportera le vote populaire aura la possibilité de travailler à mes côtés. Nous n'aurons peut-être pas les mêmes points de vue sur tout, mais je m'engage à honorer la volonté des citoyens. »

Le plus souvent, la confusion teintait le visage de mes interlocuteurs. L'un d'entre eux, un obscur Sociétaire des armes, parut illuminé d'une soudaine compréhension.

« Donc, vérifia-t-il, si je souhaite que les femmes restent à la place qui leur a toujours été assignée, il me suffit de proclamer que je veux appliquer cette politique, et vous ne vous y opposerez pas ?

— En effet. Mais si j'étais vous, je ne me ferais pas trop d'illusions sur vos chances d'être élu. Si vous observez bien l'annonce que j'ai fait circuler, vous y verrez que j'ai pris une liberté. Quand je dis que le peuple sera amené à voter, je parle de *tout* le peuple. Femmes y compris. »

L'homme se déconfit.

« Je… Si je ne risque pas de sanction, je crois que je vais tout de même tenter de faire entendre ma voix.

— Je vous enjoins de le faire. Chaque opinion est la bienvenue.

— J'ai hâte de débattre d'égale à égal avec vous, intervint Martha qui s'était placée à mes côtés. Je crois que je vais me porter candidate, moi aussi. J'ai… quelques arguments à faire entendre. »

Le ministre en puissance pâlit encore un peu plus et écarquilla les yeux en fixant Martha. Il reporta son regard sur moi et n'y trouva guère de soutien. À vrai dire, j'observai moi aussi ma femme, ses yeux pétillants, son menton soudain volontaire. Derrière sa résille légère, elle avait les pommettes légèrement rougies par son initiative, mais cela lui allait fort bien. Je l'imaginai un moment en égérie de la cause féminine et appréciai la vision.

« Ma chère, ce serait un honneur », approuvai-je.

Martha s'empourpra plus encore et me fit un sourire fier.

Je ne parvins à m'extirper de l'assemblée qu'en fin d'aprèsmidi. Je prétextai la douleur liée à mon opération pour m'isoler dans mes quartiers et renvoyer les gardes.

« Laissez-moi seul, je vous prie. Anton ? Tu peux venir ? »

Mon valet referma la porte derrière lui et je savourai ce moment de calme après toute cette agitation. Je m'assis pesamment sur le bord de mon lit. Mon excuse n'était qu'à moitié fausse : sous la tunique, mon épaule me faisait souffrir le martyre. Anton s'agenouilla à ma gauche.

« Si vous permettez ? »

Je lui fis un signe de tête et il dégrafa le tissu. Il retira le pansement bande après bande. La chair en dessous était rougie par les frottements. Ce bras avait beau m'être désormais d'une totale inutilité, je ne pouvais m'empêcher de bouger mon moignon inconsciemment lorsque je me levais, lorsque je marchais ou même en parlant simplement avec quelqu'un. Anton toucha la peau sensible, et je grimaçai de douleur.

« Il faut suivre les conseils des médecins. Avez-vous massé votre épaule ce matin ?

— Je n'en ai pas eu le temps », mentis-je.

En fait j'avais essayé, mais la douleur avait été si fulgurante que j'avais préféré couper court. Anton ne s'en laissa pas conter.

« Il faut vous forcer, sinon les douleurs seront encore pires et vous allez traîner ça toute votre vie.

— Je vais déjà traîner ça toute ma vie. Crois-tu donc que mon bras va repousser ? aboyai-je avec agressivité.

— Vous savez bien que je ne parle pas de ça, répondit Anton sans se vexer. Mon oncle a eu la jambe broyée sous une charrue. Il n'a pas reçu les meilleurs soins, mais au-delà de ça, il a toujours voulu ignorer son infirmité. Au lieu d'accepter la perte de sa jambe, il a fini par se perdre lui-même. Il refusait que l'on touche son moignon. Il a eu la chance d'échapper à toute complication. Mais quelques mois plus tard, il est devenu fou. Il disait que son gros orteil le grattait. Une démangeaison qui l'empêchait de fermer l'œil une seule seconde. Avec le temps cette irritation s'est muée en douleur. Il jurait qu'il sentait son pied brisé. Il a fini par se laisser dépérir et buvait beaucoup. À la fin…

— J'ai compris ! » le coupai-je à moitié agacé, à moitié effrayé.

Anton s'abstint de me demander mon autorisation et posa doucement la paume sur mon omoplate. Il saisit le moignon de son autre main. Je surmontai péniblement un long frisson de dégoût. Le dégoût de moi-même. Anton ignora tout cela et, sans la moindre émotion sur son visage balafré, commença à manipuler mon bras. Il le fit tourner d'avant en arrière, puis sur le côté. Il étira l'articulation vers l'avant, et se mit à pétrir la chair endolorie, d'abord délicatement, puis de plus en plus fort. Il se saisit d'une pommade que les médecins m'avaient confiée et que j'avais remisée sur une table de nuit. Il étala une généreuse couche de pâte graisseuse sur la cicatrice et continua ses manœuvres. Oh, bien sûr, ce n'était pas un massage agréable, pas un seul instant. Je fermai les yeux et essayai d'ignorer la douleur.

« Comment comptez-vous vous y prendre ? demanda Anton à brûle-pourpoint.

— De quoi parles-tu ?

— De tout. Pensez-vous repartir avec les Caldéciens en Sher-Ima pour accélérer le processus de paix, ou resterez-vous ici pour mettre en place tous les changements que vous avez annoncés ?

— Je n'en sais rien. Je ne pourrai pas être partout à la fois. Il y a tellement à faire… »

L'énormité de la tâche qui m'incombait me fit pousser un long soupir.

« Vous avez déjà quelques hommes – et femmes – de confiance », me rappela Anton.

Oui, songeai-je. Mais si peu !

Quelqu'un frappa à la porte et interrompit notre discussion. Anton se posta à l'entrée et attendit que j'aie fini de me rhabiller. Je lui signifiai d'ouvrir au visiteur.

« Votre Sainteté, annonça un valet en effectuant une profonde révérence. Des nouvelles de Sher-Ima. »

Je me levai d'un bond, ignorant l'aiguillon de douleur à mon moignon. Le valet remit le pli cacheté à Anton et s'effaça.

« Paratiska ? demandai-je.

— Non, répondit Anton en me tendant la lettre. Temmos. »

Honorable Kinosh-bê, c'est avec regret que je dois vous faire parvenir de mauvaises nouvelles de Sher-Ima. Malgré la valeur de nos soldats et la discipline imposée au peuple selon votre Sainte volonté, la situation se dégrade. Le mouvement des rebelles s'intensifie et perpètre des attentats meurtriers dans toute la ville. Ils n'hésitent pas non plus à mettre à sac les campagnes alentour, et sont d'une cruauté indicible envers les indigènes qui embrassent notre mode de vie.

L'heure est grave. Nous avons déjà échangé à ce sujet, je crois que le moment est venu, dans votre grande sagesse, de faire revenir l'ensemble des troupes des Terres de Feu pour renverser le rapport de force. Les commandeurs Getro et Farun nous seraient également d'une aide précieuse. Sher-Ima vaut mille Terres de Feu. Si nous échouons à la coloniser, les conséquences seront terribles.

Quelque chose d'autre s'est tramé dans toute cette confusion. Le technologue Azalon est porté manquant. On m'avait informé qu'il entretenait des rapports suspects avec Paratiska, mais ce dernier est malencontreusement décédé dans un attentat terroriste. Peut-être est-ce un mal pour un bien, si telle est la volonté du Père. Son attitude défaitiste frôlait la trahison. Quant au technologue… sans l'aide de Paratiska, il ne pourra aller bien loin, s'il est encore en vie. Je recommande cependant, s'il reparaît à Mitris, de le faire étroitement surveiller.

Très Saint Guide, veuillez accepter mes excuses pour ce rapport qui n'est pas à la hauteur de vos exigences. Je saurai faire honneur à toutes vos demandes si vous acceptez de m'envoyer des moyens supplémentaires.

J'essayai de replier le message en l'appuyant sur mon torse. Le papier se chiffonna, je m'agaçai et le tendis à Anton. Comment un geste aussi simple pouvait-il tout d'un coup devenir insurmontable ? Mon valet parcourut la missive en quelques instants avant de la replier correctement. Il lissa la feuille d'un air pensif.

« À votre avis, exagère-t-il les faits ?

— Je n'en sais rien. Après tous ces mensonges et toutes ces omissions, il est le principal responsable de ces malheurs. Pourtant, j'ai l'impression de lire la peur dans ses mots.

— Et pour Paratiska ?

— Ce pauvre homme. Tant de sagesse et de bonté, et le voici perdu. J'avais pensé qu'il aurait sa place dans le gouvernement à venir.

— Ce n'est pas ce que je veux dire.

— Je sais. Tu te demandes si ce sont bien les rebelles qui l'ont tué. Je me pose la même question. Comment savoir, avec Temmos ? Tout, vraiment tout est possible. »

*

La soirée s'installait en douceur. Une brise de mer atténuait la canicule, et le soleil couchant parait la ville de lueurs dorées. Nous venions de lancer une partie de cartes devant notre baraquement.

« C'est marrant, j'ai toujours cru que les Kinoshs étaient plus rigides que la justice, réalisai-je. Voilà quoi, trois jours qu'Azalon est le nouveau Kinosh-bê, il révolutionne tout leur système politique, et personne ne bronche ou presque.

— Ouais, confirma Finn en abattant une paire de deux. Ça les a bousculés un peu, oui, mais finalement, ils ont l'air de s'adapter à toute vitesse !

— Si on voulait nous faire accepter des changements aussi radicaux en Caldécie, ce serait l'émeute, renchérit Loan.

— N'empêche, dis-je, notre joyeux foutoir au pays me manque, et pas qu'un peu. Ils sont trop… trop sages.

— Azalon a décidé s'il venait ?

— Toujours pas. Mais le mostarki est prêt, nous partons demain, avec ou sans lui.

— Revenons-en à nos moutons, dit Arnat. Qu'est-ce que vous dites de ça ? »

Il posa un triplé de valets et rafla la mise sous nos grommellements. Deux promeneurs kinoshs se rapprochèrent, curieux.

« Vous jouez avec nous ? proposa Philbert dans leur langue.

— Nous ne connaissons pas vos règles, fit le plus grand des deux.

— Nous vous apprendrons ! Installez-vous. »

Philbert commença à distribuer les cartes, quand Arnat intervint, un sourire d'escroc aux lèvres :

« On met un peu de pognon en jeu ? »

Notre tournoi attira peu à peu d'autres spectateurs et participants, quand Arnat et Ivold se figèrent, tels des chiens à l'arrêt. Arnat étala ses cartes. Rien. Il accepta la défaite et remit les piécettes au Kinosh qui venait de gagner la partie, avant de s'étirer.

« Je vais aller faire un petit tour, j'ai besoin de me détendre les quilles.

— Je t'accompagne, Chançard ! » dit Ivold avec empressement, tout en me faisant un signe discret.

Nous fûmes bientôt tous les trois à sinuer dans les rues de Mitris, un peu moins surpeuplées en cette fin de journée. De petits groupes de femmes profitaient d'un édit d'Azalon qui les autorisait à se promener comme bon leur semblait. Les hommes ne faisaient aucune remarque, mais les considéraient avec gêne et désarroi. En règle générale, ils s'appliquaient à faire de grands détours pour éviter ces meutes de femelles sagement cachées derrière leurs dentelles.

« On peut savoir ce qui me vaut cette promenade ? demandai-je.

— On a flairé un gars, cap' ! chuchota Ivold.

— Dangereux comment ? »

Je me tendis, à l'affût d'un énergumène tel que Terreur ou Temmos.

« Non, non, rien à voir, dit Arnat. Au contraire, même : c'est un charmeur normal !

— En quoi ça vaut le coup de vous mettre dans tous vos états ?

— Ça fait un moment qu'on en discute, avec Ivold. On connaît leurs monstres de prêtres-mages, mais les charmeurs tels que nous… Il y en avait une poignée aux Augures, parce que toute la ville ou presque était là, mais au quotidien, on n'en croise presque jamais.

— Ce qui tombe assez mal, renchérit Ivold, parce que j'aimerais bien causer avec eux. Comment ça se fait qu'ils maîtrisent à ce point leurs pouvoirs ? Et surtout comment, nous, on pourrait en faire autant ? Azalon reste muet comme une carpe à ce sujet.

— Bertal est bien charmeur, vous n'avez pas pu en discuter avec lui ?

— Pas mieux. Soi-disant qu'il a prêté serment et qu'il peut rien nous dire. Ah ! Voilà notre bonhomme. »

Le Kinosh venait d'entrer dans une bâtisse. Rien ou presque ne le laissait supposer depuis l'extérieur, mais c'était l'équivalent local d'une taverne. Seule une lanterne verte signalait qu'on y vendait de la boisson. À vrai dire, nous avions déjà testé, et les gargotes kinoshes n'avaient pas grand-chose à voir avec nos établissements où résonnaient les chansons paillardes. On y buvait avec modération, dans une ambiance feutrée, et les rares parties qui s'y jouaient n'étaient autres que ces assommants et incompréhensibles échecs nobiliaires. Aucune chance que la soirée dégénère en bagarre avinée.

L'homme nous repéra trop tard et fut discrètement acculé dans une alcôve au fond de la salle. Notre entrée souleva la curiosité des clients, aussi pris-je soin d'effectuer ma meilleure révérence et de ne pas brusquer le charmeur. Au contraire, je l'invitai à s'asseoir et commandai quatre verres d'une liqueur appréciée ici, un sirop alcoolisé servi tiède, qui tapissait la langue et donnait la pépie plutôt que d'apaiser la soif. Il se retrouva bientôt encadré par Ivold et Arnat, tout sourire.

« C'était donc vrai, murmura le Kinosh. Il y a bien des mages parmi vous.

— Tout à fait, *collègue*, dit Arnat. Mais… nous avons été surpris de trouver si peu de personnes douées d'épure, comme vous dites, parmi les gens du commun. Nous nous sommes sentis très seuls, pour tout dire, et sommes ravis de rencontrer un nouvel ami ! »

Le Kinosh fixait Arnat, les yeux ronds. J'en faisais de même. Tout le contraire d'Ivold, qui ne semblait pas surpris de voir son ami manier le langage kinosh avec autant d'aisance. Connaissant les deux, je supposai qu'ils avaient dû s'entraîner de leur côté. Voir Philbert et Nario causer à bâtons rompus dans ce nouveau dialecte avait probablement piqué leur orgueil, et ils attendaient une occasion pour me faire une éblouissante démonstration. Un serveur nous apporta les boissons. Arnat fit les présentations et commença à badiner avec le charmeur, tout en faisant la traduction quand nous ne saisissions pas un mot ou une tournure. De banalités en amabilités, notre invité se détendit. Une deuxième, puis une troisième tournée firent leur apparition avant qu'Arnat n'abordât le sujet qui nous intéressait.

« Alors, Derian, comment se fait-il que tu sois la première personne comme nous à qui nous ayons l'honneur de parler ici ?

— Je suis *armin fali sa 'ro* », dit-il d'une voix légèrement pâteuse.

Je haussai les sourcils à l'intention d'Arnat.

« Ça donne "pur sang épure dame". Je traduirais ça par un truc du genre "je suis un nobliau avec un charme".

— Ma famille me destine au séminaire. C'est un grand honneur, j'ai été choisi par la Dame, confirma Derian. Peut-être, si je parviens à suivre les préceptes sacrés, deviendrai-je prêtre-mage un jour.

— Je suis sûr que tu réussiras. Tu en as l'étoffe. »

Le Kinosh apprécia la flatterie et gonfla la poitrine.

« Et les autres charmeurs, ceux qu'on a vus sur l'Esplanade pendant les Augures ? Ce sont des séminaristes, comme toi ?

— Parfois, oui, s'ils sont pur sang. D'autres peuvent obtenir des dérogations, par exemple si le don que la Dame leur a offert sert leur artisanat.

— Voilà qui est très civilisé, dit Arnat d'un ton appréciateur parfaitement dosé. Dis-moi, mon ami, il doit bien exister des personnes dotées d'épure qui ne soient pas nobles, et qui n'ont pas de dérogation ?

— Oui, bien sûr.

— Où sont-ils ? »

— Ils... »

Derian se raidit. Quelque chose avait attiré son attention. Je tournai la tête pour pouvoir observer la taverne du coin de l'œil. Une tunique rose, comme à Assale ! Je pressai Arnat en lui poussant le coude.

« Et quand tu seras prêtre-mage, tu deviendras plus puissant ? Comment ça marche ? Est-ce que c'est quelque chose qu'on vous apprend ? »

Trop tard. Notre Kinosh s'était refermé comme une huître. L'homme en rose avait pris place à l'autre bout de la salle et nous surveillait sans se cacher. Derian se leva et nous fit une révérence.

« J'ai été ravi de vous rencontrer. J'espère avoir le plaisir de vous revoir un jour. »

Il s'éclipsa à petits pas crispés. Le nouveau venu resta fixé sur nous un moment, puis sortit à son tour.

« Ah ! Vous voilà ! m'interpella Philbert à notre retour aux baraquements. Azalon demande à vous voir. »

Un valet impatient trépignait à ses côtés. Je ne le fis pas attendre. J'avais hâte moi aussi d'avoir ma première discussion en tête à tête avec le nouveau Kinosh-bê.

Le domestique me guida jusqu'au Sérail, puis m'abandonna dans une antichambre au luxe ostentatoire et intimidant. Un autre serviteur vint me chercher et me fit entrer dans une salle meublée d'une table longue d'une bonne vingtaine de pas. Azalon était assis à l'autre bout. Je notai avec soulagement la présence d'Anton, qui se tenait prêt à nous aider à discuter. J'approchai et m'arrêtai à quelques pas.

« Il faut faire une révérence spéciale, ou un truc du genre ?

— Une poignée de main suffira, mon ami, dit Azalon avec un geste de bienvenue. Je n'en peux plus de tous ces cérémonials. J'ignorai moi-même l'existence de la plupart d'entre eux jusqu'à il y a peu. Profitons de votre statut d'étranger pour couper court, cela me fera le plus grand bien ! »

« Comment ça va ? demandai-je en désignant son bras amputé.

— Il me faudra du temps pour m'y habituer. J'espère simplement que le sacrifice n'était pas vain.

— Vous avez déjà fait beaucoup, en si peu de temps.

— Pour mon peuple, les changements ont été nombreux, en effet. Mais pour la Caldécie, j'en suis moins certain. »

Une sueur glacée me coula le long de l'échine.

« Vous avez reçu des nouvelles ?

— De Temmos. Adressées à l'ancien Kinosh-bê. Il affirme que Paratiska est décédé et que seuls des renforts pourront sécuriser la colonie avant que tous soient massacrés…

— Et vous choisissez de lui accorder votre crédit ? »

Azalon se leva d'un bond et frappa du poing sur la table. J'en restai pantois.

« Pour qui me prenez-vous ? Je suis manchot, pas aveugle. Oubliez-vous que j'ai mis ma vie en jeu pour prendre votre défense ? Toutefois, ce n'est plus seulement de la mienne qu'il est question. Mes décisions vont désormais impacter celle de mes concitoyens qui résident en Caldécie. Et ce ne sont pas que des soldats. Paratiska a fait venir des artisans, des civils, qui sont en danger ! Vous m'avez vous-même raconté ce que les hommes de Ronn ont fait à Méliante. Oserez-vous me dire que vous ignorez ce dont ils sont capables ? »

Les images du massacre me revinrent et me frappèrent de plein fouet. Les corps calcinés. Les Caldéciens portant l'habit kinosh atrocement torturés. À croire que Ronn avait décidé de rendre concrètes toutes ces légendes que les Kinoshs racontaient sur nous au début. Je baissai les yeux.

« Vous avez raison, admis-je. Mais vous savez bien que la majorité des Caldéciens n'agirait pas ainsi. »

Azalon se radoucit et me lança un regard compatissant.

« Évidemment. Mais je ne peux pas les laisser faire. Je suis garant de mon peuple, vous comprenez ? Chaque Kinosh mort l'est par ma faute, désormais.

— Je vous conjure de ne pas envoyer de renforts. Ronn et ses hommes sont un mouvement dissident, ils n'obéissent à aucune loi de la Fédération. Mais si vous faites débarquer votre armée, vous risquez de déclencher un nouvel assaut officiel des autres territoires fédérés. Il y aura des milliers de morts. Êtes-vous prêt à assumer ça ? »

Azalon s'avachit sous le poids de la responsabilité. Il poussa un long soupir.

« Donnez-moi un peu de temps pour retrouver Ronn et le raisonner, repris-je. Ou pour régler le problème autrement. Prendre la décision d'annexer la Caldécie serait une grave erreur.

— Pour être honnête avec vous, Dacien, la saison chaude ici a été dévastatrice. Nous avons besoin de vos ressources. Un besoin vital. J'ai peu de marge de manœuvre. Non pas par idéologie, mais tout simplement parce que la famine guette mon peuple. Comprenez-vous ?

— Ouais. Si ma mission échoue, vous n'hésiterez pas à coloniser la Caldécie pour de bon, par n'importe quels moyens. »

Jamais je n'avais vu Azalon aussi sévère. Et ce n'était pas une façade. Cette fois, aucun doute, aucune émotion masquée. Il était mortellement sérieux. Je retins une envie de hurler. Ainsi donc, même lui était prêt à reprendre le flambeau pour conquérir mon pays ! Où donc étaient passées ses belles valeurs humanistes ? Était-il prêt à tout jeter aux orties pour le bien de son peuple ? Parfait. Dans ce cas, je n'aurais aucun remords à m'opposer à lui comme je m'étais opposé à son prédécesseur.

Azalon s'approcha et me posa la main sur l'épaule. Je fis un pas en arrière.

« Ce n'est pas contre vous, mon ami. Et je respecte le peuple caldécien. Vous le savez. Cependant, s'il y a un choix à faire…

— Nous n'aurons plus les mêmes objectifs, vous et moi. J'ai saisi.

— Je ne vous menace pas, je constate un état de fait. Mais vous avez raison. Votre idée est peut-être notre dernière chance d'arranger les choses. Saisissons-la. Je vous jure que je ferai tout pour sauvegarder la paix.

— Combien de temps me laisserez-vous pour régler le problème ?

— Très peu. Préparez-vous. Nous partons dès que possible.

— Nous ? Vous avez donc finalement décidé de vous joindre à nous.

— Avez-vous donc oublié Temmos? Tentez de dompter votre propre fauve, je m'occuperai du mien. Étant donné ses états de service, je crains qu'un simple émissaire se fasse tout bonnement éliminer par ce fou. Mon accession est établie, ici. Je peux me permettre une courte absence sans craindre trop de dégâts. Je nous laisse quinze jours sur place pour trouver une solution. Pas plus. Passé ce délai, mes renforts arriveront en Caldécie. Si d'ici là la situation n'est pas réglée, comme vous le dites, vous et moi n'aurons plus les mêmes objectifs.»

*

Voir la déception de Dacien m'était pénible, mais l'heure n'était pas aux mensonges et aux faux-semblants.

Plus tôt dans la journée, j'avais reçu des fonctionnaires en charge des ressources alimentaires. Je mettais volontairement de côté les anciens ministres, qui continuaient à me harceler en espérant retrouver leur poste, pour m'adresser directement aux gens de terrain. Eux au moins n'usèrent pas de flagornerie et me firent un bilan aussi honnête que dramatique. La saison venait de s'achever et les récoltes étaient à peine rentrées que déjà les stocks s'avéraient insuffisants. Les administrateurs mettaient en place un rationnement sévère dans les territoires colonisés, sachant pertinemment que cela ne suffirait pas à nourrir les gens plus de quelques mois. L'un de mes interlocuteurs murmura :

«Il faudrait également établir un rationnement à Mitris. Cela nous permettrait de tenir un peu plus longtemps...

— Sans toutefois nous permettre de nourrir la population jusqu'aux prochaines récoltes, n'est-ce pas?»

Pour toute réponse, le fonctionnaire baissa la tête et se perdit dans la contemplation de ses chaussures.

«Quelle belle entrée en fonction!» commentai-je, amer.

Toutes ces vies entre mes mains... La responsabilité écrasante m'étouffait littéralement. J'avais de forts doutes sur la viabilité du projet de Dacien, mais l'idée de continuer sur la lancée de Jarel me donnait la nausée. Après l'avoir tant combattu…

Je convoquai Bertal pour lui exposer ma décision. Cela ne se fit pas sans mal. Il refusa tout net d'assurer l'intérim en mon absence.

« Il me faut essayer, martelai-je.

— Votre Altesse, c'est trop dangereux !

— Peu nous importera le danger, si nous n'avons plus rien à manger. Ou si nous devons renier nos principes pour remédier à la famine. C'est notre va-tout. Dacien se trompe peut-être, mais j'ai le devoir de tout mettre en œuvre pour lui laisser une chance. Sinon tout cela n'aura servi à rien. Mon sacrifice, la mort de Nario, celle de Paratiska, les Augures… Nous reviendrions au point de départ. Je refuse de renoncer maintenant. »

Bertal eut un geste d'agacement.

« Très bien. Faites comme vous voulez. Si vous ne revenez pas de votre périlleuse aventure, il faudra relancer les Augures. Je gage que votre successeur usera de tous les moyens nécessaires pour nourrir la population kinoshe. Je comprends que vous souhaitiez préserver tout le monde, mais la situation est trop précaire. Vous risquez votre vie de manière inconsidérée ! Si Temmos s'en prend à vous… Vous ne saurez même pas que vous êtes en train de vous faire manipuler. Vous devez avoir le soutien d'un prêtre-mage.

— Sieur Bertal, vous savez aussi bien que moi que la plupart d'entre eux sont d'anciens alliés de Jarel…

— Écoutez, Votre Altesse, me coupa-t-il, je… je connais peut-être quelqu'un. Mais…

— Eh bien, qu'y a-t-il ? Venez-en au fait ! Est-ce quelqu'un de confiance ?

— Je m'en porte garant.

— Alors c'est parfait ! Pourquoi hésitez-vous donc à m'en parler ?

— C'est que… je rechigne à la mettre en danger elle aussi. Mais nul doute qu'elle pourrait empêcher Temmos de vous nuire.

— Une femme ? »

Je ne pus masquer mon étonnement. Les femmes faisant usage de l'épure étaient un sujet tabou. J'avais beau être progressiste, l'idée qu'une Kinoshe soit dotée d'un pouvoir un tant soit peu signifiant me mettait mal à l'aise. Bien entendu, il arrivait qu'une fillette révèle des dons offerts par la Dame. Elle était alors dirigée vers un des monastères d'épure, pour effectuer son sacerdoce sacré. À aucun moment elle ne recevait l'entraînement et la formation nécessaires pour maîtriser son art comme un prêtre-mage. Bien au contraire… Une Kinoshe capable de mettre Temmos lui-même en déroute ? C'était impensable.

« Elle est intelligente. Brillante, même, reprit Bertal. Je l'ai prise sous mon aile lorsqu'elle était jeune et que son art menaçait de la mettre en danger. Je lui ai appris à le maîtriser à la perfection.

— Comment ? Comment a-t-elle pu vivre jusque-là sans être démasquée ? Elle aurait dû être détectée !

— Oh, oui, m'interrompit Bertal, amer. Elle aurait dû être capturée et emmenée dans je ne sais quel cachot sordide. Ou pire encore. C'est pourquoi j'ai pris soin d'elle. Elle vit dans une maison isolée, et ne sort qu'en ma compagnie. Mon épure égale presque la sienne. Cela lui permet de passer inaperçue. J'ose espérer que vous serez plus tolérant avec les femmes mages que ne l'ont été les Kinosh-bê qui vous ont précédé ? »

Femmes-mages. Entendre ces deux mots accolés l'un à l'autre sonnait étrangement. Des sentiments contradictoires m'assaillirent. L'idée de côtoyer une telle femme me révulsait presque. Mais pouvais-je me targuer d'être en faveur de l'égalité entre les sexes, si c'était pour poser déjà des limites à mes grands principes ? Je décidai de prendre sur moi.

« Très bien, c'est d'accord.

— Alors je pourrai envisager votre départ avec un peu plus de tranquillité. Et quand vous serez là-bas, ne vous éloignez pas de la Résidence. Même accompagné des Caldéciens.

— Tout ce que vous voudrez. Tant que vous acceptez de prendre le relais en mon absence. »

Bertal avait-il conscience que je n'avais pas à lui demander son autorisation ? Toujours est-il que son approbation comptait beaucoup pour moi. Soulagé de pouvoir me reposer sur lui, j'envisageai pour de bon l'idée du voyage.

Chapitre 28
Le retour

Je parvins à mettre la main sur Martha, la femme d'Azalon, qui était pourtant fort occupée et assez inaccessible depuis que son époux avait pris les rênes du pays. Je la dénichai dans la maison d'une amie, où elle posait les bases d'une véritable campagne électorale. Entourée de papiers couverts de notes, elle tenait conciliabule avec des soutiens. J'eus l'agréable surprise de trouver quelques hommes aux côtés de la politicienne en herbe. Des jeunes, pour la plupart.

« Je tenais à vous faire mes adieux, honorable Martha », dis-je en la saluant avec respect.

À voir son sourire, j'avais encore dû rater des syllabes et raconter n'importe quoi, mais elle me salua à son tour.

« Je suis sûre que la Dame et le Père feront en sorte de nous réunir à nouveau, honorable Dacien, répondit-elle avec grâce.

« Cap', bouge-toi, on va être en retard ! » me morigéna Ivold.

Nous traversâmes une dernière fois la foule dense de Mitris alors que nous marchions vers les quais. Les Kinoshs finissaient d'embarquer les vivres nécessaires au voyage. À la poupe du mostarki, une construction inhabituelle avait poussé en quelques heures. L'extension couvrait toute la largeur du pont et faisait bien vingt pas de profondeur. Assemblage habile de poteaux délicats et solides habillés de tentures luxueuses, elle permettrait à Azalon de voyager dans une cabine digne de son nouveau rang. Nous autres aurions droit au même type de chambres qu'à l'aller : sobres, mais propres et bien conçues.

Après avoir déposé mes maigres affaires, je remontai sur le pont pour attendre l'arrivée d'Azalon. Je l'entendis bien avant de le voir : le convoi était précédé d'une troupe de ces abominables balikas. Les tambours métalliques, frappés avec ardeur, emplirent les rues, puis le port, de leur son aigrelet. Je crissai des dents. Enfin, sur une chaise à porteurs parée des plus riches velours, Azalon se présenta. Derrière lui venait une escouade de soldats, précédés par Sibras, Anton, et un Kinosh encapuchonné.

« La vache ! murmura Arnat, à mes côtés. Il y a un charmeur qui ferait passer Terreur pour une fillette, en bas. »

Il désigna la silhouette mystérieuse d'un coup de menton.

« Je me demande bien ce qu'il est capable de faire, avec une puissance pareille, ajouta-t-il.

— Azalon l'a sans doute emmené pour se protéger, dis-je. Alors, pour l'instant, il me suffira de savoir qu'il est de notre côté. »

Arnat ne quitta pas le charmeur kinosh du regard. De petite taille, celui-ci embarqua sans se départir de la grande capuche qui lui dévorait le visage, et s'engouffra aussitôt dans la cabine royale.

Azalon monta à bord, accompagné d'une escorte en tenue d'apparat. Il nous salua d'une courte révérence et fila lui aussi sous les tentures de sa cabine. Aussitôt, je redescendis et m'allongeai sur ma couchette. Il y faisait à peine plus frais qu'à l'extérieur, et j'essuyai la sueur sur mon visage. Le soleil couchant frappait le petit hublot de ma loge et traçait un cercle parfait sur la cloison d'en face. Comme si l'astre s'était invité en personne dans la pièce. La poussière dansait, se changeait en or éphémère, dessinait des figures abstraites.

Peu de temps après, le mostarki se mit en branle. Le rayon de soleil glissa sur le mur, pour se réduire à un mince croissant qui laissa ma chambre dans la pénombre. Lorsque la vitesse fut suffisante, le navire kinosh se haussa au-dessus de l'eau avec une douceur veloutée.

Nous fûmes conviés à partager le repas dans les quartiers d'Azalon. Arnat et Ivold frémirent quand le charmeur kinosh approcha à son tour. Brisant un silence gênant, Azalon se leva et encouragea l'inconnu à en faire autant. Le prêtre-mage hésita. Tu parles d'un monstre terrifiant ! Kinosh-bê lui fit un signe encourageant et l'autre se décida. Il fit glisser sa capuche et dévoila un visage rond, d'une petite trentaine d'années.

« Amis, je vous présente Bel'ina. C'est une amie de Bertal. »

Il attendit, comme s'il redoutait que nous soyons scandalisés par le sexe de sa protectrice. Surpris, oui, peut-être, mais il en fallait plus pour nous choquer. La charmeuse nous examina, anticipant notre désapprobation. Ivold éclata de rire.

« Bertal ! Mais quel numéro, celui-là ! J'adore ce gars. On dirait qu'il est né pour fiche le bazar partout où il passe. Vous êtes sûr qu'il est vraiment kinosh ? Madame, fit-il avec une révérence, c'est un plaisir de vous rencontrer. Si Bertal a confiance en vous, moi aussi. »

Nul doute que la beauté de la dame avait un lien avec l'emballement de mon charmeur. Je l'imitai, et mes hommes en firent autant. L'ambiance se détendit d'un coup. Bel'ina, bien que toujours mal à l'aise, esquissa à son tour une salutation.

« Je savais que vous accepteriez notre nouvelle compagne, dit Azalon. Nous sommes ici entre amis, et nous pouvons nous fier les uns aux autres. Pas de faux-semblants, pas de manœuvre politique. Je dois avouer que j'ai l'impression de respirer l'air libre pour la première fois depuis des jours ! »

Je remarquai en effet qu'il avait meilleure mine. Sans doute les conséquences de son amputation se faisaient-elles moins sentir. Se retrouver en dehors du carcan rigide tressé par les innombrables règles kinoshes y était peut-être aussi pour quelque chose. Anton était à ses côtés et se chargeait de lui couper un fruit en morceaux. Une tâche, je le savais, qui renvoyait Azalon à son infirmité. Mais Anton s'acquittait de sa mission avec un détachement tel qu'il devenait facile de considérer cela comme normal.

Durant le reste du voyage, la météo nous épargna une nouvelle tempête, et le capitaine nous garda éloignés du gyre pour éviter tout risque. La charmeuse s'intégra peu à peu, et se révéla d'une nature tout aussi forte que Petite ou Martha. Nos longues discussions, un joyeux mélange de kinosh et de caldécien, entre Azalon, Petite, elle et moi, dérivaient souvent vers tel ou tel aspect de la société. Comme les autres, elle espérait que l'accession de notre ami changerait la donne pour les femmes kinoshes.

« Je ne sais pas comment vous êtes parvenus à garder de tels caractères sous un contrôle aussi strict, avouai-je à Azalon un soir, en prenant Bel'ina à témoin.

— Nous sommes un peuple d'habitudes, cher ami. Cela nous rassure, sans doute.

— Sortir des habitudes n'est pas pour déplaire à certains », rétorqua Bel'ina en kinosh.

La mine d'Azalon, qui ne parvenait pas à masquer sa perte de contrôle sur toutes ces prétentions féminines, était un improbable mélange de bienveillance, d'effroi et de regret. Il fit un geste de la main, véritable appel à l'aide. Je ne pus que hausser les épaules et rejoindre Petite quand elle éclata de rire. Attirés par notre discussion, Arnat et Ivold vinrent s'accouder nonchalamment au bastingage, près de nous.

« Chère Bel'ina, comment vous portez-vous, ce soir ?

— Fort bien, je vous remercie.

— Vous êtes particulièrement en beauté, ce soir !

— Ivold, vos flatteries ne vous mèneront pas plus loin que vos jolies illusions. Je ne vous dirai pas en quoi consiste mon épure.

— Allez ! Une toute petite démonstration ?

— C'est interdit.

— Vous venez de dire que vous en aviez assez de tous ces interdits », déclara Arnat d'un ton victorieux.

La Kinoshe le regarda de haut en bas avec un sourire taquin.

« Laissez-moi braver les interdits que je souhaite, et respecter ceux qui me paraissent importants, voulez-vous bien ? »

Les deux charmeurs partirent, la queue entre les jambes. Cela faisait des jours qu'ils harcelaient Bel'ina pour lui extorquer son secret, mais aussi pour en apprendre plus sur sa puissance exceptionnelle. Au début embarrassée devant leur insistance, la charmeuse avait fini par en faire un jeu. Arnat chuchota en passant à côté d'Azalon :

« Je vous souhaite bien du courage, si vos bonnes femmes sont toutes aussi entêtées ! »

Quelques heures plus tard, la vigie annonçait la terre.

La côte se dessinait au loin, avec les contours familiers des falaises, les collines boisées en demi-teinte à l'arrière-plan. Nous étions tous à la proue du navire, ravis de revenir enfin à la maison. Bel'ina découvrait ce paysage pour la première fois.

« Ce n'est pas si différent de chez nous, fit-elle en plissant les yeux.

— Détrompez-vous, intervint Azalon avec un sourire moqueur. J'ai cru moi aussi que ces collines étaient des dunes. On s'y tromperait, à une telle distance. Mais observez leur teinte foncée : elle n'est pas due à la couleur du sable. Il n'y a pas de sable. Toute cette immensité est recouverte de forêt. »

Bel'ina demeura incrédule un moment, jusqu'à ce que la côte révèle plus de détails à mesure que nous approchions. Il fallait avoir visité Mitris pour saisir le gouffre qui séparait nos deux environnements. Je respirai à pleins poumons. La senteur musquée des bois, de l'humus, de la vie trouvait son chemin jusqu'à nous, portée par une brise fraîche. Une dizaine de mouettes vinrent inspecter le sillage du mostarki, espérant y trouver quelque nourriture. Loan et Ogar leur lancèrent des miettes qu'elles s'empressèrent d'attraper au vol. Elles firent la joie de Bel'ina avec leurs acrobaties aériennes et leurs cris moqueurs.

Le mostarki longea ensuite le rivage, si bien qu'on pouvait entrevoir les fûts des chênes centenaires. Les frondaisons bruissaient de cris d'oiseaux, les bêtes agitaient les fourrés en s'enfuyant à notre passage. La Kinoshe ne prononça pas un mot, mais sa bouche, entrouverte par l'étonnement, en disait long.

« Et encore, fanfaronna Ivold. On est au début de l'hiver, beaucoup d'arbres ont perdu leurs feuilles ! Si vous voulez *vraiment* voir la forêt, il va falloir rester jusqu'au printemps ! »

Il appuya sa sortie d'un clin d'œil appuyé à la charmeuse, qui se détourna vivement, gênée.

« C'est pas gagné, mon vieux, ricanai-je.

— Oh, ça va, je tente le coup, ça ne mange pas de pain !

— Les gars, je suis bien content de rentrer à… »

Personne ne me répondit. Et pour cause. La fin de ma phrase s'était étranglée au fond de ma gorge. Ce que je m'apprêtais à appeler « la maison » n'y ressemblait plus du tout. Sur la droite, une demi-douzaine de bâtiments flambants neufs avait poussé, comme des champignons. Des bâtiments à l'architecture typiquement kinoshe avaient remplacé les maisons détruites. Façades épurées, fenêtres tout en hauteur…

« On se croirait de retour à Mitris », commenta Ivold.

Oui. Et à notre gauche, un chantier du même acabit était en cours. Une myriade de soldats kinoshs s'affairait entre les échafaudages et les pans de murs en construction.

« Où sont les ouvriers ? » demanda Hatton.

J'observai attentivement le plus gros bâtiment. Curieux. Ils avaient construit deux murs presque entiers, alors que le reste de l'immeuble était au ras du sol. Les matériaux s'y entassaient, dans un désordre qui n'avait rien des habitudes méthodiques kinoshes. À bien y regarder, une brume poussiéreuse s'élevait paresseusement du chantier.

« Ce sont des décombres, murmurai-je avec effroi. Il y a eu un… »

Le mot « attentat » s'obstinait à vouloir franchir mes lèvres. Le mostarki aborda dans la confusion générale. Des serviteurs et quelques responsables officiels tentaient de mettre les formes pour accueillir leur nouveau Kinosh-bê. Dans le même temps, les soldats se répartissaient en deux groupes :

ceux qui se précipitaient pour aller sauver des victimes des décombres et ceux qui gardaient jalousement les accès aux quais, leurs canons prêts à tirer. L'un d'eux s'avança :

« Très noble Kinosh-bê, nous avons été victimes d'une attaque. Nous devons vous conduire à la Résidence au plus vite.

— Azalon, intervins-je avant que tout le cérémoniel ne se mette en route.

— Qu'y a-t-il ?

— Si c'est bien en attentat… Si c'est Ronn qui a fait ça… il faut qu'on y aille. »

Azalon me fixa intensément. Il baragouina quelques ordres aux premiers hommes d'armes venus et s'écarta pour nous laisser passer.

J'interceptai Petite.

« Oh, non, gamine. Tu restes là.

— Mais…

— Pas de “mais”. Je veux que tu accompagnes Azalon.

— Je peux très bien…

— Je sais. Mais ce qu'on a à régler avec Ronn, c'est… personnel. Je ne veux pas que tu te retrouves au milieu de tout ça. Je reviendrai. Si les hommes de Kinosh-bê me laissent revenir au Palais, une fois tout ça réglé. »

Azalon dégrafa la broche qui fermait sa tunique et me la tendit.

« Gardez-la avec vous. Dessus figurent les armoiries officielles de mon rang. Je ferai passer le mot de votre présence, mais si on vous cherche des ennuis, présentez cette preuve : elle devrait couper court aux excès de zèle. Soyez prudents.

— Vous aussi. »

Nous nous quittâmes sur un dernier regard lourd de sens. Je sentais sa colère affleurer. Il ne supportait pas qu'on s'en soit pris ainsi à des civils. Kinoshs et Caldéciens mêlés. Ça tombait bien. Moi non plus. Il fallait arrêter tout cela, quitte à faire la chasse à d'anciens frères d'armes. Je pris la direction du site au pas de course, suivi par les miens. Je saisis une phrase échangée entre deux soldats sur le chemin :

« … et dire que c'était là que devait accoster le mostarki… »

Une sueur glacée me parcourut l'échine. J'arrivai sur le chantier détruit et croisai des Kinoshs occupés à déblayer les décombres. De nombreux citoyens caldéciens se mettaient aussi au boulot. Les ruines étaient envahies de silhouettes rendues floues par la poussière. Dans cette brume qui prenait à la gorge, des cris retentissaient. Ceux des rescapés qui appelaient des renforts, et ceux des victimes qui suppliaient qu'on les aide. D'abord perdu dans toute cette confusion, je me dirigeai vers un gémissement indistinct. Je cherchai un moment avant de réaliser qu'il provenait de sous mes pieds. J'étais sur un épais bloc de mortier, renforcé d'acier à la manière kinoshe, de deux pas de côté pour quatre de haut, qui avait basculé au sol. Je descendis en hâte de la plateforme, avec l'impression d'avoir rajouté mon poids à celui qui écrasait le malheureux. Je fis le tour et m'arrêtai là où la voix me sembla la plus forte.

« Tiens le coup, on arrive ! »

L'autre me répondit d'un ton paniqué, haché par la douleur.

« Je sens plus mes jambes… mes jambes… »

Un Caldécien. Je marquai un temps d'arrêt. Sans raison, j'avais espéré que l'attaque ne toucherait que des Kinoshs. Ça aurait donné un minimum de sens à cet acte. Mais non, bien sûr. On trouverait là-dessous tous ceux qui œuvraient depuis le début à la reconstruction du port : des civils bien de chez nous. Je le savais, j'en avais fait partie. Je me mis à creuser avec frénésie pour élargir le trou de souris d'où me parvenait la voix. Un bout de ferraille m'esquinta le pouce mais j'ahanai de plus belle pour dégager un bloc de pierre et découvris enfin une main.

« Ça va là-dessous ? »

Un faible geignement me répondit.

Je m'allongeai et passai la tête dans l'anfractuosité, attentif à l'équilibre précaire des décombres qui m'entouraient. Des bruits sinistres d'éboulis, de grincements, émanaient des profondeurs. Bientôt apparut un bras, puis un visage ensanglanté. L'homme était au bord de l'évanouissement. Ses yeux roulaient dans ses orbites sans me voir. Sa bouche à demi ouverte pissait le sang. Il ne restait de ses dents cassées que des éclats pareils à des échardes.

« Je suis là, mon gars, tiens bon ! »

Je descendis dans le trou en essayant de ne pas lui marcher dessus et me contorsionnai pour le saisir sous les aisselles. Il poussa une plainte aiguë. Je tirai quand même. Son gémissement se transforma en hurlement, mais je le sentis bouger. Ignorant ses cris de douleur, je bandai mes muscles et hissai l'homme vers le haut. Une main solide vint m'aider à le sortir définitivement du trou. Je levai les yeux : un Kinosh costaud, le visage couvert de poussière, tout surpris de me trouver là.

« Merci, fis-je dans sa langue.

— Pourquoi ? demanda-t-il d'une voix désabusée. Pourquoi les vôtres font-ils cela ?

— Ce ne sont pas les miens. »

Il se détourna pour héler un compatriote. Je reconnus l'habillement du médecin qui avait amputé Azalon lors des Augures, et laissai le blessé entre ses mains pour retrouver mes hommes, qui s'acharnaient à dégager un monceau de poutres en chêne. Bientôt une jambe apparut au grand jour. Arnat souleva le débris qui recouvrait le reste… pour découvrir qu'il n'y avait rien. Le membre avait été sectionné au ras du genou. Le charmeur s'écarta pour vomir.

« Vous croyez qu'il y a quelque chose là-dessous ? doutai-je.

— Ouais, cap', dit Finn. Écoute : y'a quelqu'un qui appelle. »

Je tendis l'oreille : en effet, un écho lointain parvenait jusqu'à nous. Nous reprîmes les recherches. Quand les madriers furent retirés, il fallut s'attaquer à un écheveau de tiges d'acier destinées à armer la maçonnerie. Enfin, sous un ultime morceau de ruine, un visage blanc de poussière émergea. Puis un second. En tout, ce furent trois ouvriers qui s'extirpèrent des décombres. Tous les trois sans la moindre égratignure.

« Un miracle, s'extasia Loan en aidant les survivants à sortir à l'air libre.

— Merci. Merci, fit le plus vieux, essoufflé. On était en train de monter le mur est, et puis on les a vus poser la bombe… on a essayé de se tirer, de prévenir les autres… mais c'était déjà trop tard.

— Vous êtes sûrs que c'était une bombe ? »

Je refusais encore d'y croire. L'homme tourna sur lui-même pour s'orienter. Puis il trouva ce qu'il cherchait et me le montra du doigt. En face des ruines, de l'autre côté de la rue Beauregard, les immeubles étaient intacts. Sur le mur le plus proche, on avait peint en rouge le « M » de Miska.

« On les a vus barbouiller leur saloperie avant de se casser. Ces connards ! Ils en ont rien à foutre de savoir si des innocents vont être torturés en représailles. On dirait qu'ils font exprès. Pour nous faire payer de vivre avec les Kinoshs. Mais on y peut quoi, nous ? Faut bien nourrir nos familles ! »

La honte me submergea. Peu importait que Ronn soit l'instigateur de cette ignominie. Le fondateur de Miska, celui qui avait tout commencé, c'était moi. Le rescapé cracha dans la poussière.

« Ça s'est passé il y a combien de temps ? » s'enquit Calixte.

Contrairement à moi, il n'était pas rongé par le remords. Et laissait surgir une colère noire. Lui, d'ordinaire si tempéré, tremblait de rage.

« Il n'y a pas une heure, je pense, répondit l'homme.

— Vous avez vu par où ils sont partis ? »

Le survivant nous indiqua le Nord.

« Ils ont transformé la campagne entre ici et Récif en un champ de ruines. Ils pillent les villages, coupent les routes. Vous venez d'où, pour pas être au courant de ça ? »

Combien de morts avaient-ils donc semé sur leur passage ? Combien d'expéditions punitives ? Et combien de Caldéciens mis au pilori en représailles par les bourreaux de Temmos ? Je serrai les dents, pris d'une soudaine résolution. Il fallait réparer les choses à tout prix, et nous n'avions plus beaucoup de temps.

*

Le parcours jusqu'à la Résidence se fit au pas de course. La ville portait çà et là les stigmates de destructions récentes. Des traces d'incendies. Les autochtones s'écartaient précipitamment sur notre passage. Les citoyens d'Assale n'avaient même plus la force de nous haïr. Temmos, assisté dans son œuvre par les rebelles caldéciens, n'avait laissé subsister que la peur. Oubliés, les bruissements de la capitale telle que je l'avais connue. En quelques semaines d'absence, tout avait changé. Un silence accablant ponctuait notre avancée. Excepté à l'approche de la grande place. Des hurlements à glacer le sang s'élevaient de dizaines de piloris. L'esplanade en était remplie. Y étaient exposés des hommes et femmes de tous âges. Des enfants. Certains n'avaient plus que la peau sur les os. D'autres venaient à peine d'arriver et se débattaient comme de beaux diables.

« Arrêtez tout ! » criai-je d'une voix blanche.

Je quittai le convoi pour m'approcher des prisonniers.

« Votre Sainteté, vous ne pouvez pas, s'interposa un de mes gardes en m'invitant à rejoindre les autres. Le parcours est sécurisé, en sortir serait trop dangereux… »

Je le clouai à sa place d'un regard glacial et continuai mon chemin. Les tortionnaires me fixaient, interrompus dans leurs basses œuvres.

« Eh bien ? N'avez-vous pas entendu ? Cessez ce massacre. Et libérez ces pauvres gens. Sur le champ ! Votre Kinosh-bê vous l'ordonne ! » aboyai-je.

Les soldats se mirent à l'ouvrage en hésitant. J'atteignis le premier pilori à ma portée. Je m'approchai d'nue femme entre deux âges, le visage rongé par les privations, les yeux fous de terreur. Je m'attelai à dénouer la corde qui lui sciait les poignets.

« Ne vous inquiétez pas. C'est fini, dis-je dans sa langue.

— Pourquoi ? souffla-t-elle, à bout de forces. Pourquoi vous nous faites ça ? On n'a rien fait de mal… »

Savait-elle qui j'étais ? Bien sûr que non. Lorsque je libérai ses chevilles entravées, elle glissa sur le sol. Je pris son bras pour l'aider à se relever. Elle retrouva un peu d'énergie et fit quelques pas toute seule. Pour s'éloigner de moi, le plus vite possible. Sur son visage se lisait l'incompréhension la plus totale. L'épouvante envahit son regard. Elle se demandait ce que j'allais bien pouvoir inventer comme nouvelle torture, compris-je. Mes pensées se tournèrent vers Temmos. Je vérifiai que les soldats suivaient bien mes ordres et repris mon chemin pour aller lui exposer ma façon de voir les choses.

Même la pénible ascension des interminables escaliers n'entama pas ma résolution. Je parvins en haut avec ma garde rapprochée, tandis que Bel'ina et Petite gravissaient les derniers paliers. Le Grand Administrateur m'attendait dans le hall, l'air contrit. Il s'inclina profondément. Je lui fis l'insulte de ne pas lui rendre son salut.

« Vous voici enfin arrivé, noble Kinosh-bê, commença-t-il. Je suis heureux que l'attentat des rebelles ait échoué.

— Échoué ? Est-ce ainsi que vous décrivez la centaine de morts parmi les ouvriers ?

— Cette attaque vous visait, vous, mon Seigneur. Les civils ne sont que des dommages collatéraux. C'est malheureux, certes, mais…

— Et les martyrs qui sont torturés au pied de ces escaliers ? Sont-ils eux aussi d'inévitables dommages collatéraux ? Il me semblait pourtant avoir été clair sur le sujet ! Les punitions devaient cesser !

— Vous savez bien que j'ai raison, noble Kinosh-bê. C'est la seule manière d'éviter que le mouvement rebelle ne se propage encore plus au sein de la population. Nous ne cherchons pas à être cruels, mais notre survie est en jeu. »

Ma colère s'apaisa. Les arguments de Temmos sonnaient juste. La survie des nôtres, avant tout. N'avais-je pas moi-même prévenu Dacien que je ferais ce choix si j'y étais contraint ? Après tout, il avait dû gérer seul la colonie durant tout ce temps… Il en savait plus que moi sur les réalités du terrain. Le Grand Administrateur continuait sa diatribe, et à chaque nouvelle raison évoquée, je me trouvais finalement en accord avec lui. Il se tut soudainement.

« Qu'est-ce que cela ? » demanda-t-il, inquiet.

Bel'ina et Petite venaient de nous rejoindre. Temmos blêmit, tandis que j'éprouvais un sentiment étrange. Comme une chape de brouillard qui se levait et me rendait mes esprits. Les paroles de Temmos, qui coulaient comme du miel l'instant d'avant, me revinrent avec cette fois le goût amer de la manipulation.

« Comment osez-vous influencer mes pensées ? accusai-je, hors de moi. N'avez-vous donc pas compris *qui je suis* ? Mais pourquoi serais-je surpris, vous, bafouant sans vergogne la première loi de l'ordre des prêtres-mages ! »

Le regard de Temmos oscilla entre Bel'ina et moi.

« Et vous les préceptes du Père en emmenant cette… sorcière ! Qui a osé la former ? Sa naissance même est une hérésie ! Qui que tu sois, femme, je te ferai mettre au pilori. Quant à toi, la fameuse "Fille Perdue", ou plutôt la catin de ces Caldéciens immondes… »

Bel'ina frémit tant la haine de Temmos était palpable. Petite dégaina sa dague. Je me plantai devant lui et assenai, sans chercher à contenir ma rage :

« Elles sont ici car je l'ai décidé, sieur Temmos. Quant à vous, vous repartez pour Mitris dès ce soir.

— Jamais ! Vous n'êtes qu'un faible ! Jamais je ne m'inclinerai devant ces sauvages ni cette sorcière ! J'ai tout créé, dans ces terres impies, tout ! L'empire survivra grâce à moi ! »

Mes gardes tirèrent leurs lames au clair, mais sans parvenir à faire un pas. Seule Petite, vive comme l'éclair, eut le temps de se jeter sur Temmos, avant de s'effondrer aux pieds du prêtre-mage. Une immense pression s'insinua dans ma tête. D'abord oppressante, elle se fit douloureuse, comme si une bête hérissée d'épines se frayait un chemin dans mon cerveau. Je mis un genou à terre. Autour de moi, les gardes hurlèrent, les mains serrées sur les tempes. Par la Dame, cette douleur… Alors que je la pensais parvenue à son paroxysme, elle augmenta encore et encore. Mes yeux, chauffés à blanc, me faisaient l'impression de vouloir sortir de leurs orbites. Deux hommes de mon escorte se mirent à griffer leur visage avec une telle violence qu'ils eurent tôt fait de s'éborgner. Je réalisai, horrifié, que d'ici quelques instants j'allais m'infliger le même châtiment. J'entrevis à travers mes larmes Bel'ina qui ployait sous l'étau de souffrance elle aussi. C'était fini. La petite protégée de Bertal ne pouvait rien contre Temmos, il allait réduire nos cerveaux en bouillie.

Bel'ina poussa un cri aigu, de douleur et de rage mêlées. Temmos eut un rire méprisant et renforça la pression. Je me battais pour rester conscient, mais à quoi bon ? Pourquoi m'imposer cette abominable souffrance une seconde de plus ? Bel'ina leva la main. Elle tremblait de tout son corps, mais elle tint bon. Ses doigts remuèrent lentement, puis elle tendit la main, paume vers Temmos.

Je crus que rien ne se passait. Elle était trop affaiblie. Pourtant, imperceptiblement, l'air entre sa paume ouverte et Temmos se fit… brumeux. Le prêtre-mage sursauta et, instantanément, je sentis la douleur refluer. J'étais toujours pris dans une tempête d'acier qui me vrillait de l'intérieur, mais la mort s'éloigna d'un pas.

Bel'ina mit à profit ce léger relâchement pour se mettre à genoux et lever sa seconde main. D'un geste encore hésitant, elle effectua une nouvelle passe. Cette fois l'air entre elle et son adversaire prit un aspect éthéré. On eût dit qu'un peintre barbouillait la scène à grands coups de pinceaux. Les couleurs s'estompaient, se mêlaient entre elles. La majeure partie du phénomène se concentrait sur la poitrine de Temmos. Il poussa un cri et porta la main à son plexus. Aussitôt, deux de ses doigts furent emportés dans le tourbillon de couleurs torturé. Il retira la main brusquement : les premières phalanges de son index et de son annulaire venaient de disparaître !

La douleur reflua de nouveau, pour devenir quasiment supportable.

« Qui es-tu, hérétique ? »

Il agita les doigts, ignorant le flot de sang qui jaillissait de ses blessures, et jeta toutes ses forces contre Bel'ina. La jeune mage oscilla sous le choc, mais ne plia pas. Au contraire, elle poussa un cri en tordant ses doigts autour d'un nouveau flot d'épure. Le flux de couleurs mêlées heurta Temmos de plein fouet. La poitrine du Grand Administrateur se fondit dans la palette hallucinée. Je fermai les yeux. Elle allait lui arracher le cœur !

Un gémissement me poussa à rouvrir les yeux. Temmos gisait, agité de soubresauts, aux pieds de son adversaire.

« Que lui avez-vous fait ? demandai-je, effrayé. Comment avez-vous…

— Je suis maîtresse de la matière, expliqua calmement Bel'ina. Je décompose les éléments en leur état primaire… et les recompose. »

Elle ouvrit devant moi sa main : un joyau rosé y scintillait d'épure accumulée. Une pierre de mage ! L'objet mythique que chaque prêtre-mage se voyait remettre lors de son ordination. Je n'en avais jamais vu. On prétendait que les pierres étaient serties directement dans la chair de leur porteur… À en juger par l'attitude de Temmos, qui se griffait le torse en hurlant de douleur et de désespoir, c'était probablement vrai.

« Je comprends mieux pourquoi Bertal tenait tant à vous garder pour lui… »

Les implications d'un tel pouvoir titillèrent immédiatement mon esprit d'ingénieur. Tout ce qu'il serait permis de faire… des structures impossibles, des objets fantastiques. Cette femme était une alliée précieuse. Et il valait mieux l'avoir comme amie que comme ennemie, me dis-je avec un frisson. Imaginer Bertal lui offrir secrètement une véritable pierre d'épure la rendait d'autant plus terrifiante, mais elle me fit un doux sourire.

« Votre Grand Administrateur est hors d'état de nuire, Kinosh-bê. »

Petite et quelques membres de mon escorte s'ébrouaient, tout juste sortis de l'infernale torture. Plusieurs gardes ne se relevèrent pas. Temmos fut menotté fermement et le peu de mal de tête qui me persistait s'évanouit comme un mauvais songe.

« Vous voici redevenu simple mage, Temmos, déclarai-je d'une voix encore mal assurée. Par ailleurs, je vous démets officiellement et immédiatement de toutes vos fonctions, ainsi que de votre statut de citoyen kinosh. Vous serez emmené par le premier bateau vers Mitris et y purgerez votre peine dans un monastère d'épure. »

L'idée m'était venue en découvrant la pierre dans la main de Bel'ina. Des centaines de mages, pour la plupart des femmes, s'étaient épuisés à produire ce concentré ultime, et Temmos l'avait utilisé pour les pires exactions. Ce dernier broncha, encore confit d'importance.

« Pauvre fou… Vous n'avez rien compris ! Les rebelles sont partout, ils harcèlent les convois de ravitaillement, s'infiltrent jusque dans la capitale pour fomenter des attentats, vous l'avez vu de vos propres yeux ! Leur chef rallie de nouvelles troupes chaque jour. Ils sont nombreux. Bien plus qu'ils ne l'étaient à votre départ !

— C'est votre attitude méprisante et cruelle qui a causé ce conflit !

— Nous avions besoin d'établir cette colonie. C'était urgent, vous le savez bien !

— Oh, oui, je n'ignore rien de tout cela. Mais il y avait d'autres moyens pour sauver notre peuple de la famine. Par votre faute, la situation est désormais inextricable ! »

Un sourire mauvais étira les lèvres de Temmos.

« Vous n'avez pas d'autre choix, comprit-il. Vous devez finaliser la conquête car vous manquez de temps pour faire autrement, n'est-ce pas ? Cette utopique paix entre nous et ces animaux n'aura pas lieu, en fin de compte. »

Je quittai la pièce d'un pas rageur, déstabilisé par la vérité qu'il venait d'assener. Cette fois, nul besoin d'user de son art pour faire valoir son argument. Sa politique de la terreur était allée trop loin. Et ma nomination à la tête de l'empire survenait trop tard. Tout reposait sur les épaules de Dacien et de ses hommes. Les Caldéciens ne connaissaient de nous que le visage que Temmos leur avait offert. Une bien piètre image des Kinoshs. Ils ne savaient rien des bouleversements qui agitaient notre politique. Comment pourraient-ils nous accorder le moindre crédit ? Je pris possession du bureau de Temmos et me résolus à faire la seule chose qui s'imposait. La mort dans l'âme, j'écrivis une missive ordonnant l'arrivée massive de renforts. Il fallait oublier les Terres de Feu et tout miser sur la Caldécie. Si Dacien échouait et que les rebelles étaient aussi nombreux que Temmos le prétendait, nous n'aurions pas de deuxième chance.

Chapitre 29
Créans

Dès la sortie d'Assale, les dégâts causés par les rebelles de Ronn se firent flagrants. La capitale était relativement protégée. Autour, c'était l'enfer. Les champs avaient été brûlés, méthodiquement. Les remparts portaient la trace de violentes explosions visant à abattre les défenses de la ville. Çà et là affleuraient des restes humains calcinés. Je touillai le sol avec dégoût de la pointe de l'épée.

De nombreux cadavres portaient des lambeaux de cuirasse. Pas tous. Des civils s'étaient trouvés entre le marteau et l'enclume.

« Les Kinoshs se sont défendus, commenta Hatton en constatant les nombreux morts parmi les rebelles.

— Mais regarde toutes les traces d'attaques, tempérai-je. Ils sont revenus plusieurs fois. Temmos ne disait peut-être pas que des mensonges, finalement. Les rebelles ont l'air d'avoir les moyens. En hommes comme en armement.

— Quand Azalon a remporté les Augures, il a fait arrêter tout approvisionnement d'armes et de soldats kinoshs, rappela Calixte.

— Et si la colonie était vraiment au point de rupture ? murmurai-je. Ça expliquerait l'insistance des attaquants.

— Si l'armée de Ronn parvient à les affaiblir à ce point… Imagine qu'on puisse réunir à nouveau les forces fédérées ? Alors on pourrait peut-être libérer les Longues Côtes ? songea Hatton à voix haute.

— Ils reviendraient.

— Ouais, mais on saurait à quoi s'attendre, ajouta Loan. Même s'ils ont la technologie de leur côté, nous aurions l'avantage du nombre, si nous arrivions à battre le rappel des forces fédérées. Pour l'instant les autres territoires sont frileux. Ils ont cru s'en tirer à bon compte avec l'annexion des Longues Côtes, mais ils ont dû comprendre que les Kinoshs n'allaient pas s'arrêter là. Si on leur explique que, ce coup-ci, on a vraiment une chance… »

Un lourd silence plana entre nous. Les soldats morts, sous nos pieds, criaient vengeance. C'était à qui le premier évoquerait les conséquences de notre trahison envers Azalon. Je me forçai à articuler :

« Si on fait ce que tu dis, on condamne des innocents à crever de faim. Même si ce sont des étrangers. Même s'ils sont loin de nous.

— Et puis on a promis qu'on allait essayer, renchérit Ogar. J'ai pas tellement envie de me dédire. Pas après tout ce qu'Azalon a traversé pour nous. »

Les autres n'ajoutèrent pas un mot. Simplement, Calixte reprit la marche vers le Nord, et nous lui emboîtâmes le pas. Plus personne n'évoqua jamais cette discussion. En vérité, ce fut comme si elle n'avait jamais eu lieu. Nous avions choisi notre camp.

Le soir venu, l'air se fit plus frisquet. Les premières gelées n'allaient pas tarder. Entre les arbres déplumés et les champs calcinés, le paysage devint morne. Quelques têtes de bétail erraient, sans berger, dans une prairie boueuse.

« Il y a un village pas loin, fit Hatton. Ils doivent venir de là. »

J'hésitai un moment à éviter la bourgade pour tracer au plus vite, mais nous avions besoin de parler aux habitants. Ils nous lâcheraient peut-être quelques informations sur Ronn. Restait à espérer que lui et ses hommes ne les avaient tout bonnement pas exécutés comme à Méliante.

Le patelin se réduisait à une poignée de longères accolées les unes aux autres tel un troupeau frileux, coupé en deux par la route qui traversait le village. Des silhouettes fantomatiques sortirent des maisons à notre approche. Des femmes fatiguées. Des gamins. Un petit vieux. Je me présentai à une femme d'une quarantaine d'années, les yeux profondément enfoncés dans leurs orbites et cernés de noir. Un pli amer lui barrait la bouche. Je levai la main en guise de salut.

« Vous voulez quoi ? »

On avait connu plus chaleureux, comme accueil.

« On cherche les rebelles. Ils sont passés par ici ? »

Elle me détailla d'un air las.

« Je dois parler à leur chef. Pour le convaincre de faire cesser tout ça », fis-je en englobant des bras la campagne dévastée.

La femme eut un rictus désabusé.

« Il y a un mois, les marrons sont eux aussi venus interroger nos hommes pour les retrouver, vos rebelles. Ils en ont embarqué la moitié, direction la place des Martyrs. Sont jamais revenus. Le lendemain, les connards de Miska débarquaient et accusaient tout le monde de collaboration avec l'ennemi. Ils ont laissé le choix aux gars qui nous restaient : la mort ou les rejoindre au combat. Ils ont embarqué nos réserves pour l'hiver au passage. »

Je fixai le sol, penaud.

« Je suis désolé. Pour ce que ça vaut. Mais j'ai besoin de savoir : est-ce qu'ils sont passés par ici aujourd'hui ? »

Elle indiqua les collines à l'ouest.

« Il y a longtemps ? insistai-je.

— Deux heures, peut-être.

— Merde ! jura Loan. On perd du terrain. Vous connaissez leur planque ?

— Ils changent souvent d'endroit, murmura la femme, consciente d'en dire trop. Mais en ce moment ils pillent les villages aux alentours de Créans. »

C'était à deux jours d'ici. Je remerciai la villageoise d'un hochement de tête, et nous traversâmes le patelin silencieux sous les regards lourds des paysannes et du vieux décati. Personne ne nous fit le moindre signe d'encouragement.

Je poussai la marche jusqu'à une heure avancée, avant de me résoudre à arrêter pour la nuit. Il n'y avait pas la moindre fenêtre éclairée au loin. Rien que l'obscurité rendue plus épaisse encore par le silence. Même les bêtes s'étaient enfuies de cette campagne moribonde. La plupart des incendies et des pillages remontaient à plusieurs semaines, pourtant l'odeur était partout, puissante. Elle laissait un goût âcre au fond de la gorge. La faim n'aidait pas. Encore une fois nous étions partis sans rien d'autre sur le dos que nos vêtements et nos armes. Calixte revint après une heure à parcourir les broussailles calcinées, une perdrix maigrichonne à la main. À peine une bouchée chacun. J'engloutis la mienne sans plaisir : elle avait le même relent de cramé que tout le reste ici.

Au matin, je m'apprêtai à reprendre le chemin de Créans, malgré un corps ankylosé par une nuit glaciale à la dure.

« On devrait pas rester sur la route, estima Ivold. Qu'on essaie de rattraper les gars qui ont posé les bombes, c'est une chose, mais se présenter directement à leur campement…

— Tu as raison. Mais si on prend à travers champ, on mettra deux fois plus de temps. Du temps qu'on n'a pas.

— Je vais passer en éclaireur, proposa Calixte. Si j'arrive à tirer un peu de gibier au passage, ça ne sera pas de trop. Il ne manquerait plus qu'en plus d'être en sous nombre, on soit affamés en arrivant.

— On fait comme ça. »

Calixte prit un quart d'heure d'avance. La matinée s'écoula sous un ciel menaçant. Un vent froid brassait les cendres au sol et soulevait une brume grise. Chaque pas dans cette campagne sinistrée m'était pénible. Ces collines étaient bruissantes de vie. Avant. Mon père m'avait emmené chasser dans un bois tout proche, il y avait des siècles de cela. Je finis par reconnaître les lieux. Il n'en restait plus que des troncs noircis à moitié effondrés les uns sur les autres.

« Plus rien ne sera jamais pareil, soupirai-je.

— C'est comme ça, fit Ivold en me mettant la main sur l'épaule. À mon âge, tu sais, on apprend à s'y faire. »

Un bruit suspect dans notre dos interrompit ma nostalgie. Je me retournai.

« Des chevaux ! Planquez-vous ! »

Le bosquet de mon père était hors de portée. À part ça, ce n'était qu'herbe rase et brûlis à perte de vue. Chierie !

« Ramenez vos culs près de moi, intima Ivold. Tout le monde au sol. Et ne bougez plus une oreille.

— Et Calixte ? s'inquiéta Loan.

— Calixte est assez grand pour se débrouiller tout seul, aboya le vieux charmeur. Maintenant, ferme-la. Vous êtes des buissons. On est tous des buissons. »

Le charmeur s'accroupit devant nous et se mit à tricoter avec ses doigts pour tisser son illusion. Une impression de flou brouilla l'atmosphère. Il était temps. À grand fracas de sabots et dans un nuage de cendres, une escouade d'une dizaine de soldats passa devant nous. Aussitôt la poussière me prit à la gorge et je retins une quinte de toux, les yeux larmoyants. Je m'apprêtais à me relever quand la main d'Ivold m'agrippa le coude fermement.

Un des cavaliers ralentit et fit volter sa monture. Il ralentit, cherchant quelque chose. Je me tapis contre le sol. L'homme se mit à tricoter et un filet doré apparut entre ses mains. Les mailles, légères comme l'air, s'élargirent et s'éparpillèrent autour de lui. Bientôt elles furent au-dessus de nous. Quel que soit le pouvoir de ce type, il allait nous découvrir.

La nasse dorée descendit lentement, comme une toile d'araignée lâche, portée par la brise. Elle couvrait désormais une distance de plus de trente pas autour du tisseur. Les fils se déposèrent au sol, un peu partout. Arnat dut serrer ses genoux contre lui pour éviter les plus proches, mais aucun de nous ne fut touché. Le charme s'évapora d'un coup. Son auteur resta un moment hésitant avant de rejoindre le reste de sa troupe au grand galop.

« On l'a échappé belle… Vous avez vu leurs brassards ? » demanda Ogar.

Personne ne lui répondit. Nous avions tous remarqué le « M » de Miska, barbouillé en rouge vif sur un tissu jaune. Les cavaliers le portaient bien en évidence, en haut du bras. Ces gars-là étaient en terrain conquis.

« Les poseurs de bombes ?

— Impossible, répondis-je à Hatton. S'ils avaient des chevaux, ils seraient déjà à Créans depuis un bail. C'en sont d'autres.

— Vous avez reconnu quelqu'un ?

— J'ai pas eu le temps de voir leur visage, mais ils étaient bien armés, répondit Finn. J'ai vu au moins trois canons kinoshs. »

Lorsque nous nous étions séparés de Ronn, lui et sa bande n'étaient que des soldats dépenaillés en déroute, avec pour seule arme leur colère. Il semblait que les choses avaient bien changé.

« On se remet en route, ordonnai-je. Rattrapons Calixte, et approchons Créans discrètement. On avisera après. »

Nous ne rattrapâmes jamais Calixte. Quelques centaines de pas plus loin, je tombai sur les traces d'un combat féroce. Je ramassai un couteau de jet. Un des siens. Une trace de sang maculait le sol un peu plus loin. C'était tout. De lui et des cavaliers rebelles, il n'y avait plus le moindre signe.

« Et merde ! criai-je en serrant les poings.

— Il n'est pas mort, affirma Hatton, plus pour se convaincre que par certitude. Et si ça se trouve, c'est même pas son sang.

— On va aller le sortir de là. Pas vrai, cap' ? » enragea Ogar.

Je me contentai d'un grommellement bestial et fonçai droit devant. Il fallut plusieurs heures de marche forcée et les interventions répétées d'Ivold pour me faire ralentir.

« On peut pas rester sur la route, cap' ! C'est de la folie, on va se faire repérer et on ne pourra plus rien pour Calixte. Oh ! Cap' ! Tu vas t'arrêter ? »

Il s'était agrippé à mon bras. Je me retournai vivement, prêt à le frapper. Je retins mon geste. Le voile rouge qui m'obscurcissait la vue se dissipa un peu. Il avait raison. Luttant contre l'envie de continuer tête baissée, je sortis enfin de la route pour avancer à travers champs. Il était temps. En atteignant le sommet d'une colline pentue, la petite vallée où se nichait Créans apparut. Contrairement au reste de la campagne, le bourg fourmillait de silhouettes qui semblaient fort occupées. Il y avait des chevaux. Des sentinelles.

« On y est. »

J'observai la ville en contrebas pendant un long moment. Une palissade toute récente la masquait en grande partie.

« On s'infiltrera par là dès la tombée de la nuit. »

Je pointai à mes gars la partie est de l'enceinte, encore en chantier. Elle serait surveillée, mais ça valait toujours mieux que d'escalader. À un endroit, des matériaux empilés nous fourniraient un abri relatif. Je jetai un œil aux derniers rayons du couchant. Le soleil ras enflammait le paysage, comme si les incendies récents reprenaient. Puis les couleurs flamboyantes se muèrent en nuances violacées. Des bougies s'allumèrent aux fenêtres. Nous avançâmes, à demi accroupis.

L'approche se déroula sans accroc. Les gardes riaient avec nonchalance. Leurs voix avinées butaient sur les mots. Planqué derrière une pile de bois, j'attendis qu'un des soûlards finisse de pisser sa bière contre le mur d'une venelle avant de me faufiler dans la ville. Nous avions à peine fait quelques pas qu'un cri retentit, aussitôt suivi de rires gras. Ce n'était pas Calixte, mais une voix féminine, réalisai-je avec déception. Je passai la tête à l'angle d'un mur : à même le sol, une jeune femme se débattait, aux prises avec un homme deux fois plus lourd qu'elle. Autour, une dizaine de soldats ivres encourageaient leur comparse. Attendaient leur tour. La jeunette ne lâchait rien. Elle mordit son agresseur au sang. Lui, qui rigolait jusque-là, ravi de ce jeu de brute, se mit soudain en colère. Il abattit un poing énorme sur la face de sa victime et lui enfonça l'arcade sourcilière. Sa tête heurta le sol et elle cessa de se débattre. Sonnée, mais encore vivante. Je vis ses mains sans force se lever pour empêcher son agresseur de lui déchirer le corsage. En vain. L'autre retrouva le sourire.

Je me retournai vers mes hommes.

« On peut pas, les gars, chuchotai-je dans l'ombre. On n'aura qu'une chance. Une fois qu'ils auront donné l'alerte, ça va devenir intenable ici. »

Aveuglé par le noir, je sentais le poids de leur regard. Il fallait faire un choix, me persuadai-je, en me faufilant plus avant. La femme se remit à hurler dans notre dos. Ne pas lui venir en aide me faisait l'impression de participer. Je ravalai ma bile.

Je nous perdis dans des ruelles tortueuses et sordides, pour déboucher finalement sur une place éclairée par des torches. L'hôtel de ville, qui dominait les autres édifices, avait subi une attaque récente. Plusieurs fenêtres brisées, calfeutrées par des planches, en témoignaient. Accolée au bâtiment se tenait une grande cage bourrée de prisonniers. Une torche à chaque coin faisait luire le pavé humide et les yeux caves des captifs. Tous étaient dans un sale état. Quelques-uns somnolaient ou étaient trop faibles pour ouvrir l'œil. La plupart étaient affalés au sol, les uns sur les autres.

« Quelqu'un voit Calixte ? chuchotai-je.

— Non, répondit Finn. Mais il y a deux gardes en faction, juste devant l'hôtel de ville, et deux autres qui font une ronde là-bas.

— Je crois que je le vois ! fit Loan en essayant de garder son calme. Regardez, à gauche !

Calée entre deux costauds à moitié endormis, une silhouette nous tournait le dos. Ces cheveux, ce pardessus… Loan avait raison !

« Bon. Va falloir faire vite et bien, les gars. On ne sait pas dans quel état ils nous l'ont mis. Faudra peut-être le porter. »

Plusieurs prisonniers gémissaient de douleur en se tenant un bras ou une jambe méchamment amochés. D'autres présentaient des traces évidentes de torture. Serrant les poings, je guidai la troupe pour longer la place par son côté le plus discret : une écurie flanquée d'un entrepôt mal éclairé. Les chevaux s'agitèrent en flairant notre présence.

« Vos gueules, les carnes, ou vous finirez en rôti ! » grognai-je.

Ma menace ne les impressionna pas le moins du monde, mais ils se contentèrent de nous suivre de leurs gros yeux globuleux, toujours animés de pensées diaboliques. Un grand hongre renifla sur mon passage avec une pointe de mépris, avant de tourner son cou musculeux vers la cage. De nouveaux soldats venaient prendre la relève pour surveiller les prisonniers. Les gardes discutèrent un moment, échangèrent quelques éclats de rires et tapes dans le dos. L'un des nouveaux sortit un cruchon de sous son manteau. Les yeux de ses comparses se firent pétillants. Tout ce joli monde s'éclipsa dans un recoin d'ombre, à l'abri des regards. Pas à l'abri de nos regards, à nous. Je n'en avais pas raté une miette.

« Les gars, on n'aura peut-être pas une si belle occasion avant longtemps. Arnat, viens, on y va ! Les autres, attendez là, préparez des canassons. On revient avec Calixte et on se tire de là à cheval. »

Je franchis l'espace à découvert en restant à croupetons. Je m'attendais à chaque instant à entendre quelqu'un sonner l'alerte, mais il n'en fut rien. Je me glissai au plus près de Calixte.

« Hé ! Calixte ! Tu m'entends ? »

Je m'éraillais la voix à essayer de crier en chuchotant. L'archer n'eut pas le moindre mouvement. En revanche deux paysans faméliques se réveillèrent et commencèrent à s'agiter.

« Aidez-moi, s'il vous plaît… »

De près, il était flagrant que les gars avaient dégusté, encore plus que je ne l'avais cru de prime abord. L'un des deux avait l'œil crevé. La blessure crasseuse suintait salement. L'autre avait le visage couvert d'ecchymoses. Son nez, complètement enfoncé sur le côté, était d'un bleu violacé. Je grimaçai, à moitié de dégoût, à moitié de pitié. Je me détournai et fis signe à Arnat. Ses compétences en crochetage devaient beaucoup à sa chance indécente, j'en étais persuadé, mais il se mit néanmoins à l'ouvrage avec empressement. Les supplications des deux victimes ne réveillaient toujours pas Calixte. Par contre leurs autres compagnons d'infortune comprirent vite que quelque chose se tramait.

« S'il vous plaît… s'il vous plaît !

— Vos gueules ! » grondai-je.

Mais les pauvres diables étaient trop ravagés par la panique, l'épuisement et la souffrance pour comprendre qu'ils se faisaient du tort à eux-mêmes.

Leurs gémissements se muèrent en une complainte aiguë lorsque Arnat réussit enfin à faire cliqueter la serrure du cadenas. Il fut aussitôt bousculé par deux prisonniers un peu plus en forme que les autres, qui le poussèrent en sortant à toute allure. Je jouai des coudes pour me frayer un chemin jusqu'à Calixte. Au moment où je passais la porte, un coup de tonnerre retentit dans mon dos. Je me figeai. En regardant en arrière, doucement, je découvris un des fuyards à terre, face contre sol. Arnat, tremblant, fit trois pas en arrière avant de se tourner vers moi. Je poussai un cri en le croyant blessé, il était couvert de sang. L'autre lui avait servi de bouclier.

« C'est mon charme, cap', c'est pas moi… c'est pas ma faute, c'est mon charme… »

Deux larmes sillonnèrent son visage maculé. Les paumes levées, trébuchant tant bien que mal, un autre évadé miséreux bafouillait :

« Me tuez pas. Me tuez pas !

— Couche-toi ! » mugit une voix.

Un rebelle le tenait en joue, et il avait l'air moins bourré que je ne l'avais espéré. Un de ses compagnons rechargeait son arme d'un geste expert. Affolant de voir comme ils avaient pris en main les canons kinoshs. D'autres soldats sortirent à grand bruit de l'hôtel de ville. Dans la mire d'une dizaine de bouches à feu, le prisonnier continuait ses suppliques, mais sans arrêter d'avancer. Il ne pouvait pas. Ses jambes le portaient toutes seules. Son corps refusait de retourner en cage, peu importait le prix à payer.

« Couche-toi, j'te dis ! »

Le garde ne se fendit pas d'un troisième avertissement. Le fuyard esquissa un nouveau pas en avant, faisant de grands gestes de la tête et des mains. Le coup de feu claqua. Le visage du prisonnier se volatilisa en une brume rouge, parsemée de grumeaux et d'éclats divers. La fumée fit le reste. Après quoi, ce charmant comité d'accueil se tourna vers nous. Arnat et moi étions déjà dans la cage. Je n'avais même pas eu le temps de vérifier si Calixte était vivant ou mort. Il restait affalé dans son coin, comme une poupée de chiffon abandonnée. Les autres prisonniers s'étaient réfugiés dans le fond, agglutinés le plus loin possible des canons désormais pointés sur nous. Je restai englué sur place, sans bouger une oreille. Comme s'il était possible qu'ils ne m'aient pas encore vu. Hatton sortit de l'écurie et tira sa lame au clair.

« Faites pas les cons, les gars, tirez-vous de là ! »

Mon cri et le geste d'Hatton tirèrent tout le monde de cet instant figé. Au moment où les rebelles épaulaient leurs armes, mes gars se carapatèrent vers l'entrepôt et les chevaux. Un tir tonna entre les bâtiments. Tous les gardes ne partirent pas à leur poursuite, malheureusement. J'avais face à moi la gueule noire d'un canon et la trogne crasseuse d'un ivrogne. Il avait l'œil luisant, mais sa main ne tremblait pas. Je lâchai ma bâtarde, dont ma main avait trouvé la garde par réflexe. Je fis signe à Arnat de ne rien tenter de stupide. Avec la chance qu'il avait, si le garde lui tirait dessus, c'était moi qui allais prendre la balle. Nous déposâmes nos armes au sol, lentement, comme si elles risquaient d'exploser au moindre choc. Je levai les mains. L'homme postillonna :

« À genoux ! Mettez-vous à genoux ! »

J'obéis. Il fit glisser nos lames vers lui de la pointe du pied, sans cesser de nous aligner avec son arme. J'attendais un instant de déconcentration, une erreur. Elle ne vint pas. Pire, un second garde le rejoignit. C'était fini. La porte de la geôle se referma sur nous dans un claquement sinistre.

Dans l'entrepôt, le raffut se fit plus intense. Des chevaux surgirent au grand galop. Je ne pus retenir une exclamation de joie et d'encouragement. Mes gars bousculèrent plusieurs rebelles sans ménagement et s'engouffrèrent dans une ruelle. Les sabots des canassons glissaient sur les pavés mouillés. Le claquement de leurs fers produisait un fracas métallique qui écorchait les oreilles. Le grand hongre qui m'avait reniflé plus tôt menait la danse. Je reconnus Finn sur son dos. Je plissai les yeux : le compte n'était pas bon. Une dizaine de gardes sortit alors de l'entrepôt, traînant avec brutalité Hatton et Ivold.

« Merde ! » rageai-je.

Les autres étaient presque hors de portée. Encore une ou deux foulées et ils seraient définitivement abrités par l'angle du bâtiment au bout de la rue. Les gardes le savaient et se lançaient des imprécations frustrées, se reprochant les uns aux autres de les avoir laissés filer. Ils tirèrent une salve sans y croire et baissèrent leurs armes. À l'exception d'un gringalet, un minot mal fagoté, qui restait là, à pointer son canon d'une main mal assurée. Au moment où je pensais le voir lâcher l'affaire, le coup partit. Un des chevaux fit un écart. Celui des jumeaux. Ils montaient à deux sur une jument costaude. Loan, ou bien était-ce Ogar, la nuit m'empêchait de le dire, poussa un cri. Il regardait son frère qui venait de tomber au sol. Il tenta d'arrêter son cheval, mais lançant un hurlement de rage, il dut se résoudre à partir.

Hatton et Ivold se débattirent dans leurs liens, en larmes. Ils furent roués de coups pour leur peine et amenés vers la cage à moitié assommés. La porte se referma sur eux et je me précipitai pour recevoir Ivold, qui ne tenait plus debout et s'écroula dans mes bras. Le vieux charmeur était inconsolable. Il étouffa un cri de colère contre mon épaule et je dus lui demander de répéter ce que je refusais d'avoir entendu :

« Loan, pleura-t-il. C'est Loan... »

Je joignis mes larmes aux siennes. Si Nario avait su se faire une place dans notre cœur en peu de temps, Loan était un compagnon depuis plus de dix ans.

Je m'arrachai à l'étreinte d'Ivold, ravagé de tristesse, pour rejoindre Arnat, qui s'était approché de Calixte.

« Comment il va ? demandai-je, sans conviction.
— Cap', murmura l'archer sans ouvrir les yeux.
— T'es pas mort ! Oh, Calixte, t'es pas mort ! »

Il bougeait à peine. Mais il bougeait. Étant donné notre situation catastrophique, c'était une grande victoire. Je m'agenouillai à ses côtés. Il grogna lorsque j'effleurai ses côtes, poussa un cri quand j'essayai de l'asseoir un peu plus confortablement. Je vis des larmes creuser leur sillon de crasse à travers ses paupières fermées. Il leva le bras en grimaçant de douleur.

« Y m'ont bousillé les doigts, cap'. »

Ces charognes lui avaient écrasé les os, phalange après phalange. Les articulations en bouillie flottaient sous la peau qui n'était guère plus qu'un gant informe, violacé, éclaté par endroits. Je voulus le prendre dans mes bras à son tour. Ne trouvai pas de position qui lui fût confortable. Je ravalai les lourds sanglots qui m'obstruaient la gorge.

« Il m'a reconnu, cap'. »

Une suée me glaça la nuque.

« Qui ? Qui t'a reconnu ?
— Berion. »

Comme invoquée par un sorcier obscur et facétieux, la voix de l'ancien aubergiste sonna dans notre dos, accompagnée d'un bruit de canne claquant sur les pavés.

« Ouais. Je l'ai reconnu aussitôt. C'est marrant, hein ? Ça faisait un moment qu'on n'avait plus entendu parler de vous, les traîtres… C'est pas faute d'avoir interrogé mon lot de collabos, pourtant ! Ha ! Ils ont chanté, oui, t'aurais entendu ça, *cap'*, un authentique opéra ! Mais de toi, aucune nouvelle. Jusqu'à ce que je mette la main sur ton p'tit copain.

— Je lui ai tout dit, Dacien, murmura Calixte. Je suis désolé…

— Ça change rien, t'en veux pas. On n'était pas revenus pour faire des mystères, de toute façon », le rassurai-je.

Berion. Si seulement j'avais pu l'occire, là, rien qu'en plantant mes prunelles dans les siennes. Je ne réussis qu'à le faire sourire, même si ses yeux restèrent de glace, aussi inexpressifs que ceux d'un prédateur prêt à égorger sa proie. C'était le sourire de celui qui était du bon côté des barreaux. Je crachai au sol. L'autre se fendit d'un éclat de rire.

« T'es pas content, hein ? Avec tes grands projets de pacification qui tombent à l'eau !

— Où est Ronn ?

— T'as vraiment cru que t'allais pouvoir arrêter tout ça ? Toi et ta petite bande de… de bras cassés ? »

Il ponctua sa dernière phrase d'un geste moqueur vers Calixte. Puis se gaussa d'un rire gras et nous laissa là.

« Il est où, Ronn ? » criai-je dans son dos.

Il ne se retourna même pas. Ultime humiliation, qui avait pour seul but de me renvoyer à mon impuissance. Ce fut fort efficace.

*

Malgré l'arrêt des tortures sur ce que les Caldéciens appelaient désormais la Place des Martyrs, l'atmosphère dans Assale restait pesante. J'avais dû avouer au peuple que leurs fédérateurs n'étaient plus en état de diriger et décidé de les faire loger dans la résidence du sieur Ydes. De nombreux Caldéciens venaient apporter leurs soins, leurs prières aux dirigeants séniles. Une procession qui n'était pas sans me rappeler le deuil de Nario. J'espérais n'avoir pas fait plus de mal que de bien en jouant la carte de l'honnêteté. Les citoyens étaient sur leurs gardes, attendaient la prochaine trahison de notre part. Je n'avais aucune intention de remettre en vigueur les méthodes ignobles de Temmos, mais ils n'arrivaient pas à s'en convaincre. D'autant plus que j'avais ordonné d'utiliser tous les moyens disponibles pour sécuriser le périmètre de la capitale. De quoi renforcer l'impression d'être piégés dans une nasse. Mes soldats s'épuisaient à surveiller chaque carrefour, chaque accès à la ville. Je refusais qu'un nouvel attentat fît encore plus de victimes, qu'elles fussent caldéciennes ou kinoshes. Mais cette disposition des troupes, si elle limitait les risques de sabotage, pouvait de se révéler dangereuse en cas d'attaque massive. Des hommes au bout du rouleau, peu de munitions… Au moindre coup de force, Assale pouvait tomber.

Je me faisais l'impression inconfortable de marcher sur un fil tendu au-dessus d'un précipice sans fond. Mes préoccupations étaient bien loin des grands projets pacifiques dont je m'étais bercé naguère. Des mostarkis parvenaient de Mitris chaque jour. Bertal les avait envoyés à notre poursuite, afin que j'aie le plus d'informations possible pour gérer la situation. Mais deux semaines séparaient les deux capitales, et j'avais le sentiment d'être en retard, toujours plus en retard… J'épluchai un nouveau rapport, les sourcils froncés.

« Quelles sont les nouvelles ? demanda Anton, inquiété par mon air soucieux.

— C'est bien ce que je craignais.

— Des remous suite à votre nomination ?

— Non. La situation politique au pays reste stable, du moins pour l'instant. Mais Bertal a découvert que l'ampleur du problème quant à notre manque de ressources est encore plus dramatique que prévu. Il m'avait averti dans son dernier message que des chiffres manquaient lorsqu'il avait voulu faire l'inventaire. Un fonctionnaire zélé a falsifié des rapports pour impressionner l'ancien Kinosh-bê. Résultat : les provinces du Nord-Ouest subissent la disette depuis des mois. La souffrance du peuple nous a été soigneusement dissimulée. Enfin, disons que le sieur Jarel n'a sans doute pas été très demandeur d'informations de cet acabit.

— Quelle ignominie ! Encore une.

— J'avais tant d'idées. Mais maintenant, je serais bien en peine d'en appliquer une seule, tant la situation est dégradée. J'aurais mieux fait de le laisser terminer sa terrible besogne, au lieu de me retrouver obligé de continuer son "œuvre" contre mon gré…

— Ne dites pas ça ! s'insurgea mon valet. Vous avez déjà fait beaucoup. Et à défaut de tout réussir, vous aurez au moins essayé de faire les choses dignement. »

Du bruit retentit dans une salle adjacente. Petite ouvrit la porte sans frapper. Je compris immédiatement à son visage catastrophé que quelque chose était arrivé.

« Venez ! Vite ! »

Je la suivis au pas de course. Elle dévala les escaliers et déboucha dans une salle de garde où des Caldéciens s'étaient effondrés, couverts de poussière, encore hors d'haleine après une longue course. Je reconnus Mokan, Finn, Ogar, Philbert et…

« Où sont les autres ? Où est Dacien ? »

Ogar poussa ce que je pris pour un soupir, avant de me rendre compte qu'il s'agissait d'un long sanglot.

« Dacien et les autres se sont fait prendre. Quant à mon frère… »

Il ne pouvait dire à haute voix que Loan avait trouvé la mort. Ça aurait donné corps à cette notion abstraite, impossible. Son visage, d'ordinaire toujours au bord du sourire, était rendu méconnaissable par la tristesse. Petite se précipita vers lui et l'enserra de toutes ses forces. Elle versa une larme sur son épaule. Lui resta comme gelé sur place, en état de choc, indifférent à sa sollicitude.

« Je suis désolé, Ogar », murmurai-je.

Que dire d'autre ? Voilà, tout était fini. Dacien et ce qui lui restait d'hommes faits prisonniers, ou peut-être déjà morts, eux aussi. Les premiers renforts kinoshs arriveraient dans une dizaine de jours. Je prévoyais de les envoyer au plus vite éliminer les rebelles. L'éradication de ces terroristes m'offrirait peut-être la latitude nécessaire pour négocier avec les autres fédérations.

Chapitre 30
Fratricide

J'étais transi. Au-delà du froid. L'humidité, l'épuisement, le chagrin et la faim se liguaient pour me maintenir dans un état d'hébétude hallucinée. On ne nous donnait pas à manger. À moins de compter les épluchures que les rebelles nous jetaient après avoir préparé leur tambouille. Le premier jour, je les avais dédaignées. Le second, je m'étais imposé parmi les prisonniers affamés, parce que Calixte avait besoin de s'alimenter. Le troisième, j'aurais été prêt à tuer un des pauvres hères qui nous tenaient lieu de compagnons de cellule, pour peu que mes hommes et moi ayons de quoi mâchonner, ne serait-ce que pour nous occuper. Les heures s'étiraient en siècles, les journées duraient des éternités. Le tout sous un crachin aussi glacial que permanent.

Nous pataugions dans une bouillasse immonde. Personne ne s'était donné la peine de nous fournir un seau pour y faire nos besoins. La puanteur était insoutenable. On nous jetait chaque matin aux aurores un grand baquet d'eau glaciale, histoire de lessiver un peu les lieux, sous le regard goguenard de Berion. Celui-là ne manquait pas une seule de ces humiliations publiques. Appuyé sur sa canne, il oubliait sa jambe amputée pour se payer un moment de franche rigolade et prenait un malin plaisir à me gratifier au passage d'un sourire haineux qui me transperçait jusqu'aux os, plus encore que la fraîcheur ambiante.

Lorsqu'arrivait le moment de cette douche forcée, chacun se ruait hors des projections d'eau glacée comme si sa vie en dépendait. Ce qui, au fil des jours, devenait de plus en plus vrai. Un des prisonniers, qui souffrait d'une mauvaise blessure à la jambe, ne parvint pas à se remuer le troisième matin. Le garde lui versa le seau d'eau en pleine figure. Le blessé, trempé, se recroquevilla faiblement. Il passa le reste de la journée à s'épuiser en quintes de toux qui lui arrachaient les poumons. Le soir, il se tut. Personne ne se présenta pour enlever le corps, malgré nos appels. Les prisonniers firent le vide autour du macchabée, comme s'il était contagieux. C'était d'ailleurs peut-être bien le cas.

J'essayais de faire bonne figure, mais la tâche devenait franchement difficile. Ronn ne se pointa pas une seule fois. Calixte était physiquement au bout du rouleau et, mentalement, c'était pire. Il passait son temps à fixer sa main démolie. De ce côté-là non plus, ça n'allait pas fort. Il avait grand besoin de soins et tout ce que nous avions pu faire, c'était appliquer un morceau de loque crasseuse sur les plaies. Je le changeais tous les matins, pour voir comment les blessures évoluaient. La gangrène semblait l'épargner pour l'instant. C'était bien le seul point positif. De toute manière, encore quelques jours à ce rythme et, blessure ou pas, la faim et le froid auraient raison de nous. Je me félicitai pour la millième fois de ne pas avoir emmené Petite.

Dans mes délires éveillés, j'espérais que Finn, Mokan, Philbert et Ogar reviennent pour nous libérer. Puis je me morigénais. S'ils tentaient un truc pareil, ils viendraient nous rejoindre ou mourraient au combat. Depuis notre incursion en plein cœur de Créans, la garde avait été doublée. Les rebelles buvaient moins, se montraient plus attentifs. Mes hommes n'auraient aucune chance. Et puis, dans peu de temps, les renforts demandés par Azalon allaient débarquer. J'essayai de l'expliquer à Berion.

« Ce sera la fin de la Caldécie. Ils mettront le pays à feu et à sang s'il le faut, mais ils ne lâcheront pas l'affaire. Ils ont trop besoin de nos ressources, de notre bois. Si nous ne les aidons pas, ils se serviront.

— Je vois que tu t'es fait des amis de grande valeur, chez les marrons, dis-moi ! me railla Berion, une grimace de mépris sur le visage.

— Ils n'ont pas le choix.

— Et nous, on l'a eu, le choix, peut-être ?

— Non, c'est vrai. Mais vous l'avez, *maintenant*. Si vous vous opposez à leur offre pacifique, vous déclencherez une guerre totale. »

Berion me toisa un moment, l'œil placide.

« Tu n'attends que ça, toi, pas vrai ? » intervint Arnat.

Berion sourit. Du moins, ses lèvres s'entrouvrirent. Pour ce qui était du sourire, il s'agissait plutôt d'un rictus de requin, toutes dents dehors.

« Ouais, et alors ? Moins il y aura de Kinoshs, mieux je me porterai.

— Et tant pis si ça coûte la vie à tes hommes, hein ? siffla Arnat en s'agrippant aux barreaux pour s'approcher de lui. D'autant plus que toi, tu restes derrière bien tranquille, à donner tes ordres à cloche-pied ! »

Avec la rapidité d'un félin, Berion mit son poids sur sa jambe valide et fouetta l'air de sa canne. Le manche de bois écrasa les doigts d'Arnat, qui se retira en glapissant de douleur.

« Moi, au moins, je fais pas alliance avec l'ennemi. Quand les Kinoshs vont lancer leurs colonnes pour venir nous chercher, ils vont sortir des frontières imposées par la trêve. Et quand les autres territoires fédérés verront ça, ils ne vont pas laisser faire. C'est pas juste avec nous qu'il va devoir se coltiner, votre copain le Kinosh en chef. C'est à la totalité des forces fédérées. »

Il s'éloigna, sûr de sa victoire. Et il avait bien raison. Créans était à quelques lieues au nord-ouest des limites du territoire officiel des Kinoshs. Azalon n'aurait pas les moyens de sécuriser correctement sa colonie et tenterait de jouer son va-tout, pour sauver ses positions à court terme en éliminant le danger le plus immédiat : les rebelles. Ce faisant, il allait se jeter tout droit dans le piège. Le choix de Créans n'avait rien d'innocent, pas plus que les exactions menées dans les campagnes ou les attentats à Assale. Je percevais l'intelligence de Ronn dans cette stratégie. Il voulait mettre la pression, empêcher à tout prix Azalon de prendre le temps de s'organiser. En envoyant ses hommes à la poursuite des rebelles, Kinosh-bê trahirait l'accord passé avec les Fédérations et donnerait toute légitimité à une déclaration de guerre en bonne et due forme.

Je réalisai avec un désespoir profond que la franchise et l'inexpérience d'Azalon allaient le mener à sa perte, tandis que Temmos, avec son esprit retors, aurait sans doute flairé l'arnaque. Je soupçonnais même Ronn d'être parfaitement au courant du changement de dirigeant chez les Kinoshs et de parier sur une action irréfléchie d'Azalon. En fait, il aurait été stupide de ne pas profiter d'une occasion pareille. Et on pouvait dire beaucoup de choses de Ronn, mais certainement pas qu'il était stupide.

La journée s'étira, heure après heure, dans un marasme désespéré. Encore, d'interminables moments d'attente, à frissonner sous le ciel laiteux. Encore, se jeter sur les maigres restes qu'on nous balançait en guise de repas. Encore, jouer de nos carcasses plus costaudes que celles des autres pour rafler le maximum de nourriture et rogner notre butin en les laissant baver d'envie. Pourtant, je redoutais le crépuscule. La nuit, c'était pire. Je luttais de toutes mes forces pour rester éveillé. Quand l'épuisement me gagnait malgré tout et que je fermais les yeux, je revoyais Loan chuter du cheval. J'entendais le cri de son frère. Le son de son corps sur les pavés quand les rebelles l'avaient emmené au loin en le tirant par les pieds était si vivace que j'en avais la nausée. Qu'avaient-ils fait de sa dépouille ?

Lorsqu'on me secoua en plein milieu de la nuit, j'émergeai brusquement de mon cauchemar en prenant une inspiration hachée.

« Dacien, réveille-toi. Je n'ai pas beaucoup de temps. »

Je me redressai en sursaut, des points lumineux dansant devant les yeux. Je dus me raccrocher aux barreaux pour éviter de vaciller. Mais mon esprit en déroute venait de reconnaître la voix. J'avais l'impression que la dernière fois où je l'avais entendue remontait à une éternité. D'ailleurs peut-être était-ce un nouveau délire étrange, le rêve qu'un espoir se profilait à l'horizon et qui allait se changer en cauchemar d'un instant à l'autre ?

« Siméon ? C'est toi ? »

Je fouillai l'obscurité du regard. Sa silhouette était amaigrie, certes, mais lorsqu'une torche lointaine éclaira son visage, j'en fus certain. Il glissa la main à travers les barreaux et je lui serrai les doigts. La sensation de rêve s'éloigna définitivement.

« Oui, Dacien. Je suis désolé, je suis arrivé hier seulement… Je ne savais pas que vous étiez là, jusqu'à ce que Berion envoie un messager.

— Il a pris son temps, je parie. Il voulait en profiter un peu. Tu étais où ? »

Je tournai la tête. Nos deux gardes pour la nuit étaient à l'opposé. Je mourais d'envie de lui demander de nous aider. Bon sang, j'en avais les larmes aux yeux ! J'aurais supplié à genoux. Mais Siméon avait rejoint les rangs de Ronn dès le début. J'avais beau l'avoir apprécié dans une vie antérieure, nous étions dans deux camps ennemis, désormais. À part peut-être une miche de pain glissée en douce, il n'allait pas faire grand-chose pour nous.

« Quand on s'est séparés, à Travers, j'étais persuadé que c'était la bonne chose à faire. »

J'étais ?

« Au début, ça s'est passé comme je l'imaginais. On harcelait les convois, on luttait contre les marrons, à notre manière, avec nos moyens. Ronn est capable d'anticiper les mouvements de l'ennemi… J'ai rarement vu ça. Il analyse, sait quand et où on va tomber sur une patrouille, c'est impressionnant.

— C'est un gars très intelligent. Je me suis toujours dit qu'il ferait un excellent capitaine, confirmai-je, amer.

— C'en est un. Seulement, il s'est entouré d'hommes de plus en plus vindicatifs. Des gars qui ont exacerbé sa rage au lieu de l'aider réellement à gérer les troupes. Ça a dérapé, Dacien. Quand Ronn a décidé que les attentats étaient une bonne chose et même que, plus il y avait de morts, mieux c'était, j'ai compris que ça partait en vrille. Il ne faisait déjà plus la différence entre militaires et civils. Et puis il a commencé à s'en prendre aux villages alentour… On avait besoin de nourriture, c'est vrai, mais ce qu'on a fait… »

Il perdit ses mots. Tiraillé entre la pitié de le voir empli de remords et le dégoût qu'il ait participé aux exactions, je murmurai :

« On est passés par Méliante.

— Ouais. Méliante. Et d'autres. Je n'arrive plus à trouver le sommeil, Dacien.

— Alors pourquoi t'es resté avec lui ?

— Parce que Ronn m'écoute encore. De moins en moins, mais parfois j'arrive à le faire changer d'avis.

— Tu sais ce qu'il a en tête, n'est-ce pas ? Déclencher une guerre totale ?

— Ouais. J'ai cru que je ne pouvais rien y faire, jusqu'à ce que j'apprenne que tu étais là. Berion m'a dit, pour ton… alliance avec les Kinoshs. »

Mon cœur rata un battement. On y était ! Il serra de nouveau mes doigts et s'approcha encore un peu plus.

« Je voulais savoir. Entre quatre yeux. Est-ce que le plan de Ronn peut marcher, à ton avis ? »

Je pris mon temps pour chercher mes mots. J'optai pour la franchise :

« Peut-être. Peut-être pas. Mais c'est pas la question. La vraie question, c'est : à quel prix ? Comme je vois les choses, la garnison de Créans va être sacrifiée pour la bonne cause, pas vrai ? Pour leurrer les Kinoshs jusqu'au bout et déclencher une contre-offensive de la part de la Fédération. »

Siméon hocha la tête gravement.

« Ce que Ronn ne sait pas, repris-je, c'est que les Kinoshs ne viennent pas seulement pour le plaisir de se battre, mais parce que leur propre survie est en jeu. Tu me comprends bien, Siméon ? Ils n'ont pas de quoi bouffer chez eux. J'en reviens. Ils sont en sursis, et ce sursis est en train de prendre fin maintenant. Alors, oui, Ronn pourrait bien l'emporter. La Fédération pourrait bien l'emporter. Mais les Kinoshs s'entêteront parce que sans la Caldécie, leurs femmes et leurs enfants vont crever de faim d'ici pas tard. Alors je ne sais pas comment tu le sens, toi, mais à mes yeux, Méliante à côté, c'était du menu fretin. Mais on a encore une chance, Siméon. Leur nouveau Kinosh-bê ne souhaite pas cette guerre. Si on parvient à sortir de là et à empêcher Ronn de continuer cette folie, tout peut s'arrêter. Il n'est pas encore trop tard. »

Un long silence me répondit.

« Siméon. J'ai joué franc jeu avec toi. Alors je vais te poser une question à mon tour. À ton avis, si Ronn… se retirait de l'échiquier, d'une manière ou d'une autre… est-ce que les rebelles pourraient se débander ?

— Je ne sais pas. Oui. Peut-être. Ce serait un coup dur, ça c'est certain. Sans son charisme et sa capacité d'analyse…

— Qui prendrait sa place ?

— Berion, sans doute. C'est la plus grande gueule. C'est également lui qui a eu l'idée de recruter des hommes de force et de sacrifier Créans.

— Où ces "soldats" réquisitionnés trouveront toute leur utilité, j'en suis sûr. En versant leur sang pour une simple diversion, par exemple.

— Oui. C'est d'un cynisme abject. Berion n'a pas l'intention de rester jusqu'au bout pour voir ça. Il a moins d'autorité que Ronn, mais il a tout de même réussi à convaincre quelques crétins qui sont réellement prêts à sacrifier leur vie à sa place. Ils se chargeront d'obliger les enrôlés à tenir la ville jusqu'au dernier. Quand je pense que Ronn a donné son accord à tout cela ! Il souhaitait attirer l'attention des autres territoires fédérés depuis longtemps. Quand Berion lui a proposé cette idée, Ronn n'a pas eu la moindre hésitation. Peu leur importe combien de vies cela va coûter. Et cette fois, j'ai eu beau plaider contre, rien n'y a fait.

— Alors, tu serais prêt à nous aider ?

— Je ne serais pas là sinon. S'il y a une chance d'arrêter le massacre, je vais la saisir. Sans quoi je ne pourrai plus jamais me regarder dans une glace. Il va falloir faire vite : je dois vous faire sortir d'ici avant qu'ils n'arrivent.

— Qui ça ? Les renforts rebelles ?

— Non. Les Kinoshs. Ils ont débarqué à Assale et ont pris la route presque aussitôt. À en croire les éclaireurs, ils seront là dans deux jours. »

J'avalai ma salive avec l'impression qu'un caillou de la taille de mon poing m'obstruait la gorge. Azalon n'avait pas perdu son temps. Je ne pouvais m'empêcher de le juger, alors même que j'étais de son côté. Je mis à l'écart mon ressentiment et m'activai pour mettre tout mon petit monde au courant sans trop éveiller les autres prisonniers. Siméon retourna parmi les ombres et contourna notre cage. Avant toute chose, il devait se débarrasser des plantons. Comme pour lui faciliter la tâche, l'un des deux se mit à l'écart et déboutonna sa braguette. Sans un bruit, Siméon s'approcha et lui passa le bras autour du cou. Il relâcha son étreinte en lui fendant la gorge de sa petite dague. L'homme poussa un soupir mouillé et glissa dans la mort sans donner l'alerte. Le second maton était placé juste en face de la porte principale. Siméon amorça un mouvement pour s'en approcher, mais le garde tourna la tête, comme s'il avait pressenti le danger.

« Hal ? lança-t-il sans grande conviction. T'en reviens, de ta baguenaude, ou faut que je vienne te chercher ? Faut que j'aille pisser aussi, moi ! »

Siméon bondit en arrière pour échapper à son regard, mais les sourcils du garde tressaillirent. Je traversai toute la cage et me précipitai vers lui, piétinant mes compagnons de cellule sans vergogne. Un concert de geignements épuisés ponctua mes pas. Je parvins à empoigner le bas de la tunique du garde au dernier moment.

« À boire ! suppliai-je. Pitié, donnez-moi de l'eau ! »

L'homme se défit de ma prise d'une chiquenaude. Peu importait. Sa bouche s'arrondit soudain sous l'effet de la surprise. Il prit appui sur les barreaux et s'effondra tout en douceur, sans me quitter des yeux. Je ne pus me retenir de lui répondre par un sourire cruel. Siméon retira sa dague de ses reins, le souleva par les aisselles et l'allongea sur le côté. Il s'empara d'un trousseau de clés à la ceinture du mort et farfouilla pour trouver la bonne d'une main tremblante.

« Je commence à en avoir ma claque de tout ça, dit-il d'une voix mal assurée. Je suis soldat, pas assassin. »

Il finit par porter son choix sur une clé rouillée sans ornement et me lança sombrement, en l'insérant dans la serrure :

« J'espère que ça en valait la peine. »

Mon intervention avait semé le trouble parmi nos compagnons de cellule. Je pressai mes hommes de sortir avant que tout le monde ne se réveillât pour de bon. Calixte se laissa porter par Arnat et Hatton. Ivold marchait seul, mais en vérité il ne valait guère mieux que l'archer. Les privations l'avaient affaibli. Il titubait et suivait le groupe sans lever la tête. La barbe inégale qui lui mangeait les joues avait dissimulé son visage creusé. Maintenant qu'il avançait dans la lueur incertaine des torches, je découvrais avec inquiétude que son délabrement physique était bien plus avancé que je ne l'avais cru.

« Allez, Papi, l'encourageai-je avec la gorge serrée. On se tire d'ici, dépêche-toi.

— Ouais, croassa-t-il. La bouffe était nulle, de toute façon. Sont pas près de me revoir dans leur établissement, je te le dis. »

Sa répartie manquait de conviction, mais au moins n'avait-il pas perdu tout son mordant. Siméon s'apprêtait à refermer la porte derrière nous. Je mis la main sur son bras.

« Laisse ouvert, tu veux bien ?

— Mais… les prisonniers commencent à s'agiter ! S'ils sortent en pagaille, ça va donner l'alerte !

— On leur doit bien ça.

— Ils vont se faire tirer comme des lapins !

— Je crois bien que, vu ce qu'ils vivent à l'intérieur, un bon nombre d'entre eux préférera encore ça. Laisse-leur le choix, Siméon. »

Il secoua la tête, mais accepta ma requête.

« Alors ne traînons pas dans le coin. Suivez-moi. »

L'ancien lieutenant guida notre troupe dans des venelles étroites. Nous étions bien en peine de le suivre, réduits que nous étions à l'état d'épaves. Chaque pas puisait encore un peu plus dans nos forces anéanties depuis longtemps. Siméon, inquiet, devait s'arrêter fréquemment pour nous attendre et nous presser. Enfin, nous atteignîmes la palissade qui ceignait le mur nord de Créans. Derrière nous, des éclats de voix et des coups de feu retentirent. La chasse aux évadés venait de commencer.

« Vite ! » s'impatienta Siméon

Il s'arc-bouta pour faire glisser une lourde caisse et révéla un passage ménagé dans la palissade. Derrière, les fûts de troncs d'arbre assombrissaient encore un peu plus la nuit noire. La forêt nous attendait. Je savourai l'odeur fraîche, vivante, de l'humus avec le sentiment de me débarrasser de la puanteur qui avait accompagné notre vie dernièrement. Je trouvai un regain d'énergie et avançai en trébuchant vers la liberté.

La marche dura une éternité, durant laquelle je répétai en boucle :

« Faut tenir encore… encore un peu… »

Une litanie tout juste bonne à m'éviter de m'écrouler sur place. Les autres ne valaient guère mieux. Siméon finit par nous faire entrer dans une petite clairière où attendaient trois chevaux. Il nous obligea à monter en selle et nous parcourûmes encore un bon bout de chemin avant qu'il n'annonce enfin :

« On devrait être assez loin pour ce soir. »

Saisi d'une immense lassitude, je me laissai tomber au sol, vite rejoint par mes compagnons. Siméon tira deux couvertures des sacoches harnachées aux chevaux. Il nous fallut nous serrer dessous, mais pour la première fois depuis une éternité, nous étions presque au chaud. La fibre rêche me piquait les joues, pourtant je me blottis dans ce confort comme si cela avait été de la soie. Je fus pris de longs frissons incontrôlables. Les longues heures passées exposé au froid et à l'humidité paraissaient vouloir sortir de mon corps toutes en même temps. Je claquai des dents. Siméon réapparut, l'air soucieux.

« Ça va ?

— Je me suis pas senti aussi bien depuis des lustres, le rassurai-je.

— Assez en forme pour manger un petit quelque chose ? »

Il produisit une miche de pain, un morceau de salaison et une outre d'eau. Je voulus le remercier, mais tout ce qui me vint fut un sanglot rauque.

L'attrait de la nourriture surpassa notre épuisement. L'eau était la plus savoureuse que j'avais jamais bue. Il me fallut me contraindre pour ne pas trop en boire. Cela m'aurait rendu malade. Je grignotai le pain avec délice, miette par miette. La mie, sucrée, me saturait les papilles. Nous émettions des grognements de contentement. Alors, seulement, je me laissai glisser dans le sommeil.

J'eus l'impression d'avoir seulement fermé les yeux un bref instant que déjà Siméon me secouait l'épaule pour me réveiller. Je me redressai en sursaut, paniqué à l'idée que les rebelles nous aient retrouvés. Mon corps protesta par une myriade de douleurs, petites et grandes, que j'ignorai tant bien que mal pour tirer ma lame.

« Ils sont où ?

— Du calme, Dacien ! Du calme. Tout va bien. Il est temps de reprendre la route, c'est tout. »

Je papillonnai des yeux et découvris mes gars prêts à partir. Je rengainai mon épée, un peu honteux. Je dus m'y prendre à deux fois. Siméon avait tout prévu, même de nouvelles lames pour nous, mais ma bâtarde allait me manquer. Bien que similaire, cette arme-ci n'avait pas tout à fait le même équilibre, et ma poigne était moins ferme sur la garde.

Dans la brume épaisse du matin, l'aube parait les troncs d'arbres d'une lueur d'argent et faisait miroiter les toiles d'araignée tissées entre les branches. Je croisai les bras pour me réchauffer. Mon souffle se perdait en volutes diaphanes.

« Et on va où, exactement ?

— Hier, Ronn a pris le commandement d'un groupe de soldats aguerris, pour harceler les Kinoshs.

— Il veut maintenir la pression et les empêcher de réfléchir pour mieux les mener droit sur Créans. J'aurais fait pareil. Siméon. Dis-moi que tu sais où il est.

— J'en ai une idée, oui.

— À la bonne heure ! Alors, en route. »

Mon optimisme forcé ne tenait qu'à un maigre espoir. Mais comparé aux options qui étaient les miennes quelques heures plus tôt, c'était le luxe. À la vue des chevaux, ma motivation descendit d'un cran. Je m'approchai d'un des canassons, une espèce de grand poney aux lignes épaisses. Je tendis la main pour flatter son encolure. La bête tressaillit de répulsion et me lança un regard noir.

« Tu as toujours la main, cap', à ce que je vois ! » me railla Ivold, qui peinait à monter sur le petit cheval.

Le vieux charmeur avait retrouvé un peu d'allant, et quelques couleurs. Arnat lui donna un coup de main et se proposa de l'accompagner. Hatton aida Calixte à s'installer sur une jument à la robe crème, puis se mit en croupe derrière lui.

Siméon me tendit la main. Je me résignai à grimper sur son cheval. Au moins, ce n'était pas le poney irascible. Le cavalier maintint sa jument baie pendant que je me hissais dessus. Une belle bête, aux muscles déliés, qui toléra ma présence en me reluquant par-dessus son épaule avec dédain.

« J'espère qu'ils ne sont pas loin, grognai-je.

— Non, répondit Siméon. Nous avons contourné Créans par le nord-est. Il nous faudra environ deux heures pour sortir de la forêt et après on retrouvera la route d'Assale. On devrait tomber sur Ronn avant la fin de la journée. »

Il se mit aussitôt en route. Les cahots du chemin me secouaient rudement, mais étaient insuffisants à m'empêcher de ressasser. Je n'arrivais pas à savoir si j'étais pressé de mettre la main sur mon ancien second, ou si je redoutais cet instant. Le moment venu, serais-je capable de faire ce qui devait être fait ?

L'orée de la forêt révéla un paysage d'hiver festonné de givre. Nous chevauchâmes toute la matinée avant de supplier Siméon de faire une pause. Nos pauvres corps n'étaient pas prêts à subir le trajet d'une seule traite. Calixte, surtout, était au bord du malaise. Sous le ciel nuageux, d'un blanc uniforme et éblouissant, nous partageâmes un peu de viande salée. L'appétit me manquait, curieusement. Mon estomac semblait s'être habitué aux rations dérisoires que nous jetaient nos geôliers. Hatton, en revanche, ne se laissait pas dépérir. Chaque bouchée lui redonnait des forces. Je m'obligeai à en faire autant. Calixte tenait sa main massacrée comme un fardeau précieux. Il y jetait des regards dégoûtés. Je surpris son manège et lui indiquai sa part de nourriture, qu'il n'avait pas touchée.

« Fais un effort, il faut reprendre des forces.

— J'ai plus envie de rien, cap', murmura-t-il.

— Ça va s'arranger, promis-je. Pour l'instant, mange un peu. »

Il mâchonna un bout de pain sans conviction. Siméon, lui, avait avalé son repas en un rien de temps et faisait les cent pas. Je finis par me lever avec un gémissement de vieux débris qui sonna la fin de notre repos. Nous avions à peine repris la route que le ciel se mit à cracher un fin grésil qui nous fouettait les pommettes et qui vira rapidement à la neige. Les flocons, gras et pesants, se déposèrent en douceur sur le sol et couvrirent le paysage d'une mince pellicule blanche. Les chevaux flairaient l'odeur d'hiver à grands coups de naseau, éternuaient lorsqu'un flocon se mêlait à leurs puissantes inspirations. Les yeux plissés, je laissai vaquer mon esprit sur la plaine vallonnée, transfigurée par cette première neige. Comme si le monde était neuf. Comme si tout était possible, à nouveau. Siméon interrompit mes divagations.

« Le plan de Ronn consiste à tendre un guet-apens aux Kinoshs dans ce secteur, puis harceler la colonne le long du chemin. Ils ne s'attendront pas à nous voir arriver sur leurs arrières. Mais on devrait quitter la route, si on veut avoir une chance de les prendre par surprise. Cachons les chevaux et continuons à pied. »

Le froid ambiant me parut soudain plus prégnant quand je demandai :

« Ça consiste en quoi, cette embuscade, exactement ? »

Siméon baissa les épaules, peiné, et descendit de selle sans répondre.

*

Je me plongeais dans le travail pour essayer de ne plus penser à la perte de Dacien et de ses compagnons. Petite et les Caldéciens qui avaient réchappé à la capture ne m'adressaient plus la parole. Ils ne comprenaient pas. Lancer l'assaut était la seule chose à faire. Pour le bien du plus grand nombre, y compris des Caldéciens eux-mêmes. Les rebelles devaient être arrêtés à tout prix.

J'accueillis avec soulagement Anton lorsqu'il frappa à ma porte, puis découvris qu'il n'était pas seul. Bel'ina le suivait, ainsi qu'une jeune Caldécienne qui m'était inconnue et que…

« Un moine *lafri'a* ? »

L'individu à la robe rose s'inclina profondément devant moi, tremblant. La prêtresse-mage le poussa sans ménagement.

— J'ai trouvé ce… personnage dans le quartier des Fanaux. Il était en train d'enlever cette enfant ! »

Le moine fixa Bel'ina, outré et terrifié à la fois. Je notai qu'elle agitait doucement les doigts. Un léger flou d'air coloré se mouvait dans le creux de sa main.

« Elle a tué mes compagnons ! Elle a… par le Père, cette sorcière les a anéantis, Votre Altesse.

— Il était en effet accompagné de deux soldats habillés en civil, confirma Bel'ina. Ils ont refusé de me remettre la jeune Omélia. J'ai dû agir. Notre *lafri'a* a eu plus de sens commun et s'est rendu. »

Il fit une nouvelle courbette, espérant mon secours devant l'incongruité que représentait pour lui l'existence d'une femme pareille. Je l'ignorai.

« Est-il en relation avec Irsha ? »

L'ancien commandeur s'était échappé avant mon arrivée. Grand ami de Jarel, il n'avait pu supporter le résultat des Augures. Absel, lui, s'était présenté devant moi de son plein gré. Je l'avais fait repartir au pays. Simple subalterne obéissant aux ordres ou acteur zélé de ce désastre… je laisserais un tribunal trancher sur son sort.

« Dites-lui, moine. Racontez à Kinosh-bê ce que vous m'avez révélé !

— Sous la torture…

— N'exagérons rien, intervins-je. Vous me semblez en un seul morceau. Allons. Expliquez-moi ce qu'un prêtre d'épure fait à Sher-Ima. Et je pressens que la réponse ne va pas me plaire, alors n'omettez rien et je serai peut-être clément. »

L'homme se décomposa en me voyant échanger un sourire amical avec Bel'ina. Il finit par avouer d'une voix chevrotante :

« Le Grand Administrateur nous a donné ordre de venir en secret. Et quand vous avez… dans votre immense sagesse, fait prisonnier le Gra… Temmos, le Commandeur Irsha a ordonné que ce projet devait absolument aboutir, pour vous présenter cette réussite et se racheter à vos yeux… »

Je laissai échapper un rire qui stupéfia le *lafri'a*. Peut-être croyait-il à ces fadaises, mais je n'étais pas dupe. Temmos tout d'abord, puis Irsha, par opportunisme, voulaient récupérer la pleine puissance de leur don en réapprovisionnant leur pierre d'épure. Ce faisant, ils passaient outre, encore une fois, les lois régissant la puissance des prêtres-mages. Cette cérémonie était rarissime. Quant à ses intentions envers moi… je doutais qu'elles fussent amicales.

« Un monastère d'épure, murmurai-je.
— Souvenez-vous, Votre Altesse, intervint Bel'ina. Le jeune Arnat nous a parlé des charmeurs disparus… »
Mon sourire s'effaça et je crucifiai le moine du regard.
« Combien ? Combien de gens avez-vous enlevés ? »

*

Siméon nous guida à travers champs durant une petite heure puis s'accroupit en parvenant en haut d'une légère montée et nous fit un signe nerveux de la main. Je le rejoignis.
« Ils sont là. »
L'atrocité de l'embuscade m'apparut alors dans toute son horreur. Ronn et une dizaine d'hommes s'adonnaient à mutiler des cadavres. Il était aisé d'y reconnaître des soldats kinoshs, à leurs équipements typiques. Sans doute une petite troupe prise par surprise, ou un groupe d'éclaireurs. À moins… à moins que Ronn n'ait poussé le vice jusqu'à sacrifier quelques innocents pour les affubler d'atours kinoshs récupérés plus tôt ? L'idée, par sa cruauté comme par sa plausibilité, me noua l'estomac. Le contraste entre la neige fraîche et le sang répandu était saisissant. Quelques pas plus loin, sur la route, des pieux barraient le chemin. Pas de quoi ralentir une escouade, encore moins une armée. Mais certains piquets étaient ornés de têtes coupées. De sinistres guirlandes de tripes reliaient les pieux entre eux, pour ajouter au macabre de la scène. Un type s'activait à leur pied, sans se préoccuper des restes humains exposés autour de lui.
« Qu'est-ce qu'ils foutent ? s'insurgea Ivold, qui venait d'arriver à nos côtés.
— Ils vont forcer les soldats à s'arrêter, ne serait-ce qu'un court instant, pour décrocher leurs copains, dis-je d'une voix accablée. Et ce gars, là, il est en train de préparer des explosifs. Quand ils s'approcheront pour s'occuper des cadavres mutilés, il suffira à Ronn de lancer une torche pour tout faire péter. Pas vrai, Siméon ? »

Encore une fois, le lieutenant s'abstint de répondre. Je crois bien qu'il en avait trop vu. Tout ça, c'était…

« Dégueulasse. »

Calixte venait de compléter ma pensée comme s'il l'avait entendue haut et fort. Il serra sa main valide sur mon épaule. Hatton, lui, ne trouvait pas ses mots. En revanche, la colère lui déformait le visage. Comment pouvait-on s'abaisser à des horreurs pareilles ? Ronn avait laissé une blessure profonde en quittant notre groupe, notre famille. Il m'avait manqué, cruellement. Jusqu'à aujourd'hui. À ce moment, je ne ressentis plus de peur à l'affronter, ni aucune culpabilité. Juste une colère immense contre ce qu'il était devenu. Il mettait la main à la pâte comme tous les autres, les bras baignant dans les boyaux et le sang.

« Ivold », appelai-je d'une voix blanche.

Le vieux charmeur mit un moment à se détacher de la vision ignoble, comme si ma voix avait eu du mal à se frayer un chemin jusqu'à ses oreilles.

« Ouais ?

— Tu te sentirais assez requinqué pour une de tes bonnes vieilles illusions ?

— Je te dirai pas que c'est le grand soir, mais j'y mettrai tout ce que j'ai.

— D'accord. Le coup des escarmouches de Taleran, tu te rappelles ? Alors poste-toi dans les bois, là-bas. Vous serez bien camouflés. Calixte, tu penses pouvoir le suivre ?

— Pas de problème, répondit l'archer. Je ne suis pas en forme au point de me battre mais… »

Il se contorsionna pour sortir sa dague de la main gauche et fit un moulinet maladroit.

« … je peux te promettre un truc : si ça doit mal tourner, je ferai tout ce que je peux. »

Je lui répondis d'un hochement de tête ému et entraînai Arnat, Hatton et Siméon avec moi. Nous prîmes position à flanc de colline, à quelques dizaines de pas seulement de Ronn et de ses compagnons. Un roncier broussailleux dissimulait notre présence. Bien sûr, que l'un de nous éternuât ou qu'un des rebelles fût pris d'une soudaine envie de pisser, et c'en était fichu de notre maigre couverture.

Depuis qu'Ivold s'était mis à tricoter des mains, la rumeur proche d'une armée en marche résonnait dans l'air. Ronn aboya un ordre, et son escouade quitta la route pour grimper la colline, droit vers Ivold et Calixte. Pour l'instant, il pataugeait avec ses hommes dans le manteau neigeux qui leur montait désormais aux chevilles.

« On y va ! » ordonnai-je à voix basse.

J'écharpai mes vêtements en longeant le roncier au plus près. Il nous offrait un léger camouflage, qu'il nous fallait conserver le plus longtemps possible. Lorsque Ronn et ses hommes s'enfoncèrent dans le bois, je délaissai les buissons pour couvrir les quelques dizaines de pas à découvert en haut de la pente. L'effort fut intense, ma course ralentie par la neige pesante. Aveugle à la douleur et à l'épuisement, je plongeai dans le sous-bois et tombai sur un des rebelles qui peinait à suivre le rythme. Il ahanait et se tenait un point de côté. En silence, je m'approchai par-derrière. Je le plantai au rein et lui plaquai ma main sur la bouche pour étouffer un cri rauque et surpris. Je n'avais pas attendu qu'il fût face à moi, ni qu'il comprît ce qui lui arrivait. Les hommes qui perpétraient des actes de cruauté inhumains étaient-ils privés d'un combat loyal ? Celui-là, en tous cas, oui. Il s'effondra doucement, face dans la neige. Une large trace de sang souilla la poudreuse. Je retirai ma lame sans ménagement et poursuivis ma course.

Devant nous, Ronn et les siens étaient invisibles. Arnat arrêta ma progression en posant sa main sur mon épaule.

« Cap', y'a un charmeur parmi eux. Et si je l'ai reniflé… il a dû me flairer, et Ivold, aussi. »

Et moi qui avais laissé mon vieux machin et Calixte tout seuls en pensant qu'ils seraient plus en sécurité ! Quel con ! Arnat m'indiqua des traces dans la neige fraîche. Ronn traçait tout droit vers la planque de mes amis. Je fis un crochet sur la droite et longeai approximativement la piste. Je repérai un mouvement dans un buisson. Nos ennemis avançaient à croupetons. Le charmeur, qui les guidait vers Ivold, se retourna en percevant la proximité d'Arnat.

« Ronn. »

Je n'avais pas crié. Il se redressa, me jaugea durement. À ses côtés, sa petite escouade se mit en garde. J'eus soudain peur que Siméon, ou même Hatton ou Arnat, ne décide qu'affronter Ronn était trop difficile. Les voir épées au clair m'apporta réconfort et tristesse à la fois. Calixte et Ivold apparurent parmi les ombres de la forêt et nous rejoignirent en contournant largement nos adversaires. Ronn brisa le silence qui s'était installé.

« Tu m'as fait le coup de Taleran. À moi. »

Ce n'était pas une question, juste une affirmation. L'anecdote de Taleran avait alimenté de nombreuses discussions ponctuées de rires autour de nos feux de camp. À l'époque, Ivold avait fait fuir une compagnie entière de soldats bouseux des Territoires du Sud, alors que nous n'étions qu'une vingtaine d'hommes face à eux. Il lui avait suffi de faire croire à ces crétins que l'armée fédérée nous suivait de près. L'impression d'une fumée au loin, la rumeur fantôme de milliers d'hommes en marche, et le tour était joué. Les Sudiens s'étaient carapatés sans demander leur reste. Notre plan était le même aujourd'hui : l'arrivée factice des Kinoshs avait perturbé Ronn et les siens, même si j'aurais préféré les arrêter avant qu'ils aient eu le temps de finir leurs sinistres décorations.

« T'as une sale gueule, Dacien, poursuivit-il.

— Ces derniers jours n'ont pas été faciles. Berion ne nous a pas fait de cadeaux. Il a tué Loan, au fait. »

Je pris soin de lâcher cette dernière phrase avec le plus de détachement possible. J'en ressentais en réalité une peine immense. C'était un sujet que nous avions évité tout au long de notre captivité, comme si les jumeaux étaient bien au chaud, ensemble, à Assale. Les images m'avaient hanté, mais le dire à haute voix rendait la chose réelle et me fit l'effet de recracher un ver, immonde et gluant. Ronn se crispa, un tout petit peu, avant de reprendre contenance.

«Tu savais quoi faire si tu voulais garder tes hommes en vie, assena-t-il. Il aurait suffi que tu t'achètes une paire de couilles et que tu viennes avec moi. J'aurais même accepté que tu continues à nous mener, si seulement tu t'étais pas changé avec le temps en une… une raclure, un lâche. Tellement petit bras que t'en es rendu à te mettre au service des marrons!»

Je suis sûr qu'un discours pareil m'aurait plongé dans des abîmes de culpabilité et de doutes. Avant. Mais j'en avais trop vu. Je n'étais pas petit bras. J'en savais plus que Ronn, voilà tout. La bêtise de son entêtement me sauta à la figure. Il livrait le combat d'un ignorant, d'une brute qui attaquait tout ce qui bougeait sous prétexte qu'il y percevait l'ombre d'une menace. Il était facile de déduire, aussi, que tous les arguments du monde ne suffiraient pas à le convaincre de renoncer. Il était allé trop loin. S'il admettait qu'il avait tort, il lui faudrait également admettre qu'il avait commis tous ces crimes atroces, et pour de mauvaises raisons. Son esprit n'y résisterait pas. Je me contentai donc de lui retourner un regard impassible, tout en me forgeant une certitude : il n'y avait plus qu'une seule issue à cette discussion.

Ma réaction déclencha chez Ronn une certaine incompréhension, puis il parvint aux mêmes conclusions que moi. En poussant un cri de rage, il tira l'épée au clair et chargea. Je plantai mes appuis au sol et l'attendis de pied ferme. Il fonçait droit devant, la lame levée pour un coup de taille monumental. J'aurais pu tenter une estocade, mais craignant d'être trahi par la lenteur de mes réflexes, je préférai parer. Le choc m'envoya tituber contre un chêne. Les poignets endoloris par la vibration de l'acier, je fis quelques pas chassés pour rester en mouvement et me ménager plus de place.

Cette première passe d'armes donna le signal, et les autres se jetèrent dans la mêlée. Un grand costaud avec un capuchon de cuir chercha à me prendre à revers mais fut épinglé par Siméon, qui retira sa lame de son ventre avec une grimace de dégoût. Il fut vite aux prises avec deux autres rebelles. Ronn parut réaliser seulement à ce moment sa trahison et grogna de rage. Hatton et Arnat étaient sur ma gauche, brettant contre quatre ennemis. Ils protégeaient tant bien que mal Calixte. Ivold parvint à décontenancer un jeune homme en lui faisant croire que son épée prenait feu. Le bleu lâcha son arme, et Ivold lui larda la gorge.

Ronn avait parfaitement compris combien j'étais éprouvé et comptait en profiter sans tarder. J'esquivai deux coups puissants, dont le dernier m'obligea à me jeter de côté. Je perdis l'équilibre et m'affalai dans la neige glacée. Ronn me toisa, satisfait de me voir à sa botte et essoufflé par ses démonstrations de puissance brute. Je ramenai mes jambes sous moi tandis qu'il prenait son élan pour le coup de grâce. Dans la furie du combat, mon esprit était aussi limpide que l'air glacé. Je pris le temps d'attendre le bon moment. Ronn se déséquilibra pour lever son épée à deux mains, persuadé d'en finir avec moi. Je poussai sur mes jambes et me jetai droit vers lui. Je pariais ma vie sur une gymnastique que je n'aurais pas été capable de faire la veille : je me laissai tomber sur l'épaule et fis une roulade pour accompagner ma chute. Dans le même mouvement, tout mon corps se tendit pour effectuer un demi-tour le plus rapidement possible. Bandant mes muscles qui criaient grâce, je portai à Ronn un coup dans le flanc, juste sous la cage thoracique.

Il poussa un grondement furieux. Malgré la blessure, son bras, comme mené par une volonté propre, fit volter sa lame aussi aisément qu'une plume. Avant de m'en rendre compte, ma tête heurtait quelque chose sous la neige, explosait dans une gerbe d'étincelles, et j'étais cloué au sol par une douleur qui irradiait de mon épaule jusqu'au bas de mon dos. Ronn me jaugea, victorieux. Puis, enfin, il constata que quelque chose clochait. Il porta la main à ses reins, la ressortit poisseuse de sang. Une fleur écarlate se répandit sur l'avant de sa tunique. Mon épée l'avait percé de part en part. Il examina cette incongruité, sans comprendre, prit une grande inspiration comme pour pousser une gueulante, et s'effondra d'un bloc.

J'essayai de me relever et ne parvins qu'à m'asseoir a demi, flageolant. Hatton avait abattu trois ennemis et piétinait dans une gadoue rougeâtre. Il était lui-même couvert de sang, mais impossible de savoir si c'était le sien ou celui de ses victimes. Siméon et Arnat étaient aux prises avec deux soldats. Pantelant, Ivold rejoignit son jeune comparse et, à eux deux, ils eurent raison de leur opposant, un homme plutôt puissant mais qui manquait d'agilité pour faire face à deux combattants. Siméon fut rejoint par Hatton, et le dernier homme fut vite réduit au silence. La tête me tourna et je perdis mes appuis, laissant mon visage s'enfoncer lourdement dans la neige.

Je sentis des mains me tâter. Je flottais, à moitié conscient. Des bruits se diffusaient autour de moi, on parlait non loin. Je finis par comprendre qu'on s'adressait à moi.

« Ça va aller, cap' ! T'as l'épaule dans un sale état, mais l'artère est pas touchée. »

Je mis un moment à reconnaître le gars qui me parlait. Arnat.

Il commença à faire glisser ma veste et je me débattis mollement.

« Laisse-toi faire, il faut qu'on bande ça. »

Je remuai les doigts de la main gauche avec appréhension : a priori, Ronn n'avait touché aucun nerf, c'était déjà ça. En revanche, ma caboche résonnait violemment sous les assauts de mes battements de cœur. Une bosse de belle taille prenait forme sur ma tempe. Un glapissement tout proche me sortit de ma torpeur et fit cesser les soins approximatifs d'Arnat. J'agrippai le bras du charmeur pour me relever. Siméon et Hatton prirent les devants et s'enfoncèrent dans les fourrés.

« Bouge plus ! » entendis-je crier.

Ivold était à une trentaine de pas de nous et courait vers quelqu'un. Enfin. Entre sa faiblesse due à nos récentes mésaventures, la fatigue de la bataille et son grand-âge, il croulait plus qu'autre chose et nous le rattrapâmes en peu de temps.

« Le charmeur… commença-t-il, à bout de souffle.

— Il s'est tiré, oui, j'ai vu, dit Hatton.

— C'est pas ça… il tisse un truc.

— Dangereux ?

— C'est pas… pour nous. C'est… » Ivold cessa de chercher son air et montra la barricade sanguinolente installée par les rebelles. Le charmeur avait traversé la route et escaladé la moitié de la colline d'en face. Ses mains s'agitaient et un filet verdâtre émanait de ses doigts pour s'enrouler autour de la structure. Je plissai les yeux et crus reconnaître l'artificier de Ronn.

« Quel que soit son pouvoir, il est en train de mettre la touche finale à son œuvre, dit Hatton. »

Nous dévalâmes la colline. Trop tard ! L'homme acheva ou écourta son charme, et prit la fuite. Étourdi par la douleur qui ravageait mon bras, j'avançais, aidé par Siméon. Un mouvement furtif attira mon attention, à la droite de l'artificier.

Un éclair d'acier fusa d'entre les buissons. Le fuyard s'arrêta en pleine course. Il tenta de passer les mains dans le haut de son dos, esquissa quelques pas malaisés et s'assit brusquement sur la neige, saisi d'une immense lassitude. Un couteau de jet luisait entre ses omoplates. Ses lèvres se teintèrent d'une bave rosée. Il haletait encore lorsque Calixte sortit du sous-bois pour lui assener le coup de grâce. Lorsque je le rattrapai enfin, il avait dans les yeux une lueur enfantine que je ne lui avais jamais vue. Après toutes ces épreuves, après avoir souffert le martyre, voilà qu'il se découvrait encore capable de quelque chose. Je l'encourageai d'un sourire heureux.

« Dis-moi, Ivold, tu pourrais peut-être faire cesser ton manège ?

— Mon manège ? Quel man... »

Ivold se tut, attentif. L'air bruissait des sons de l'armée factice qu'il avait simulée pour faire diversion. Il haussa les sourcils. Il n'y était pour rien !

« Merde ! On redescend, vite ! » hurlai-je.

Mes chausses s'empêtraient dans les racines dissimulées sous la neige et la pente se fit traîtresse. Je dévalai la moitié du chemin sur les fesses. L'autre moitié, je la passai à tenter d'arrêter ma glissade incontrôlable. Mon bras blessé s'accrocha dans une branche et je crus tourner de l'œil. Je surpassai la nausée et me redressai juste à temps pour voir les premières lignes de la colonne kinoshe arriver. Devant mon apparition spectaculaire, les soldats firent halte dans un ensemble irréprochable, sur le cri d'un gradé. Un autre appel, et cinquante canons me mirent en joue. Je fis signe aux autres de rester sur la colline. J'avançai de quelques pas, pour m'éloigner du piège et de ce qu'avait bien pu manigancer le charmeur rebelle pour le rendre encore plus mortel. Les gueules noires suivirent mes mouvements dans un bel unisson. Très martial. Très Kinosh.

N'étant pas encore mort, je m'époussetai un peu et me composai une contenance. Deux officiers venaient de comprendre ce qu'étaient les trophées entreposés sur les piques et s'approchaient, le cœur au bord des lèvres.

« Ne bougez plus ! » criai-je.

Les canons frémirent. Les officiers me toisèrent. Je venais de m'exprimer dans leur langue. À pas mesurés, je m'éloignai de la barricade et pris une grande inspiration. Devant les yeux ébahis des soldats, je me fendis d'une révérence kinoshe en bonne et due forme. Cette fois, même leurs armes eurent un mouvement désappointé.

« Honorables soldats kinoshs, je vous en prie, n'avancez pas plus loin, ce chemin est… merde, le mot pour "piégé" ? Dangereux ! Voilà. Par-là, c'est dangereux.

— Qui es-tu, étranger ? Fais-tu partie des rebelles ? »

Je faillis rire à la question, mais me ravisai de justesse. Oui, rebelle, j'en étais un, et même renégat parmi les rebelles ! Mais mieux valait leur expliquer les choses simplement si je souhaitais sortir de là.

« Je suis Dacien, j'ai été mandaté par Azalon… par Kinosh-bê lui-même, pour mettre un terme aux actions des rebelles. Leur chef est mort par ma main, il faut faire demi-tour et revenir à Assale.

— Pour qui nous prends-tu, *isstra* ? Crois-tu que nous soyons idiots au point de tourner le dos à une armée d'un seul homme ? Dacien est un homme noble, nous a-t-on dit. Tu n'es qu'un vagabond ! Tu cherches plutôt à te faire passer pour un innocent, alors même que nous te prenons sur le fait ! »

Il désigna les têtes derrière moi.

« Oui, euh, ça… c'est pas moi. Je le jure. »

Je venais de m'exprimer en caldécien, et l'officier ne me laissa pas achever ma tentative de traduction.

« Tu en répondras devant le juge ! Kinosh-bê a fait suspendre les punitions publiques, mais il est bien possible que, pour un cas aussi grave que le tien, il fasse une exception. Profaner les morts ! C'est *trim'sha*. Tu as de la chance : je peux te faire envoyer à Assale dès maintenant. Il n'est pas dit que tes compagnons rebelles en aient autant ! »

Les canons s'abaissèrent, déçus de ne pas pouvoir m'utiliser comme cible d'entraînement. L'officier fit un pas en avant suivi d'un groupe d'une douzaine d'hommes prêts à m'emmener.

« Non ! »

Saisi d'une soudaine inspiration, je fourrageai dans mes poches, espérant de tout cœur ne pas l'avoir perdue dans mes pérégrinations. Une vive douleur me piqua l'index. Là ! Je brandis la broche d'Azalon comme un bouclier devant moi, l'épingle encore plantée dans mon doigt. L'officier marqua un temps d'arrêt, plissa les yeux, puis fit un signe discret. Les hommes s'arrêtèrent, comme statufiés. Il s'approcha, ouvrit la bouche, la referma, riva ses yeux dans les miens.

« Cet objet appartient à notre noble Kinosh-bê. Peu importe si tu es celui que tu prétends être, je ne suis pas digne d'y toucher. Garde-le. Mais mon armée ne fera pas demi-tour sans savoir si ce que tu dis est vrai.

— Vous pourriez faire étape dans le secteur et envoyer un messager à Assale ?

— C'est contre mes ordres… Nous devons prendre la ville de Créans, où se masse l'armée rebelle.

— Ça aussi, c'est un… oh, malepeste, comment on dit ? Un danger, une tromperie, un mensonge !

— Un piège ?

— Oui ! Voilà, merci. Si vous ouvrez les hostilités là-bas, non seulement vous allez tuer plus de civils que de rebelles, mais en plus vous déclencherez une offensive de toute la Fédération. Ça va être un massacre. On peut encore empêcher ça. On le peut ! »

Comme pour appuyer mes propos, un bruit liquide résonna dans mon dos. Je me retournai. Une sorte de pluie verte s'élevait de la barricade. On eût dit que les gouttes tombaient vers le haut. Elles s'évaporèrent en une poignée de secondes, mais touchèrent un corbeau qui picorait avec gourmandise un morceau de chair. L'oiseau eut un frémissement puis tomba, raide mort, dans la neige. L'ultime cadeau du charmeur rebelle. Je pris le Kinosh à partie.

« Tout cela peut prendre fin dès maintenant ! Ignorez cette provocation et informez Kinosh-bê de notre réussite. Il suffit de faire halte quelque temps. Assale est à deux jours d'ici, seulement !

— Moins que ça, à cheval.

— Mais oui, bien sûr ! Un cavalier peut faire l'aller-retour en, quoi, une petite journée ! Faites ça et empêchez la guerre !

— Viens.

— Où ça ?

— Avec moi. Tu monteras Abelan, la jument de Cinon. Avec mon Rinégon, ce sont les deux chevaux les plus rapides. Et fais signe à tes compagnons de sortir de leur cachette. Je donnerai l'ordre qu'il ne leur soit fait aucun mal… pour le moment.

— Moi ? Assale ? À cheval ?

— Si la guerre et l'avenir de mon pays tout entier sont en jeu, j'aime autant ne laisser aucune place au doute quant à ton identité. J'espère que tu es bon cavalier : Abelan a son petit caractère. Mais si nous ne faisons pas d'arrêt, nous serons à la Résidence avant demain midi.

Épilogue

Les *balikas* résonnaient au loin. Elles fêtaient les deux ans d'accession au poste suprême d'Azalon. Nous n'avions aucune intention d'aller endurer le tintamarre de plus près, d'autant plus que ce cher Kinosh-bê était dans son pays, à régler les mille et un problèmes à sa charge. Seule Petite éprouva un peu de regret, et encore n'insista-t-elle pas trop. Dans quelques semaines, des retrouvailles bien plus importantes l'attendaient. Après des échanges de lettres par dizaines et l'intervention d'Azalon lui-même, la mère de la gamine avait accepté de quitter son ermitage pour veuves et de prendre la mer. L'impatience rendait Petite fébrile, et elle me tenait des argumentaires sans fin, espérant convaincre sa mère de rester ici, où le carcan des règles kinoshes était plus souple.

Nous entrâmes dans le Misainier. L'ancien point de rendez-vous de Miska avait bien changé, de même que Richelieu dans son ensemble. Les Kinoshs avaient tenu parole et transformé le quotidien d'Assale et de la Caldécie en partageant leur savoir-faire technologique. Une digue et tout un système de drainage assainissaient l'ancien quartier miteux, et nombre de ses habitations vétustes avaient été remplacées par des bâtiments flambants neufs. Nous avions posé nos valises dans l'un d'entre eux.

L'établissement définitif des Kinoshs s'était fait dans la paix, mais rien n'était plus comme avant. Je ne me sentais pas réellement à mon aise, et regrettais souvent le pays dans lequel j'avais grandi. Les rues de mon enfance resteraient à jamais hantées par le fantôme de Ronn, tel que je l'avais aimé avant d'en arriver à le tuer.

Je logeais avec Petite. Finn et Ogar avaient leur propre foyer. Calixte et Hatton avaient rejoint leurs belles dans d'autres quartiers de la ville, et Philbert avait regagné ses pénates à Travers, même s'il venait souvent à la capitale pour faire des affaires.

Mokan et Siméon étaient repartis dans les Causses, où Berion et ce qu'il restait de Miska avaient fui. Après la mort de Ronn, le mouvement avait périclité. Les hommes enrôlés de force s'étaient rebellés, des luttes intestines avaient eu lieu. Berion était désormais le chef d'une bande de truands qui mettait à mal les campagnes caussiennes. Siméon menait une unité qui leur donnait la chasse.

Quant à Arnat et Ivold… ils avaient tenu à investir l'ancien monastère d'épure où Irsha avait séquestré des centaines de charmeurs caldéciens durant l'occupation.

Petite nous narrait souvent les événements, tant Bel'ina lui avait fait une forte impression. La charmeuse était entrée là-dedans comme dans un moulin, laissant derrière elle le bataillon de renforts envoyés par Azalon, qui étaient supposés la protéger et mener la bataille. Encore aujourd'hui, un des murs était percé d'une ouverture circulaire, aux bords découpés à la perfection par son pouvoir. À l'intérieur, des charmeurs de tous âges tissaient, jusqu'à l'épuisement, pour emplir une pierre d'épure. Ceux qui, comme Arnat, ne pouvaient provoquer eux-mêmes leurs dons étaient soumis à ce qui le déclenchait.

Pour mon charlatan, je supposais que le supplice aurait été de l'enfermer dans une pièce et de lui envoyer une pluie de projectiles, qu'il se serait malgré lui exténué à éviter. Petite avait vu un jeune homme, visiblement capable de générer des bulles d'air, ligoté à une bascule qui lui plongeait la tête sous l'eau à un rythme lent et régulier. Un autre charmeur beuglait tandis que deux moines lui écorchaient la peau. À peine avaient-ils arraché une bande d'épiderme qu'il cicatrisait déjà.

Le monastère était immense. Partout, des cris, des gémissements et toutes sortes de manifestations de charmes. Bel'ina avait hurlé de colère et volatilisé la moitié des outils de torture en un souffle de son pouvoir redoutable.

Ce fut à ce moment-là qu'Irsha montra le bout de son nez. Voir une bonne femme dotée d'un tel pouvoir ne lui fit pas plaisir. Il tenta de geler la Kinoshe, mais elle ne lui laissa pas le temps de fignoler son tissage. D'un mouvement de la main, elle le priva de toutes ses phalanges, avant de lui arracher son précieux joyau.

À chaque fois que la gamine me racontait son histoire, ses yeux pétillaient. Devenant définitivement l'héroïne de Petite, Bel'ina était rentrée au pas de charge jusqu'au Palais, où elle avait *ordonné* à Kinosh-bê de faire cesser les exploitations d'épure forcée, qu'elles fussent en Sher-Ima ou dans l'empire. Après quoi, elle s'était elle-même dessertie de sa pierre, pour la remettre à Azalon. Le contraire m'aurait étonné, mon ami avait accédé à sa « demande ». Comme la plupart des citoyens Kinoshs, il avait trop longtemps fermé les yeux sur ce qui attendait les mages dans les monastères d'épure. Une enquête, menée par une Martha fraîchement élue ministre des mœurs, révéla que les monastères kinoshs ne valaient guère mieux que ceux réservés aux charmeurs caldéciens.

Bel'ina conservait son don, mais tout au plus était-elle capable de décomposer de petits objets. Elle s'y amusait souvent, pour la plus grande joie des enfants, et triait le fer, le quartz, l'or parfois d'un simple caillou.

La jeune femme tomba sous le charme de la Caldécie et refusa tout net de retourner chez elle. Les coutumes avaient beau y évoluer, elle pensait que son passé de prêtresse-mage risquait de lui attirer des ennuis. À la place de quoi, Bel'ina embarqua Ivold et Arnat dans une improbable idée d'école. Les élèves de tous âges et de toutes capacités y apprenaient à maîtriser leur don, et faisaient tourner le monastère de manière volontaire.

La quantité de pouvoirs récoltée n'avait rien à voir avec celle du temps d'Irsha, mais grâce à plusieurs technologues envoyés par Azalon, l'épure faisait petit à petit son apparition dans Assale. Nous avions également compris pourquoi les Kinoshs nous demandaient toujours plus de copla, ce minéral des grottes de Matilla. Produit à proximité de ce matériau, le charme devenait visible un bref instant. Une fumée éthérée s'élevait des mains du tisseur, et était attirée vers la copla dans laquelle elle s'accumulait petit à petit. Arnat supposait que la forte présence de ce cristal dans les sous-sols des Causses expliquait les naissances de charmeurs plus fréquentes dans cette région.

En théorie, nous nous étions engagés à ne pas produire de pierres d'épure telles que celles portées par les prêtres-mages. Mais je fermai les yeux sur un petit projet qu'Ivold avait en tête à ce sujet. Bientôt les Kinoshs n'auraient plus la supériorité qui avait tant déséquilibré nos relations. Je n'avais aucune intention de trahir la paix. Mais je préférais nous savoir prêts. Juste au cas où.

Fin.

Remerciements

On dit parfois que l'écriture est un travail solitaire. On ne pourrait pas plus se tromper. Au fil des doutes, des remaniements, des retouches innombrables à ce texte m'ont accompagnée des personnes sans qui ce roman n'aurait sans doute jamais vu le jour.

Avant tout, j'aimerais remercier toute la communauté des grenouilles de Cocyclics, cet endroit fabuleux d'échange et de bienveillance, où l'on découvre que l'on n'est pas seul à traverser les mille et unes épreuves de l'écriture. On m'y a donné conseils, confiance et courage. Merci du fond du cœur à Lilie, Laëtitia, Darshiva, Stéphane, Pascale, Lyvia, pour leur accompagnement, leurs avis, leur œil acéré à la chasse aux coquilles ou aux répétitions…

Enfin, un remerciement tout spécial pour Nicolas, qui a tiré ce manuscrit d'un tiroir où il dormait paisiblement et qui a tout mis en œuvre pour lui trouver un éditeur.

À paraître aux éditions Critic

Science-fiction

Second Œkumène - Chroniques de l'interrègne 5 : Taraël
John Crossford
(novembre 2023)

Déclic

Collection Déclic (jeunesse)

Gurvan 1, Sergent-Pilote Gurvan, P.-J. Hérault
(février 2023)
Gurvan 2, Officier-Pilote Gurvan, P.-J. Hérault
(mars 2023)

Dernières parutions

Collection thriller :

Tepuy, François Baranger
Dragon noir, Frédérick Rapilly
Lune de glace, Antoine Tracqui

Collection science-fiction :

Terrariums, Romain Benassaya
La Machine à aimer, Lou Jan
Antarcticas, Étienne Cunge
Cité d'Ivoire, Jean Krug
La Dernière Arche, Romain Benassaya
Second Œkumène - Chroniques de l'interrègne 1 : Regulus
Second Œkumène - Chroniques de l'interrègne 2 : Orosco
Second Œkumène - Chroniques de l'interrègne 3 : Providence
Second Œkumène - Chroniques de l'interrègne 4 : Vatican
John Crossford
Symphonie atomique, Étienne Cunge
Guerres stellaires, Collectif
Le Destitué, P.-J. Hérault
Les Naufragés de l'Institut Fermi, André David
La Fureur des Siècles, Johan Heliot